Arnold Küsters

Maskenball

Der Niederrhein Krimi 2

Verlag der Buchhandlung Matussek & Sohn

1. Auflage

Umschlaggestaltung: Fabian Matussek
Umschlagfoto: Arnold Küsters
Satz: DTP im Verlag
Druck und Bindung: Clausen & Bosse, Leck
Printed in Germany
Verlag der Buchhandlung Matussek & Sohn, Nettetal
ISBN 13: 978-3-920743-62-2
ISBN 10: 3-920743-62-8

»Es heißt doch nicht, einen Mord zu akzeptieren, wenn man seinen Hintergrund begreifen will. Verstehen bedeutet nicht verzeihen. Verstehen hat nichts mit Weichlichkeit zu tun, es ist eine mutige und durchaus robuste Handlung.«
Steven Spielberg

»Der Blues hat mich mein Leben lang inspiriert und mir immer wieder die Kraft gegeben, mit den Unzulänglichkeiten des Alltags fertig zu werden.«
Eric Clapton

Figuren und Handlung sind natürlich frei erfunden. Ähnlichkeiten mit lebenden oder verstorbenen Personen wären damit rein zufällig. Es sei denn, sie waren mit der Veröffentlichung einverstanden.

I.

»Auf keinen Fall.«

»Nun komm schon. Hab dich doch nicht so.«

Aber Lisa blieb wie festgenagelt auf der Türschwelle stehen. »Das ist doch nicht dein Ernst, oder?« Mit einer kurzen Kopfbewegung deutete sie in Richtung der voll besetzten Tische. In ihren Augen lag eine missbilligende Mischung aus Trotz und ungläubigem Staunen.

Ihre gute Laune drohte zu kippen. Frank hatte es schon geahnt, als sie auf den dicht besetzten Parkplatz gebogen waren, der nahe der Bahnlinie nach Venlo fast versteckt zwischen Hecken, der Plantage einer Baumschule und abgeernteten Spargelfeldern lag. Sein Kollege Heinz-Jürgen Schrievers hatte ihm zwar mit dem bemerkenswert vielschichtigen wie kalorienreichen Vokabular eines echten niederrheinischen Kuchen- und Sahnetortengourmets das Hofcafé *Alt Bruch* dringend empfohlen; gleichzeitig aber hatte der gewichtige Archivar ihn gewarnt: Das Kaldenkirchener Lokal sei leider schon längst kein Geheimtipp mehr, ohne Reservierung habe man selbst in der Woche kaum eine Chance auf einen freien Platz.

»Keine Sorge, Liebes, ich habe extra einen Tisch für uns reservieren lassen. Warte, das haben wir gleich.« Frank wollte sich lächelnd an ihr vorbei drängen und zur Theke gehen. Jetzt bloß keine Szene, dachte Frank und ärgerte sich über seine eine Spur zu dick aufgetragene Eilfertigkeit.

»Nenn mich bitte nicht ›Liebes‹. Hier bleibe ich nicht, auf keinen Fall, das ist mir viel zu voll hier. Der ganze Nippes und dann auch noch nur altes Fleisch.« Lisa hatte den vorderen Raum des Cafés mit einem kurzen Blick überflogen. »Nur Rentner.«

»Ist schon okay, Lieb..., äh, Lisa. Ist wirklich ein bisschen voll hier. Du hast ja recht. Dafür ist es schön warm und die Kuchentheke unschlagbar.« Frank hatte noch einen Trumpf im Ärmel. »Heini hat mir erzählt, dass hier die Kuchenstücke doppelt so groß sind wie anderswo. Außerdem soll die Auswahl genial sein. Bitte, Lisa, lass uns bleiben.« Frank sah Lisa mit treuem Hundeblick an. »Was stören uns die anderen? Die Leute können doch nichts für ihr Alter. Ich habe jetzt wirklich Kaffeedurst und so richtig Lust auf ein Stück Kuchen. Außerdem ist mir kalt. Schatz, bitte.« Frank legte beschwichtigend seinen Arm um Lisa.

Seine Freundin musterte mit kritisch zusammengekniffenen Augen die gemauerte kleine Theke, das scheinbare Durcheinander von Kännchen, Tellern, Gläsern und Prospekten auf der Ablage, das Sammelsurium alter Kaffeekannen auf den Regalen, die alten Petroleumlampen nachempfundene Beleuchtung, den wuchtigen Buffetschrank aus dunklem Eichenholz und die üppigen Fensterdekorationen. Schließlich blieb ihr Blick an den zusammengewürfelten Tischen und Stühlen hängen, die ursprünglich aus dem privaten Haushalt der Cafébetreiber stammen mochten. Nach einigen, für Frank schier unendlich langen Sekunden, straffte Lisa sich schließlich und stupste ihren Freund mit ihrem Ellenbogen sanft in die Rippen. »Ausnahmsweise. Ich will ja schließlich auch nicht verhungern. Wie du schon sagst, wir übersehen den Rest einfach.«

Frank atmete auf. Seine Freundin klang wieder so unkompliziert und fröhlich wie während der Fahrt von Mönchengladbach nach Kaldenkirchen. Seit sie schwanger war, wusste er nie, wann sie welche Laune hatte.

An der Theke fragten sie nach ihrem Tisch. Eine ebenso freundliche wie rundliche Serviererin blätterte in einem dicken Kalenderbuch, das auf dem Tresen lag, und führte sie dann durch die Gaststube zu ihrem Platz. Frank bestellte für sich ein Kännchen Kaffee, Lisa wollte einen Kakao.

»Der Kuchen muss wirklich gut sein, hast du ihre Figur gesehen?« Lisa kicherte, als sie der gewichtigen Bedienung hinterher sah, deren enge dunkelgrüne Strickjacke sich über ihre breiten Hüften spannte.

»Läster lieber nicht. Nicht lange, und du siehst auch nicht besser aus.« Frank grinste und griff nach ihrer Hand. Als er Lisas angriffslustigen Blick sah, wusste er, dass er die Bemerkung besser runtergeschluckt hätte. »War 'n Scherz. Ist ja nur für kurze Zeit, Schatz, danach hast du ja ruckzuck wieder deine alte Figur. Und wirklich sehen tut man deinen Bauch ja auch noch nicht.« Er versuchte ein diplomatisches Lächeln.

»Bemüh dich nicht, Frank Borsch. Halt besser den Mund, du machst es sonst nur noch schlimmer. Ich werde schon wieder in meine alten Jeans passen, und zwar schneller, als du denkst. Verlass dich drauf. Größe 36, um genau zu sein. Ich bin nur schwanger, und mehr nicht.« Ihre Augen blitzten wieder.

»Hey, ich wollte wirklich nur einen Spaß machen.«

»Mit Schwangeren macht man keine Späße, schwangere Frauen muss man auf Händen tragen.« Lisa sah ihren Freund herausfordernd und zugleich zärtlich an.

»Tu ich doch. Oder? Fällt mir auch gar nicht schwer, und das hat, äh, nix mit deinem Gewicht zu tun, denn du bist für mich die schönste und begehrenswerteste Frau auf dieser Welt. Für dich tu ich alles.«

»Das sagst du jetzt noch.« Lisa gluckste verräterisch. »Spätestens, wenn du deinen geliebten MGB abgeben musst, wirst du von deinen Versprechungen nichts mehr wissen wollen. Ich kenn dich doch, Herr Kommissar.«

»Das ist ganz etwas anderes.« Frank war in der Tat nicht ganz wohl bei dem Gedanken, dass er sich schon bald von seinem geliebten Cabrio würde trennen müssen. Für ein Baby war wirklich kein Platz in dem alten Zweisitzer, das war ihm schon klar. Aber darüber wollte er nicht heute und auch noch nicht in den nächsten Wochen reden. Das hatte noch Zeit. Viel Zeit. »Lass uns ein anderes Mal darüber reden. Welchen Kuchen möchtest du denn? Worauf hast du Lust? Ich geh und bestelle uns was an der Theke.«

»Geschickt, mein Lieber.« Lisa grinste anerkennend. »Aber du entkommst mir nicht, mein Schatz. Verlass dich drauf. Also, ich hätte gerne erst einmal etwas mit viel Sahne, Schwarzwälderkirsch wäre nicht schlecht. Nee, da ist bestimmt Alkohol drin. Bring mir lieber ein Stück Käsesahne, aber mit einer Extraportion Sahne.«

Frank sah sie erstaunt an.

»Nun mach schon, ich brauch jetzt Sahne, viel Sahne.« Lisa lehnte sich in dem alten Gasthausstuhl zurück und strich sich vergnügt über ihren Bauch, der wirklich noch kaum zu sehen war. »Dein Kind, Frank Borsch, braucht jetzt unbedingt Sahne, ich spüre das.«

Kopfschüttelnd, aber doch vergnügt, machte sich Frank auf den Weg zurück zum Eingang. Dort hatte er vorhin den hohen großen Kühlschrank mit den frischen Kuchen und Torten gesehen. Was Lisa nur hatte, dachte er, als er vor dem wirklich überwältigenden Kuchenangebot stand. Frank lief das Wasser im Mund zusammen. Ihm gefiel es jedenfalls in dem Café. Er fand, es hatte etwas von den leicht plüschigen Wohnzimmern seiner Tanten, bei denen er als Kind sonntags in kurzen Hosen am Kaffeetisch gesessen und sich gelangweilt hatte.

Keine zwei Minuten später saß Frank wieder bei Lisa am Tisch, die konzentriert in ihrem Kakao rührte. »Hast du dich hier mal umgesehen?«, fragte sie mit gesenkter Stimme. »Wirklich lauter alte Leute. Möchte mal wissen, wo die alle herkommen. Vielleicht hat ja der Verein ›Sport für betagte Bürger‹ einen Ausflug gemacht.« Lisa kicherte wieder und betrachtete nun ungeniert die Senioren an den Nebentischen. Sie waren offenbar auch erst kürzlich angekommen, denn die meisten von ihnen hatten gerade einmal die Hälfte ihrer Kuchenportionen aufgegessen.

Frank sah sich verstohlen um. Die anderen Gäste sollten ihn nicht für neugierig und damit unhöflich halten. »Wir beide machen in der Tat den Altersdurchschnitt kaputt. Na ja, ist doch auch schön, wenn die Rentner noch etwas mit ihrer Zeit anzufangen wissen und nicht den ganzen Tag in ihrer Wohnung oder im Heim hocken. Und der tägliche Blick in die Todesanzeigen ist auch nicht gerade eine aufbauende Lektüre. Da tut Abwechslung sicher gut.«

Frank beobachtete, wie eine Frau mit leicht rosa getöntem Haar eindringlich auf ihre Nachbarin einsprach, die dabei ihrerseits vor sich auf ihren Teller sah und nur nickte. Ihr gegenüber saß ein Mann in brauner Cordhose, weißem Hemd und heller Strickjacke. Seinen sonst kahlen Schädel zierte ein schmaler weißer Haarkranz. Der Begleiter der beiden Frauen hielt sich auffällig gerade und drückte beim Auffüllen der Kaffeetassen betont den Rücken durch. Frank hätte zu gerne gewusst, als was der Mann vor seiner Rente gearbeitet hatte. Er stellte sich vor, dass er gut Buchhalter oder Lehrer gewesen sein könnte. Vielleicht hatte er auch bei der Bundesbahn gearbeitet. Möglicherweise hatte er mit an den Kursbüchern gearbeitet und war beispielsweise für die Pünktlichkeit der Züge verantwortlich gewesen.

Die stattliche Serviererin kam trotz ihres Gewichts auf flinken Füßen an ihren Tisch und brachte die beiden Kuchenteller. Ihr kurz geschnittenes dunkles Haar betonte die vollen Wangen ihres rosigen Gesichts noch mehr. Mit einem freundlichen »Na, dann guten Appetit«, stellte sie die Teller ab und wandte sich den Gästen an einer langen Tischreihe im hinteren Teil des Raumes zu.

Lisas Käsesahnestück war in der Tat beachtlich. Frank hatte für sich gedeckte Apfeltorte mit Sahne bestellt. Ein wirklich großes Stück, in anderen Cafés hätte man zwei daraus gemacht, dachte er. Frank drückte mit der Gabel vorsichtig ein kleines Stück von seinem Kuchenstück ab und schob es sich in den Mund. »Hm, lecker.« Kollege Schrievers hatte wahrlich nicht übertrieben: Frischer Mürbeteig, die Apfelstücke nicht zu dick geschnitten. Zusammen mit dem Zimt, den Rosinen, den Nüssen und der frischen Sahne waren die Zutaten an Geschmack nicht zu überbieten.

»Stimmt, du hast Recht. Ist vermutlich das einzige Vergnügen, das sie noch haben. Ich stell mir das echt gemütlich vor.« Lisa trank einen Schluck von ihrem Kakao. »Hm, heiß.«

»Nicht so hastig.« Frank unterdrückte den Zusatz »Liebes« und deutete stattdessen mit seiner Gabel vage in den Raum. »Und so schlecht finde ich es hier, ehrlich gesagt, auch nicht. Mir gefällt's hier. Ist doch nett dekoriert. Wie ein Wohnzimmer. Ecki wäre auf jeden Fall begeistert.«

»Ecki. Hm. Kommt er heute Abend zum Auftritt?« Lisa balancierte auf ihrer schmalen Gabel leichtfertig ein großes Kuchenstück zu ihrem Mund und sah Frank dabei aus ihren blauen Augen fragend an.

Wie schön sie aussieht, unbekümmert wie ein kleines Mädchen. Frank musste lachen und hätte sich fast verschluckt. »Nett, dass du die Hoffnung nicht aufgibst. Aber, Ecki und Blues – das wird nie eine Liebesbeziehung. Ich glaube, er ist froh, dass ich ihn nicht mit einer Einladung für das Konzert in Verlegenheit gebracht habe. Nee, Ecki wird bestimmt nicht da sein. Soll er doch zu Hause bleiben und seine geliebte Volksmusik hören. Aber das Café werde ich ihm empfehlen.«

»Ja, ja, Ecki zwischen all den älteren Damen. Das passt wirklich zu ihm. Da ist er Hahn im Korb.« Lisa hatte vier Frauen an einem Tisch am Fenster entdeckt. »Ist dir das auch schon aufgefallen? Die meisten Frauen haben die gleiche Dauerwelle. Guck mal. Scheint eine Besonderheit dieser Generation zu sein. Und ich möchte echt mal wissen, warum ältere Damen im Café partout ihren Hut aufbehalten und auch ihr Halstuch oder ihren Schal nicht ablegen. Meine Tante macht das auch immer. Muss sie beim nächsten Mal unbedingt danach fragen.« Lisa schüttelte gedankenverloren ihren Kopf.

»Wie geht es ihr eigentlich?«

»Irmchen? Ehrlich gesagt, ich habe keine Ahnung. Ich muss Hanne unbedingt anrufen. Das letzte Mal ging es ihr nicht so gut. Hanne macht sich Sorgen, dass ihre Mutter möglicherweise demnächst in ein Pflegeheim muss. Sie wird immer vergesslicher und anfälliger. Keine schöne Vorstellung. Da hat man im Alter endlich Ruhe und Zeit für sich selbst, und dann hat man doch nichts davon, weil man krank wird oder, schlimmer noch, zum dauernden Pflegefall.« Lisa sah mit einem Mal traurig aus. »Ich hoffe, dass es uns später nicht auch so geht.«

»Nun mach dir mal keine Gedanken. Dazu hast du keinen Grund. Uns geht es doch gut. Wir sind gesund. Und wir werden Eltern.« Frank nahm über den Tisch hinweg ihre Hand.

»Eben. Ob unser Kind uns einmal pflegen will? Ich möchte nicht in einem Heim landen.« Ihre Augen wurden mit einem Schlag ganz groß. »Frank Borsch, willst du mich heiraten?«

Rums. Frank fühlte sich völlig überrumpelt. Erst die Sache mit seinem Cabrio und jetzt das. »Ja, also, ja, klar, wir heiraten.« Der Sitz seines Stuhls wurde plötzlich glühend heiß. »Ich mein, wenn du mich so direkt fragst.«

»Ja? Wie meinst du das?«

Jetzt bloß keinen Fehler machen! »Lisa, keine Frage, ich möchte doch auch, dass unser Kind eine richtige Familie hat.«

»Ach, Frank!« Lisa sprang auf und umarmte ihn über den Tisch hinweg. Um ein Haar wären ihr Stuhl und ihr Kakao umgekippt. »Ich wusste es! Ich liebe dich!«

Frank lächelte verlegen hinüber zum Nebentisch und löste vorsichtig Lisas Arme von seinem Hals. Ihm war die Szene ein bisschen peinlich. »Setz dich wieder hin«, flüsterte er, »die Leute gucken schon.«

»Die Leute, ach, die Leute, sollen sie doch sehen, dass sich zwei Menschen lieben.« Die letzten Worte hatte sie extra laut gesprochen und dabei triumphierend den beiden vorwurfsvoll blickenden Paaren am Nebentisch ins Gesicht gesehen. Einige der anderen Gäste hatten ebenfalls sichtlich verstört ihre Unterhaltung unterbrochen und zu ihrem Tisch hinüber gesehen. Zwei Rentnerinnen, einige Tische weiter, hatten Lisa allerdings sichtlich vergnügt und aufmunternd zugewunken. Zufrieden nickend setzte sie sich wieder hin.

Frank hatte sich wieder gefangen. Damit hatte er nun überhaupt nicht gerechnet. Ausgerechnet heute und im Bauerncafé *Alt Bruch* auf das Thema Hochzeit zu kommen und dann auch noch so einfach, mit einem Satz, eine Entscheidung zu treffen. Für ihn hatte bisher kein Zweifel daran bestanden, Lisa heiraten zu wollen. Aber so ausdrücklich wie gerade hatten sie sich bisher nicht über das Thema unterhalten. »Ich möchte mal wissen, was die Leute hier in ihrem Leben schon alles erlebt haben.«

»Die Leute hier werden ein ganz normales Leben geführt haben. Mit Träumen, Hoffnungen, Sehnsüchten, mit Enttäuschungen, mit großen und kleinen Tragödien, mit Gefühlen von Liebe, Hass, Trauer, mit Sonne, Regen, Verzweiflung, mit Kindern, Frank. Wie wir beide. Oder?«

»Ja, sicher. Aber denk mal daran, in welcher Zeit sie jung waren.« Frank kratzte nachdenklich ein paar Krümel auf seinem Teller zusammen. »Sie werden den Krieg erlebt haben, zumindest als Jugendliche.«

»Klar, stimmt schon. Aber sie werden sicher auch Schönes erlebt haben. Sieh in ihre Gesichter, Frank. Sie haben zwar viele Falten, und die meisten der Herren haben kaum noch Haare auf dem Kopf. Aber sie sehen doch nicht verbittert aus. Wer verbittert ist, hat keine Zukunft. Sie sind mit ihrem Schicksal fertig geworden.«

»Sie hatten doch keine andere Wahl.«

»Niemand kann sich sein Leben aussuchen. Wir werden alle in unser Schicksal hineingeboren. Und unser Kind auch. Wer weiß schon, was uns noch alles widerfährt.« Lisa nahm einen letzten Schluck Kakao. Genüsslich leckte sie sich den schmalen Kakaostreifen von ihren Lippen. »Hm, lecker.« Sie seufzte. »Komm, Frank, lass uns nicht mehr über das Leben der Alten reden. Lass uns über das Heute reden. Wann triffst du dich nachher mit den anderen? Bist du schon nervös?«

»Nee, geht so, ist nicht so wild. Ich werde wie immer erst kurz vorher ein bisschen wibbelig.« Frank sah auf seine Armbanduhr. Sie hatten noch Zeit. Wolli hatte sicher schon längst mit dem Aufbau der Bühne und der Technik begonnen. Er würde also noch genug Zeit haben, Lisa nach Hause zu bringen, um danach zum *Tach!* nach Kaldenkirchen zu fahren. Frank spielte mittlerweile schon seit fünf Jahren die Bluesharp bei STIXS. Über die Jahre war die Band mit ihrem Techniker Wolli längst zu einem eingespielten Team geworden. Ein langer Soundcheck war daher nicht mehr nötig. Einmal den Klassiker *Sweet Home Chicago* angespielt, und sie konnten sich in Ruhe in ihrer Garderobe auf den Abend vorbereiten.

»Und, möchtest du noch einen Kaffee?«

»Lass uns lieber noch ein Stück gehen. Ein bisschen frische Luft kann vor dem Auftritt nicht schaden.«

»Bei dem usseligen Wetter? Guck mal aus dem Fenster. Vor lauter Nebel siehst du ja kaum den Waldrand. Meinetwegen, aber nur einmal kurz hinten durch das Wäldchen.« Lisa sah ihn verschmitzt lächelnd an. »Na, vielleicht doch schon ein bisschen nervös, der Herr Musiker?« Ihre Stimme klang liebevoll. »Außerdem kann ich jetzt verstehen, warum dein Kollege Schrievers immer dicker wird. Wenn der hier regelmäßig über das Kuchenbuffet herfällt.«

II.

Wilhelm Feldges schlurfte langsam von der Küche ins Wohnzimmer. Er stellte das Wasserglas und das weiße Plastikschälchen mit seinen Tabletten umständlich auf den niedrigen Couchtisch neben dem Fernsehsessel. Dann rückte er das breite, schon ausgefranste Kissen zurecht und setzte sich schwerfällig. Dabei ächzte er leise. Er griff nach der Fernbedienung, die auf der Lehne lag. Es war nicht mehr lange bis zu den Nachrichten. Wilhelm Feldges versuchte den Rücken durchzudrücken. Sein Kreuz tat ihm heute mehr weh als sonst, seine Handgelenke schmerzten. Das feuchte Wetter machte ihm zu schaffen. Auch das Atmen fiel ihm schwerer. Je älter er wurde, umso stärker litt er unter dem nasskalten niederrheinischen Klima.

Gerade als er seine Beine ausstrecken wollte, fiel sein Blick durch eines der Wohnzimmerfenster. Er hatte vergessen, das Licht auf dem Hof auszumachen. »Mist, verdammter«, dachte er. Mühsam richtete er sich wieder auf und schlurfte zurück in die Küche und von dort aus in den dunklen, kalten und muffigen Flur. Mürrisch öffnete Wilhelm Feldges die Tür zum Hof. Er sah zum Himmel. Die Nacht würde auch diesmal wieder sternenklar werden. Raureif lag auf den dunklen Dachziegeln des Bauernhofs und glitzerte auf den groben Pflastersteinen. Das breite Holztor stand noch offen. Der Altbauer fluchte wieder leise und zog seine dünne graue Strickjacke fester um seinen hageren Körper. Auf dem kurzen Stück zum dunkelgrünen Hoftor setzte er vorsichtig Fuß vor Fuß. Jetzt nur nicht mit seinen Pantoffeln auf dem glatten Boden ausrutschen, dachte er. Das schwere Tor knackte und ächzte in seinen rostigen Angeln, als Feldges die beiden Flügel fest zuzog. Satt klatschten die hohen Torhälften aneinander. Das laute Geräusch dröhnte weit über die Zufahrt zum Gehöft und den nahen Acker, auf dem die kurzen Halme der Wintergerste wie mit Zuckerguss überzogen dicht am Boden lagen. Eine klirrend kalte Januarnacht. Feldges nickte zufrieden. Das war gut für den Boden.

Wilhelm Feldges schob den breiten, geschmiedeten Riegel vor und hielt einen Moment inne. Um ihn herum war es still. So still wie seit vielen Jahren schon. Seit dem Tod seiner Frau lebte er die meiste Zeit alleine auf dem großen Hof. Nur tagsüber kamen seine Tochter und sein Schwiegersohn, um sich um die Arbeit auf den Feldern zu kümmern und um ihn zu versorgen. Er arbeitete schon längst nicht mehr mit auf seinen Äckern, das ließ seine Gesundheit nicht mehr zu. Früher, ja früher war er stark wie ein Baum gewesen. 14 Stunden am Tag in den Ställen und auf seinen Feldern hatten ihm nichts ausgemacht. Aber das war schon lange vorbei. Wenn es heute gut lief, kramte er tagsüber in einer der Scheunen und versuchte, das Werkzeug und den Trecker in Schuss zu halten. Auch das machte ihm von Jahr zu Jahr mehr zu schaffen. Aber aufgeben und den Hof, sein Lebenswerk, endlich auf seine Tochter zu überschreiben, war ihm noch nicht in den Sinn gekommen. Obwohl – in den Sinn gekommen eigentlich schon, aber er wollte nicht loslassen. Noch nicht. Feldges hatte noch zwei Schwestern. Sie waren damals, als Ende '44 die Dörfer entlang der Grenze zu Holland geräumt werden mussten, nach Bayern geschickt worden, weit weg vom Krieg. Nach dem Zusammenbruch waren sie dann dort geblieben. Schon seit vielen Jahren hatte er keinen Kontakt mehr zu ihnen. Einen Bruder hatte er auch noch gehabt. Aber der war im Dezember '42 gefallen, irgendwo an der russischen Ostfront, nicht weit von Stalingrad. Für Führer, Volk und Vaterland.

Wilhelm Feldges drückte seine großen und abgearbeiteten Hände in den Rücken und seufzte leicht. Er fror in seiner dünnen Stoffhose und der leichten Jacke. Kopfschüttelnd drehte er sich um und schlurfte zurück zum Haus. Er musste besser auf seinen Hof aufpassen und durfte das Zusperren nicht vergessen. Bei dem ganzen Gesindel, das sich heutzutage in der Gegend herumtrieb, konnte man nicht vorsichtig genug sein. In den letzten beiden Jahren war allein in der näheren Nachbarschaft in drei Höfe eingebrochen worden, außerdem war nicht weit vom Breyeller See die Scheune von Hubert Dammers in Flammen aufgegangen. Brandstiftung. Den oder die Täter hatte die Polizei immer noch nicht erwischt. Wilhelm Feldges putzte sich nachlässig seine Hausschuhe auf der Matte vor der Flurtür ab, drehte den Schlüssel zweimal herum und löschte dann das Hoflicht. Nur der Mond schien noch hell durch das matte Oberlicht der alten Holztür.

Der kurze Weg über seinen Hof hatte ihn angestrengt. Er war froh, dass er sich wieder in seinen Fernsehsessel fallen lassen konnte. Ärgerlich bemerkte er, dass er vergessen hatte, die Vorhänge zuzuziehen. Das helle

Mondlicht spiegelte sich auf dem Bildschirm und störte ihn ein bisschen, aber er wollte nicht schon wieder aufstehen. Als er endlich den Fernseher einschaltete, waren die Nachrichten schon fast vorbei. Müde zappte er durch die Programme. Seit er vor einem Jahr von seiner Tochter eine Satellitenschüssel bekommen hatte, mochte er nie lange bei einem Programm bleiben. Wilhelm Feldges beugte sich mühsam über den Couchtisch und zog die Fernsehzeitung zu sich, auf der seine Brille lag. Er sah am liebsten Tiersendungen. Aber an diesem Abend hatte er Pech, stellte er beim Blättern durch die Programmzeitschrift enttäuscht fest. Politische Sendungen und Magazine interessierten ihn nicht. Und Filme mit Werbeunterbrechungen waren ihm zuwider. Dann würde er sich eben im Dritten die Aufzeichnung des Zirkusfestivals von Monte Carlo ansehen. Wenigstens da würde er sicher ein paar Tiere zu sehen bekommen.

In seinem Unterbewusstsein setzte sich ganz langsam das leichte Klopfen durch. Zuerst nahm er es kaum wahr. Dann meinte er, schemenhaft einen immer wiederkehrenden Rhythmus zu erkennen. Es klang wie Holz auf Glas: Einmal lang, dreimal kurz, einmal lang. Dumpf und doch mit einem leicht klirrenden Unterton. Aber er konnte sich auch irren. Jedenfalls konnte er keinen Sinn erkennen. Er wollte sich gerade wieder in das schwerelose Dahindösen fallen lassen, stattdessen aber schreckte Wilhelm Feldges endgültig auf. Er musste tief und fest geschlafen haben. Ein Traum, dachte er. Ein dummer Traum. Er setzte sich in seinem Sessel auf und rieb sich müde die Augen. Dabei fiel scheppernd die Fernbedienung zu Boden, die auf seinem Bauch gelegen haben musste.

Auf dem Fernsehbildschirm fuhr eine Dampflok durch eine tief verschneite Winterlandschaft, aus den unterschiedlichsten Kameraperspektiven aufgenommen. Feldges verstand nicht, was er sah, und fingerte schlaftrunken nach seiner Brille und der Fernsehzeitung. Es musste schon tiefe Nacht, fast Morgen sein, denn laut Programmübersicht lief seit kurz vor fünf Uhr ein Beitrag über die schönsten Bahnstrecken Europas. Offenbar war der Zug in seinem Fernseher zwischen St. Moritz und Tirano unterwegs.

So sehr er sich mühte, Wilhelm Feldges wurde nicht richtig wach. Er musste schlecht geträumt haben, denn die merkwürdigen Klopfgeräusche, die er gehört zu haben meinte, hatten ein dunkles und beklemmendes Gefühl in seinem Inneren hinterlassen. Er fühlte sich schwach. Ach was, sagte er sich, das ist das Alter. Alte Menschen haben oft schlechte Träume, hatte er einmal gelesen. Seine Augen suchten im Widerschein des Fernsehers die Konturen des dunklen Wohnzimmers ab, aber in der wechselnden Helligkeit der Fernsehbilder war nichts Auffälliges zu sehen. Alles stand an seinem Platz und alles hatte seine Ordnung. Bis er das Medikamentenschälchen sah. Er hatte vergessen, seine Tabletten einzunehmen. Das war schlecht. Er musste unter allen Umständen den verordneten Rhythmus einhalten, hatte der Arzt gesagt. Sonst würde er wieder Probleme bekommen. Zu Anfang hatte er die Anweisungen seines Hausarztes nicht sonderlich ernst genommen. Als aber die Beschwerden nicht besser wurden, hatte er sich schließlich doch von seiner Tochter überzeugen lassen.

Er wollte gerade aufstehen, als er das merkwürdige Klopfen wieder hörte. Einmal lang, dreimal kurz, einmal lang. Sein Herz begann sofort wie wild zu klopfen. Hatte er es sich also doch nicht eingebildet! Nicht aufregen, dachte Feldges und fasste sich ans Herz. Wird wohl irgendwo im Haus ein Fenster nicht fest geschlossen sein. Das war in diesem Winter schon öfter vorgekommen. Er vergaß eben in letzter Zeit zu viel. Seine Tochter würde ihm von nun an einen Zettel schreiben, woran er abends denken musste: Alle Fenster zu, Medikamente nehmen, Hof abschließen, Licht löschen.

Da war es wieder: Einmal lang, dreimal kurz, einmal lang. Etwas lauter als das erste Mal. Das konnte kein Fenster sein, dachte Feldges, und sank in seinen Sessel zurück. Wilhelm Feldges war wie gelähmt. Er konnte sich das schon fast drohend klingende Klopfen nicht erklären, noch konnten seine Sinne die Quelle des gespenstischen Geräuschs orten. Das war kein Zufall, kein Kratzen von Astwerk an einer Mauer oder ein Käuzchen im Baum, das Klopfen war hier. Direkt in seiner Nähe. Eine Katze, vielleicht? Einmal lang, dreimal kurz, einmal lang. Er rang um Atem. Er krallte unbewusst seine Finger in den abgewetzten Stoff der Sessellehnen. Feldges starrte auf den Bildschirm. Dort fuhr der Zug ungerührt seine vorbestimmte Strecke entlang. Wilhelm Feldges traute sich nicht, den Blick zu wenden. Die stoische Gleichmäßigkeit, mit der der dampfbetriebene Zug seine Geschwindigkeit hielt und über die Schienen glitt, gab ihm ein schwaches Gefühl von Sicherheit. Solange der Zug fuhr, konnte ihm nichts geschehen.

Einmal lang, dreimal kurz, einmal lang. Wilhelm Feldges traute sich kaum zu atmen. Angst, vor allem dieses unbegreifliche Gefühl von Panik und Flucht, hatte er schon lange nicht mehr gespürt. Darüber vergaß er sogar seine Schmerzen im Rücken. Es war jetzt nicht mehr zu verleugnen: Das Geräusch war deutlich zu hören und schien sogar immer näher zu kommen. War jemand im Zimmer, hinter ihm? Er hielt für einen Augenblick den Atem an und horchte auf ein verräterisches Knarren der trockenen Wohnzimmerdielen. Der Gedanke an ein Wesen in seinem Rücken ließ ihm sich seine Nackenhaare aufstellen. Er war sich sicher: Gleich würde er den heißen Atem spüren. Kalter Schweiß sammelte sich auf seiner Stirn. Er hatte keine Waffe, er war völlig wehrlos. Starr vor Schreck saß er in seinem Sessel. Angestrengt versuchte er nachzudenken. Jetzt nur nicht den Kopf verlieren. Aber nicht einmal das halb volle Wasserglas würde ihm als Waffe dienen können. Es stand zu weit weg von ihm. Und so schnell würde er sich nicht bewegen können. Den großen Aschenbecher hatte er in der Küche stehen lassen. Sein Atem ging jetzt ganz flach und in schnellen hechelnden Stößen. Er hatte das Gefühl, dass sich die Gefäße um sein Herz immer fester schlossen.

Da! Wieder, das Klopfen: Einmal lang, dreimal kurz, einmal lang. Er wollte sich aufbäumen, aber der unbarmherzige Rhythmus trieb das Klopfen wie grobe Pflöcke in seinen Körper und machte ihn bewegungslos. Feldges wollte handeln, musste etwas tun. Er wollte sich nicht kampflos ausliefern. Das hatte er in seinem bisherigen Leben noch nie getan. Es hatte immer einen Ausweg gegeben. Einfach stillhalten und warten? Das hatte er schon damals nicht gekonnt, als er noch in den letzten Kriegsmonaten von den Nazis, wie viele seiner Generation, in eine Uniform gesteckt worden war, um als allerletztes Aufgebot nicht weit von zu Hause in Breyell in einem dreckigen Schützenloch an der Bahnstrecke Richtung Venlo auf den längst sinnlos gewordenen Tod zu warten. Und auch später nicht, als er in den Aufbaujahren den Hof seiner Familie wieder hochbringen musste. Er hatte gegen seine Konkurrenten immer mit harten Bandagen gekämpft und war stets den schwereren Weg gegangen. Er hatte sich nie etwas schenken lassen wollen.

Er saß immer noch wie gelähmt in seinem Sessel und wartete. Zunächst hatte sein Gehirn es nicht glauben wollen, aber das gespenstische Klopfen hatte offenbar aufgehört. Minutenlang rührte sich Wilhelm Feldges nicht. Aber es blieb ruhig. War alles doch nur Einbildung? Hatte er das Klopfen doch nur geträumt? Er atmete tief durch und versuchte seinen Puls unter Kontrolle zu bekommen. Langsam entspannte er sich, seine verkrampften Finger lösten sich aus dem Stoff seines Sessels. Vielleicht war alles nur eine Reaktion seines Körpers gewesen, eine Schwäche des Gehirns, weil er seine Tabletten nicht pünktlich genommen hatte. Er war einfach nur ein alter Mann, der von seinen Halluzinationen genarrt wurde.

Er stemmte sich schließlich mit steifen Gliedern aus seinem Sessel und hob die Fernbedienung auf. Wilhelm Feldges wollte nur noch ins Bett und nicht mehr denken müssen. Vielleicht konnte er noch ein paar Stunden schlafen. Er schaltete den Fernseher ab und drehte sich um. Dann erstarrte er in der Bewegung und blieb an seinem Sessel stehen. Seine Augen wollten ihm den Dienst versagen, sein Herz raste und seine Finger suchten wieder Halt. Sein Puls klopfte hart gegen seine Schläfen. Durch das Fenster konnte er sehen, wie das Licht des fast vollen Mondes den Hof in helles Licht tauchte. Davor zeichneten sich scharf die Umrisse einer schwarz gekleideten Gestalt ab, die wieder an die Scheibe klopfte: Einmal lang, dreimal kurz, einmal lang. Ein Gesicht konnte Feldges nicht erkennen. Es war mit einem schwarzen Etwas, das wie eine Haube aussah, völlig vermummt. Nicht einmal die Augen waren zu sehen. Eine völlig schwarze, lichtlose Gestalt, die gegen seine Fensterscheibe klopfte. Einmal lang, dreimal kurz, einmal lang. Feldges bekam Angst. Todesangst.

Er konnte sich nicht rühren und starrte stattdessen immerzu auf die Gestalt vor seinem Fenster. War sie nicht doch nur bloße Einbildung, eine unbegreifliche Ausgeburt seiner Fantasie? Nein, das entsetzliche Klopfen war echt. Zwischen den Intervallen ließ das Etwas eine kleine Pause, mal etwas länger, mal etwas kürzer. Feldges wollte etwas sagen, sich wehren, dem Spuk ein Ende machen. Aber er konnte nur stumm den nutzlosen Mund öffnen. Sein Atem stockte, keinen Laut brachte er heraus.

Auf diesen Augenblick hatte das maskierte Wesen gewartet. Wie aus dem Nichts tauchte ein glänzendes Etwas in seinen schwarz verhüllten Händen auf. Das kleine Kästchen wanderte an der Figur hoch. Fast gleichzeitig blendete ein Blitz auf, der Feldges für einen Moment blind machte. Als sich seine Augen von dem Schock des gleißenden Lichtes erholt hatten, war die Stelle leer, wo gerade noch der leibhaftige Teufel gestanden hatte. Er zitterte.

III.

Nahezu im Gleichschritt zog der festlich gekleidete Elferrat der Wölese huldvoll winkend und unter dem rhythmischen Klatschen und begeisterten Pfeifen seines schon einigermaßen bier- und weinseligen Publikums zur kurzen Programmpause aus. Entlang des ohnehin schon engen Mittelgangs standen viele der bunt kostümierten Jecken mit hitzig geröteten Gesichtern auf ihren Stühlen, um ihrem Sitzungspräsidenten Paul Lienen und seinem Gefolge mit Zurufen, Luftschlangenwerfen und Kusshänden närrisch zu huldigen. Würdig und strahlend nahm der Narrenrat den Applaus seiner Untertanen entgegen. Kleine Sträußchen flogen durch das seit Wochen ausverkaufte Zelt. Man sah es ihnen leicht an: Die Wölese waren zufrieden. Das monatelange Proben hatte sich wieder einmal gelohnt. Schon die ersten Sketche und Büttenreden waren vom dankbaren Publikum mit ausgelassen skandierten »Raketen« belohnt worden. Besonders ihr neuer Sessionsschlager *Heut' Nacht am alten Lambert* war zu einem echten Nettetaler Karnevalshit geworden, der auch auf den Sitzungen anderer Gesellschaften gerne gesungen wurde.

Der Geruch von warmem Schweiß, verschüttetem Bier und Parfum lag schwer über den langen Tischreihen. Zusammen mit dem immer wieder aufflackernden Gelächter von bunten Clowns, verwegenen Cowboys und Indianergruppen, traurigen Vogelscheuchen, lasziven und kokett flirtenden Charleston-Diven, stolzen Musketieren, blaublütigen Schotten, den ungeduldigen Rufen nach der völlig überlasteten Bedienung, dem stakkatoartigen Klopfen kleiner Feigling-Fläschchen auf den Tischplatten, den lauten Trinksprüchen der als Zwerge verkleideten Landjugendabteilung, dem Qualm ungezählter Zigaretten und Zigarren mischten sich die Gerüche zu einer fast greifbaren wabernden Masse. Es war laut, und die Luft im beheizten Festzelt am Quellensee war zum Schneiden dick.

Carina Bommels wartete an der Stirnseite des in Blau und Gelb dekorierten Aluminiumzeltes, um sich an der breiten Theke ein Bier zu bestellen. Sie hatte wie jedes Jahr ihr weites Harlekin-Kostüm aus bunten Rauten und einem breiten weißen Kragen übergezogen, um ihre wärmende wollene Unterwäsche kaschieren zu können. Auf dem Kopf trug sie einen passenden roten Kegelhut, den sie mit einem dünnen Gummibändchen an ihrem Kinn befestigt hatte. Ihr kurzgeschnittenes Haar war kaum zu sehen. Carina Bommels schwitzte und hatte Durst. Und Kopfschmerzen. Sie spürte schon seit Tagen die Anzeichen einer nahenden Grippe, hatte sich aber trotzdem mit ihren Freundinnen zur Wölese-Sitzung verabredet. Von Karneval hielt sie eigentlich nicht viel. Schon gar nicht vom kommenden Altweibertag. Aber eine Sitzung der Kolping-Spielschar wollte sie auch in diesem Jahr auf keinen Fall verpassen.

Die Band um Jürgen Ucher, den sie vom Tischtennis her kannte, hatte dem Publikum schon vor der eigentlichen Sitzung mit Wölese- und anderen Schlagern mächtig eingeheizt. Gerade spielten Black Pudding das Lied vom *Sultan*. Carina Bommels konnte sich nur mit Mühe aus den Händen eines Teufels befreien, der sie in die Polonaise ziehen wollte, die nahe am Getränkestand vorbeizog. Sie lächelte gequält, denn sie mochte es überhaupt nicht, wenn ihr die Selbstkontrolle zu entgleiten drohte. Der groß gewachsene Teufel wackelte nur missmutig mit seinem zotteligen behörnten Kopf, als er merkte, dass er trotz Spieß und gespielt grimmiger Miene ihrer Gegenwehr nichts entgegenzusetzen hatte. Dafür war eine Maus mit langem schwarzen Schwanz neben Carina Bommels umso williger. Bereitwillig ließ sie sich um die Hüften fassen und in die närrische Reihe ziehen, deren Spitze schon wieder Richtung Bühne unterwegs war. Carina Bommels beobachtete mit missfallendem Blick, wie die schlanke Frau im hautengen grauen Mauskostüm übermütig ihre Hände auf die Schultern ihres Vordermanns legte, der als chinesischer Mandarin, in originalgetreues dunkelblaues Tuch gekleidet, lauthals den Refrain des Höhner-Liedes mitsang und ihr ausgelassen zuwinkte. Wie konnte man nur so eng und offenkundig unbeschwert an wildfremde Menschen heranrücken? Carina Bommels würde es nie verstehen. Karneval war wirklich nicht ihre Welt.

Die Buchhalterin eines Vergaserherstellers in Lobberich drehte sich wieder Richtung Theke. Es war um sie herum noch voller geworden. Scheinbar der halbe Saal drängelte sich durstig neben und hinter ihr. Als sie endlich an der Reihe war, hielt sie dem Zapfer ihre Biermarke hin. »Gib mir doch lieber ein Wasser, Hubert. Ich hab Kopfschmerzen.« Der kleine bärtige Mann mit dem mächtigen Bierbauch wischte sich eine Hand an seiner Schürze ab und beugte sich weit vor. »Ich will nur ein Wasser.« Carina Bommels musste fast schreien.

»Kein Problem, Carina. Bist du alleine?« Seine Stimme klang wie immer heiser.

»Nee. Hanna, Monika und Gisela sitzen vorne. Oder auch nicht. Vielleicht sind sie ja auch schon zum Klo. Ich werde gleich mal nachsehen.«

Hubert Heutz stellte ein Glas mit Mineralwasser auf die mit Kondenswasser beschlagene Kühlung der Zapfanlage und schob es in ihre Richtung. »Geht auf meine Kosten. Ich bin es vielleicht satt, kann ich dir sagen. Heute morgen erst um fünf Uhr ins Bett und dann wieder seit heute Nachmittag im Zelt. Mir tun die Beine weh. Ich glaube, ich werde langsam zu alt dafür. Gerti muss mich ablösen.«

Bevor Carina Bommels ihrem Vetter antworten konnte, wurde sie von einem feisten Sträfling beiseitegeschoben, der gleichzeitig Hubert Heutz seine Bestellung zurief. »Keine Zeit für Quatschen. Ich bin dran. Fünf Pils, zwei Alt, ein Wasser, drei Fanta, drei Cola. Ich hab schließlich nicht den ganzen Abend Zeit.«

Carina Bommels wurde von der Schlange hinter ihr einfach am Tresen weitergeschoben und konnte ihrem Cousin gerade noch zunicken. Hubert Heutz zwinkerte ihr aus seinem fast zugewachsenen Gesicht zu und widmete sich dann sichtlich unfreundlich seinem ungeduldigen Kunden. In seinem gelben Hemd und der großen blauen Schürze sah Hubert Heutz aus wie ein gemütlicher urgesunder Bierkutscher, den es aus alter Zeit unversehens in das närrische Wölese-Zelt verschlagen hatte, dachte seine Cousine.

Sie sah sich um. Es war immer noch viel Bewegung im Zelt. Aber langsam strömten die Besucher zurück zu ihren Plätzen. Nicht mehr lange, und die Wölese-Band würde wieder das *»Doa komme se ›de Wölese‹«* anstimmen. In diesem Jahr waren offenbar Vogelscheuchen angesagt, dachte Carina Bommels, als sie etwas abseits der Theke an ihrem Wasserglas nippte. Sie hatte in der kurzen Zeit schon mehr als ein Dutzend dieser Kostüme gezählt. Die Buchhalterin musste schmunzeln. Sie wusste von ihrer Freundin Monika aus Brüggen, dass das Venloer Einkaufszentrum »Maxis« in diesem Jahr einen Sonderposten Vogelscheuchen in der riesigen Karnevalsabteilung aufgebaut hatte. So füllten die geschäftstüchtigen Holländer mit ihrem reichhaltigen Angebot nicht nur die Vorratskammern der Niederrheiner mit Lebensmitteln, sondern prägten mit ihren preiswerten Kostümen auch noch das Brauchtum entlang der ehemaligen Grenze. Was würden die niederländischen Händler, wären sie zufällig ins Zelt am Quellensee geraten, angesichts der deutschen Bataillone gleich aussehender Vogelscheuchen nur denken? Sie würden sich auf jeden Fall die Hände reiben über das gelungene Geschäft, dachte Carina Bommels nicht eben freundlich über die Nachbarn.

Sie hielt weiter Ausschau nach ihren Freundinnen. Aber sie waren nirgends zu sehen. Vielleicht hatten die drei auf dem Weg zum Klo Bekannte getroffen. Sie trank ihr Glas leer und stellte es achtlos auf die Theke. Apropos. Bevor es im Programm weiterging, wollte sie auch noch mal kurz zur Toilette.

Draußen fegte dichter Schneeregen fast waagerecht und eiskalt zwischen dem Zelteingang und der Treppe zum Restaurant hindurch. Carina Bommels sah nur kurz an der Aluminiumwand des Zelts entlang über den Asphalt, auf dem breite Pfützen standen, und hastete dann die Backsteinstufen zum *Quellensee* hinauf. Fast wäre sie mit dem Geschäftsführer des Fördervereins Alter Lambert zusammengestoßen, der ihr mit seiner Frau entgegen kam.

»Hoppla.«

Aber Carina Bommels hatte das Paar nicht weiter beachtet und war schon an den beiden vorbei. Sie wollte möglichst schnell aus der Kälte wieder ins Warme zurück.

Kaum hatte sie die Glastür zum Restaurant hinter sich zugezogen, kam sie nicht weiter. Die Schlange vor den Toiletten im Untergeschoss des Ausflugslokals wand sich bereits in Zweierreihen über die Kellertreppe hinauf bis an den Eingang. Dadurch wurde der Rückweg für die Toilettenbesucher fast unpassierbar eng. Na, prima, dachte Carina Bommels, das kann ja noch heiter werden. Ungeduldig trat sie von einem Bein auf das andere. Warum hatte sie nicht schon früher daran gedacht? Denn es war natürlich wie jedes Jahr. Die für das Tagesgeschäft des Restaurants ausreichend dimensionierte Toilettenanlage des *Quellensee* war angesichts der Menschenmassen hoffnungslos überfordert.

Im Restaurant war es nicht weniger laut als im Zelt. Aus der Musikanlage dröhnte *Zehn nackte Friseusen*. Luftschlangen und Luftballons baumelten dicht an dicht von der beleuchteten Bierreklame, die über dem Tresen von der Decke hing. Die vier Bedienungen hatten alle Hände voll zu tun, um die Bestellungen der Gäste abzuarbeiten, die sich dicht an dicht in dem vergleichsweise kleinen Raum drängten. Das Bier lief im endlosen Strom aus den Hähnen. Die gebrauchten Gläser am Waschbecken klirrten jedes Mal, wenn sie aus Platzmangel weiter zusammengeschoben wurden. Auch im *Quellensee* war die Luft stickig und nahm Carina Bommels im ersten Augenblick den Atem.

Aber ich muss wenigstens nicht draußen warten, dachte sie, als sie sich endlos langsam Stufe für Stufe die Kellertreppe hinunterarbeiten konnte. Ihre Blase meldete sich. Bloß nicht länger daran denken.

»Na? Auch mal wieder in Breyell?«

Carina Bommels hatte die blonde Ortsvorsteherin Breyells nicht gleich erkannt, die ihr in ihrem eng geschnittenen Western-Outfit aus dem Untergeschoss entgegendrängte und eine Stufe über ihrer stehen blieb. »Hallo. Was heißt ›auch mal wieder‹? Ich bin fast jede Woche hier in Breyell. Du weißt doch, dass ich meine Mutter auf dem Friedhof liegen habe. Außerdem, einmal Breyellerin, immer Breyellerin.« Carina Bommels kannte die emsige Lokalpolitikerin und Journalistin noch von der Schule.

»Brav, liebe Carina, das wollte ich hören. Und sonst? Im Betrieb noch alles in Ordnung?«

»Ach, geht so. Seit einiger Zeit haben wir wieder mehr zu tun. Es ist halt wie immer. Aus dem Neusser Stammhaus ist ständig so ein junger Werksleiter bei uns im Haus. Der sorgt für mächtig Dampf. Oh je, meine Blase platzt gleich. Ist es arg voll da unten?« Carina musste mittlerweile dringend zur Toilette.

»Langsam wird es weniger. Wenn es schnell gehen muss, solltest du aufs Männerklo gehen. Die haben mehr Durchlauf. Machs gut, mein Männe wartet schon. Viel Spaß noch. Man sieht sich.« Die Ortsvorsteherin griente sie mitleidig an, tippte mit dem Zeigefinger kurz an den Rand ihres Stetsons und verschwand nach oben.

Es kam Carina wie eine Ewigkeit vor, als sie endlich unten im Flur vor den Toiletten ankam. Dort war es kalt, denn die Kellerfenster standen offen. Die mit grünen Kacheln im Stil der 70er dekorierte Damentoilette war überfüllt, das konnte Carina Bommels mit einem Blick erkennen. Die Kabinen waren abgeschlossen, vor den Spiegeln standen mehrere Frauen, um ihr Make-up aufzufrischen. Dabei unterhielten sie sich laut über gemeinsame Bekannte und deren »unsägliche Art«, Männer anzumachen, kicherten und zogen und zupften an ihren Kostümen. Die eine oder andere schob ihr ohnehin schon freizügiges Dekolleté noch ein Stückchen tiefer, als gelte es, die besten Waffen für den alles entscheidenden Kampf der

Geschlechter bereitzuhalten, der gleich weiter oben im Zelt auszutragen sein würde.

Carina Bommels konnte es nicht mehr aushalten. Sie musste jetzt. Und zwar sofort. Sie hatte es schon auf der Treppe geahnt, ihre einzige Chance war das Männerklo. Von dort hatte sie schon mehrere Frauen kommen sehen. Ihr Schamgefühl sträubte sich mit aller Macht gegen den Schritt, aber der Druck ihrer Blase war einfach stärker. Carina Bommels atmete tief durch. Besondere Ereignisse erforderten besondere Maßnahmen, dachte sie und drückte sich an einer Geschlechtsgenossin vorbei, die ihr albern kichernd entgegen kam.

Bloß nicht als prüde Gans wirken. Betont lässig blieb sie daher für einen Moment am Eingang stehen. Ihr war eingefallen, dass sie ja schließlich kostümiert war und man sie schon nicht erkennen würde. Also, was soll's, dachte sie, entweder wird hier jetzt eine Schüssel frei oder alles Anstehen war umsonst und ich mache mir doch noch in die Hose. Die Aussicht auf einen feuchten Slip war noch unerträglicher als das Grinsen der Männer, die in Reih und Glied an der Pinkelrinne beschäftigt waren und sich nach ihr umgedreht hatten.

»Keine Angst, Frau Bommels, wir tun dir nichts. Der lustige Harlekin wird doch wohl schon mal einen Mann gesehen haben, oder?«

Carina Bommels zuckte zusammen. Oh, nein. Burkhard Mertens aus der Konstruktion. Ausgerechnet. Jetzt bloß nicht zurück. Sie sah auf die festgetretenen grünen Papierhandtücher, die über den ganzen Boden verteilt waren. Mit einem betont forschen »Keiner dreht sich um«, rauschte sie an der feixenden Riege vorbei und stieß schwungvoll mit einer Hand gegen eine der Kabinentüren, die nur angelehnt schien.

Ihr spitzer Schrei ließ alle Gespräche und alles übermütige und hämische Gelächter abrupt abreißen, nur von oben dröhnte die Karnevalsmusik unvermindert hinunter in die Katakomben. Carina Bommels war mitten in der Bewegung erstarrt: Ein lustig bunter Harlekin mit schiefem Hut und vor Entsetzen verzerrtem Gesicht. Sie merkte nicht, wie ihre Beckenmuskeln langsam dem Druck ihrer Blase nachgaben.

Vor ihr auf dem nassen, kalten Boden lag ein Mann, den leblosen Oberkörper halb über die Kloschüssel gebeugt. Eine Hand hing schlaff im Wasser der laufenden Spülung. Auf seinem Hinterkopf trug er eine verrutschte winzige Melone aus billiger schwarzer Pappe mit einem schmalen roten Dekorband, an dem eine gelbe Feder befestigt war. Soweit zu erkennen war, seine einzige Verkleidung. Sein Kopf lehnte mit weit aufgerissenen Augen an der Wand zur Nachbarkabine, nur ungenügend gestützt von der schmutzigen Klobürste, deren Stil sich zwischen Ohr und

Hinterkopf geklemmt hatte. Die Füße des Mannes lagen so verdreht, dass es so aussah, als habe er sich inmitten durchweichter Toilettenpapierreste in einer absurden Umarmung um die Kloschüssel gelegt.

»Da, da, da.« Carina Bommels konnte nur stammeln und deutete vage auf die gekrümmte Gestalt zu ihren Füßen, deren schäbiger, dunkelbrauner Anzug an den Hosenbeinen und am Jackett durchnässt war von der schmutzigen Pfütze, die auf dem Boden der Kabine stand.

Irgendjemand schob Carina Bommels unsachte zur Seite und versuchte die Kabinentür ganz aufzudrücken. Es war Mertens aus der Konstruktion. »Mein Gott, das ist doch der alte Feldges. Wir brauchen einen Arzt, schnell, und einen Krankenwagen, los, beeilt euch. Sanitäter, Sanitäter!« Mertens ließ seine Kollegin einfach stehen und rannte an der gaffenden Menge vorbei Richtung Treppe. Was hätte er denn auch anderes tun sollen?

Carina Bommels brauchte jetzt dringend frische Unterwäsche.

IV.

Ecki öffnete umständlich die Türe zu ihrem Büro und stellte vorsichtig eine prall gefüllte Plastiktüte auf seiner Schreibtischunterlage ab. Sein nächster Weg führte ihn direkt zum Fenster, dabei zog er sich seine pelzbesetzte helle Cordjacke aus. Betont auffällig riss er dann einen der unteren Fensterflügel auf. Dabei hätte er fast den Blumentopf mit einer mittlerweile halb verwelkten Cannabispflanze vom Fensterbrett gefegt. Der Topf war der letzte von mehreren, die die Kollegen vom Rauschgiftdezernat KK 14 vor einiger Zeit vorbei gebracht hatten, als »witzige Einstimmung auf Weihnachten«. Zunächst hatte sich das Grünzeug als resistent erwiesen gegen die Kaffeereste, die Ecki regelmäßig als Dünger entsorgt hatte. Nach und nach waren die Pflanzen allerdings eingegangen.

Ecki brummelte etwas Unverständliches vor sich hin und schob den Topf halbherzig zurück.

Eigentlich hatte Ecki ein Händchen für Pflanzen. Im Büro der beiden Kriminalhauptkommissare war es daher auch deutlich grüner als in den anderen Arbeitsräumen des Mönchengladbacher Polizeipräsidiums an der Theodor-Heuss-Straße. Dass die eingetopften Cannabispflanzen schließlich allesamt die Blätter hatten hängen lassen, lag daher gewiss an Eckis natürlicher Abneigung gegen Drogen. Franks Kollege hatte dafür andere Laster. So konnte er kaum an frischen Hefeteilchen vorbei gehen. Noch dazu, wenn sie mit reichlich Zuckerguss überzogen waren. Es gab kaum einen Tag, an dem er nicht eine Tüte mit Nussschleifen, Rollkuchen oder

Nussecken auf dem Armaturenbrett ihres Dienstwagens liegen hatte. Dabei hielt Michael Eckers schon seit Jahren sein Gewicht. Um fit und schlank zu bleiben, ging er nicht nur regelmäßig mit Kollegen ins benachbarte Sportzentrum zum Beachvolleyballspielen, sondern er hielt seinen muskulösen Körper auch mit Joggen und Gewichtheben in Form.

Frank beneidete seinen Freund und Kollegen um dessen konsequentes Training. Viel zu selten nahm sich Frank die Zeit, um für seine eigene Fitness zu arbeiten. Das blieb dann auch nicht ohne Folgen – er war schnell anfällig für eine Erkältung. Außerdem machte sich das lange Sitzen am Schreibtisch durch einen Bauchansatz deutlich bemerkbar. Lisa hatte ihn in den vergangenen Wochen schon mehrfach damit aufgezogen, dass offensichtlich nicht nur sie alleine schwanger sei. Jedes Mal hatte er sich über die spitze Bemerkung geärgert, aber viel mehr war dann auch nicht passiert. Außer vielleicht, dass er sich vorgenommen hatte, auch wieder mit dem Joggen anzufangen. Das Problem war nur, er bekam nach Feierabend einfach nicht den Hintern hoch. Schließlich hatte er ja auch noch seine Bluesband, mit der er regelmäßig probte.

Frank beobachtete über den Rand seiner aufgeschlagenen Westdeutschen Zeitung hinweg mit hochgezogenen Augenbrauen und zunächst schweigend seinen Freund und Kollegen. Als er aber an seinen Beinen die Kälte spürte, die durch das geöffnete Fenster in ihr Büro beim KK 11 eindrang, wurde es ihm dann doch zu bunt. »Hey, du altes Frettchen, kannst du nicht wenigstens heute mal darauf verzichten, das Fenster aufzureißen, wenn du kommst? Du willst wohl, dass ich mich doch noch krankschreiben lasse. Mann, mach zu, es wird kalt!« Frank ließ die Zeitung auf den Schreibtisch fallen und sah Ecki schief von der Seite an. Wie zum Beweis seiner angegriffenen Gesundheit schickte Frank seiner Beschwerde ein kurzes bellendes Husten hinterher und zog dabei vorwurfsvoll die Nase hoch.

»Meine Güte, wie bist du denn wieder drauf? Habt ihr am Wochenende euren Auftritt vergeigt?« Ecki feixte. Die beiden kannten sich bereits seit vielen Jahren und waren damals aus dem Wach- und Wechseldienst zum KK 11 gekommen. Ungezählte Stunden hatten sie sich in ihrem Arbeitsleben schon gemeinsam in ungemütlichen und kalten Dienstwagen herumgedrückt. Um sich die oft elend langweilige Zeit der Observationen wenigstens ein bisschen zu verkürzen und angenehmer zu machen, hatten sie sich extra einen CD-Player in den Dienstwagen montiert, über den sie dann abwechselnd, peinlich genau und gerecht verteilt, Volksmusik und Blues hörten. Das war neben der Zerstreuung zugegebenermaßen für beide Seiten manchmal eine arge Tortur, aber eine andere Lösung für ihren mehr als unterschiedlichen Musikgeschmack war ihnen bisher nicht eingefallen. Aber immer noch besser, als stumm und gelangweilt aus dem Autofenster irgendwelche Wohnungen oder Fabrikhallen beobachten zu müssen. Außerdem war der natürlich illegal installierte CD-Player so etwas wie ihr gemeinsamer Protest gegen die allzu bürokratischen Kollegen. Vor allem in der Gestalt von Horst Laumen versuchten die, ständig und ohne Fantasie, dafür aber mit Akribie, die für alle gültigen Dienstvorschriften durchzusetzen.

»Das ist doch schon krankhaft pathologisch, dieser Frischluftwahn«, brummte Frank und kramte in seiner Schreibtischschublade. »Irgendwo muss ich doch noch Kamillentee haben. Was trägst du eigentlich für ein T-Shirt? Orange! Und dazu die passende Butterbrotdose. Sehr chic. Ist das eigentlich Butter oder Gel in deinen Haaren?«

»Lenkt jedenfalls vom Gesicht ab.« Michael «Ecki« Eckers war nicht gekränkt. Im Gegenteil. Er sah amüsiert zu, wie Frank auf seinem Stuhl saß, gebückt in den Schubfächern seines Schreibtisches kramte und dabei ächzend eine gelesene *Bluesnews* sowie mehrere blaue leere Plastikbehälter für Bluesharps auf den Tisch warf. Ecki schüttelte den Kopf. Frank konnte schon merkwürdig sein, wenn er krank war, oder meinte, ernsthaft krank zu sein. »Hypochonder« wäre vielleicht zu viel gesagt, aber weit weg davon war Frank sicher nicht. Eckis Grinsen wurde immer breiter, als er die Ansammlung von unterschiedlichen Pillenpackungen, einem Streifen Lutschtabletten, großen und kleinen braunen Glasfläschchen und Tempotaschentücher-Packungen sah, die Frank nach und nach ans Tageslicht beförderte und wie eine Klagemauer auf der Grenze zum Schreibtisch seines Kollegen aufbaute.

»Was willst du mir jetzt damit sagen? Dass ich in den nächsten 48 Stunden mit deinem Ableben rechnen muss, weil du für einen Augenblick, und ich betone – möglicherweise einen ganz kurzen Augenblick – im Durchzug gesessen haben könntest? Soll ich schon mal nach dem Priester schicken?«

»Spinn jetzt nicht rum, ich werde echt krank. Eine Grippe. Das ist bei diesem Wetter auch kein Wunder. Ich hätte wirklich mit mehr Verständnis für meine Gesundheit gerechnet. Mit einer Erkältung oder Grippe ist nicht zu spaßen, hat mein Hausarzt gesagt. Die Medikamente brauche ich alle.« Frank hob ein Röllchen mit Tabletten hoch. »Hier, die sind gegen Kopfschmerzen. Ich habe das Gefühl, gegen eine Wand gerannt zu sein. Ich hasse es, krank zu sein.«

Ecki winkte ab. »Apropos. Ich habe uns eine Teekanne mitgebracht. Marion meint, wir könnten uns doch in Zukunft Tee aufbrühen, statt Kaffee zu kochen. Ist auf jeden Fall gesünder. Grüner Tee. Ist gut gegen fast alles.« Ecki packte den Glasballon und einen Minutenwecker aus der Tüte. »Mit dem Wecker können wir genau bestimmen, wie lange der Tee ziehen muss.« Er stellte eine Dose dazu. »Natürlich gibt es keine Aufgussbeutel. Da sind eh nur die zusammengekehrten Reste drin. Marion hat uns extra Grünen Tee aus dem Teeladen besorgt.« Er legte noch ein Taschenbuch dazu.

»Und was ist das? Die Anleitung zur chinesischen Teezeremonie?«

»Anti-Aging. Solltest du auch mal lesen. Ich habe es extra für dich mitgebracht. Wir kommen langsam in das gewisse Alter, du alte Bazille, in dem es anfängt, hier und da zu zwicken.«

»Drehst du jetzt völlig am Rad? Oder was?« Frank versuchte ein Husten zu unterdrücken.

»Du bist das beste Beispiel. Wenn du mehr für deinen Körper tun würdest, wärst du bestimmt nicht so oft krank. Und je älter wir werden, umso wichtiger ist das.« Ecki blätterte in dem Buch. »Hier steht es: Noch nie waren die Chancen so groß, gesund alt zu werden. Aber eine höhere Lebenserwartung verheißt noch lange nicht auch einen goldenen Herbst.«

»Komm, verschone mich mit deinen medizinischen Weisheiten. Für so einen Quatsch habe ich keine Zeit. Alt werden wir alle. Ich habe andere Dinge zu tun, als mich um meine Falten zu kümmern.«

»Wenn du dich da mal nicht vertust. Was ist, wenn euer Kind zwanzig ist und dann einen tattrigen Vater hat?« Ecki grinste Frank an.

»Ha, ha. Ich lach mich tot.«

»Besser nicht. Arme Lisa. Und das Kind wächst ohne Vater auf. Eine schreckliche Vorstellung.«

»Nun hör schon auf mit deinen Scherzen. Mach dich nicht über einen kranken Mann lustig. Okay, du hast ja recht. Ich habe mir auch schon vorgenommen, gesünder zu leben.« Frank wollte das Thema wechseln. »Ich brauche jetzt ein Glas Wasser für meine Tabletten. Habe ich dir schon gesagt, dass ich mir ernsthaft Gedanken über meinen MGB mache?«

»Wieso? Hat der Vergaser Schnupfen?«

»Spinner. Ich denke, dass ich spätestens im Sommer den Wagen verkaufen muss. Wir brauchen dann einen Kombi. Mir bricht fast das Herz, wenn ich daran denke.«

»Das ist halt so im Leben. Die schöne Zeit des Singledaseins ist dann zu Ende. War ja eh nicht lange.« Ecki hatte einen ganz sensiblen Punkt angesprochen, denn Frank war geschieden. Deshalb schob er die unverfängliche Frage hinterher. »Von wann ist dein Cabrio eigentlich?«

»’72.«

»Ganz schön alt für ein Auto. Wenn du nicht schon so viel in die Karre hineingesteckt hättest, hätte sie bestimmt nicht so lange durchgehalten.

Auch eine Form von Anti-Aging. Du wirst den Wagen bestimmt gut verkaufen können.« Ecki bemerkte Franks sorgenvollen Blick. » Ich mach uns jetzt erst mal einen Tee. Der wird uns guttun. Und lass künftig wirklich mal die Finger vom Mörderkaffee. Kollege Ingo bringt uns noch alle um, wenn er weiter so viel Kaffeepulver nimmt.«

»Wenigstens hält der uns zur Not auch zwei Tage wach.«

Das Telefon klingelte.

Ecki seufzte und hob den Hörer ab. »Eckers, KK 11.« Aufmerksam hörte er zu, dabei legte sich seine Stirn in Falten. »Okay, habe verstanden. Ist die Spurensicherung informiert? Wir sind schon unterwegs. Ciao.« Er sah Frank an. »Das war Schiffer von der Leitstelle. In der Hardterwald-Klinik haben sie einen Toten gefunden.«

Keine halbe Stunde später fuhren Frank und Ecki mit ihrem Dienst-Mondeo erst am Pförtnerhaus und dann am ehemaligen Kutscherhaus des Anwesens vorbei auf das weitläufige Gelände der Hardterwald-Klinik. Auf der kurzen Zufahrt zum Hauptgebäude der früheren Lungenheilstätte kam ihnen ein Krankenwagen der Johanniter entgegen. Frank konnte sich nicht daran erinnern, wann er das letzte Mal auf dem Klinikgelände war. Dass musste schon viele Jahre her sein, als er seinen Onkel besucht hatte.

Frank war erstaunt, wie großzügig das Gelände war. Das hatte er völlig vergessen. Die eigentliche Klinik lag mitten in einem Park, der mit seinen hohen und sehr alten Bäumen auch jetzt im Winter noch vornehm wirkte. Im Mai oder im Herbst musste es hier herrlich sein. Er hielt mit seinem Dienstwagen direkt vor dem Eingang der Klinik.

»Das sieht aber klasse aus. Guck mal, die Erker, das gemeißelte Wappen und das Türmchen! Sieht fast aus wie ein Schloss. War schon ewig nicht mehr hier.« Ecki beugte sich vor, um besser an der hell gestrichenen Hausfront emporsehen zu können.

»Klassischer Jugendstil, wenn ich mich nicht irre. Los, komm, die Kollegen warten bestimmt schon.« Frank stieg aus.

An der Pforte der Klinik wurden sie wieder zum Auto zurückgeschickt. Der Fundort der Leiche lag im hinteren Teil des Klinikgeländes, dicht bei einem schon vor einigen Jahren verlassenen Wirtschaftsgebäude. Anders als das Haupthaus zeigte der Bau schon deutliche Zeichen des Verfalls. Die beiden Kommissare wurden an einer Absperrung bereits von einem Kollegen in Uniform erwartet, der sie abseits des Waldweges ein kurzes Stück hinein ins Unterholz führte. Die Spurensicherung war bereits bei der Arbeit.

Frank und Ecki hatten in ihrer Zeit beim Morddezernat schon vieles gesehen, aber sie waren trotzdem jedes Mal erneut schockiert über die Brutalität, mit der Menschen anderen Menschen Leid antun konnten. Sie waren, wie immer so kurz vor ihrer ersten Begegnung mit der Leiche, angespannt bis aufs Äußerste. Als sich die beiden Kriminalhauptkommissare dem Tatort näherten, kam ihnen der diensthabende Gerichtsmediziner Richard Leenders entgegen.

»Kein schöner Anblick, das kann ich euch sagen.« Leenders zog an seiner unvermeidlichen Zigarette. »Bevor ihr fragt: Viel haben wir noch nicht. Sind ja auch noch nicht lange bei der Arbeit.«

Frank war ganz froh, dass er sich mit dem wie immer finster dreinblickenden und graubärtigen Leenders nicht auf lange Diskussionen einlassen musste. Sie beide mochten sich nicht besonders, ohne dass einer der beiden hätte erklären können, warum.

»Schon gut, Leenders.« Frank wusste, dass Leenders wenig mehr hasste als vorschnelle Fragen nach Ergebnissen.

»Hallo, Doc.« Ecki ließ den Mediziner stehen und verschluckte wohlweislich den Rest von Leenders Spitznamen – alle Kollegen nannten ihn in dessen Abwesenheit *Mad Doc*. Der Name hatte sich mit den Jahren eingebürgert und vermutlich mehr mit Leenders Arbeit zu tun als mit seiner Art. Denn wer wurde schon aus freien Stücken Gerichtsmediziner, um an unappetitlich zugerichteten und stinkenden Leichen herumzuschnippeln. So dachten zumindest die meisten im Präsidium.

Der Tote hing am Baum. Aber nicht an einem Ast. Er war mit einem Strick lose an den glatten Stamm einer alten Buche gefesselt, sodass sein Körper mit weggeknickten Beinen schlaff vornüber gebeugt hing. Über den Kopf hatte man dem Toten eine Art Kartoffelsack gestülpt. Es konnte aber durchaus auch eine andere Art Sack sein, dachte Frank beim ersten Anblick, zumindest war er aus grob gewirktem braunen Leinen genäht.

Franks Anspannung war jetzt seiner Routine gewichen. Sachlich und emotionslos begann er, seinen ersten Ermittlungskatalog abzuarbeiten. Ganz im Sinne seines erfahrenen Ausbilders, der immer wieder und beharrlich betont hatte, mehr als Mord geht nicht. Toter als tot gibt es nicht.

Unterhalb der Knie konnte Frank auf der Hose des Toten dunkle Flecke sehen, sie sahen aus wie eingetrocknetes Blut. Ähnliche Flecke entdeckte er an den Oberarmen des Mannes. »Ecki, siehst du das?« Frank drehte sich zu seinem Freund um.

»Merkwürdig. Diese Flecken an Beinen und Armen, meinst du? Was mag das sein?«

»Keine Ahnung, mal abwarten, was Leenders nach der Obduktion dazu zu sagen weiß. Offene Wunden?« Frank ging einen Schritt näher an die Leiche heran. »Was ist das für ein Sack?«

»Sieht aus wie ein alter Kartoffelsack.«

»Hm. Hast du mal ein Taschentuch für mich?« Frank war sich ganz sicher, die Grippe hatte ihn endgültig erwischt. Dankbar nahm er das angebotene Tempo an und putzte laut schnaufend seine Nase. »Wenn ich dich nicht hätte.« Frank hielt die Leiche im Blick, als er von der einen Seite des Toten auf die andere wechselte. »Guck dir das mal an, sieht aus wie getrocknetes Blut. Der Sack ist ganz voll davon.« Erst jetzt bemerkte Frank, dass der Körper des Mannes über und über mit Waldboden und Blättern beschmiert war. »Und was hat das nun wieder zu bedeuten? Der ganze Dreck?«

»Vielleicht hat es vorher noch einen Kampf gegeben und Täter und Opfer haben sich auf dem Boden gewälzt.«

Frank betrachtete das Umfeld der Buche. »Nach Kampfspuren sieht das hier aber nicht aus. Außerdem haftet der Boden zu gleichmäßig an den Kleidern. Was hat er überhaupt an?«

»Sieht aus wie ein Hausanzug aus Baumwolle, fast wie ein Trainingsanzug. Keine Knöpfe an der Jacke, sondern ein Reißverschluss.« Ecki sprach bereits in sein Diktiergerät. »Das tragen alte Menschen zu Hause, aus Bequemlichkeit oder wenn sie ins Krankenhaus müssen. Als mein Vater vor einem Jahr wegen seines Magengeschwürs ins Elisabeth-Krankenhaus musste, hat meine Mutter ihm auch so ein Teil gekauft. Einen Bademantel wollte er nämlich nicht. Seit er wieder zu Hause ist, läuft er abends fast nur noch in seinem darin herum. Ist sehr bequem, meint er. Meine Mutter bekommt deswegen noch die Krise. Sie findet, ihr Mann lasse sich mit zunehmendem Alter gehen.«

»Meinst du, der Tote war hier Patient?«

»Kann doch sein, oder würdest du bei der Kälte nur im leichten Trainingsanzug nach draußen gehen?«

»Nee, auf keinen Fall.« Frank musste wieder niesen.

»Kollege Borsch?« Ein Beamter im weißen Einmaloverall kam auf ihn zu. »Wir haben ein Stück weiter einen Rollstuhl gefunden. Mit einer Stationsnummer hinten auf der Lehne. Damit könnte der Tote hierher gekommen sein.«

»Danke. Nehmt ihn mit zur KTU.«

»Nee, wir lassen ihn hier stehen.« Der Kollege von der Spurensicherung fühlte sich gegängelt und trollte sich missmutig.

»Mann, hat der eine Laune. Leenders färbt wohl ab mit seiner Art.«

Ecki ignorierte die Bemerkung. »Vielleicht kann uns Leenders erklären, wo das ganze Blut an dem Sack herkommt. Sieht so aus, als ob der Mann eine schwere Kopfverletzung hat.«

»Guckt euch mal den Nackenbereich an.«

Frank zuckte zusammen. »Mann, Leenders, musst du dich eigentlich immer von hinten anschleichen? Kannst du dich nicht wie jeder normale Mensch bemerkbar machen?«

»Was, Herr Kriminalhauptkommissar, sind schon normale Menschen?«

»Hätte mir denken können, dass du dir die Frage nicht selbst beantworten kannst, Doc«, knurrte Frank. »Was ist mit seinem Nacken?«

»Sieht aus wie ein Einschussloch, knapp oberhalb des zweiten Halswirbels. Vielleicht ein bisschen schräg getroffen. Aber ich werde es herausbekommen, alles zu seiner Zeit. Verlasst euch drauf.«

»Das tun wir.« Frank musste wieder niesen. Sein Papiertaschentuch war schon ganz durchgeweicht.

»Oh, oh, klingt nach Grippe. Schlimmstenfalls Vogelgrippe. Pass nur auf, dass sie dich nicht noch dahinrafft. Wäre wirklich schade um dich.« Leenders lachte meckernd.

»Spar dir deine Scherze. Sag mir lieber, was ich gegen den Schnupfen tun kann.«

»Wenn ich mir die Grippewelle so ansehe, die derzeit am Niederrhein tobt, ist dir mit einem einfachen Schnupfenspray nicht zu helfen. Du brauchst ein Antibiotikum. Aber frag deinen Hausarzt oder Apotheker. Ich bin nur für Tote zuständig. Vergiss nicht: Auf jeden Fall viel trinken.« Leenders verschwand wieder Richtung Hauptweg.

»Ich kann das überhaupt nicht ab. Wie schafft der das nur, so unbemerkt zu bleiben?«

»Ist das so wichtig?«

Frank sah seinen Freund verdächtig aufmerksam an.

Ecki ahnte schon, was das bedeutete. »Nee, tu mir das nicht an, Frank, nicht schon wieder. Du bist dran, fahr du diesmal mit nach Duisburg. Nicht schon wieder ich. Außerdem habe ich noch nichts gegessen. Das stehe ich nicht durch.«

»Is ja schon gut. Reg dich wieder ab. Wir fahren zusammen. Lass uns aber erst einmal den Chefarzt der Klinik befragen. Vielleicht kann er uns schon weiterhelfen. Wenn er Patient hier war«, Frank zeigte mit dem Daumen auf den Toten, »dann hat er auch eine Krankenakte und einen Namen. Komm, lass uns keine Zeit verlieren. Ich habe weiß Gott genug gesehen.«

Ecki nickte widerwillig. Frank wusste ganz genau, dass er nichts mehr hasste als Obduktionen. »Wie lange mag der Tote hier schon so gefesselt gestanden, oder besser gesagt, gehangen haben?«

»Sieht so aus, als ob er schon länger tot ist. Frische Spuren sind das jedenfalls nicht mehr. Mann, ich werde richtig krank.« Frank schniefte und begann zu husten.

Der Chefarzt der Hardterwald-Klinik wartete bereits im großen Sitzungszimmer im Nebentrakt des Hauptgebäudes auf die beiden Polizeibeamten. Frank und Ecki empfing eine gediegene Einrichtung aus dunkler Wandtäfelung und geschliffenem Glas, das in die dezent geschnitzten Jugendstiltüren aus Eichenholz eingelassen war. An der Stirnwand neben dem Eingang hingen drei Ölgemälde. Sie zeigten alle das Bild einer vornehm wirkenden jungen Frau. Frank registrierte drei weitere Bilder. Das eine war eine Art historischer Bauplan oder Bebauungsplan des Krankenhausgeländes, auf dem anderen Bild war ein Mann in preußischer Uniform zu sehen. Außerdem dominierte das große Ölbild eines Mannes im schwarzen Anzug die andere Stirnseite des Raums. Das Zimmer selbst wurde fast gänzlich von schweren Tischelementen beherrscht, die zu einem Konferenztisch zusammengeschoben worden waren.

Der Chefarzt saß am Kopfende des Tischs und stand auf, als die beiden Kommissare den Raum betraten. »Guten Tag, meine Herren. Eine schreckliche Geschichte, nicht wahr?« Der Mediziner im weißen Kittel kam ihnen eilfertig entgegen und streckte seinen Besuchern zur Begrüßung die Hand hin. Aus der rechten Tasche lugten die Enden eines Stethoskops. In der Brusttasche steckte ein Piepser.

Fehlt jetzt nur noch, dass er uns nach unserem Versicherungskärtchen fragt, dachte Ecki. »Kasse oder Privat?« Er mochte Ärzte nicht besonders, hielt sie eher für »Beutelschneider«, die ihre Patienten nur als willkommene Lieferanten ihres Einkommens sahen und jede neue Grippewelle mit Genugtuung erwarteten. Entsprechend kühl beantwortete er den Gruß.

»Darf ich mich vorstellen? Mein Name ist Hübgens, Privatdozent Dr. Fritz Theodor Hübgens. Ich bin der leitende Chefarzt der Geriatrie. Bitte setzen Sie sich doch, meine Herren.« Hübgens zog mit einer Hand einen der Konferenzsessel zu sich heran und deutete mit der anderen auf die freien Plätze am Tisch.

Hübgens klang wirklich so, als habe er Patienten vor sich, dachte Ecki. Gleich muss ich mir den Oberkörper frei machen.

Frank bemerkte, dass sich sein Kollege nicht sonderlich wohl fühlte in Gegenwart des Arztes. Deshalb übernahm er die Initiative. »Wer hat den Toten gefunden, und wann, wissen Sie das?«

»Einer unserer Krankengymnasten. Er war gerade, und wie immer um diese Zeit, mit einem seiner Patienten zu einem kleinen Spaziergang im Park unterwegs. Mobilitätstraining, wenn sie verstehen, ein Stück an der alten Landwehr entlang.« Der sah die Polizisten über seine unmoderne Brille hinweg erwartungsvoll an.

Ecki räusperte sich und reichte Frank wortlos ein Papiertaschentuch, der schon ohne Ergebnis die Taschen seiner Jeans durchsucht hatte.

»Erkältet? Da hilft vor allem viel trinken. Was sagt Ihr Hausarzt dazu?«

»Ich gehe selten zum Arzt. Die Erkältung kommt von alleine, dann geht sie auch wieder von alleine.«

Ecki sah seinen Freund erstaunt von der Seite an und musste an die Batterie Medikamente denken, die Frank auf seinem Schreibtisch gestapelt hatte. So, so, Erkältungen kommen und gehen von alleine.

»Seien Sie um Himmelswillen nicht leichtsinnig. So eine Erkältung kann ganz leicht zu einer ernsthaften Erkrankung werden. Und dann fangen die Beschwerden erst so richtig an. Wenn Sie wollen, kann ich Sie gleich einmal abhorchen. Eine Musterpackung Antibiotikum müsste ich auch noch im Schrank haben.«

Frank nickte dankbar und schniefte. »Hat der Tote auch einen Namen? War er Patient bei Ihnen?«

»Der Mann heißt, oder besser hieß, Moment ich habe es mir notiert ...«, Hübgens zog einen kleinen Zettel aus seiner rechten Kitteltasche, »Hans-Georg Verhoeven, Rentner aus Nettetal.«

»Warum war er bei ihnen?« Ecki begann, sich Notizen zu machen. In seiner Rolle als Ermittler fühlte er sich deutlich wohler.

»Das Übliche.«

»Geht das bitte ein bisschen genauer? Was heißt ›das Übliche‹? Wir sind keine Mediziner, müssen Sie wissen.« Ecki war wieder ganz Herr der Lage.

»Oh, entschuldigen Sie, meine Herren, ich meinte natürlich die geriatrischen Befunde. Wie gesagt, das Übliche halt in diesem Alter. Verhoeven war Jahrgang ’26. Ein leichter Schlaganfall, die fehlende Mobilität, Diabetes mellitus, Zucker, also.« Hübgens hatte Eckis fragenden Blick verstanden. »Das Herz, möglicherweise erste Anzeichen für eine beginnende Demenz. Meist ist es ein ganzes Bündel von Erkrankungen, die im Alter auftreten und den Menschen Probleme machen. Verhoeven hätte in dieser Woche nach Hause entlassen werden sollen. Wir sind bemüht, unsere Patienten möglichst rasch wieder in ihre gewohnte Umgebung zurückkehren zu lassen.«

»Sagen Sie, haben Sie Verhoeven nicht vermisst? Nach erstem Augenschein muss er schon länger tot sein. Ist Ihnen nichts aufgefallen?« Frank wunderte sich über das eher geschäftsmäßig distanzierte Verhalten des Mediziners. Immerhin ging es um Mord. Und zwar um einen äußerst brutalen.

»Nein, um ehrlich zu sein, wir haben ihn nicht vermisst. Es war so weit alles in Ordnung. Seine Tochter war noch am späten Nachmittag bei ihm. Sie ist erst nach dem Abendessen wieder weggefahren, soviel mir bekannt ist. Was danach passiert ist, kann ich nicht genau sagen. Ich habe das überprüfen lassen, er hat noch seine Medikamente für die Nacht bekommen und nach Aussagen der Schwester einen ganz munteren Eindruck gemacht. Es bestand also kein Anlass zur Sorge.«

»Wie kann ein Patient von einer Ihrer Stationen verschwinden, ohne dass Sie etwas davon merken?« Frank schüttelte den Kopf.

»Wissen Sie, hier gehen jeden Tag so viele Menschen ein und aus. Da können wir nicht über jeden Besucher Buch führen. Das wollen wir auch nicht.« Hübgens fühlte sich angegriffen und richtete sich demonstrativ in seinem Sessel auf.

»Nun, die Frage wird doch wohl erlaubt sein, oder?« Ecki sah von seinem Notizblock hoch.

»Natürlich. Das klang gerade nur so, als ob wir am Tod von Herrn Verhoeven beteiligt wären. Meinen Mitarbeitern kann ich keinen Vorwurf machen.«

»Schon gut. War Herr Verhoeven gehbehindert? Wir haben nicht weit von der Leiche einen Rollstuhl gefunden. Er gehört offenbar zu Ihrer Klinik.« Frank wurde ungeduldig. Er konnte es nicht ertragen, wenn er sich bei seinen Ermittlungen nicht völlig auf die Sache konzentrieren konnte.

»Gehbehindert? Im klassischen Sinn? Nein. Vielleicht etwas eingeschränkt in seinen Bewegungen. Aber ich kann mir gerne seine Krankenakte kommen lassen.«

»Es reicht, wenn Sie uns die Unterlagen nachher mitgeben.« Frank bemerkte, dass der Privatdozent protestieren wollte. »Herr Hübgens, so wie es aussieht, ermitteln wir in einem Mordfall. Da kann ich auf ärztliche Schweigepflicht oder andere Gepflogenheiten Ihres Standes keine Rücksicht nehmen. Wenn Sie möchten, lasse ich Ihnen aber auch gerne eine richterliche Anordnung zukommen.«

Fritz Theodor Hübgens hob nachlässig die Hand, was so viel bedeuten sollte wie »Geschenkt, nicht der Rede wert«.

»Wer hat Hans-Georg Verhoeven eingewiesen?«

»Ich nehme an, sein Hausarzt. Wie gesagt, so genau kenne ich die Unterlagen auch noch nicht.«

»Hat Herr Verhoeven auch anderen Besuch bekommen, außer seiner Tochter?«

Der Arzt hob bedauernd die Schultern. »Da fragen Sie mich zu viel. Vielleicht weiß die Stationsärztin etwas.«

»Ist Ihnen sonst irgendetwas aufgefallen in diesen Tagen? Etwas Ungewöhnliches, etwas das Sie stutzig gemacht hat?« Ecki hatte das Gefühl, dass der Chefarzt ihnen keine große Hilfe war oder sein wollte.

»Wie gesagt, unser Betrieb hier läuft ohne große Komplikationen ab. Unser Team ist eingespielt, damit meine ich meine Ergotherapeuten genauso wie das Pflegepersonal und die Ärzteschaft. Na ja, das betrifft zumindest die meisten von uns.«

Ecki wurde hellhörig. »Wie meinen?«

»Na ja, unser Oberarzt Köhler ist schon etwas merkwürdig. Besonders in letzter Zeit. Kommt oft zu spät, meldet sich überraschend krank. Beschwerden seitens des Personals und von einigen der Patienten über seinen rüden Umgangston habe ich auch schon auf meinem Schreibtisch gehabt.«

»Und wo ist dieser Oberarzt – Köhler – jetzt?« Ecki sah den Arzt aufmerksam an.

»Oberarzt Dr. Helmut Köhler hat sich heute Morgen krankgemeldet. Besser gesagt, seine Frau hat angerufen. Er fühle sich nicht sonderlich wohl und müsse ein paar Tage ausspannen, hat sie gesagt. Und dass er an die See fahren wollte.«

»So, so, ausspannen, an die See fahren. Jetzt im Januar?« Ecki stutzte. »Und das kommt Ihnen nicht merkwürdig vor, Herr Dr. Hübgens? «

»Nicht bei Dr. Köhler. Ich denke, er hat ein typisches Burn-out-Syndrom. Kein Wunder in unserem Job. Früher oder später erwischt es jeden von uns einmal. Wissen Sie, wenn Sie jeden Tag mit den Schrecken des Alters konfrontiert werden, ist es schwer, an den gesunden Menschen zu glauben.« Hübgens hielt inne. »Sie glauben doch nicht etwa, dass Oberarzt Köhler etwas mit dem Mord an diesem Patienten, an Hans-Georg Verhoeven, zu tun hat? Nein. Nicht Dr. Köhler. Ich bitte Sie, meine Herren. Er ist schließlich Mediziner und hat einen uns allen heiligen Eid geschworen.«

»Und was war mit Dr. Mengele? Hatte er keinen Eid abgelegt?«

Der Chefarzt der Geriatrie, Privatdozent Dr. Fritz Theodor Hübgens, fuhr erneut in seinem Sessel auf und schlug mit der rechten Hand auf die Armlehne. »Nun gehen Sie eindeutig zu weit, meine Herren!«

»Beruhigen Sie sich. Mein Kollege Eckers wollte nur zum Ausdruck bringen, dass man auch als Arzt Leben vernichten kann. Wenn man es für sich als unwert erkannt hat. Und Sie haben eben selber gesagt: Sie haben jeden Tag mit den Schrecken des Alters zu tun. Da kann man sich als Mediziner doch schon die Frage stellen, wo die Grenze ist zwischen Vegetieren und Leben, oder? Aber genauso gut hätte mein Kollege nach einer überforderten Schwester oder einem durchgeknallten Pfleger fragen können.« Frank wollte das Thema wechseln. »Können Sie uns jetzt bitte das Zimmer von Herrn Verhoeven zeigen?«

Für Dr. Fritz Theodor Hübgens war der Fall aber noch nicht vom Tisch. »Wie Sie meinen. Aber ich möchte noch einmal betonen: Dr. Köhler mag uns in letzter Zeit etwas merkwürdig erschienen sein, aber er ist ein ausgezeichneter Mediziner. Der alles in seiner Macht Stehende tut, um den ihm anvertrauten Patienten das Leben wieder lebens- und liebenswert erscheinen zu lassen. Auch wenn das manchmal nur für kurze Zeit, oder, leider oft genug noch, gar nicht gelingt. Wir Menschen werden zwar immer älter, aber die Forschung hat noch keinen Weg gefunden, um das verlängerte Leben zumindest erträglich zu machen. Und, äh, mein Personal ist absolut zuverlässig, und damit meine ich jeden meiner Mitarbeiter. Aber kommen Sie, ich zeige Ihnen jetzt das Zimmer von Herrn Verhoeven. Wenn ich vorausgehen darf.« Dr. Hübgens hatte sich wieder unter Kontrolle und stand auf.

Auf dem Weg durch das Hauptgebäude Eins kamen sie an mehreren Grüppchen aus Patienten und Schwestern vorbei, die aufgeregt tuschelten, als sie die beiden Herren in Zivil und den Klinikchef sahen. Die Nachricht vom Tod des Patienten hatte sich natürlich schon herumgesprochen.

Im Inneren des großzügigen Gebäudes war auf den ersten Blick nur noch wenig vom Charme der Jugendstilkunst zu sehen. Außerdem ließ sich das Alter des Gebäudes nur noch an dem einen oder anderen Rundbogen ablesen, der nicht im Zug der verschiedenen Modernisierungsphasen verschwunden war. An mehreren Stellen waren die abgehängten Decken geöffnet, aus denen dicke Kabelstränge ragten.

Wie zur Entschuldigung meinte der Chefarzt der Geriatrie, extra auf das Chaos aus Kabeln, Farbeimern und Leitern hinweisen zu müssen. »Auf der Eins wird gerade der Brandschutz verbessert. In ein paar Wochen ist der Spuk vorbei, und alles läuft wieder normal. Sie glauben ja gar nicht, wie schwierig es ist, in einem denkmalgeschützten Haus moderne Vorschriften umzusetzen. Unendlicher Papierkram, immer wieder Kontrollen. Manchmal ist das wirklich zum Verzweifeln.«

»Von wann ist das Haus, und wer hat es bauen lassen?« Ecki sah sich interessiert um. Frank dachte, dass dies auch an der jungen Pflegeschülerin liegen mochte, die plötzlich aus einem der Patientenzimmer gekommen war und nun kurz vor ihnen den Gang entlang ging.

»Sie haben eben im Sitzungszimmer sicher die Porträts einer jungen Frau bemerkt. Das war die Stifterin dieser Anlage, Louise Gueury. Die 46 Jahre alte Tochter eines belgischen Kaufmannes war damals unheilbar an Tuberkulose erkrankt und hatte wenige Monate vor ihrem Tod die Stadt Mönchengladbach zur Universalerbin ihres umfangreichen Vermögens eingesetzt. Allerdings mit der Auflage, mit dem Geld eine so genannte ›Volksheilstätte für heilbare Lungenkranke‹ zu errichten. 1904 wurde das Krankenhaus eröffnet. Lungenkranke werden heute bei uns gar nicht mehr oder nur noch sehr wenig behandelt. Seit den 80er Jahren arbeiten wir als geriatrisches Haus, als Krankenhaus für Menschen mit altersbedingten Erkrankungen. Das war damals absolutes Neuland.«

»Rührend.«

Frank wusste nicht, ob Ecki das nun auf die Geschichte des Hauses bezogen hatte oder auf den, zugegeben, knackigen Hintern der hübschen jungen Schwester vor ihm.

Frank war auf den Anblick nicht vorbereitet. In einem vom Flur durch große Glasscheiben abgetrennten schmucklosen Raum sah er drei Männer an einem Tisch sitzen, zwei von ihnen im Rollstuhl. Zuerst dachte Frank, die Patienten hätten sich zu einer gemütlichen Plauderrunde zusammengefunden. Tatsächlich schien es so, als ob sie sich gegenseitig nicht einmal wahrnehmen würden. Als würden sie auf etwas oder jemanden warten. Wie geparkt. Einer von den Patienten starrte vornübergebeugt stumm auf eine Illustrierte, die aufgeschlagen vor ihm lag. Er trug einen schon längst unmodernen, dunkelgrün und weiß gestreiften, verwaschenen Frotteebademantel. Das Gesicht konnte Frank nicht erkennen. Sein Nachbar saß in einem Rollstuhl schräg von ihm. Sein gelbliches Gesicht war ausgemergelt. Sein grauer Hausanzug hing viel zu groß um den dürren Körper. Die Augen des Mannes lagen tief in ihren Höhlen. In der rechten Hand hielt er eine brennende Zigarette, an der er hektisch zog. Seine Hände waren so erschreckend schmal und dürr, dass seine gelben Fingernägel unnatürlich groß wirkten. Obwohl er die Beine wie zur Entspannung übereinandergeschlagen hatte, sah er armselig und zusammengefallen aus. Seine fast weißen Haare hingen in dünnen Strähnen von seinem abgemagerten Kopf. Der Mann beobachtete seinen Mitpatienten ungerührt, während er ganz leicht in seinem Rollstuhl hin und her schaukelte. Der Dritte im Bunde saß am Kopfende des Tisches und spielte selbstvergessen mit der kleinen gestreiften Blumenvase, die ohne Inhalt nutzlos vor ihm stand. In Griffweite lag ein Päckchen Tabak. Die drei nahmen keine Notiz von ihnen, als sie vorbeigingen.

Erst jetzt bemerkte Frank deutlich den Geruch, den er schon bei der Ankunft auf der Station unbewusst in sich aufgenommen hatte. Es roch nach alten Menschen, nach Inkontinenz und Desinfektionsmitteln. Ein Geruch, bei dem er sofort an die Wohnung seiner Großeltern denken musste, die er als kleiner Junge in den Ferien oft besucht hatte.

»Sterben bei ihnen eigentlich viele Patienten?«

»Gottseidank ist die Sterberate bei uns prozentual nicht höher als in anderen Kliniken. Das spricht, wenn ich mir die unbescheidene Bemerkung erlauben darf, für unsere gute Versorgung. Warum fragen Sie mich das?«

Frank blieb Fritz Theodor Hübgens die Antwort schuldig.

Der Chefarzt blieb schließlich und fast ganz am Ende des endlos langen Flurs vor einer Tür stehen. »Verhoeven hatte eines unserer wenigen Einbettzimmer. Sie können sich in aller Ruhe umsehen. Ich bin in meinem Büro, sollten Sie noch Fragen haben.« Hübgens sah Frank direkt in die Augen. »Und falls Sie es wünschen, kann ich Sie nachher kurz untersuchen.« Mit einem kurzen Kopfnicken verabschiedete sich der Mediziner von den beiden.

Das schmale, kaum acht Quadratmeter große Zimmer mit Blick auf den winterlich nassen Park war völlig unauffällig. Auf dem Nachttisch am Bett lagen zwei Apfelsinen neben einem leeren Wasserglas. Im Fach darunter stapelten sich ein paar Zeitschriften. Tageszeitungen, dazu die *Zeit* und der *Stern*. Auf dem Fensterbrett stand ein Strauß Blumen, der schon deutlich mit der trockenen und warmen Zimmerluft zu kämpfen hatten. Gegenüber dem Bett, in dem kleinen Badezimmer, fanden Frank und Ecki nicht mehr als die üblichen Waschutensilien und einen Nassrasierer. Im Kleiderschrank hingen nur wenige Kleidungsstücke. Hans-Georg Verhoeven war sicher kein vermögender Mann gewesen. Die eingenähten Schildchen mit den Markennamen der Hersteller ließen aber darauf schließen, dass Verhoeven Wert auf Qualität gelegt hatte.

»Ist dir etwas aufgefallen?« Frank schloss den weiß lackierten Kleiderschrank.

»Nee, nicht wirklich. Nur der Geruch überall. Aber sonst nichts Auffälliges. Es scheint nichts zu fehlen.« Er öffnete die Schublade des blechernen Nachtschränkchens. »Selbst seine Geldbörse, Papiere und Schlüssel sind noch da.« Er sah Frank an. »Von Raubmord kann wohl keine Rede sein. Das würde auch nicht zu der Auffindesituation der Leiche passen. Niemand, der einen Raubmord begehen will, macht sich die Mühe, sein Opfer an einen Baum zu binden und mit Waldboden und Blättern zu dekorieren.«

»Es sei denn, der Täter wollte eine falsche Spur legen.«

»Du meinst, die beschmierte Leiche soll uns von dem eigentlichen Motiv des Täters ablenken? Aber was hatte Verhoeven dann von Wert, dass einen Raubmord erklären würde? Schmuck, Gold, Aktien? Hier ist jedenfalls nichts zu finden. Das Ganze macht auf mich eher den Eindruck, als sei Verhoeven so gerade eben mit seiner Rente über die Runden gekommen.«

»Wir wissen doch noch gar nicht, ob Unterlagen fehlen. Und es muss ja auch kein Raubmord gewesen sein. Vielleicht war das Kapital Verhoevens auch ein bestimmtes Wissen, das der Täter unbedingt besitzen wollte. Das würde auch die Verletzungen erklären, an Armen und Beinen. Das sieht doch ganz nach Folter aus.«

»Was soll ein alter Mann wie Verhoeven schon Großes wissen?«

»Das werden wir schon noch herausbekommen. Wir wissen aber im Moment noch nicht einmal, ob er wirklich in Nettetal gewohnt hat, wer seine Angehörigen sind, seine Freunde, seine Feinde, was er früher von Beruf war, und, und, und.«

Es klopfte, und gleichzeitig ging die Zimmertür auf. Vor ihnen stand die junge Schwesternschülerin von vorhin. »Entschuldigung. Der Chef schickt mich. Ich soll Ihnen das hier bringen. Armer Herr Verhoeven. Er war ein netter Patient.« Sie drückte Ecki schüchtern ein Blatt Papier in die Hand.

»Danke«, Ecki sah erst auf ihr Namensschild und dann tief in ihre blaugrauen Augen, »Schwester Maike.«

Das Gesicht der blond gelockten jungen Frau lief leicht rot an. Sie sah verlegen von Frank zu Ecki. »Ich bin noch Schwesternschülerin. Ich habe erst vor ein paar Monaten mit der Ausbildung angefangen. Deshalb auch meine blaue Montur. Die Schwestern tragen weiße Kleidung.«

»Sie machen das bestimmt hervorragend.« Ecki zwinkerte ihr zu.

Ihr Gesicht lief nun vollends puterrot an. Ohne ein Wort zu erwidern, drehte sie sich um und wollte die Zimmertüre hinter sich zuziehen.

Ecki fiel etwas ein. »Einen Augenblick noch. Sagen Sie, ist Ihnen in den vergangenen Tagen irgendetwas aufgefallen? Hatte Herr Verhoeven zum Beispiel Streit mit anderen Patienten? Sind Ihnen vielleicht Besucher verdächtig vorgekommen?«

Die Schwesternschülerin schüttelte nur stumm ihren Kopf.

»Vielen Dank, Sie können gehen. Ach, sollte Ihnen noch etwas einfallen, hier ist meine Karte. Rufen Sie mich an.«

Die junge Frau nahm Eckis Visitenkarte entgegen und steckte sie achtlos in ihre Kitteltasche. »Kann ich jetzt gehen? Die Kollegen warten sicher schon auf mich.«

»Selbstverständlich.« Ecki nickte ihr aufmunternd zu und schloss hinter ihr die Tür.

»Ecki, Ecki.« Frank tat das junge Ding leid. »Lass das Süßholzraspeln. Sag mir lieber, was auf dem Zettel steht«

»Die Daten von Verhoeven: Alter, Geburts- und Wohnort. Angehörige, und so weiter. Er hat eine Tochter in Viersen, Hiltrud Claassen. Und er hatte einen Sohn. Aber dessen Anschrift ist hier nicht angegeben. Er hat Pension bezogen. Verhoeven war Beamter. Und Witwer, schon seit fast zwanzig Jahren.« Er hatte die Blonde noch nicht vergessen. »Die Kleine ist doch hübsch?«

»Netter Zug von dem Doktor, uns die Daten zu liefern. Die zu seinem Oberarzt hätte er aber auch gleich mitliefern können.«

»Soll ich?« Ecki war schon auf dem Weg zur Tür.

»Nein, das hat noch ein bisschen Zeit. Das regeln wir vom Büro aus.«

»Schade.« Ecki hatte insgeheim auf eine erneute Begegnung mit der Schwesternschülerin gehofft.

»Lass uns gehen. Wir müssen jetzt die Tochter informieren. Außerdem müssen wir uns um die Obduktion kümmern. Wo wohnt die Frau?«

Ecki hielt ihm den Zettel hin.

Frank nickte. »Das muss in Boisheim sein. Das kenne ich.«

Auf dem Weg zu ihrem Auto kamen sie wieder an dem gläsernen Raum vorbei. Die drei Patienten waren verschwunden.

»Ist schon heftig, was?«

»Was meinst du?« Frank gingen die drei alten Männer nicht aus dem Kopf.

»Ich kann mich nicht erinnern, dass wir jemals eine so zugerichtete Leiche gehabt haben. Verhoeven sieht ja aus wie hingerichtet.«

»Wir müssen das Klinikpersonal befragen. Woher kommt zum Beispiel der Strick, mit dem Verhoeven festgebunden wurde? Ich frage mich auch, warum er nicht strammer gefesselt war. Wirkte irgendwie nachlässig.«

»Vielleicht hat Verhoeven noch so viel Kraft gehabt und konnte seine Fesseln selbst ein bisschen lockern.«

Die beiden Ermittler waren inzwischen bei ihrem Auto angekommen.

»Verhoeven war ein alter Mann. Der wird nicht mehr viel Kraft gehabt haben. Und denk an die Wunden. Sie werden ihn geschwächt haben. Wer bringt einen harmlosen, alten und kranken Mann um? Und dazu noch auf diese abscheuliche Weise?« Frank hatte sich hinter das Lenkrad gesetzt und wartete darauf, dass Ecki sich anschnallte.

»Der Täter muss ein Psychopath sein. Anders kann ich mir das nicht erklären.« Ecki nestelte an seinem Gurt, schnallte sich dann aber noch einmal ab und griff zu den gebrannten CDs, die auf der Rückbank ihres Dienstwagens lagen.

»Ecki, bitte nicht. Nee, keine Musik jetzt. Der Mord und das Krankenhaus haben mich völlig geschafft.«

»Mann, du hättest doch zu Dr. Hübgens gehen und dir ein Antibiotikum geben lassen sollen. So kenne ich dich ja gar nicht.«

Bevor Frank antworten konnte, klingelte sein Handy. »Lisa? Hallo Lie..., hallo, Schatz. Nein, ich bin heute nicht pünktlich zurück. Wir müssen einen neuen Mordfall bearbeiten. Ja. Was? Nein, ein Rentner, gefesselt an einen Baum im Park der Hardterwald-Klinik, erschossen.« Frank hörte seiner Freundin zu und verzog dabei das Gesicht. »Wir müssen erst zu seiner Tochter. Sie weiß noch nichts von dem Mord. Ich würde ja gerne. Was? Ja, ich weiß, dass wir uns Kinderzimmermöbel angucken wollten. Ja, aber das hat doch wirklich noch Zeit. Außerdem werde ich krank. Ich will nachher nur noch ein heißes Bad und dann ab ins Bett. Ich glaube, ich bekomme schon Schüttelfrost. Lisa, bitte.« Frank ließ das Mobiltelefon sinken und sah Ecki verständnislos an. »Aufgelegt. Einfach aufgelegt. Hast du noch ein Taschentuch für mich?«

»Nimms nicht so tragisch. Schwangere sind mit normalen Maßstäben nicht zu messen. Das gibt sich wieder. Wirst sehen. Mit Marion war es ähnlich. Als sie mit Niels schwanger war, hatte sie dermaßen große Gefühlsschwankungen, dass ich ein paarmal gedacht habe, das stehe ich nicht durch. Wenig Schlaf, Stress im Büro und dann eine völlig durchgedrehte Frau im sechsten Monat.«

»Du machst mir Mut. Echt. Ich glaube manchmal, Lisa wird sich nie an meinen Beruf gewöhnen. Ich weiß, wie das enden kann.«

»Mach dir keine Sorgen, Lisa ist nicht Ruth. Und außerdem hat sie dich nicht anders kennengelernt – als Bulle mit den unmöglichsten Arbeitszeiten. Ruth und du, euer Leben hat am Ende einfach nicht mehr zusammengepasst. Vielleicht wart ihr zu lange zusammen. Ihr hattet euch zum Schluss in zwei völlig verschiedene Richtungen entwickelt.«

»Vielleicht hast du recht. Ich habe einfach nur Angst, dass es mir mit Lisa so geht wie mit Ruth.« Frank setzte den Mondeo zurück und fuhr die Einfahrt zum Pförtnerhaus hoch. »Vielleicht bin ich ja auch schon zu alt für eine neue Beziehung. Wenn ich mir die Patienten hier ansehe, komme ich schon ins Grübeln. Du brauchst nur krank zu werden, und schon gehörst du nicht mehr dazu. Bist ein Pflegefall. Eine Last für deine Angehörigen. Abgeschoben in ein Zimmer. Stehst einsam an der Klippe und weißt, es geht nur noch runter.«

»Mensch, Frank, dir geht es ja wirklich schlecht. Du hast ja echte Fieberfantasien.« Ecki musste sich beherrschen, um nicht loszulachen. »Warte ab, heute Abend, nach deinem Bad, wenn du in Lisas Arm liegst, sieht die Welt schon wieder anders aus.« Ecki wollte dem Ganzen noch eins obendrauf setzen. Ein bisschen Stichelei würde Frank sicher guttun. »Weißt du, ich glaube, deine dunklen Gedanken kommen davon, dass du zu viel Blues hörst. Immer diese schrecklichen Schicksalsschläge in den Liedern: Weltuntergangsstimmung, verlorene Liebe, unerfüllte Sehnsüchte. Haus weg, Frau weg, Hund weg. Kein Wunder, dass du davon krank wirst. Du musst positiv denken.« Ecki wandte sich jetzt ganz seinem Freund zu. »Bei der Volksmusik, zum Beispiel, da gibt es in den Liedern trotz Schicksalsschlag und Krise immer auch einen Hoffnungsschimmer. Die positive Grundeinstellung ist es, die dir fehlt. Nimm doch nur mal den Hansi Hinterseer, seine *Sieben Rote Rosen*. Da geht einem doch das Herz auf. Soll ich mal auflegen?«

Frank konnte schon wieder lachen. »Untersteh dich.«
Es begann zu schneien.

Keine hundert Meter entfernt hatte Privatdozent Dr. Fritz Theodor Hübgens die Tür zu seinem Büro geschlossen und den Hörer in die Hand genommen. »Ganz kurz nur: Die Polizei war gerade bei mir. Ja, die Gelegenheit ist günstig. Seien Sie unbesorgt. Ich werde das schon machen. «

V.

Weit draußen trennte ein kaum wahrnehmbarer dünner Strich den verhangenen Himmel vom gleichfarbigen Meer. Die See rollte ruhig an den Strand. Drei Möwen ließen sich vom Wind träge über den Sand treiben.

Die rhythmische Dünung mahnte ihn, sein Werk endlich zu vollenden. Kleine Bläschen blieben und ein wenig Schaum, wenn die flache See ging. Und wieder. Die Wellen verteilten sich, spülten bis zum Zenit ihrer ewigen Vorläufer. Oder schwappten deutlich weiter hinauf auf den nassen Sand. Und immer ließen sie blassen Schaum und dünne Bläschen zurück, die alsbald im Wind flatterten und zerplatzten oder einfach zwischen dem feinkörnigen Muschelsand verschwanden.

Er beobachtete, wie eine schaumige Welle an seinen Schuhspitzen leckte. Er blieb stehen. Die Mutprobe eines Kindes. Seine Schuhe sanken allmählich in den Sand. Endlich trat er einen Schritt zurück. Mit der Schuhspitze zog er kleine Striche: Einmal lang, dreimal kurz, einmal lang.

Den Kragen seines dicken schwarzen Wollmantels hatte er gegen den Wind und die Kälte aufgestellt. Er war noch müde von der langen Reise. Aber die Mühen hatten sich gelohnt. Wieder einmal. Bald würde es geschafft sein. Nur noch eine kleine Weile. Dann konnte er sein Buch für immer schließen. Wie eine Abrechnung. Lange hatte er auf seinen Augenblick warten müssen. Und oft hatte er an seinem Ziel gezweifelt. Aber nun war ein Anfang mit dem Ende gemacht. Endlich.

Seine Augen tränten, der Wind nahm an Schärfe zu. Die See wurde unruhiger. Auch in ihm begann es wieder zu brodeln. Dabei war er doch gerade erst angekommen. Die Unruhe trieb ihn vor sich her. Er wusste, ohne sich umzudrehen, im Dorf waren die Lichter angegangen. Das Leben erwachte. Ein frisch gebrühter heißer Tee würde ihm jetzt guttun. Tee und ein Frühstück. Aber nur ein kleines, denn er brauchte ja nicht viel. Ein bisschen Toast, Marmelade, kein Ei.

Er schob schwerfällig seine Arme übereinander und versuchte, die Hände vor der Kälte in den Ärmelöffnungen zu verbergen. Es gelang ihm nur ungenügend. Er fror. Er hätte doch Handschuhe überziehen sollen. Die Kälte war mittlerweile sein ärgster Feind. Er reckte das Kinn und sah wieder zum Horizont. Der Wind zerzauste sein Haar. In Wahrheit musste er niemanden mehr fürchten. Schon gar nicht das Leben.

Nicht, dass es ihm Genugtuung bereitet hatte. Er hatte nur seine Arbeit getan, ja, seine Pflicht hatte ihn gemahnt. Seine Pflicht und seine Ehre. Er war es sich und seiner Ehre, verdammt noch mal, schuldig gewesen. Ja, so konnte man es sagen. Pflicht und Ehre. Die Worte waren für ihn ohne Pathos. Er war sich selbst gegenüber ehrlich: Es war im Grunde nur so, dass er keine anderen Begriffe kannte gegen die lähmende Ohnmacht in ihm. Gerne hätte er andere Worte gebraucht, aber er hatte nur diese beiden. Pflicht und Ehre. Sie hatten Wert. Sie hatten sein Leben bestimmt. Unablässig wie die Wellen der See.

Sie hatten tiefe Eindrücke in seiner Seele hinterlassen, die er nicht mehr würde ausgleichen können. Es gab kein Mittel. Dazu war es jetzt zu spät.

Das Meer hatte seine Schuhabdrücke geschluckt, dem Boden gleichgemacht. Er verlagerte sein Gewicht von einem Bein auf das andere. Kerzengerade stand er dabei da. Trotzte dem Wind und dem Geschrei der Möwen. Und seinen Gedanken. Er musste ruhig bleiben. Nichts übereilen. Die Zeit spielte für ihn. Hatte sie das nicht immer getan? Selbst Jahre waren wie unsteter Schaum, der flatternd verging. Die See berührte seine Seele. Sie zog ihn an, stieß ihn weg, ließ Raum wachsen zwischen ihm und der Pflicht. Wenigstens für eine kleine Weile. Er musste ausruhen. Unbedingt.

Nur keine Hast, sonst würde am Ende doch noch alles misslingen. Er stand so kurz vor der Vollendung. Er durfte Gott nicht bitten um die Kraft, die er noch brauchte. Das nicht. Er würde keine Absolution bekommen, von keinem Gott. Deshalb suchte er sie im Meer und in den Wellen.

Nun war es Zeit, ein paar Schritte zu gehen. Er brauchte die Bewegung, um wach zu bleiben. Sie fiel ihm schwer. Denn er wollte endlich Ruhe, wollte matt auf den Sand sinken. Liegen bleiben bis zur Unendlichkeit. Er musste sich sammeln für den nächsten Schritt. Er würde wieder Kraft kosten. Unendlich viel Kraft. Er war nicht gemacht für diese Arbeit. Ach, er wollte nicht klagen. Wer wurde schon geboren, dieses Schicksal auszufüllen? Wessen Bestimmung konnte es sein, diese Arbeit zu tun? Er wusste niemanden. Aber sie lohnte sich, diese Arbeit. Und es war seine Pflicht, sie zu tun.

Schon bald blieb er stehen. Weitergehen konnte er nicht. Das Meer trennte ihn von der Seite jenseits des Felsengesteins. Zu weit ragte die See in die Bucht. Unschlüssig sah er hinauf zum Himmel. Die Sonne würde heute nicht mehr scheinen. Das war sicher. Die Möwen waren verschwunden. Im Hafen entluden sie die Schiffe vom Fang der Nacht. Die ruhelosen Gesellen würden sich dort ihren Anteil holen. Er wendete. Der Sand war nass und fest. Das Gehen machte keine Mühe, nur das Denken. Voraus sah er das blasse Licht des Leuchtfeuers. Jetzt nicht zögern. Er wusste zu genau, die Zweifel sind wie schwarze Krähen.

VI.

Frank und Ecki warteten kurz hinter der Abfahrt der A 61 an der Ampel. Durch das dichte Schneetreiben war die Bundesstraße vor ihnen kaum zu erkennen. Rechts ging es am »Hotel zum Schänzchen« vorbei Richtung Breyell. Vor ihnen lag Boisheim.

»Hätte nicht gedacht, dass wir so schnell wieder in der Gegend sein würden.« Ecki wischte mit einer Hand über die beschlagene Seitenscheibe, um besser sehen zu können. »So lange ist das echt noch nicht her, dass wir den Mord an Heike van den Hövel aufklären konnten.«

»Hm, unverhofft kommt oft.« Frank hatte keine Lust auf ein Gespräch über das Drama, das sich erst vor wenigen Wochen in Breyell und Umgebung abgespielt hatte und das die beiden Ermittler – und besonders Frank – viel Kraft gekostet hatte.

»Du bist ja sehr gesprächig.«

»Richtig.«

»Denkst du hin und wieder an Heike van den Hövel?«

»Du etwa nicht? Ihr Schicksal beschäftigt mich immer noch. Bin auf den Prozess gespannt. Mal sehen, ob die Verteidigung etwas in unseren Akten findet, das sie uns vorhalten kann. Da fällt mir ein, Staatsanwalt Böllmann hat mich vorgestern angerufen. Er geht davon aus, dass es bis zur Gerichtsverhandlung noch dauern wird. Der Fall scheint weitere Kreise zu ziehen. Es haben sich Hinweise ergeben, dass ...«

Hinter ihnen quietschte es. Die beiden Ermittler zogen automatisch ihre Köpfe ein und warteten auf den Aufprall. Es kam ihnen vor wie eine Ewigkeit, aber nichts passierte.

Frank sah in den Rückspiegel. Ein Auto war mit aufgeblendeten Scheinwerfern fast bis an die Stoßstange ihres Mondeos aufgefahren. »Arschloch. Mann, das war knapp.« Frank sah, dass seine Handknochen ganz weiß waren, so fest hatte er das Lenkrad umklammert. Er versuchte sich wieder zu entspannen. »Das hätte uns gerade noch gefehlt. Ein dämlicher Autofahrer, der uns hinten drauf fährt. Wenn der wüsste, was er sich und uns an Scherereien erspart hat.« Frank versuchte immer noch, etwas im Rückspiegel zu erkennen und ließ dazu den Ford ein Stück vorrollen. »Weiße Baseballkappe und dunkles Sweatshirt. Sieht aus wie ein junger Schnösel. Dunkler VW-Passat, Mönchengladbacher Kennzeichen, MG-JK 402. Aha. Man müsste ihn glatt anhalten und überprüfen.«

»Lass gut sein. Ist doch nix passiert. Ich geh da nicht raus. Ist mir viel zu kalt und zu nass.«

Als die Ampel auf Grün umsprang, hatten die beiden Ermittler den Fall, der als »Lambertimord« bundesweit durch die Medien gegangen war, schon wieder vergessen.

Seit sie den Bahnübergang passiert hatten, fuhr Frank die Nettetaler Straße langsamer entlang. Kurz hinter *Conny's Come In* bog er links ab.

»Wie oft habe ich früher im *Conny's* mit meinem Kumpel gesessen und bin beim Bier an der Welt verzweifelt. Das ist schon so lange her, dass es schon nicht mehr wahr ist.« Frank überlegte kurz. »Das muss so Anfang, Mitte, ach, ich weiß nicht, alte Kamellen. Auf jeden Fall hatten wir Spaß: Jeden Freitagabend ins *Conny's*, erst mal ein Bier, und dann in Ruhe den Abend planen. Meist sind wir nicht weiter als bis zur Theke gekommen, um die nächste Runde zu bestellen. Geile Musik lief damals. Dass es den Laden immer noch gibt!« Frank schüttelte ungläubig den Kopf.

»Ich denke, du bist in Breyell geboren?«

»Ja, und? *Conny's* war damals die einzig vernünftige Kneipe hier in der Gegend. Abgesehen von Axels Kneipe *Quartier Latin* in Kaldenkirchen. Mann, was ging da damals alles ab! In Breyell war dagegen überhaupt nix los. Da gabs vielleicht einmal im Monat Disco im Jugendheim, mit selbst gebauter Lichtorgel und Musik von der Schallplatte. Apropos Schallplatte, jetzt fällt's mir wieder ein. In Lobberich gabs ja auch noch so einen Beatschuppen, der hieß *Schallplatte. There is a night in Spanish Harlem,* das war die heißeste Nummer für mich, damals. Schlaghose, breiter Gürtel, Rollkragenpulli, die mühsam erkämpften langen Haare wuchsen lässig einen halben Zentimeter über die Ohren, Schwarzlicht. Mann, Mann, Mann.« Frank runzelte die Stirn. »Aber Breyell? Tote Hose. Nee, da war für uns der Hund begraben. Für echte Kultur und coole Musik musstest du mindestens bis Kaldenkirchen oder Boisheim fahren. Das war nicht so einfach, als Schüler. Trampen war verboten, und wer hatte schon ein Mofa? Da blieb nur der rote Bahnbus, und der fuhr auch nicht immer. Um zehn mussten wir ja eh wieder zurück sein.« Frank hielt an. »Hier muss es sein. Mann, ich werde mich nie daran gewöhnen, Todesnachrichten zu überbringen. Hoffentlich wird es nicht allzu schlimm.«

Die beiden Ermittler stiegen aus und sahen an der schmalen Hausfassade hoch. Das ideenlos geplante, gesichtslose Reihenhaus war vielleicht zehn, fünfzehn Jahre alt. In dem schmalen Streifen Vorgarten wucherten vor allem Bodendecker. Dazwischen standen ein paar kleinere Azaleen. Ein trostloses Bild, sicher auch im Sommer, dachte Ecki.

Schon beim zweiten Klingelzeichen wurde die dunkle Kunststofftüre einen Spalt geöffnet. »Guten Tag, was kann ich für Sie tun?« Die dunkelhaarige Frau im Flur sah die beiden misstrauisch und abwartend an.

»Frau Claassen? Mein Name ist Borsch, Frank Borsch, Kriminalpolizei Mönchengladbach. Das ist mein Kollege Michael Eckers. Können wir einen Moment hereinkommen?« Frank versuchte, möglichst neutral zu wirken.

»Polizei? Ich verstehe nicht recht. Bin ich zu schnell gefahren? Ich kann mich nicht erinnern.«

»Dürfen wir hereinkommen?«

Die Frau schob abweisend die Tür ein Stück zu. »Wozu? Haben Sie einen Ausweis? Zeigen Sie mir bitte Ihre Ausweise.«

Frank zeigte seinen Dienstausweis.

Wortlos und betont widerstrebend trat die Frau einen Schritt zur Seite und ließ die beiden Kommissare an sich vorbei durch den Flur in das angrenzende Wohnzimmer gehen.

»Bitte, nehmen Sie Platz.« Das Angebot klang abweisend.

Frank und Ecki blieben stehen. »Frau Claassen, wir müssen Ihnen mitteilen, dass Ihr Vater nicht mehr lebt.« Frank hatte Mühe, den Satz über die Lippen zu bringen.

Hiltrud Claassen schien die Worte nicht zu verstehen. »Bitte, was reden Sie da?«

Ecki berührte mit seiner Hand leicht ihren Oberarm. »Wollen Sie sich nicht setzen? Ihr Vater lebt nicht mehr. So wie es aussieht, wurde er ermordet.«

Eine halbe Stunde später hatte sich Verhoevens Tochter wieder ein wenig beruhigt. Zunächst hatte sie es kategorisch abgelehnt, die Nachricht auch nur akustisch wahrzunehmen. Mit fest an die Ohren gepressten Händen saß sie für Minuten stumm in ihrem Sessel. Der Schock saß zu tief. Erst nach einem Weinkrampf, dem die Beamten hilflos und nur mit wenigen Worten begegnen konnten, gewann Hiltrud Claassen ein Stück ihrer Fassung zurück. Hatte sie dann zunächst den Beamten aufrecht und fast störrisch gegenübergesessen, hockte die dunkelhaarige Frau nun mit rot geweinten Augen und mit in ihrem Schoß zusammengeballten Fäusten zusammengesunken vor den Ermittlern. »Ich muss meinen Mann anrufen. So viele Dinge müssen geklärt werden. Die Beerdigung muss arrangiert werden, ich muss unsere Freunde informieren. Welchen Sarg brauche ich?

Wer kümmert sich um die Briefe? Ich weiß nicht, wo ich anfangen soll. Was wird mit seiner Wohnung?«

Ecki räusperte sich. »Bitte beruhigen Sie sich, Frau Claassen. Das wird sich schon alles finden. Wir müssen Ihnen allerdings schon jetzt ein paar Fragen stellen. Das können wir Ihnen leider nicht ersparen.«

Ihre Augen füllten sich wieder mit Tränen. »Wer tut so etwas? Wer bringt einen kranken alten Mann um? Mein Vater hat doch nichts getan. Warum hat man in der Klinik nicht besser auf ihn aufgepasst?«

»Sehen Sie, Frau Claassen, genau diese Fragen stellen auch wir uns. Hatte Ihr Vater Streit mit jemandem, hatte er Feinde?«

»Feinde? Mein Vater? Aber er war doch Lehrer, er hat nur Gutes getan in seinem Leben. Wie kann man so einen Menschen umbringen?« Schluchzend barg sie ihr Gesicht in ihre Hände. »Nein, nein, nein.«

»Frau Claassen, so schwer es Ihnen jetzt auch fallen mag, bitte versuchen Sie, sich zu konzentrieren. Hat Ihnen Ihr Vater in den vergangenen Wochen oder Tagen irgendetwas erzählt, das uns weiterbringen könnte? Hat er unerwartet Besuch bekommen? Hat er von unfreundlichen Nachbarn erzählt? Oder von einer Begegnung auf einem seiner Spaziergänge, oder bei seinen Besorgungen, die er zu erledigen hatte?«

Hiltrud Claassen schnäuzte sich kräftig die Nase. »Nein, er hat mir nichts erzählt. Er hatte keine Feinde. Ich meine, in Breyell kannte ihn jeder. Er war immer zu allen freundlich. Und auch die Menschen waren freundlich zu ihm. Nicht wenige von den Breyellern sind von ihm unterrichtet worden. Er war doch Volksschullehrer. Er kannte fast alle Breyeller. Da bringt doch keiner einen anderen Menschen um. Wissen Sie, mein Vater hatte noch so viele Pläne. Er wollte in diesem Frühjahr verreisen, wollte vielleicht nach England. Er war immer schon an anderen Ländern interessiert. Nun habe ich doch Zeit, hat er immer gesagt. Und jetzt ist er tot. Einfach nicht mehr da. Was soll nun bloß werden?«

Ecki wollte ihr antworten, aber Frank legte die Hand auf seinen Arm. »Frau Claassen, ich glaube, dass wir für heute genug gehört haben. Wir lassen Ihnen unsere Telefonnummer hier. Wenn Ihnen noch etwas einfallen sollte, können Sie uns jederzeit anrufen.«

»Danke, Herr Inspektor.«

»Nicht Inspektor, Kommissar, Kriminalhauptkommissar, um genau zu sein.« Frank erhob sich.

»Oh, Entschuldigung. Warten Sie, ich begleite Sie.« Hans-Georg Verhoevens Tochter erhob sich und ging voraus in den Flur.

An der Tür drehte Ecki sich noch einmal zu ihr um. »Sagen Sie, Frau Claassen, Sie haben doch noch einen Bruder. Wohnt der auch in Boisheim? Das Krankenhaus konnte uns keine Anschrift mitteilen.«

»Herbert. Nein, der wohnt nicht in Boisheim. Mein Bruder war schon länger nicht mehr hier. Er wohnt weiter weg, müssen Sie wissen. In England. An der Ostküste. In einem kleinen Dorf. Kennen sie England?«

Die beiden Kommissare sahen sie erstaunt und fragend an.

»Herbert hat nach dem Abitur in England studiert und lebt seither als Übersetzer dort. Wir sehen uns nicht oft. Aber das ist nicht weiter ungewöhnlich. Wir waren schon als Kinder nicht besonders eng miteinander. Herbert ist ein echter Eigenbrötler. Irgendwie passt er nach England. Wenn Sie wissen, was ich meine. Er war schon als Austauschschüler gerne auf der Insel. Für mich wäre das nichts. Ich bin lieber hier, oder in den Bergen.«

»Wann haben Sie ihn das letzte Mal gesehen?« Ecki hatte wieder sein Notizbuch gezückt.

»Warten Sie, das muss, ja, das war vor zwei, drei Jahren. Um Ostern herum. Ja, Ostern. Da fällt mir ein, er wollte dieses Jahr auch wieder zu Ostern kommen. Mein Gott, nun ist Vater tot. Ich muss ihn anrufen. Er muss zu Vaters Beerdigung kommen. Oh, Gott, hoffentlich finde ich Herberts Telefonnummer. Ich habe sie mir doch aufgeschrieben.«

Sie hatten sich schon verabschiedet und waren schon fast an ihrem Auto, als Hiltrud Claassen ihnen nachgelaufen kam. »Mir ist gerade etwas eingefallen. Mein Vater hat mir doch etwas erzählt. Aber das ist bestimmt unwichtig. Ich meine nur ...«

»Kein Problem.« Frank ließ den Türgriff des Mondeos wieder los und sah die Frau freundlich an. »Was hat Ihr Vater Ihnen denn erzählt?«

»Ja, also, das muss so vor ungefähr zwei Wochen gewesen sein. Als ich ihn besucht habe, um seine Wäsche zu machen. Da hat er mir erzählt, er sei in der Nacht von merkwürdigen Geräuschen geweckt worden.«

»Von Geräuschen?«

»Ja, so ein Klopfen. Ein merkwürdiges Klopfen an seinem Schlafzimmerfenster. Zuerst hatte er gedacht, er habe nur geträumt. Aber dann ist er wach geworden und ans Fenster gegangen. Und als er die Rollladen ein Stück hochgezogen hat, in dem Augenblick hat es geblitzt.«

»Erst das Klopfen und dann ein Blitz?«

»So hat er es mir erzählt. Es muss das Blitzlicht eines Fotoapparats gewesen sein, hat er gemeint. Und dass Kinder sich vermutlich einen Scherz erlaubt haben. Ich hatte es schon vergessen, weil er danach nicht mehr davon gesprochen hat. Ist das wichtig?«

»Keine Ahnung, Frau Claassen, das kann ich jetzt noch nicht beurteilen. Vielleicht waren es Kinder, vielleicht war es ein Betrunkener auf dem Rückweg von einer Party. Wer weiß. Ich habe es mir auf jeden Fall notiert.« Ecki klappte sein Notizbuch zu. »Sind Sie in den kommenden Tagen zu erreichen? Wir müssen uns die Wohnung ihres Vaters ansehen. Möglicherweise finden wir dort Hinweise, die uns weiterhelfen.«

»Wo soll ich schon hin? Ich muss doch zu Hause sein und alles regeln. Außerdem habe ich einen Anrufbeantworter.« Verhoevens Tochter wirkte mit einem Mal wie ein kleines Mädchen, das Angst davor hatte, alleine gelassen zu werden.

»Soll ich Ihnen einen Arzt vorbei schicken?« Frank machte sich Sorgen um Hiltrud Claassen.

»Nein, danke, es wird schon gehen. Ich rufe nachher eine Freundin an.«

»Wir melden uns bei Ihnen, alles Gute bis dahin.«

Sicher ein schwacher Trost, dachte Frank, als er und Ecki ins Auto stiegen und Hiltrud Claassen im Wegfahren grüßten. Im Rückspiegel konnte Frank sehen, dass sie ihnen von der Mitte der Straße aus noch länger nachsah, die Arme wegen der Kälte vor ihrem Oberkörper verschränkt.

»Was meinst du?« Ecki lehnte sich auf dem Weg zur Autobahn in seinem Beifahrersitz zurück.

»Wir müssen uns spätestens morgen unbedingt Verhoevens Wohnung ansehen. Außerdem müssen wir nachhaken, wo dieser Oberarzt steckt, von dem Dr. Hübgens erzählt hat.«

»Siehst du eine Verbindung zu dem Mord an Verhoeven?«

»Keine Ahnung. Aber das gibt es doch zur Genüge: Arzt oder Pfleger bringt Patient um, weil er überfordert ist, weil sie Streit bekommen haben, weil beide ein Geheimnis hatten. Wäre doch nicht das erste Mal. Hinter vorsätzlichem Mord stecken immer auch Heimtücke, niedere Beweggründe und Gier.«

»Ja, schon, aber tötet ein Arzt einen seiner Patienten auf diese brutale Weise und verschwindet dann, um am Meer von seinem stressigen Job auszuspannen? Nein, das glaube ich nicht. Außerdem haben Mediziner in aller Regel andere Methoden, einen Menschen umzubringen.

»Du magst recht haben. Das Tatbild passt nicht unbedingt auf einen Mediziner im weißen Kittel. Aber weiß mans?«

»Was denkst du?«

»Verhoeven war doch Lehrer. Wie oft hast du dir schon gewünscht, du könntest deinen Lehrer für deine schlechten Noten verantwortlich machen und ihm den Hals umdrehen? Der Täter könnte doch über die Jahre einen infantilen Hass gegen Voerhoeven aufgestaut haben. Weil er ihn in der Klasse immer als dummen August vorgeführt hat, oder was weiß ich.« Frank musste an seine eigene Schulzeit denken, besonders an die Jahre auf dem Gymnasium. Ihm fiel sofort einer seiner Lehrer ein, der bei vielen Schülern wegen seiner unbarmherzigen, fast sadistischen Art geradezu verhasst gewesen war.

»Du meinst, dieser Oberarzt Köhler hat als Schüler unter Verhoeven gelitten und seinen ehemaligen Lehrer jetzt erschossen, als er ihm nun als Patient wiederbegegnet ist? Aus Hass, förmlich hingerichtet, nach all den Jahren? Das ist doch wohl ein bisschen weit hergeholt, oder? Hast wohl als Schüler schlechte Erfahrungen gemacht. Woher soll Köhler die Waffe haben?«

»Na ja, mit einer Theorie müssen wir ja schließlich anfangen.«

»Schon recht, aber muss sie denn unbedingt dermaßen abstrus sein?«

»Abwarten. Zumindest sollten wir Köhler überprüfen.«

»Das sollten wir auf jeden Fall. Was suchst du eigentlich schon die ganze Zeit?«

»Ein Tempotaschentuch. Ich glaube, ich habe schon Fieber.« Frank fühlte sich die Stirn und nahm dann das angebotene Taschentuch dankbar an. Er hustete heftig.

»Ist schon okay, Frank. Ich glaube, du gehörst ins Bett. Ich, äh, werde alleine nach Duisburg zur Gerichtsmedizin fahren.« Ecki wollte sich selber Mut machen. »Sonst steckst du die da womöglich noch an. Fahr zurück ins Präsidium, Frank. Danach übernehme ich den Wagen.«

»Meinst du nun Leenders oder seine Leichen?« Er grinste und war froh, dass ihm der Aufenthalt in der Gerichtsmedizin erspart bleiben würde. »Bist echt nett, danke. Hast was gut bei mir.«

»Freu dich nicht zu früh.« Mit süffisantem Lächeln zog Ecki eine CD von der Rückbank zu sich hinüber. »Das kostet richtig Schmerzensgeld, dass ich mich zu Leenders an den Tisch stelle. Ich schlage vor, eine Extrarunde mit Musik von Maria und Marianne Hellwig. *Hier im Tal ist noch Frieden* ist doch ein guter Einstieg, was meinst du?«

»Habe ich eine andere Wahl? Vermutlich nicht. Die Mitch-Ryder-Version von *Gimme Shelter* wäre mir lieber.«

»Mitch Ryder? Klingt wie *Nightrider*.«

»Mitch Ryder kommt aus Detroit. Wenn er singt, hast du das Gefühl, dass seine Stimmbänder über Schmirgelpapier schleifen. Live im Rockpalast in Essen, ein sagenhaftes Konzert, damals ...«

»Jetzt nur nicht sentimental werden. Das ist echt nur etwas für alte Männer. Und dazu zählst du dich nun doch wirklich noch nicht, oder?«

Ecki ließ einfach nicht locker, dachte Frank. Er schniefte wieder. »Ich weiß mittlerweile gar nichts mehr. Lass deine CD einfach laufen. Ich habe sowieso schon Kopfschmerzen. Schlimmer kanns jetzt auch nicht mehr kommen.«

Eine Stunde später lag Frank zu Hause in der heißen Badewanne. Seine Wohnung, sanierter Altbau, 100 Quadratmeter, lag mitten in Eicken.

Nicht weit von der berühmten Gruppe beweglicher Bronzepuppen, die in der Fußgängerzone stand und deren Gesichter an die legendären Fußballer aus der Blütezeit von Borussia Mönchengladbach erinnerten. Frank war vor Jahren mit seiner ersten Frau nach Eicken gezogen. Und das war auch der Grund, warum Lisa nicht den Stadtteil wechseln und vom Schmölderpark zu ihm nach Eicken ziehen wollte. In der Wohnung lebe noch der Geist seiner geschiedenen Frau, behauptete sie. Zuviel würde sie an ihre Vorgängerin erinnern: Die Art, wie die Möbel standen, die Bücher sortiert waren oder die Bilder hingen. Lisa hatte bei Frank durchgesetzt, dass sie sich in den kommenden Monaten endlich eine gemeinsame Wohnung suchen würden. Ihre eigene war ohnehin für drei Personen zu klein. Außerdem habe sie keine Lust, den Kinderwagen jedes Mal aus dem Dachgeschoss durch den Hausflur zu tragen. Das hatte Lisa ihm in ihrer unnachahmlich praktischen Art schon recht bald nach der Nachricht über die Schwangerschaft erklärt. Frank hatte sich nicht gegen die Umzugspläne gewehrt. Wohl wissend, dass er sowieso keine Chance gehabt hätte.

Seither studierte der Kriminalhauptkommissar bei jeder sich bietenden Gelegenheit aufmerksam den mehr oder weniger großen Immobilienteil der Tageszeitungen und Wochenblätter. Und die Annoncen auf den Autoseiten. Nur um einmal zu sehen, wie der Markt für MGBs aussah. Beide Anzeigenteile ermutigten ihn nicht gerade. Die Preise für englische Sportwagen waren im Keller. Das mochte mit der Jahreszeit zusammenhängen. Wer wollte schon im Winter ein zugiges Cabrio kaufen? Und die Wohnungsangebote, vor allem die bezahlbaren Wohnungsgrößen in einigermaßen annehmbarem Umfeld, gab es erst gar nicht.

Er hatte daher schon überlegt, ob er mit Lisa aufs Land ziehen sollte, nach Breyell oder direkt an einen der umliegenden Seen. Aber das wollte Lisa nicht. Sie wolle auf dem Dorf nicht eingehen wie eine Primel, wie sie meinte. Sie sah sich in solchen Gesprächen schnell in irgendwelchen Spielgruppen versauern, in denen auf dem Dorf brave Ehefrauen nur das Wohl ihrer Kinder im Blick hatten und außer Erziehungsproblemen und Windelpreisen wenig andere Gesprächsthemen fanden.

Seine Freundin hatte bereits mit der Schulaufsicht gesprochen und sich um Dinge wie Mutterschutz und Erziehungszeit gekümmert. Sie würde ihre Stelle an der Gesamtschule sechs Wochen vor der Geburt verlassen, um dann zunächst nur für ihr Kind da sein zu können. Allerdings wollte sie möglichst schnell wieder im Klassenzimmer stehen und unterrichten. Der Schulleiter hatte ihr zugesagt, die Stelle freizuhalten. Allerdings war er noch nicht ganz sicher, ob ihm das gelingen würde.

Lisa musste nach ihrem Unterricht in Franks Wohnung gewesen sein, denn er hatte auf dem Küchentisch ein paar Möbelprospekte liegen gesehen und einen ihrer berühmten Zettel am Kühlschrank gefunden. Lisa hatte die Angewohnheit, Gedanken oder Sprüche, die ihr aufgefallen und wichtig waren, aufzuschreiben und die selbstklebenden Zettel überall in der Wohnung zu verteilen.

Wer lange lebt, sieht mehr von den guten und mehr von den furchtbaren Dingen, aber mir macht das Leben Spaß. – James Rosenquist

Wer zum Teufel mochte James Rosenquist sein? Frank hatte keine Ahnung. Erst nach längerem Nachdenken fiel ihm ein, was es mit dem Satz auf sich haben könnte. Das Zitat war wohl bezogen auf ihr Gespräch über alte Menschen, das sie vor ein paar Tagen in dem Kaldenkirchener Hofcafé geführt hatten.

Hans-Georg Verhoeven hatte erst in den letzten Minuten seines Lebens die wohl furchtbarsten Dinge gesehen, die ein Mensch sehen konnte. Er hatte mit ansehen müssen, wie ein Mensch sein, Verhoevens, Leben auszulöschen begann.

Frank ging das Bild nicht aus dem Kopf. Wie der schlaffe Körper am Baum hing, über und über mit Dreck beschmiert. So, als habe ihm der Täter zusätzlich die Würde nehmen wollen. Vielleicht war es aber auch eine rituelle Handlung gewesen, die dem Mörder wichtig und bedeutungsvoll gewesen war. Ein archaisches Symbol für das Tatmotiv. Vielleicht würde Frank mit Assoziationen weiterkommen: Dreck, Waldboden, Mutter Erde, der Erde etwas zurückgeben, etwas in der Erde verbergen, der Waldboden als Schutzschicht, wir kommen aus dem Dreck, wir werden wieder zu Staub, welke Blätter, Vergänglichkeit.

Nein, dachte Frank, das bringt mich jetzt auch nicht weiter. Ihm fehlte noch das entscheidende, freie Ende des Fadens, um ihn aufnehmen zu können. Außerdem wurde ihm langsam kalt. Frank stieg aus der Wanne und trocknete sich ab. Kann man mit Dreck etwas abwaschen? Schuld, vielleicht? Nein, Frank schüttelte den Kopf. Er musste auf das Ergebnis der Obduktion warten. Erst die Fakten würden ihnen weiterhelfen.

Das Telefon klingelte. Frank nahm den Hörer auf. »Frank Borsch, guten Tag?« Am anderen Ende war Bert Becks. Du hast mir gerade noch gefehlt, dachte Frank. Der Polizeireporter der Rheinischen Post hatte natürlich längst schon von dem Vorfall in der Hardterwald-Klinik gehört und wollte Einzelheiten wissen. »Pass auf, Bert, ich bin noch nicht lange zu Hause. Ich habe gerade ein Bad genommen. Nein, ich kann dir nichts sagen. Du musst dich schon bis zur Pressekonferenz gedulden.« Frank kannte den kugeligen Bert Becks schon lange. Er schätzte den meist gut gelaunten Polizeireporter, der große Ähnlichkeiten mit der alten Comicfigur

Mecki hatte, wegen seiner fundierten Berichte, seiner Zuverlässigkeit und Verschwiegenheit. Außerdem sang Becks in seiner Freizeit in einer Düsseldorfer Rockband. Schon allein das gemeinsame Hobby hatte die beiden zusammengebracht.

Aber auch ein Bert Becks musste sich an die Gepflogenheiten der Mönchengladbacher Polizei halten. »Bert, du kennst doch das Spiel. Natürlich kann ich dir bestätigen, dass wir einen Mordfall bearbeiten. Und ich kann dir auch, aber ebenfalls nur unter uns, bestätigen, dass ein Patient der Hardterwald-Klinik getötet wurde. Mehr kann und darf ich dir zum jetzigen Zeitpunkt nicht sagen. Wir werden morgen auf einer Pressekonferenz unseren Ermittlungsstand bekannt geben. Zumindest soweit wir das können, ohne die Fahndungsmaßnahmen zu gefährden. Was? Nein, einen konkreten Tatverdacht haben wir noch nicht. Dazu ist die Spuren- und Faktenlage noch zu dünn. Wir stehen doch erst am Anfang, Bert, müssen uns erst noch einen Überblick verschaffen. Das weißt du doch. Wir kennen noch nicht einmal die genaue Todesursache. Nein, ich kann nicht ausschließen, dass der oder die Täter im Umfeld der Klinik zu finden sein könnten. Natürlich kann ich es auch nicht bestätigen ... Lieber Bert, lass es. Mehr kann ich dir wirklich nicht sagen. Natürlich kannst du im Umfeld der Klinik recherchieren. Das kann ich dir nicht verbieten. Aber die Verantwortlichen in Hardt wären gut beraten, wenn sie dir oder deinen Kollegen gegenüber zurückhaltend bleiben. Eure Geschichte bekommt ihr noch früh genug. Staatsanwalt Böllmann steht euch sicher morgen für alle Fragen zur Verfügung. Was? Nein, das Obduktionsergebnis liegt auch noch nicht vor. Mein Kollege Ecki hat sich noch nicht bei mir gemeldet.«

Bert Becks hatte offenbar genug gehört, denn er verabschiedete sich von Frank. Aber nicht, ohne ihn nach seiner Band zu fragen. Frank seufzte. »Es ist immer dasselbe. Wir haben zu wenig Zeit zum Proben. Und zoffen uns ständig wegen neuer Stücke. Aber im Moment, toi toi toi, ist es nicht ganz so schlimm. Allerdings müssen wir uns möglichst schnell nach einem neuen Probenraum umsehen. Wenn du also etwas hören solltest, ruf mich an. Die Braunkohlenbagger stehen schon kurz vor Otzenrath, und jede Woche werden dort mehr Häuser abgebrochen. Bald ist auch unser Probenraum fällig.« Bert Becks versprach sich umzuhören. »Ich denke, wir sehen uns bei der PK. Ciao, machs gut.« Frank legte den Hörer auf.

Er wollte jetzt nur noch ins Bett und schwitzen. In der Küche stellte Frank einen kleinen Topf auf den Herd, um Bier warm zu machen. Die Brühe schmeckte zwar abscheulich, die anschließende Schwitzkur aber war das beste Mittel gegen eine heranziehende Erkältung. Das alte Hausmittel hatte schon seinem Vater geholfen. Bevor er sich endgültig ins Bett legte, telefonierte Frank aber noch ein bisschen mit Lisa.

VII.

Scheppernd ging am nächsten Morgen die Bürotür auf. Ecki kam mit einer Brötchentüte in der Hand und einem Packen Zeitungen unter dem Arm ins Büro. Er hatte gute Laune. »Moogens, alles fit?«

Frank sah ihn an. »Fit ist übertrieben, aber ich glaube, ich habe einer dicken Erkältung so gerade noch entkommen können.«

»Und wie ist dir die wundersame Heilung gelungen? Durch Gesundbeten? Oder doch durch Medikamente? Du bist noch reichlich blass um die Nase.«

»Warmes Bier.«

Ecki verzog angewidert das Gesicht. »Und das hilft? Ich würde keinen Schluck davon herunterbekommen. Pfui, Teufel.«

»Warmduscher. Ich jedenfalls fühle mich schon viel besser.« Frank klang optimistisch. »Aber nun lass mich nicht dumm sterben. Wie war es in der Gerichtsmedizin?«

Ecki stellte erst einen der Fensterflügel auf Kipp und ließ sich dann mit Schwung auf seinen Bürostuhl fallen. »Grässlich, wie immer. Aber Leenders hat ausnahmsweise mal schnell gearbeitet. Er hat interessante Sachen entdeckt.« Er machte eine Kunstpause.

»Und? Machs nicht so spannend.«

»Verhoeven ist erschossen worden. Soweit klar. Leenders hat allerdings von seinem Gesicht nicht mehr viel gefunden. Das Geschoss hat dem Opfer das halbe Gesicht weggerissen. Der Sack muss Verhoeven nachträglich über den Kopf gezogen worden sein, denn im Inneren hat er keine größeren Gewebeanhaftungen gefunden. Nur das, was halt hängen bleibt, wenn man jemandem über sein zerschossenes Gesicht einen Sack zieht. Das war kein schöner Anblick, kann ich dir sagen. Leenders meint, dass am Tatort noch jede Menge Gewebe zu finden sein muss. Wenn der Fuchs nicht schon seinen Teil geholt hat.«

»Das wird die Spurensicherung schon herausfinden.« Frank wollte sich den Kopf von Verhoeven nicht vorstellen. »Was hat Leenders zu den Wunden an Armen und Beinen gesagt?«

»Es waren in der Tat offene Wunden, daher auch die eingetrockneten Flecken. Es sieht so aus, als ob Verhoeven die Arme und Beine gebrochen wurden, nachdem er schon tot war. Vermutlich mit einer Eisenstange. Hätte Verhoeven noch gelebt, wären die Flecken größer gewesen. Die Leiche ist regelrecht geschändet worden. Leenders hat mir zugesagt, seinen Bericht noch heute, spätestens morgen zu schicken.«

»Hm, ein alter Mann, pensionierter Lehrer, ermordet, an einen Baum gefesselt und geschändet. Nach einem Zufallsopfer sieht das eher nicht aus. Eher wie eine geplante Tat. Aber wer lockt sein Opfer in den Wald der Klinik, erschießt es und bindet es erst dann an einen Baum?« Frank sah seinen Kollegen an. »Wir müssen bei der KTU anrufen. Der Rollstuhl bringt uns sicher weiter, oder die Patronenhülse, wenn denn eine gefunden wurde. Und die Eisenstange, oder was immer der Täter benutzt haben mag, muss her.« Frank griff zum Telefonhörer und wählte die Nummer der KTU. Aber dort war besetzt.

»Magst du einen Tee?« Ecki hatte schon die Schublade seines Schreibtischs geöffnet und die Teedose in der Hand.

»Kann ja nicht schaden. Wir müssen uns auch noch überlegen, was wir nachher der Presse sagen. Hast du schon mit Böllmann gesprochen?«

»Ich habe gestern Abend noch kurz mit ihm telefoniert und die wichtigsten Dinge abgestimmt. Er will heute erst um 14 Uhr an die Presse gehen.«

»Soll mir recht sein. Dann können wir uns noch das Klinikpersonal vornehmen. Wer unterstützt uns überhaupt? Wir müssen dringend eine MK zusammenstellen.«

»Wir sollten auf die Üblichen zurückgreifen. Da fällt mir ein, Bean vom KK 14 will unbedingt ein Mal bei einer Mordkommission mit dabei sein. Wenn du nichts dagegen hast, kann ich mal nachfragen, ob er Zeit und Lust hat.«

»Du willst Bean fragen?« Frank überlegte kurz. »Na, meinetwegen. Wenn er nicht den ganzen Laden durcheinanderbringt, solls mir recht sein.«

Hinter dem Namen *Bean*, besser *Mr. Bean*, steckte Kriminalhauptkommissar Kurt Paulert. Ecki kannte Paulert von mehreren Lehrgängen zur grenzüberschreitenden Polizeiarbeit. Paulert hatte den Spitznamen *Mr. Bean*, seit er sich vor einiger Zeit seinen dichten Schnurrbart hatte abrasieren lassen. Dadurch kam nun sein volles Gesicht zur Geltung. Außerdem hatte seine Mimik viel von dem englischen Komiker Rowan Atkinson. Vor der Bartrasur war Paulert wegen seiner Statur und vor allem wegen seines dunklen Typs nicht selten für einen türkischstämmigen Polizeibeamten gehalten worden. Selbst während seiner Urlaubsreisen in die Türkei war er von Einheimischen meist in der Landessprache angesprochen worden. Der Mönchengladbacher Kriminalhauptkommissar Kurt Paulert galt bei seinen Kollegen als besonders einsatzfreudig und kooperativ. Allerdings musste man ihn hin und wieder bremsen, weil er im Eifer des Gefechts dazu neigte, zu viel auf einmal zu wollen.

»Keine Sorge, Bean weiß genau, worum es geht. Wir sollten ihm eine Chance geben. Wir sind eh dünn besetzt.« Ecki hatte innerlich schon einen Haken an den Einsatz von Paulert gemacht.

Als Ecki unterwegs war, um Wasser zum Teekochen zu besorgen, versuchte Frank noch einmal, die Kollegen von der KTU zu erreichen. Aber die Leitung war immer noch besetzt.

»Und, hast du was erreicht?« Ecki balancierte den vollen Wasserkocher schwungvoll knapp an Frank vorbei und setzte ihn auf die Heizplatte.

»Nee, ist immer noch besetzt.« Frank beobachtete seinen Freund, wie er mit einem Messlöffel die richtige Menge Teeblätter abmaß. »Weißt du, was mir nicht aus dem Kopf geht? Der Oberarzt aus der Hardterwald-Klinik. Ich frage mich, warum er ausgerechnet dann nicht zum Dienst erscheint, wenn auf dem Gelände seiner Klinik ein Toter gefunden wird. Das ist doch merkwürdig, oder?«

»Das kann ja wirklich Zufall sein. Dieser Köhler kann ja durchaus ein schräger Vogel sein, der immer gut ist für Überraschungen. Hübgens macht jedenfalls nicht den Eindruck, dass er sonderlich beunruhigt ist.«

»Immerhin verhält sich Köhler erst seit einiger Zeit merkwürdig, hat sein Chef gesagt. Der war offenbar nicht immer so. Auf jeden Fall ist es auffällig, dass er sich verändert hat. Das muss einen Grund haben. Wir müssen seine Frau fragen.«

»Falls er eine hat.« Ecki sah auf die Uhr. »Ist gleich so weit.«

»Was ist gleich so weit?« Frank war irritiert. »Ich will wissen, warum Köhler sich verändert hat. Ruf Hübgens an und fragte nach Köhlers Ehefrau und seiner Adresse. Ich versuche noch ein Mal, die verdammte KTU zu erreichen. Die können doch nicht den ganzen Tag telefonieren.« Frank ging es wie immer nicht schnell genug.

»Mann, Frank, abwarten und Tee trinken. Wir finden schon raus, ob Köhler verheiratet ist. Du wirst sehen, der Tee wird dir guttun.«

Frank hatte aber längst den Telefonhörer in der Hand und wählte die Nummer der KTU. »Borsch, na endlich. Habt ihr was gefunden? Wie, wo? Im Wald bei der Klinik natürlich. Was? Am Rollstuhl habt ihr Blutspuren gefunden? Na, prima. Und was heißt das jetzt?« Frank machte sich auf seiner Schreibtischunterlage Notizen. »Hm, also nur wenig Blut. Hm. Und? Habt ihr sonst noch etwas entdeckt? Eine Eisenstange vielleicht?« Frank stand kurz davor zu platzen. »Keine Eisenstange, aha. Auch keine anderen Gegenstände, mit denen Verhoeven geschlagen worden sein könnte? Nein? Aber eine Patronenhülse? Welches Kaliber? Soso. Na, dann macht euch mal auf die Suche nach der dazugehörigen Kugel. Sie muss ja irgendwo am Tatort zu finden sein.« Frank warf den Hörer zurück auf den Apparat.

»Ist doch schon was.« Ecki schob Frank einen Becher Tee zu.

»Gar nichts ist das. Zumindest nicht viel. Das Blut stammt offenbar von Verhoeven. Er könnte von hinten niedergeschlagen worden sein, als er im

Rollstuhl saß. Vermutlich ist der dann halb bewusstlos an den Baum gebunden worden. Der Kopfschuss muss also später gesetzt worden sein. Vielleicht findet Leenders noch Spuren, die belegen, dass Verhoeven vor der eigentlichen Tat niedergeschlagen wurde.«

»Möchte mal wissen, ob Verhoeven und sein Mörder sich gekannt haben.« Ecki nippte vorsichtig an seinem Tee.

»Wird wohl, denn er hätte sich sicher nicht von einem Fremden durch den Park schieben lassen. Mich würde mal interessieren, ob der Täter einen Helfer gehabt hat.«

»Wie meinst du das?«

»Immerhin ist es ja nicht ganz einfach, ein bewusstloses Opfer ohne Hilfe an einen Baum zu binden. Vielleicht hat der Komplize in der Nähe des Tatorts gewartet. Mir fällt ein, da ist doch dieses Gebäude in der Nähe. Wenn ich mich recht erinnere. Nicht weit von dem Baum. Das sah ziemlich verkommen aus. Es kann doch sein, dass ein Helfer des Mörders sich in dem leeren Haus versteckt hatte. Jedenfalls sollten wir das Gebäude durchsuchen lassen. Was meinst du?«

»Auf jeden Fall. Wenn das nicht schon passiert ist. Wir sollten sowieso eine Hundertschaft durch das Gelände jagen.«

»Bevor wir das tun, müssen wir uns erst um diesen Oberarzt Köhler kümmern.« Frank nahm einen großen Schluck Tee und zuckte zusammen. »Verflucht, jetzt habe ich mir auch noch die Zunge verbrannt. Wir müssen uns beeilen, sonst kommen wir zu spät zur Pressekonferenz.«

Später am Vormittag fuhren die beiden Ermittler durch Breyell. Ecki sah durch das Seitenfenster und suchte ein Straßenschild. »Wie heißt das hier? Fongern?«

»Vorbruch. Es kann nicht mehr weit sein. Da hinten ist schon die Schaager Mühle. Wie gut, dass ich mich hier auskenne.« Frank sah seinen Kollegen von der Seite an, der gerade eine angebissene Nussschleife in ihre Tüte zurückfallen ließ.

»Was guckst du so? Ich habe Hunger.«

Ohne seine Hefeteilchen, am besten dick mit Zuckerguss überzogen, war Ecki nur die Hälfte wert, deshalb verkniff Frank sich einen Kommentar. »Da hinten das Haus, das muss es sein.«

Das frei stehende Haus der Familie Köhler lag etwas versteckt hinter einer hohen Buchenhecke. Rechts vom Haus verlor sich ein schmaler Wirtschaftsweg zwischen den angrenzenden Äckern im grauen Dunst. Ihre schwarzen Schollen waren nur dünn von einer zerfransten Schneedecke bedeckt. Frisch geschnittene Kopfweiden standen wie faule Zahnstummel krumm an einem der Feldränder.

»Idyllisch.« Ecki machte keine Anstalten auszusteigen. »Wie auf einer Postkarte. Und hier bist du also groß geworden?«

»Nein, mitten im Dorf. Das weißt du doch. Von dieser Ecke Breyells habe ich als Kind eigentlich nichts gesehen. Wir haben uns damals eher Richtung Quellensee orientiert. Fongern war damals weit weg für uns.« Frank stieg aus. »Komm endlich.«

Der Backsteinbau musste vor der Sanierung ein Bauernhaus gewesen sein. Das rot gedeckte Dach war tief heruntergezogen, auch die kleinen Sprossenfenster deuteten auf die frühere Nutzung hin. Die grün gestrichene Eingangstür steckte in einem weißen Rahmen. An einer Ecke des Hauses lehnte ein alter Mühlstein. Der Kies knirschte unter ihren Füßen, als sich die beiden Kommissare dem Haus näherten.

Noch bevor Ecki klingeln konnte, wurde der obere Teil der quer geteilten Haustür geöffnet. Eine junge blonde Frau sah die beiden Eindringlinge aufmerksam und misstrauisch an. Sie hatte ein vielleicht zwei Jahre altes Kind auf ihre Hüfte gesetzt. Der ebenfalls blonde Junge hatte Schnupfen. Aus seiner Nase zog sich ein breiter gelber Streifen Richtung Oberlippe.

»Ja?« Die Frau fasste ihren Sohn fester.

»Guten Tag, dürfen wir Sie einen Augenblick sprechen?« Frank zeigte der Frau seinen Dienstausweis. »Frank Borsch – und das ist mein Kollege Michael Eckers.«

»Sie kommen sicher wegen meines Mannes. Kommen Sie doch rein.«

Die beiden Ermittler wechselten einen schnellen Blick und folgten der Frau in die große Küche des umgebauten Bauernhauses. Das hatten Frank und Ecki nicht erwartet. Die junge Mutter schien nicht im Geringsten erstaunt über ihren Besuch.

»Woher wissen Sie, dass wir wegen Ihres Mannes hier sind?« Frank hatte als Erster seine Fassung wiedergefunden.

»Wollen Sie einen Tee? Bei dem Wetter tut Ihnen ein Tee bestimmt gut. Ich mache Ihnen einen Grünen Tee.« Ohne eine Antwort abzuwarten, setzte sie ihren Sohn in einen Hochstuhl, der am langen Küchentisch stand, und schaltete eine Herdplatte an, auf die sie einen verchromten Wasserkessel schob. »Helmuts Chef, also Dr. Hübgens, hat mich angerufen. Um es Ihnen gleich zu sagen, ich weiß nicht, wo mein Mann ist. Er hat gestern ein paar Sachen zusammengepackt und mir gesagt, dass er verreisen und ein paar Tage ausspannen wolle.«

»Und das hat Sie nicht gewundert oder beunruhigt?« Ecki hatte sich schon an den Tisch gesetzt und betrachtete die beiden antiken Küchenschränke, die mit ihren geschnitzten und gedrechselten Aufsätzen bis kurz unter die niedrige Küchendecke reichten. »Ich meine, das muss Sie doch zumindest erstaunt haben, dass Ihr Mann mitten im Winter einfach seine

Sachen packt, um irgendwo auszuspannen. Oder hat er das schon öfter gemacht?« Ecki blinzelte dem kleinen Jungen zu und hielt ihm lächelnd einen Stoffhasen hin, der auf dem Tisch gelegen hatte.

»Was heißt gewundert? Mein Mann ist immer schon ein schweigsamer Mensch gewesen, der nicht viel über sich redet.« Die Ehefrau des Oberarztes räumte Tassen mit indischblauem Muster auf den Tisch.

»Hatte er Probleme?« Auch Frank hatte sich mittlerweile an den Tisch gesetzt. Er konnte gerade noch seinen Impuls unterdrücken, unter eine der Tassen zu sehen, ob er altes Porzellan vor sich hatte.

»Probleme? Nein, nicht dass ich etwas Besonderes bemerkt habe. Helmut ist in den vergangenen Wochen immer erst spät vom Dienst gekommen. Aber das ist in seinem Beruf ja nicht ungewöhnlich. Stress hat er gehabt, er war überarbeitet. Er hat viele Überstunden gemacht, wissen Sie.« Astrid Köhler stellte eine große Blechdose mit Wintermotiven auf den Tisch. »Die Plätzchen sind noch von Weihnachten. Ich hoffe, dass man sie noch essen kann.«

»Was hat Dr. Hübgens Ihnen erzählt?« Frank nahm nun doch eine Tasse in die Hand und drehte sie um. An der Unterseite fand er einen blauen Stempel der Manufaktur. Es war also wirklich altes Porzellan. Vorsichtig stellte er die Tasse auf ihren Unterteller zurück.

»Dass man auf dem Gelände der Hardterwald-Klinik einen Toten gefunden hat. Und dass er auf meinen Mann wartet, der eigentlich Dienst hat. Gefällt Ihnen das Porzellan?«

»Oh, Entschuldigung, ich wollte nicht neugierig sein. Ich meine, wussten Sie nicht, dass Ihr Mann zum Dienst eingeteilt war?«

»Nein, mein Mann hat mir gesagt, dass er ein paar Tage Urlaub eingereicht hat. Dass alles mit der Klinik abgesprochen sei. Dieser Tote, wer ist das? Jemand aus dem Krankenhaus?«

»Wie kommen Sie darauf, dass es jemand aus dem Krankenhaus sein könnte? Gab es Streit innerhalb der Belegschaft? Zwischen den Ärzten? Hatte Ihr Mann vielleicht Feinde?« Ecki hatte dem Jungen mittlerweile den Hasen in die Finger gedrückt.

»Nein, nein. Streit? Nicht dass ich wüsste. Außer vielleicht, dass sich die drei Oberärzte der Klinik nicht unbedingt grün sind. Aber das ist normal in einem Krankenhaus. Jeder will schließlich weiterkommen im Beruf, oder? Außerdem leidet er ziemlich unter seinem Chefarzt, der sich wie ein absoluter Herrscher aufspielt. Wer aufmuckt, hat schlechte Karten. Aber das ist in der Welt der Medizin auch normal, so normal wie die stressigen Schichten, die Zusatzdienste, die mein Mann immer wieder übernehmen musste, um in seiner Karriere nicht alle Chancen auf ein Weiterkommen zu verspielen. Mein Mann hat sich oft darüber geärgert, dass er Gutachten schreiben musste und sein Chef dafür kassiert hat, ohne ihn angemessen zu beteiligen.« Sie seufzte und strich sich müde eine Haarsträhne aus dem Gesicht. »Mein Mann hat schon mit dem Gedanken gespielt, nach England zu gehen. Irgendwo an die Küste. Dort ist die Bezahlung besser, der Umgangston nicht so rau, und es ist ein schönes Land. Aber was, bitteschön, soll das alles mit dem Toten zu tun haben?« Ihre Gastgeberin sah auf die Uhr und schüttete dann den dampfenden Tee in die Tassen. Anschließend setzte sie sich neben den Hochstuhl an den Tisch und strich ihrem Sohn mit ihrer schlanken Hand liebevoll über das Haar. Der Junge quietschte vor Vergnügen und hielt ihr den Stoffhasen hin. Seine Mutter zog ein Papiertaschentuch aus der Hosentasche ihrer Jeans und putzte ihm die Nase. »Komm, Leon, halt bitte still. Mama will dir nur eben die Nase putzen.«

»Will Ihr Mann auch weiterkommen, beruflich, meine ich?« Ecki hatte mittlerweile sein Notizbuch gezückt.

»Natürlich will er das. Das ist doch klar. Außerdem können wir jeden Euro gut gebrauchen. Das Haus hier ist noch lange nicht abbezahlt.« Köhlers Frau machte eine raumgreifende Kopfbewegung.

»Fühlt sich Ihr Mann vielleicht überfordert?«

»Ich verstehe Sie nicht ganz.«

»Ich meine, der anstrengende Dienst, die Belastung durch das Haus.«

»Ja, eben, deshalb wollte mein Mann ein paar Tage weg. Hören sie, was hat das alles mit dem Mord zu tun? Sie glauben doch nicht im Ernst, dass mein Mann irgendetwas mit der Sache zu tun hat?« Durch den lauten Ton seiner Mutter aufgeschreckt, verzog der Junge das Gesicht. Gleich würde er zu weinen anfangen.

»Ist nicht schlimm, Leon. Du musst nicht weinen. Ist nichts passiert.« Astrid Köhler zog ihren Sohn aus dem Hochstuhl zu sich und legte seinen Kopf an ihre Brust. »Sch, sch, ist gut, Leon, ist gut.«

»Wir wollen nur klären, wo Ihr Mann ist, Frau Köhler. Wir haben nur ein paar Fragen an ihn. Können Sie uns bitte sagen, wo wir ihn finden?«

»Ich weiß es nicht. Er hatte mir versprochen anzurufen, sobald er angekommen ist. Aber bisher hat er sich noch nicht gemeldet.« Sie drückte ihren Sohn fester an sich. »Sie machen mir Angst, Herr Kommissar. Was hat das Ganze mit meinem Mann zu tun?«

Frank überlegte, was er antworten sollte, und nahm einen Schluck Tee. Er tat ihm wirklich gut. »Es gibt überhaupt keinen Grund, in Panik zu verfallen. Es gibt keinen Anlass, den Mord an Hans-Georg Verhoeven mit Ihrem Mann in Verbindung zu bringen. Uns ist nur die Zeitgleichheit aufgefallen: Auf dem Gelände der Klinik geschieht ein Mord, und Ihr Mann erscheint nicht zum Dienst. Mehr nicht.«

»Sagten Sie ›Verhoeven‹?«

»Kannten Sie Hans-Georg Verhoeven?«

Astrid Köhler überlegte einen Moment und streichelte dabei ihrem Sohn über den Kopf. »Den Namen habe ich noch nie gehört.«

Ecki räusperte sich. »Hans-Georg Verhoeven hat hier in Breyell gelebt. Sind Sie ihm wirklich nie begegnet? Er war Lehrer an der Volksschule.«

»Nie gehört, den Namen. Aber wir kommen ja auch nicht hier aus dem Dorf. Wir sind erst vor knapp drei Jahren hierher gezogen. Ich war gerade mit Leon schwanger. Wir haben vorher in Düsseldorf gelebt.«

»Warum haben Sie sich eigentlich nicht in Mönchengladbach ein Haus gekauft? Der Weg zwischen der Klinik und hier ist doch ziemlich weit, oder?« Frank trank seine Tasse leer.

»Ach, wissen Sie, wir wollten immer schon auf dem Land wohnen. Und die Preise hier sind immer noch ein bisschen niedriger als in Mönchengladbach. Wir haben uns sofort in das Haus hier verliebt.«

»Sieht wirklich gemütlich aus. Der Umbau war bestimmt viel Arbeit?« Auch Ecki hatte seine Tasse geleert.

»Wir haben eine Menge selbst machen können. Aber den überwiegenden Teil der Arbeiten haben Handwerker aus dem Dorf gemacht. Mein Mann ist nicht so geschickt in solchen Dingen, müssen Sie wissen. Außerdem, wie gesagt, der viele Dienst in der Klinik.« Astrid Köhler sah sich in ihrer Küche um. »Wir sind lange noch nicht fertig. Vor allem der Garten sieht schlimm aus. Mit Leon war das bislang einfach nicht zu machen. Aber im Sommer ist er alt genug, dass ich stundenweise auch mal etwas ohne ihn machen kann.«

»Haben Sie viele Freunde?« Ecki blätterte in seinem Büchlein.

»Hier im Dorf? Nicht viele. Über die Krabbelgruppe habe ich ein paar Mütter kennengelernt. Wir treffen uns ab und an zum Kaffee. Im Sommer wollen wir endlich auch mal zusammen mit den Männern einen Grillabend machen. Aber sonst? Nein, eigentlich nicht. In der ersten Zeit sind unsere Bekannten aus Düsseldorf ein paar Mal zu Besuch gewesen. Aber das hat auch aufgehört. Helmut wollte keinen Kontakt mehr«

Bei dem Gedanken an ihren Mann legte sich ein Schatten über ihr Gesicht. Sie sah Frank mit sorgenvollem Blick an. »Herr Kommissar, ich mache mir Sorgen. Bis zu Ihrem Besuch habe ich gedacht, dass Helmut einfach Ruhe brauchte und sich deshalb noch nicht gemeldet hat.«

»Haben Sie denn keine Ahnung, wohin er wollte? An die holländische oder deutsche Nordsee?«

»Er wollte an die See fahren. Irgendwo oben in die Nähe von Zierikzee. Das hat er mir gesagt. Nur nicht, wo genau. Er wollte sich in aller Ruhe eine Pension oder ein Hotel suchen.«

»Mitten im Winter? Wer fährt schon mitten im Winter an die See?« Ecki schüttelte den Kopf.

»Herbert mag das raue Klima am Meer. Er fotografiert gerne. Wind und Regen machen ihm nichts aus.«

Frank sah auf seine Uhr. Wenn sie sich beeilten, konnten sie noch kurz zur Hardterwald-Klinik fahren. »Frau Köhler, machen Sie sich keine allzu großen Sorgen. Ihr Mann wird sich bei Ihnen melden. Da bin ich mir ganz sicher. Wir wollten Sie mit unserem Besuch nicht beunruhigen. Bitte informieren Sie uns, sobald Sie Kontakt zu ihm haben. Und vielen Dank für den Tee.«

Astrid Köhler setzte ihren Sohn wieder in den Hochstuhl und begleitete die Polizeibeamten zur Tür. Als die beiden Ermittler mit ihrem silbergrauen Ford davonfuhren, ging sie ins Wohnzimmer und nahm das schnurlose Telefon in die Hand, das auf dem Couchtisch lag. Hastig tippte sie eine Nummer ein und wartete ungeduldig auf eine Reaktion am anderen Ende der Leitung. In der Küche jammerte Leon nach seiner Mutter. Hastig lief sie zu ihm und behielt dabei den Hörer am Ohr.

Schweigend fuhren die beiden Kommissare durch Breyell zurück Richtung A 61. Erst in Höhe der Abfahrt Viersen unterbrach Ecki die Stille. »Findest du es nicht merkwürdig, dass Köhler einfach verschwinden kann, ohne dass seine Frau sich ernsthaft Sorgen macht? Scheinbar ist das in Medizinerkreisen so, dass abweichendes oder ungewöhnliches Verhalten von Kollegen oder Partnern nicht weiter auffällt oder diskutiert wird. Oder wie soll ich das bitte verstehen? Du kannst mir sagen, was du willst, da stimmt was nicht.«

»Du hast recht. Ich glaube auch, dass sowohl dieser Chefarzt Dr. Hübgens und auch Frau Köhler mehr wissen, als sie zugeben. Wir werden uns noch intensiver mit diesem Oberarzt beschäftigen müssen. Ich will wissen, wo und mit wem er studiert hat. Wer seine Kollegen in der Hardterwald-Klinik sind, wer seine Patienten waren und sind. Wo sie herkommen, warum sie behandelt wurden. Ob es während der Dienste von Köhler im Vergleich zu anderen Zeiten in Hardt vermehrt zu Todesfällen gekommen ist. Wir werden die ganze Klinik auf den Kopf stellen, wenn es sein muss. Irgendetwas ist da faul. Oberfaul sogar.«

»Und ich wette, dass Köhler Verhoeven nicht erst seit seinem Klinikaufenthalt kennt. Schließlich hat Verhoeven in Breyell gewohnt. Das ist doch kein Zufall.« Ecki hatte offenbar immer noch Hunger, denn er zog die Papiertüte mit den Teilchen zu sich, die auf dem Armaturenbrett lag.

»In der Tat können wir nicht ausschließen, dass es zwischen den beiden mehr Berührungspunkte gibt als üblicherweise zwischen einem Arzt und seinem Patienten. Wenn Köhler sich bis morgen nicht meldet, geben wir eine Fahndung heraus. Kennst du holländische Kollegen oben in Zierikzee?«

Ecki kaute voller Genuss und war deshalb kaum zu verstehen. »Ich muss mal in meinen Unterlagen nachsehen oder Bean fragen. Wenn ich mich recht erinnere, kam bei unserem letzten Lehrgang einer der Holländer tatsächlich aus Scharendijke oder Renesse.«

»Na, dann erkundige dich doch mal. Bei der Gelegenheit kannst du gleich dein Niederländisch auffrischen.« Frank hatte noch gut in Erinnerung, dass Ecki vor fast drei Jahren jede freie Minute genutzt hatte, um Niederländisch zu lernen. Damals war im Innenministerium der Aufbau einer deutsch-niederländischen Fahndungsgruppe diskutiert worden. Etliche Modelle waren auf zahlreichen internen Konferenzen vorgestellt worden. Gleichzeitig war vorab in allen Dienststellen entlang der ehemaligen Grenze für einen Wechsel in die grenzübergreifende Einsatzgruppe geworben worden. Das Projekt war letztlich dann doch an den Bedenken der Bundesbehörden gescheitert. Ecki hatte sich damals große Chancen auf eine neue Karriere ausgerechnet. Nach dem Aus des Projekts hatte er schlagartig mit dem Lernen aufgehört. Die niederländische Sprache sei ihm in Wahrheit doch nicht sonderlich sympathisch, hatte er damals argumentiert. Ecki gehörte zu jener Spezies Niederrheiner, die die Brüder und Schwestern jenseits der alten Grenze allein schon wegen ihrer nahezu allumfassenden Geschäftstüchtigkeit nicht sonderlich mochten.

Frank hielt auch diesmal wieder direkt vor dem Eingang der Hardterwald-Klinik. Sie fanden den Chefarzt diesmal im Haupthaus. Er hatte sich auf Station Zwei mit seinen Ärzten und einigen Schwestern zu einer Besprechung getroffen.

Dr. Fritz Theodor Hübgens schien nicht sehr erfreut zu sein über den Besuch der beiden Polizeibeamten. Er blieb sitzen, als Frank und Ecki den kahlen, weiß gestrichenen Raum betraten. »Meine Herren, schön Sie wiederzusehen. Aber Sie kommen leider zu einem denkbar ungünstigen Augenblick, wenn ich mir die Bemerkung erlauben darf. Wir erörtern gerade einige interne Probleme. Wenn es Ihnen nichts ausmacht ...«, Hübgens sah umständlich auf seine Armbanduhr, »in einer halben Stunde bin ich für Sie da.« Der Chefarzt bemühte sich nicht einmal um ein gewinnendes Lächeln.

Was denkt sich dieser Doktor eigentlich, dachte Frank. »Lieber Herr Hübgens« – den »Doktor« sparte er sich – »ich fürchte, dass Ihre Probleme einen Moment werden warten müssen. Wir haben wenig Zeit und nur ein paar Fragen. Es trifft sich gut, dass Sie in dieser Runde zusammensitzen. Das erspart uns Einiges.« Frank lächelte in die Runde, ohne dabei die Schärfe aus seinem Ton zu nehmen. »Ich will mich kurz vorstellen. Mein Name ist Borsch, Frank Borsch. Und das ist mein Kollege Michael Eckers. Wir ermitteln im Mordfall Verhoeven.« Frank lächelte immer noch. »Wir haben wirklich nur ein paar Fragen an Sie. War Herr Verhoeven das erste Mal in Ihrem Haus? War er ein problemloser Patient, oder gab es Schwierigkeiten? Wann haben Sie ihn zum letzten Mal gesehen?« Er machte eine Pause und sah die Anwesenden aufmerksam an. Ecki hatte wie immer bereits sein Notizbuch aufgeschlagen.

Niemand rührte sich. Die vier Ärzte sahen erst ihren Chef an und blickten dann stumm und abwartend auf die beiden Polizeibeamten. Die Schwestern sagten ebenfalls nichts und blickten betreten zu Boden. Eine von ihnen rutschte auf ihrem Stuhl fast unmerklich hin und her und nestelte dabei nervös am Kragen ihres Kittels. Wie in der Schule, dachte Frank. Die Ärzte und Schwestern sahen trotz ihrer weißen Kittel aus wie Schüler mit schlechtem Gewissen. So als müsste jeder damit rechnen, gleich vom Mathelehrer aufgerufen zu werden.

Frank versuchte es noch einmal. »Meine Damen und Herren, ich habe doch nur ein paar einfache Fragen gestellt. Kann mir bitte jemand von Ihnen eine Antwort geben? Bitte.«

Schließlich sah eine der Schwestern zögernd auf, eine stämmige Dunkelhaarige. »Soweit ich mitbekommen habe, war Herr Verhoeven ein völlig unauffälliger Patient.«

Frank sah sie fragend an.

»Ich bin die zuständige Stationsschwester«, fügte sie erklärend hinzu. »Herrn Verhoeven habe ich gegen 19 Uhr das letzte Mal gesehen. Wie gesagt, es war alles in Ordnung.«

Frank seufzte. »Hat sonst noch jemand etwas bemerkt?«

Der Chefarzt schaltete sich ein. »Wie Sie sehen, meine Herren, hat offenbar niemand eine ungewöhnliche Beobachtung gemacht. Und wie ich Ihnen bereits erklärt habe, war Herr Verhoeven ein ganz normaler Patient, soweit man das Wort ›normal‹ in diesem Zusammenhang überhaupt benutzen kann.« Er sah selbstgefällig in die Runde. Seine Mitarbeiter nickten beflissen. »Warum fragen Sie das überhaupt? Der Todesfall ist sicher tragisch. Aber er hat bestimmt nichts mit unserer Klinik zu tun.«

»Das zu beurteilen überlassen Sie bitte uns, lieber Doktor. Außerdem geht es hier nicht nur um einen Todesfall, wie Sie es ausdrücken, es geht um Mord.« Auch Ecki ging das offenkundig unkooperative Verhalten des Klinikpersonals auf die Nerven. »Sagen Sie uns bitte, hat es in Ihrem Haus in der letzten Zeit vielleicht gehäuft Todesfälle gegeben?«

Die stämmige Stationsschwester zuckte deutlich zusammen.

Einer der Ärzte meldete sich. »Mein Name ist Krause, Dr. Jürgen Krause. Ich bin seit gut zehn Jahren hier an der Klinik. In dieser gesamten Zeit hat es nicht einen Todesfall gegeben, der Anlass zu Fragen oder Besorgnis gegeben hätte. Zweifelhafte Fälle hat es keine gegeben, sonst wären Sie oder Ihre Kollegen natürlich informiert worden.«

Ecki blieb trotz der spitzen Bemerkung ungerührt. »Gibt es Hinweise darauf, dass es zu bestimmten Dienstzeiten bestimmter Ärzte, Schwestern oder Pfleger vermehrt zu Unregelmäßigkeiten oder gar Todesfällen gekommen ist?«

»Was erlauben Sie sich?« Fritz Theodor Hübgens war aufgesprungen. »Sie gehen entschieden zu weit, meine Herren. Wollen Sie etwa unterstellen, dass in der Hardterwald-Klinik Patienten umgebracht werden? Außerdem sind die unsäglichen Zeiten von Euthanasie und Rassenhygiene – gottlob – vorbei. Ich habe Ihnen bereits gesagt, ich lege meine Hand ins Feuer für meine Mitarbeiter.« Wütend nahm der Chefarzt wieder Platz. »Bitte gehen Sie jetzt. Wir haben wirklich wichtige Dinge zu besprechen. Und im Übrigen können Sie mit einem entsprechenden Beschluss jederzeit unsere Unterlagen einsehen. Ihr Verhalten ist unerhört.«

Frank hob die Hände. »Niemand will Ihnen etwas unterstellen. Wir tun nur unsere Arbeit. Ich muss Sie enttäuschen, denn noch können wir nicht gehen. Hat jemand von Ihnen eine Ahnung, wo sich Ihr Kollege Köhler aufhält? Kennt ihn jemand persönlich? Über den Dienst hinaus?«

Wieder meldete sich Dr. Jürgen Krause. »Köhler war, äh, Köhler ist ein Einzelgänger. Ein ausgezeichneter Geriater, ja, aber sehr in sich gekehrt. Er erzählt nie viel über persönliche Dinge. Ich habe oft Dienst mit ihm. Aber wenn ich so recht überlege, ich weiß eigentlich gar nichts über ihn. Nur, dass er einen kleinen Sohn hat, Leon. Und dass er in Breyell in einem umgebauten Bauernhaus wohnt.« Krause machte eine kleine Pause. »Wissen Sie, wir haben einen sehr anstrengenden Beruf. Da bleibt wenig Zeit für Privates.«

»Und Sie?« Frank sprach die Schwestern direkt an.

Die drei Frauen schüttelten fast synchron den Kopf. »Wir haben nur über fachliche Dinge gesprochen.« Die dunkelhaarige Schwester lehnte sich zurück und sah Frank dabei offen ins Gesicht.

»Ich möchte Sie bitten, sich in den nächsten Tagen zu unserer Verfügung zu halten. Wir haben sicher noch mehr Fragen an Sie, die wir klären müssen.« Frank machte Ecki ein Zeichen zum Aufbruch. »Helmut Köhler hat sicher ein eigenes Zimmer. Ich möchte Sie bitten, es nicht zu betreten und nichts wegzunehmen. Meine Kollegen von der Spurensicherung werden sich das Zimmer demnächst einmal genauer ansehen.« Obwohl es noch viel zu früh für eine Durchsuchung des Büros von Köhler war und es in Wahrheit auch noch keinen konkreten Grund dafür gab, konnte und wollte Frank sich den Hinweis nicht verkneifen..

»Das ist doch ...« Den Rest verschluckte Chefarzt Dr. Fritz Theodor Hübgens vor lauter Empörung.

»Sie glauben doch nicht etwa, dass unser Kollege etwas mit dem Mord zu tun hat?« Auch Oberarzt Jürgen Krause war sprachlos.

Frank hatte die medizinische Runde vor ihm richtig eingeschätzt. Der Satz platzte wie eine Bombe. Frank hoffte, dass durch die ausgelöste Verwirrung etwas Brauchbares an die Oberfläche gespült würde

Die beiden Ermittler verabschiedeten sich, ohne die Frage zu beantworten. Sie ließen eine aufgeregt diskutierende Klasse weiß gekleideter Pennäler zurück.

»Komm, wir nehmen den Aufzug.« Ecki blieb vor der dunkelgrauen Schiebetür stehen und drückte den Knopf mit dem Abwärtszeichen.

Während sie an der Aufzugtür warteten, kam aus einem Seitengang eine weißhaarige Frau auf sie zu. Sie trug einen dicken Wintermantel, der der schmalen Gestalt fast bis zu den Knöcheln reichte. Um die Schultern hatte die Seniorin einen pastellfarbenen Schal gelegt. Und auf dem Kopf trug sie einen kleinen Hut, der vielleicht vor 35 Jahren modern gewesen war. »Nehmen Sie mich mit?« Sie lächelte. Ihre leise Stimme klang freundlich.

»Aber gerne. Bitteschön.« Ecki trat einen Schritt zur Seite, als die Aufzugtür sich zur Seite schob.

Nahezu geräuschlos bewegte sich die enge Aufzugkabine Richtung Erdgeschoss. Frank musterte die alte Frau von der Seite. Für ihr Alter erstaunlich aufrecht stand sie neben ihm. Als sein Blick an ihrem Mantel entlang glitt, glaubte er seinen Augen nicht zu trauen. An den kleinen nackten Füßen trug die sicher schon um die 80 Jahre alte Frau doch tatsächlich große karierte Pantoffeln. Frank musste an Heinz-Jürgen Schrievers denken, der ebenfalls diese Art Pantoffeln trug. Im Dienst, wohlgemerkt. Was ihn, und mittlerweile auch die Kollegen sowie den Polizeipräsidenten, nicht weiter störte

»Wissen Sie, ich muss nach Eicken zur Kirche. Wirklich nett, dass Sie mich noch mitgenommen haben.« Die alte Frau strahlte Frank an. Dabei legte sich ihr runzliges Gesicht noch mehr in Falten.

Bevor Frank etwas erwidern konnte, ging die Aufzugtür auf. Dort wartete ein großer kräftiger Pfleger, der zu seinem ansonsten kurz geschnittenen Haar im Nacken ein dünnes geflochtenes Zöpfchen trug. Er lächelte die alte Dame aufmunternd an und hielt sie am Arm fest. »So, Frau Corsten, da wären wir. Der Bus fährt heute nicht bis Eicken. Hier ist schon Endstation. Außerdem ist die Messe schon vorbei. Kommen Sie, ich bringe Sie wieder auf ihr Zimmer.« Der Pfleger bemerkte die erstaunten Blicke der beiden Beamten. »Kein Anlass zur Sorge. Das Spiel spielt Frau Corsten jeden Tag mit uns. Wir müssen nur aufpassen, dass sie uns nicht tatsächlich eines Tages entwischt. Gell, Frau Corsten?« Er senkte seine Stimme ein bisschen. »Die Dame ist schon etwas verwirrt. Sie denkt jeden Tag, dass Sonntag ist und sie zur Kirche nach Eicken muss. Auf Wiedersehen.« Im Weggehen sprach er beruhigend auf die alte Frau ein, die ihm wie ein kleines Kind fröhlich plappernd folgte.

Frank sah den beiden nachdenklich nach.

Kaum saßen Frank und Ecki wieder in ihrem Wagen, war Ecki nicht mehr zu halten. »Was fällt diesem Hübgens und seiner Truppe eigentlich ein? Das stinkt doch zum Himmel. Die versuchen doch nur, etwas zu vertuschen. So ein Quatsch. Ich sage dir, da ist was faul.«

»Beruhige dich. Auch die werden wir schon noch knacken.«

»Vielleicht hat Köhler nichts mit dem Mord zu tun. Vielleicht haben wir den wahren Täter eben gesehen und hätten den Pfleger festnehmen müssen. Vielleicht hat Köhler die Tat beobachtet und wurde vom Mörder schon beseitigt. Ja, vielleicht ist Köhler längst tot.« Ecki steckte schon bis über beide Arme in den Ermittlungen.

»Vielleicht.« Frank bog mit ihrem Mondeo am Eingang des Klinikgeländes Richtung Stadtmitte ab. »Vielleicht. Komm, leg mal die neue CD von Bernard Allison auf.«

Ecki verzog das Gesicht als habe er in eine Zitrone gebissen, sagte aber nichts und suchte auf der Rückbank des Mondeos nach der richtigen CD. Bläsersätze waren ihm ein Gräuel, mal abgesehen von seinem Lieblingstrompeter Stefan Mross. Was waren schon Jazztöne gegen Stefans *Heilige Berge*, sinnierte Ecki still für sich, als er endlich die gesuchte CD fand und widerstrebend in den CD-Player schob. Aber zum Glück war es bis zum Präsidium ja nicht mehr allzu weit.

VIII.

Sein Schlafanzug war durchgeschwitzt. Auch das Laken und das Oberbett waren feucht. Sein Herz raste. Zuerst wusste er wieder nicht, wie spät es war. Nur langsam begriff er seine Umgebung. Das Mondlicht schimmerte schwach durch die Ritzen der nicht ganz heruntergelassenen Jalousie. Er fror, obwohl er seine Decke fest um sich geschlungen hatte. Sie bot keinen Schutz. Er fühlte sich nackt und ausgeliefert. Er legte sich auf die Seite. Seine Finger krampften sich um den Stoff seines Kopfkissens. Er konzentrierte sich, um mit aller Kraft seine Augen offenzuhalten. Nur nicht wieder einschlafen, lieber auf den Tag warten. Wenigstens für ein paar Stunden verscheuchte das Licht die Dämonen. Denn er wusste, sie lauerten im Schutz der Dunkelheit, warteten darauf, ihn wieder anspringen zu können. Er zitterte. Er hatte Angst, Todesangst. Jede Nacht dieselben Bilder. Jede Nacht. Dieser Schmutz, diese kratzende Jacke. Er hatte das Gefühl zu ersticken. Sein Atem ging ganz flach. In seinem Inneren hörte er wieder dieses Klopfen. Es soll endlich aufhören, er schrie es in sich hinein. Aufhören, bitte, bitte, aufhören. Kalter Schweiß rann in seine Augen, sie brannten wie Feuer.

Es gab kein Erbarmen. Sie zogen ihn aus seinem Verschlag hervor, zerrten und schleiften ihn an den Armen zu dem Baum in der Nähe. Er wehrte sich, bitte, bitte, ich gehöre doch zu euch. Lachen, hässlich meckernd, wie irre. Nein, nein. Lasst mich. Aber immer nur dieses irre Lachen. Er fühlte sich schmutzig. Zu lange hatte er sich nicht waschen können. Dabei hasste er Schmutz. Tagelang immer in diesem dreckigen, feuchten Loch. Er hatte es selbst graben müssen. Wie die anderen.

Seine Mutter hatte ihm zuvor ein letztes heißes Bad eingelassen. Dann hatte er fort gemusst. Er hatte sich gewehrt, nicht gewusst, wohin sie ihn bringen würden. Er hatte sich in seinem Zimmer an seiner Bettdecke festgekrallt, wie gelähmt, aber es hatte nichts genutzt. Zum Abschied hatte seine Mutter ein wenig Proviant gepackt. Als könne sie den Abschied damit hinauszögern. Er hatte nicht lange gereicht. Zur Erinnerung blieb ihm ein Stück Einpackpapier, das nach geräucherter Wurst gerochen hatte. Bis es nass war, nass von diesem dreckigen Loch. Sein Andenken war mit Schmutz besudelt.

Die Angst saß mit im Loch neben ihm, jeden Tag, jede Nacht. Und immer diese Fallen in seiner Nähe. Tödliche Fallen.

Diese Bilder, diese schrecklichen Bilder! Er wand sich. Sie zogen ihn wie ein Bündel Kleider am Baum empor. Sie stützten und hoben ihn, denn seine Beine wollten ihn nicht länger tragen. Wie gelähmt. Ein Strick, holt einen Strick! Er hörte die Worte jede Nacht. Sie banden ihn und sie schlugen ihn. Immer wieder. Immer wieder auf Arme und Beine. Blut sickerte durch Jacke und Hose. Er schrie nicht mehr. Ein Sack musste her. Ein Tuch für die Augen. Nein, besser noch ein Sack. Was brauchen wir ein Tuch? Dahinten, bei den Kohlen, holt den Sack. Los. Ich befehle es euch. Gehorcht, sonst ...!

Ich habe jetzt hier die Gewalt. Und ich sage es vor allen, du hast uns verraten. Ich habe deine Zeichen gehört. Du hast kein Recht mehr auf dieses Leben. Du bist ein Verräter. Du musst sterben. So will es das Gesetz. Sprich dein letztes Gebet. Ach was, schießt! So schießt doch endlich!

Ein dünner Knall, der Körper sackt zusammen. Kein Aufbäumen, kein Flehen mehr. Stille. Kein Leben mehr. So jung noch. Und schon ausgelöscht. Schafft ihn weg, aus den Augen mit ihm. Schnell. Verscharrt ihn hinter dem Wall, zimmert ein Kreuz. Ich will ihn nicht mehr sehen. So geht es Verrätern. Drohendes Lachen. Nun, wer will der Nächste sein? Wer hat Lust auf Verrat? Lasst euch das eine Lehre sein. Gebt weiter Acht! Es ist eure Pflicht und eure Ehre.

Das war kein Spiel mehr. Das war Ernst. Langsam fielen die Blätter. Sie deckten zu.

Die Luft blieb ihm fast weg. Jede Nacht dieselben Bilder. Der Wahnsinn musste ein Ende haben. Er drückte sein Gesicht in das Kissen, hoffte auf den Geruch von frischer Räucherwurst. Und auf Bilder seiner Mutter. Hilf mir doch! Ich ersticke. Überall dieser Dreck, diese Blätter. Sein Rücken schmerzte. So krumm lag er unter seiner Decke. Es half ihm nichts. Er hörte dieses Klopfen: Einmal lang, dreimal kurz, einmal lang. Immer wieder dieses verdammte Klopfen.

Er machte sich frei von den Decken und setzte sich auf. Es war Zeit und es war klar. Er musste seine Arbeit tun. Arbeit ist die beste Medizin. Er stand auf und ging ohne Mantel ans Meer. Die schwarze See toste und der Wind fauchte schneidend kalt über den Strand. Er schrie in das Wetter hinein, schrie sich die Seele frei und fühlte Erleichterung. Endlich.

IX.

»Schatz? Kommst du mal?« Lisa rief aus dem Wohnzimmer.

Frank schob das Blech mit der Pizza in den Backofen, wischte sich die Hände an einem Küchenhandtuch ab, nahm sein Glas Rotwein und folgte ihrem Ruf.

»Habe ich dir schon gesagt, dass ich bei Schaffrath ein süßes Kinderzimmer gesehen habe? Das können wir uns gleich morgen ansehen, wenn ich aus der Schule komme.«

Frank setzte sich neben sie und strich ihr zärtlich über die Wange. »Das wird wohl nicht gehen, wir stecken doch mitten in unseren Ermittlungen.«

Lisa rückte ein Stück von ihm ab und sah ihn mit ernsten Augen an. »Aber du wirst doch eine Viertelstunde Zeit haben? Ist doch direkt bei euch um die Ecke. Du brauchst doch nur über den Parkplatz zu gehen.«

Frank drehte das Weinglas zwischen seinen Händen. »Das ist nicht so einfach, wie du denkst. Ich kann doch nicht in der Besprechung aufstehen und sagen: ›Liebe Kollegen, ich muss mal schnell ein Kinderzimmer aussuchen. Der Mord muss so lange warten.‹«

»Mein lieber Schatz, viele deiner Kollegen sind auch Väter. Die werden sicher vollstes Verständnis für dich haben.« Sie rückte noch ein Stück von ihm ab und strich sich mit einer entschiedenen Bewegung eine Haarsträhne hinter ihr rechtes Ohr.

Für Frank war dies das untrügliche Zeichen dafür, dass er auf der Hut sein musste. Wenn Lisa so vor ihm saß, standen die Zeichen meist auf Sturm. »Ach, komm, lass mich den Mordfall erst zu Ende bringen. Dann habe ich auch wieder mehr Zeit. Oder, noch besser, geh du doch alleine die Möbel aussuchen. Du hast doch einen tollen Geschmack. Du kannst mir dann alles nach Dienstschluss erzählen.«

Falsch, das war natürlich die völlig falsche Antwort. Lisa knallte ihren Kakaobecher auf den Couchtisch aus Kiefernholz und verschränkte beleidigt und zugleich voller Kampfeslust die Arme vor der Brust. Unter ihrem T-Shirt wölbte sich leicht ihr Bauch.

»Lisa, so war das doch nicht gemeint. Sei bitte nicht sauer. Aber ich kann wirklich nicht anders.« Frank versuchte, an sie heranzurücken. Aber sie wich noch weiter zurück.

»Frank Borsch, du wirst Vater. Wann kapierst du das endlich? Übernimm endlich Verantwortung. Wir brauchen ein Kinderzimmer, und ich erwarte von dir, dass du die Möbel mit aussuchst. Ich will nicht immer alles alleine machen. Punkt aus.«

Wenn der Abend nicht im Streit enden sollte, musste ihm ganz schnell eine Lösung einfallen! Im Grunde hatte sie ja recht. »Okay, eine Viertelstunde. Das werde ich einrichten können, bestimmt. Hoffe ich.« Die Distanz zwischen ihm und Lisa wurde nicht kleiner. Er wusste gar nicht, dass sie eine so große Couch hatten.

Sie wartete einen Augenblick. »Warum nicht gleich so? Das Männer immer erst Stress machen müssen.« Lisa grinste ihn wieder an und griff nach ihrem Kakaobecher. Genussvoll nahm sie einen Schluck. »Dabei könntest du es so einfach haben, mein Lieber. Du musst nur tun, was ich dir sage.«

»Biest.« Frank nahm ein Couchkissen und deutete an, es ihr an den Kopf zu werfen.

»Vorsicht, Bulle, ich bin schwanger.« Lisa drohte ihm schelmisch mit dem Becher. »Habe ich dir eigentlich schon erzählt, dass wir bald Projektwoche haben?«

»Nee, noch nicht. Was hast du vor?«

»Ich werde mit Hannah und Leonie die Themen Holocaust und Krieg bearbeiten. Vielleicht auch noch ein bisschen Nachkriegszeit. Wir wollen Zeitzeugen einladen; Hannah hat ein paar Adressen auftreiben können, hat sie heute in der Konferenz erzählt.«

»Und wie wollt ihr das anstellen? Die Zeitzeugen müssen doch schon sehr betagt sein, oder? Und was sollen sie euch und den Schülern erzählen?«

»Na, Mensch, erlebte und gelebte Geschichte. Das kommt immer an. Ist doch mal was anderes als ein dröger Geschichtsunterricht. Erinnere dich an deine Schulzeit. Hat dir Geschichte etwa Spaß gemacht?«

Frank machte eine gleichgültige Kopfbewegung.

»Siehste. Nur stur Geschichtszahlen gepaukt, oder?« Lisa trank den letzten Schluck Kakao. »Bulle, ich habe Hunger. Wie lange dauert deine Pizza noch? Hast du eigentlich Gurken im Haus?«

Frank runzelte verständnislos die Stirn.

»War 'n Witz. Ein uralter dazu.« Lisa kicherte.

Versteh einer schwangere Frauen. Frank war glücklich, er freute sich auf das Kind und er freute sich, dass er Lisa lieben durfte. »Die Pizza braucht bestimmt noch ein bisschen. Und ihr wollt euch tatsächlich eine ganze Woche nur mit diesen Themen beschäftigen? Du musst bestimmt noch jede Menge vorbereiten?«

»Klar. Was meinst du, was man mit den Schülern nicht alles machen kann: Collagen, Filme gucken, selbst Filme drehen, Interviews machen, im Stadtarchiv forschen, in der Familie fragen, Aufsätze schreiben lassen, und, und, und.«

»Na, da habt ihr euch aber eine Menge vorgenommen.« Frank erhob sich. »Kommst du mit? Dann kann ich auf die Pizza aufpassen, und wir können uns noch ein bisschen über dein Projekt unterhalten.« Er reichte ihr die Hand und zog sie vom Sofa hoch.

»Leonie hat eine Menge Material noch aus ihrem Referendariat. Das können wir gut gebrauchen. Erzähl du mir lieber mal, wie weit du mit deinen Ermittlungen bist. Das ist viel interessanter als die Projektwoche.«

Frank zog Lisa an der Hand hinter sich her in die Küche. »Ach, weißt du, wir haben noch keinen richtigen Ansatz. Dummerweise mussten wir das auch noch heute auf der Pressekonferenz eingestehen. Ich sehe schon die Schlagzeilen: Polizei tritt auf der Stelle, und das übliche Gesülze der Schreiberlinge. Die Reporter von Bild und Express hatten wie immer besonders spitze Bemerkungen drauf.«

»Vergiss sie einfach, sie sind nicht wichtig.« Lisa gab ihm einen Kuss auf die Stirn und setzte sich an den Küchentisch. »Ich habe vielleicht einen Hunger.« Sie streckte sich und gähnte. »Warum kommt ihr denn nicht voran? Gibt es nicht genug Spuren?«

»Spuren? Wir haben so gut wie nichts. Wir wissen nur, dass Verhoeven erschossen wurde. Außerdem hat man ihm Arme und Beine gebrochen. Eine Patronenhülse ist zwar gefunden worden, die Herkunft ist aber noch unklar.« Frank lehnte mit dem Rücken an der Küchenzeile und trank einen Schluck Rotwein. »Wir tappen völlig im Dunkeln. In Verhoevens Patientenzimmer haben wir nichts gefunden. Das Gespräch mit seiner Tochter hat auch nichts ergeben. Feinde hat Verhoeven wohl keine gehabt. Er hat als Lehrer gearbeitet, war aber schon lange im Ruhestand. Seinen Sohn brauchen wir erst gar nicht zu fragen, denn der lebt irgendwo an der englischen Ostküste und war schon länger nicht mehr in Breyell. Ich bin fast sicher, Verhoeven muss seinen Mörder gekannt haben, denn sonst wäre er nicht freiwillig mit in den Wald gegangen. Von einem Fremden hätte er sich nicht widerstandslos im Rollstuhl schieben lassen. Außerdem hat in der Klinik angeblich niemand etwas Ungewöhnliches bemerkt.«

»Ist schon komisch, schon der zweite Mordfall innerhalb kurzer Zeit, der mit Breyell zu tun hat, oder? Ausgerechnet in deiner alten Heimat. Sie lässt dich nicht los.« Lisa wollte ihn necken. »Ich weiß schon, warum ich nicht in das Kaff ziehen will. Da passiert einfach zu viel.«

»Ja ja, schon klar. Aber das ist doch Zufall. Die Fälle haben nun überhaupt nichts miteinander zu tun. Aber es stimmt schon, so oft wie in den vergangenen Monaten war ich schon lange nicht mehr in Breyell.«

»Du bist gerne in Breyell, stimmts?«

»Na ja, irgendwie schon. Ist alles so vertraut, die Straßen, die Geschäfte. Einerseits. Und trotzdem ist es ein fremder Ort für mich geworden. Ich finde so wenig, was zu meinen Erinnerungen passt. Vor allem die Leute sind mir fremd geworden. Klar, das eine oder andere bekannte Gesicht ist schon noch da, wenn ich nach dem Besuch auf dem Friedhof noch mal kurz durchs Dorf gehe. Aber die Begegnung ist dann wie ein Film, in den ich nicht gehöre.« Er seufzte. »Aber so ist das wohl im Leben. Nichts bleibt. Alles ist Bewegung.« Frank drehte sich um und zog die Klappe des Backofens auf. »Jetzt rede ich schon wie ein Prediger. Hm, riecht das gut. Die Pizza ist fertig.«

Nach dem Essen saßen Frank und Lisa noch eine Weile schweigend am Tisch. Lisa hatte ihn für die gelungene Pizza gelobt und mehr gegessen, als sie eigentlich gewollt hatte. Zufrieden hatte sie ihre Hände über ihren Bauch gefaltet und die Augen geschlossen.

Frank schob schließlich seinen leeren Teller ein Stück von sich weg. »Mir geht diese Klinik nicht aus dem Kopf. Irgendetwas stimmt da nicht. Und mir geht dieser Oberarzt nicht aus dem Kopf. Helmut Köhler verschwindet genau zum Zeitpunkt des Mordes. Und keiner weiß, wo er ist, nicht mal seine Frau hat eine Ahnung. Zumindest behauptet sie es.«

»Vielleicht weiß sie wirklich nichts. Kann doch sein, dass ihr Mann hin und wieder eine Auszeit braucht. Oder er hat eine Geliebte und ist mit ihr unterwegs. Soll schon mal vorkommen, heutzutage. Oder, Herr Bulle?«

Lisa beugte sich vor und ergriff Franks Hände. »Meinst du wirklich, dass dieser Arzt etwas mit dem Mord zu tun hat?«

Frank streichelte Lisas Hände und beugte sich vor, um ihr einen Kuss zu geben. »Wenn ich das nur wüsste. Immerhin wohnt auch Köhler in Breyell. Ob das Zufall ist? Oder gibt es da eine Verbindung, die wir noch nicht kennen? Kann ja durchaus sein, dass Köhler eine heimliche Freundin hat, und Verhoeven hat die beiden irgendwo zusammen gesehen.«

»Meinst du, Köhler bringt Verhoeven deswegen um und verschwindet dann? Das macht ihn doch als Täter höchst verdächtig. So dumm wird er wohl nicht sein. Sollte der Mörder wirklich aus dem Krankenhaus kommen, würde ich an seiner Stelle erst einmal unauffällig weiterarbeiten. Eine Flucht wäre doch ein glasklares Schuldeingeständnis. Nee, das glaube ich nicht. Köhler ist bestimmt mit einer anderen durchgebrannt. Als Frau spürt man so etwas. Sein Verschwinden ist bestimmt nur Zufall.« Lisa nahm seinen Kopf in die Hände und streichelte sanft über sein Haar. »Vielleicht musste Verhoeven sterben, weil er zuviel wusste. Zum Beispiel über ärztliche Kunstfehler, Abrechnungsbetrug, den Einsatz verbotener Medikamente, oder was weiß ich. Möglicherweise hat einer der Pfleger oder Krankenschwestern seine Finger im Spiel. Das liest man doch dauernd, dass in Altenheimen kranke Menschen umgebracht werden. Angeblich weil die Täter als barmherzige Todesengel ihren Opfern weiteres Leid ersparen wollen. Aber vielleicht ist alles auch ganz anders. Wir jedenfalls werden den Fall heute nicht mehr lösen.« Lisa zog ihre Hände zurück und seufzte. »Ich kann so nicht mehr sitzen. Außerdem bin ich müde. Ich möchte ins Bett.«

»Schön, dass du bleibst.«

»Nein, ich fahre in meine Wohnung. Ich möchte heute noch ein bisschen alleine sein. Wir sehen uns morgen nach der Schule bei Schaffrath.«

Frank verzog enttäuscht das Gesicht. »Schade, ich hatte mich schon so auf eine kuschelige Nacht mit dir gefreut.« Er wollte nicht versuchen sie zu überreden, denn das funktionierte mit Lisa überhaupt nicht. »Komm, ich bringe dich zu deinem Auto.«

»Apropos Auto. Gut, dass du das ansprichst. Hast du dich schon um einen Käufer für dein Cabrio gekümmert? Und hast du mal bei Ford nachgefragt, ob sie einen günstigen Kombi für uns haben?« Lisa sah ihn prüfend an, als sie sich ihren langen wattierten Mantel überzog und den passenden bunten Schal um ihren Hals schlang.

»Ach, Schatz, dazu bin ich noch nicht gekommen. Das weißt du doch. Das hat doch auch noch Zeit, außerdem ist das jetzt keine Jahreszeit, um ein Cabrio zu verkaufen. Aber keine Bange, das wird schon noch. Du wirst sehen, wenn das Kind erst da ist, ist auch der Kombi da. Viel wichtiger ist, dass wir möglichst bald eine gemeinsame Wohnung finden. Ich hab auf der Dienststelle eine Notiz ans Schwarze Brett gehängt. Vielleicht hat einer der Kollegen einen Tipp.«

»Das alleine wird sicher nicht reichen. Ist aber wenigstens schon mal ein Anfang. Und, wer weiß, unter deinen lieben Kollegen steckt zu guter Letzt auch noch ein Käufer für dein Auto.« Lisa beugte sich vor und gab Frank einen Kuss. »Bleib ruhig hier oben, ich finde alleine runter. Dann kannst du schon mal mit dem Spülen anfangen.« Sie kicherte.

Frank zog Lisa zu sich und küsste sie lange. Ihr Mund schmeckte ein bisschen salzig, und der leicht herbe Geruch ihrer Haut ließ Frank tief durchatmen. Wenn diese Frau nur wüsste, wie sehr er sie liebte. »Du Luder, immer wenns ums Spülen geht, bist du weg. Na, warte.« Er knuffte Lisa zärtlich in den Bauch. »Aber ich liebe dich trotzdem.«

Ecki blätterte durch die Ermittlungsakte »Verhoeven«, die er schon aus den einzelnen Berichten der Kollegen zusammengestellt hatte. »Hier steht, dass Hans-Georg Verhoeven erster Vorsitzender des ›MGV Liederkranz‹ Bracht war. Offenbar ein Schöngeist. Bean hat bei den Mitgliedern recherchiert. Verhoeven galt dort als sehr engagiert und hat sich vehement für den Verein eingesetzt. Zuletzt hat er noch an den ersten Kapiteln der neuen Vereinschronik gearbeitet, die im Jubiläumsjahr erscheinen soll, 125 Jahre ›MGV Liederkranz‹. 2007, soweit ich weiß.«

»Paulert war in Bracht unterwegs?«

»Ja, Bean hat einen Tipp auf den Verein bekommen. Seine Theorie ist, dass der Mörder in den Reihen des Chors zu suchen ist. Er schließt nicht aus, dass es Streit gegeben haben könnte, um das Programm oder um die Vereinsführung. Vor Jahren soll es schon einmal eine interne Untersuchung gegeben haben. Angeblich waren damals Vereinsgelder verschwunden, die Verhoeven hatte anlegen sollen. Aus der Sache ist aber nichts weiter geworden, steht hier. Das Geld ist bei einer Kassenprüfung wieder aufgetaucht.«

»Du meinst, Verhoeven hat Probleme in seinem Gesangverein gehabt? Wegen ein paar falscher Töne bringt man doch niemanden um. Schon gar nicht auf solch brutale Weise. Na ja, andererseits. Ich meine ...« Frank ließ den Satz offen. Er konnte sich für Kurt Paulerts gewagte Theorie nicht sonderlich erwärmen.

»Du hast recht, schiefe Töne sind kein Mordmotiv. Sonst hätte man dich schon längst von der Bühne geschossen. Dein Gejaule auf der Bluesharp ist ja nicht auszuhalten.« Ecki grinste zufrieden. »Das Zitat stammt im Übrigen von einem deiner leidgeprüften Mitmusiker. Den Namen verrate ich aber nicht.«

Frank ließ sich nicht aus der Ruhe bringen. »Das stimmt nicht, oder du hast da etwas missverstanden. Außerdem hast du von der Bluesharp nun überhaupt keine Ahnung. Auf dein Urteil gebe ich nix. Gar nix.«

»Und was ist, wenn Bean gar nicht so Unrecht hat und sich Verhoeven im Verein über die Jahre einen Feind gemacht hat? Es muss ja nicht um schräge Noten gehen. Du weißt selbst, es gibt die unglaublichsten Motive, um jemanden ins Jenseits zu befördern. Hass, weil man wieder einmal unterlegen ist bei der Wahl zum Vorsitzenden, zum Beispiel.«

»Also, ich weiß nicht recht. Das klingt doch sehr gewagt. Aber was solls? Wir haben ja eh keine andere heiße Spur. Soll Paulert ›seinen‹ Verein genauer unter die Lupe nehmen. Man weiß ja nie. Am Ende liefert er uns vielleicht ein blitzsauberes Motiv. Ich jedenfalls werde mich weiter um den Oberarzt kümmern. Ist die Fahndung eigentlich schon raus?«

»Seit gestern Abend schon. Wir werden ihn schon auftreiben. Nur Geduld.« Ecki klappte die Akte zu. »Kann ich mal das Fenster aufmachen? Ich ersticke hier noch.«

Frank knurrte etwas Unverständliches, das Ecki als Einverständnis wertete. Er atmete tief durch, als er das Fenster auf seiner Seite öffnete. »Tut das gut.« Draußen vor dem Fenster quälte sich wieder einmal auf beiden Fahrspuren eine lange Schlange Autos in Richtung der beiden Innenstädte von Mönchengladbach und Rheydt.

»Das Fenster bleibt aber nur fünf Minuten auf. Ich kann mir echt keine Erkältung leisten. Nächste Woche haben wir wieder einen Auftritt, und mit einem Schnupfen kann ich nicht ordentlich spielen. Ich habe einen empfindlichen Hals. Außerdem stinken die Abgase.« Frank zog demonstrativ den Hemdkragen enger zusammen.

Gerade als Ecki antworten wollte, schepperte es laut auf dem Flur. Gleich darauf flog die Bürotür auf. Zunächst war nichts zu sehen. Dann schob sich Stück für Stück ein Holzgestell durch die Türöffnung ins Büro, das Frank erst auf den zweiten Blick als Laufstall identifizierte. Als der quadratische Kasten schon fast ganz im Raum stand, schob sich ein mächtiger Bauch hinterher, der in einem zum Zerreißen engen Diensthemd steckte.

Frank brauchte einen Augenblick, um seiner Verblüffung Herr zu werden. »Was soll das, Schrievers?«

Laut schnaufend stellte Heinz-Jürgen Schrievers den Laufstall vor die beiden Schreibtische seiner Kollegen. Mit seiner fleischigen Hand schlug er auf den Rahmen der Gitterstäbe. »Noch fast wie neu. Gertrud meinte, ihr könnt den Laufstall bald gut gebrauchen. Ist von unseren Nachbarn, da stand er seit Jahren auf dem Speicher. Gestern Abend habe ich ihn vor dem Sperrmüll gerettet.«

Frank war sprachlos. Was, um alles in der Welt, sollte er mit einem Laufstall? Erst allmählich dämmerte es ihm. Der Laufstall sollte wohl für ihr Kind sein. Aber das war ja noch nicht einmal geboren. Außerdem hatten Lisa und er mit Sicherheit vorerst keinen Platz für das sperrige Ding. »Mensch, Heini, äh, Heinz-Jürgen, du kannst mir doch nicht einfach so einen Laufstall hier hinstellen. Was soll ich mit dem Ding?«

Heinz-Jürgen Schrievers fuhr seine geschätzten 120 Kilo Lebendgewicht zu ihrer vollen Größe aus und wischte sich die schweißnasse Stirn. »Habe ich etwas falsch verstanden? Ich denke, Lisa ist schwanger?«

»Nein, natürlich, ja, Lisa ist natürlich schwanger. Aber was sollen wir mit diesem Ding? Das ist doch viel zu früh! Ich brauche keinen Laufstall, ich brauche eine neue Wohnung.«

Schrievers grinste. »Typischer Verdrängungskomplex. Der Mann hat Angst davor, Vater zu werden. Jetzt wird es allmählich ernst, mein Lieber, das feine sorgenfreie Leben ist vorbei. Demnächst heißt es in der Nacht dreimal aufstehen, Windeln wechseln, Fläschchen kochen, füttern, Gebrüll ertragen. Aber keine Angst, Kinder sind das Salz in der Suppe einer jeden Familie, du wirst dich schon noch dran gewöhnen. Also, wo soll ich das gute Stück hinstellen?«

Frank war mit seinen Nerven am Ende. Schrievers hatte gut reden. Er hatte keine Kinder. Ausgerechnet ein Laufstall! »Lass ihn einfach stehen. Ich, Mensch, Ecki, sag doch auch mal etwas. Und grins nicht so blöd.«

Ecki konnte sich kaum noch beherrschen, um nicht laut loszulachen. Sein Freund machte auch ein zu dämliches Gesicht. »Heinz-Jürgen hat recht. Du wirst dich schon noch daran gewöhnen. So ist das nun mal, das süße Leben hat in der Tat bald ein Ende. Lass dir das von einem zweifachen Familienvater ruhig mal sagen.« Er nickte dem Polizeihauptmeister und Leiter des Archivs zu. »Lass einfach stehen. Wir kümmern uns gleich darum. Ist wirklich 'ne gute Idee von Gertrud und dir. Es wird der Tag kommen, an dem sich auch unser Frank über das Geschenk freut.«

»Weißt du, Gertrud hat schon überlegt, was Lisa demnächst so alles brauchen kann. Sie hat sich schon eine Liste gemacht. Wir haben ja einen großen Bekanntenkreis, da kommt bestimmt so einiges zusammen.« Er schob den Laufstall ganz an den Schreibtisch, hinter dem Frank völlig apathisch saß und sich dem Schicksal fügte, das in Form eines alten Laufstalls vor ihm stand. Heinz-Jürgen Schrievers schlug seinem Kollegen kräftig auf die Schulter. »Das heißt, nur wenn du willst, Frank. Habt ihr eigentlich schon einen Namen für das Kleine?«

»Nein, ehrlich gesagt, darüber haben wir uns noch gar keine Gedanken gemacht.« Frank beäugte misstrauisch den naturholzfarbenen Laufstall. Ein Viereck, das mit schlanken und eng nebeneinandergesetzten Stäben abgegrenzt wurde. Die schmale Abschlussleiste war ehemals rot gestrichen und an vielen Stellen schon ziemlich abgewetzt. Wenn er sich recht erinnerte, musste er einen Teil seiner Kindheit in einem ähnlichen Geviert zugebracht haben. Zumindest konnte er sich an einige einschlägige Schwarz-Weiß-Fotos erinnern.

Frank musste plötzlich an seine umfangreiche Schallplatten- und CD-Sammlung denken. Vielleicht doch kein schlechtes Ding, so ein Laufstall. Damit wäre sein wertvolles Schallarchiv auf jeden Fall vor kleinen klebrigen Fingern sicher. Wenn der Stall nur nicht so sperrig wäre. Wie sollte er das Ding in seinem Cabrio transportieren?

»Geht es dir nicht gut, du siehst so blass aus?« Schrievers sah Frank halb belustigt, halb besorgt an.

Frank winkte betont lässig ab »Nee, nee, es ist nur, ich bin so überrascht. Damit habe ich nun gar nicht gerechnet. Nee, nee, ist alles in Ordnung.«

»Lass ihm noch ein bisschen Zeit, Schrievers.« Ecki zog die oberste Schublade seines Schreibtischs auf. »Soll ich uns einen Tee machen? Hilft gegen Stress. Ist gut für Anti-Aging.« Die letzten Worte waren an den dicken Polizeihauptmeister gerichtet.

»Anti-Aging? So ein Quatsch. Du glaubst doch nicht im Ernst, dass dein Tee gegen das Alter hilft? Dagegen ist noch kein Kraut gewachsen. Gutes Essen hilft, sagt meine Gertrud. Sei ehrlich, sehe ich denn aus wie Mitte 40? Doch wohl nicht, oder?«

Schrievers strich sich zufrieden über seinen Bauch und suchte einen Stuhl, um sich zu setzen. Auf dem einzigen freien Platz stapelten sich allerdings Akten. Daher setzte er sich mit einer Hälfte seines beachtlichen Hinterteils vorsichtig auf eine Ecke des gebrauchten Laufstalls, der daraufhin verdächtig knirschte.

»Das neumodische Zeug taugt nichts. Frische Luft ist das einzig Wahre. Damit ist mein Vater fast neunzig geworden. Immer viel gearbeitet, immer an der frischen Luft.« Schrievers sah Ecki an. »Kannst du bitte das Fenster schließen? Ich habe meine Strickjacke im Büro hängen lassen. Wenn ich nicht Acht gebe, bin ich morgen krank. Das kann ich mir nicht leisten.«

Frank sah an Heinz-Jürgen Schrievers mächtigem Leib hinab. Heini trug auch diesmal wieder seine unvermeidlichen, braun karierten Pantoffeln. Schrievers war in der Tat der einzige Beamte bei der Mönchengladbacher Polizei, der sich solche Eskapaden ohne Konsequenzen leisten konnte. Niemand seiner Kollegen konnte sich erklären, wie er das anstellte. Selbst der Polizeipräsident hatte damals bei seiner Amtseinführung Schrievers nicht von seiner Marotte mit den Pantoffeln abbringen können, obwohl er ihm in einem persönlichen Gespräch klar gemacht hatte, dass er sehr viel Wert lege auf ein korrektes Erscheinungsbild seiner Beamten.

Vielleicht lag es daran, dass Schrievers ohnehin kaum in der Öffentlichkeit auftauchte und stattdessen lieber den ganzen Tag in seinem Archivkeller zubrachte. Der weitaus wahrscheinlichere Grund für seine »Narrenfreiheit« war aber sicherlich die Tatsache, dass der Polizeihauptmeister Heinz-Jürgen Schrievers einen tadellosen Ruf als Experte für knifflige Fragen hatte. Er galt unter seinen Kollegen als so etwas wie das wandelnde Gedächtnis der Mönchengladbacher Polizei. Da fiel es auch dann kaum ins Gewicht, dass seine Dienstuniform manches Mal mehr oder minder deutliche Spuren seiner Mahlzeiten trug.

Jedenfalls war, wenn nichts mehr half, der Weg in Schrievers Büro nicht selten die allerletzte Möglichkeit, doch noch einen Fall zu Ende zu bringen. Dabei setzte Schrievers lieber auf seine alten Karteikästen als auf den Computer. So ging jedenfalls das Gerücht. Zumal bisher noch niemand erlebt hatte, dass der moderne Flachbildschirm in Schrievers Büro jemals eingeschaltet war.

Schrievers war immer ansprechbar und hilfsbereit. Wenn er nicht gerade Pause machte, um seine dick belegten Leberwurstbrote oder Schinkenstullen genüsslich zu verdrücken, die ihm seine Gertrud jeden Morgen mit auf den Weg gab.

Heinz-Jürgen Schrievers war ein echter Gemütsmensch, der Wert darauf legte, mit seinem vollen Namen angesprochen zu werden, und der sehr unangenehm werden konnte, wenn man ihn auf »Heini« verkürzte. Dieser Schrievers also hatte sein Leben lang nichts anderes werden wollen als Beamter. Das hatte er dann auch geschafft und war vor Jahren nach einigen dienstlichen Umwegen im Präsidium an der Theodor-Heuss-Straße gelandet. Einige jüngere Kollegen meinten, Schrievers sei quasi im Archiv groß geworden. Aus seiner Herkunft hatte er dabei nie einen Hehl gemacht. Denn neben den unvermeidlichen grauen Strickjacken mit Zopfmuster, die er das ganz Jahr über trug und die seine immer größer werdenen Uniformhemden nur unzureichend bedeckten, verrieten seine rosigen Wangen, na ja, dass er als Kind und Jugendlicher bei Wind und Wetter auf dem Traktor seines Vaters gesessen hatte, um bei der harten Feldarbeit zu helfen.

»Willst du nun einen Tee oder nicht?« Ecki hatte den Glasballon in der Hand und war schon fast zur Tür hinaus. »Ich muss unbedingt daran denken, dass ich Mineralwasser zum Teekochen mitbringe. Unser Leitungswasser im Präsidium ist viel zu hart für den Tee.«

»Na, schaden kann eine Tasse nicht. Dann muss ich aber wieder zurück. Ich kann meine kleinen Karteikärtchen nicht so lange alleine lassen.«

»Was machst du eigentlich den ganzen Tag in deinem Büro?« Frank hatte sein inneres Gleichgewicht wiedergefunden. »Das muss doch megalangweilig sein, da unten.«

»Hast du eine Ahnung.« Schrievers verlagerte sein Gewicht. Das Holz des Laufstalls ächzte noch gefährlicher. »Was meinst du, wie viele Daten so am Tag zusammen kommen. Wenn ich nicht aufpasse, dann finde ich nichts mehr wieder.«

»Warum nutzt du nicht den PC?«

Schrievers machte eine abfällige Handbewegung. »Ich weiß, was du sagen willst. Aber ich bleibe dabei, mit meinem System bin ich schneller als jeder Pentiumprozessor.«

»Wo du gerade hier bist, kannst du uns gleich helfen.«

Der Polizeihauptwachtmeister unterbrach ihn. »Dieser abscheuliche Mord in der Hardterwald-Klinik ? Was willst du wissen?«

»Hat es irgendwann in den vergangenen Jahren Hinweise darauf gegeben, ich formuliere das mal ganz offen, dass es in der Klinik zu irgendwelchen Unregelmäßigkeiten gekommen ist? Also, in allen Bereichen – Verwaltung, Ärzteschaft, Pflegepersonal et cetera?«

»Ich kann mich so ganz spontan nicht daran erinnern. Aber ich werde nachher mal ein bisschen in meinen Akten wühlen. Unter Umständen ist ja irgendwo eine unverhoffte Trüffel versteckt.« Schrievers erhob seine Massen und schob dabei mit einer Hand sein Hemd fester in die Hose. »Weißt du was? Ich mache das am besten sofort. Ich glaube, ich weiß auch schon, wo ich suchen muss. Bestell Ecki einen schönen Gruß, danke für den Tee. Aber ich glaube, dass ich mir lieber gleich einen schönen schwarzen Kaffee aufbrühe. Ich habe nämlich heute eine wirkliche Delikatesse dabei. Hausmacher Leberwurst vom Biobauer Bolten. Ein Gedicht, sage ich dir. Hm, mir läuft schon das Wasser im Mund zusammen. Machs gut Frank. Bis nachher, ich melde mich.«

Frank sah erst Schrievers nach, der zufrieden aus dem Zimmer schlurfte und dann auf den Laufstall. Was kam da noch alles auf ihn zu? Er schüttelte sich, als müsse er düstere Gedanken vertreiben, und wuchtete dann mit einem Knall einen Teil des Aktenbergs auf seinen Schreibtisch, der zuvor den Stuhl blockiert hatte. Er suchte den Bericht der KTU.

Solange sie keine heiße Spur hatten, blieb ihnen nicht viel mehr, als alle Unterlagen noch einmal durchzugehen. Ihm fiel ein, dass er sich noch die Wohnung von Verhoeven ansehen wollte. Er suchte sich die Telefonnummer von Verhoevens Tochter aus dem Telefonbuch und vereinbarte einen Termin mit ihr. Sie hatte nichts dagegen, dass sie sich in einer Stunde vor der Wohnung des toten Vaters treffen würden. Gerade als er auflegte, kam Ecki zurück.

»Wo kommst du denn jetzt her? Du warst aber lange weg. Schrievers wollte nicht länger auf dich warten.«

»Och, ich habe die Neue vom KK 14 getroffen. Wir haben ein bisschen gequatscht. Sie wollte sich auch gerade Wasser für ihren Tee holen. Sie ist übrigens ganz meiner Meinung, Grüner Tee ist unbedingte Voraussetzung für ein gelungenes Anti-Aging-Programm.«

»Und? Wie alt ist die Dame?«

»26. Warum fragst du?«

»Ach, nur so.«

Der Groschen fiel bei Ecki nur langsam. »Haha, wie witzig.«

»Pass auf, ich fahre jetzt zur Wohnung von Verhoeven. Du brauchst nicht mit. Derweil hast du genug Zeit, mit deiner neuen Seelenverwandten aktuelle Möglichkeiten zur Verlängerung der Lebens- und Lendenkraft zu diskutieren. Wie heißt die Jungbrunnenexpertin eigentlich?«

»Viola, wenn du es genau wissen willst. Außerdem: Du kannst dir deine hämischen Sprüche sparen.« Ecki goss sich vorsichtig einen Becher Tee ein. Dann zog er wieder die Schublade seines Schreibtischs auf und nahm eine lang gezogene Schachtel heraus. »Hm, riech mal.« Ecki schob Frank die offene Schachtel zu.

»Was ist das?«

»Räucherstäbchen.«

»Du hast wohl den chinesischen Tempelgong nicht gehört, was?« Frank tippte sich an die Stirn. »Und was kommt als Nächstes?«

Statt zu antworten, zündete Ecki zwei Räucherstäbchen an, die er vor sich in den runden schwarzen Halter für seine Kugelschreiber steckte. Dann schloss er die Augen und fächelte sich genüsslich den Duft der rauchenden Stäbchen zu.

»Oh, Mann, Sandelholz.« Frank erinnerte der Geruch an diverse Feten in seiner Jugend, auf denen unter dem obligatorischen roten Che-Guevara-Poster dutzende Räucherstäbchen brannten und *Inside Looking Out* von *Grandfunk Railroad* völlig übersteuert aus schwarzen, selbst gebauten Spanplatten-Boxen dröhnte. Meistens endeten diese Abende mit gemeinschaftlichem Kotzen, weil jeder mal wieder zu viel Bier und roten Genever durcheinander gesoffen hatte, statt sich um die wenigen anwesenden Mädchen zu kümmern.

Eine knappe Stunde später hielt Frank auf dem Lambertimarkt. Er parkte direkt vor der kleinen Geschäftszeile gegenüber dem alten Breyeller Kirchturm. Obwohl es unterwegs heftig angefangen hatte zu schneien und er vorsichtig fahren musste, fühlte Frank sich ausgeruht und zufrieden. Endlich hatte er ohne Eckis bissige Kommentare seine Musik hören können. Viel wichtiger war allerdings, dass er Zeit gehabt hatte, sich in Gedanken mit Lisa und ihrem Kind zu beschäftigen. Frank freute sich unbändig auf das Kind und auf ihre gemeinsame Zukunft. Daran hatte er eigentlich schon gar nicht mehr geglaubt, dass er noch einmal Vater werden könnte. Er hatte an Ecki gemerkt, wie sehr Kinder Erwachsene verändern, und wie sehr viel mehr Ruhe und Ausgeglichenheit in das eigene Leben einkehren, wenn man sich mit den eigenen Kindern beschäftigen konnte. Er war zuversichtlich, dass von jetzt an nur noch schöne Jahre vor ihm lägen. Und er freute sich schon jetzt auf den Tag, an dem sein Kind sein erstes STIXS-Konzert hören würde. Er würde stolz sein, für sein Kind spielen zu können, dachte Frank.

Als er aus dem Wagen stieg, kam ihm Hiltrud Claassen schon entgegen. Gemeinsam betraten sie das rot geklinkerte und weiß abgesetzte Gebäude, das sich über die ganze Breite des Marktes erstreckte. Verhoevens Wohnung lag im ersten Stock. Es war nicht das erste Mal, dass Frank in dem Haus war. Als er die Stufen des schmucklosen Treppenhauses emporstieg, erinnerte er sich, dass er als Kind mit seinen Freunden in dem Rohbau des Gebäudes Gangster und Polizei gespielt hatte.

»Hier ist es.« Hiltrud Claassen schloss die Wohnungstür auf.

Er trat in den düsteren Wohnungsflur und ging direkt durch bis ans Wohnzimmerfenster. Es war kalt in der Wohnung. Ein ferner Geruch von abgestandenem Kaffee lag in der Luft. Außerdem roch es nach ungelüfteter Wohnung. Frank musste an den Geruch in der Hardterwald-Klinik denken. Ja, so riechen die Wohnungen alter Menschen, dachte Frank.

Durch die Blumen auf der Fensterbank und das Schneetreiben konnte Frank den alten Kirchturm erkennen, der immer noch fast ganz hinter Bauplanen verschwunden war. Er wusste, dass die Restaurierung dieses Denkmals aus dem 14. Jahrhundert kurz vor dem Abschluss stand. Frank musste an den Bauunternehmer Dieter Böskes denken, den er vor noch nicht allzu langer Zeit vor dem Turm getroffen hatte. Damals, als er im Mordfall Heike van den Hövel ermittelt hatte. Frank fiel ein, dass er im Zuge der Ermittlungen in einer der Akten gelesen hatte, dass Böskes auch das Gebäude gebaut hatte, in dem er jetzt stand. »Die Aussicht auf den Marktplatz ist im Frühjahr sicher wieder schön. So mitten im Dorf wohnt es sich doch bestimmt gut.« Er drehte sich zu Hiltrud Claassen um.

»Für meinen Vater war die Wohnung ideal. Er hatte es nicht weit zum Bäcker Nethen oder den anderen Geschäften im Dorf. Außerdem kannte er viele Breyeller und hat immer jemanden für ein Schwätzchen gefunden. Nur im August, wenn das Breyeller Turmfest stattfindet, hat er sich immer beklagt. Die Musik war ihm zu wild und zu laut. Er selbst hat ja in Bracht im Verein gesungen. Und die vielen Leute, vor allem die Besoffenen, haben ihn gestört. Und dann der Krawall mit den Jugendlichen. Jedes Mal hat er dann die ganze Nacht kein Auge zu getan, hat er immer erzählt. Aber sonst, ja, sonst hat er sich wohlgefühlt hier.«

»Haben Sie sich schon mal einen Überblick über die persönlichen Sachen Ihres Vaters verschafft, Sparkonten, Lebensversicherung, Mietvertrag?« Frank setzte sich ungefragt in einen der beiden schweren lederbezogenen Holzsessel, die an dem klobigen Couchtisch standen.

Hiltrud Claassen setzte sich neben ihn auf die breite Couch. Sie hatte wie Frank ihren Mantel anbehalten. Sie musste schlucken, und ihre Augen füllten sich mit Tränen. »Wissen Sie, ich kann hier noch nichts aufräumen oder Unterlagen suchen. Wenn ich das tue, dann ist mein Vater endgültig tot. Ich weiß, dass ich mich damit selbst belüge. Aber ich habe noch nicht die Kraft dazu, ein ganzes Leben einfach so wegzuräumen.«

»Ich kann Sie gut verstehen. Aber wir müssen uns Zimmer für Zimmer ansehen, vielleicht finden wir einen Hinweis, der uns weiter bringt. Es ist ja nicht auszuschließen, dass Ihr Vater seinen oder seine Mörder gekannt hat. Möglicherweise ist er ihm – oder ihnen – ja nicht erst an seinem Todestag begegnet; und nicht erst in Hardt, sondern schon hier in Breyell. Wir können derzeit nichts ausschließen.«

Hiltrud Claassen begann zu schluchzen. »Es tut mir leid, Herr Kommissar. Ich kann nicht. Bitte gehen Sie alleine durch die Zimmer. Ich bleibe hier sitzen, wenn Sie erlauben.«

»Bleiben Sie ruhig sitzen. Ich komme schon zurecht.« Frank sah sich zunächst im Wohnzimmer um, öffnete alle Türen der Schrankwand und zog hier und da eines der vielen Bücher hervor, um darin zu blättern. In den Regalen standen fast überwiegend deutsche Klassiker, dann Sammelbände eines Buchclubs, Bildbände, Biografien über Sänger, Reader's-Digest-Ausgaben, ein paar wenige Hefte von Geo. In einer Schublade fand er bündelweise Notenmaterial, im Barfach standen eine angefangene Flasche Cognac und mehrere Gläser. Soweit passte alles in das Bild eines Mannes, der sich an seinem Lebensabend eingerichtet hatte.

Frank ging zurück in den Flur und von da aus erst ins Bad und dann ins Schlafzimmer. Alles wirkte ordentlich aufgeräumt, so als habe Hans-Georg Verhoeven seine Wohnung für einen Urlaub verlassen. In dem mit unmodernen altrosa Kacheln gefliesten Bad hingen zwei saubere Handtücher neben dem Waschbecken. Auf dem Rand der Badewanne stand eine Flasche mit Schaumbad. Frank schraubte den Verschluss auf und roch an der Öffnung. Er zuckte zurück, denn ihm drang der penetrante, herbe Geruch von Fichtennadelkonzentrat in die Nase. Als er das schmale fensterlose Bad verließ, fand er einen alten Bademantel, der an einem Haken hinter der Tür hing.

Auch im Schlafzimmer deutete nichts darauf hin, dass Verhoevens Leben in seinen letzten Tagen in Unordnung geraten sein könnte. Das Doppelbett war mit einer hellen Tagesdecke abgedeckt, die farblich zu dem Weiß der Schleiflackmöbel passte. Frank öffnete den Kleiderschrank und ließ seine Finger durch die wenigen Kleidungsstücke gleiten. Die Anzüge waren alt, aber von guter Qualität. Das Gleiche galt für Verhoevens Unterwäsche und Hemden. Der alte Mann hatte ohne Zweifel Wert auf sein Äußeres gelegt. Mit den Händen fühlte Frank vergeblich zwischen den Hemden, ob er eine versteckte Kassette oder Ähnliches finden würde. Er sah sich ein letztes Mal um und verließ dann seufzend den Raum.

Auch die kleine Küche war aufgeräumt. Die Einbauschränke musste Verhoeven von seinem Vormieter übernommen haben, denn sie waren deutlich älter als der Küchentisch, der mit einer Längsseite an die Wand geschoben war und drei Stühlen Platz bot. Frank öffnete die Schränke und Schubladen, fand aber nichts Auffälliges. In einem Wasserglas im Oberteil der Küchenzeile steckten Kleingeld und ein Zehn-Euro-Schein. Auf der Fensterbank stand ein altes Radio, das sicher noch aus den 60er Jahren stammte. Frank fuhr mit einem Finger über das aufgedruckte Furnierimitat und sah hinaus auf das Nachbargrundstück. »Frau Claassen? Können Sie bitte einmal in die Küche kommen?«

»Ja?« Hiltrud Claassen stand im Türrahmen und hatte ihre Hände in die Manteltaschen gesteckt. Sie sah aus, als ob sie frieren würde.

»Hatten Sie mir nicht von einem seltsamen Klopfen erzählt, das ihr Vater gehört haben will? Und von Kindern?«

»Ja, das ist richtig. Das hat mein Vater mir erzählt. Das war, kurz bevor er in die Klinik musste. Da sei so ein Klopfen gewesen, und ein Blitzlicht.«

»Die Wohnung ihres Vaters liegt im ersten Stock. Wie sollen da Kinder an das Schlafzimmerfenster geklopft haben?« Frank sah noch einmal aus dem Fenster auf das Nachbargrundstück. Dann ging er zurück ins Schlafzimmer und schob dort die dichte Gardine zurück. Verhoevens Küchen- und Schlafzimmerfenster lagen über einem Garten. Frank öffnete das Fenster und sah hinunter. Unter ihm waren nur verwaiste Beete und ein Stück gefrorener Rasen zu sehen. Er wollte schon das Fenster wieder schließen, als sein Blick auf die Gartenmauer fiel, die an den Kirchweg grenzte. An ihrem Sockel lag eine lange Holzleiter, so wie man sie früher benutzte, um in die Kronen der Kirsch- oder Birnbäume zu klettern. Frank schloss das Fenster und ging in die Küche zurück. »Ich glaube nicht, dass Ihr Vater ungebetenen Besuch von Kindern hatte. Dazu liegt die Wohnung zu hoch. Zumal es ja auch Nacht war. Aber Erwachsene könnten schon eine Leiter an das Haus angelehnt haben.«

»Was hat das zu bedeuten?« Hiltrud Claassen putzte sich die Nase.

»Ich weiß es nicht. Ich werde vorsichtshalber die Spurensicherung bitten, die Wohnung Ihres Vaters und das Grundstück an der Rückseite zu untersuchen. Dann wissen wir mehr.« Frank sah sich in der Küche um. Er hatte alles gesehen und war enttäuscht. Er hatte sicher nicht erwartet, etwas Bestimmtes zu finden, er hatte nur gehofft, überhaupt etwas zu finden. Mehr beiläufig und schon im Gehen zog er die kleine Schublade des Küchentischs auf. Sie war voller Krimskrams: Alte Bleistifte, Kugelschreiber, Schlüssel, Gummibändchen, eine Schachtel mit Heftzwecken, ein Schreibblöckchen, ein angebrochenes Päckchen Tempotaschentücher. Und ein Umschlag. Neugierig nahm Frank ihn in die Hand. Er trug keinen Absender und war schon geöffnet worden. Frank sah hinein und zog einen zusammengefalteten Zettel hervor. Als er ihn aufschlug, fand er darauf nur drei Worte: *Die Blätter fallen.* »›Die Blätter fallen‹. Wissen Sie, wer das geschrieben haben könnte? Und was es bedeutet?«

»Keine Ahnung. Ich habe den Zettel noch nie gesehen. Das ist jedenfalls nicht die Handschrift meines Vaters.«

»Haben Sie etwas dagegen, wenn ich das mitnehme?«

»Nein, warum sollte ich? Nehmen Sie ihn ruhig. Ich hätte ihn sicher sowieso weggeworfen. Hm, ›die Blätter fallen‹. Keine Ahnung, was das soll. Meinen Sie, der Zettel hat etwas mit dem Tod meines Vaters zu tun?« Hiltrud Claassen sah Frank ängstlich an. Sie hatte wieder Tränen in den Augen stehen.

»Ich weiß es nicht, ich weiß es noch nicht.« Frank schob den Zettel mit spitzen Fingern in den Umschlag zurück und steckte den Brief in die Innentasche seiner Jacke. Er ärgerte sich, dass er nicht vorsichtiger mit dem Umschlag umgegangen war. Die Kollegen der Spurensicherung würden schön fluchen, denn sie würden eine Menge Fingerabdrücke von Frank finden. »Was sagt eigentlich Ihr Mann zu dem Fall?«

»Mein Mann? Er ist entsetzt. Er ist erst gestern Abend von seiner Geschäftsreise zurückgekommen. Ich bin froh, dass er endlich da ist.«

Frank drehte sich an der Tür noch einmal um und sah in die dunkle Wohnung hinein. War das alles, was am Ende von einem Menschen zurückblieb? Ein paar kalte Räume, nutzlos gewordene Kleider und Möbel? An was würde sich Verhoevens Tochter in zwei, drei Jahren noch erinnern können? Ob sie auf Fotos noch alle erkennen würde? Oder ob mit dem Gedächtnis ihres Vaters auch ihr eigenes Familiengedächtnis verloren gegangen war? Frank musste an den Tod seiner Eltern denken. Er kannte noch lange nicht jedes der lachenden Gesichter auf den wenigen Fotos, die er damals beim Aufräumen gefunden hatte. »Ich wäre so weit, Frau Claassen, wir können gehen.«

Hiltrud Claassen blieb im Hausflur an den Briefkästen stehen und schloss das Fach ihres Vaters auf.

Ecki stand im Flur, als Frank zurückkam. Er hielt ein Buch in seinen Händen. »Na, wie war es? Hast du Erfolg gehabt?«

»Was heißt schon Erfolg? Wohnungen von Toten sind kalt und abweisend. Ich habe auf den ersten Blick nichts gefunden. Außer ...«, er zog den Umschlag aus seiner Jackentasche, »außer diesem Umschlag. Darin steckt ein Zettel, handgeschrieben. Nur drei Worte: ›Die Blätter fallen.‹«

»Klingt poetisch. ›Die Blätter fallen.‹ Hm, wie der Teil eines Gedichts. Und, was soll der Satz? Warum ist er dir so wichtig?«

»Keine Ahnung. Ich fand es nur ungewöhnlich, dass Verhoeven diesen Umschlag aufgehoben hat. Ein aufgerissener Umschlag ohne Absender. Der Satz muss eine Bedeutung für ihn gehabt haben.«

»Verhoeven war doch Vorsitzender eines Gesangvereins. Kann doch gut sein, dass einer seiner Sängerfreunde ihm den Satz mitgegeben hat. Der Anfang eines Gedichts oder eines Lieds. Was weiß ich. Lass uns den Satz doch einfach mal in eine Suchmaschine eingeben.« Ecki war schon auf dem Weg zurück ins Büro.

Ecki klickte sich am PC auf die Startseite von *google* und gab den Satz ein. »Die Blätter fallen«. »Bingo. Hier steht es. Es ist der Anfang von einem Gedicht.«

Frank stellte sich hinter Ecki, um den Text lesen zu können. Tatsächlich ein Gedicht.

Herbst

Die Blätter fallen, fallen wie von weit,
als welkten in den Himmeln ferne Gärten;
sie fallen mit verneinender Gebärde.

Und in den Nächten fällt die schwere Erde
aus allen Sternen in die Einsamkeit.

Wir alle fallen. Diese Hand da fällt.
Und sieh dir andre an: es ist in allen.

Und doch ist Einer, welcher dieses Fallen
unendlich sanft in seinen Händen hält.

Rainer Maria Rilke – Das Buch der Bilder

Frank ging zu seinem Schreibtisch zurück und setzte sich. »Na ja, auch nicht gerade erhellend. Ich würde deine Recherche eher unter Zufall abspeichern. Ich wüsste nicht, wie uns Rilke weiterhelfen könnte.«

»Wie mans nimmt. Ich druck uns auf jeden Fall mal den Text aus. Man kann ja nie wissen.« Ecki klickte sich weiter durch das Programm. »Viola meint, ob wir uns schon mal Gedanken über das mögliche Täterprofil gemacht haben. Ich habe ihr erzählt, dass wir nicht weiterkommen. Ihr sind direkt ein paar Merkmale eingefallen.«

»Oh, die Dame ist Profilerin. Hat sie das auf der Polizeischule gelernt? Na, dann man los. Was hat sie denn ermittelt?« Sein spöttischer Unterton war nicht zu überhören.

»Sei doch nicht gleich so stinkig. Manchmal kannst du auch eine echter Kotzbrocken sein. Du kennst sie doch gar nicht. Ist von ihr doch nur nett gemeint. Sie glaubt, dass der Täter aus dem Umfeld der Klinik kommen muss. Es muss jemand sein, der nicht auffällt, wenn er einen Rollstuhl schiebt. Jemand, der Mitte bis Ende 30 ist, und kräftig. Vielleicht ein Pfleger, oder einer der Assistenzärzte. Auf jeden Fall jemand, der nicht damit klarkommt, dass um ihn herum so viele alte Menschen leiden müssen. Unter Umständen jemand mit gehobenem Lebensstandard, alleinstehend. Hochintelligent muss er sein, sozial engagiert, in einer Kirchengemeinde, in einem Verein. Der Zustand der Leiche deutet für Viola darauf hin, dass die Tat etwas Sakrales, Heiliges für den Täter bedeutet. Eine Handlung, der er alles andere unterordnet. Toll, nicht?«

»Bestell deiner Viola einen schönen Gruß von mir und sag ihr danke für die Mühe. Aber, um ehrlich zu sein, das Ganze klingt nicht sonderlich überzeugend und bringt mich auch nicht weiter.« Frank wandte sich wieder seinen Akten zu.

»War ja nur ein nett gemeinter Versuch.«

»Eben.«

Ecki fiel etwas ein. »Bean hat sich gemeldet. Er braucht für seine Recherche in Bracht noch etwas länger. Er wühlt sich gerade durch das gesamte Notenmaterial des Vereins. Das kann noch Tage dauern. Er will Notenblatt für Notenblatt durchgehen. Er schließt nicht aus, dass sich in den Texten Hinweise auf den möglichen Täter finden.«

»Das ist doch nicht sein Ernst, oder? Pfeif den Mann zurück, sofort. Es gibt Wichtigeres zu tun, als in irgendwelchen verstaubten Notensammlungen zu wühlen. Der Typ geht echt zu weit.«

Ecki sah Frank am Bildschirm vorbei an. »Statt hier herumzustänkern, solltest du dich freuen, dass Bean so gründlich ist. Wenn wir mehr von seiner Sorte hätten, wären wir in der Vergangenheit bestimmt schneller zum Ziel gekommen. Davon bin ich überzeugt.«

»Oder wir wären längst zum Gespött der gesamten nordrheinwestfälischen, was sage ich, der ganzen bundesdeutschen Polizei geworden.« Frank schlug sich mit der flachen Hand gegen die Stirn. »Im Notenmaterial eines Gesangvereins steckt der entscheidende Hinweis auf den Mörder! Na, bravo.«

»Du solltest gelassener werden, Frank. Dein Yin und Yang ist ja völlig aus der Balance. Ich schlage dir vor, dass du an deiner Atmung arbeitest. Das beruhigt den gesamten geistigen Apparat. Außerdem könnte der Satz ›die Blätter fallen‹ ja auch Sängern etwas bedeuten.«

»Yin und Yang! Ich fasse es nicht. Lieber Ecki, lass besser den Tee weg. Du fantasierst ja schon im ceylonesischen Endstadium.« Frank machte sich ernsthaft Sorgen um seinen Kollegen. »Was sagt eigentlich deine Frau zu deinem Yin und Yang? Ist noch alles in Ordnung zwischen euch beiden? Oder hat Marion schon erkannt, dass du deinen Verstand mit Räucherkerzen vernebelst und deinen Kummer um deine Falten am Hintern in Grünem Tee ertränkst?«

»Und du hast deine Seele doch längst an irgend so einen Voodoo-Mann aus dem Mississippidelta verkauft, hör doch auf. Wie heißt der Song? *I'm standin at a crossroad*?«

Die Tür ging auf, und Horst Laumen steckte seinen Kopf ins Büro. »Hallo, guten Tag, liebe Kollegen. Darf ich einen Moment stören?«

Das deutliche »Nein« von Ecki und Frank kam gleichzeitig. Den penibleb Musterbeamten im seinem quietschgelben Pullunder konnten sie jetzt überhaupt nicht gebrauchen.

»Aber es dauert nur einen winzig kleinen Moment. Ich habe hier ein paar Unterlagen.« Seine Augen wirkten hinter der schwarzen Hornbrille unnatürlich groß. Wie Willi aus *Biene Maja*.

»Nein.« Wieder wie im Chor.

»Aber es ist wichtig. Es geht um ...«

Frank schnitt ihm das Wort ab. »Laumen, aus, gib Ruhe. Legs auf den Schreibtisch und verschwinde. Wir haben zu tun.«

Horst Laumen schleuderte den Umlaufordner auf Franks Schreibtisch und stapfte wütend aus dem Büro. Die Tür klirrte gefährlich, als er sie hinter sich zuwarf.

»Oh, oh, das gibt Ärger. Hast du sein Gesicht gesehen? Vor Wut fast so gelb wie sein Pullunder. Ich hätte ihm einen Tee anbieten sollen. Wetten, dass er uns in den nächsten Tagen eine Aufforderung schickt, den CD-Player ausbauen zu lassen?« Ecki grinste Frank an.

Frank beugte sich vor und hielt ihm die offene Handfläche entgegen. Ecki schlug klatschend ein. Gemeinsam waren sie stark. Egal, worüber auch immer sie zuvor gestritten haben mochten. Besonders, wenn es gegen Laumen ging. Der Kampf zwischen ihm und den beiden Ermittlern um den illegal eingebauten CD-Player in ihrem Dienstwagen ging nun schon über zwei Jahre und war unter den Kollegen im Präsidium schon legendär. Bislang hatten die beiden Ermittler noch jeden Versuch des bevorzugt in gelbe Pullunder gewandeten Verwaltungsbeamten abwehren können, ihnen den Player wieder wegzunehmen.

»Laumen is 'n Arsch.«

»Wo du recht hast, hast du recht, lieber Ecki. Und jetzt mach endlich die Fenster auf. Hier riechts ja immer noch nach Sandelholz.«

X.

Es klingelte. Edgard Breuer schlurfte zur Tür. Dabei zog er sein linkes Bein etwas nach. Er schob den Sichtschutz des Türspions zur Seite und versuchte, einen Blick auf den Fremden zu werfen, der im Flur stand. Dummerweise hatte sich der Unbekannte zu weit an den Rand des engen Blickfelds gestellt, das der Türspion zuließ. Es klingelte wieder. Edgard Breuer überlegte, ob er überhaupt öffnen sollte.

Es klingelte erneut. Breuer zögerte noch immer. Er erwartete keinen Besuch. Er hatte schon länger keinen Besuch mehr gehabt. Außer seiner ältesten Tochter. Aber das zählte nicht. Edgard Breuer war nicht auf Besuch eingerichtet. Seine Wohnung war nicht aufgeräumt, er war unrasiert, sein Hemd hatte er seit Tagen nicht gewechselt. Nicht, dass ihn das sonderlich störte. Das war es nicht. Das hatte ihn noch nie gestört, in den vergangenen dreißig Jahren, seit er nicht mehr arbeitete. Nein, Edgard Breuer mochte keine Überraschungen. Unvorhergesehene Ereignisse machten ihm Angst. Das konnte ein Brief sein, das konnte seine Tochter sein, die nicht mittwochs kam, sondern auch schon mal dienstags. Das konnte aber auch ein Unbekannter sein, der vor seiner Tür stand und klingelte.

Edgard Breuer beschloss, nicht zu öffnen. Stattdessen drückte er sein Auge fest an den Türspion. Aber er konnte den Fremden immer noch nicht erkennen. Geh weg, wünschte er sich. Fort mit dir! Ich will dich nicht sehen. Edgard Breuer schlurfte über den billigen Teppich zurück in sein Wohnzimmer. Ärgerlich setzte er sich in seinen Sessel und wartete darauf, dass der fremde Eindringling endlich verschwand. Er wollte seine Ruhe haben, nur seine Ruhe. Mit einer Hand fuhr er sich durch sein ungekämmtes schütteres Haar.

Breuer überlegte. Was der Fremde wohl von ihm wollte? Oder war es der Hauseigentümer? Hatte er etwa vergessen, die Miete zu bezahlen? Breuer konnte sich nicht erinnern. Er hatte immer seine Miete bezahlt, empörte er sich stumm. Der Unbekannte sollte nur kommen. Er würde ihm schon gehörig die Meinung sagen. Nein, die Miete war es nicht. Edgard Breuer schraubte den Verschluss von der Wodkaflasche und kippte den farblosen Schnaps üppig in ein fleckiges Wasserglas. Er brauchte jetzt erst einmal eine kleine Stärkung. Er musste sich konzentrieren, und der Wodka würde ihm dabei helfen. Der Schnaps brannte in seiner Kehle. So war es gut. So konnte er nachdenken. Der Mann. Da stand ein Mann vor der Tür und klingelte schon wieder. Woher konnte er wissen, dass Breuer in der Wohnung war? Er sah durch die offene Wohnzimmertür in den Flur und von dort bis zur Eingangstür.

Warum geht er nicht endlich? Genau, jetzt wusste er es. Er war ein Vertreter. Sicher, er war ein Vertreter. Denn Vertreter lassen sich nicht abwimmeln. Das hatte er auch nicht getan, damals nach dem Krieg. Damals, als er mit einem Musterkoffer voller Kurzwaren zu Fuß unterwegs war. Von Breyell bis nach Krefeld und von dort noch weiter. Und wieder zurück. Die Arbeit war ihm leicht gefallen, viel leichter als zuvor die Arbeit in der Brachter Ziegelei. Das Gewicht seines Koffers hatte er nicht gespürt. Und die heiße Sonne im Sommer war auch nicht heißer als der Ofen im »Pannenschopp«. Nein, nach dem Krieg waren Kurzwaren knapp und sein Musterkoffer begehrt. Später hatte er sich sogar ein Fahrrad leisten können. Mit dem Fahrrad den ganzen Niederrhein rauf und runter. Eine herrliche Zeit. Und die Frauen. Die Frauen waren immer nett zu ihm. Und er war nett zu den Frauen. Er hatte Schlag bei den Frauen. Sie haben ihn geliebt. Ihn und seine Kurzwaren.

Wie war er jetzt nur auf die Frauen gekommen? Ach, ja. Der Vertreter. Es war still an der Tür. Endlich still. Edgard Breuer hatte sich durchgesetzt. Er machte noch lange nicht jedem die Tür auf. Wo kommen wir denn da hin, wenn jeder Hinz und Kunz klingeln kommt? Hier bestimmte immer noch er, Edgard Breuer, wem und wann er öffnete. Er brauchte noch einen Schluck, einen kleinen, nur einen winzig kleinen. Dann ließ es sich besser denken.

Er hatte die Flasche schon in der Hand, als er das Klopfen hörte. Dieses leise Klopfen an der Wohnungstür. Ach was, da war nichts. Er goss sich das Glas halb voll. Es ging doch nichts über dieses Wässerchen. Es kratzte, aber weckte die Lebensgeister. Edgard Breuer fühlte sich stark. Da war dieses Klopfen wieder. Er schrak zusammen und sank gegen die Sessellehne. Er stellte das Wodkaglas auf den Couchtisch zurück. Dann wischte er die Ansammlung Zigarettenasche und Brotkrümel mit einem Supermarktprospekt achtlos vom Tisch. Er musste sich konzentrieren. Er horchte. Da. Einmal lang, dreimal kurz, einmal lang. Warum klingelte der Fremde nicht mehr, warum klopfte es nun an der Tür? Gierig griff Breuer zum Glas und trank einen großen Schluck. Er musste husten. Und wieder: Einmal lang, dreimal kurz, einmal lang.

Breuer versuchte sein Husten zu unterdrücken. Ich bin nicht da, die Wohnung ist leer. Ich werde nicht öffnen. Wieder fuhr er sich durch sein schütteres Haar. Was hatte das zu bedeuten? War er überhaupt gemeint? Breuer überlegte. Nein, das konnte nicht sein. Eine Verwechslung, ja, eine Verwechslung. Es musste eine Verwechslung vorliegen. Bestimmt war es so. Aber wieder: Einmal lang, dreimal kurz, einmal lang. Das konnte Breuer sich nicht erklären. Er schielte in den Flur. Der Fremde konnte ihn doch nicht etwa sehen, durch den Spion? Nein, das ging nur andersherum. Das wusste er. Und doch schob er sich mit den Füßen samt Sessel ein Stück zurück in die Zimmerecke. So konnte er auf keinen Fall entdeckt werden. So war er sicher. Er brauchte jetzt einen Schluck. Nicht, dass ihn das Klopfen beunruhigte. Einen Edgard Breuer konnte nichts beunruhigen, nach all dem, was er schon erlebt hatte. Ihn nicht! Andere, vielleicht. Aber nicht ihn. Auf keinen Fall. Er wollte wachsam sein. So wie er es gelernt hatte. Damals, als er wegen seines Beins nicht mehr richtig arbeiten konnte. Auf Wachmann hatte er umgeschult. Und meistens nachts gearbeitet. Dann hatte er seine Ruhe, dann konnte ihn niemand stören. Bis der Wodka in sein Leben kam.

Aber verdammt, das Glas stand ja auf dem Tisch. Und er kam nicht mehr an das verdammte Glas heran. Er beugte sich ein winziges Stück vor und fuhr gleich wieder zurück. Denn das Klopfen wurde stärker. Was sollte das bedeuten? Kam der Unaussprechliche, ihn zu holen? Das konnte nicht sein. Das musste eine Verwechslung sein. Ja, ja. Bestimmt. So war es! Er brauchte jetzt unbedingt einen Schluck. Zum Konzentrieren. Er musste nachdenken. Vielleicht doch öffnen? Nein. Auf keinen Fall. Niemals. Er hasste Überraschungen. Und er hatte angefangen, diesen Fremden zu hassen. Was bildete der sich überhaupt ein?

Edgard Breuer bemerkte es nicht. Aber er wimmerte. Irgendetwas in seinem Inneren machte ihm Angst. Er fror plötzlich. War die Heizung ausgefallen? Hatte er die Gasrechnung nicht bezahlt? Er hätte doch eine Jacke über sein Hemd ziehen sollen. Eine Ahnung trieb ihn um, ohne dass er sie in Worte fassen konnte. Er hörte ein leises Rascheln. Er hatte Angst, in den Flur zu gehen, um nachzusehen. Es konnte ein Brief gewesen sein, der unter der Wohnungstür hindurch geschoben wurde. Er würde nachsehen. Später. Viel später. Er hatte ja Zeit. Angestrengt horchte er von seinem Sessel aus in den Flur hinein. Aber das Klopfen hatte aufgehört. Oder hatte er sich das Geräusch nur eingebildet? Er sah auf die Wodkaflasche und das fleckige Glas und traute sich nicht, sich vorzubeugen. Er hatte Zeit, viel Zeit.

Er wusste nicht, ob er eine Minute so gesessen hatte oder schon eine halbe Stunde, immer den Schnaps im Blick und mit einem Ohr in den Flur hinein horchend. Schließlich war die Gier stärker. Mit einem Ruck schob er den Sessel wieder ein Stück vor und griff nach dem Glas. Mit zwei kräftigen Schlucken hatte er es leer getrunken. Er spürte nicht, wie der Wodka sich heiß in seine Eingeweide fraß. Er hatte den Zettel in seinem Flur entdeckt. Wie versteinert hielt er inne und betrachtete das gefaltete weiße Blatt Papier.

Oh, Gott, wie lächerlich! Er blinzelte. Ein kleines Stück weißen Papiers, und er saß immer noch in seinem Sessel! Er griff nach der Flasche und setzte sie an seinen Mund. Es war nur noch ein kleiner Schluck, und er ersparte sich den Umweg über das Glas. Ein kleines Stück weißes Papier. Mehr nicht. Edgard Breuer schwankte, als er sich aus seinem Sessel erhob. Sein Kreislauf, das musste sein Kreislauf sein. Halt, ganz langsam. Immer schön an der Wand entlang. Das war doch nur ein kurzes Stück. Kein Problem für einen Edgard Breuer, der Dachziegel gebrannt und einen schweren Koffer mit Kurzwaren quer über den Niederrhein geschafft hatte. Jahrein, jahraus. Lächerlich, dieses Stückchen Flur.

Er beugte sich vor und wäre fast ganz gekippt. Er konnte sich noch so eben an der Wand abstützen. Sein Kreislauf. Die Tochter musste her, sie würde wissen, was zu tun ist. Aber erst den Zettel aufheben! Dieses winzige Stück Papier. Er erhob sich und faltete das Blatt auseinander. Um besser lesen zu können, drehte er sich ein Stück und hielt das weiße Stück Papier ein wenig von sich weg. Die Augen wollten schon lange nicht mehr. Und eine Brille hatte er nicht. Drei Worte las er, handgeschrieben: »Die Blätter fallen«.

»Die Blätter fallen«? Was sollte das bedeuten? Edgard Breuer ärgerte sich. Wer trieb so einen üblen Scherz mit ihm und schrieb solch sinnlose Sätze auf Papier, um es dann durch den Türspalt zu schieben? »Die Blätter fallen«. Breuer runzelte die Stirn und steckte den Zettel achtlos in seine Hosentasche. Wenn schon. Na, warte! Mürrisch drehte er den Wohnungsschlüssel um und öffnete die Tür.

Das Letzte, was Edgard Breuer in seinem Leben wahrnahm, war eine schwarz gekleidete, selbst im Gesicht völlig vermummte Gestalt, und ein Fauchen. Und einen Blitz. Dem Ziegeleiarbeiter, Handelsvertreter für Kurzwaren und Wachmann blieb keine Zeit mehr, sich darüber zu wundern, woher dieses gleißend helle Licht kam.

XI.

Lisa saß an ihrem Schreibtisch. Es war schon spät, aber sie musste noch ihren Unterricht für den nächsten Tag vorbereiten. Frank lag im Wohnzimmer auf der Couch und beobachtete sie von seinem Platz aus. Wie ein kleines Schulmädchen saß sie da, dachte er, tief gebeugt über ihre Unterlagen, den Kopf schief gelegt und konzentriert. Das sparsame Licht der kleinen Schreibtischlampe ließ ihr dunkles Haar wie schwarze Seide schimmern.

»Willst du noch lange arbeiten? Ich bin müde.« Frank streckte sich und gähnte. Mit der Fernbedienung schaltete er den Fernseher ab. »Komm, lass uns ins Bett gehen. Morgen wird wieder ein harter Tag. Außerdem bin ich sicher, dass du dich nicht mehr vorzubereiten brauchst. Du hast den Stoff doch sowieso drauf.«

»Das sagst du so. Bin gleich so weit.« Lisa richtete sich auf und drückte ihren Rücken durch. »Das lange Sitzen bekommt mir nicht mehr. Ich habe Rückenschmerzen. Ob das normal ist in der Schwangerschaft?«

»Wird wohl.« Frank griff nach der Mineralwasserflasche und setzte sich auf. »Ansonsten, wenn dich das beruhigt, ruf doch deinen Frauenarzt an. Der wird dir das bestimmt erklären können.«

»Ganz toll, lieber Frank. Statt mich zum Arzt zu schicken, könntest du dich zur Abwechslung mal ein bisschen mehr um mich kümmern. Wie wäre es mit einer kleinen Rückenmassage?«

Frank erhob sich betont umständlich. »Wenns denn sein muss.« Er konnte durch Lisas eng anliegendes langärmliges T-Shirt sehen, dass sich ihre Muskeln anspannten. Das verhieß nichts Gutes. »War nur ’n Scherz. Bin schon da.« Sanft legte er seine Hände auf ihren Halsansatz und begann ihre schmalen Schultern leicht zu massieren.

»Wo ich gerade daran denke: Bald fängt im Elisabeth-Krankenhaus der Geburtsvorbereitungskurs an. Denk daran, dass du auch mitgehen wirst. Die Partner sind ausdrücklich dazu eingeladen.«

»Muss das sein? Ich komme mir schon jetzt doof dabei vor. Hechelatmung und so ein Kram. Das ist nichts für mich«, maulte Frank vorsichtig.

»Quatsch. Du gehst mit. Ganz klar. Und es geht nicht nur ums Hecheln. Die Entspannungsübungen werden dir guttun. Du wirst sehen.« Lisa senkte ihren Kopf und streckte dann ihr Kinn vor. »Uhm, das tut gut, Bulle. Nicht aufhören.«

»Entspannungsübungen. Du redest schon wie Ecki. Der geht mir mit seinem ständigen Gefasel über Anti-Aging und Grünem Tee langsam auf den Wecker.«

»Er meints doch nur gut.«

»Jetzt nimm ihn auch noch in Schutz.« Frank fuhr mit seinen Händen sanft Lisas Rücken entlang. Er konnte jeden ihrer Wirbel spüren. »Wenn ich nicht aufpasse, macht er aus unserem Büro noch einen Esoterikladen. Er hat schon ein Poster mit den zehn goldenen Regeln des Anti-Aging aufgehängt. Wer weiß, was außer Grünem Tee und Räucherstäbchen sonst noch alles kommt.«

»Nu' reg dich man nicht auf. Er hat doch wirklich recht. Du kommst doch schon seit Wochen nicht zum Joggen. Und gesund ernähren tust du dich auch nicht unbedingt. Immer Pommes zwischendurch sind nun wirklich nicht altersverlängernd. Eher bauchvergrößernd.« Lisa kicherte und nahm ihre rechte Hand nach hinten, um Frank in den Bauch zu zwicken.

Nur durch eine Seitwärtsbewegung konnte Frank ihrer Attacke auf seine Rettungsringe ausweichen. »Schon gut, du hast gewonnen. Ich werde mich bessern. Versprochen.«

»Ich bin gespannt.«

Frank horchte auf. Von der Straße her war das durchdringende Auf- und Abschwellen eines Martinshorns zu hören. Die Kollegen sind mal wieder im Dauereinsatz, dachte Frank. Als das Geräusch genau unterhalb Lisas Wohnung verstummte, wurde er neugierig. Er gab Lisa einen Kuss auf den Nacken. »Was ist denn da draußen los?« Frank ging ans Wohnzimmerfenster, in dem sich das rotierende Blaulicht spiegelte. In dem Moment fuhren ein Rettungswagen und ein Leiterfahrzeug der Feuerwehr vor. Außerdem bremste ein PKW der Johanniter.

Lisa stand hinter ihm und umfasste seine Taille. »Keine Ahnung, zu sehen ist nichts. Ich glaube, die wollen zu uns.«

Frank hatte es kaum ausgesprochen, als es klingelte. Frank und Lisa sahen sich fragend an und eilten zur Tür.

»Ach, Kollege Borsch.« Vor ihnen stand ein blonder Hüne in Uniform, den im Präsidium alle nur *Patte* nannten. »Wir haben einen Anruf der Johanniter bekommen. Hier im Haus soll es einen Notfall geben. In der Wohnung unter euch.« Er warf einen Blick auf das Klingelschild und wirkte für einen Augenblick verwirrt.

»Meine Freundin, Patte.« Frank wollte nicht mehr erklären.

»Ach, so. Na ja, jedenfalls hat die alte Frau Hüser den Notruf an ihrem Handgelenk ausgelöst und meldet sich seither nicht mehr. Habt ihr etwas gehört?« Frank sah an Patte vorbei ins Treppenhaus und konnte sehen, wie ein Notarzt, zwei Rettungssanitäter und drei Feuerwehrmänner die Treppe hoch kamen. Frank hörte, wie an der Wohnung unten Sturm geklingelt wurde.

»Nee, hier war es die letzten Stunden ruhig. Wir haben nichts gehört.« Frank legte seinen Arm um Lisa.

»Na, nichts für ungut. Lemanski hat K-Wache. Er wird gleich hier sein. Ich fürchte, wenn Frau Hüser nicht aufmacht, müssen wir die Tür gewaltsam öffnen. Lasst euch nicht stören. Schönen Abend noch.« Patte tippte an seine Dienstmütze und verschwand die Treppe hinunter.

Frank sah Lisa an. »Was ist mit Frau Hüser?«

Lisa zuckte mit den Schultern. »Soviel ich weiß, trägt sie seit ihrem Unfall vor zwei Jahren einen Notfallknopf am Handgelenk. Hoffentlich ist ihr nichts passiert. Ich werde nachsehen.«

»Warte, ich komme mit.« Frank nahm den Schlüssel, der auf dem alten Vertiko im Flur lag, und zog die Wohnungstür hinter sich zu. Kaum dass sie auf dem Treppenabsatz angekommen waren, hörten sie ein leichtes Splittern. Als sie vor der Wohnungstür von Frau Hüser ankamen, waren die Einsatzkräfte schon in der Wohnung.

Im Schlafzimmer von Catharina Hüser bot sich Frank und Lisa ein seltsames Bild. Vor dem Bett der 90-Jährigen stand die geballte Kraft von Polizei, Feuerwehr und Rettungskräften und sah stumm und ein bisschen verlegen auf die alte Dame, die vor ihnen aufrecht im Bett saß. Ihr Plumeau hatte Catharina Hüser vor Schreck bis an den Hals hochgezogen. Unten sahen die nackten Füße ein Stück hervor.

»Nä, nä, watt e Bild. All die Männer hee. Un ich hann min Haarnetz net op, bin net jekämmt und hab ausjerechnet hüüt datt olle Nachthemb an. Nä, nä, nä.«

Die Aufregung hatte sich schnell gelegt. Es stellte sich heraus, dass Catharina Hüser wohl aus Versehen den Notrufknopf gedrückt hatte, als sie schon im Bett lag. Der Hausnotrufdienst hatte sie deshalb gar nicht über die Gegensprechanlage erreicht, die im Wohnzimmer der alten Dame stand, und den Einsatz eingeleitet.

Keine zehn Minuten später rückten die Rettungskräfte ab. Bevor auch Frank und Lisa wieder gingen, brachten sie der alten Dame ein Glas Wasser. Lisa versprach ihr, am nächsten Tag wieder nach ihr zu sehen.

Drei Stunden später war für Frank die Nacht zu Ende. Sein Handy hatte ihn geweckt. Schlaftrunken meldete er sich. »Ja?« Frank versuchte wach zu werden. Er brauchte lange, bis er die Stimme von Ulrich Lemanski am anderen Ende der Leitung erkannte. »Was?« Er saß jetzt aufrecht im Bett. »Wo? Aha. Okay. Ich komme. In einer halben, spätestens dreiviertel Stunde bin ich da. Weiß Ecki schon Bescheid? Gut. Pass auf, ruft ihn noch einmal an und sagt ihm, ich hole ihn ab.« Er beugte sich zu Lisa hinüber und sah, dass sie schon wach war und ihn verschlafen anblinzelte. Er küsste sie sanft auf die Schulter. »Schlaf weiter, Schatz, ich muss los. Eine Leiche, in Brüggen.«

Edgard Breuer musste schon im Flur niedergestochen worden sein. Der Kollege von der Spurensicherung, der an der Wohnungstür nach Fingerabdrücken suchte, zeigte den beiden den schmalen Weg an den Tatortspuren vorbei. Frank und Ecki folgten vorsichtig der breiten blutigen Schleifspur in die Küche. Dort lag der Rentner auf dem Tisch, den Bauch und den Brustraum aufgebrochen wie ein gerupftes Hähnchen. Sein Blut war durch die ganze Küche gespritzt und klebte in Schlieren an den Wänden, an den weißen Einbauschränken, am Herd und auf dem Fensterbrett. Auf dem Fußboden unter dem billigen Küchentisch stand eine rote Lache. Der ganze Raum roch nach frischem Blut.

Frank und Ecki blieben an der Küchentür stehen. Der Mörder hatte sein Opfer förmlich ausbluten lassen. Der Brustkorb war fast bis zum Bauchnabel aufgesägt. Frank warf nur einen kurzen Blick auf den nackten Oberkörper des Mannes, der nur noch eine einzige blutige Masse war. Die Augen des Toten starrten an die Decke. Seine Kehle war mit einem langen tiefen Schnitt aufgeschlitzt worden. Der Täter musste ein sehr scharfes Messer benutzt haben, ein Rasiermesser oder ein Skalpell. Die Arme des Toten hingen schlaff über die Tischkante, seine Beine waren leicht gespreizt, die Fußspitzen zeigten nach außen.

Die Küche war zum Schlachthaus geworden, dachte Frank, als er sich im Kücheneingang auf den Boden hockte. Solange die Spurensicherung noch nicht fertig war, konnte er hier nicht viel ausrichten. Von seinem Platz aus suchte Frank mit seinen Augen den Fußboden ab. Es gab blutige Fußspuren. Es war vermutlich nur ein Täter im Raum gewesen. Der Mörder hatte den Tisch erst freiräumen müssen, bevor er sein Opfer hatte ablegen können. Über den ganzen Boden verteilt lagen Lebensmittelreste, eine Kaffeekanne, eine ausgelaufene Milchtüte, ein benutztes Messer, ein Kaffeelöffel und ein zerbrochener Becher. Frank meinte, Reste von Kaffee auf dem Boden entdecken zu können. Es konnte aber auch genauso gut eingetrocknetes Blut sein.

Ecki hockte sich halb hinter Frank. »Sieht aus, als habe er mit einer einzigen Armbewegung den Tisch frei gemacht.«

»Dieser Mann, Edgard Breuer, wurde regelrecht geschlachtet. Wenn es denn Breuer ist – oder das, was von ihm übrig geblieben ist. Sieh dir das an. Das muss ein Sadist gewesen sein. Bricht den Körper auf wie bei einem geschlachteten Schwein.« Frank war immer noch fassungslos. Etwas Derartiges hatte er in seiner ganzen Dienstzeit noch nicht gesehen.

»Irgendwie erinnert mich das Ganze an eine Obduktion. Als habe der Täter sein Opfer sezieren wollen. Widerlich.« Ecki merkte, wie ein würgendes Gefühl in ihm aufstieg. »Es riecht nach Blut. Ich habe diesen Geschmack auf der Zunge. Ich glaube, ich muss gleich kotzen.« Ecki stand auf und verschwand in einem der Nebenräume. Obwohl Ecki schon seit vielen Jahren mit Gewaltdelikten zu tun hatte, konnte er sich nicht an den Anblick von Leichen gewöhnen. Deshalb versuchte er nach Möglichkeit, nicht bei Obduktionen dabei zu sein. Das war nicht immer so gewesen. Ecki hatte vor Jahren ein ganz besonderes Schlüsselerlebnis gehabt. Damals hatte er einen Selbstmörder von einem Dachbalken abschneiden wollen und dazu den Körper des Toten in die Arme genommen und ein Stück hochgehoben. Als sich das Seil löste, das den Hals abgeschnürt hatte, entwich unvermutet ein Rest Luft aus dem Brustkorb des Mannes. Direkt in Eckis Gesicht. Es hatte wie ein Rülpsen geklungen. Noch Tage später war Ecki ganz grün im Gesicht gewesen. Seither ging er Toten nach Möglichkeit aus dem Weg.

Frank beobachtete den diensthabenden Gerichtsmediziner Richard Leenders, der in einem weißen Einmaloverall am Tisch stand. Er beugte sich gerade mit ausgebreiteten Händen, die in dünnen Gummihandschuhen steckten, interessiert über den offenen Brustkorb der Leiche. Wie im Operationssaal, dachte Frank. Er zwang sich, den Toten genauer zu betrachten. Soweit dies von seinem Standort aus überhaupt möglich war. Es sah nicht so aus, als ob sich das Opfer gewehrt hatte. Sein Körper, seine Arme und Hände, wiesen keine äußerlichen Spuren von Verletzungen auf, die typisch sind für Abwehrversuche.

»Was meinst du, Leenders?«

»Auf den ersten Blick entsprechen die inneren Organe, soweit ich das hier auf die Schnelle überhaupt beurteilen kann, seinem Alter. Scheint ein Trinker gewesen zu sein. Die ganzen Flaschen im Wohnzimmer, seine Haut, seine Leber, typische Anzeichen.« Leenders wühlte mit seiner rechten Hand im Bauchbereich der Leiche. »Interessant, höchst interessant. Willst du mal sehen?«

Frank hob abwehrend die Hände. »Verschone mich. Der Bericht reicht mir. Wann kann ich in die Küche?«

»Das dauert noch. Wir haben gerade erst angefangen. Der Bericht wird dauern. Ich habe morgen frei.« Leenders merkte, dass Frank auffahren wollte. Borsch fiel doch immer wieder darauf rein. »War 'n Witz.«

Frank sagte nichts und stand auf. Solange er nicht in die Küche konnte, blieb ihm die Gelegenheit, sich in der Wohnung umzusehen. Es war eine kleine Wohnung, nicht viel größer als 50 oder 60 Quadratmeter. Aber genug für einen alleinstehenden Rentner. Breuer hatte wenig Wert auf eine wohnliche Atmosphäre gelegt. Die Wände waren kahl. Auf den Fensterbrettern standen keine Blumentöpfe. Die Einrichtung war abgenutzt und eher ärmlich. Der Mann hatte zumindest in den vergangenen Jahren sein Lebensumfeld auf das Nötigste beschränkt. Von Ordnung hatte er nicht viel gehalten. Überall standen leere Schnapsflaschen, lagen zerlesene Bild-Zeitungen. Der Tisch im Wohnzimmer war übersät mit Brotkrümeln und Zigarettenasche. Auf dem Sofa lagen ein zerwühltes Kopfkissen und ein fleckiges Oberbett. Es sah so aus, als habe Breuer die überwiegende Zeit des Tages auf der Couch vor dem Fernseher gelegen. Es roch nach altem Schweiß, Zigaretten und abgestandener Luft.

Die meisten Fächer im Wohnzimmerschrank waren leer. In einer Schublade fand Frank ein paar Briefe von Behörden und einige Kontoauszüge. Breuer war in der Tat nicht mit Reichtümern gesegnet gewesen. Außer einer schmalen Rente fanden sich keine größeren Einzahlungen. Der Mann musste buchstäblich von der Hand in den Mund gelebt haben. In einem Fach fand Frank einen großen braunen Briefumschlag. Frank nahm ihn mit spitzen Fingern heraus und sah hinein. Außer ein paar alten Fotos konnte er nichts entdecken. Vorsichtig nahm er einige aus dem Umschlag. Die Bilder waren alt und vergilbt. Die Schwarz-Weiß-Aufnahmen hatten noch diese hellen gezackten Ränder. Auf fast allen waren Szenen eines Ausflugs zu sehen. Sie mussten Anfang der 50er Jahre gemacht worden sein. Auf den Fotos waren Männer in weiten hellen Anzügen und Frauen in geblümten Kleidern zu sehen, die übermütig in die Kamera lachten. Auf einem Bild konnte Frank im Hintergrund den Drachenfels erkennen.

Die Schnappschüsse aus dem scheinbar unbekümmerten Leben der fremden Menschen berührten Frank auf eine ganz eigentümliche Art. Obwohl die Personen Fremde für ihn waren, lösten die Momentaufnahmen doch auf unerklärliche Weise das für Frank zu diesem Zeitpunkt und an diesem Ort völlig überraschende Gefühl aus, alleine gelassen worden zu sein. Er kannte ähnliche Aufnahmen aus den Fotoalben, die ihm seine Eltern hinterlassen hatten. Die Ausflugsbilder hätten auch von ihnen stammen können. Frank hielt verwirrt und überwältigt einen Augenblick inne, bevor er in Breuers Wohnung weiter nach Anhaltspunkten für die Tat suchte. Das ganze Leben dieses Toten steckte in einem braunen zerknitterten Umschlag aus billigem Packpapier.

Frank schob die Fotos zurück und legte den Umschlag wieder in den Schrank, als Ecki ins Wohnzimmer kam. »Wie siehst du denn aus? Du bist ja ganz blass.«

»Ich weiß nicht.« Frank schob seine Hände in die Jackentasche. »Ich bin total geschockt. Ich habe das Gefühl, ich müsste aus dieser Wohnung flüchten.«

»Ich habe mich mal umgesehen. Also, ich habe selten so eine leere Wohnung gesehen. Nur der Schmutz überall, der ist mir aufgefallen. Wenn du mich fragst, die typische Behausung eines Alkoholikers, der in seinem Rausch außer Alk nichts mehr mitbekommt. Hast du irgendwelche Hinweise gefunden, dass Breuer noch Verwandte hat?«

»Nein, nur ein paar alte Fotos. Die sollen sich die Kollegen von der KTU ansehen. Außerdem sollten wir die Papiere einsammeln lassen, die in den Schubladen liegen. Ansonsten haben wir mal wieder nichts Konkretes. Können wir nicht einmal einen einfachen Fall bearbeiten?« Frank hockte sich auf die Kante des Sessels, der neben der Wohnzimmertür stand. Er fühlte sich müde.

»Was erwartest du?« Ecki blieb vor ihm stehen.

»Ich? Was soll ich schon erwarten?«

»Ich erwarte, dass wir den Fall möglichst schnell klären können. Immerhin haben wir nach Verhoeven jetzt den zweiten Mord am Hals. Es kommt auch immer alles zusammen.«

»Ich glaube, du brauchst Urlaub, Frank. Kann das sein?«

»Kann sein. Ich bin müde. Ich bin nicht mehr dafür geschaffen, mitten in der Nacht durch die Gegend zu brettern, um Leichen anzugucken. Ich will am liebsten ins Bett und mir die Decke über den Kopf ziehen.«

»Typischer Fall von Burn-out. Tja, mein Lieber, du kommst so langsam in die Jahre. Wenn das hier vorbei ist, nimm mal eine Auszeit und tu was für deine Seele.« Ecki sah sich um. »Ich glaube, hier können wir vorerst nichts mehr tun. Lass uns mal in der Nachbarschaft herumfragen. Vielleicht hat ja jemand etwas gehört oder gesehen.«

Die Wohnung von Edgard Breuer lag in einer Seitenstraße am Rande der Innenstadt. Direkt neben der Geschäftsstelle der Volksbank Brüggen. Draußen auf der Straße standen mehrere Nachbarn. Sie waren durch das Blaulicht und die Unruhe auf der Straße geweckt worden. Das kleine Grüppchen fror, aber die Neugierde war offenbar stärker als die Kälte.

Frank ging bis an die Absperrung aus Flatterband. »Borsch, Kripo Mönchengladbach. Ich gehe davon aus, dass Sie Bewohner oder Nachbarn dieses Hauses sind. Wie Sie sicher schon mitbekommen haben, ist ein Mieter in diesem Haus zu Tode gekommen. Hat einer von Ihnen gestern Abend oder in der Nacht etwas beobachtet? War etwas anders als sonst? Haben Sie Geräusche gehört, einen Streit vielleicht?« Frank sah aufmerksam in die Runde. Nicht alle Umstehenden konnten seinem Blick standhalten.

Eine ältere korpulente Frau, Frank schätzte sie auf Ende 60, hob ihre Hand und meldete sich wie eine Schülerin. »In der Wohnung von dem Breuer war immer mal wieder Krach. Immer, wenn er besoffen war. Dann flog auch schon mal ein Teller an die Wand.« Sie sah Franks fragenden Blick und zog verlegen ihren geblümten Morgenmantel am Hals fester zusammen. »Ich wohne direkt über ihm.«

Frank ging auf die Frau zu, die über ihre Lockenwickler ein großes Seidentuch gebunden hatte. »Hatte Ihr Nachbar oft Besuch, oder lebte er eher zurückgezogen?« Er bemerkte, dass die anderen Schaulustigen näher zusammenrückten, um besser hören zu können. »Ich glaube, wir gehen besser hinein. Dann sind wir ungestört.« Er wandte sich an die Umstehenden. »Möchte mir sonst noch jemand etwas sagen?« Niemand reagierte. »Dann sollten Sie besser wieder in Ihre Betten gehen. Es ist viel zu kalt. Sonst holen Sie sich noch den Tod.« Erst als jemand nervös lachte, merkte Frank, was er gesagt hatte. Frank gab seinem Kollegen Ecki ein Zeichen und ging mit der Frau zurück ins Haus. Ecki nickte und unterhielt sich mit einem Mann, der in Straßenkleidung vor ihm stand und sich auf eine Krücke stützte.

Die Befragung der Nachbarin war wenig ergiebig. Die Frau konnte nicht viel über Edgard Breuer sagen. Breuer hatte weitgehend alleine gelebt. Lediglich eine Tochter kam hin und wieder, um nach ihm zu sehen. Auf jeden Fall nicht regelmäßig, soweit das die Nachbarin zu wissen glaubte. Sie war sehr um ihren »guten Ruf« besorgt, und betonte in ihrem Gespräch mit Frank mehrfach, dass sie nun natürlich niemand sei, »der an fremden Türen horcht«. Dafür, dachte Frank, war sie allerdings erstaunlich gut über die allgemeinen Abläufe und Vorgänge in ihrer Nachbarschaft informiert. So wusste sie zu berichten, dass die unmittelbare Nachbarin des Toten ein Verhältnis »mit einem aus dem Supermarkt« haben sollte, und dass »schon wieder jemand in der Volksbank gekündigt« haben soll.

Je länger das Gespräch dauerte, umso redseliger wurde die Rentnerin. Frank erfuhr notgedrungen ihre ganze Lebensgeschichte. Dass sie mit ihren Eltern bei Kriegsende vor den Russen aus Ostpreußen geflüchtet war und später in einem Textilbetrieb als Näherin gearbeitet hatte. Dort hatte sie auch ihren späteren Mann kennengelernt, der dort Weber war. »Der Gute, Gott habe ihn selig«, sei viel zu früh an den Spätfolgen seiner schweren Kriegsverletzung gestorben. Eine schöne Zeit hätten sie miteinander gehabt, nur das mit dem Kinderkriegen hätte nicht geklappt. Leider. Woran es gelegen hat? Nun, das wusste sie nicht zu sagen. Vielleicht am Mann, wer weiß das schon? Und dass ihre Rente nur klein sei und sie sich nicht viel leisten könne und froh sei, eine preiswerte Wohnung gefunden zu haben. Auch wenn es nicht immer leicht gewesen sei in ihrem Leben, heute könne sie sagen, dass es der »liebe Gott« gut mit ihr gemeint hatte. Auf ein paar schöne Jahre freute sie sich noch. Und Masuren würde sie nicht vermissen, in Brüggen und Umgebung sei es doch auch sehr schön.

Nur schade, dass ihr Nachbar so ein schlechter Mensch war. Oft betrunken, und immer geschimpft im Flur. Über das Leben, über Gott und den Schmutz im Treppenhaus. Aber dabei sei er doch auch nicht der Sauberste gewesen. Und wie er denn gestorben sei? Sie würde das gerne wissen wollen, denn sie hatte ja schließlich die Polizei gerufen. Weil es auf einmal so einen dumpfen Knall und ein Schieben und Scharren gegeben hatte, unter ihr. Und weil auf ihr Rufen im Flur niemand hinter der Tür von Breuer geantwortet hatte, als sie sich schließlich eine Treppe tiefer getraut hatte.

»Wie kommt es, dass Sie mitten in der Nacht Geräusche gehört haben? Es kann nicht laut in der Wohnung von Herrn Breuer gewesen sein.« Frank war müde und wollte das Gespräch mit der Frau beenden. Bislang klangen ihre Angaben nicht sonderlich hilfreich.

»Wissen Sie, Herr Kommissar, ich kann nachts schlecht schlafen. Das ist das Alter. Ich sitze dann meist im Wohnzimmer oder in der Küche und denke nach oder lese in der Bibel. Deshalb habe ich die Geräusche gehört. Bitte, das müssen Sie mir glauben, ich horche nicht an fremden Türen.«

Frank hatte sich ein paar Notizen gemacht und verabschiedete sich. »Wir melden uns bei Ihnen, wenn wir noch weitere Angaben brauchen. Wissen Sie eigentlich, wo die Tochter von Herrn Breuer wohnt?«

»Keine Ahnung, wir haben nie über diese Dinge gesprochen. Aber ich habe beide einmal auf dem Wochenmarkt gesehen. Und da hat eine Bekannte von mir, Lisbeth Krämer aus Dam, gesagt, dass die Frau irgendwo in Overhetfeld wohnt. Jedenfalls da in der Gegend, meinte sie.«

Frank war froh, als er wieder im Hausflur stand. Er ging zurück in Breuers Wohnung und suchte Ecki. Im Vorbeigehen sah Frank, dass Leenders immer noch in der Küche beschäftigt war. Ecki fand er im Wohnzimmer. Er saß in einem Sessel und blätterte in seinem Notizbuch.

»Und, erfolgreich?« Ecki sah ihn erwartungsvoll an.

»Nicht wirklich.« Frank setzte sich ächzend auf eine Sofakante. »Und du? Hat die Befragung draußen etwas gebracht?«

»Nichts Handfestes. Nur Gerüchte. Breuer war wohl nicht sonderlich beliebt. Er galt als Querulant, der meist dann unangenehm wurde, wenn er betrunken war. Er hat eine Tochter in Overhetfeld.«

»Warum kümmern sich eigentlich immer nur die Töchter um ihre alten Eltern? Bei Lisas Tante Irmchen ist das auch so. Und bei Verhoeven ist es nicht anders. Das ist doch kein Naturgesetz, oder?«

»Das hängt mit dem Pflegeinstinkt der Frauen zusammen.« Ecki machte einen unkonzentrierten Eindruck.

»Instinkt? Du meinst wirklich Instinkt?«

»Was?« Ecki blätterte immer noch.

»Schon gut. Lass uns fahren. Wir müssen Breuers Tochter noch informieren. Außerdem bin ich müde.«

Im Hinausgehen nickten sie Leenders und seinem Team zu. An der Haustür atmete Ecki tief ein und zog seine Einmalhandschuhe aus. Er legte den Kopf zurück und sah in den sternenklaren Himmel. »Ich meine, irgendjemand muss sich ja schließlich um die alten Eltern kümmern. Wer gibt seine Eltern schon gerne ins Heim?«

»Davon gibt es genug. Aus Bequemlichkeit oder Zeitmangel. Heutzutage haben die Wenigsten Zeit für die Familie, geschweige denn für die Pflege ihrer Angehörigen.« Frank schloss die Tür seines MGBs auf.

»Ich jedenfalls werde meine Eltern nicht im Stich lassen.« Ecki ließ sich auf den Sitz fallen.

»Lisa hat auch schon gesagt, dass sie ihre Eltern zu sich nehmen wird, wenn sie einmal nicht mehr können.«

»Ich bin jetzt auch hundemüde. Ich bin froh, wenn ich mich noch ein paar Stunden ausruhen kann. Im Moment ist es bei uns nicht so einfach. Enrica kommt jede Nacht, weil sie in ihrem Bett Angst hat. Ich bin dann jedes Mal hellwach und kann dann nur schlecht wieder einschlafen.« Wie zur Bestätigung gähnte Ecki mit offenem Mund. »Da fällt mir ein, Leenders hat mir gesagt, dass du dir endlich angewöhnen sollst, Handschuhe zu tragen. Wenn du das so nicht kapierst, will er dem Polizeipräsidenten eine Mitteilung schicken.«

»Lass mich mit Leenders in Ruhe.« Dafür, dass sie mit dem Wagen mitten in der Nacht in der Brüggener Fußgängerzone standen, ließ Frank sein Cabrio beim Gasgeben eine Spur zu laut aufheulen. Als sie an der Kirche vorbei Richtung Schwalm fuhren, warfen die Fassaden der eng stehenden niedrigen Häuser das Motorengeräusch um ein Vielfaches zurück. Spätestens jetzt war es mit der Ruhe in dem beschaulichen Städtchen nahe der ehemaligen Grenze vorbei. Aber was war ein altes, lautes Cabrio schon gegen einen perfiden Mord? Brüggen hatte jedenfalls eine neue Sensation.

Breuers Tochter hatte die Nachricht vom Mord an ihrem Vater nahezu ungerührt aufgenommen. Still hatte sie den Erklärungen der beiden Ermittler zugehört und dabei eine Zigarette nach der anderen geraucht. Frank hatte die Frau auf Ende vierzig geschätzt. Sie hatte einen abgearbeiteten und kraftlosen Eindruck gemacht, ihre Haut war grau und faltig, um ihre Augen hatten sich breite dunkle Schatten gelegt. Ihre schmale Gestalt hatte in der altmodischen und stillosen Sitzgruppe zerbrechlich und verloren ausgesehen. Ihre Blicke und ihr müdes Gesicht hatten auf Frank wie eine stumme Anklage gegen ihr Leben gewirkt, vom dem sie nicht mehr allzu viel zu erwarten schien.

Auch Karin Breuer konnte sich nicht erklären, warum man ihren Vater hätte umbringen sollen. Sicher, sie wusste, dass ihr Vater unberechenbar gewesen war, wenn er getrunken hatte. Aber darüber hinaus hatte es nie Anzeichen dafür gegeben, dass er deswegen Opfer eines Mordes hätte werden können. Die Nachbarn hatten sich zwar regelmäßig beklagt, wenn sie im Haus gewesen war, um den Flur zu putzen, aber was hätte sie denn tun können? Ihr Vater hatte sich nie um das geschert, was sie ihm gesagt hatte. Geschweige denn, dass er irgendeinen Wert auf die Meinung der Nachbarn gelegt hatte. Sie hatte lange Zeit sein Verhalten für normal gehalten. Erst viel später habe sie erkannt, wie sie Frank und Ecki zu erklären versuchte, dass das Leben nicht nur aus Streit und Alkohol besteht. Aber da sei es für ihr Verhältnis zu ihrem Vater schon zu spät gewesen. Sie habe dann irgendwann aufgegeben, ihrem und dem Leben ihres Vaters eine neue Perspektive geben zu wollen.

Als Frank sie auf die Fotos angesprochen hatte, war sie in Tränen ausgebrochen. Das seien Fotos ihres Vaters als junger Soldat gewesen. Außerdem seien Fotos von ihrer Mutter und ihrem Vater aus den 50er Jahren dabei. Die Bilder seien bei einem Ausflug mit Freunden an den Rhein gemacht worden. Damals sei sie zu klein gewesen, um dabei sein zu können. Sie könne sich aber sehr wohl an ihre Kindheit erinnern, die sehr glücklich gewesen sei. Sie seien eine fröhliche Familie gewesen, bis zu dem Tag, an dem ihre Mutter gestorben war. Plötzlich und unerwartet an Krebs. Seither sei es nie wieder so gewesen wie zuvor. Sie hatte den beiden Kriminalbeamten noch ihr eigenes Album mit Familienbildern zeigen wollen, aber da hatten sich Frank und Ecki schon verabschiedet.

Bevor die beiden gegangen waren, hatte Frank ihr noch mitgeteilt, dass der Tatort vorläufig gesperrt blieb. Auch, dass der Körper ihres Vaters noch nicht freigegeben werden würde. Auch das hatte Karin Breuer still und ohne sichtbare Regung hingenommen.

Es war schon gegen Morgen gewesen, als Frank endlich vor Lisas Wohnung am Schmölderpark geparkt hatte und ins Bett gekommen war. Obwohl er leise die Tür aufgeschlossen hatte und auf Zehenspitzen ins Schlafzimmer gekommen war, hatte Lisa noch wach im Bett gelegen. Er hatte sich still zu ihr gelegt, und Lisa hatte ihn wortlos in den Arm genommen.

XII.

Er war zu weit gegangen. Er war über sich selbst zutiefst erschrocken. Diesmal war er zu weit gegangen. Viel zu weit. Das hatte er nicht gewollt. Er starrte müde auf die grauen Wellen. Der Weg zurück hatte ihn viel Kraft gekostet. Viel länger würde er die Anstrengungen nicht mehr ertragen können. Das wusste er. Es war eiskalt an diesem Morgen, und der Wind trieb Schaumbällchen aus Gischt über den Strand.

Wer wusste schon zu sagen, wie lange diese Sonne noch für ihn scheinen würde? Und sei sie noch so kalt. Er drehte sich um und sah den Strand hinauf. Dort trieb der Wind sein Spiel mit den dünnen Gräsern. Die Körper hatten ihr Leben verwirkt. Gut, dass er mit ihnen Schluss gemacht hatte. Gut, gut. Aber beim letzten Leib hatte er sich nicht in der Gewalt gehabt, sich nicht beherrschen können. Wie ein Rausch. Warum bloß hatte er ihn aufschneiden müssen? Hatte er wirklich gedacht, dort drinnen die Wahrheit zu finden? Und wenn ja, welche Wahrheit? Was hieß schon ›Wahrheit‹? Zufällig aneinandergereihte Ereignisse? Er schüttelte sich. Darum ging es nicht. Er hatte eine Mission zu erfüllen. Eine Mission, die für sich selbst stand. Und das war seine Wahrheit, seine eigene kleine beschissene Wahrheit. Das würde niemand je verstehen können und auch nicht müssen. Wer ewig Wahrheit sucht, wird ewig dumm bleiben. Es gab nur seine Wahrheit, und die nur für ihn ganz allein. Er musste niemandem erklären, was er tat. Und das war gut so.

Im Dorf hatten sie sich schon über ihn gewundert. Mal da, und schon wieder weg. Aber das ging sie nichts an. Dafür kannten sie ihn doch zu wenig. Und dafür hatten sie auch genug mit ihrer eigenen Welt und Wahrheit zu tun. Er hustete. Er konnte es sich nicht leisten, jetzt krank zu werden. Nicht jetzt, so kurz vor dem Ziel. Er musste mehr auf seine Gesundheit achten. Mehr Obst, er brauchte mehr Obst. Und Tee. Grünen Tee. Gegen die Krebszellen, die in ihm lauerten. Nachts in seinem Bett konnte er sie hören. Wie sie sich heimlich besprachen, wie sie Strategien festlegten, um ihn in Besitz zu nehmen. Er musste Tee trinken, viel Tee. Damit würde er sie überlisten und klein halten. Er würde selbst den Zeitpunkt seines Abgangs bestimmen, und nicht diese Zellen. Er hatte immer sein Leben selbst bestimmt und sich nicht hineinreden lassen. Bis auf das eine Mal. Das hatte er nicht vergessen. Die ganzen Jahre nicht.

Neue Kraft brauchte er. Er strebte jetzt dem Dorf zu, mit zunehmend ausgreifendem Schritt. Ein Bier wäre jetzt nicht schlecht. Ein Bier würde helfen. Malz gibt Kraft. Das wusste schon seine Mutter.

Er wanderte die Straßen entlang, vorbei an den kleinen Läden, bis zum Hafen. Gegenüber der Hafeneinfahrt, oben auf dem Hügel, lagen, seltsam entrückt, die gleichförmigen Fronten alter Häuser. Ihre mehrstöckigen hellen Fassaden waren verwaschen. Selten ein Fenster mit freiem Blick. Auch lange vorbei, ihre Blütezeit, dachte er, als er angestrengt hinüberstarrte. Selten war er bislang dort oben gewesen. Er hielt es eher mit den einfachen Leuten in den engen Gassen am Hafen. Er ging die Hauptstraße zurück und bog rechts ab, um über die schwenkbare Brücke zu den Geschäften auf der anderen Seite zu kommen. Er hatte Glück, die Brücke war für den Auto- und Fußgängerverkehr nicht gesperrt. Mehrmals am Tag stauten sich die Menschen an der eisernen Brücke, wenn sie den ein- oder auslaufenden Schiffen Platz machte. Von der See wehte der Geruch von frischem Tang und Salz in die Straßen.

Er überquerte die kurze zweispurige Verbindung der beiden Stadthälften und erreichte nach wenigen Metern sein Ziel. Im Fotogeschäft gab er den Film ab, den er schon seit einiger Zeit hatte entwickeln lassen wollen. Die junge Frau hinter dem Tresen grüßte ihn vertraut, denn er kam seit Langem regelmäßig zu ihr ins Geschäft. Ihre gemeinsame Leidenschaft für die Fotografie hatte sie fast zu Vertrauten gemacht. Nur heute hatte er keine rechte Lust auf ein Gespräch. Entsprechend einsilbig antwortete er auf ihre gut gemeinten Fragen.

Froh, wieder auf der Straße zu stehen, nahm er den Weg zurück über die Brücke und suchte das kleine Café im alten Ortskern auf, um einen Tee zu trinken. Die nächsten Wochen wollten gut durchgeplant sein. Er durfte jetzt, so kurz vor dem Ziel, keinen Fehler mehr machen. In dem zu dieser Tageszeit fast leeren Gastraum wählte er wie gewöhnlich einen Platz direkt am Fenster. Von dort hatte er einen freien Blick auf die Straße. Wobei ihn das heute nicht sonderlich interessierte. Vielmehr fiel genügend Tageslicht auf seinen Zettel, den er aus der Manteltasche gezogen hatte. Seine Notizen.

Nachdem er bei der Kellnerin seinen Grünen Tee mit ein bisschen Gebäck bestellt hatte, kramte er einen Kugelschreiber aus seiner Jackentasche. Sorgfältig und langsam strich er mit Genugtuung einen weiteren Namen aus. In diesem Augenblick riss die graue Wolkendecke auf, und ein schmaler Sonnenstrahl fiel direkt auf das schon etwas abgegriffene Stück Papier in seinen Händen. Ein Zeichen göttlicher Zustimmung. Er tat recht. Das hatte er immer schon gewusst. Die Blätter fallen.

Leise summend blickte er sich um und trommelte dabei mit seinen langen Fingern unbewusst auf der Tischplatte. Einmal lang, dreimal kurz, einmal lang. Und wieder: Einmal lang, dreimal kurz, einmal lang. In einer Ecke saß ein Mann in seinem Alter und las in einer Tageszeitung. Vor ihm standen unbeachtet eine Teekanne und eine Tasse. Ganz in seiner Nähe hatte eine Frau ihre Einkäufe neben sich gestellt und zog nervös an ihrer Zigarette. Auffällig oft sah sie auf die Uhr und suchte mit unruhigen Augen den Bürgersteig auf der anderen Straßenseite ab. Die Kellnerin stand hinter ihrer Theke und tippte Botschaften in ihr Handy.

Sorgfältig faltete er den Zettel zusammen und strich ihn glatt, bevor er ihn wieder in die Innentasche seines Jacketts schob. Er schloss die Augen. Er konnte so weit zufrieden sein. Seine Arbeit war fast getan. Ein Name stand noch auf seiner Liste. Nur noch ein Name. Dann war alles geschafft. Aber er brauchte jetzt Zeit. Er musste Kraft schöpfen. Dann würde der Rest ein Kinderspiel werden. Nein, »Kinderspiel« war der falsche Ausdruck. Nichts im Leben war ein Kinderspiel. Es war Ernst, blutiger Ernst. Kinder? Nein, Kinder wären zu solchen Dingen nicht fähig. Er öffnete wieder die Augen und nippte an seinem Tee. Er spürte, wie sich die warme Flüssigkeit in seinem Körper verteilte. Er konnte fühlen, wie sie sich bis in den letzten freien Raum seines Inneren ausbreitete. Er musste lächeln und verschluckte sich dabei. Hustend war ihm klar, die teuflischen Zellen würde er besiegen können. Er hatte die Macht dazu. Nichts würde ihn aufhalten, sie zu töten. Er brauchte nur Grünen Tee dazu.

Sein Körper beruhigte sich wieder und er trank die Tasse leer. Dieses Problem hatte er im Griff. Aber das andere, das machte ihm noch ein wenig Sorgen. Er musste sich einfach beherrschen und Ruhe geben. Nicht immer alles sofort erledigen! Das Ungestüme brachte nur unnötig Unruhe und öffnete vermeidbare Fehlerquellen. Langsam, jetzt. Er hatte Zeit, viel Zeit. Denn die Blätter fallen auch im März. Sorgfältig entwickelte er in dem kleinen Café am Meer seinen Plan für die kommende Zeit. Sein Opfer hatte er längst gefunden. Das war nicht schwer gewesen. Den Ort der Tat würde er selbst bestimmen. Aber das hatte Zeit, bis er wieder zurück war. Nur die Todesart machte ihm noch Kopfzerbrechen. Wie sollte sein Opfer sterben? Möglichst auffällig? Nein, er hatte bei Breuer schon zu viele Fehler gemacht. Vor allem zu viel Aufsehen erregt. Still und leise musste es passieren. Unbemerkt möglichst. Die Voraussetzungen waren gut, denn niemand würde Hecker vermissen. Er lebte allein. Hecker, der letzte Name auf seinem Zettel.

Er malte sich aus, was Hecker in diesem Augenblick wohl tun mochte. Saß er zu Hause in seinem Wohnzimmer und hörte Radio? Vielleicht war er auch unterwegs, auf einem Spazierweg über die Felder. Zwischen Kaldenkirchen und Breyell oder Lobberich. Vielleicht saß er auch im alten Strandlokal am De Wittsee an einem Fensterplatz mit Blick auf das Wasser. Ob dort schon ein Segler still seine Runden zog? Nein, dazu war es noch zu kalt. Er wusste, dass Hecker gerne dort saß und einen Kaffee zu sich nahm. Das hatte er ihm erzählt. Genausogut konnte Hecker aber auch Besorgungen machen. Auf jeden Fall war er völlig ahnungslos. Hecker konnte nicht wissen, dass der Todesbote sich schon anschickte, seine Adresse aufzuschreiben und er nicht mehr viel Zeit zum Leben hatte.

Zufrieden biss er in das kleine runde Stück Gebäck, das ihm mit Sahne serviert worden war. Köstlich. Er sah durch das Fenster des Cafés auf die Straße und freute sich, dass Hecker bald sein letztes Frühstück zu sich nehmen würde. Zum letzten Mal eine Tasse Kaffee trank, zum letzten Mal durch das Dorf gehen, zum letzten Mal auf die Uhr sehen würde. Und immer ahnungslos. Er nahm die kleine Kuchengabel und trommelte mit ihr auf die Tischplatte, und diesmal ganz bewusst. Einmal lang, dreimal kurz, einmal lang. Ihn amüsierte der dumpfe Ton, den die Gabel auf der Tischdecke machte: Einmal lang, dreimal kurz, einmal lang. Das klang lebendig und erstickend schallschluckend zugleich. Einmal lang, dreimal kurz, einmal lang. So hatte er es einmal gelernt.

XIII.

»Mann, kann mir mal einer sagen, warum wir immer wieder so einen Scheiß auf den Schreibtisch bekommen?« Frank nahm den Packen mit neuen Verordnungen und Dienstanweisungen für die Kollegen vom Verkehrsdienst und warf ihn mit Schwung in den Papierkorb. »Die müllen uns den Schreibtisch mit diesem Mist voll, anstatt sich mal für zwei Minuten über ihren Verteiler Gedanken zu machen. Wann kapiert die Verwaltung endlich, dass wir nix damit zu tun haben?«

Ecki ließ sich von Franks plötzlichem Gefühlsausbruch nicht irritieren und schrieb weiter an seinem Bericht. Für einen Moment war nur das Klappern der Tastatur zu hören. »Reg dich wieder ab. Ich wette, da steckt Laumen dahinter. Der kippt uns mit Papier zu, als Retourkutsche für den CD-Player.«

»Pah, Laumen. Der Kanarienvogel.« Frank musste plötzlich grinsen. »Ich habe die Idee. Pass auf, Ecki, wir werden das Gerücht streuen, dass wir uns einen DVD-Player haben einbauen lassen und im Dienstwagen Filme gucken. *Police Academy*. Mal sehn, was passiert.«

»Das ist doch Kinderkram.« Ecki überlegte einen Augenblick. »Aber eine nette Idee. Ich bin schon auf sein Gesicht gespannt.« Ecki fand Verwaltung nicht grundsätzlich schlecht, dafür las er zu gerne Dienstanweisungen und diskutierte auch zu gerne auf Besprechungen die neuesten Umläufe der Verwaltung, aber selbst ihm ging das pedantische Gehabe von Horst Laumen total gegen den Strich.

Die Tür ging auf, und Viola Kaumanns stand im Büro. Sie räusperte sich verlegen und sah dann Ecki mit strahlenden Augen an. »Ich komme gerade von der KTU. Ich hatte dort zu tun. Die Kollegen haben mich gebeten, diesen Bericht an euch weiterzugeben.«

Bevor Ecki etwas sagen konnte, nahm Frank der Kollegin die Unterlagen aus der Hand. »Vielen Dank für die Mühe.« Ohne Viola Kaumanns weiter zu beachten, setzte er sich wieder an seinen Schreibtisch und schlug den schmalen Hefter auf. Aufmerksam begann er zu lesen. Erst als er fertig war, bemerkte er mit einem Seitenblick, dass Viola Kaumanns immer noch im Raum stand. »Ist noch was, Frau Kollegin?«

»Nee, nein, ich meine, ich wollte nur kurz den Hefter abgeben. Und ich wollte Ecki fragen, ob er mir ein bisschen von seinem Grünen Tee borgen kann. Mein Vorrat ist nämlich aufgebraucht.«

Ecki kramte schon in seiner Schublade. »Kein Problem.« Er hielt ihr die Blechdose mit dem Tee hin. »Nimm mit, ich brauche ihn im Moment nicht. Kannst die Dose ja nachher zurückbringen. Eilt aber nicht.«

Viola Kaumanns bedankte sich und nickte im Hinausgehen Frank freundlich zu.

Ecki sah seinen Freund an. »Was bist du denn so unfreundlich?«

»Ich und unfreundlich? Kann nicht sein.« Frank hatte sich schon wieder in den Bericht der KTU vertieft. »Hier steht, dass die Spurensicherung das Geschoss gefunden hat, mit dem Verhoeven erschossen wurde. Die KTU hat festgestellt, dass es zu der Hülse passt, die sie gefunden haben. Es war, wie sie schon vermutet haben, ein Dumdum-Geschoss. Die abgefeilte Spitze hat Verhoeven den halben Kopf weggerissen. Möchte mal wissen, wie der Täter an so eine Patrone gekommen ist.«

»Das ist doch heutzutage überhaupt kein Problem mehr.«

»Sag das nicht. Denn bei dem 9-mm-Projektil muss es sich um ein älteres Baujahr handeln. Die Kollegen schließen nicht aus, dass die Patrone in einer alten Armeepistole steckte. Eine deutsche P 08 aus dem letzten Weltkrieg. Womöglich stammt die Munition aber auch aus Bundeswehrbeständen und wurde zu einem Dumdum-Geschoss umgearbeitet.«

»Was die Kollegen nicht alles wissen. Sollen wir den Täter jetzt bei der Bundeswehr suchen oder in alten Wehrmachtskarteien blättern?« Ecki dachte betont angestrengt nach und legte dabei die Stirn in Falten. »Das könnte ein Fall für Bean werden. Der lässt sich ja nicht von verstaubten Archiven schrecken.«

»Nun bleib mal ernst, Ecki. Ich weiß ja selbst, dass uns das Projektil nicht wirklich weiterbringt. Ist auch nur so eine Idee.«

»Hat sich Leenders eigentlich schon gemeldet? Er wollte uns doch schnellstmöglich seinen Bericht schicken.« Ecki sah wieder auf seinen Bildschirm.

»Sorry, hätte ich fast vergessen. Er hat mich heute Morgen angerufen. Breuer ist an dem Schnitt durch seine Kehle gestorben. Er ist quasi ausgeblutet, wie ein Schwein. Die Tatwaffe muss ein höllisch scharfes Skalpell gewesen sein. Aufgeschnitten wurde sein Brustkorb aber mit einem handelsüblichen Fuchsschwanz. Eine angerostete Schreinersäge. Breuer muss hochgradig alkoholkrank gewesen sein. Seine Halsschlagader war zudem schon fast verstopft. Früher oder später wäre er an einem Gehirnschlag gestorben. Zu viel Zigaretten, zu viel Alkohol, schlechte Ernährung, sagt Leenders.«

»Womit ist Breuer umgebracht worden?« Ecki wollte nicht glauben, was er gehört hatte.

»Eine Säge, ein Fuchsschwanz. Das Ding stammt aus der Wohnung von Breuer. Die Kollegen haben die Säge in der Abstellkammer gefunden. Sie kann schon vorher dort gelegen haben. Darauf deuten Spuren hin. Breuer hatte dort Werkzeug liegen. Es sei aber auch möglich, dass der Täter die Säge mitgebracht hat. Denn die gefundenen Hinweise sind nicht eindeutig. Und seine Tochter kann nicht sagen, ob Breuer einen Fuchsschwanz in seiner Wohnung aufbewahrt hat.«

»Ist schon merkwürdig, zwei Morde an zwei Rentnern in so kurzer Zeit im Kreis Viersen. Findest du nicht?« Ecki sah Frank nachdenklich an.

»Mal langsam, Ecki. Du willst doch nicht wirklich einen Zusammenhang zwischen den beiden Morden herstellen, oder? Bloß weil in der Bild-Zeitung die Schlagzeile ›Schon der zweite tote Rentner im Kreis Viersen – Geht ein Serientäter um?‹ stand. Überlass die Spekulationen der Presse. Die machen schon Ärger genug.« Frank stand auf und ging zum Fenster. Draußen war erstaunlich wenig Verkehr. Er sah auf seine Armbanduhr. Bis zur Rushhour konnte es nicht mehr lange dauern. Frank setzte sich wieder.

»Zähl doch einmal die Fakten der beiden Taten zusammen: Verhoeven wurde in Mönchengladbach erschossen, Breuer in seiner Wohnung aufgeschlitzt. Breuer lebte in Brüggen, Verhoeven in Breyell. Bei der Durchsuchung von Verhoevens Wohnung wurde als einzige Ungereimtheit dieses Blatt Papier mit den Gedichtzeilen ›die Blätter fallen‹ gefunden. Bislang, jedenfalls, ist bei Breuer nichts annähernd Ähnliches aufgetaucht. Also, mein Lieber, ich sehe da nicht den geringsten Zusammenhang. Außer, dass beide Opfer schon im hohen Rentenalter waren.«

»Und wenn es jemand ausdrücklich auf Rentner abgesehen hat? Denk doch mal an den Typ in Hagen, der sich ausnahmslos Alte und Schwache ausgesucht hat.«

»Wovon sprichst du?«

»Warte.« Ecki kramte in einem Stapel Papiere. »Hier, im Ausschnittdienst. Die Meldung von ddp.« Er schob Frank den kurzen Artikel zu.

Brutaler Serienräuber in Hagen gefasst

HAGEN (ddp) In Hagen ist ein 23-Jähriger mutmaßlicher Serienräuber gefasst worden. Wie die Polizei gestern mitteilte, soll sich der Mann darauf spezialisiert haben, ältere Menschen zu überfallen und auszurauben. Dabei wurden zwei Opfer so schwer verletzt, dass sie nun auf dauerhafte

Pflege angewiesen sind. Bislang konnten dem Mann landesweit 21 Straftaten nachgewiesen werden. Dabei war er unter anderem im Stadtgebiet Hagens, aber auch in Köln, Bochum, Wuppertal und dem Ennepe-Ruhr-Kreis aktiv.

»Und?« Frank schob den Artikel beiseite. »Du meinst, bei uns ist ein ähnlich krankes Hirn unterwegs? Unsere Opfer sind doch gar nicht ausgeraubt worden, soweit wir festgestellt haben.«

»Ausschließen können wir das nicht.«

»Aber wir haben auch keine Anhaltspunkte. Nein, Ecki, das sind zwei Morde, die nichts miteinander zu tun haben. Ich kann auch beim besten Willen nicht die geringste Übereinstimmung erkennen, weder in der Tatausführung, noch in den Lebensumständen der beiden Rentner.«

»Angenommen, das ist ein Psychopath, der Spaß an brutalen Taten hat. Einen Menschen im Wald erschießen, einen Menschen aufschlitzen und ausbluten lassen. Ein Mensch, der seine Mordfantasien auslebt. Der ruhelos durch die Gegend fährt, bis er sein nächstes Opfer findet. Der seine Opfer beobachtet, sie langsam in seinen Bann zieht, sie erschreckt, vielleicht Bilder von ihrer Angst und ihrem Entsetzen macht. Ein Mensch mit einer gespaltenen Persönlichkeit. Das klassische Dr.-Jekyll-und-Mr.-Hyde-Prinzip. Im wahren Leben ein gebildeter Mensch, ein studierter Akademiker, ein Feingeist, der Gedichte liebt, der aber nachts angetrieben von seiner krankhaften Gier seinem anderen Ich folgt und seinen Zwang auslebt, ruhelos und doch genau wissend, dass er nie zur Ruhe kommen wird. Ist doch denkbar.«

Ecki hatte mit seiner Theorie gar nicht so unrecht, dachte Frank. Immerhin besser als gar nichts. Ein Anfang, vielleicht. »Du meinst wirklich, wir haben es mit einem braven Bürger zu tun, der nachts zur Bestie wird und ahnungslose Senioren killt?« Frank wollte den Faden aufnehmen. »Angenommen, du hast recht. Warum mordet er ausgerechnet jetzt? Warum ist er nicht vor einem Monat, einem Jahr schon aktiv geworden? Was ist der Auslöser für seine Umtriebe? Wann ist er der unbescholtene Gedichteliebhaber, und wann ist er der Mörder? Wenn es ein Serientäter ist, muss es ein Schema geben.«

»Wir müssen uns die Akten der beiden Fälle noch einmal vornehmen. Vielleicht haben wir etwas übersehen.« Ecki zog bereits die Unterlagen zum Fall Verhoeven zu sich. »Was ist mit den Kindern von Verhoeven? Wir haben bisher nur mit seiner Tochter gesprochen. Wir müssen auch den Sohn befragen. Vielleicht weiß der was.«

»Wenn ich mich recht erinnere, lebt der doch in England und war angeblich schon länger nicht bei seinem Vater. Was soll der schon wissen?«

»Keine Ahnung, auf jeden Fall sollten wir ihn ausfindig machen. Da fällt mir ein, das wird gar nicht so schwer sein. Wenn wir Verhoevens Leiche freigeben, kann schon bald die Beerdigung sein. Dann wird er bestimmt kommen. Fragen wir ihn dann, schaden wird es auf keinen Fall.«

»Und ich werde mich noch einmal mit Breuers Tochter treffen.« Frank schlug das Telefonbuch auf, das auf seinem Schreibtisch unter einem Stapel Möbelprospekte steckte, um die Telefonnummer von Karin Breuer zu suchen. »Da fällt mir ein, Ecki, Lisa will unbedingt schon jetzt die Tapete für das Kinderzimmer aussuchen. Die hat vielleicht ein Gemüt. Bis zur Geburt ist es noch lange hin, wir haben noch keine neue Wohnung, und sie will schon Möbel und die Tapete für das Kinderzimmer aussuchen.«

»Frauen. Wer wird sie je verstehen?« Ecki schmunzelte.

»Anderes Thema: Hat sich Bean mal gemeldet? Ist er immer noch in Sachen Gesangverein unterwegs? Was macht er eigentlich die ganze Zeit? Arbeitet er überhaupt noch aktiv für uns? Man hört und sieht ja nichts von ihm.«

»Keine Angst, Paulert ist absolut zuverlässig. Der wird sich schon melden, wenn er etwas hat. Er ist halt ein Wühler, der ganz tief in die Recherche einsteigt. Manchmal mit wirklich erstaunlichen Ergebnissen. Aber, ehrlich gesagt, ich kann mir auch nicht vorstellen, dass er mit seiner Theorie weiterkommt, dass ein Sangeskollege Verhoeven umgebracht hat. Musik ist zwar eine sehr ernste Sache, wie du ja weißt, aber deswegen begeht man noch lange keinen Mord. Obwohl«, Ecki konnte sich den Kalauer nicht ganz verkneifen, »obwohl ich ja manchmal kurz davor stehe, wenn du wieder eine deiner unerträglichen Harmonika-CDs auflegst.«

Das Telefon klingelte. Frank meldete sich und hielt dann die Hand über den Hörer. »Wenn man vom Teufel spricht. Das ist Claus.« Er sprach wieder in den Telefonhörer. »Gut, dass du dich meldest. Ich sags lieber direkt, ich kann heute nicht zur Probe kommen. Was? Nein. Ja, ich weiß.« Frank verdrehte die Augen. »Mensch, Claus, ich weiß, dass wir mit den Proben im Rückstand sind. Ich möchte auch gerne eine gute Figur abgeben, bei der Bluesnacht in Niederkrüchten. Aber ich kann wirklich nicht. Du hast ja bestimmt von dem jüngsten Mord in Brüggen gehört. Wir treten bei den Ermittlungen mal wieder auf der Stelle. Das geht nun vor.« Frank hörte dem Sänger und Frontmann seiner Band STIXS einen Augenblick zu. »Das weiß ich alles, Claus, aber es ist, wie es ist. Ich kann mir auch nicht aussuchen, wann der nächste Mord passiert. Das ist in meinem Job nun mal so. Da hast du es in deinem Stadtarchiv ungleich einfacher, wenn ich das mal sagen darf. Da hast du es doch nur mit Karteileichen zu tun.« Frank versuchte ein Lachen. »Nein, nein, ich weiß ja, dass du auch Stress hast. Pass auf, ich will mich nicht mit dir streiten.

Aber du hast das Talent, immer im falschen Augenblick anzurufen.« Frank sah auf, als die Tür aufging und Peter Beuke hereinkam. Mit einer Handbewegung lud er ihn ein, Platz zu nehmen. »Claus, tut mir leid, ich habe gerade Besuch bekommen. Sei mir nicht böse, aber ich muss jetzt auflegen. Ja, ich komme zur Sonderprobe am Sonntag. Auch, wenn Lisa mir deswegen den Kopf abreißen wird. Ciao Claus.« Frank legte auf und seufzte. »Er hat ja recht, aber ich kann halt nicht immer zu den Proben kommen. Das wusste er aber von Anfang an, dass ich ein Wackelkandidat bin, was regelmäßiges Proben betrifft.« Er sah Peter Beuke freundlich an. »Hallo, Peter, was kann ich für dich tun? Ich habe wohl nicht so viel Zeit, wir haben gerade einen neuen Ermittlungsansatz entwickelt.«

»Schon gut, du brauchst mir nichts zu erklären. Ich will euch auch nicht lange aufhalten. Ich wollte euch nur persönlich zu meiner Verabschiedung einladen.« Er lehnte sich auf seinem Stuhl zurück. »Tja, Kollegen, es ist wirklich so weit. Der alte Beuke geht in Pension. Wenn ich ehrlich bin, ich kann es kaum erwarten. Endlich frei. Nicht mehr jeden Tag zum Dienst, keine Sondereinsätze mehr, keine elend langen Observationen mehr, kein Papierkram. Endlich kann ich Mensch sein.«

Frank und Ecki sahen sich an. »Mensch, Beuke, ich kann es nicht glauben. Du gehst? Bist du denn schon so weit?«

»Vorgezogener Ruhestand. Mensch, wie ich den Innenminister für diese Regelung liebe. Ich bin den Polizeijob satt. Versteht ihr?«

Frank erinnerte sich daran, dass Beuke schon bei ihren Ermittlungen im Lambertimord-Fall von Aufhören gesprochen hatte. »Mensch, Peter, du kannst doch nicht so einfach aufhören. Du bist doch ein altes Frontschwein. Das geht nicht so einfach in den Ruhestand. Was soll aus dem Laden hier werden, ohne dich? Ich kann mich noch genau an meinen ersten Tag hier erinnern. Du hast mich damals beiseite genommen und gesagt ›Ein Polizeibeamter kann ein Bulle sein, aber er sollte nie vergessen, dass er auch ein Mensch ist‹. Das habe ich nicht vergessen, Beuke.«

»Hör auf, Borsch, mir kommen gleich die Tränen. Ich sterbe doch nicht, ich gehe nur in Pension. Ich bin doch nicht aus der Welt, und der Laden wird auch ohne mich laufen.« Beuke schüttelte den Kopf. »Wisst ihr, noch bin ich fit. Und ich möchte noch etwas von meinem Leben haben. Solange ich gesund bin. Das habe ich mir verdient.«

»Und was ist mit deinem Partner? Ihr wart doch immer unzertrennlich. Wie Pat und Patachon, wenn ich das mal so sagen darf.«

»Rolf? Der ist ein netter Kollege und wir haben viel zusammen erlebt, Schönes und Schlimmes. Bitte versteht mich nicht falsch, aber er ist ›nur‹ ein Kollege. Er wird schon darüber hinwegkommen. Macht euch mal keine Sorgen. Außerdem hat er auch nicht mehr so lange. Dann geht auch er in Rente.« Peter Beuke stand auf. »Ich muss los. Noch bin ich nämlich Polizeibeamter und habe auch einen Fall zu lösen. Also, kommt ihr?«

Die Antwort kam wie aus einem Munde. »Klar, wir kommen. Das ist doch selbstverständlich.«

»Na, so selbstverständlich ist das gar nicht. Ich habe da auch schon andere Reaktionen erlebt. Aber lassen wir das. Diese sogenannten Kollegen sind nicht wichtig. Ich werde sie nicht vermissen. Tschüss.« Beuke drehte sich um und schloss die Bürotür leise hinter sich.

»Ich bin platt, Beuke geht. Unser Peter Beuke.« Ecki schüttelte ungläubig den Kopf. »Bevor ich mich durch die Akten wühle, brauche ich jetzt einen Tee.« Er stutzte. »Stimmt, die Teedose hat Viola. Dann eben später.« Er zog einen Spiralblock zu sich, um sich beim Durcharbeiten der Akten Notizen machen zu können.

Frank suchte sich die Telefonnummer von Karin Breuer aus dem Telefonbuch heraus und wählte ihre Nummer. Aber es hob am anderen Ende der Leitung niemand ab. »Mist.«

»Hat sie ein Handy?«

»Keine Ahnung, habe sie nicht gefragt. Ich denke, ich fahre mal kurz rüber nach Overhetfeld. Und ich werde mich noch einmal in Brüggen umhören. Nachbarn, Geschäfte, und so weiter. Breuer muss doch auch so etwas wie Freizeit gehabt haben. Menschen in seinem Alter sind doch kein unbeschriebenes Blatt mehr. Sie haben Spuren hinterlassen. Und diese Spuren müssen wir finden.« Frank fuhr seinen PC herunter. »Bei der Gelegenheit kann ich auch gleich einen Umweg über Breyell machen. Ich habe Post von der Stadt Nettetal bekommen. Die Nutzungszeit für das Grab meiner Großeltern ist abgelaufen. Ich will mir mal kurz ansehen, ob ich von dem Grabschmuck noch etwas gebrauchen kann. Vielleicht kann ich ja die eine oder andere Azalee auf Lisas Balkon stellen.« Frank stand auf und zog sich seine Jeansjacke über. »Ich fahre zuerst zum Friedhof, jetzt ist es noch hell genug.«

»Du hast es gut. Ich muss mich hier durch den Papierkram quälen.« Ekki war lieber draußen vor Ort statt sich in ihrem Büro Gedanken über mögliche Motive, Spuren und Täter zu machen.

»Jammer nicht. Du wolltest schließlich die Akten bearbeiten.«

»Aber hier so ganz alleine machts nun mal keinen Spaß«, moserte Ecki.

»Frag doch deine Viola.« Frank war schon zur Tür hinaus, sonst hätte ihn der Bleistift in den Rücken getroffen.

Frank kam nicht weit. Nachdem er auf dem Flur Rolf Graf getroffen und kurz begrüßt hatte, war er kaum an seinem Dienstwagen angekommen, der direkt vor dem Büroturm des denkmalgeschützten Polizeipräsidiums geparkt war, als er von hinten gerufen wurde.

»Hey, Frank, einen Augenblick.«

Frank drehte sich um und erkannte Joachim Schiffer, der ihm durch ein offenes Fenster der Leitstelle zuwinkte. »Was ist los, Joachim?« Frank überquerte das Kopfsteinpflaster der Durchfahrt und sah den diensthabenden Dienstgruppenleiter gespannt an. »Brauchst du Karten für unser Konzert in Niederkrüchten?«

Joachim beugte sich ein Stück vor. »Nee, das nicht. Ich bin an dem Wochenende nicht da. Habe doch mit meinen Jungs aus der Nachbarschaft ein Haus in einem Bungalowpark bei Arcen gemietet. Männerwochenende. Nee, Ecki hat gerade angerufen. Du sollst auf ihn warten. Es hat sich in der Sache Breuer etwas Neues ergeben. Mehr weiß ich auch nicht. Also, machs gut. Und viel Spaß beim Auftritt. Ich muss was tun.« Joachim Schiffer schloss den Fensterflügel, und sein Gesicht verschwand im Inneren der Leitstelle.

Was mochte passiert sein, dachte Frank, als er sich in den Mondeo setzte und auf Ecki wartete. So schnell konnte er in den Akten doch nicht fündig geworden sein. Er suchte sich aus dem Stapel seiner Blues-CDs, die auf dem Beifahrersitz lagen, die aktuelle CD von Carl Weathersby aus. Lisa war schwanger, sie hatten keine Wohnung, er musste sein Cabrio verkaufen, in noch nicht einmal zwei Wochen stand die »1. Niederkrüchtener Bluesnacht« an, bei der sie ihr neues Programm vorstellen wollten, und er hatte noch keinen rechten Plan von seinen Soloeinsätzen. Und er hatte zwei ungelöste Mordfälle am Hals. So gesehen war Beuke schon beneidenswert.

Frank musste in letzter Zeit immer häufiger an seine Zukunft denken. Ob es daran lag, dass er schon jenseits der Vierzig war und sich die Waage langsam und unweigerlich zur anderen Seite neigte? Ein Leben ohne Mord und Gewalt, das würde es in dieser Welt in absehbarer Zeit nicht geben. Aber zumindest für seine kleine private Zukunft war die Aussicht auf ein bisschen Frieden doch ein erstrebenswertes Ziel, dachte Frank. Er versuchte die düsteren Gedanken zu verscheuchen. Er drehte den Lautsprecher der Musikanlage weiter auf. Quatsch, der Kalauer ist zwar abgegriffen, aber er stimmte doch, man ist so alt, wie man sich fühlt. Und was heißt schon »Alter«? Er wollte nur Eines: In Würde seinen Weg zu Ende gehen. Ihm fiel etwas ein. Er zog seine Brieftasche hervor und faltete den kleinen Zettel auf, den Lisa ihm vor ein paar Tagen auf den Handkoffer mit den Mundharmonikas gelegt hatte.

»Ich hoffe, dass irgendwann der Vorhang fällt und ich hinter der Bühne graziös zusammensinke. So, dass es auch noch ein hübsches Foto gibt.«

– Brigitte Mira

Lisa hatte sich über ihn amüsiert und den ganzen Abend geneckt. Zuerst war er sauer auf seine Freundin gewesen, weil er sich ernsthaft Gedanken über sein Leben und seine Musik machte. Dabei stimmte es doch, wer wusste schon, wie lange er noch leben und Musik machen konnte? Es hatte eine ganze Zeit gedauert, bis er verstanden hatte, dass er nicht immer so schwarz sehen sollte. Ihr »reg dich man nicht auf« hatte ihn schließlich doch wieder zum Lachen gebracht.

Lisa hatte ja recht, dachte Frank und faltete den kleinen Zettel wieder zusammen. Und die Vorstellung, bei einem Auftritt hinter der Bühne sein Leben auszuhauchen, war auch keine so wirklich schlechte Vorstellung. Lisa und ihre Vorliebe für Zitate und Zettel, dachte Frank zärtlich. Wie viele mochte sie in den vergangenen Jahren schon beschrieben und überall an möglichen und unmöglichen Stellen in ihrer und seiner Wohnung verteilt haben? Bestimmt würden sie mittlerweile ein paar dicke Ordner füllen.

Gerade als Carl Weathersby die letzten Takte von *Angel Of Mercy* anstimmte, wurde die Beifahrertür aufgerissen und Ecki ließ sich auf den Sitz fallen. Frank konnte knapp die CDs retten. »Was meinst du, wer angerufen hat?«

»Machs nicht so spannend. Marion? Ist sie schwanger?«

»Mit so was sollte man keine Witze machen. Nein, es ist ernst. Bean hat angerufen. Er hat die Unterlagen des Brachter Gesangvereins durchgearbeitet. Gefunden hat er nichts, was auf einen Täter oder ein Motiv hindeutet.«

»Und dafür machst du hier so einen Aufstand? Mensch, Ecki, ich habe es wirklich eilig.« Frank machte ein ärgerliches Gesicht.

»Sei nicht so ungeduldig. Der Hammer kommt erst noch. Bean hat bei der Krankenkasse recherchiert.« Ecki machte eine Pause.

»Eckiiii!«

»Edgard Breuer war auch als Patient in der Hardterwald-Klinik.« Der Satz ging fast in Carl Weathersbys *Can't You See What You're Doing To Me* unter.

»Sag das noch mal.« Frank drückte die Stopptaste des CD-Players.

»Du hast ganz richtig gehört. Breuer war vor einiger Zeit stationär in der Hardter Klinik.«

»Dickes Lob an Bean.«

Knapp dreißig Minuten später standen Frank und Ecki im Vorzimmer von Dr. Fritz Theodor Hübgens.

»Tut mir leid, meine Herren, Dr. Hübgens ist schon zu Hause. Kann ich etwas für Sie tun?« Hübgens Sekretärin war sichtlich ungehalten darüber, dass so kurz vor ihrem Feierabend noch Arbeit auf sie zuzukommen schien.

»Wir hätten gerne die Krankenakte von Edgard Breuer, Brüggen. Herr Breuer war vor ein paar Wochen Patient in Ihrem Haus.« Frank versuchte, den ablehnenden Gesichtsausdruck der Rothaarigen zu ignorieren.

»Aber Ihre Kollegen waren doch erst vor ein paar Tagen hier und haben schon eine Akte mitgenommen. Ich weiß nicht, ob das jetzt so einfach geht.« Die Sekretärin verschränkte ihre Arme. Ihre weiße Bluse machte ihr Gesicht noch blasser.

Ecki half der Bitte seines Kollegen nach. »Genau. Und jetzt benötigen wir die Unterlagen von Herrn Breuer, bitte.«

Widerstrebend und mit argwöhnischem Blick tippte Hübgens Vorzimmerdame einige Zahlen und Begriffe in ihren PC. »Ich weiß wirklich nicht, ob ich dazu befugt bin.«

»Keine Sorge. Sie tun nur Ihre Pflicht.« Ecki lächelte sein Sie-sind-aber-wirklich-sehr-nett-Lächeln. Es half wenig.

»Dr. Hübgens kann sehr unangenehm werden, wenn Unbefugte Einblick in die Patientenunterlagen bekommen. Den Ärger habe ich dann auszubaden. Dazu habe ich keine Lust. Außerdem habe ich eigentlich schon Feierabend und bin verabredet.«

»Hören Sie zu, das interessiert mich nun überhaupt nicht. Ich brauche die Akte Breuer. Und zwar bald.« Frank hatte genug.

»Bitte. Wie Sie wollen.« Pikiert drehte die Sekretärin den Bildschirm des PCs in Franks Richtung. »Hier steht es. Die Akte ist bei Oberarzt Köhler. Aber Dr. Köhler ist nicht da. Er hat Urlaub, soviel ich weiß.«

Frank und Ecki tauschten einen wissenden Blick aus. »Bitte kommen Sie mit und zeigen Sie uns das Büro von Herrn Köhler.«

»Ich muss Sie doch bitten, das geht nun wirklich zu weit. Ich rufe jetzt den Chef an.« Sie griff zum Hörer.

»Hören sie zu, gute Frau. Sie bringen uns sofort zum Büro von Oberarzt Köhler. Ihren Chef können Sie später anrufen. Wir sind nicht zum Spaß hier. Es geht um Mord.«

Wortlos stand die Sekretärin auf und ging mit hochgerecktem Kinn an den beiden Ermittlern vorbei. »Folgen Sie mir.«

Ecki hob hinter ihrem Rücken den Daumen hoch und grinste Frank an.

Nach wenigen Metern hatten sie das Büro des Oberarztes erreicht und die Frau hielt den beiden wortlos die Tür auf. Ohne sie auch nur eines Blickes zu würdigen, ging sie zurück in ihr Büro.

»Mann, was für ein Drachen.« Ecki schaltete das Deckenlicht ein.

»Typisch Chefarztsekretärin. Eingebildete Schnepfe. Soll sie ruhig Hübgens anrufen. Den müssen wir sowieso noch sprechen.«

Das Büro von Oberarzt Dr. Helmut Köhler war nicht sonderlich groß. Dafür war es umso mehr vollgestopft mit Fachbüchern, Röntgenaufnahmen, Berichten und Fachzeitschriften. Die beiden Ermittler wussten sich in dem schmalen Raum kaum zu drehen. Auf dem einzigen freien Regal standen zwischen kleinen anatomischen Modellen des Herzens, der Wirbelsäule und der Bein- und Armmuskulatur mehrere alte Fotoapparate. Köhler schien in der Tat eine Schwäche für die Fotografie zu haben. An den Wänden hingen mehrere großformatige Farbfotos, die Meeresimpressionen zeigten. Weder Frank noch Ecki konnten erkennen, wo die Aufnahmen gemacht worden waren.

Auf dem überquellenden Schreibtisch fand Ecki mehrere Krankenakten, die unter einem Berg einzelner Blätter lagen. Auf den Blättern waren lange Zahlenreihen gedruckt, die Ecki nicht zuordnen konnte. Bei der Durchsicht der Akten musste er enttäuscht feststellen, dass Breuers nicht darunter war. Er sah sich um und hob die Bücher hoch, die achtlos auf einem winzigen Tisch am Fenster gestapelt waren. Auch dort war die gesuchte Akte nicht zu finden. »Kannst du mir mal sagen, wo wir in diesem Durcheinander diese verflixte Akte suchen sollen? Ich blicke hier nicht durch. Hübgens muss her. Und zwar ziemlich schnell.«

»Kann ich Ihnen helfen?« Wie aus dem Boden gewachsen stand mit einem Mal der Chefarzt der Hardterwald-Klinik, Dr. Fritz Theodor Hübgens, vor ihnen und sah sie über seine Brille hinweg an.

»Wo kommen Sie so schnell her?« Frank gab ihm die Hand.

»Ich war schon auf dem Weg hierher, als meine Sekretärin mich anrief. Ich hatte Unterlagen im Büro liegen lassen und wollte sie mir noch holen.«

»Nicht zufällig die Akte Breuer?« Ecki kam auf Hübgens zu, der ohne weißen Kittel lange nicht mehr so imposant wirkte wie bei ihrer ersten Begegnung.

»Breuer? Wer soll das sein?«

»Einer Ihrer Patienten, einer von Köhlers Patienten, um es genau zu sagen.« Frank sah Hübgens an. »Also, war es Breuers Akte?«

»Nein, wieso? Ich kenne Breuer nicht. Und überhaupt, hören Sie, ich kann mir nicht die Namen aller Patienten merken. Wir sind immer voll belegt, Gott sei Dank. Da kommen schon eine Menge Namen zusammen, über das Jahr verteilt. Dieser Breuer war Köhlers Patient? Und was ist mit Breuer?«

»Breuer ist tot. Ermordet. Und nun ist Köhler verschwunden und diese Akte taucht nicht auf. Ist doch merkwürdig, oder?« Ecki zückte seinen Notizblock. »Verhoeven war doch auch Köhlers Patient, oder etwa nicht?«

»Was wollen Sie damit sagen? Dass mein Oberarzt etwas mit dem Mord zu tun haben soll, sogar mit zwei Morden? Das ist doch absurd. Ich habe Ihnen schon einmal gesagt, dass ich meine Hand ins Feuer lege für meine Mitarbeiter.«

»Dann passen Sie mal gut auf, dass Sie sich nicht noch eines Tages die Finger verbrennen.« Ecki nahm den Stapel Papiere mit den Zahlenkolonnen in die Hand und hielt sie Hübgens hin. »Können Sie mir bitte erklären, um was es sich hierbei handelt?«

Hübgens rückte mit der rechten Hand seine Brille zurecht und beugte sich ein bisschen vor. Dabei warf er einen kurzen Blick auf die Blätter. »Das sieht aus wie die Auswertung einer Untersuchungsreihe.«

»Geht das auch etwas genauer? Können Sie mir bitte erläutern, um welche Untersuchung es sich hierbei handelt? Und bitte, lassen Sie sich nicht jeden Satz aus der Nase ziehen. Hat Köhler nebenbei wissenschaftlich gearbeitet?« Ecki wurde ungeduldig.

»Dr. Köhler hat sich in unserem Haus vor allem um die kardiologischen Probleme unserer Patienten gekümmert.« Als er Eckis fragenden Blick bemerkte, fügte er hinzu: »Er hat sich um die Herzerkrankungen gekümmert. Er ist ein Experte auf diesem Gebiet. Ich bin froh, einen solch erfahrenen Kollegen in meinem Team zu haben.«

»Das beantwortet aber immer noch nicht, um was für ein Zahlenwerk es sich hier handelt. Dr. Hübgens, bitte.«

»Auf die Schnelle geantwortet kann ich nur vermuten, dass mein Kollege seine verschiedenen Verordnungen aufgelistet hat. Vermutlich wollte er einen Überblick über seine Behandlungen und die Wirksamkeit der eingesetzten Präparate haben.«

»Heißt das, Ihr Dr. Köhler hat mit Medikamenten experimentiert?« Ecki machte sich eifrig Notizen.

»Sind Sie wahnsinnig? Um Gottes willen, natürlich nicht. Nein. Niemals. In meinem Haus wird nicht experimentiert. Was denken Sie sich eigentlich? Meine Klinik ist doch kein Versuchslabor. Dr. Köhler wird sich nur einen Überblick über seine Arbeit verschafft haben. Das ist völlig in Ordnung. Er wollte nur sichergehen, dass die von der Pharmaindustrie aufgestellten Parameter auch tatsächlich stimmen. Dr. Köhler ist ein sehr gewissenhafter Mediziner.«

»Jetzt klingen Sie so, als wüssten Sie genau über Köhlers Arbeit Bescheid.« Frank hatte den feinen Unterschied in Hübgens letzten Bemerkungen wohl wahrgenommen.

»Na ja, es ist natürlich so, dass wir uns austauschen über unsere Arbeit. Das ist doch wohl ganz selbstverständlich. Das machen Sie doch auch. Natürlich habe ich Kenntnis von Köhlers Arbeit.«

»Und warum tun Sie zuerst so ahnungslos?« Ecki sah von seinen Aufzeichnungen auf.

»Ich konnte doch nicht ahnen, dass das für Sie von Bedeutung ist. Hören Sie, wenn Sie mir vorwerfen wollen, dass ich hier irgendetwas vertuschen will, wehre ich mich auf das Entschiedenste. Wir haben überhaupt nichts zu verbergen. Bei uns geht alles mit rechten Dingen zu.«

»Das haben schon andere gesagt.« Frank sah von Hübgens auf das Regal mit den Fotoapparaten. »Hat Köhler eigentlich auch hier in der Klinik fotografiert?«

»Hören Sie, diese unterschwelligen Angriffe lasse ich nicht auf mir sitzen. Sie können so nicht mit mir umgehen. Ich werde mich über Sie beschweren. Ich kenne Ihren Polizeipräsidenten sehr gut. Und, nein, Köhler hat hier nicht fotografiert. Jedenfalls nicht auf den Stationen, und schon gar nicht Patienten, wenn Sie das meinen. Höchstens einmal das Gebäude und den Park. Aber das ist bei der Anlage hier ja auch kein Wunder.«

Frank hatte genug. »Jetzt hören Sie mal gut zu. Wir machen nur unsere Arbeit. Wir haben zwei Morde aufzuklären. Und beide Opfer haben eins gemeinsam, sie waren Patienten in Ihrer Klinik. Möglicherweise waren beide bei Dr. Köhler in Behandlung. Und Köhler ist verschwunden. Selbst seine Frau weiß nicht, wo ihr Mann und Vater ihres Kindes ist. Hier kommen einige Dinge zusammen, die sehr deutlich machen, dass eine Schlüsselfigur in unseren Ermittlungen Ihr Kollege Köhler ist. Und wir werden diesen Fall aufklären. Mit oder ohne Ihre Hilfe. Aber ich kann Ihnen nur gut raten, mit uns zusammenzuarbeiten. Sonst kann das Ganze sehr unangenehm für Sie werden. So, und jetzt können Sie meinetwegen den Polizeipräsidenten anrufen.«

Frank sah Hübgens aus funkelnden Augen an. Bei jedem seiner Worte war der Mediziner ein Stückchen kleiner geworden. Wie ein geprügelter Hund stand er jetzt vor ihnen.

»Aber meine Herren, ich bitte Sie. Ich will doch mit Ihnen zusammenarbeiten.« Hübgens hielt sich an der Tischkante fest. »Es ist nur so, meine Klinik kann keine negativen Schlagzeilen brauchen. Was meinen Sie, was passiert, wenn bekannt wird, dass unser Haus in einen oder mehrere Mordfälle verwickelt sein könnte? Ich könnte meinen Laden zumachen. Kein Patient würde sich mehr hier behandeln lassen. Und dabei spielt es dann keine Rolle mehr, dass wir die Ersten in Deutschland waren, die sich systematisch um die Behandlung von altersspezifischen Krankheiten gekümmert haben und dabei beachtliche Erfolge aufweisen können. Was denken Sie, wie die Krankenhauslandschaft im Moment aussieht? Der Druck auf die Kliniken war noch nie so groß wie heute. Die Konkurrenz schläft nicht. Für die wäre ein Haus, das negativ in die Schlagzeilen geraten ist, ein gefundenes Fressen. Wir wären ruckzuck ein Übernahmekandidat. So sieht das aus, meine Herren. Ich versuche nur, den guten Ruf meines Hauses zu bewahren. Und dabei ist mir jedes Mittel recht. Das können Sie mir glauben.«

»Und wir haben zwei Morde aufzuklären.« Frank schlug einen versöhnlicheren Ton an. »Wir werden, so gut es geht, auf Ihre Belange Rücksicht nehmen. Wie gesagt, so gut es eben geht.«

Hübgens nahm seine Brille ab und rieb sich mit einer Hand über die Augen. »Ich kann nur hoffen, dass Sie Ihr Versprechen einhalten.«

»Als Erstes müssen wir Breuers Akte finden. Außerdem sollten Sie klären, ob Köhler auch Verhoeven behandelt hat.« Frank wandte sich an Ekki. »Und wir müssen Köhler finden. Er muss doch Spuren hinterlassen. Irgendwann wird er sein Mobiltelefon einschalten oder Geld abheben. Und dann sind wir dabei.«

»Ich lasse morgen die Akte suchen. Sie kann ja nicht weg sein. Es sei denn, Köhler hat sie mitgenommen.« Hübgens hatte sich etwas von der unerwartet schroffen Art der Ermittler ihm gegenüber erholt. »Meine Mitarbeiter werden sich morgen um nichts anderes kümmern. Das verspreche ich Ihnen.« Hübgens ging zu Köhlers Schreibtisch, nahm den Telefonhörer auf und wählte eine Nummer. Ungeduldig klopfte er mit seinen Fingern auf der Tischplatte einen immer wiederkehrenden Rhythmus. Es klang fast wie Morsezeichen. »Tut mir leid. Meine Sekretärin ist nicht mehr im Büro. Aber ich kann auch an meinem PC nachsehen, ob Köhler und Verhoeven Kontakt hatten.«

»Und wir müssen dringend mit Köhlers Frau reden. Nun geht es nicht mehr nur alleine darum, einen verschwundenen Ehemann zu suchen.« Ecki steckte sein Notizbuch weg.

Es war schon dunkel, als Frank den Mondeo vor Köhlers Haus lenkte. In den vergangenen Tagen war der Schnee ganz weggetaut und hatte die im vergangenen Herbst aufgebrochenen Äcker wieder freigegeben. Die nassen, fast schwarzen Schollen, die nackten Kopfweiden und die Dunkelheit ließen das Anwesen des Klinikarztes abweisend und kalt erscheinen. In den vorderen Räumen des ehemaligen Bauernhauses brannte kein Licht.

Hoffentlich ist sie überhaupt zu Hause, dachte Frank, als er klingelte. Es dauerte eine ganze Weile, bis im Flur das Licht anging und die Tür geöffnet wurde.

»Guten Abend, Frau Köhler. Dürfen wir einen Moment hereinkommen?«

»Das ist mir aber jetzt gar nicht recht. Ich bringe gerade Leon ins Bett.

Und dazu brauche ich Ruhe. Leon quengelt sowieso schon den ganzen Tag. Er ist völlig überdreht. Ich weiß auch nicht warum. Kommen Sie doch einfach morgen wieder. Das würde mir sehr helfen.« Astrid Köhler sah erschöpft aus. Ihr blondes Haar hing ihr in Strähnen ins Gesicht.

»Oh, das tut mir leid.« Ecki nahm seine Hände aus der Jackentasche und zog dann sein Notizbuch aus der Innenseite der Jacke. »Nur, ich fürchte, dass wir Ihnen unseren Besuch heute Abend nicht ersparen können. Unsere Ermittlungen sind sehr dringend. Wenn alles gut geht, wird es nicht lange dauern.«

Fast apathisch strich Astrid Köhler ihr Haar zurück und ließ die Männer an sich vorbei eintreten. Aus dem hinteren Teil des Hauses drang Rufen und Weinen in den Flur. »Da, hören Sie, was Sie angerichtet haben. Nun gehen Sie schon durch, jetzt ist es sowieso egal. Leon wird sich nicht beruhigen.« Vorwurfsvoll wies sie mit einer Hand hinter sich.

»Es tut uns wirklich sehr leid, aber es geht nun mal nicht anders.«

Frank setzte sich in die Küche, ohne seine Jeansjacke auszuziehen.

»Sie müssen sich schon gedulden, ich muss mich erst um meinen Sohn kümmern.« Sichtbar ungehalten ließ Astrid Köhler die beiden Ermittler alleine in der Küche zurück.

Frank sah sich um. Die Küche wirkte auf den ersten Blick noch unaufgeräumter als bei ihrem ersten Besuch. Astrid Köhler schien schon länger nicht mehr gespült zu haben. Im Becken stapelten sich Tassen, Kinderbecher und schmutzige Teller. Auf der Anrichte lag ein halb aufgeschnittenes Graubrot zwischen Marmeladengläsern und Milchtüten. Auf dem Herd standen zwei Töpfe. Der Küchenfußboden war übersät mit Krümeln und Kinderspielzeug. Auf dem alten Küchentisch stapelten sich Tageszeitungen.

»Sieht ja nicht besonders sauber aus«, wunderte sich auch Ecki. »Ist mir bei unserer ersten Begegnung gar nicht aufgefallen. Die Dame scheint mit ihrer Mutterrolle wohl etwas überfordert zu sein.«

»Das kann auch daran liegen, das der Kleine krank ist und sie nicht weiß, was mit ihrem Mann ist. So ein Kind kann einen schon den ganzen Tag beschäftigen. Die Frau hat bestimmt seelischen Stress.«

»Du musst es ja wissen, als werdender Vater. So, so. Ein Kind kann viel Arbeit machen. Frag Marion mal, wie das erst mit zwei Kindern ist. Eines kann ich dir sagen, trotz Mutterrolle, kranken Kindern und einem Mann, der kaum zu Hause ist, lässt Marion unser Haus nicht so verkommen.«

»Nun komm, deine Frau ist ja nun nicht ganz alleine. Immerhin kümmert sich deine Mutter auch um die beiden Kinder.« Frank wollte sich nicht weiter auf das Glatteis einer Lebens- und Erziehungsdiskussion einlassen, bei der er als noch unbedarfter Vater eines ungeborenen Kindes nur verlieren konnte. Lieber das Thema wechseln. Deshalb zog er willkürlich eine der Tageszeitungen zu sich und warf einen Blick auf die Titelseite. Er stutzte. Ein Artikel war mit blauem Marker eingekreist.

Staatsanwaltschaft wirft Ex-Chefarzt Totschlag vor

DINSLAKEN/ DUISBURG. Vor dem Landgericht Duisburg kommt es demnächst zu einem spektakulären Prozess gegen einen Mediziner. Die Duisburger Staatsanwaltschaft hat den ehemaligen Chefarzt der Chirurgie am St.-Marien-Spital wegen Totschlags angeklagt. Der 58-Jährige soll vor gut zwei Jahren den Tod eines 81-Jährigen Rentners billigend in Kauf genommen haben. Bei dem schwer herzkranken Mann war es während einer Operation zu Komplikationen gekommen. Allerdings soll der Mediziner lebenswichtige Maßnahmen aber nicht angeordnet haben. Stattdessen, so sollen Zeugenaussagen belegen, habe der Chirurg mit dem Daumen nach unten gezeigt. Die Staatsanwaltschaft Duisburg geht daher nicht von einem medizinischen Kunstfehler aus. In diesem Fall wäre mit einer Anklage wegen fahrlässiger Tötung zu rechnen gewesen. Im Fall des Dinslakener Rentners wird eine gezielte unterlassene Hilfeleistung vermutet. jfk

Frank schob die Zeitung Ecki zu, der inzwischen an der anderen Tischseite Platz genommen hatte. Ecki las den Artikel aufmerksam. »Interessante Geschichte. Ich sage ja immer, dass ich mich nicht so ohne Weiteres unters Messer legen würde. Du siehst ja, was dir passieren kann. Vor allem als Rentner. Irgendwann bist du in einem Alter, in dem die Ärzte ganz simpel abwägen, ob sich der medizinische Aufwand noch lohnt. Machen wir uns doch nichts vor.« Ecki klopfte mit der flachen Hand auf die Zeitung. »Ich weiß nur nicht, was der Fall in Dinslaken mit unseren Fällen zu tun haben soll.«

»Ist doch merkwürdig, oder? Köhler, ein Oberarzt, verschwindet, und seine Frau markiert einen Artikel über einen anstehenden Prozess.«

»Wieso? Vielleicht will sie den Artikel noch ausschneiden und ihrem Mann zeigen. Schließlich geht es um einen Mediziner. Um einen Chirurgen, um genau zu sein. Und, soviel ich weiß, wird in unserer Hardterwald-Klinik nicht operiert.«

»Das ist schon richtig. Aber mir geht es nicht so sehr um die Operation, als vielmehr um die Tatsache, dass der hier betroffene Patient schwer herzkrank war. Und Köhler beschäftigt sich mit Kardiologie. Natürlich kann seine Frau den Artikel nur aus reinem Interesse markiert haben. Oder aber, sie wollte ihren Mann auf etwas Bestimmtes aufmerksam machen: Auf die Folgen von Behandlungen herzkranker Patienten.«

»Du meinst doch nicht die merkwürdigen Auswertungen in Köhlers Büro?« Ecki zog zweifelnd die Stirn kraus.

»Ist doch möglich.« Frank wurde langsam ungeduldig und trommelte mit den Fingern auf der Tischplatte einen Bluesrhythmus. »Mir wird die Sache langsam zu bunt.«

Das Weinen kam näher. Astrid Köhler hatte ihren Sohn auf dem Arm, als sie die Küche betrat. »Es hat keinen Zweck. Leon will sich nicht beruhigen. Die ganze Zeit ruft er nach seinem Vater.« Sie setzte sich ebenfalls an den Küchentisch und räumte dabei mit einer Hand die Zeitungen zusammen. »Bitte verzeihen Sie die Unordnung, aber ich komme im Moment zu nichts. Leon wird seine Erkältung nicht los. Und ich bin wie erschlagen, seit mein Mann verschwunden ist.«

»Ihr Mann hat sich immer noch nicht gemeldet?« Ecki lächelte Leon an, der aber an der Schulter seiner Mutter weiterschluchzte.

»Nein. Ich habe keine Ahnung, wo er ist. Herr Kommissar, ich mache mir solche Sorgen. Hoffentlich ist ihm nichts passiert. Er hat sich sonst immer gemeldet, wenn er unterwegs war. Ich habe schon in den Hotels und Pensionen angerufen, in denen er sonst immer ist, oder in denen wir zusammen Urlaub gemacht haben, aber nirgendwo hat er eingecheckt. Ich habe Angst um meinen Mann.«

»Das kann ich gut verstehen, Frau Köhler. Wir werden alles tun, um Ihren Mann zu finden.« Frank machte eine Pause. »Weil wir eine Menge Fragen an Ihren Mann haben.«

»Wie meinen Sie das, Herr, äh, Borsch?« Astrid Köhler strich mit einer Hand stetig über den Kopf und Rücken ihres Sohnes, der sich langsam beruhigte.

»Hat Ihr Mann oft zu Hause an Krankenakten gearbeitet?« Ecki sah von Frank zu Astrid Köhler.

»Nun ja, sicher. An den Wochenenden verbringt er immer ein paar Stunden in seinem Arbeitszimmer. In der Klinik kommt er unter der Woche selten zu intensiven Aktenstudien oder zum Schreiben von Berichten oder Gutachten. Ein Arzt hat selten ein freies Wochenende. Das gilt sicher auch für Sie, oder?«

»Das kommt vor, ja. Mich interessiert, wo bewahrt er seine Unterlagen in der Regel auf?« Frank nickte der Frau aufmunternd zu.

»In seinem Arbeitszimmer, in einem schwarzen Lederkoffer, den er sich extra für den Transport der Akten gekauft hat.«

»Steht er jetzt auch dort?«

»Warum fragen Sie?« Astrid Köhler stutzte. »Nein, jetzt wo Sie mich fragen, nein, der Koffer ist nicht da.«

»Sind Sie sicher?«

»Ganz sicher. Aber warum fragen Sie mich das? Hat das etwas mit diesem Mord zu tun? Meinen Sie wirklich, mein Mann ist in den Fall verwickelt?« Astrid Köhler vergaß für einen Augenblick, ihren Sohn zu streicheln. »Mein Mann ist kein Mörder. Verdächtigen Sie etwa meinen Mann? Das ist absurd, völlig absurd, Herr Kommissar. Mein Mann ist Arzt, er bringt niemanden um. Ich verstehe das alles nicht. Sie haben schon beim letzten Besuch solche Andeutungen gemacht.«

»Beruhigen Sie sich, Frau Köhler, erstens haben wir bestimmt keine Andeutungen gemacht. Und zweitens haben wir im Moment lediglich eine Menge Fragen an Ihren Mann, mehr nicht.« Frank versuchte, möglichst neutral auf die aufgebrachte Frau zu wirken.

»Sagen Sie, Frau Köhler, hat Ihr Mann mit Medikamenten experimentiert? Wissen Sie etwas davon?« Ecki beugte sich vor.

Astrid Köhler sah die beiden Beamten stumm an, so als würde sie ihre Sprache nicht verstehen.

»Haben Sie mich nicht verstanden, Frau Köhler? Experimentiert Ihr Mann mit Medikamenten? Ist etwas schief gelaufen in der Klinik? Ist Ihr Mann deshalb verschwunden, weil er Fehler gemacht hat? Antworten Sie mir, Frau Köhler.«

Aus Astrid Köhlers Gesicht war schlagartig das Blut gewichen. Leichenblass starrte sie Frank und Ecki an. Sie schaffte es nicht, das Beben in ihrer Stimme zu unterdrücken, als sie die Sätze zwischen ihren Zähnen herauspresste. »Verlassen Sie auf der Stelle mein Haus. Und wagen Sie es ja nicht, zurückzukommen. Wie können Sie solche Fragen stellen? Haben Sie jeden Anstand verloren? Ob mein Mann mit Medikamenten experimentiert hat? An Menschen? Raus, sofort raus, ich will Sie hier nicht mehr sehen. Mein Mann hat einen Eid geschworen. Befriedigen Sie Ihre schmutzige Fantasie anderswo, aber nicht hier. Und jetzt raus hier!«

Die beiden Ermittler brauchten eine Weile, bis sie den Rausschmiss verdaut hatten. Schweigend fuhren sie die ersten Kilometer zurück Richtung Autobahn.

Frank sprach als Erster. »Ich habe Hunger. Ich brauche jetzt etwas Fettiges, am besten Pommes.« Ohne Eckis Antwort abzuwarten, fuhr er über Felderend und Lobbericher Straße zu den Parkplätzen am Markt. Im Imbiss gegenüber vom »Alten Lambert« bestellten Frank und Ecki jeweils zwei große Fritten mit Mayo und Cola.

»Mann, was war das eben? Hast du ihre Augen gesehen? Diese blanke Wut. Die Frau stand kurz vorm Explodieren.« Ecki schüttelte ungläubig den Kopf. »Was haben wir ihr denn getan?«

»Wir haben einen sensiblen Punkt berührt. Entweder haben wir den Finger direkt in die Wunde gelegt und ihr Mann steckt bis über die Ohren in illegalen Geschäften, oder das Berufsethos ist unantastbar.«

»Ich habe das Gefühl, dass die Frau völlig fertig ist. Und das liegt nicht nur daran, dass ihr Kind krank ist. Es muss mehr sein, als dass ihr Mann seit ein paar Tagen nicht zu Hause ist. Vielleicht hat es was mit seiner Arbeit tun. Kann aber auch etwas anderes sein.«

»Was meinst du?«

»Wenn ich das wüsste. Ich habe so ein komisches Gefühl, kann es aber nicht beschreiben. Sie versucht uns abzukochen.«

»Das ist schlecht.« Frank streckte sich. »Hm. Wie das riecht.« Er nickte der älteren rundlichen Frau freundlich zu, die ihnen die Pommes Frittes brachte. »Danke, das brauche ich jetzt wirklich.«

Ecki hatte sich schon den Mund verbrannt. »Heiß, verdammt.« Er nahm einen Schluck aus der Coladose. »Wenn ich mal so überlege, viel haben wir im Moment ja wirklich nicht. Mir fällt ein, wir müssen Böllmann noch darüber informieren, dass beide Mordopfer in der Hardterwald-Klinik behandelt wurden, möglicherweise beide von Köhler.«

»Aber ein wirklicher Fortschritt ist das auch nicht. Und für mögliche, wie auch immer geartete, illegale Untersuchungsreihen gibt es nicht den geringsten Beweis. Wir brauchen Köhler, unbedingt. Er spielt eine zentrale Rolle, da bin ich mir sicher. Wir müssen die Telefongesellschaften checken und die Kreditkartenanbieter. Er wird schon noch auftauchen. Ein Job für Bean. Und«, Frank wischte sich den Mund mit der Papierserviette ab, »wir müssen uns das Personal der Klinik vorknöpfen. Vielleicht verquatscht sich ja jemand. Oder jemand hat etwas beobachtet, die Pfleger, Therapeuten oder die Schwesternschülerinnen, zum Beispiel.«

»Haha, kannst du nicht einmal ernst bleiben?«

»Mir geht der aufgesägte Breuer nicht aus dem Kopf. Wer tut so etwas?«

»Ein Täter mit medizinischer Ausbildung. Köhler?«

»Ich weiß nicht, der saubere Schnitt durch die Kehle spricht für ein scharfes Skalpell. Aber der grobe Schnitt durch das Brustbein passt nicht zu einem Mediziner. Wie gesagt, die haben doch auch ihre Berufsehre.« Trotz des unappetitlichen Themas aß Frank die Fritten mit Genuss.

»Und wenn das rüde Aufbrechen der Leiche nicht geplant war? Eine Affekthandlung? Die Lust, im Blutrausch über die eigene Grenze zu gehen? Dafür würde sprechen, dass der Täter oder die Täterin den Fuchsschwanz aus der Wohnung des Opfers genommen hat. Übrigens, für eine Frau würde der schnelle Schnitt durch die Kehle sprechen. Dazu braucht man keine Kraft, nur ein scharfes Messer.«

»Astrid Köhler?« Nachdenklich schob Frank mit seiner Gabel die restliche Pommes-Frittes-Stäbchen zusammen, um sie dann nach und nach aufzuspießen.

»Warum nicht? Sie hat, wenn man will, zwei Mitwisser oder zwei Opfer der Messreihen ihres Mannes beseitigen wollen, um ihrem Angebeteten zu helfen. Könnte doch sein, dass Astrid Köhler ihrem Mann, dem erfolgreichen Mediziner, hörig ist, oder?«

»Mord aus Liebe? Nein, dazu passt der Tod von Verhoeven nicht. Eine Frau besorgt sich keine Dumdum-Patronen, um ihrem Opfer den halben Kopf wegzuschießen.

»Du hast recht. Das passt nicht zusammen. Es sei denn, es war eine Kurzschlusshandlung, Verhoeven auf dem Klinikgelände zu erschießen.«

»Ich weiß nicht. Das ist mir alles zu vage. Wir spekulieren nur und haben so gut wie keinen konkreten Ansatz. Nach wie vor ist ja auch nicht ausgeschlossen, dass die beiden Taten von zwei verschiedenen Tätern verübt wurden, die nichts miteinander zu tun haben. Und die Verbindung zu Dr. Helmut Köhler ist einfach nur Zufall.«

»Und, was sollen wir nun dem Staatsanwalt erzählen? Und was der Presse? Wenn nicht bald etwas geschieht, dauert es nicht mehr lange, und wir stecken tief in der Scheiße.« Auch Ecki hatte seine Portion Fritten aufgegessen. »Lass uns fahren. Es ist spät genug. Außerdem will die gute Frau Feierabend machen.« Ecki deutete auf die Bedienung, die bereits damit begonnen hatte, die Theke auszuräumen.

»Die Presse macht mir keine Sorgen. Die schreiben eh, was sie wollen. Wichtiger ist mir, dass wir Böllmann endlich etwas Handfestes liefern können.« Frank war satt und fühlte sich mit einem Mal müde.

Staatsanwalt Ralf Böllmann war kein unangenehmer Mensch. Eher im Gegenteil. Bislang kamen die beiden Ermittler mit dem sympathischen Staatsanwalt bestens klar. Böllmann hielt ihnen, so gut es ging, den Rücken frei. Andererseits konnte er nicht ewig auf Ergebnisse warten. Der trotz seiner gut vierzig Jahren immer noch jungenhaft wirkende Böllmann war bei der Mönchengladbacher Staatsanwaltschaft schon seit vielen Jahren für Kapitaldelikte zuständig. Daher wusste er nur zu genau: Jeder Tag ohne Täter war ein Tag mehr für den Täter. Und irgendwann waren die Spuren kalt. Dann konnte nur noch der Zufall helfen. Und nicht selten wurden Mordakten nie geschlossen, weil der oder die Täter nicht gefasst werden konnten.

»Wir werden mit Böllmann schon klarkommen.« Ecki versuchte seinen Freund zu beruhigen.

»Klar werden wir das. Aber ich will endlich den oder die Mörder.«

XIV.

Lisa reichte Frank die offene Milchtüte. »Ist das nicht schön?«

»Was meinst du?«

»Wir haben endlich mal wieder Zeit für ein gemeinsames Frühstück. Und das mitten in der Woche. Draußen ist es kalt und wir haben es schön warm.« Lisa griff nach dem Honigglas.

»Na ja, schön schon, aber du bist doch krank. Und das finde ich nicht schön. Wie geht es dir heute Morgen überhaupt?« Frank legte sein Schinkenbrötchen auf den Teller zurück und sah seine Freundin an. Es waren ihre Augen und ihr unbefangenes Lachen, was er so sehr liebte. Er freute sich auf ihr gemeinsames Kind und er freute sich wirklich auch auf die Hochzeit. Das Frühstück mit Lisa tat ihm gut. In Franks Kopf spielte Jimmy Thackery sein fröhliches *My Searching Is Over*.

Wenigstens für diese kurze Zeit konnte er seine Ermittlungen vergessen. Lisa und die Musik gaben ihm Kraft für seine Arbeit. »Schade, dass ich gleich ins Präsidium muss. Ich könnte den ganzen Tag so mit dir am Tisch sitzen. Ich liebe dich, Lisa.« Er griff nach ihrer Hand, die sich warm und ein bisschen feucht anfühlte. »Oh, du hast ja eine ganz heiße Hand. Du hast Fieber.«

»Ist nicht so schlimm. Wenn du weg bist, lege ich mich noch ein bisschen hin. Aber ich kann mich nicht den ganzen Tag ausruhen. Ich muss noch eine Menge erledigen und telefonieren. Die Einladungen für die Zeitzeugen, die an unserer Projektwoche teilnehmen, müssen noch raus. Leonie hat zwar vor ein paar Wochen schon mit ihnen telefoniert, nun müssen sie aber noch offiziell eingeladen werden. Außerdem müssen sie ihre Reiseunterlagen bekommen.« Lisa sah ihren Freund liebevoll an. »Ach, Bulle, ich liebe dich auch. Sehr sogar. Das hätte ich mir nie träumen lassen, einmal einen Menschen so gern haben zu können. Was machst du nur mit mir?«

»Nix.« Frank grinste bis über beide Ohren. »Es ist nur so, du machst mich unglaublich glücklich.« Frank biss wieder in sein Brötchen. »Wird dir die Arbeit nicht zu viel? Wie viele Zeitzeugen kommen denn eigentlich?«

»Zwei haben abgesagt, ihnen ist die Reise doch zu beschwerlich. Eine Jüdin, die früher in Eicken gelebt hat, will nicht mehr den langen Weg von Boston an den Niederrhein machen. Das kann ich auch verstehen, sind es doch mittlerweile schon ziemlich betagte Herrschaften und die Strapazen nicht zu unterschätzen. Der andere, auch ein Jude, der von Rheydt aus über Düsseldorf nach Auschwitz transportiert werden sollte, unterwegs aber hatte fliehen können, hat ohne Begründung abgesagt.

Aber auch das kann ich verstehen. Diese Menschen sind immer noch schwer traumatisiert, dass allein solche Anfragen für ein Schulprojekt sie in schwere Krisen stürzen können.« Lisa stand auf und ging in ihr Arbeitszimmer. Gleich darauf kam sie mit einem Stapel Papiere zurück, in dem sie blätterte. »Wenn ich mich nicht vertue, werden sieben Zeitzeugen kommen. KZ-Überlebende, Widerstandskämpfer und auch drei ehemalige Soldaten, die als Jugendliche zu Hitlers letztem Aufgebot gehörten und nach dem Krieg Deutschland verlassen haben. Alle bekommen natürlich die Reisekosten ersetzt und die Schule, eigentlich der Förderverein, übernimmt die Kosten für Unterkunft und Verpflegung.«

»Das ist ja, wenn man das überhaupt in dem Zusammenhang so nennen kann, eine bunte Mischung. Kommen alle aus Mönchengladbach?« Frank köpfte sein Frühstücksei.

»Das weiß ich nicht, da muss ich Leonie fragen. Nee, ich glaube, alle kommen zwar hier aus der Gegend, aber nicht alle aus Rheydt oder Gladbach. Das ist auch nicht ganz so entscheidend. Wir sind ja froh, dass Leonie überhaupt so viele Zeitzeugen aufgetrieben hat. Das ist ja mittlerweile schon ein rein biologisches Problem. Viele sind schon zu alt oder tot. Warum fragst du?«

»Nur so.« Frank stippte ein Stück von seinem Brötchen in das weiche Eigelb. »Ich kann mir gut vorstellen, dass das für eure Schüler eine spannende Angelegenheit wird, Geschichte so hautnah von Beteiligten erzählt zu bekommen.«

»Das glaube ich auch. Ich verspreche mir viel davon. Besonders auch von den sogenannten Tätern, den damals ja noch sehr jungen Soldaten, die gezwungen worden waren mitzumachen. Sie waren damals in dem Alter unserer Oberstufenschüler heute. Ich bin schon ganz gespannt auf die Diskussionen. Immerhin können unsere Kids viel lernen über Zwang und Gewalt, und über die Frage, was Gehorsam und Diktatur bedeuten kann.« Lisa war jetzt ganz Lehrerin, die ihren pädagogischen Auftrag ernst nahm. »Sag mal, hättest du etwas dagegen, wenn ich für die Dauer der Projektwoche einen oder zwei der Besucher bei mir aufnehmen würde?« Lisa sah Frank fragend an. »Das würde dem Förderverein helfen, Kosten zu sparen. Ist ja nicht für lange.«

»Warum sollte ich etwas dagegen haben? Das ist schließlich deine Wohnung. Ich denke nur, dass du dich in deinem Zustand vielleicht übernehmen könntest.«

»Übernehmen? Frank, schwanger sein ist keine Krankheit. Mach dir um mich mal keine Sorgen. Ich denke, dass ich einen der Besucher aufnehme, das reicht. So viel Platz habe ich ja nun auch wieder nicht.«

»Klar, mach das. Ich habe es ja nur gut gemeint.«

»Bist du jetzt sauer?«

»Quatsch, überhaupt nicht. Da hast du mich missverstanden.« Frank zog erstaunt die Augenbrauen hoch. »Wann ist denn eure Projektwoche? Ich kann mir das Datum einfach nicht merken.«

»In vier Wochen. Bis dahin«, Lisa beugte sich vor und strich Frank mit einer Hand zärtlich über die Wange, »bin ich wieder fit. Ist doch eh nur eine kleine Erkältung.«

»Das ist ja kurz nach Karneval.«

»Genau. Apropos Karneval. Gehst du mit Ecki Altweiber wieder zur Staatsanwaltschaft feiern? Oder bleibt ihr im Präsidium?«

»Das hätte ich fast vergessen. Irgendwie habe ich in diesem Jahr keine rechte Meinung zu Karneval. Nee, weiß ich noch nicht. Muss ich mal mit Ecki reden. Ich hatte den Termin glatt verdrängt. Ist aber auch kein Wunder. Im Moment weiß ich mal wieder nicht, wo mir der Kopf steht.« Nun war ihr Gespräch doch wieder bei seinen Ermittlungen angekommen, obwohl Frank sich vorgenommen hatte, das Thema nicht anzuschneiden.

»Geh ruhig, dann kommst du mal auf andere Gedanken.« Lisa überging die Bemerkung zu seinen aktuellen Fällen und nickte ihm aufmunternd zu. »Bisher habt ihr dort doch immer viel Spaß gehabt.«

»Na ja, wenn ich ehrlich bin, artet der Tag meist in ein kollektives Betrinken von Amtsträgern aus.« Die Feten im Keller der Staatsanwaltschaft Mönchengladbach hatten schon eine lange Tradition und waren in Wahrheit legendär. Obwohl eine geschlossene Gesellschaft, versuchten immer wieder auch Justizfremde eine der begehrten Karten zu ergattern. Ähnlich ausgelassen ging es an Altweiber im großen Besprechungsraum im Erdgeschoss des G-Gebäudes zu. In der Vergangenheit war die Stimmung manchmal so ausgelassen gewesen, dass selbst die Kollegen vom Nachtdienst noch ihren Spaß hatten.

»Und, was ist so schlimm daran? Ist schließlich Karneval. Da wird halt schon mal einer über den Durst getrunken. Solange alles im Rahmen bleibt, ist das schon okay.« Lisa sah ihn listig an. »Wird sowieso vorerst das letzte Mal sein, dass du Karneval unterwegs bist. Schließlich musst du dich um deine Familie kümmern, und demnächst will ich Karneval auch wieder aufs Sträßchen. Ist ja schließlich Altweiber.«

»Schon gut«, knurrte Frank, nur zum Schein böse.

»Frag Ecki doch, vielleicht hat er schon Karten für die Fete bestellt.«

Frank zuckte mit den Schultern. »Vermutlich.« Frank streckte sich. Das Frühstück hatte ihm gut getan. So könnte der Tag eigentlich immer beginnen. »Jetzt mal was ganz anderes. Du musst mir helfen. Bei einem Toten ist ein merkwürdiger Zettel aufgetaucht. Auf dem stehen die Worte ›die Blätter fallen‹. Das kann alles Mögliche bedeuten oder auch gar nichts.

Andererseits müssen wir jedem Hinweis und jeder Idee nachgehen. Schließlich war der Tote über und über mit Waldboden und Blättern beschmiert. Ecki hat die Worte bei *google* eingegeben und, was soll ich dir sagen, es sind die Anfangszeilen von einem Rilkegedicht.«

»Ja, und?« Nun ärgerte sich Lisa ein bisschen, dass wieder einmal ein Mord sich in ihre viel zu seltenen gemeinsamen Stunden zu drängen drohte. »Müssen wir jetzt darüber reden? Kannst du nicht wenigstens einmal für ein paar Minuten deinen Job vergessen?«

»Sorry, vergiss es.« Lisa hatte recht, das Thema hatte nichts an ihrem Frühstückstisch zu suchen.

»Schon gut, nun ist es ja sowieso schon auf dem Tisch. Was ist los mit dem Gedicht?« Lisa klang versöhnlich und musste niesen. Sie suchte in der Tasche ihrer Jogginghose nach einem Taschentuch.

»Ich weiß ja nicht, ob es von Bedeutung ist für unsere Ermittlungen. Aber du hast doch ein paar Gedichtbände in deiner Sammlung. Ist da auch Rilke dabei?«

»Ja, klar. Ich habe mir damals in Siegen eine ziemlich alte Rilkeausgabe bei einem Trödler gekauft. Warte.« Lisa stand auf und nahm den Stapel Papier mit zurück in ihr Arbeitszimmer. Frank hörte ein Rumoren und ein Murmeln, bis Lisa zurückkam und ihm triumphierend ein schmales Buch mit einem Jugendstileinband hinhielt. »Schlag die Seite mit dem Lesebändchen auf. Ich habe das Gedicht schon gefunden.«

Frank schlug die Seite auf und las still die Zeilen:

Die Blätter fallen, fallen wie von weit,
als welkten in den Himmeln ferne Gärten;
sie fallen mit verneinender Gebärde.

Und in den Nächten fällt die schwere Erde
aus allen Sternen in die Einsamkeit.

Wir alle fallen. Diese Hand da fällt.
Und sieh dir andre an: es ist in allen.

Und doch ist Einer, welcher dieses Fallen
unendlich sanft in seinen Händen hält.

»Das sagt mir gar nichts. Kannst du mir sagen, was Rilke damit meint?« Frank hielt Lisa das offene Buch hin.

Lisa hatte sich wieder auf ihren Platz gesetzt und las das kurze Rilkegedicht aufmerksam halblaut Zeile für Zeile. »Tja, so genau weiß ich das auch nicht. Es klingt so, als wolle Rilke deutlich machen, dass unser Leben endlich ist, aber es eine höhere Instanz gibt, die uns am Ende unser Zeit nicht alleine lässt und uns sanft in Händen hält. Blätter, das ist der Herbst des Lebens. Abgestorbene Blätter als Ende allen Seins. Der Baum hat den Blättern das Leben entzogen, um selbst überleben zu können.« Lisa sah Frank halb fragend und halb unsicher an. Mehr Assoziationen fielen ihr zu dem Gedicht auf die Schnelle nicht ein. »Ich finde das Gedicht sehr schön.«

Frank hatte sich darüber noch keine Gedanken gemacht. Gedichte hatten ihn bisher eher wenig interessiert. »Das Ende des Lebens. Also doch ein Irrer, der aus irgendeinem Grund Rentner umbringt. Oder ein Mediziner, der Leiden verkürzen und Gott spielen will. Es muss auf jeden Fall jemand sein, der gebildet ist. Wer kennt heute schon noch Rilke?«

Lisa sah ihn an. »Du meinst, der Täter ist ein Akademiker? Ein Schöngeist? Aber so jemand bringt doch keinen Menschen um.«

»Und was ist, wenn diesem sogenannten Schöngeist die Sicherung durchgebrannt ist? Er die Kontrolle über sich verloren hat oder zeitweise keinen Einfluss mehr hat auf sein eigenes Tun?«

»Was bedeutet das?«

»Was das bedeutet? Das bedeutet, dass er jederzeit das nächste Opfer suchen kann. Dass er immer wieder und überall zuschlagen kann. Was ist, wenn wir es mit einem Serientäter zu tun haben? Andererseits«, Frank stützte seine Arme auf dem Tisch auf und legte die Fingerspitzen zusammen, »haben wir bei Breuer keinen Zettel gefunden. Aber er kann ihn ja vernichtet oder achtlos weggeworfen haben.« Frank lehnte sich zurück und sah auf seine Armbanduhr. »Ich fürchte, ich muss jetzt los. Schön, dass wir gemeinsam frühstücken konnten.«

Lisa legte zärtlich ihre Hand auf seine und schniefte dabei. Ihre Nase war an den Rändern ganz rot. »Dann geh zu deiner Arbeit, Bulle. Aber vergiss mich nicht ganz dabei und denke daran, dass du dich um eine neue Wohnung kümmerst. Ich mache mir ein bisschen Sorgen, dass wir irgendwann zu dritt sind und immer noch kein Zuhause haben. Die Zeit geht so schnell vorbei, besonders in deinem Job. Es wird in den nächsten Monaten und Jahren noch schwer genug. Und, wie sagt Rilke? Irgendwann fallen die Blätter und das Leben hat ein Ende. Frank, du musst mir versprechen, dass du auf dich aufpasst. Ich will dich nicht verlieren, an irgend so einen Idioten, der dich über den Haufen schießt.« Lisa hatte plötzlich Tränen in den Augen. »Ich habe Angst um dich, Bulle.«

Frank stand auf und nahm Lisa in den Arm. Er war völlig überrumpelt von ihrem plötzlichen Gefühlsausbruch. So kannte er Lisa gar nicht. Er hatte das Gefühl, dass ihre Beine wegzuknicken drohten und hielt sie fester. »Mach dir keine Sorgen, ich passe schon auf mich auf. So schnell haut mich nichts um.« Eng umschlungen standen sie stumm in Lisas Küche. Frank streichelte dabei sanft ihren Rücken. Lisa drängte sich noch enger in seinen Arm. Durch sein Hemd konnte er deutlich ihren leicht gewölbten Bauch spüren.

Er wusste nicht, wie lange sie so gestanden hatten, als plötzlich sein Handy schrillte. »Oh, nee, bitte nicht jetzt.« Sanft löste er Lisa aus seinem Arm. »Schatz, lass mich rangehen.«

Lisa zog das gebrauchte Papiertaschentuch aus dem Ärmel ihres langärmeligen T-Shirts und putzte sich laut schniefend die Nase.

Frank drückte die Hörertaste und meldete sich. »Borsch. Hallo? Ach, Becks. Was gibts?« Frank streichelte Lisa sanft übers Haar und küsste sie leicht auf die Stirn. »Pass auch, Bert, ich kann dir dazu jetzt überhaupt nichts sagen. Nee. Das hat nichts mit ›nicht wollen‹ zu tun, ich bin nicht im Büro. Ich mache dir einen Vorschlag. Ich bin in einer halben Stunde in Gladbach. Wenn du willst, können wir uns auf einen schnellen Kaffee treffen. Wo? Ist mir egal. Warte, okay, ich schlage das *Valentino* vor. Ja, Eingang Theatergalerie. Bis nachher. Machs gut.« Frank steckte das Handy achtlos in die Gesäßtasche seiner Jeans. »Becks, dieser Quälgeist. Er will unbedingt mehr über den Fall in der Hardterwald-Klinik wissen. Er soll im Umfeld der HWK recherchieren. Seine Viersener Kollegen haben ihn ganz heiß gemacht, weil ja auch in Brüggen ein Rentner ermordet wurde. Jetzt ist er natürlich davon überzeugt, dass ein Serientäter am Niederrhein unterwegs ist und alte Leute umbringt. Diese Journalisten! Warum können die mich nicht einfach in Ruhe meine Arbeit tun lassen? Jetzt muss ich mich erst mal mit Becks treffen, um ihn einzufangen, sonst geht seine Fantasie noch vollständig mit ihm durch. Sorry, Schatz, ich muss nun wirklich los. Und«, er nahm ihren Kopf in seine Hände, »mach dir keine Sorgen. Ich bleibe heil, und ein neues Zuhause finden wir auch noch frühzeitig. Ciao! Ich liebe dich.«

»Warte!« Lisa verschwand in ihrem Arbeitszimmer, um gleich darauf mit einem Zettel wieder zu erscheinen. »Ich wollte ihn dir erst später an deinen Kühlschrank pappen. Aber ich denke, er passt jetzt gut.«

Frank nahm den selbstklebenden Zettel in die Hand und musste grinsen, als er die Zeilen las.

Das *Valentino* war um diese Tageszeit bereits voll besetzt. Das neue Café am Eingang der Theatergalerie hatte sich innerhalb kürzester Zeit zu einem beliebten Frühstückstreffpunkt für die ›Schicken und Schönen‹ der Stadt entwickelt, war aber auch bei Senioren genauso beliebt wie bei den Schülern der umliegenden Gymnasien. Der Betreiber des *Valentino* hatte mit der leicht unterkühlt wirkenden Einrichtung offenbar den Geschmack und den Zeitgeist seines Publikums getroffen.

Frank blieb am Eingang des Cafés stehen, das im Grunde nicht mehr war als ein schmaler Schlauch mit wenigen Tischen. Er überflog mit einem Blick die Gäste, konnte aber den Reporter der Rheinischen Post nicht entdecken und stieg daher die Treppe zur ersten Etage hoch. Am Treppenaufgang hing an der Wand ein großer Bildschirm, auf dem gerade stumm Werbung für Klingeltöne lief. Auch hier oben waren alle Tische mit Frühstücksgästen besetzt. Frank konnte sehen, dass die meisten das auf einer Tafel mit Kreide angepriesene üppige »Schlemmerfrühstück« bestellt hatten.

Der Lokalredakteur der Rheinischen Post wartete in einem Sessel an der Stirnseite des Raums auf ihn. Die Wand war wie ein Erker über die ganze Breite verglast. Bert Becks hatte einen Milchkaffee vor sich auf dem niedrigen Couchtisch stehen und machte eine einladende Handbewegung. »Setz dich. Von hier aus hast du einen perfekten Blick auf alle Bösewichte dieser Stadt.« Bert Becks grinste Frank an. Dabei funkelten seine dunklen Augen fröhlich und sein Gesicht legte sich noch mehr als sonst in gutmütige Meckifalten. »Die Aussicht ist wirklich genial, ehrlich. Zum ›Leute gucken‹ ist die Sesselecke prima. Nur, zum Frühstücken setzt man sich besser an einen der Tische. Der hier«, er deutete auf den Couchtisch, »ist mir dafür einfach zu niedrig. Da muss ich zu sehr meinen Bauch einquetschen beim Runterbeugen.«

»Wie wärs mit Sport statt Essen?« Frank gab Becks die Hand und zog sich beim Hinsetzen seine Lederjacke aus, die er auf den noch freien Sessel neben sich legte.

»Sport? Willst du mich umbringen? In meinem Alter sucht man sich die ungefährlichen Freizeitbetätigungen aus. Fußball gucken, zum Beispiel. Kaffee trinken. Oder Musik machen.«

Frank musste grinsen. Bert Becks hatte auch diesmal wieder ein kariertes Flanellhemd an, das er nachlässig in seine Jeans gesteckt hatte. Eine Jacke oder einen Pullover suchte man bei Bert Becks vergebens. Der Mann musste über ein unglaubliches inneres Feuer verfügen, denn auch im tiefsten Winter trat er meist hemdsärmelig auf.

»Hast du etwas dagegen, wenn ich eine rauche?« Becks deutete auf die Schachtel Marlboro und das Feuerzeug, die vor ihm lagen.

Frank hob die Hände. »Ich kann dich ja doch nicht vor dem sicheren Tod bewahren.« Er drehte sich zu der schwarz gekleideten jungen Kellnerin um, die gerade an einem der Nebentische kassiert hatte und ihn mit einem vollen Tablett in den Händen erwartungsvoll ansah, und bestellte einen Milchkaffee. Dann sah er Bert Becks an. »Was kann ich für dich tun?« Dafür, dass das *Valentino* voll besetzt war, war der Geräuschpegel angenehm niedrig.

»Ich will mich nicht mit langen Reden aufhalten, Frank. Sag mir einfach, wie weit ihr mit den Ermittlungen in Brüggen und in der Hardterwald-Klinik seid. Du leitest doch die Ermittlungen, oder?« Becks hatte sich eine Zigarette zwischen die Lippen gesteckt und ließ beim »oder« das Feuerzeug aufflammen.

»Ja, ich leite die Ermittlungen. Und viel mehr gibt es dazu auch nicht zu sagen. Im Moment jedenfalls nicht.« Frank ließ seinen Blick über die belebte Hindenburgstraße schweifen und blieb dann an einer Frau im langen Kamelhaarmantel und einem federbesetzten Trachtenhut hängen, die am Theaterplatz die Stufen hinabstieg, um dann an dem Friseurladen und Juwelier vorbei im Café Heinemann zu verschwinden.

»Das kann nicht dein Ernst sein. Ein bisschen mehr wirst du mir doch erzählen können, oder?« Bert Becks zog sichtlich ungeduldig an seiner Marlboro. »Spiel jetzt nicht *Cop verarscht Schreiberling* mit mir. Dazu bin ich schon zu alt, und außerdem kennen wir uns dafür einfach schon zu lange, Frank Borsch.«

Frank seufzte und nahm dankbar den Kaffee entgegen, den ihm die freundliche Bedienung reichte. »Nein, Bert, du weißt, dass ich immer ehrlich mit dir bin. Soweit ich das bei meinen Ermittlungen kann. Aber diesmal ist das alles noch schwerer. Ich erzähle dir ein paar Sachen, die du aber für dich behalten musst. Vorläufig. Kann ich mich darauf verlassen?«

Der Lokalreporter nickte stumm und kniff ein Auge zusammen, als ihm der Rauch seiner Zigarette in die Augen zog.

»Also, es scheint so, dass es zwischen den beiden Morden in der HWK und in Brüggen einen Zusammenhang gibt. Nur, welchen, das wissen wir noch nicht. Der eine Mann wurde erschossen, der andere aufgeschlitzt. Aber das weißt du ja sicher schon.«

»Na, eure Pressekonferenz war nicht eben erhellend. Böllmann hat ja nun wirklich nur ganz wenig rausgelassen. Selbst im Vieraugengespräch war nicht mehr drin.«

Frank überlegte, ob er dem Reporter von Köhler erzählen sollte. Er wollte vorsichtig sein. »Wenn du mir versprichst, dass du nicht auf eigene Faust Ermittlungen anstellst, erzähle ich weiter. Ansonsten können wir noch in aller Ruhe den Kaffee austrinken.«

»Die Geschichte scheint ja heißer zu sein, als ich dachte. Wenn du schon soo vorsichtig bist. Mein lieber Scholli.« Bert Becks beugte sich gespannt vor. »Ehrenwort, ich halte still.«

»Na gut, Becks. Ich vertraue dir.« Frank beugte sich ebenfalls vor. »Also, wir können nicht ausschließen, dass in der HWK mit Medikamenten experimentiert wurde. Beide Opfer waren jedenfalls Patienten in Hardt.« Bert Becks ließ sich in seinem Sessel zurückfallen und blieb für einen Augenblick stumm. »Unglaublich. Habt ihr Beweise?«

»Nichts Verwertbares. Leider. Aber wir sind natürlich dran. Wir lassen gegenwärtig sämtliche Krankenakten und Patientenlisten der vergangenen zwei Jahre überprüfen. Das dauert. Es gibt einige Hinweise, zum Beispiel merkwürdige Messreihen. Aber, wirklich, Bert, noch ist es viel zu früh, um irgendeine zitierbare Information weiterzugeben.«

»Wann rechnest du mit ersten Ergebnissen?«

»Mensch, Bert, das weiß ich wirklich nicht. Das kann dauern, echt. Was wirst du nun mit deinen Informationen machen?«

»Das ist mir wirklich noch zu viel Spekulation. Und ich halte mich an Absprachen. Du wirst allerdings morgen lesen können, dass wir wegen des Mordes in der HWK schon Anrufe von besorgten Senioren hatten. So nach dem Motto: Sind wir nicht einmal mehr in einem Krankenhaus sicher? Wir machen damit auf der ersten Lokalseite auf.« Becks merkte, dass Frank nervös wurde. »Bevor du dich aufregst: Ich werde keine deiner Informationen verwenden. Das ist morgen nicht unser Thema. Morgen, wohlgemerkt. Das kann sich in den nächsten Tagen durchaus ändern. Aber keine Sorge.« Das Mobiltelefon von Bert Becks klingelte. »Ja? Was? Okay, bin schon unterwegs.« Der Lokalreporter stand auf.

»Warum so eilig? Wo brennts?«

»Ich muss weg. Es brennt wirklich. In Odenkirchen ist ein Lager mit Textilresten in Flammen aufgegangen.«

»Dann lass dich nicht aufhalten. Ich lade dich ein. Bevor du aber weg bist, hier«, Frank zog Lisas Zettel aus seiner Jackentasche, »ich hab noch was für dich, von Lisa. Kennst du Hunter S. Thompson?«

»Klar kenne ich den, er gilt als der Begründer des *New Journalism*. Sein ›Angst und Schrecken in Las Vegas‹ ist schon unglaublich.«

»Na, dann dann weißt du ja Bescheid. Machs gut, Bert. Und nichts für ungut. Ich trinke noch in Ruhe meinen Milchkaffee aus.« Ihm fiel etwas ein. »Ach, und wenn du jemanden weißt, der meinen MGB kaufen will, lass es mich wissen.«

Becks war ein großer Autoliebhaber, der ständig seinen Wagen wechselte. Meist fuhr er preiswerte, auf jeden Fall aber große und alte Autos. Bert Becks wollte etwas erwidern, winkte aber ab, weil er offensichtlich zu sehr in Eile war. Frank konnte sehen, dass der Journalist im Weggehen die Zeilen las, die Lisa ihm aufgeschrieben hatte.

Journalismus ist ein billiges Asyl für Arschlöcher und Missratene.
– Hunter S. Thompson

Frank lehnte sich in seinem Sessel zurück und beobachtete das Treiben in dem Teil der Fußgängerzone, den er von seinem Platz aus einsehen konnte. Bert Becks hatte schon recht. Niemandem war anzusehen, ob er gut oder böse war. Aber das war billiges Küchenlatein. Frank ging es um ganz andere Dinge. Was war das Quentchen zu viel, das die eigene Biografie endgültig in die falsche Richtung drängte? Was musste passieren, dass Hemmungen wie Dämme wegbrechen und der Mensch alles Menschliche fahren lässt? Was machte einen Menschen zum Mörder? Zum selbsternannten Richter über Leben und Tod? Was empfindet ein Täter, wenn er sein Opfer mit einem rostigen Fuchsschwanz mühsam und schweißtreibend aufsägt? Wann wurde ein Trieb krankhaft? Wann wurde Selbstüberschätzung zum alles andere überlagernden Mordmotiv? Diese Fragen hatte Frank sich schon tausendfach in seinem Leben gestellt und immer war ihm die Antwort verwehrt geblieben.

Ihn beunruhigte diese Vorstellung zutiefst. Frank nahm einen Schluck Milchkaffee. Der Kaffee war aber schon kalt und schmeckte nur noch bitter. Bis auf die wenigen Schaumreste, in denen noch halb aufgelöst der Zucker hing.

Frank setzte sich in seinem Sessel aufrecht. Er musste sich jetzt auf seine Ermittlungen konzentrieren. Zwei Menschen waren auf bestialische Weise ums Leben gekommen, und er war dazu verpflichtet, den oder die Mörder zu finden. Noch bevor es ein mögliches drittes Opfer gab. Er musste dringend mit Ecki sprechen. Das Personal der Hardterwald-Klinik musste noch einmal vernommen werden. Vielleicht ergaben sich weitere Hinweise auf den Verbleib Köhlers und der möglichen Versuche mit Medikamenten. Die Frage war auch, nach welchen Medikamenten sie suchen sollten. Aber das musste sich aus den Patientenunterlagen ergeben. Sie würden mit Pharmafirmen sprechen müssen, die Präparate für Senioren herstellten.

Frank wollte sich zudem noch ausführlich mit Chefarzt Hübgens beschäftigen. Hübgens schien nicht ehrlich zu ihnen zu sein. Vielleicht hatte er ja selbst vor seiner Zeit an der HWK an Medikamenten geforscht. Möglicherweise tauchte auch noch eine Verbindung der Ärzte zu Pharmafirmen auf. Medizin ist ein Milliardengeschäft, dachte Frank. Und Geld macht skrupellos.

Frank rührte gedankenverloren in der leeren Tasse. Er durfte jetzt nur nicht sein Ziel und seine Aufgabe aus den Augen verlieren. Lisa und das Kind hin oder her. Die Sorge um eine neue Wohnung, der Verkauf des Cabrios, die Geburt, die Hochzeit türmten sich vor ihm auf einmal auf wie ein schier unüberwindliches Hindernis. Einfach immer nur einen Schritt vor den anderen setzen, ermutigte er sich, dann werde ich das schon schaffen.

Er sah sich nach der Kellnerin um, die die ganze Zeit treppauf, treppab mit den schweren Tabletts unterwegs war, konnte sie aber nirgends entdecken. Frank stand auf und zog sich seine Jacke über. Er würde halt unten an der Theke bezahlen. Er warf einen letzten Blick durch das breite Panoramafenster. Draußen fiel leichter Regen.

Als Frank ins Büro kam, traf ihn fast der Schlag. Auf seinem Schreibtisch thronte ein überdimensionaler Teddybär mit Schlägerkappe aus rotem Cord und kariertem Halstuch. Ecki war nirgends zu sehen. Stattdessen fand er neben dem Plüschmonster einen Zettel: »Bin zum Zahnarzt«. Frank begutachtete den Teddy gerade von allen Seiten und wunderte sich über die Herkunft des stummen Tieres mit den großen Knopfaugen, als es zaghaft klopfte und eine Frau vorsichtig die Tür aufmachte. »Guten Tag, Herr Borsch. Kann ich Sie einen Augenblick sprechen?« Sie sah neugierig auf den Teddy, der mit seiner stattlichen Statur fast den ganzen Schreibtisch in Beschlag nahm. »Oder soll ich lieber etwas später wiederkommen?«

»Nein, nein. Ist schon recht.« Frank geriet ins Stottern. Ihm war die Anwesenheit eines unbekannten Plüsch-Teddys im Dienstzimmer eines Kriminalhauptkommissars des KK 11 äußerst peinlich. »Nein, wirklich. Bitte, setzen Sie sich. Warten Sie.« Frank versuchte, seiner Besucherin einen Stuhl frei zu machen, auf dem ein Aktenstapel lag. Dabei nahm er ein bisschen zu viel Schwung. Fast wäre er mit den Ordnern im Laufstall gelandet, an dem er sich auf seinem Weg zum Schreibtisch den Oberschenkel stieß. Im letzten Moment fand er seine Balance wieder. »Sie müssen schon entschuldigen, die Kollegen, müssen Sie wissen ...« Er brachte seinen Satz nicht zu Ende. Denn als er sich setzte, versperrte ihm der Teddy den Blick auf die Frau, die vor seinem Schreibtisch Platz genommen hatte. Er sah an dem Plüschfell vorbei. »Oh, entschuldigen Sie.«

Mit einem kräftigen Ruck zog er den Teddy hoch, um ihn elegant und lässig in den Laufstall zu befördern. Allerdings hatte er bei der ausholenden Bewegung die Schreibtischlampe übersehen, die in diesem Augenblick zu einem schier unüberwindlichen Hindernis wurde. Der Teddy blieb an dem Gestänge der Klemmleuchte hängen und wurde durch die dadurch ausgelöste Änderung der Flugbahn zu einem unheilvollen Geschoss, das Frank am Kopf traf. Er kam sich ziemlich dämlich vor. Ausgerechnet jetzt musste diese Frau auftauchen, von der er noch nicht einmal den Namen wusste, geschweige denn, was sie von ihm wollte. Mit einem entschlossenen Polizeigriff befreite er sich endlich von dem Spielzeug und warf es in den Laufstall, wo der Teddy unschön auf dem Rücken landete.

»Sieht irgendwie beleidigt aus.« Die Frau musste lachen.

»Wer, was? Ach so, der Teddy, ja. Ich weiß auch nicht, wie der hierher kommt. Muss einer der Kollegen gebracht haben.« Frank fuhr sich mit beiden Händen durch seine Locken. Echt peinliche Vorstellung, Borsch, dachte er. Und: Na warte, Schrievers. Wer anders als Schrievers konnte ihm das angetan haben.

»Sammeln Sie Spielzeug?«

»Wer, ich? Nein, nein. Das sieht nur so aus.« Frank fühlte sich nun vollends als Idiot. »Das ist nur, weil, ... meine Kollegen, ... ich werde Vater. Und nun meinen meine Kollegen offenbar, sie müssten mich schon mal mit Spielzeug eindecken. Dabei ist meine Frau gerade erst schwanger. Und wir haben überhaupt keinen Platz für so etwas.« Frank deutete vage in Richtung Laufstall und Teddy.

»Das ist doch nett. Herzlichen Glückwunsch.« Die unbekannte Besucherin sah ihn freundlich an. Offenbar meinte sie die guten Wünsche ernst.

»Was, was kann ich für Sie tun?« Frank räusperte sich. »Frau ...?«

»Schümers, Yvonne Schümers.«

»Also, Frau Schümers?« Frank beugte sich vor. »Möchten Sie vielleicht einen Kaffee?«

»Nein, danke, sehr freundlich, bemühen Sie sich nicht, ich bin leidenschaftliche Teetrinkerin.« Sie winkte dankend ab.

»Nun?« Frank hatte endlich die Kontrolle über sich wiedergefunden. Für die nächste Zeit jedenfalls war sein Bedarf an Slapsticks gedeckt.

»Wie soll ich anfangen?« Yvonne Schümers rückte sich auf dem Stuhl zurecht. Etwas unsicher sah sie ihn an. Ihr offenes rundes Gesicht wirkte mit einem Mal gar nicht mehr so fröhlich wie vorhin.

»Sie können unbesorgt sein. Fangen Sie einfach an.« Frank bemerkte, dass er die blonde Frau neugierig musterte. Und das hatte zunächst einmal gar nichts mit beruflicher Neugier zu tun. Er fand Yvonne Schümers einfach nur hübsch. Allein schon, weil sie ihr halblanges Haar an den Seiten hochgesteckt trug. Frank wurde beim Anblick solcher Frisuren regelmäßig schwach. Er musste sich konzentrieren, um diese Frau Schümers nicht anzustarren. Er räusperte sich übertrieben hörbar und lächelte aufmunternd. Er brachte allerdings nur ein schiefes Grinsen zustande. Sei jetzt bloß kein Idiot und hör endlich auf, sie anzustarren, dachte Frank, immer noch irritiert. »Nur Mut.« Er meinte damit nicht nur Yvonne Schümers.

»Wie gesagt, ich bin zu Ihnen gekommen, weil ich eine Aussage machen möchte. Ich habe lange darüber nachgedacht. Aber ich bin mir sicher, dass ich das Richtige tue.« Yvonne Schümers sah nun ihrerseits Frank höchst neugierig an.

Was sie jetzt wohl denken mochte, dachte Frank und rutschte nun seinerseits auf seinem Drehstuhl hin und her. Diese Frau machte ihn nervös. Er spürte, wie sich in ihm das schon fast zwanghafte Gefühl breitmachte, dieser Frau imponieren zu wollen. »Sie tun bestimmt immer das Richtige.« Oh, Borsch, was bist du blöd. Ein dämlicherer Satz hätte dir wohl nicht einfallen können. Frank sah erst zur Tür und dann auf seine Armbanduhr. Seine Augen blieben an der weißen Bluse von Yvonne Schümers hängen. Er spürte ein leichtes Kribbeln. Wo Ecki nur blieb?

»Erwarten Sie Besuch? Soll ich nicht doch lieber gehen und wir sprechen später noch einmal?«

Frank straffte sich. Reiß dich endlich zusammen, Bulle. Gut, dass Lisa ihn jetzt nicht so sehen konnte. »Ja, nein, sagen Sie mir doch einfach, worum es geht, Frau Schümers.«

»Es geht um Oberarzt Dr. Köhler.«

Franks Nervosität war mit einem Schlag verschwunden. »Dr. Köhler? Oberarzt Köhler?«

»Ja, Dr. Köhler. Ich bin Schwester auf seiner Station. Und ich habe vom Chef, also von Dr. Hübgens, in einer Dienstbesprechung gehört, dass Sie sich für ihn interessieren. Für ihn und seine Arbeit. Für ihn und seine Datenblätter, um genau zu sein. Das stimmt doch, oder?« Sie legte sich mit der rechten Hand eine kleine Strähne hinter ihr Ohr, die sich selbstständig gemacht hatte. »Aber vielleicht war es gar keine so gute Idee, hierher zu kommen. Ich glaube, es ist besser, ich gehe wieder.«

»Nein, nein, bitte bleiben Sie. Ich bin ganz scharf, nein, gespannt darauf, was Sie mir erzählen können. Wirklich.« Diese Frau ist einfach umwerfend, dachte Frank. Ihre hilflosen Gesten weckten den Beschützerinstinkt in ihm. »Haben Sie etwas dagegen, wenn ich das Fenster ein wenig öffne?« Er merkte, wie ihm langsam warm wurde. Wo war Ecki?

»Bitte. Tun Sie das.« Yvonne Schümers holte tief Luft. »Also, verstehen Sie mich nicht falsch. Ich will Dr. Köhler keine Schwierigkeiten machen. Ich möchte nur, dass alles rechtens ist.« Sie sah ihm direkt in die Augen.

Frank erwiderte ihren Blick und hatte das Fenster augenblicklich vergessen. Der Aufenthalt auf einer geriatrischen Station konnte angesichts solcher Schwestern durchaus angenehm sein. »Nur zu.«

»Es geht um diese Datenblätter. Oberarzt Köhler hat ständig an ihnen gearbeitet. Dabei wollte er nicht gestört werden. Auf keinen Fall. Er konnte richtig wütend werden, wenn man in sein Büro kam und er am PC saß und an seinen Unterlagen arbeitete.«

Die Frau hatte viel zu erzählen, das spürte Frank. »Interessant.«

»Meist hat er noch lange nach seinem Dienst in seinem Büro gesessen. Und meist allein. Nur manchmal«, Yvonne Schümers zögerte.

»Nur manchmal? Reden Sie ruhig weiter. Ich höre Ihnen zu.« Im letzten Augenblick hatte Frank sich das »gerne« verkneifen können. Schließlich saß er mit Yvonne Schümers nicht bei einem Glas Rotwein beim Italiener.

»Nun, manchmal hatte er dabei Besuch von einem Pharmavertreter. Firma CombinoMed, glaube ich, aus Mailand.«

»Und, was folgern Sie daraus, Frau Schümers?«

Die schmale Blondine hob unsicher ihre Schultern. »Ich weiß nicht, ist auch nur eine Beobachtung, die mir aufgefallen ist.«

»Aber es muss doch einen Grund dafür geben, dass Ihnen diese Situationen haften geblieben sind. Sie hätten sie auch vergessen können, wie so viele andere Begebenheiten in Ihrem Leben.« Werd jetzt nicht philosophisch, Borsch, das steht dir nicht, dachte Frank. Und außerdem, hör endlich auf diese Frau anzubaggern.

Yvonne Schümers fühlte sich jetzt ganz offenkundig unwohl. Angestrengt verschränkte sie ihre schmalen gepflegten Finger ineinander und zog sie wieder auseinander. »Ich will niemanden anschwärzen, Herr Borsch, das müssen Sie mir glauben. Es ist nur so, schon seit mehr als einem Jahr geht das Gerücht um, dass Dr. Köhler bei bestimmten Patienten und einem bestimmten Krankheitsbild immer nur die gleichen Medikamente verabreicht.« Jetzt war es heraus, sie lehnte sich entspannt zurück.

»Aber das ist doch nicht ungewöhnlich. Im Gegenteil, das ist doch völlig normal. Mein Hausarzt verschreibt mir bei einer Erkältung auch immer das Gleiche. Und das wirkt auch.«

Yvonne Schümers beugte sich wieder vor. »Sie verstehen nicht, Herr Borsch. Es heißt, die Präparate sind noch gar nicht zugelassen.«

Frank ließ sich auf seinem Stuhl zurückfallen und warf dabei den Bleistift auf seine Schreibtischunterlage, an den er sich die ganze Zeit geklammert hatte. Er sah sein Gegenüber schweigend an. Also doch, Köhler experimentierte mit nicht zugelassenen Arzneimitteln. Yvonne Schümers schickte der Himmel. Das war es, was er noch gebraucht hatte. »Haben Sie diese Medikamente gesehen?«

»Nein, das nicht. Nicht direkt jedenfalls.«

»Woher kommen dann diese Gerüchte? Irgendjemand muss sie doch in die Welt gesetzt haben!? Das verstehe ich nicht.« Frank nahm wieder den Bleistift in die Hand.

»Ich weiß nicht.« Sie sah ihn unsicher an. »Das wird so erzählt.«

»Und Sie meinen, dieser Vertreter dieser Firma aus Mailand, CombinoMed, hat damit zu tun?«

»Ich weiß es nicht, kann doch sein, oder?« Yvonne Schümers sah Frank etwas irritiert an. »Nicht?«

»Wir werden das überprüfen, Frau Schümers. Auf jeden Fall.«

»Wie gesagt, ich will niemanden unnötig in Verdacht bringen.«

»Wissen Sie, wo sich Dr. Köhler, ihr Oberarzt, aufhält?« Er versank förmlich in ihrem sorgenvollen Blick. Um ihre Augen hatten sich kleine Falten gebildet, und auf ihrer rechten Wange hatte sie ein Grübchen. Die Schwester und der Oberarzt, oft genug eine Verbindung, die weit über das Absprechen von Behandlungsabläufen hinausgeht, dachte Frank.

»Wie meinen Sie das?«, fragte Yvonne Schümers irritiert.

Frank meinte, in ihrer Stimme eine Spur Verärgerung zu hören. »Ich meine, hat er Ihnen gegenüber erwähnt, dass er für ein paar Tage verreisen wollte? Oder dass er überraschend etwas zu erledigen hat? Ist es häufiger vorgekommen, dass Herr Köhler nicht zum Dienst erschienen ist?«

»Na ja. Wie soll ich sagen, in den vergangenen Monaten schon. Da war er häufiger krank, oder plötzlich zu wichtigen Reisen unterwegs und dann jeweils für ein paar Tage nicht im Dienst. Ich weiß noch, dass es Ärger mit Kollegen gegeben hat, weil die Dienstpläne geändert werden mussten.«

»Haben Sie etwas über den Grund seiner Reisen erfahren?«

»Nein, das geht mich ja auch nichts an. Und überhaupt, ich kümmere mich nicht um das Privatleben von Oberarzt Köhler.« Yvonne Schümers schob trotzig ihr Kinn ein Stück vor.

Frank räusperte sich. »Natürlich nicht, es war auch nur eine Frage. Es ist nur, wir wundern uns doch sehr, dass Ihr Oberarzt so plötzlich verschwunden ist.«

»Herr Köhler ist nicht ›mein‹ Oberarzt, wenn Sie verstehen, was ich meine, Herr Kommissar.«

»Selbstverständlich, Frau Schümers. Ich wollte Ihnen nicht zu nahe treten.« Ob sie einen Freund hatte oder verheiratet war? »Frau Schümers, haben Sie, ich meine, sind Sie, äh, wie lange arbeiten Sie schon in der Hardterwald-Klinik, wenn ich fragen darf?«

Yvonne Schümers überlegte und zog dabei unbewusst ihre Nase ein wenig kraus.

Wo Ecki nur bleibt, dachte Frank. Diese Frau macht mich noch wahnsinnig.

»In diesem Sommer müssen es schon acht Jahre sein. Ich habe direkt nach meiner Ausbildung in der HWK angefangen.« Sie lächelte ihr umwerfendes Lächeln.

»Oh, dann waren Sie damals ja noch jung.« Frank biss sich auf die Lippen. Das war falsch, Borsch, ganz falsch, dachte er. »Nein, ich meine, Sie haben trotz Ihres Alters ja schon eine Menge Berufserfahrung.« Puh, das war knapp. Der Bogen war nicht leicht zu nehmen gewesen.

»Worauf wollen Sie hinaus, Herr Kommissar?« Yvonne Schümers lächelte ihn an. Sie hatte offenbar Spaß daran, ihn zu verunsichern.

»Also, ich frage mich, wie so eine hübsche junge Frau so einen Beruf ergreifen kann? Den ganzen Tag nur mit alten kranken Menschen zusammen sein.« Frank wollte nicht weiterreden.

»Was hat das mit meinem Alter zu tun? Alte Menschen sind genauso wertvolle Menschen wie Sie oder auch Ihre Kriminellen. Jeder Mensch hat ein Recht auf eine würdevolle Behandlung. Niemand möchte sich gerne abgeschoben fühlen, auch Sie nicht, Herr Borsch.« Sie sah ihn auffordernd an.

Das saß, natürlich war es so. Wie konnte er nur auf diese dumme Idee kommen, dass hübsche junge Frauen keine alten Menschen pflegen dürfen? »Natürlich, verzeihen Sie mein dummes Geschwätz.«

Sie stand auf. »Ich habe Ihnen alles gesagt, was ich Ihnen sagen wollte. Einen schönen Tag noch, Herr Kommissar.«

Frank war aufgesprungen, um sie zur Tür zu begleiten. »Vielen Dank für Ihren Besuch. Sie haben uns sehr geholfen, Frau Schümers.«

Yvonne Schümers drehte sich noch einmal um. »Ich weiß nicht, hoffentlich habe ich mir nicht selbst geschadet.«

»Keine Sorge, das bleibt unter uns. Das verspreche ich Ihnen.« Frank verkniff sich die Frage nach einem Wiedersehen. Stattdessen schloss er leise die Bürotür hinter ihr. Er blieb stehen und lehnte sich mit dem Rücken an die Glasfront. Er war völlig durcheinander. So etwas war ihm schon lange nicht mehr passiert. Er dachte an Lisa und fühlte sich schuldig. Dabei war ja, nüchtern betrachtet, gar nichts passiert. Eigentlich. Nur, dass er bei ihrem Anblick ein bisschen nervös geworden war.

Frank ging zu seinem Schreibtisch zurück. Yvonne Schümers hatte ihnen einen wichtigen Hinweis gegeben. Diese Firma CombinoMed. Frank hatte von dem Unternehmen noch nie etwas gehört. Aber er kannte sich in medizinischen Dingen sowieso nicht aus.

CombinoMed. Frank musste unbedingt herausfinden, was hinter diesem Namen steckte. Vielleicht war Köhler tatsächlich in eine Sache verstrickt, die ihm möglicherweise über den Kopf gewachsen war. Frank sah den Teddy an, der immer noch wie ein Käfer hilflos auf dem Rücken lag. Frank fühlte sich ähnlich.

Warum war Yvonne Schümers zu ihm gekommen? Naiv war sie sicher nicht. Sie musste doch wissen, was sie durch ihren Besuch auslösen würde. Wollte sie Helmut Köhler bewusst anschwärzen? Hatte sie noch eine Rechnung mit ihm offen? Frank fiel ein, dass er noch immer nicht viel von den Interna der Klinik wusste. Und das hatte nur bedingt mit ärztlicher Schweigepflicht zu tun. Sie hatten sich einfach noch nicht intensiv genug mit der Klinik beschäftigt. Hatte jemand Yvonne Schümers geschickt? Nein, dachte Frank. Sie war sicher aus eigenem Antrieb zu ihm gekommen, aus Pflichtbewusstsein.

Dieser Dr. Köhler wurde Frank immer suspekter. Seine Frau wusste angeblich nichts über seinen Verbleib. In der Klinik galt er einerseits als gewissenhafter Arzt – andererseits könnte er auch eine dunkle Seite haben, von der viele etwas ahnten, aber nichts konkret wussten. Oder wissen wollten. Zum Beispiel Fritz Theodor Hübgens: Der Chefarzt wusste sicher mehr, als er preisgeben wollte. Frank war sich sicher, der Schlüssel zur Lösung des Falls lag in der Hardterwald-Klinik.

Er betrachtete wieder den hilflosen Teddy. Welche Möglichkeiten hatte man schon groß, wenn man in ein Krankenhaus eingeliefert wurde? Als Patient war man dem Wohl und Wehe der Ärzte und der Pfleger ausgeliefert. Es gab nur die Hoffnung, dass die Mediziner die richtige Diagnose stellen und die richtige Therapie einleiten. Man musste den Ärzten zwangsläufig vertrauen, ohne selbst handeln zu können. Aber was war, wenn jemand dieses Vertrauen missbrauchte – für seine eigenen Interessen? Nichts konnte man tun, denn wer hatte schon als einfacher Patient oder Angehöriger die Möglichkeit, die behandelnden Ärzte zu kontrollieren? Als Patient blieb allein die Hoffnung. Die Hoffnung auf ein glückliches Ende der Krankheit. Im Moment zumindest sah es aber eher danach aus, dass Verhoeven und Breuer Pech gehabt hatten und zufällig an den falschen Arzt geraten waren. An Dr. Jekyll.

Es klopfte.

»Herein.«

Viola Kaumanns setzte ihr strahlendstes Lächeln auf, als sie Frank sah. »Ich habe gehört, dass in diesem Jahr wieder die Karnevalsfete im Keller der Staatsanwaltschaft ist. Ich habe schon während der Ausbildung viel davon gehört, war aber noch nie da. Ich wollte fragen, ob ich, sozusagen stellvertretend für alle, die mögen, die Einlassbändchen besorgen soll?« Sie hielt ihm eine längere Liste mit den Namen von Kollegen hin. »Sie brauchen nur Ihren Namen anzukreuzen, dann besorge ich ein Bändchen. Kassieren komme ich dann später.«

»Eigentlich habe ich noch gar keine Meinung zu Karneval. Ich habe zwei Morde aufzuklären.« Er sah sie an. Sie sah ein bisschen blass aus. Der Eindruck wurde durch ihr kastanienfarbenes Haar verstärkt, das ihr ovales Gesicht in einem modisch fransigen Kurzhaarschnitt umrahmte. Sie war schlank und durchtrainiert, fast wirkte sie ein bisschen mager. Aber das täuschte. Denn Ecki hatte ihm erzählt, dass Viola Kaumanns in ihrer Freizeit einen Sport ausübte, für den man schon eine Menge Kraft brauchte. Viola Kaumanns war Hammerwerferin beim RSV in Rheydt. Frank musterte seine Kollegin genauer. Dieses zarte Persönchen und Hammerwerfen?! Er konnte es nicht glauben. Aber er wusste gleichzeitig auch, dass man Polizeibeamtinnen nicht unterschätzen sollte.

»Ist was?«

»Was? Nein.« Frank bemerkte erst jetzt, dass er Viola Kaumanns die ganze Zeit angestarrt hatte. Was war bloß heute mit ihm los? So hatte er noch nicht einmal Frauen angestarrt, als er noch nicht mit Lisa zusammen war. »Wissen Sie, ich habe im Moment wirklich wenig Zeit für Vergnügungen. Die Ermittlungen, meine Frau, meine zukünftige Frau, besser gesagt, ist schwanger. Ich muss eine neue Wohnung finden, und, und, und. Aber warum erzähle ich Ihnen das alles?«

»Weil es Sie beschäftigt.« Sie hatte mit einem Mal einen sonderbaren Ausdruck in ihrem Gesicht. »Ich kann das gut verstehen. Sie können sich nicht frei machen von Ihren Gedanken. Die Ermittlungen beschäftigen Sie permanent und überlagern alle anderen Gefühle und Situationen. Aber gerade deshalb sollten Sie sich eine Auszeit gönnen. Wenigstens für ein paar Stunden. Das gibt Ihnen neue Kraft für Ihre Arbeit. Ecki, also Herr Eckers hat mir erzählt, dass Sie Musik machen? Sie spielen Blues?«

Oh, Mann, jetzt bloß keine Therapiestunde. Psychologische Beratung konnte er jetzt am wenigsten gebrauchen. Frank studierte wieder die Liste.

»Mögen Sie auch *Livin' Blues*?« Viola Kaumanns stand jetzt ganz nahe an seinem Schreibtisch und sah auf ihn herab. »Ich habe alle ihre Platten.«

»*Livin' Blues*? Woher kennen Sie die? Das muss doch ...«, er musterte sie wieder, »das muss doch weit vor Ihrer Zeit gewesen sein.«

»Stimmt.« Sie grinste. »Mein Bruder hat die Schallplatten rauf und runter gehört. Zuerst hat er mich damit fürchterlich genervt. Aber dann habe ich quasi mein Herz für den Blues entdeckt.«

»Das ist ja unglaublich.« Frank vergaß für einen Augenblick Köhler, Hübgens, die Toten und seine Lisa. »Ich bin früher als Schüler zu jedem *Livin' Blues*-Konzert gefahren. Ob das nun in Lobberich war, in Krefeld oder sonst wo. Wollen Sie sich nicht setzen?«

»Nein, danke, ich muss weiter. Denn so viel Zeit habe ich leider auch nicht. Ich muss noch die anderen Kollegen fragen.«

»Oh, ja, die Altweiberfete bei der Staatsanwaltschaft.« Frank nahm einen Kugelschreiber und kreuzte seinen Namen an. »Ich bin dabei.«

Viola Kaumanns lächelte still in sich hinein.

Zwei Stunden später saßen Ecki, Schrievers und Frank zusammen. Ecki war erst spät aus Korschenbroich vom Zahnarzt zurückgekommen. Er hätte auch in Mönchengladbach zum Arzt gehen können. Aber da er eine unglaubliche, fast irrationale Angst vor dem Zahnarzt hatte, war er heilfroh gewesen, als er von einer Bekannten von der Praxis Jansen/Jansen in Korschenbroich erfahren hatte. Dort fühlte er sich zum ersten Mal einigermaßen wohl, soweit man das von einem weißen Behandlungszimmer mit gefährlich sirrenden Hochgeschwindigkeitsbohrern überhaupt sagen konnte. Aber diesmal war der Besuch nicht so angenehm gewesen. Ecki hatte erfahren müssen, dass auch die Kunst des Korschenbroicher Zahnarztes zu Ende war. Ein Backenzahn würde in den nächsten Tagen gezogen werden müssen. Entsprechend düster war Eckis Laune.

»Ich werde mich in der HWK um das Gerücht kümmern, Köhler habe mit illegalen Medikamenten experimentiert.« Ecki hatte das Gesicht verzogen, weil er mit der Zunge an dem Backenzahn spielte, von dem er sich bald würde verabschieden müssen.

Heinz-Jürgen Schrievers schüttelte bedächtig seinen Kopf. »Ich weiß nicht, ob du damit Erfolg haben wirst. Ich habe mal meine Karteikarten befragt und auch mal mit dem Einen oder Anderen aus anderen Dienststellen gesprochen. Soweit ich das beurteilen kann, ist die Hardterwald-Klinik sauber. Sozusagen klinisch sauber, sogar.« Schrievers war der einzige, der über seinen Kalauer lachen konnte. »Nein, im Ernst, es gibt absolut keinen Hinweis darauf, dass in der HWK jemals krumme Sachen gelaufen sind oder laufen. Im Gegenteil, die Klinik hat bundesweit einen guten Ruf, einen sehr guten sogar. Die Ärzte dort waren mit die Ersten, die erkannt haben, dass altersspezifische Erkrankungen besonders behandelt werden müssen. Die Hardterwald-Klinik hat so etwas wie eine Vorreiterrolle in der – wie heißt das? – Geriatrie in Deutschland.«

»Aber das heißt nicht, dass nicht doch geheime Absprachen zwischen Köhler und CombinoMed existieren.« Ecki spielte immer noch mit seiner Zunge an seinem Backenzahn.

»Richtig.« Heinz-Jürgen Schrievers nickte knapp.

»Wir setzen Bean auf CombinoMed an. Er soll der Firma mal kräftig auf den Zahn fühlen.« Frank sah, wie Ecki die Augen verdrehte. »Oh, sorry, war nicht so gemeint.«

Ecki winkte schlapp ab. »Mach du nur deine Witze auf meine Kosten. Du solltest lieber Mitleid mit mir und meinem Zahn haben. Nun sind wir beide, der Zahn und ich, schon so lange zusammen. Und nun soll bald Schluss sein. Eine Tragödie ist das.«

Frank und Schrievers überhörten Eckis Selbstmitleid. Stattdessen setzte Heinz-Jürgen Schrievers seine Brille auf, die an einem Bändchen um seinen Hals hing und die ganze Zeit auf seinem mächtigen Bauch geruht hatte. Umständlich faltete er das Din-A4-Blatt auseinander, das er aus einer

Tasche seiner unvermeidlichen Strickjacke gezogen hatte. »Ich kann dieses Rilkegedicht hundertmal lesen. Ich kann mir keinen Reim darauf machen, was die Zeilen mit Verhoevens Tod zu tun haben sollen. Ich weiß nicht, Frank, ob du diesem Gedicht nicht zu viel Ehre zukommen lässt. Als Spur würde ich die Verse nicht bezeichnen wollen.«

»Immerhin war Verhoeven über und über mit Waldboden und Blättern beschmiert. Da muss es einen Zusammenhang geben.«

»Vielleicht sollten wir einen Rilkeexperten zurate ziehen, der uns das Gedicht interpretiert.« Ecki sah Frank an. »Da fällt mir ein, könnte Lisa nicht mal in der Schule einen ihrer Kollegen fragen?«

»Hab ich auch schon dran gedacht. Sie kümmert sich drum, wenn sie wieder im Dienst ist. Im Moment ist sie noch krankgeschrieben.«

Bevor Frank weitersprechen konnte, klopfte es, und Staatsanwalt Ralf Böllmann stand im Büro. »Guten Tag, meine Herren, lassen Sie sich bitte nicht stören. Ich komme gerade von einer Besprechung mit Ihrem Chef. Wie sieht es aus mit Ihren Ermittlungen? Sind Sie schon ein Stück weiter gekommen? Was gibt es Neues?« Böllmann sah sich suchend im Büro der beiden um.

»Warten Sie, ich besorge Ihnen einen Stuhl.« Ecki stand auf und holte aus dem Nebenzimmer einen Stuhl.

Böllmann setzte sich auf Eckis Platz. »Was ist mit der Beerdigung von Verhoeven und Breuer? Ich möchte gerne die Leichen freigeben.«

»Ich weiß nicht, ob das schon sinnvoll ist. Ich möchte die Körper gerne noch einmal auf versteckte Spuren von Medikamenten untersuchen lassen. Das wird dauern, denn, ehrlich gesagt, wir wissen nicht genau, wonach wir suchen sollen.«

»Ich verstehe nicht ganz.« Staatsanwalt Böllmann stellte seine Aktenmappe neben sich auf den Boden.

Frank brachte den Staatsanwalt mit Schrievers und Eckis Hilfe auf den neuesten Stand ihrer Arbeit. Böllmann hörte konzentriert zu und stellte nur ab und an eine kurze Frage. Schließlich nickte er und stand auf. »Ich kann mir vorstellen, dass Ihre Ermittlungen in die richtige Richtung gehen. Nur zu, meine Herren. Meine Unterstützung haben Sie. Aber bitte, beeilen Sie sich etwas. Ich werde ständig von den Medien genervt. Erst heute Morgen wieder rief dieser Baumann von der Westdeutschen Zeitung an. Er wollte wissen, ob das Gerücht stimmt, dass wir mittlerweile einen Serientäter suchen, der es ausschließlich auf Senioren abgesehen hat. Möchte mal wissen, wie der an seine Informationen kommt. Auch Sat.1 und RTL haben schon nach einem Interview-Termin gefragt. Ich fürchte, ich kann die Pressemeute nicht mehr lange hinhalten. Es gibt da eine RTL-Journalistin, Sabine, Sabine, ich kann mir ihren Namen nicht merken, die recherchiert mittlerweile auf eigene Faust hier in der Hardterwald-Klinik, in Nettetal und in Brüggen.« Böllmann überlegte kurz. »Am besten, Sie stellen schon mal Material für eine Pressekonferenz zusammen. Wenn wir nicht bald reagieren und die Journalisten bedienen, gerät uns die ganze Sache am Ende noch aus den Fugen. Meine Großtante hat mich auch schon gefragt, ob man in Mönchengladbach als alter Mensch nicht mehr auf die Straße gehen sollte.« Staatsanwalt Böllmann verabschiedete sich und ließ die drei im Büro zurück. Den Laufstall und den Teddy hatte er mit keinem Wort erwähnt.

»Noch einen Tee?« Ecki sah in die Runde.

»Nee.« Frank und Schrievers schüttelten den Kopf.

»Ich muss jetzt eh wieder los.« Heinz-Jürgen Schrievers wuchtete seinen massigen Körper hoch. »In meinem Büro wartet noch ein Leberwurstbrot auf mich. Bevor es verdirbt, will ich man noch schnell eine kleine Zwischenmahlzeit einlegen.« Im Hinausgehen deutete Schrievers auf den Teddy. »Der ist übrigens von meinem kleinen Neffen Max. Wenn ich noch ein paar schöne Spielsachen finde, bringe ich sie auch noch vorbei. Kinder brauchen Spielzeug. Das fördert ihre Entwicklung.«

»Bitte, Heini, äh, Heinz-Jürgen, bitte verschone mich mit diesem Kram. Dafür ist es noch viel zu früh. Sag mir lieber, wie ich günstig an ein neues Auto komme. Ich brauche demnächst einen Kombi.«

Schrievers grinste schief. »Jaja, einen Pampersbomber, den brauchst du wirklich. Bald ist es vorbei mit Freiheit und Abenteuer. Statt mit deinem Cabrio fährst du demnächst mit dem Kinderwagen der untergehenden Sonne entgegen. Haben sie auch dich endlich domestiziert, Borsch, was?« Sein gutmütiges meckerndes Lachen schallte weit über den Flur.

»Manchmal geht mir Heini ganz schön auf den Sack«, brummte Frank, als er Eckis Grinsen sah.

»Wo er recht hat, hat er recht. Wirst dich schon noch daran gewöhnen, Familienvater zu sein.«

»Lass uns lieber überlegen, wie wir in Sachen ›Blättermord‹ weiterkommen.«

»Blättermord?«

»Ja, Blättermord. Ist mir gerade eingefallen, passt doch gut. Oder?«

»Wenn du meinst, ist mir egal.« Ecki blätterte in seinen Unterlagen, die vor ihm auf dem Schreibtisch lagen. »Ich werde Bean anrufen, er soll sich um CombinoMed kümmern.«

Franks Telefon klingelte. »Ja? Ach, Herr Böllmann. Haben Sie etwas vergessen? Karten für die Bluesnight? Ja, klar, kein Problem. Zwei Stück? Ich schicke sie Ihnen. Okay, bis dann.« Frank legte auf.

»Hast du einen neuen Fan?«, spöttelte Ecki.

»Ja, habe ich. Hätte ich nicht gedacht.« Frank lächelte in sich hinein.

»Was hättest du nicht gedacht? Du solltest mal dein Gesicht sehen. Du siehst selten dämlich aus, wenn du so grinst.«

»Ich hätte nicht gedacht, dass«, Frank machte eine Kunstpause, »dass deine hochverehrte Viola Blues liebt. Wir haben uns prima über *Livin' Blues* unterhalten. Sie hat alle LPs, alle Achtung.«

»Ach?«

»Jetzt bist du platt, was? Bei Viola Kaumanns wirst du mit deiner klebrigen Volksmusik jedenfalls nicht landen. Du hältst doch immer noch die *Alpenrebellen* für die Erfinder der Rockmusik. Nee, mein Lieber, Viola steht auf erdigen Blues und nicht auf ›Komm, reiß mich auf!‹«

»Na, immerhin kennst du einen CD-Titel der Jungs.«

»Kein Wunder, wenn die Hülle ewig in unserem Wagen liegt.«

»Viola ist doch viel zu jung für Blues.«

»Die Liebe zum Blues ist keine Frage des Alters. Es kommt auf das Gefühl an, was diese Musik in dir auslöst. Wenn du denn sensibel bist. Dagegen ist deine Volksmusik nicht viel mehr als hirnloses Geschrammel.«

»Apropos, Alter.«

Die beiden hatten nicht bemerkt, dass Ulrich Lemanski in der Tür stand.

»Wollte dich nur kurz auf ein Haus aufmerksam machen, Frank. Du suchst doch für Lisa und dich eine neue Bleibe?« Lemanski hielt ihm eine dünne Mappe hin. »Das hier haben mir die Kollegen von der KTU in die Hand gedrückt. Soll ich dir geben.«

»Setz dich doch.« Frank machte eine einladende Handbewegung. »Wir haben hier heute ›Haus der Offenen Tür‹. Ständig steht jemand im Büro. Komm, kriegst auch einen Tee, wie ich Ecki kenne.«

»Sorry, keine Zeit. Ich muss noch zum LKA. Wir sind da einer Kinderpornobande auf der Spur. Was Größeres. Ich wollte dir nur eben die Adresse von dem Haus geben. Kannst du dir ja mal ansehen.« Lemanski zeigte schmunzelnd auf den Laufstall. »Ist das der Prototyp einer neuartigen Arrestzelle? Und ihr seid gerade im Versuchsstadium? Ist da etwas an mir vorbeigegangen?«

»Komm, Lemanski, fahr du zum LKA und spar dir deinen Spott. Wo ist dieses Haus, sagst du?« Frank tat so, als wolle er Lemanski den Hefter an den Kopf werfen.

»In Dohr. Ja, Dohr. Hinten, am Bresgespark. Tschüss.«

Frank sah auf den Hefter und den Zettel, den Lemanski zurückgelassen hatte. »Dohr, soso.«

»Was steht in dem Ordner?«

Frank blätterte durch die wenigen Seiten. »Das ist der Bericht der KTU zur Tatwaffe im Fall Verhoeven. Verhoeven wurde mit an Sicherheit grenzender Wahrscheinlichkeit mit einer alten Armeepistole erschossen, steht hier. Eine P 08. Willst du noch mehr wissen?«

Ecki nickte.

»Also,« Frank überflog die erste Seite, »1908 wurde die Waffe als ›Pistole 08‹ in das kaiserliche Heer eingeführt. Dort wurden bis dato die Revolver Modell 79 und 83 benutzt. Bis zum Ende des Ersten Weltkriegs wurden über 1,5 Millionen Stück hergestellt. Danach wurden etliche Pistolen für den Export produziert, sie wurden in die USA geliefert, in die Niederlande, nach Finnland, Lettland, Portugal, Persien, Spanien, Peru, Brasilien, Bulgarien und in die Türkei. Ab 1942 wurde die P 08 zwar offiziell als Dienstwaffe abgeschafft, sie hielt sich in den Einheiten aber bis 1945. Sie galt auf 50 Meter als treffsicher, aber wegen ihres komplizierten Mechanismus auch als anfällig für Schmutz. Ladehemmungen waren keine Seltenheit. Soll ich noch weitermachen?«

Ecki nickte ergeben.

»Im Griffstück ist ein Stangenmagazin für acht Patronen untergebracht, 9 mal 19 mm. Die Sicherung wird über einen Sicherungshebel an der linken hinteren Gehäuseseite betätigt. Hersteller waren die Firmen DWM und ab 1930 Mauser. Die P 08 ist 222 mm lang und hat ein Gewicht von 0,877 kg. Der Lauf ist 103 mm lang und hat sechs Züge. Die Mündungsgeschwindigkeit bei Verschießen der Munition 9 mm Para beträgt 320 m/s, die Mündungsenergie des Projektils wird mit 490 J angegeben.«

Ecki unterbrach seinen Kollegen. »Schon gut. Und was sagt uns das jetzt alles?«

»Na, zumindest, dass wir eine Stecknadel im Heuhaufen suchen. Wenn man bedenkt, dass alleine im 1. Weltkrieg über 1,5 Millionen Stück dieser Dinger hergestellt wurden, kannst du dir ja ungefähr vorstellen, wie viele davon auch heute noch im Umlauf sein können, fast sechzig Jahre nach Ende des Zweiten Weltkriegs. Außerdem sagt uns die Art der Waffe überhaupt nichts über den Tätertyp.«

»Na, das will ich so nicht sagen. Wir könnten es im Fall Verhoeven mit einem Waffennarr zu tun haben.« Ecki langte über den Schreibtisch, zog die schmale Mappe zu sich und begann darin zu blättern.

»Ein Waffennarr? Präziser hast du es nicht, oder?«

»Nee. Leider. Kann ja auch sein, dass der Täter die Waffe irgendwo in einem Keller oder auf einem Dachboden gefunden hat.« Ecki klappte den Bericht der KTU zu und schob ihn von sich weg.

»Eben. Wo suchen wir also?«

»Gute Frage. An Verhoeven wurden keine verwertbaren Spuren gefunden, keine Fingerabdrücke oder gar DNA-Material. Auch nicht bei Breuer. Wir haben es mit einem Profi zu tun.«

»Oder mit einem Laien, der einfach nur Glück hat.« Frank trommelte mit seinen Fingern leise einen Bluesrhythmus auf die Schreibtischplatte. »Mir fällt im Moment nichts wirklich Erhellendes mehr ein. Wir haben zwei Tote, ein Gedicht, einen verschwundenen Arzt und keinen Mörder. Für heute habe ich genug. Ich fahre zur Probe.«

»Du kannst doch jetzt nicht so einfach Feierabend machen? Wir haben noch jede Menge zu tun. Übrigens, kannst du mit dem Getrommel aufhören? Du nervst.«

»Weißt du etwas Besseres? Ich meine, ermittlungsmäßig?«

Ecki blieb stumm.

»Na, siehst du. Ich bin jetzt weg. Und vergiss nicht, Bean auf CombinoMed anzusetzen. Vielleicht findet unser Maulwurf einen Hinweis.«

Frank hatte es die erste halbe Stunde nicht einfach, sich auf die Generalprobe für die anstehende Bluesnight in Niederkrüchten zu konzentrieren. Zu sehr gingen ihm die ungeklärten Fragen nach dem oder den Mördern von Verhoeven und Breuer durch den Kopf. Und dieser Oberarzt Dr. Helmut Köhler wurde ihm immer mehr zu einem bizarren Gespenst, das er endlich packen wollte. Frank nahm sich vor, mit Ecki über eine Telefonüberwachung von Köhlers Anschluss zu sprechen.

Je mehr er sich jedoch auf die Stücke konzentrierte, die auf ihrer Setliste für den Auftritt standen, um so flüssiger und einfallsreicher wurde sein Spiel. So gut hatte er sich schon lange nicht mehr gefühlt. Ihm taten die anerkennenden Blicke seiner Freunde gut. Besonders sein »Lieblingsschlagzeuger« Juppi nickte ihm mehrfach aufmunternd zu. Ginge es nach Frank, könnten sie gleich anschließend an die Probe auf die Bühne gehen. Er freute sich wie lange nicht mehr auf den Auftritt. Wenn sie einen guten Tag hatten, entwickelte sich schon nach wenigen Stücken eine magische Stimmung zwischen ihnen und dem Publikum, die sie durch den Auftritt trug und die auch auf die Zuschauer zurückwirkte. In solchen Augenblicken war Frank stolz und glücklich, mit seiner Band auf der Bühne stehen zu können. Alle Mühe, aller Ärger war für die Dauer des Abends in weite Ferne gerückt. Teil dieser Band sein zu können, bedeutete ihm unendlich viel. Wenn sie sich meist auch nur zu den Proben und den Auftritten sahen, auf der Bühne waren sie sieben Freunde, die sich nahezu blind verstanden.

Zufrieden mit sich und der Probe fuhr Frank anschließend zu Lisas Wohnung. Er wollte heute Abend nicht alleine sein. Auf dem Weg überlegte er kurz, ob er noch durch Dohr fahren sollte, um sich zumindest von außen einen Eindruck von dem Haus zu machen, das ihm Lemanski empfohlen hatte. Aber er verzichtete auf den Umweg. Das Haus hatte Zeit. Er wollte lieber auf dem schnellsten Weg zu Lisa. Kurz hinter Hochneukirch drehte er *For your love* voll auf.

XV.

Er packte seine Sachen. Sorgfältig und langsam. Ein Ritual. Nichts wollte er vergessen, nichts dem Zufall überlassen. Die Fotos legte er zu seinem Plan ganz unten in seinen Koffer. Er wollte und musste sie unbedingt bei sich tragen. Sie gaben ihm Kraft und Mut für die Aufgabe, die er zu erfüllen hatte. Die Vergangenheit sollte endlich ruhen können. Immer wieder hatte er in den vergangenen Tagen, als Ritual und zur ständigen Übung gleichzeitig, Einmalhandschuhe übergezogen und die Fotos behutsam und sachte nebeneinander gelegt. Lange und mit Andacht hatte er sie betrachtet. Wie sich die Bilder doch glichen. Ihr Anblick und ihr Vergleich gaben ihm Befriedigung, wenigstens für eine kurze Zeit. Seine Geschichte war bald geschrieben.

Mit jedem Kleidungsstück, das er verstaute, verbesserte sich seine Stimmung. So gut und voller Kraft hatte er sich schon lange nicht mehr gefühlt. Er stand wahrlich kurz vor der Vollendung einer gewaltigen Anstrengung. Er wurde fast fröhlich bei dem Gedanken. Es hatte sich gelohnt. So gesehen und im Nachhinein. Auf jeden Fall hatte es sich gelohnt. Hatten die Strapazen und die Anspannung Sinn gemacht. Außerordentlich viel Sinn, sogar. Gottseidank, denn das war er sich und der Sache schuldig gewesen. Vor allem ihm. Nicht einen Tag hatte er seinen Blick vergessen können. Diesen einen letzten Blick, in dem mehr lag, als ein ganzes langes Leben hätte füllen können. Fast versöhnlich hatte er ausgesehen. Undenkbar und unfassbar und doch so schlicht.

Wenige Tage noch, dann konnte er endlich Ruhe finden. Das hatte er sich verdient. Endlich Ruhe.

Er schloss den Koffer, trug ihn in den Flur und ging noch einmal den kurzen Weg hinunter an den Strand. Wie oft hatte er schon hier gestanden und mit sich gerungen? Er wusste es nicht. Und es war auch nicht mehr wichtig. Er sah in den Himmel. Die Wolken hingen in allen Grautönen tief und schwer über der unruhigen See. Möwen kreischten aufgeregt.

Er hatte genug gesehen. Das nahe Ende seiner Mission ließ ihn mit einem Mal unruhig werden. Einen Tee noch und dann musste er zurück. Er hatte sein Café kaum erreicht, als sich die Wolken öffneten. Von seinem Platz aus sah er dem Regen zu. Regen war gut. Regen verwischte Spuren. Die Blätter fallen auch im März.

XVI.

Lisa stellte Frank ihren Besuch vor. »Frank, darf ich bekannt machen, das ist Heinrich Krüger. Herr Krüger, das ist Frank Borsch. Wir leben zusammen.« Sie strich sich leicht über den Bauch und lächelte. »Er ist der Vater meines Kindes. Wir werden bald heiraten.«

»Oh, das ist wirklich sehr schön. Kinder sind unsere Zukunft. Ich freue mich, Sie kennenzulernen, Herr Borsch.« Er ergriff Franks Hand, die er herzlich schüttelte. »Ich hoffe, ich mache Ihnen nicht zu viele Umstände. Ich meine, ich könnte auch in eine Pension ziehen. Das macht mir keine Mühe.«

»Ich bitte Sie, Herr Krüger, Sie machen uns keine Umstände. Sie können über Lisas Gästezimmer frei verfügen. Ich habe zudem noch meine Wohnung in Eicken.« Frank zwinkerte Lisa vergnügt zu. »Um die muss ich mich ja auch mal kümmern. Nein, nein, Herr Krüger, Sie bleiben hier. Bitte, lassen Sie uns doch ins Wohnzimmer gehen, dort ist es gemütlicher.«

Lisa war schon auf dem Weg in die Küche. »Möchten Sie einen Kaffee, Herr Krüger? Sie müssen doch müde sein, von der langen Reise?«

»Hätten Sie vielleicht einen Tee? Kaffee in meinem Alter, müssen Sie wissen, mein Arzt ...« Heinrich Krüger lächelte entschuldigend.

»Kein Problem, ich darf derzeit ja auch keinen Kaffee trinken. Ich mache uns einen Kräutertee. Und du, Frank?«

»Nee, lass man, ich trinke lieber ein Glas Mineralwasser.«

»Ein Wasser, zwei Tee. Kommt sofort, meine Herren.« Lisa verschwand in der Küche.

»Eine äußerst liebenswerte Person, Ihre Lisa.« Heinrich Krüger setzte sich vorsichtig in einen Sessel, der nahe beim Fenster stand. Dabei musterte er interessiert das großformatige, gerahmte Bühnenfoto, das bei einem der STIXS-Konzerte aufgenommen worden war und über dem Sessel an der Wand hing. »Oh, Sie machen Musik, sehe ich. Das ist schön. Musik öffnet die Herzen der Menschen.« Krüger trat näher an das Bild heran und las die Signatur. »Detlef Ilgner, aha.«

»Ja, ein befreundeter Fotograf. Ich spiele Mundharmonika in einer Bluesband. Und es stimmt, ich bin sehr glücklich mit Lisa. Und ich freue mich sehr auf unser Kind.« Frank setzte sich Krüger gegenüber auf das Sofa. »Und Sie? Sie kommen jetzt direkt aus England? Ich finde das ganz toll, dass Sie sich den weiten Weg gemacht haben, um in der Schule sozusagen Geschichte zum Anfassen zu bieten.«

»Ja, ich lebe schon seit vielen Jahren in einem winzigen Städtchen in den Cotswolds, das liegt knapp zwei Stunden westlich von London. Ein wunderbares Fleckchen Erde. Besonders schön im Sommer, wenn überall die Blumen blühen. Wir haben eine Menge Pubs in England. Dort gibt es oft Musik zu hören. Auch Blues, wenn ich mich recht erinnere. Ich weiß das nicht so genau, denn ich gehe nicht oft aus. England ist mit den Jahren meine zweite Heimat geworden. Wissen Sie, ich bin seit einer kleinen Erbschaft finanziell unabhängig, außerdem brauche ich zum Leben nicht viel. Ich fühle mich sehr wohl in dieser Landschaft. Und doch, bei aller Liebe zu England, ich muss oft an den Niederrhein denken, besonders an meine alte Heimat Breyell. Vor allem jetzt, wo ich alt bin. Seine Wurzeln vergisst man nie, denke ich.« Heinrich Krüger schlug ein Bein über das andere und legte seine Arme entspannt auf die Lehnen des Sessels. »Ja, und ich finde es sehr wichtig, den jungen Leuten ihre eigene Geschichte näher zu bringen, wenigsten ein bisschen. Wenn ich dazu beitragen kann, dass sie über ihr Leben nachdenken, darüber, was ihre Eltern und Großeltern geprägt hat, in welcher Tradition sie als junge Leute heute leben, dann tue ich das sehr, sehr gerne. Das hat auch etwas, wenn Sie so wollen, mit Alter und Lebenserfahrung zu tun.« Krüger schmunzelte. Dabei legte sich sein ohnehin schon faltiges Gesicht noch mehr in Falten.

Ein sympathischer alter Herr, dachte Frank. »Breyell? Das nenne ich einen Zufall. Davon hat Lisa mir nichts erzählt. Dann müssen Sie meinen Vater kennen. Wir müssen uns unbedingt über unsere gemeinsame Heimat unterhalten.«

Lisa brachte den Tee und das Mineralwasser und setzte sich neben Frank. Dabei legte sie ihre Hand in seine. »Später, Frank, Herr Krüger wird müde sein von der langen Reise.«

»Stimmt, Schatz. Nur ganz kurz: Wenn ich Lisa richtig verstanden habe, dann sind Sie damals unmittelbar vor Kriegsende an die Front gerufen worden?« Frank unterbrach sich. »Ich denke, wir sollten Sie wirklich erst einmal zur Ruhe kommen lassen, bevor wir Sie hier mit Fragen bombardieren.«

»Nein, nein, das ist schon in Ordnung. Ich fühle mich fit. Ich habe ja im Zug genug Ruhe und Schlaf gefunden. Ich habe immer schon gut auf Reisen schlafen können. Eigentlich von Kindesbeinen an.« Krüger seufzte. »Wobei, viel reisen konnten wir damals nicht. Es war ja Krieg.« Krügers Gesicht wurde ernst. Für einen Augenblick schien er seinen Gedanken nachzuhängen und wirkte seltsam entrückt. Aber nur für einen kurzen Augenblick. Dann war er mit seinen Gedanken zurück im Wohnzimmer seiner Gastgeberin. »Außerdem bin ich, zugegeben, sehr aufgeregt. Ich freue mich auf die Begegnung mit den Schülern.« Wie um seinen Worten auch sichtbar Gewicht zu geben, richtete sich Heinrich Krüger kerzengerade in seinem Sessel auf. »Wir Alten dürfen nicht vergessen, und die Generationen nach uns schon gar nicht. Wir müssen uns erinnern, sonst verlieren wir unsere Zukunft. Es mag pathetisch klingen, aber solange noch Blut in meinen Adern fließt, will und muss ich meine Geschichte erzählen. Das bin ich all denen schuldig, die ich zurücklassen musste.« Heinrich Krüger wirkte mit einem Mal erschöpft, langsam ließ er sich in den Sessel zurücksinken.

Frank nickte schweigend und musterte Heinrich Krüger. Er schätzte den alten Mann auf mindestens Ende 70. Trotz seines hohen Alters machte er auf Frank einen erstaunlich lebhaften Eindruck. Er hatte eine straffe aufrechte Haltung, die keine Sekunde lang bemüht oder antrainiert wirkte. Sein hellgraues Haar war noch voll und der klare Blick seiner blauen Augen unterstrich sein souveränes Auftreten.

Heinrich Krüger war ein mittelgroß gewachsener Mann, mit fein geschnittenen Gesichtszügen, der sich zurückhaltend, aber mit Geschmack kleidete. Er schien über die Jahre die britische Lebensart angenommen, zu haben. Über einer dunklen Stoffhose trug Heinrich Krüger ein helles Hemd mit dunkler Weste, an der eine goldene Uhrkette befestigt war. Über die Weste hatte er ein gedecktes Jackett aus bestem englischen Tweed gezogen. Nicht, dass Heinrich Krüger wie ein britischer Lord wirkte, dachte Frank, gleichwohl dürfte seine Erbschaft, von der er eben gesprochen hatte, nicht gerade klein gewesen sein.

»Die Kriegsjahre müssen für Sie schrecklich gewesen sein.« Lisa trank einen Schluck Tee.

»In der Tat, das waren sie. Entschuldigen Sie, wenn ich das so deutlich sage, aber die verdammten Nazis haben uns unsere Jugend gestohlen. Sie haben uns verheizt für ihre verlogenen und kriminellen Zwecke. Aber wir waren damals jung, was wussten wir denn schon von Politik oder Krieg? Wir mussten gehorchen. Und wir haben gehorcht. Und genau das war unser Fehler. Viele, viel zu viele haben dafür mit dem Leben bezahlen müssen. Wir sind nicht aufgestanden und haben uns gegen diese Volksverhetzer gestellt. Das werfe ich mir und meiner Generation vor, und das werde ich mir und meiner Generation nicht verzeihen.«

Frank trank schweigend sein Mineralwasser. Heinrich Krüger hatte sicher recht. Lisa wollte nun doch mehr von ihrem Gast wissen. »Haben Sie noch an der Front kämpfen müssen?«

»Ich war damals 14, als unser Dorf, als Breyell im Herbst ’44 geräumt wurde. Ich kann mich noch gut an diese Zeit erinnern. Nur wenige Breyeller haben sich damals dem Befehl widersetzt und sind doch heimlich geblieben. Mein Vater war im Krieg, mein Großvater lebte mit meiner Mutter und mir in unserem Haus. Mich haben sie dann kurz nach der Evakuierung ›zu den Fahnen gerufen‹, wie das hieß. Im Januar 1945 muss das gewesen sein. Ich gehörte zum letzten Aufgebot des Großdeutschen Reiches. In eine viel zu große, furchtbar kratzige Uniform haben sie mich gesteckt. Der Stahlhelm ist ständig verrutscht. Die Armeepistole, die sie mir dann in die Hand gedrückt haben, war so schwer. Ich hatte Angst vor den Stielhandgranaten und den Panzerfäusten, die wir mit uns schleppen mussten. Immer habe ich gedacht, dass sie von alleine losgehen.« Heinrich Krüger wirkte jetzt müde, die Erinnerung strengte ihn offenbar sehr an. »Zum Glück haben sie mich nicht an die Ostfront geschickt, oder was von ihr übrig geblieben war. Ich durfte in der Nähe von zu Hause bleiben. Ich sollte zusammen mit ein paar Schulkameraden und einigen alten Männern doch tatsächlich die sogenannte Heimatfront vor den heranrückenden Amerikanern verteidigen. Wir sollten die Bahnlinie bewachen, die über Viersen auch heute noch nach Venlo führt.« Krüger lachte kurz auf. »Ha, bewachen. Wir haben Schützenlöcher gegraben und uns dann mit dem Wachdienst abgewechselt. Schwere Waffen hatten wir nicht, keine Flak, keine Pak. Irgendwann waren dann die Alten weg und wir waren auf uns alleine gestellt. Wir waren wirklich das ›Fähnlein der sieben Aufrechten‹. Wir waren Kinder, Kinder, die Krieg gespielt haben. Und wir hatten Angst. Eine Scheißangst. Verzeihen Sie den Ausdruck. Es war ein gefährliches Spiel, denn überall waren Sprengfallen verteilt, sogar in den Bäumen hingen sie.« Krüger musste husten. »Entschuldigen Sie.«

»Soll ich Ihnen einen neuen Tee machen? Ihrer ist bestimmt schon ganz kalt.« Lisa griff nach Krügers Teetasse.

»Nein, danke. Das ist sehr nett von Ihnen. Danke.« Heinrich Krüger zögerte einen Augenblick. »Wenn ich darf, möchte ich mich jetzt gerne ein bisschen zurückziehen. Ich bin doch etwas müde. Jetzt, wo ich zur Ruhe komme, überkommt mich eine unwiderstehliche Müdigkeit. Wenn Sie erlauben, lege ich mich ein bisschen hin.«

»Selbstverständlich, Herr Krüger.« Lisa stand auf und begleitete Heinrich Krüger zu seinem Zimmer.

Frank hielt nachdenklich sein Glas in der Hand. Er bewunderte die aufrechte Haltung Krügers. Dieser Mann war in seiner Jugend durch eine harte Zeit gegangen. Was hatte diese Generation nicht alles durchgemacht. Die Hitlerjugend, frühe Wehrerziehung schon in der Schule, dann die Angst um die Väter, die ›im Feld standen‹ und oft genug nicht zurückkehrten, der Verlust von Angehörigen, die Schrecken und Todesängste der Bombennächte, womöglich Flucht und Vertreibung, der Kampf der Eltern ums nackte Überleben.

Frank war froh, dass ihm solche Erfahrungen erspart geblieben waren. Die viel beschworene »Gnade der späten Geburt«. Er konnte sich gut vorstellen, dass die Schüler fasziniert sein würden von den Augenzeugenberichten dieses Mannes, der sehr spät in seinem Leben für eine kurze Zeit heimkehrte an den Ort seiner Jugend.

»Ich weiß nicht, wie er die nächsten Tage durchhalten will. Nicht, dass wir ihn mit unserem Projekt überfordern. Er macht jetzt doch einen sehr erschöpften Eindruck.« flüsterte Lisa, als sie zu Frank ins Wohnzimmer kam. »Möchtest du noch ein Wasser?«

»Nein, ich fahre jetzt. Ich will noch mal kurz in meine Wohnung und mich umziehen, bevor wir heute Abend mit Krüger und den anderen essen gehen. Außerdem will ich in Dohr vorbei fahren. Du weißt schon, das Haus ansehen, von dem Lemanski erzählt hat.«

»Mach das.« Sie gab ihm einen Kuss auf die Nasenspitze. »Und sei pünktlich. Wir treffen uns um acht.«

»War ich schon jemals unpünktlich?« Frank nahm Lisa in den Arm.

Sie schmiegte sich an ihn. »Willst du meine ehrliche Meinung hören?«

Frank lachte leise. »Besser nicht.«

Sie küssten sich lange.

»Mooogens!« Die Bürotür flog auf, und Heinz-Jürgen Schrievers schob seine gut und gerne 120 Kilogramm durch den Türrahmen.

»Was ist denn mit dir los? Du so früh und schon so munter?« Frank blickte von seinem Stapel mit den neuesten Rundläufen auf und sah seinen Kollegen aus dem Archiv erstaunt und neugierig an.

»Es gibt Neuigkeiten. Ich habe die Unterlagen von den niederländischen Kollegen aus Ziriksee ausgewertet. Köhler ist aufgetaucht. Besser gesagt, seine Kreditkarte. Er hat vor drei Tagen in Ziriksee Geld von seinem Konto abgeholt.«

»Und jetzt?«

»Das musst du doch wissen. Ich denke, er ist euer Hauptverdächtiger?« Schrievers ließ sich auf den Stuhl vor Franks Schreibtisch plumpsen.

Frank hielt den Atem an – das konnte der Stuhl mit Sicherheit nicht verkraften. Wie durch ein Wunder war aber lediglich ein dumpfes Knirschen zu hören.

»Meine Gelenke.« Schrievers rieb sich die Knie.

»Haben deine Kontaktmänner noch etwas gesagt? Machs nicht so spannend.« Frank hatte keinen Sinn für Heinis lädierte Kniescheiben.

»Nein, sie haben sich nicht gemeldet. Ich habe nur wie üblich die Listen mit Konto- und Handydaten ausgewertet, die wir von den Holländern angefordert haben.«

»Okay, dann wissen wir nicht viel mehr, als dass Köhler in Ziriksee ist oder war. Vermutlich *war*, denn wer bleibt bei diesem Wetter schon freiwillig an der Küste.«

»Jemand, der sich verstecken will oder muss?« Schrievers verzog das Gesicht. »Mann, ich werde alt. Die Gelenke.«

»Versuchs doch mal mit Abnehmen.« Frank biss sich auf die Unterlippe. Er wusste, dieses Thema war bei seinem Kollegen ebenso tabu wie sein Spitzname »Heini«.

Schrievers ging kommentarlos über Franks Bemerkung hinweg. Er musste wirklich Schmerzen haben. »Ich werde mal in Ziriksee anrufen. Die sollen sich mal darum kümmern. Gibt es eigentlich ein Foto von Köhler?«

»Wir haben uns schon eins aus der Klinik besorgt. Seine Frau muss ja nicht unbedingt davon wissen, dass wir jetzt offiziell nach ihm suchen. Du kannst die Aufnahme gerne mailen. Da fällt mir ein, hast du etwas vom Kollegen Bean gehört?«

»Er war mal kurz in meinem Büro und hat sich ein paar Unterlagen zusammenstellen lassen. Aber dann habe ich ihn nicht mehr gesehen. Ist er nicht in seinem Büro?«

»Nö. Möchte mal wissen, was er den ganzen Tag so macht und von welchem Arbeitsplatz aus er recherchiert. Der ist dauernd unterwegs, habe ich den Eindruck. Fast ein Phantom.«

Schrievers grinste. »Der Mann, den keiner kannte.«

»Könnte man so sagen. Sag mal, hast du noch mehr auf dem Herzen? Ich will ja nicht unhöflich sein, aber ich habe zu tun.«

Heinz-Jürgen Schrievers hob entschuldigend die Hände. »Nein, bin schon weg. Keine Sorge, ich lass dich arbeiten.« Er stand halb auf, um sich direkt wieder zu setzen. »Es ist nur ...«, er zögerte.

»Ja?«

»Also, meine Frau und ich, also Gertrud meinte, wir sollten uns so langsam mal Gedanken über unser Rentnerdasein machen.« Schrievers sah verlegen zu Boden.

»Hab ich das richtig verstanden? Du willst schon in Rente gehen?« Schrievers will in Rente gehen, das darf doch nicht wahr sein. Was wollte Heini schon auf dem Altenteil? Wo er doch selbst im Dienst manchmal wirkte, als habe er sich schon vor Jahren sein Archiv als Ruhesitz ausgesucht. Schrievers machte bestimmt Witze.

»Nein, nicht jetzt. Sei nicht blöd. Wir denken darüber nach, eine Seniorenwohngemeinschaft zu gründen.« Heinz-Jürgen Schrievers sah Frank direkt ins Gesicht.

»Sag mal, bist du vom Trecker gefallen, oder was? Senioren-WG! Du bist doch noch nicht mal fünfzig! Was machst du dir jetzt schon einen Kopf um dein Rentnerdasein? Das hat doch noch Zeit. Sieh erst mal zu, dass du sechzig wirst. Dann ist immer noch Zeit für solche Ideen.« Frank schüttelte ungläubig den Kopf. Heini hatte manchmal arg krumme Gedanken.

»Mensch, Frank. Du hast ja keine Ahnung. So was muss man langfristig planen.« Heinz-Jürgen Schrievers rückte mit seinem Stuhl ein Stück näher an Franks Schreibtisch heran. »Überleg doch mal: Man tut sich mit seinen besten Freunden zusammen, kauft oder baut ein großes Haus, oder zieht auf einen Bauernhof, und lebt zusammen. Das ist doch viel schöner, als alleine in einem Altersheim zu versauern. Oder nicht? In dem Haus kann man eine Wohnung extra für eine Krankenschwester oder Pflegerin einrichten, außerdem kann man die Wohnungen behindertengerecht um- oder ausbauen.« Schrievers war jetzt ganz in seinem Thema. »Am schönsten, kann ich mir vorstellen, wäre es, wenn es neben den Wohnungen einen gemeinsamen großen Raum geben würde, in dem alle zusammen essen oder klönen können. Das wäre doch was.«

»Und, wie soll das gehen?« Frank konnte es immer noch nicht glauben, Heini, Mitte vierzig, plante tatsächlich den Einzug in eine Senioren-WG! »Das muss doch finanziert werden. Wie soll das funktionieren? Was ist, wenn sich die ›guten Freunde‹ auf einmal nichts mehr zu sagen haben? Dann kann das Leben in so einer WG zur Hölle werden. Nee, Heinz-Jürgen, das ist eine spinnerte Idee.«

»Schade, und ich dachte, ich könnte dich dafür begeistern. Du wärst nämlich genau der Richtige, um gemeinsam den Lebensabend zu verbringen.« Schrievers stand auf und schob den Stuhl zurück.

Frank war gerührt. Er hätte mit allem gerechnet, nur nicht mit diesem Angebot. »Du machst mich verlegen, Heini.« Frank war so verwirrt, dass er nicht merkte, dass er seinen Kollegen mit dem »Unwort« angesprochen hatte. Heinz-Jürgen Schrievers machte aber auch keine Anstalten, Frank zurechtzuweisen. Beiden war wohl nicht bewusst, dass dies einer der ganz wenigen Momente war, in denen »Heini« unkommentiert im Raume stehen bleiben würde.

»Aber«, fuhr Frank fort, »ich kann mir nicht vorstellen, dass ich schon jetzt Pläne für mein Auskommen im Alter schmieden will. Vielen Dank für das wirklich nette Angebot, aber ich bin wirklich mit anderen Dingen beschäftigt.« Frank sah die Enttäuschung in Schrievers Augen. »Sieh mal, Heinz-Jürgen, ich werde bald Vater und ich will mit Lisa in ein neues Haus ziehen, oder in eine größere Wohnung. Das ist meine Lebensplanung. Wer weiß, was in zehn, fünfzehn Jahren ist. Jetzt zählt erst einmal mein Leben mit meiner Familie.« Frank wollte Schrievers aufmuntern. »Ich rechne dir hoch an, dass du mich gefragt hast. Lass uns in ein paar Jahren noch einmal darüber sprechen. In der Zwischenzeit kannst du mich ja gerne über den Stand eurer Überlegungen auf dem Laufenden halten.«

»Schon gut, Frank. War auch nur so eine Idee. Wir werden einfach weiter überlegen, Gertrud und ich. Denn wir wollen beide nicht in irgendeinem Altersheim landen. Wir kommen gerade deshalb auf die Idee, weil zum Beispiel die Stadt Mönchengladbach Zuschüsse zu solchen WGs gibt. Und warum sollte man sich das Geld durch die Lappen gehen lassen?« Schrievers wandte sich zum Gehen. »Ich muss jetzt mal wieder in mein Archiv. Ich habe noch eine Menge Daten neu zu ordnen.« Heinz-Jürgen Schrievers wurde wieder dienstlich. »Ich muss dir ehrlich sagen, mir geht es auf den Keks, dass wir in den beiden Mordfällen nicht weiterkommen. Ich setze alle Hoffnung in Bean.«

»So langsam gehen mir die Ideen aus. Wenn sich nicht bald etwas tut, werden aus den Morden noch ungeklärte Fälle. Aber so weit lasse ich es nicht kommen. Schließlich möchte ich am Ende meiner Dienstzeit einen aufgeräumten Schreibtisch hinterlassen. Siehst du, Heinz-Jürgen, auch ich mache mir so meine Gedanken über das Alter.«

Heinz-Jürgen Schrievers verließ das Büro mit einem breiten Grinsen.

Frank sah ihm nach. Ein gutmütiger Kerl, dieser Heini. Ein Kollege, auf den sich Frank zu 100 Prozent verlassen konnte und der ihm schon so manches Mal aus der Klemme geholfen hatte.

Frank musste an Helmut Köhler denken. War er also doch in Holland aufgetaucht! Etwas unvorsichtig, der Mann. Er müsste doch eigentlich wissen, dass er mit seinen Scheck- und Kreditkarten elektronische Spuren hinterlässt. Nicht umsonst wird er sein Navigationssystem ausgeschaltet gelassen haben. Andererseits, dachte Frank, wenn er die Strecke nach Ziriksee oft genug gefahren ist, konnte Köhler auf sein Navigationssystem auch verzichten. Er hoffte, dass der Oberarzt bald einen wirklich großen Fehler machen würde. Zu viele Fragezeichen und Ungereimtheiten waren mit diesem mysteriösen Doktor verbunden.

Keine zwei Stunden später wusste Frank mehr. Zumindest ein bisschen. Bean hatte sich telefonisch bei ihm gemeldet und seinen vorläufigen Bericht über CombinoMed abgegeben. Demnach gehörte die Mailänder Pharma-Firma zu einem weltweit operierenden Konsortium medizinisch-pharmazeutischer Unternehmen, das mit seinen speziellen Präparaten zur Behandlung spezifischer Alterserkrankungen Marktführer war. Zahlreiche Patente waren auf den Namen CombinoMed angemeldet. Die Mailänder unterhielten in jedem europäischen Land Niederlassungen, die engen Kontakt zu den jeweiligen führenden geriatrischen Zentren hielten. Die Vertreter von CombinoMed waren ständig unterwegs, um die Kliniken zu beraten und ihre Produkte zu platzieren. CombinoMed war so erfolgreich am Markt, dass das Unternehmen es sich angesichts der Milliardenumsätze des führenden Konsortiums mühelos leisten konnte, ganz legale und gut dotierte Forschungsaufträge an kooperationsbereite Mediziner zu vergeben, die ihrerseits mit den finanziell äußerst lukrativen Verträgen manches Defizit in der Finanzierung ihrer Kliniken oder Abteilungen ausgleichen konnten. Nach Beans Recherche gab es in Deutschland nicht eine geriatrische Fachklinik, in der CombinoMed nicht auf diese Art vertreten war. Selbst bis in die Spitzen des Bundesgesundheitsministeriums reichte die Lobbyarbeit der Pharmaleute, hatte Bean herausgefunden. Mit den Krankheiten alter Menschen ließ sich offenbar sehr viel Geld verdienen.

Was Bean allerdings nicht liefern konnte, war ein eindeutiger Beweis für eine irgendwie geartete illegale Zusammenarbeit zwischen Dr. Helmut Köhler und CombinoMed. Die deutsche Niederlassung des Unternehmens in Berlin hatte Bean bereitwillig Auskunft gegeben und auch Unterlagen gefaxt. Demnach war der Oberarzt der Hardterwald-Klinik in Zusammenarbeit mit mehreren Universitäten und zahlreichen Fachkollegen an einer europaweiten Forschungsreihe beteiligt, die den Zusammenhang zwischen Klinikaufenthalt und veränderter Eigenwahrnehmung der Patienten klären sollte. Nach Auskunft von CombinoMed stand das Forschungsprojekt kurz vor der Veröffentlichung erster Ergebnisse.

Frank hatte Bean daraufhin gebeten, sich noch weiter in die Materie einzuarbeiten, um nach möglichen Ansätzen für illegale Experimente jeglicher Art zu suchen. Kurt Paulert hatte sich daraufhin zum ersten Mal seit seinem Einsatz für das KK 11 beschwert. Schließlich sei er kein Mediziner und besitze daher auch nicht die Fähigkeit, zwischen den Zeilen der medizinischen Berichte zu lesen. Frank hatte dann an den Spürsinn des Kollegen appelliert und ihm Mut gemacht. Sollte er nicht klarkommen, gab es immer noch die Kollegen vom LKA und das Fachwissen des BKA. Aber so richtig glücklich war Bean mit der Antwort nicht gewesen, als er sich von Frank verabschiedet hatte.

Ralf Böllmann rückte seine Krawatte zurecht. Er stand draußen vor dem Eingang der Staatsanwaltschaft auf dem Bürgersteig. Er konnte sehen, dass auf der gegenüberliegenden Straßenseite einige Justizangestellte des Landgerichts neugierig an den Fenstern ihrer Büros standen.

Der Kameramann sah kurz auf und hob seinen Daumen. Auch der Tonassistent nickte, nachdem er einen letzten Blick auf den Pegel seines Aufnahmegerätes geworfen hatte. Das Team von RTL hatte sich überraschend bei der Pressestelle der Mönchengladbacher Staatsanwaltschaft gemeldet und um ein Interview mit dem zuständigen Staatsanwalt gebeten. Man sei durch die in letzter Zeit gehäuft auftretenden Meldungen über Gewalt gegen alte Menschen für das Thema sensibilisiert worden. Man wolle daher der Sache einen eigenen Beitrag widmen, hatte die Redakteurin am Telefon ihr Anliegen begründet. Dazu wolle man auch auf die ungeklärten Morde gegen die beiden niederrheinischen Rentner eingehen.

Ralf Böllmann hätte sich gerne vor dem Interview gedrückt, aber andererseits war ihm schon klar, dass sich die Behörde nicht länger zurückhalten konnte. Mit dem Leitenden Oberstaatsanwalt und mit Frank Borsch hatte er die wenigen Informationen abgestimmt, die er bereit war zu veröffentlichen.

»Herr Böllmann, in einem Altenheim in Kleve sind Kontrolleure nach einem Hinweis auf eine bis auf 29 Kilogramm abgemagerte Bewohnerin gestoßen. In einem weiteren Fall wurde gegen einen Heimarzt Strafanzeige wegen Körperverletzung gestellt. Geht unsere Gesellschaft zunehmend achtlos mit alten Menschen um?« Die junge Reporterin strahlte ihn aufmunternd an und warf dann einen schnellen Blick auf den Zettel in ihrer Hand.

»Zu dem Fall in Kleve kann ich natürlich keine Stellung beziehen, da wir nicht in die Ermittlungen eingebunden sind. Ich bitte dafür um Ihr Verständnis. Zu Ihrer generellen Frage kann ich Ihnen offiziell nichts sagen, denn wir als Staatsanwaltschaft ermitteln nicht gegen den Zustand einer Gesellschaft. Da müssen Sie schon Wissenschaftler fragen.« Ralf Böllmann war nervös. Seine Krawatte saß zu eng und er merkte, wie er vor Aufregung feuchte Hände bekam.

Die RTL-Journalistin sah wieder auf ihren Spickzettel. »Können Sie mir bitte sagen, ob Ihnen aus ihrem Bereich ähnliche Vorfälle wie der in Kleve bekannt sind?« Das Mikrofon schwenkte von ihr zu Böllmann.

»Derartige Tatbestände sind mir nicht bekannt.« Was wollte diese junge Journalistin von ihm? Diese Fragen hatten nun auch nicht das Geringste mit seiner Arbeit zu tun.

»Aber Sie ermitteln in zwei Mordfällen. Nach unseren Recherchen waren beide Opfer in der Hardterwald-Klinik in Behandlung. Gibt es da einen Zusammenhang?« Die Reporterin lächelte weiter, trat dabei aber angespannt von einem Bein auf das andere.

»Es ist richtig, dass wir derzeit in zwei Mordfällen ermitteln. Aber zum gegenwärtigen Zeitpunkt gibt es keine eindeutigen Hinweise darauf, dass die beiden Fälle in einem Zusammenhang stehen. Auch die von Ihnen angedeutete Verbindung zur Klinik kann ich nicht als tatrelevant bestätigen. Es ist richtig, beide Opfer waren Patienten der Hardterwald-Klinik. Aber das kann auch Zufall sein. Bitte bedenken Sie, dass beide Opfer Rentner waren.« Böllmann merkte, wie ihm trotz der Witterung langsam der Schweiß den Rücken hinunterlief. Er war es nicht gewohnt, in eine Kamera zu sprechen.

»Wir haben Erkenntnisse darüber, dass einer der Klinikärzte seit einiger Zeit verschwunden ist. Er soll genau am Tag nach dem ersten Mord nicht zum Dienst erschienen sein. Das ist doch seltsam, finden Sie nicht? Was uns auch stutzig macht: Dieser Arzt wohnt wie das erste Opfer in Nettetal-Breyell. Auch der zweite Tote kommt aus der Gegend. Von Breyell aus sind es nur wenige Kilometer bis Brüggen.« Die Reporterin hatte bei der Frage angestrengt auf ihren Zettel gestarrt, statt ihren Interviewpartner anzusehen.

»Seien Sie mir bitte nicht böse. Aber Sie bewegen sich mit Ihrer Frage im Bereich der Spekulation. Ich möchte mich daran nicht beteiligen.« Ralf Böllmann fühlte sich nun vollends unwohl. Was hatte die ewig strahlende Frau vor ihm nur im Sinn? Entweder war sie nicht richtig vorbereitet, dann hätte sie schon im Vorhinein auf das Interview verzichtet oder wenigstens nicht ständig auf ihren Zettel gestarrt. Oder sie war so abgezockt und versuchte, ihn mit ihrer Dummchentour aufs Glatteis zu führen.

»Aber Sie müssen doch sagen können, ob Sie in diesem Zusammenhang auch in dieser Frage ermitteln?« Das Lächeln war aus dem Gesicht der Reporterin verschwunden.

»Wir ermitteln in alle Richtungen, wie in jedem anderen Fall. Und besonders auch bei Kapitaldelikten.«

Die Journalistin sah Böllmann jetzt abweisend an. Sie hatte offenbar genug von den unbefriedigenden Antworten des Staatsanwalts. »Hören Sie zu, Herr ...«, sie musste auf ihrem Zettel nachsehen, »Herr Böllmann, so kommen wir nicht weiter. Ich höre von Ihnen nur ein paar leere Floskeln. Damit kann ich nichts anfangen. Sie müssen mir schon noch ein paar Details nennen, die ich in meinen Beitrag einbauen kann. Ich kann hier nicht den ganzen Tag vertrödeln, ich muss den Beitrag heute noch sendefertig machen.«

Ralf Böllmann hatte nun endgültig genug. Was dachte sich diese dumme Kuh eigentlich? So etwas Inkompetentes war ihm schon lange nicht mehr begegnet. »Ich denke, wir sollten das Interview hier beenden. Dann haben Sie noch Zeit genug, um den Beitrag zu machen, und wir können derweil in Ruhe weiter ermitteln. Damit ist uns allen am besten geholfen. Wenn es Neuigkeiten gibt, werde ich Sie gerne informieren.« Böllmann konnte sehen, wie die Reporterin förmlich nach Luft schnappte.

»Wie Sie wollen, Herr Staatsanwalt. Dan werden wir eben weiter auf eigene Faust recherchieren. Komm, Rainer, pack ein!« Ihr Mund wurde zu einem dünnen Strich. Bevor Ralf Böllmann etwas entgegnen konnte, klingelte sein Handy. Er zog das Mobiltelefon aus seiner Jackentasche und drehte sich zur Seite. Es war Borsch. Ihn schickte der Himmel, dachte Böllmann erleichtert. Allerdings hatte Borsch schlechte Nachrichten.

»Was? Ich komme sofort.« Böllmann klappte das Mobiltelefon zu und sah die Journalistin freundlich an. »Es tut mir leid, ich hätte an dieser Stelle ohnehin abbrechen müssen. Eine wichtige Besprechung. Und, wie gesagt, wenn wir Neues zu berichten haben, werden wir die Medien umgehend informieren.« Böllmann sah von einem zum anderen. »Einen schönen Tag noch, allerseits.« Die Blondine rührte sich nicht und sah demonstrativ an der Fassade der Staatsanwaltschaft empor. Wenigstens der Kameramann und der Tonassistent nickten stumm.

Frank und Ecki brauchten nicht lange, um den Staatsanwalt von der neuen Entwicklung zu unterrichten.

»Das Originalschreiben ist schon bei der KTU.« Frank betrachtete die Fotokopie und legte sie dann auf den Schreibtisch zurück. »Offenbar gibt es jemanden, dem daran gelegen ist, dass Köhler verhaftet wird.«

Staatsanwalt Ralf Böllmann neigte den Kopf zur Seite und strich sich mit der Hand nachdenklich über die Stirn. »Das Ganze wird mir allmählich zu bunt. Gehen Sie mit der Fahndung nach draußen. Ich will, dass Köhler gefunden wird. Wenn nötig, erhöhen Sie den Druck. Ich will endlich wissen, was es mit diesem feinen Herrn Doktor auf sich hat.«

Ecki nickte. »Wir haben schon die Kollegen in den Niederlanden informiert. Köhler bleibt nicht mehr lange unentdeckt. Sollen wir das Telefon von Frau Köhler abhören lassen?«

»Nein, dazu ist es noch zu früh. Die Verdachtsmomente sind noch zu dünn. Damit komme ich bei Richter Beckers nicht durch, fürchte ich.« Böllmann sah abgespannt aus. Sein sonst jungenhaftes Gesicht war blass. »Wir müssen endlich Erfolge vorweisen. Die Presse macht mittlerweile immer mehr Druck. Auch wenn das Interview eben nicht sonderlich tiefschürfend war – ich habe den Verdacht, dass RTL tatsächlich auf eigene Faust recherchieren lässt. Das kann nicht lange gut gehen.«

»Die Presse kann mir gestohlen bleiben. Wirtz soll zusehen, dass die Zeitungen und die Sender den Ball flach halten.« Frank machte sich eine Notiz auf seiner Schreibtischunterlage, dringend mit dem Polizeisprecher zu reden.

Böllmann nahm die Fotokopie in die Hand, die vor ihm lag. Auf dem weißen Din-A4-Blatt standen nur zwei kurze Sätze: »Köhler ist ein Schwein. Macht Experimente«. Böllmann ließ das Blatt sinken. »Das kann alles oder nichts heißen. Vielleicht ist es ja auch nur ein Trittbrettfahrer, der sich einen üblen Scherz erlaubt.«

»Das werden wir klären.«

»Tun Sie das. Aber möglichst schnell und mit Erfolg.« Der Staatsanwalt stand auf und verabschiedete sich mit knappen Worten.

»Was ist denn mit Böllmann los? Der ist doch sonst nicht so?« Ecki schüttelte mit dem Kopf, als er wieder mit seinem Kollegen alleine war.

»Keine Ahnung. Vielleicht hat er Stress mit seiner Freundin, was weiß ich. Ist mir auch egal, ehrlich gesagt.«

»Hast du Stress? Du siehst nämlich ziemlich angefressen aus, um auch ehrlich zu sein.«

Frank sah seinen Kollegen nur kurz und ein bisschen trotzig an. »Nein, habe ich nicht. Wie kommst du darauf?«

»Ich weiß nicht. Seitdem du weißt, dass du Vater wirst und Lisa heiraten willst, bist du irgendwie anders. Hast du Angst vor der Geburt und der Hochzeit?«

»Quatsch!« Franks Protest klang ein bisschen zu laut, um ehrlich gemeint zu sein. Das merkte er sofort. »Man wird doch wohl auch mal ein bisschen müde sein dürfen, oder? Schließlich sind wir seit Tagen unterwegs. Und kommen dabei keinen Schritt voran.«

»Is ja gut, is ja gut.« Ecki versuchte seinen Freund zu beschwichtigen. »Wenn du mal reden willst, können wir ja mal wieder ein Bier trinken gehen. Das haben wir so lange schon nicht mehr gemacht. Viel zu lange schon nicht mehr.«

»Ich will nicht reden, ich will nur endlich diese Fälle lösen. Verdammt noch mal.« Frank konnte nur mit Mühe den Impuls unterdrücken, aufzuspringen und aus dem Büro zu rennen. »Und jetzt ist genug gequatscht. Ich will endlich was tun.« Ihm ging das Gespräch mit Yvonne Schümers nicht aus dem Sinn. »Was ist, wenn alles ganz anders ist und ein Pfleger die beiden auf dem Gewissen hat?«

»Dafür gibt es, zumindest im Augenblick, überhaupt keine Anhaltspunkte. Wir haben das Personal doch überprüft. Schon zweimal. Alle sind sauber. Keine Vorstrafen, keine Beschwerden, keine Gerüchte, versteckte Anschuldigungen oder Andeutungen, nichts. Kein Konkurrenzkampf. Rein gar nichts. Das Einzige, was auffällt, sind die Klagen über die hohe Arbeitsbelastung auf den Stationen. Die gehen quer durch alle Abteilungen und Gehaltsstufen. Aber das ist ja auch nachvollziehbar. Die medizinischen Berufe sind stressig und schlecht bezahlt. Aber das ist doch hinlänglich bekannt. Deshalb wird niemand zum Mörder.«

»Ich weiß nicht. Und wenn die beiden Opfer irgendwo Schwarzgeld hatten und das im Krankenhaus erzählt haben?«

»Nun überlege doch einmal ernsthaft. Breuer war Alkoholiker und Verhoeven ein pensionierter Volksschullehrer, dessen Pension so gerade ausgereicht hat, um die Miete und den Lebensunterhalt zu bezahlen. Wo sollen denn da Reichtümer zusammen gekommen sein? Für Mord aus Habgier sehe ich überhaupt keine Hinweise.«

»Bleibt dann tatsächlich nur noch die Arbeitsüberlastung. Wäre ja wirklich nicht das erste Mal, dass in einem Krankenhaus Menschen sterben müssen, weil das Personal überfordert ist.«

»Richtig, aber diese kranken Täter ermorden ihre Opfer mit Tabletten oder Spritzen. Um sie damit angeblich von den Qualen zu erlösen und ihnen einen menschenunwürdigen Tod zu ersparen. Aber sie schießen anderen keine Kugel durch den Kopf oder schneiden ihnen die Kehle durch. Nee, Frank, das passt nicht.«

Frank sah Ecki an. »Was ist mit dieser Armeepistole? Warum hat der Täter ausgerechnet diese 08 benutzt?«

»Keine Ahnung. Zufall?«

»Ich weiß nicht. Ein alter Mensch wird mit einer alten Waffe getötet.«

»Da jetzt einen Zusammenhang zu konstruieren, finde ich nun aber reichlich gewagt.«

»Mag sein. Lass uns einfach mal ein bisschen spinnen. Das kann ja nicht schaden.«

»Wie kommst du jetzt ausgerechnet auf diese Verbindung von ›alter Mensch‹ und ›alte Knarre‹?«

»Keine Ahnung. Vielleicht ist das Alter im Moment sowieso ein Thema für mich. Heute Morgen habe ich mich dabei erwischt, wie ich vorm Spiegel stand und die Falten in meinem Gesicht betrachtet habe.« Frank verschränkte die Arme und stützte sie auf der Schreibtischplatte ab. »Ich weiß nicht. Krieg ist im Moment zwischen Lisa und mir ein Thema.«

Ecki beugte sich vor. »Habt ihr Streit? Jetzt, wo das Kind kommt und ihr dabei seid, zu heiraten?«

»Quatsch nicht so blöd.« Frank tippte sich an die Stirn. »Lisa hat gerade so einen Opa bei sich aufgenommen. Nee, eigentlich ist er ein netter älterer Herr. Der ist Gast ihrer Schule. Dort machen sie gerade ein Schulprojekt im Zusammenhang mit Holocaust und Kriegsende. Er zieht gerade als Zeitzeuge mit anderen seiner Generation durch die Schulklassen und erzählt den Kids aus seinem Leben. Er wohnt bei Lisa, damit der Förderverein der Schule nicht so viel für die Hotelkosten aufbringen muss. Ein interessanter Mann. Kommt übrigens auch aus Breyell. Hat irgendwann eine Erbschaft gemacht und ist nach England ausgewandert. Muss schon lange her sein, denn er könnte glatt als Brite durchgehen. So vornehm und ein bisschen steif wirkt er. Hat viel zu erzählen.«

»Ach so. Na, dann. Dann bist du ja wohl im Moment mehr in deiner Eickener Wohnung, oder?« Ecki lehnte sich zurück. Und er hatte schon gedacht, er müsse sich um seinen Freund ernsthaft Sorgen machen. Frank war einfach nur etwas durch den Wind. Aber das war ja auch kein Wunder. Schließlich hatte er ja schon eine gescheiterte, wenn auch kinderlose

Ehe hinter sich und noch ein komplett anderes Leben vor sich. Familienvater und treu sorgender Ehemann: Daran würde Frank sicher noch länger zu knapsen haben. Schließlich würde er sich auch noch – wie hatte Ecki es vor einiger Zeit in *Men's Health* gelesen? – als Mann neu definieren müssen.

»Steckt der liebe Frank etwa in der *Midlife-Crisis*?« Ecki musste kichern.

»Blödmann.«

XVII.

»Mensch Ecki, fahr schneller.« Frank sah seinen Freund ungeduldig an.

»Nun bleib mal ganz ruhig. Du glaubst doch nicht, dass wir den oder die Täter noch erwischen, oder? Der oder die sind doch längst über alle Berge.« Trotzdem kletterte die Tachonadel auf 180.

Kurz nach Mitternacht hatte Ecki Frank geweckt. Frank war gerade erst eingeschlafen. Er hatte nach längerer Zeit wieder mal ausgiebig mit seiner Mundharmonika geübt und danach noch lange Musik gehört. Bei der Leitstelle in Viersen war ein Notruf eingegangen. Der diensthabende Beamte hatte den Anrufer zunächst kaum verstanden, so leise hatte der Mann in den Telefonhörer gesprochen. Erst nach mehrmaligem beharrlichen Nachfragen hatte Polizeihauptwachtmeister Johannes Peters herausfinden können, dass der Mann am anderen Ende der Leitung schwer verletzt sein musste. Sofort hatte Peters einen Rettungswagen in die Jahnstraße nach Nettetal-Kaldenkirchen geschickt. Die Rettungskräfte hatten den Rentner sofort mit einem Rettungshubschrauber nach Duisburg in eine Spezialklinik für Verbrennungsopfer bringen lassen.

Nach ersten Erkenntnissen war der 79-Jährige von Unbekannten in seiner Wohnung mit einer brennbaren Flüssigkeit übergossen und angezündet worden. Die Täter waren geflüchtet, der Kaldenkirchener hatte die Flammen noch selbst löschen und die Feuerwehr rufen können. Noch wusste niemand, warum es zu dem Brandanschlag gekommen war.

Mehr hatten Frank und Ecki in der kurzen Zeit nicht in Erfahrung bringen können. Über Funk hatten sie versucht, den Notarzt zu erreichen, der schon zu seinem nächsten Einsatz unterwegs war. Viel hatte der Mediziner nicht sagen können, nur soviel, dass der Zustand des Opfers äußerst kritisch war und der Rentner mittlerweile im Koma lag.

»Schon wieder ein Rentner, und schon wieder einer aus Nettetal. Das kann doch kein Zufall sein.« Frank stützte sich am Armaturenbrett ab, als Ecki von der Autobahnanschlussstelle Leuth abbog und mit hohem Tempo Richtung Ortsmitte raste. Frank hatte Angst, denn auf dem Asphalt glitzerte es verdächtig. Jetzt bloß kein Glatteis, sonst war ihre Fahrt zum Tatort schneller zu Ende als ihnen lieb war. »Mensch Ecki, Vorsicht, die Straßen sind glatt.«

»Bloß keine Panik, wir sind gleich da. «

Der Wagen schlingerte leicht, als er vor dem Reihenhaus am Ende der Jahnstraße mit quietschenden Reifen zum Halten kam. Der Bürgersteig vor dem schmucklosen, dunkel verklinkerten Haus aus den frühen 60er Jahren war abgesperrt. In der benachbarten Bäckerei brannte trotz der nächtlichen Stunde die Ladenbeleuchtung. Ein Streifenwagen hatte mit rotierendem Blaulicht neben einem beleuchteten Rettungswagen geparkt.

Frank ächzte, als er müde und angespannt aus dem Dienstwagen stieg. Die Rückfahrt nach Mönchengladbach würde deutlich langsamer von statten gehen, schwor er sich beim Anblick der nächtlichen Szenerie. Mehrere Anwohner standen auf dem Gehweg und beobachteten die Ankunft der Beamten. Frank und Ecki ignorierten sie, als sie an ihnen vorbei in den beleuchteten Hausflur traten. Dort trafen sie auf einen Polizeihauptmeister, der ihnen den Weg in die zweite Etage wies.

In der Wohnung des Opfers roch es stark nach Rauch und Spiritus. Im Wohnzimmer fanden die beiden Ermittler Brandspuren auf Sofa, Teppich und dem Sessel, der neben dem Telefontischchen stand. Fast zeitgleich mit ihnen trafen die Kollegen von der Spurensicherung ein.

»Mann, das stinkt vielleicht nach Spiritus. Wer wollte denn hier die Grillsaison eröffnen? Ist doch noch viel zu früh.«

»Den Spott kannst du dir sparen, Meier. Der Mann liegt mit schweren Brandverletzungen in Duisburg. Wer weiß, ob er durchkommt. Sieh lieber zu, dass du etwas Verwertbares findest.« Frank sah den Kollegen missmutig an, der sich in seinem weißen Einmaloverall und einem hellen Metallkoffer an ihm vorbei ins Wohnzimmer drängte.

»Deine Laune möchte ich haben. Man wird doch wohl noch einen Scherz machen dürfen, wenn man schon so früh aus dem Bett geklingelt wird, oder? Bist du etwa mit dem falschen Bein zuerst aus dem Bett, Borsch? Der Herr ist ungenießbar, was?«

»Lass mich einfach nur in Ruhe und tu deine Arbeit. Ich kann es einfach nicht ab, wenn man sich auf Kosten anderer amüsiert.«

»Ist ja schon gut. Bist ziemlich dünnhäutig geworden, in letzter Zeit. So kenne ich dich gar nicht. Du wirst doch bald Vater, oder? Da solltest du dich doch freuen. Oder liegt es daran, dass es schon wieder um einen Rentner geht?« Klaus Meier wartete Franks Antwort nicht ab und nickte seinem Kollegen zu, der zögernd im Flur stand. »Auf gehts Herbert, lass uns Borschs Spürhunde sein.«

Frank drehte sich um und folgte Ecki wortlos in die Küche. Dort standen zwei leere Gläser und eine Flasche Doppelwacholder auf dem schmalen Küchentisch. Frank roch an der offenen Flasche. »Oh, Mann, von Spiritus ist das auch nicht weit entfernt.«

Ecki musste grinsen. »Mein Großvater hat früher damit gegurgelt, wenn er Halsschmerzen hatte. Meine Oma hat sich dann aber immer gewundert, dass er das Zeug anschließend nicht wieder ausgespuckt hat.«

»Bitte jetzt keine Familiengeschichten. Ich bin müde.«

Frank sah sich um. Die Einrichtung war zwar nicht billig, zeugte aber auch nicht unbedingt von Wohlstand. Die Kücheneinrichtung war funktional, weiß und penibel sauber. Hier hatte ein Mann gelebt, der auf Ordnung hielt. Auch in den übrigen Räumen war Ordnung. Die Möbel stammten zwar durchweg aus den 70er Jahren, waren aber gepflegt. In einer Vitrine neben dem Fenster zur Straße standen mehrere Reihen Bücher, Romane und Gedichtbände, die nach erstem Anschein alle aus demselben Buchclub stammten. Frank und Ecki konnten nichts Außergewöhnliches entdecken. Im Schlafzimmer war eine Hälfte des Doppelbettss sorgfältig mit einer dunkelgrünen Tagesdecke aus Kunstseide abgedeckt. Der Mann hatte offensichtlich alleine gelebt.

In der ganzen Wohnung fanden die Ermittler keine Anzeichen eines Kampfs. Auch die Wohnungstür war nicht aufgebrochen. Und die beiden Gläser in der Küche deuteten eher darauf hin, dass es nur einen Täter gab und Täter und Opfer sich gekannt haben mussten. Nach einem Saufgelage sah es aber eher nicht aus, wie Ecki bemerkte.

»Meier hat nicht ganz unrecht, schon wieder ein Rentner.« Frank stand im schmalen Flur der Wohnung. »Würde mich nicht wundern, wenn er auch mal Patient in der Hardterwald-Klinik war und wir bei der Wohnungsdurchsuchung irgendwo einen Papierfetzen mit ›Die Blätter fallen‹ finden.«

»Das haben wir gleich. Ich habe im Wohnzimmer doch eine Vitrine mit Büchern gesehen. Mal sehen, ob wir Rilkegedichte finden.« Ecki war schon unterwegs und ließ Frank an der Wohnzimmertür zurück.

»Vorsicht, Eckers, trampel uns nicht durch die Spuren«, raunzte Meier, als Ecki den Vitrinenschrank öffnete.

»Schade, nichts, nur Konsalik und so ein Kram, und ein paar Gedichtbände von Autoren, die ich nicht kenne.« Ecki trat einen Schritt zurück und betrachtete nachdenklich die drei Bücherreihen. »Hier fehlt offenbar ein Buch.« Ecki deutete auf eine Lücke in der zweiten Reihe.« Er schloss die Vitrine wieder und stieg vorsichtig um Meiers Rücken herum. »Wer weiß, was da gestanden hat. Auf den ersten Blick waren die Bücher nicht sortiert. Kann alles Mögliche gewesen sein.«

»Hoffentlich hat das Opfer noch die Chance, uns diese und die anderen Fragen zu beantworten. Die Überlebenschancen von Brandopfern sind nicht sehr hoch.«

»Wir werden noch viel Geduld haben müssen. Ich hoffe, er kommt durch.«

»Hoffentlich, denn er hat den Täter gekannt.« Frank kratzte sich nachdenklich am Kopf. »Wie heißt der Wohnungsinhaber eigentlich?«

»Hecker, Johannes Paul Hecker.« Die Stimme kam aus dem Hausflur.

Frank drehte sich erstaunt um. »Wer sind Sie denn? «

»Steven, Wilfried Steven, mir gehört die Bäckerei nebenan.« Der Mann trat einen Schritt vor. »Und mir gehört das Wohnhaus hier. Hecker war«, Steven verbesserte sich, »Hecker ist einer meiner Mieter. Wissen Sie schon, wie es ihm geht?«

Frank musterte den Mann aufmerksam. Der Mann mochte gegen Ende vierzig sein und hatte eine kräftige Statur. Nach Franks Einschätzung trug der Bäcker deutlich zu viele Kilos mit sich herum. Ein wohl genährter Handwerker, der seinen Berufsstand auch äußerlich ansehnlich zur Schau trug, dachte Frank. Steven trug über einer karierten Hose eine eng anliegende weiße Jacke. Seine Füße steckten in bequemen Sandalen. Frank und Ecki stellten sich vor und baten Steven in Heckers Wohnungsflur.

»Was wissen Sie über Herrn Hecker? Hat er Angehörige? Seit wann lebt er bei Ihnen im Haus?« Ecki hatte schon sein Notizbuch gezückt.

»Herr Hecker wohnt schon, glaube ich, seit dreißig Jahren bei uns im Haus. Meine Eltern haben schon an ihn vermietet. Er ist alleinstehend. Herr Hecker hat immer pünktlich seine Miete bezahlt. Wir haben all die Jahre keine Probleme mit ihm gehabt.«

»Alleinstehend, sagen Sie? Hat Herr Hecker oft Besuch gehabt?«

»Soweit ich weiß, selten. Er hat sehr zurückgezogen gelebt.« Steven versuchte, einen Blick in Heckers Wohnzimmer zu werfen. »Es riecht nach Brennspiritus. Brennspiritus zum Grillanzünden.«

»Woher wissen Sie das so genau?«, wunderte sich Frank.

»Ich bin seit mehr als dreißig Jahren Mitglied der Freiwilligen Feuerwehr, müssen Sie wissen. Da hat man mit den Jahren so seine Erfahrungen mit Brandbeschleunigern.« Steven fuhr sich mit einer Hand über sein schütteres Haar. »Ich mache mir wirklich Sorgen um Herrn Hecker. Er ist ein sehr angenehmer Mieter, wissen Sie. Das ist heutzutage wirklich nicht leicht, gute Mieter zu bekommen.«

»Aber Sie haben nichts mitbekommen, diese Nacht? Keinen Streit oder Ähnliches?«

»Nein, überhaupt nicht.« Steven sah auf seine Armbanduhr. »Ich bin von einem Feuerwehrkameraden angerufen worden. Aber da kamen auch schon Ihre Kollegen und der Rettungswagen. Normalerweise fange ich um diese Uhrzeit mit meiner Arbeit an. Sagen Sie, wann kann ich in die Wohnung? Wir müssen die angekohlten Textilien entsorgen, sonst kriegen wir den Gestank nie hier raus.«

Frank zog die Augenbrauen hoch. »Ich fürchte, das wird noch ein Weile dauern. Erst muss die Spurensicherung mit der Arbeit fertig sein. Und dann müssen wir den Tatort frei geben. Wann das ist, kann ich Ihnen nicht sagen. Das kann, wie gesagt, noch dauern.«

»Mir fällt ein, Herr Steven«, Ecki schaltete sich wieder in das Gespräch ein, »war Ihr Mieter in jüngster Zeit krank? War er in ärztlicher Behandlung. Möglicherweise im Krankenhaus?«

Wilfried Steven sah verwundert von einem zum anderen. »Nein, nicht dass ich wüsste. Warum fragen Sie?«

»Nur so. Sagen Sie, was hat ...«, Ecki blätterte in seinen Aufzeichnungen, »was hat Johannes Paul Hecker eigentlich früher gemacht? Was war er von Beruf?«

»Hecker hat als Schuster gearbeitet. Zuerst in einer kleinen Fabrik in Uedem und später in einer Werkstatt in Lobberich.«

»Schuster, hm. Hat Herr Hecker Kinder?«

»Nein, hat er nicht. Seine Frau und er haben sich, soviel ich weiß, immer welche gewünscht. Aber es hat wohl nie geklappt. Seine Frau ist schon ein paar Jahre tot. Ich glaube, sie hat sehr darunter gelitten, dass sie ohne Nachkommen sterben musste.«

»Liest Herr Hecker gerne?« Ecki schrieb eifrig in sein schmales Büchlein.

»Ich weiß nicht. Was meinen Sie?« Steven schien Eckis Frage zu verwirren.

»Ich meine, liest Herr Hecker gerne in Gedichtbänden?«

»Das weiß ich nicht. Wie gesagt, er lebt sehr zurückgezogen. Über seine Lesegewohnheiten weiß ich nun wirklich nichts. Eigentlich kenne ich Herrn Hecker nur als unbescholtenen Mieter, der pünktlich seine Miete überweist.«

»Schlimm genug.«

»Bitte? Ich verstehe nicht.«

»Schon gut.« Ecki sah Frank an. »Ich glaube, wir können Herrn Steven jetzt in seine Backstube entlassen. Sonst sind die Brötchen nicht rechtzeitig gar. Was meinst du?«

Frank nickte. »Im Moment brauchen wir Sie nicht mehr. Die Kollegen informieren Sie, wenn sie mit der Arbeit hier fertig sind. Komm Ecki, lass uns fahren. Wir haben noch eine Menge Arbeit. Auf Wiedersehen, Herr Steven, Sie hören bestimmt noch von uns.«

Unten auf der Straße war mittlerweile wieder Ruhe eingekehrt. Die Nachbarn waren in ihren Häusern verschwunden, auch der Rettungswagen war abgezogen worden. Nur der Streifenwagen und der VW-Transporter der Spurensicherung standen noch vor dem Haus. Das Blaulicht des Streifenwagens war abgeschaltet worden.

Frank deutete auf die breite Kreuzung. »Möchte mal wissen, wie die Kollegen es geschafft haben, hier mit dem Hubschrauber zu landen.«

»Du weißt doch, das sind wahre Künstler.«

»Ich hoffe, dass ich das nachher auch von dir sagen kann. Komm, lass uns fahren. Aber langsam, bitte.«

Im Präsidium brannte um diese Uhrzeit nur auf der Leitstelle und den beiden Wachen Licht. Nachdem sich Frank in der Klinik nach dem Zustand von Johannes Paul Hecker erkundigt hatte, rief Ecki in der Hardterwald-Klinik an. Allerdings traf er dort nur auf den Nachtdienst, der ihm natürlich nicht sagen konnte, ob Hecker schon mal Patient in der HWK war.

»Ich fürchte, wir werden uns noch ein paar Stunden gedulden müssen, bis die Patientenverwaltung besetzt ist. Ich denke auch nicht, dass uns zu dieser Tageszeit der Chefarzt weiterhelfen kann.« Ecki sah müde aus. »Ich schlage vor, ich bringe dich jetzt nach Hause. Dann bekommen wir noch ein paar Stunden Schlaf, bevor uns hier wieder das Chaos erwartet.«

»Du hast recht.« Frank stand schwerfällig auf und ging an seinem Schreibtisch vorbei zur Tür. Dabei stieß er so heftig gegen den Laufstall, dass der Plüschteddy auf die Seite rollte. »Verdammtes Scheißding.« Fluchend rieb er sich das Knie.

»Wird Zeit, dass du die Sachen mitnimmst. Sonst brichst du dir hier noch den Hals. Und wer soll sich dann um die junge Mutter kümmern?« Ecki konnte sich ein müdes Grinsen nicht verkneifen.

»Du auf jeden Fall nicht«, brummte Frank und schlug Ecki beim Hinausgehen freundschaftlich auf die Schulter. »Du fährst mir einfach zu schnell. Außerdem will ich nicht, dass du mein Kind mit deiner Volksmusik versaust, mein lieber Freund.«

»Na, jedenfalls hast du deinen merkwürdigen Humor nicht verloren. Mensch, bin ich froh, wenn ich gleich im Bett liege.«

Gegen Mittag stand erneut urplötzlich Schrievers im Büro. Er schnaufte leicht. »Denkt ihr an Beukes Verabschiedung? Beteiligt ihr euch an dem Geschenk?«

»Was?« Ecki hatte einen Stapel Akten vor sich liegen und war völlig in Gedanken versunken.

»Beuke geht Ende nächster Woche in Ruhestand. Ich will nur wissen, ob ihr euch an dem Geschenk beteiligt.« Heinz-Jürgen Schrievers blieb an der Tür stehen.

»Klar. Was wünscht er sich denn?« Frank sah leicht irritiert von seinen Unterlagen auf.

»Habt ihr Stress?« Schrievers legte die Stirn in Sorgenfalten.

Franks Telefon klingelte. »Borsch?«

Ecki konnte sehen, dass Frank wütend wurde.

»Was soll das heißen, ein Mann ist verschwunden? Was haben wir damit zu tun? Das ist nicht unser Bier. Wir haben zwei Morde aufzuklären und einen Brandanschlag. Was? Na gut. Wir kommen.«

»Was ist?« Ecki schob den Schnellhefter mit dem Bericht der Spurensicherung zur Seite.

»Im neuen Seniorenstift am Nordpark wird ein Mann vermisst.«

»Und was haben wir damit zu tun?«

»Die von der Leitstelle meinen, da es ein Rentner ist, ist es unser Fall.«

»Na, dann mal los.« Ecki stand auf und griff nach seiner Jacke.

»Pass auf, Heini, äh, Heinz-Jürgen, wir beteiligen uns, klar.« Frank war am Laufstall vorbei gekommen, diesmal ohne sich zu stoßen.

»Beuke will mit seiner Frau eine Seniorenkreuzfahrt machen. Wir wollen ihm alle zusammen Geld schenken. Dann kann er sich vorher noch entsprechend einkleiden, bevor er an Bord geht und zum Captain's Dinner geladen wird.«

Frank und Ecki waren schon an Schrievers vorbei auf dem Flur.

»Wir kommen nachher bei dir vorbei.«

Fast hätten die beiden Viola Kaumanns umgerannt, die ihnen mit einem Arm voller Akten entgegen kam. Verwundert blieb sie bei Heinz-Jürgen Schrievers stehen. »Was ist denn mit den beiden los?«

»Typischer Fall von seniler Büroflucht, denke ich.« Heinz-Jürgen Schrievers lächelte verschmitzt und streckte sich. Dabei strich er seine Strickjacke glatt. »Wollen Sie zu mir, gnädiges Fräulein?«

»Von wegen, gnädiges Fräulein. Ich wollte nur ein paar Akten ins Archiv bringen. Nun kann ich mir den Weg sparen.« Viola Kaumanns drückte dem verdutzten Schrievers ihre Aktenordner auf den Bauch und ließ ihn einfach stehen. »Sagen Sie einfach Viola zu mir. Das gnädige Fräulein können Sie sich sparen. Ich bin nämlich aus diesem Jahrhundert.«

Der Seniorenstift Dignitas lag mitten im historischen Viertel des Nordparks. Frank kannte das alte Backsteingebäude aus der Zeit der Jahrhundertwende gut. Nach dem Krieg hatten dort Einheiten der britischen

Streitkräfte ihre Büros, Kantinen und sogar eine Kirche. Die Häuser selbst waren noch viel älter und einmal Teil einer Besserungsanstalt gewesen.

In den vergangenen Jahren war eines der großen Häuser mit Millionenaufwand komplett entkernt und auf den neuesten Stand moderner Altenbetreuung gebracht worden. Nur die denkmalgeschützte Außenfassade war erhalten geblieben.

Frank und Ecki wurden bereits von der aufgeregten Heimleitung erwartet und in ein Besprechungszimmer nahe dem Empfang gebeten. Dort saß bereits in Tränen aufgelöst die diensthabende Stationsschwester. Die beiden Ermittler hatten Mühe, die junge Frau zu beruhigen. Offenbar hatte sie sich bereits vor ihrer Vorgesetzten rechtfertigen müssen.

Wie sich nach und nach herausstellte, war Johann Engels bereits seit dem Vorabend verschwunden. Der 80-Jährige war nach 18 Uhr nicht mehr gesehen worden. Da sich Engels wegen seiner altersbedingten zeitweisen Orientierungslosigkeit in ernster Gefahr befinden konnte, war man im Seniorenstift sehr besorgt. Vor allem wollte die resolut auftretende Leiterin der Einrichtung mit allen Mitteln verhindern, dass der Fall in der Öffentlichkeit Schlagzeilen machte. Das konnten ihr Frank und Ecki allerdings nicht versprechen. Da Johann Engels schon einmal vermisst gewesen und dann am Friedhof in Rheydt aufgegriffen worden war, beorderte Frank noch während des Gesprächs über Handy eine Hundertschaft zum Friedhof am Grenzlandstadion, um das Gelände dort weiträumig zu durchsuchen. Auf den Einsatz eines Hubschraubers musste er vorerst verzichten, da alle verfügbaren Helikopter bereits mit anderen Aufgaben in der Luft waren.

Die anschließende Befragung des Personals brachte nichts Wesentliches zutage. Johann Engels lebte seit einem Jahr in dem Stift. Er war nach dem Tod seiner Frau dort eingezogen. Angehörige hatte er keine mehr. Sein unverheirateter Sohn war vor zehn Jahren bei einem Autounfall ums Leben gekommen. Und seine geschiedene Tochter war vor einem Jahr kinderlos an Brustkrebs gestorben. Engels galt bei den Pflegern und Krankenschwestern als unauffällig und in seinen lichteren Augenblicken als durchaus gesellig. Niemand konnte sich erinnern, dass Johann Engels in letzter Zeit Besuch gehabt hatte oder Angst vor irgendjemanden gehabt hatte. Ein unauffälliger lebenserfüllter Senior, der langsam seinem Ende entgegen ging, wie es ein Pfleger umschrieb.

Da Frank und Ecki in den Gesprächen keine Anhaltspunkte oder Anzeichen für ein gewaltsames Verschwinden ausmachen konnten, waren sie nach gut einer Stunde wieder auf dem Weg ins Präsidium.

Frank sah im Rückspiegel die Zufahrt zum Seniorenstift kleiner werden. »Ich kann nur hoffen, dass ich nicht eines Tages mit Altersdemenz in einem Pflegeheim lande. Das muss doch grausam sein, dem Tod entgegen zu dämmern.«

»Fragt sich nur, für wen. Für dich oder für deine Angehörigen. Ich tippe mal, dass es für Lisa schlimmer als für dich sein wird. Denn du wirst von deinem Zustand bestimmt nichts merken.« Für Ecki schien das Thema nicht weiter bemerkenswert zu sein, denn er durchforstete bereits konzentriert einen kleinen Stapel CDs. »Warte, ich muss den Titel irgendwo hier drauf haben. Der passt zu deiner Stimmung.«

»Nee, komm, verschone mich. Was suchst du denn überhaupt?«

»Camillo Felgen.«

»Camillo Felgen? Der von *Spiel ohne Grenzen*?«

»Ja. Genau der.«

»Und wieso ausgerechnet Camillo Felgen?«

Ecki konnte sein Grinsen nicht länger unterdrücken. »Na, du kennst doch bestimmt seinen Hit *Ich hab' Ehrfurcht vor schneeweißen Haaren*?«

»Blödmann.«

»Na, na, ein bisschen mehr Respekt bitteschön, immerhin war er 1958 bei Radio Luxemburg ein echter Radiopionier. Er hat auch für andere Künstler Schlager geschrieben. Zum Beispiel für Connie Francis. *Schöner fremder Mann*. Das Lied, das Lisa immer singt, wenn sie mich sieht.«

Frank verdrehte die Augen. »Eingebildet bist du wohl gar nicht, oder?«

»Nee, warum?«

»Lass man. Und, bitte, lass die CD draußen, ich bin jetzt nicht in der Stimmung für deutschen Schlager.«

»Einverstanden. Aber dafür schaffen wir den Weg ins Büro auch ohne Blues, oder?«

Frank nickte großzügig. »Geschenkt. Sag mir lieber, was du von dem verschwundenen Rentner hältst.«

»Ich denke genau wie du.«

»Dass Engels wieder auftaucht. Vermutlich auf dem Friedhof. Was immer er da sucht.«

»Jep.«

»Ich denke nicht, dass du mit Demenz endest.«

»Wieso?«

»Pass auf!« Ecki stemmte beide Hände gegen das Armaturenbrett.

Frank trat mit aller Kraft auf die Bremse. Der Dienst-Mondeo kam mit quietschenden Reifen zum Stehen.

»Deshalb.« Ecki blies die aufgestaute Luft hörbar durch die Lippen. »Mensch, pass doch auf. Was ist eigentlich los mit dir in letzter Zeit? So fahrig habe ich dich lange nicht mehr erlebt. Du bringst uns noch ins Krankenhaus!«

Dicht vor ihrem Auto stand mitten auf dem Zebrastreifen eine alte Frau in einem hellen dünnen Mantel. Auf dem Kopf trug sie einen altmodischen Hut. In einer Hand hielt sie einen dunklen Krückstock, den sie jetzt bedrohlich in Richtung des Mondeos schwenkte.

Mit einem verkniffenen Lächeln winkte Frank die Seniorin vorbei. Mit hochgerecktem Kopf strebte die kleine Person in ihrem viel zu großen Mantel an dem Wagen vorbei in Richtung der anderen Straßenseite. Dabei würdigte sie Frank und Ecki keines Blickes. Für einen Augenblick dachte Frank, die Frau zu kennen, die trotz der winterlichen Temperaturen doch tatsächlich Pantoffeln trug. Er sah ihr nachdenklich nach und schüttelte dann den Kopf.

»Was ist?«

»Nichts, schon gut.« Frank fuhr langsam an.

»Mir fällt ein, wir können die Leichen von Verhoeven und Breuer zur Beerdigung freigeben. Was meinst du?« Ecki sah seinen Freund von der Seite an.

Frank seufzte. »Ich denke, dass wir im Moment keinen Grund haben, die Angehörigen länger auf die Beerdigung warten zu lassen. Nein, ich meine, ja, ich denke, wir können die Leichen zur Bestattung freigeben.« Die Vollbremsung und die seltsame Erscheinung auf dem Zebrastreifen hatten ihn etwas aus dem Gleichgewicht gebracht. »Ich weiß auch nicht, was mit mir ist. Seit Wochen schon schlafe ich schlecht. Nachts gehen mir die abenteuerlichsten Sachen durch den Kopf. Letztens habe ich von Verhoeven geträumt. Ich habe gesehen, wie sein Kopf hin und her flog, als ihn die Kugel traf. Ich bin schweißnass aufgewacht und konnte lange nicht wieder einschlafen. Vielleicht bin ich dem Stress nicht mehr gewachsen. Ecki, ich werde alt.«

»Oooh, eine Runde Mitleid für den Kriminalhauptkommissar Frank Borsch. Mir kommen gleich die Tränen.«

»Ja, ja, spotte nur.«

»Ich werde bei Laumen einen Seniorenparkplatz für dich beantragen. Direkt am Eingang zum Büro. Damit du es nicht so weit zum Schreibtisch hast.«

»Apropos Laumen. Hast du die Aktion mitgekriegt, die er sich Anfang der Woche geleistet hat?« Franks Laune verbesserte sich bei dem Gedanken an den Oberbürokraten Laumen schlagartig.

»Nee. Erzähl.« Ecki musste allein schon bei dem Namen grinsen. Eine Geschichte über den pullundergelben Horst Laumen war immer spannend.

»Ich habe ihn dabei beobachtet, wie er hinter dem Hochhaus fleißig Schilder an die Bäume genagelt hat. Darauf stand in fetten Buchstaben zu lesen: »Diese Bäume nicht fällen! Die Behördenleitung«. Als ich ihn gefragt habe, was denn diese besondere Art von Objektschutz soll, hat er mir einen ellenlangen Vortrag darüber gehalten, dass dies allein zum Wohle der Natur geschehe. Denn die Bäume müssten vor den Motorsägen geschützt werden. Irgendwann nächste Woche soll ein Trupp anrücken, der mehr Platz für Hubschrauberlandungen schneiden soll. Und Laumen will unbedingt verhindern, dass die falschen Bäume fallen. Immerhin habe er ganze zwei Tage über die richtige Formulierung nachgedacht und in einschlägigen Veröffentlichungen nach Präzedenzfällen gesucht. Schließlich habe er sich zu diesen Schildern und diesen Sätzen entschlossen.« Frank tippte sich grinsend an die Stirn. »Das muss man sich mal vorstellen. Das ist doch krank, oder?«

»So isser, unser Laumen. Hauptsache die richtigen Schilder und die richtigen Paragrafen. Sonst hat der keine ruhige Minute in seinem Büro.«

»Es geht aber noch weiter.«

»Da bin ich aber gespannt.«

»Ihm sei zu Ohren gekommen, dass wir einen DVD-Player in unseren Dienstwagen einbauen wollen. Das verstoße eindeutig gegen die Vorschrift blablablabla. Wenn wir das tatsächlich tun sollten, will er beim Innenminister ein Disziplinarverfahren gegen uns anstrengen. Blablabla. Ich habe dann nicht weiter zugehört. Der Aktenstaub verklebt dem langsam noch die letzten freien Gehirnzellen. Ich habe Laumen gesagt, dass er sich in seiner dienstfreien Zeit gerne zu uns ins Auto setzen und mitgucken kann. Da wäre er mir fast ins Gesicht gesprungen.«

»Übertreibs nicht. Mit Laumen ist nicht zu spaßen. Bürokraten sind zu allem fähig.«

»Ach, der ist doch einfach nur kindisch. Der ist schon vor seiner Pensionierung verkalkt. Soll er sich doch einen Pullunder stricken und uns einfach in Ruhe lassen.«

»Pass du lieber auf, dass du nicht noch einen Unfall baust.« Nun musste Ecki den Kopf schütteln.

...

Das war sehr unprofessionell von dir, dachte er. Wie kann dir so kurz vor Schluss noch so ein dummer Fehler passieren? Die ganze Unternehmung steht jetzt auf der Kippe. Dieser Leichtsinn macht noch die ganze geheime Operation kaputt. Hoffentlich überlebt Hecker nicht! Er musste unbedingt herausbekommen, wohin sie ihn gebracht hatten. Er musste ganz sichergehen. Schon hatte er seine fein geschliffenen Messer aus ihrem Versteck geholt und sie geprüft. Sie würden ihn nicht im Stich lassen. Sie nicht. Das hatten sie schon bewiesen.

Er stand ganz kurz vor seinem größten Triumph und seiner größten Genugtuung. Dann würde er endlich die Ruhe genießen können. Nach all den Jahren der Verzweiflung, den Selbstvorwürfen, den langen Nächten ohne Schlaf, den schrecklichen Bildern, die ihn nicht ruhen ließen. So sehr er sich auch gegen sie gewehrt hatte. Trügerisch und kurz waren die wenigen Momente in seinem Leben gewesen, in denen sie ihn nicht verfolgt hatten. In denen sie ihn hatten aufatmen lassen. Tage, Wochen, die er jedes Mal für so etwas wie Glück gehalten hatte. Und die ihn dann am Ende doch nur in noch tiefere Abgründe hatten stürzen lassen. Die Zeitspannen waren zum Schluss immer länger geworden, bis er wieder ein einigermaßen stabiles inneres Gleichgewicht gefunden hatte. Er hatte endlich gespürt, dass ihn nur ein Ausweg würde ruhen lassen. Diese Einsicht hatte ihn zutiefst erschüttert.

Er hatte die Lösung seiner Leiden und Schmerzen als mit seinem Wesen zutiefst unvereinbar weit von sich geschoben. Um dann doch nur noch tieferes Leid spüren zu müssen. Dann war mit einem Mal der Punkt überschritten gewesen, an dem er so etwas wie Abscheu gegen sich selbst empfunden hatte. Es war letztlich so leicht gewesen. Und er hatte sich nicht eine Sekunde schuldig gefühlt. Ganz im Gegenteil. Er hatte die Blätter fallen sehen. Leicht und unschuldig.

Die Angst vor den unbekannten und erschreckenden Abgründen seines Ichs war der Genugtuung und Erleichterung gewichen, seinen Frieden doch noch finden zu können. Die Gespenster, die aus den Bildern in seinem Inneren mit dürren Fingern nach ihm griffen, hatten ihre Kraft verloren. Die Lösung für all seine Leiden hatte er endlich gefunden. Die Lösung für sein Seelenheil. Nach all den vielen Jahren. Er hatte die Hoffnung schon aufgeben wollen. Und nun stand er kurz vor dem Sieg über sich selbst.

Von irgendwoher wehte der alte Schlager von Ben E. King zu ihm herüber: *Stand by me.* Verlogener konnte ein Schlager nicht sein. Er hatte sich in seinem Leben immer nur auf sich verlassen. Er war sich selbst der einzige Mensch, dem er trauen konnte. Das hatte er gelernt, über all die verzweifelten Jahre, auch in seinen meist nur flüchtigen Begegnungen mit Frauen. Er war ihnen ausgewichen, ihre Liebe hatte seine Seele verklebt.

XVIII.

»Möchten Sie sich ausruhen?« Lisa sah Heinrich Krüger besorgt an. Der alte Mann sah erschöpft aus und wirkte in dem tiefen Sessel fast verloren. Heinrich Krüger schüttelte nur den Kopf. Langsam, aber bestimmt.

»Ich habe mir gedacht, wenn Sie wollen, ich lade Sie zum Essen ein. Was meinen Sie?« Lisa war sich nicht sicher, ob Heinrich Krüger ihre Worte verstanden hatte. Denn er hatte die Augen geschlossen, so als müsse er einen Augenblick verschnaufen.

Heinrich Krüger öffnete die Augen und strahlte sie an. Er reckte seine Arme vor, als wolle er gymnastische Übungen machen. »Gerne. Ich habe einen Bärenhunger. Was schlagen Sie vor?«

»Sie haben mich doch gebeten, Sie zum Friedhof in Breyell zu begleiten. Wenn Sie wollen, können wir unterwegs zu Mittag essen. Ich kenne ein Lokal, das heißt Leuther Mühle. Das Restaurant müsste heute geöffnet haben. Anschließend fahren wir dann nach Breyell.«

»Einverstanden. Los gehts.« Heinrich Krüger wollte schwungvoll aus dem Sessel aufstehen, musste sich dann doch umständlich aus dem tiefen Polster stemmen. »Ja, ja, das Alter.« Er lachte Lisa an. »Früher war das deutlich einfacher.«

»Soll ich Ihnen helfen?« Lisa hielt ihm ihre Hand hin.

»Von wegen. Das schaffe ich schon. Noch gehöre ich nicht ganz zum alten Eisen. Der Sessel ist nur etwas tief und, mit Verlaub, etwas durchgesessen.«

»Na ja, die Schulmöbel haben wirklich schon bessere Zeiten erlebt.«

Krüger lächelte verschmitzt. »Wem sagen Sie das?«

Lisa musste lachen.

Frank nahm schon beim ersten Klingeln ab. »Lisa? Hi – was? Ja, kein Problem. Nein, nein, ich werde schon nicht verhungern. Ehrlich nicht. Nein, Ecki ist gerade zum Bäcker. Das wird fürs Erste reichen. Jaja, fahr du mit deinem Besuch ruhig nach Breyell. Lasst euch Zeit. Ich komme heute hier sowieso nicht so bald weg. Ja, ich denke auch, dass die Leuther Mühle heute nicht Ruhetag hat. Ciao. Ich liebe dich auch.«

Frank hatte kaum aufgelegt, als es erneut klingelte. »Frank Borsch, guten Tag?« Frank stutzte, ein Kollege vom Bundesgrenzschutz war in der Leitung. »Was? Das ist ja mal eine gute Nachricht. Wann? Vor einer Stunde? Könnt ihr ihn herbringen? Danke. Nein, ihr habt uns wirklich geholfen, nochmals herzlichen Dank.« Frank legte auf. Donnerwetter. Köhler war aufgetaucht. Der Bundesgrenzschutz hatte ihn vorläufig festgenommen, bei dem Versuch, in die Niederlande einzureisen. Frank verstand die Welt nicht mehr. Wo hatte Köhler die ganze Zeit wirklich gesteckt?

...

Dr. Helmut Köhler hatte längere Zeit im Stau gesteckt. Besser gesagt, der VW-Bulli des Bundesgrenzschutzes, mit dem der Mediziner der Harderwald-Klinik nach Mönchengladbach zum Verhör gebracht werden sollte, hatte auf der A 61 wegen des Unfalls eines niederländischen Lastwagens und der anschließenden Bergungsarbeiten festgesteckt und war erst mit fast einstündiger Verspätung endlich auf den Hof der alten Polizeikaserne gerollt.

»Darf ich Ihnen einen Kaffee anbieten?« Frank hielt dem Mediziner einen Becher hin.

Köhler schob Franks Hand beiseite. »Hören Sie, ich habe das schon Ihren Kollegen an der Grenze gesagt. Ich sehe keinen Grund, mich festzuhalten. Ich weiß gar nicht, was Sie von mir wollen. Ich will, dass Sie mich zurück zu meinem Wagen bringen.« Helmut Köhler sah übernächtigt und ungepflegt aus. Er hatte sich offenbar schon mehrere Tage nicht mehr rasiert. Seine Augen wanderten unruhig zwischen Frank und Ecki hin und her.

»Wo wollen Sie denn hin?« Frank setzte sich Köhler gegenüber und nippte vorsichtig an dem Kaffee, der eigentlich für Köhler bestimmt war.

»Was soll das heißen? Hören Sie, warum fragen Sie mich das? Was haben Sie vor?« Helmut Köhler schlug mit der flachen Hand auf den Tisch. »Sie können mich hier nicht so einfach festhalten. Ich will jetzt endlich wissen, was los ist.«

Frank sah den Mediziner ruhig und freundlich an. »Die Frage ist eher, was haben Sie vor, Herr Dr. Köhler? Wir suchen Sie schon eine geraume Zeit, müssen Sie wissen.«

Köhler schien aufzuatmen und setzte sich aufrecht hin. »Ach, so. Sie suchen mich, weil ich mich ein paar Tage nicht zu Hause gemeldet habe? Meine Frau macht sich sicher Sorgen? Das kann ich Ihnen erklären. Ich habe Urlaub und bin einfach für ein paar Tage an die See gefahren. Dort kann ich mich gut entspannen von dem Stress in der Klinik, wissen Sie. Gerade in dieser Jahreszeit. Die Ruhe, die See, die kleinen Dörfchen an der Küste und die Leute. Das ist wirklich Urlaub.« Köhler stand auf. »Kann ich jetzt bitte gehen? Ich werde meine Frau anrufen. Sie haben recht, ich hätte sie anrufen sollen. Aber ich brauchte einfach eine Auszeit. Mein Sohn, wissen Sie, ist in der letzten Zeit so unruhig. Vor allem nachts. Dann kann ich nicht schlafen. Und meine Arbeit in der Klinik ist wirklich anstrengend. Ich brauchte einfach ein bisschen Ruhe. Sie bringen mich jetzt bitte zu meinem Wagen zurück, und ich werde meiner Frau alles erklären.« Helmut Köhler fuhr sich mit einer Hand über sein stoppeliges Kinn und griff nach seinem Mantel, der über einer Stuhllehne hing. »Entschuldigen Sie bitte, dass ich Ihnen so viele Unannehmlichkeiten bereitet habe. Tut mir wirklich leid. Aber das ist alles nur ein großes Missverständnis. Sie werden sehen.«

Ecki stand auf. »Sie haben recht, das werden wir sehen. Setzen Sie sich bitte wieder hin, Herr Köhler. So einfach ist das nämlich nicht. Bitte.« Ecki wies mit einer Geste, die keinen Widerspruch duldete, auf den Stuhl, auf dem Köhler gerade noch gesessen hatte.

Dr. Helmut Köhler war so verdutzt, dass er sich anstandslos setzte. Den Mantel hielt er aber in seiner Hand. »Ich verstehe nicht?«

Frank räusperte sich. »Herr Köhler, Sie sind nicht hier, weil wir etwas gegen Ihren Urlaub hätten. Sie sind hier, weil wir zwei Morde und einen Mordversuch aufzuklären haben.«

»Ich verstehe immer noch nicht – zwei Morde? Und ein Mordversuch? Was habe ich damit zu tun?« Helmut Köhlers Gesicht wechselte schlagartig die Farbe. Der Mediziner wurde kreidebleich. »Ist etwas mit meiner Frau und dem Jungen?«

»Nein. Ich frage Sie, warum sind Sie jetzt in die Niederlande eingereist, wo Sie doch angeblich schon ein paar Tage an der See gewesen sein wollen? Das passt doch überhaupt nicht zusammen.« Franks Blick war nicht mehr freundlich, sondern ernst und konzentriert.

»Wieso? Ich, ach so, das.« Dr. Helmut Köhler war um Fassung bemüht. »Also, das ist ganz einfach. Ich wollte in die Klinik. Ich habe dort ein paar Unterlagen abholen wollen. So ganz ohne Arbeit wollte ich doch nicht sein. Ja, und dann wollte ich auf dem Rückweg an die See ursprünglich eigentlich noch schnell bei meiner Frau vorbei. Ich wollte nach Astrid und dem Kleinen sehen.« Köhler sah erst Ecki, dann Frank an. »Ehrlich.«

»Was sind das denn für Unterlagen, die Sie angeblich so dringend brauchen?« Ecki hatte einige weiße Blätter, die unter einem Stapel Akten lagen, zu sich gezogen und sah Köhler erwartungsvoll an.

»Warum wollen Sie das denn wissen?« Köhler legte seinen Mantel auf den Stuhl neben sich. Erwartungsvoll sah er Ecki an.

»Beantworten Sie doch einfach meine Frage. Welche Unterlagen wollten Sie holen? Was war Ihnen so wichtig, dass sie extra ihren Urlaub unterbrechen, den weiten Weg von der Küste zurück nach Mönchengladbach machen, um dann wieder Richtung Küste zu verschwinden?«

Helmut Köhler sah wieder von einem zum anderen. »Wieso? Ich weiß wirklich nicht, was Sie meine Arbeit angeht? Warum interessieren Sie sich für meine Arbeit? Ich will jetzt endlich wissen, was das Ganze soll. Was werfen Sie mir eigentlich vor?«

Bevor Frank antwortete, sah er kurz Ecki an, der zustimmend nickte. »Herr Dr. Köhler, ich will ganz offen zu Ihnen sein. Zwei Ihrer ehemaligen Patienten sind ermordet worden. Außerdem ringt gerade ein drittes

Opfer mit dem Tod. Der alte Mann ist mit Spiritus übergossen worden und liegt mit lebensgefährlichen Verbrennungen in einer Duisburger Spezialklinik. Wir haben noch nicht mit dem Mann sprechen können, da er im Koma liegt. Möglicherweise war auch er Patient von Ihnen. Und schließlich ist erst gestern ein Mann aus einem Seniorenheim verschwunden.«

»Um Gottes willen.« Mehr brachte Köhler nicht heraus. Er rang sichtlich um Fassung.

Entweder ist Köhler völlig unschuldig oder ein begnadeter Schauspieler, dachte Frank.

»Was habe ich damit zu tun? Wie kann ich Ihnen helfen? Ich kann mir nicht vorstellen, dass so etwas Schreckliches passiert.«

»Es gibt Gerüchte, dass Sie Experimente mit Medikamenten machen. Medizin an alten, wehrlosen Menschen ausprobieren. Was sagen Sie dazu, Herr Köhler?«

»Wer behauptet so etwas? Das ist eine Lüge, eine infame Lüge!« Dr. Helmut Köhler sprang auf und griff wieder nach seinem Mantel. Köhlers Stuhl flog krachend gegen den Laufstall. »Das muss ich mir nicht bieten lassen! Ich gehe jetzt! Sie können mich nicht länger festhalten! Sie werden von meinem Anwalt hören.«

Die Tür ging auf, und zwei Beamte in Uniform standen im Raum. »Wir kommen gerade an Ihrem Büro vorbei. Brauchen Sie Hilfe?«

»Nein, schon gut, danke, Kollegen. Wir kommen zurecht.« Frank nickte den Beamten zu, die sich daraufhin zurückzogen. »Herr Köhler, bitte, beruhigen Sie sich. Und nehmen Sie wieder Platz. Mein Kollege hat lediglich von Gerüchten gesprochen. Lassen Sie uns die Angelegenheit wie erwachsene Menschen besprechen.«

Köhler blieb stehen. »Was liegt gegen mich vor?«

»Wir haben den Eindruck, dass Sie in unseren Ermittlungen eine zentrale Rolle spielen.« Ecki deutete auf Köhlers Stuhl. »Setzen Sie sich wieder. Wir stoßen im Zusammenhang mit den Ermittlungen immer wieder auf Ihren Namen. Ausgerechnet zum Zeitpunkt der Morde verschwinden Sie spurlos. Ihre Frau weiß nicht, wo Sie sich aufhalten. Und in der Klinik gibt es Anhaltspunkte dafür, dass Sie Ihre Aufgabe als Arzt in besonderer Weise interpretieren, um es mal vorsichtig auszudrücken.«

Köhler setzte sich langsam. Erst jetzt schien ihm der Ernst der Lage bewusst zu werden. »Kann ich vielleicht doch einen Kaffee bekommen? Mit etwas Milch, bitte?«

»Leider kann ich Ihnen nur einen schwarzen Kaffee anbieten.« Frank stand auf, um einen neuen Becher vom Regal neben der Tür zu nehmen.

»Macht nichts.« Köhlers Gesicht war stumpf und grau geworden. Seine Augen hielt er starr auf seinen Schoß gerichtet. Seine Arme hingen schlaff an seinem Körper. Er wirkte wie jemand, der sich nach langem Kampf endlich in sein Schicksal ergeben hatte.

Frank hielt ihm einen Becher mit dampfendem Kaffee hin. »Sagt Ihnen der Namen Engels etwas. Johann Engels?«

Köhler zog die Stirn in Falten. Mit einer langsamen Bewegung nahm er den heißen Becher in die Hand. Er schien den Schmerz an seinen Fingern nicht zu spüren. »Engels? Nein. Wer soll das sein?«

»Ein Patient von Ihnen?« Frank setzte sich wieder.

»Ein Patient?« Köhler dachte nach. »Johann Engels, sagten Sie? Ein Patient? Nein, den Namen kenne ich nicht. Wann soll der Mann bei mir in der Klinik gewesen sein? Was fehlt ihm denn?«

»Engels ist verschwunden. Schon seit fast 24 Stunden. Niemand hat gesehen, wie er das Haus verlassen hat. Bislang haben wir keine Spur von ihm, trotz intensiver Suche.«

»Ich sage es Ihnen noch einmal, ich kenne Ihren Johann Engels nicht. Nie gehört, den Namen.«

»Und was sagt Ihnen der Name CombinoMed?« Ecki fixierte Köhler mit prüfendem Blick.

»CombinoMed? Wie meinen Sie das?«

An Köhler war ein Schauspieler verloren gegangen, das war für Ecki sonnenklar. »CombinoMed International, Mailand und Berlin, um genau zu sein, Herr Köhler.«

»CombinoMed. Ach so, ja. Diese Firma.«

»Ich habe den Verdacht, dass Sie uns an der Nase herumführen wollen. Halten Sie uns nicht für dumm. In welchem Verhältnis stehen Sie zu dem Pharmaunternehmen, Herr Köhler? Und bitte, ein bisschen konkreter, wenn es denn geht.«

Dr. Helmut Köhler strich sich wieder über seine unrasierten Wangen und sein unrasiertes Kinn. Dann trank er mehrere Schlucke von seinem Kaffee. »Das ist eigentlich ganz einfach und schnell erklärt, Herr Hauptkommissar. Ich nehme mit anderen Kollegen aus Deutschland an einer ausgedehnten Feldstudie teil. Wir, das heißt, ich und eine ganze Reihe renommierter Forscher von deutschen Universitäten, haben uns zum Ziel gesetzt, den Zusammenhang zwischen Klinikaufenthalt und der Selbstwahrnehmung von Patienten zu klären.« Dr. Helmut Köhler klang so, als halte er einen medizinischen Vortrag. »Wir wollen also herausfinden, ob und inwieweit sich der Zustand von zum Beispiel dementen Patienten durch den Aufenthalt in einer Fachklinik signifikant und vor allem dauerhaft ändert oder durch gezielte Maßnahmen und Eingriffe in diese Struktur, verändern lässt. Sie müssen wissen, eine Klinik wie die Hardterwald-Klinik, ist ein hochkomplizierter Apparat, der auf den noch hochkomplizierteren ›Apparat‹ Mensch trifft. Anders gesagt: Wie müssen zum Beispiel die Arbeits- und Therapieabläufe in einer Klinik aufeinander abgestimmt sein, um das Verhalten und mithin das Krankheitsbild eines Patienten mit einer altersspezifischen Erkrankung, in wie auch immer gearteter Weise, zu beeinflussen. Grundlagenforschung. Und äußerst wichtig.«

»Können Sie das auch so erklären, dass Normalsterbliche ein Wort verstehen?« Ecki hatte es aufgegeben, mitzuschreiben. »Das mit den Arbeitsabläufen, das ist doch bestimmt schon erforscht, oder?«

»Wenn Sie so wollen, ja. Andererseits, auf dem Gebiet der Geriatrie stehen wir in vielen Bereichen immer noch am Anfang der Forschung.« Helmut Köhler stellte seinen Kaffeebecher auf den Schreibtisch.

»Und warum betreiben Sie diese Forschungen ausgerechnet mit CombinoMed und ausgerechnet an der Hardterwald-Klinik, Herr Köhler?«

»Nun, die Hardterwald-Klinik ist eine der ersten Kliniken in Deutschland, die schon früh erkannt hat, dass Patienten mit altersspezifischen Erkrankungen eine gesonderte Betreuung und Therapie brauchen. Wir haben zum Beispiel in den 80er Jahren die ersten Therapeuten extra aus der Schweiz holen müssen, weil es bei uns in Deutschland so etwas wie eine spezielle Ergotherapie für alte Menschen noch nicht gab. Und CombinoMed ist ein weltweit operierendes Unternehmen, das führend auf dem Gebiet der Geriatrie ist. Das hat übrigens auch das Bundesgesundheitsministerium erkannt und unser Projekt, dass in Zusammenarbeit mit den Italienern durchgeführt wird, mit Forschungsgeldern ausgestattet. Auch die zuständige EU-Kommission hat die Bedeutung der Forschung erkannt. Wir stehen kurz vor der Veröffentlichung erster Ergebnisse. Das war auch der Grund, warum ich dringend einige wichtige Unterlagen gebraucht habe.« Köhler sah offen in die angestrengten Gesichter der Ermittler und lehnte sich zufrieden zurück.

»Und bei Ihren Forschungen haben Sie mit Medikamenten der Firma CombinoMed experimentiert. Im Dienste der Wissenschaft sind Ihnen dabei dummerweise ein paar hässliche Fehler unterlaufen, die Sie dann ausbügeln wollten. Sie haben einige ihrer Patienten falsch behandelt, und deshalb mussten die bedauernswerten Geschöpfe verschwinden. Sie haben sie umgebracht und die Morde wie die Taten eines psychopathischen Serientäters aussehen lassen, um den Verdacht von sich zu lenken. Sie haben nur einen klitzekleinen Fehler gemacht, Herr Köhler. Sie haben Johannes Paul Hecker nicht umgebracht, sondern nur lebensgefährlich verletzt. Er wird Sie identifizieren, Herr Köhler, sobald er aufwacht. Darauf können Sie wetten.«

Der Facharzt für Geriatrie sagte zunächst nichts. Ecki konnte aber sehen, wie es in Köhler arbeitete. Der Mann hatte sich mittlerweile wahrlich fest im Griff, dachte er und beobachtete Köhler stumm. Ecki wusste, dass er mit seinen Anschuldigungen ziemlich weit gegangen war. Andererseits, was hatten sie schon zu verlieren? Wirklich eindeutige Ermittlungsergebnisse hatten sie bisher nicht zutage fördern können. Warum also nicht mal ein bisschen auf den Busch klopfen? Ecki wartete auf eine Reaktion Köhlers.

Auch Frank war gespannt. Sein Freund hatte Köhler schwer beschuldigt. Das konnte der Mediziner nicht so einfach hinnehmen. Wie würde Köhler sich verhalten?

Langsam kam Bewegung in Köhlers Körper. Seine Muskeln spannten sich und er ballte seine Hände zu Fäusten. Trotz seiner aggressiven Haltung blieb seine Stimme ruhig. »Sie sind doch krank, alle beide. Experimente mit Medikamenten! Sie sollten mal Ihre Klischees überprüfen und auch mal Ihre Ermittlungen auf eine objektive Basis stellen. Das ist doch lächerlich, was Sie hier behaupten! Welche Medikamente sollen das denn überhaupt sein?«

»Es gibt Listen mit langen Zahlenkolonnen. Wir sind gerade dabei, sie auswerten zu lassen. Verlassen Sie sich darauf, wir werden schon hinter Ihre sogenannten Forschungen kommen.« Ecki war auf der Hut – Köhler konnte jeden Augenblick ausrasten. Seine Fäuste waren weiß an den Knöcheln, so sehr hatte der Oberarzt seine Hände zusammengeballt. »Entspannen Sie sich, Herr Köhler. Wir sind noch nicht am Ende mit unseren Fragen.«

»Ich sage jetzt gar nichts mehr. Ich will jetzt einen Anwalt.« Köhler starrte demonstrativ an den beiden Ermittlern vorbei ins Leere.

»Das ist Ihr gutes Recht, Herr Köhler. Jederzeit. Wen wollen Sie anrufen?« Frank schob ihm sein Telefon zu. »Bitte.«

Köhler rührte sich nicht, sondern starrte weiter geradeaus.

Frank sah Ecki an. Der nickte kurz. »Ich denke, wir sollten jetzt Staatsanwalt Böllmann informieren. Und auch schon mal beim Amtsgericht nachfragen, welcher Haftrichter Dienst hat.«

Sie hatten Dr. Helmut Köhler von den Kollegen des Erkennungsdienstes abholen lassen. Etwas ratlos saßen die beiden Ermittler des KK 11 an ihren Schreibtischen. Ecki hatte sich eine Kanne mit Grünem Tee aufgebrüht und rührte schon sehr lange gedankenverloren mit einem Löffel in seinem Becher. Frank hatte sich im Nebenzimmer bei ihrem Kollegen Rosteck, der vorübergehend von der Leitstelle abgezogen worden war und bei der Bearbeitung von Vermisstensachen half, einen Kaffee geschnorrt. Die erste Vernehmung Köhlers hatte nicht viel Neues zutage gefördert. Allerdings schienen sich die Verdachtsmomente zu erhärten, dass der

Mediziner möglicherweise mehr mit dem Mailänder Unternehmen CombinoMed zu tun hatte, als er zugeben wollte.

Frank hatte Köhler mehrfach mit den verschiedenen Aussagen des Klinikpersonals konfrontiert: Dass er sehr verschwiegen war, wenn es um Termine mit Mitarbeitern von CombinoMed ging. Und dass er geradezu panisch reagierte, wenn Kollegen unangemeldet in seinem Büro erschienen und er seine Unterlagen nicht schnell genug zudecken konnte. Köhler hatte über all das nur gelacht und von Missgunst und Neid unter den Kollegen gesprochen. Konkret wollte er jedoch nicht über seine Forschung sprechen. Als Grund gab er seine ärztliche Schweigepflicht an, von der er sich nicht entbinden lassen wollte. Immer, wenn die Sprache auf die speziellen Untersuchungsreihen zu der angeblichen Grundlagenforschung kam, machte Köhler einen eher verstockten und unkooperativen Eindruck. Selbst der Hinweis auf eine mögliche Beugehaft schien den Mediziner nicht sonderlich zu berühren.

Zugegeben hatte er allerdings, dass sowohl Verhoeven als auch Breuer seine Patienten waren. Einen Zusammenhang zwischen seinen Forschungen und dem gewaltsamen Tod der beiden Rentner schloss Köhler allerdings kategorisch aus. Er fühlte sich völlig unschuldig und sah sich als Opfer von Missverständnissen und übler Nachrede.

»Ist dir eigentlich aufgefallen, dass Köhler nicht ein einziges Mal darauf bestanden hat, dass wir seine Frau informieren? Das ist doch merkwürdig, oder? Wenn ich irgendwo zu Unrecht festgehalten werde, würde ich doch sofort meine Angehörigen informieren wollen.Und warum ruft Köhler nicht doch seinen Anwalt an? Das ist doch seltsam.« Ecki nahm den Löffel aus dem Becher und zeigte mit ihm auf Frank. »An Köhler und dieser Firma CombinoMed ist etwas faul. Das kannst du mir glauben. Köhler spielt auf Zeit. Er wartet auf irgendjemanden oder irgendetwas. Ich bin gespannt, was Bean noch alles herausfindet. Ich glaube nicht an das selbstlose und hehre Bild des Arztes, der nur der Wissenschaft und der objektiven Forschung verpflichtet ist. Wenn Köhler nichts zu verbergen hätte, würde er sich völlig anders verhalten.«

»Ohne neue Erkenntnisse von Bean sind wir aufgeschmissen. Er sollte sich doch auch beim BKA schlaumachen. Wo steckt er überhaupt? Wir haben letztlich nichts gegen Köhler in der Hand. Und wir werden ihn nicht mehr lange hier festhalten können. Böllmann haut uns unter Umständen den Fall um die Ohren. Mit dem Wenigen, was wir haben, werden wir vermutlich bei keinem Haftrichter durchkommen.«

»Ich sage dir, der Schlüssel zu den Morden liegt bei Köhler. Köhler ist unser Mann. Wir werden seine mysteriösen Unterlagen schon knacken. Und genau genommen hat Köhler für keinen der Morde ein Alibi. Und dass er ausgerechnet bei der Einreise nach Holland gestellt wird, kurz nach dem Anschlag auf Hecker und dem Verschwinden von Engels, ist doch sehr verdächtig, findest du nicht?« Ecki steckte sich nachdenklich den Teelöffel in den Mund.

»Schon. Aber was ist, wenn Köhler die Wahrheit sagt und er tatsächlich nur ein paar Unterlagen aus der Klinik holen wollte?« Frank sah auf den Laufstall und auf den Plüschteddy, der immer noch nutzlos auf dem Rücken lag und an die Bürodecke starrte.

Ecki nahm den Löffel wieder aus dem Mund und legte ihn neben den Becher. »Wenn er zu Hause war, dann müssen wir seine Frau fragen. Sie muss sein Alibi bestätigen. Wenn er denn überhaupt eines hat. Wir wissen doch noch nicht einmal, wann er aus den Niederlanden zurückgekommen ist. Er kann sich doch schon seit Tagen hier in der Gegend aufgehalten haben. Wie sollen wir das überprüfen? Angeblich hat er ja sämtliche Tankquittungen nicht aufgehoben.«

Frank verschränkte seine Arme hinter seinem Kopf und lehnte sich in seinem Bürostuhl zurück. »Er muss unbemerkt in die Klinik gekommen sein. Denn sonst hätten die Schwestern oder seine Kollegen ihn doch bemerkt. Andererseits, die Unterlagen, die die Kollegen in Köhlers Auto gefunden haben, könnten auch schon länger in seinem Wagen gelegen haben. Und du hast recht, wer weiß, ob er überhaupt zu Hause bei seiner Frau war. Wir haben noch eine Menge Arbeit vor uns.« Frank nahm die Arme runter und beugte sich vor. »Köhler muss jeden Augenblick zurück sein. Was sollen wir mit ihm machen? Laufenlassen? Oder sollen wir uns einen Haftbefehl besorgen?«

»Warten wir auf den Anruf von Böllmann. Wer weiß, vielleicht ist er ja ganz unserer Meinung. Wenn er will, kann er den Haftrichter schon überzeugen. Das wäre nicht das erste Mal, dass wir einen Haftbefehl trotz gefährlich dünner Argumentation durchkriegen. Ich würde es lieber sehen, wenn Köhler unter unserer Kontrolle bliebe. Mit ›Gefahr im Verzug‹ könnten wir ihn zumindest für ein paar Tage aus dem Verkehr ziehen.«

Frank hatte einen Entschluss gefasst. »So machen wir es. Immerhin ist ja auch Engels noch nicht aufgetaucht. Wer weiß, ob der alte Mann nicht, unter Umständen sogar von Köhler selbst, irgendwo festgehalten wird. Wir haben nicht mehr viel Zeit. Wir müssen Engels finden. Wir müssen auch auf den alten Hecker acht geben. Wer weiß, ob der Täter nicht noch versucht, sein Werk zu vollenden.« Er trank seinen Becher leer und schüttelte sich. »Bäh, schon ganz kalt.«

»Du meinst, Johannes Paul Hecker braucht Polizeischutz?« Ecki sah auf seinen Teebecher.

»Genau das meine ich.«

Ecki griff zum Telefonhörer. »Ich kümmere mich darum.«

Es klopfte, und nahezu im gleichen Augenblick steckte Viola Kaumanns ihren Kopf durch die Tür. »Kann ich dich kurz sprechen, Ecki?« Von Frank nahm sie keine Notiz.

Ecki legte den Hörer zurück. »Klar, was gibts?«

Viola Kaumanns öffnete die Tür ganz und trat ein. Auf ihrem engen und flammend roten T-Shirt waren die Umrisse von Che Guevaras Kopf zu sehen. Soweit Ecki das beurteilen konnte, denn es fiel ihm schwer, sich beim Blick auf Violas Brustbild auf die Gesichtszüge des Freiheitskämpfers zu konzentrieren.

»Einen schönen Gruß von der Leitstelle. Ihr sucht doch diesen Rentner. Er ist wieder aufgetaucht.«

»Engels, Johann Engels heißt der Mann.« Frank sah seine junge Kollegin aufmerksam an.

Viola Kaumanns schien Frank erst jetzt zu bemerken. »Tach, Herr Borsch. Wo Sie es sagen, ja, so was haben die Kollegen gesagt. Johann Engels ist gefunden worden. Vor wenigen Minuten.«

»Und wo, bitte?« Frank ärgerte sich, dass Viola Kaumanns einfach über seine Anwesenheit hinweggehen wollte. Was bildete sich die Frau ein? Bloß, weil er sie nicht sofort angehimmelt hatte, so wie Ecki, brauchte sie jetzt nicht so zickig zu sein.

»Hinterm Bett.« Sie sah Frank triumphierend an.

Eckis und Franks ungläubiges »Was?« kam zeitgleich.

»Ja, soweit ich Schiffer verstanden habe, hat dieser Rentner«, Viola Kaumanns beugte sich demonstrativ zu Frank, »also, dieser Johann Engels hat die ganze Zeit hinter seinem Bett gelegen. Fast 24 Stunden lang.«

»Und niemand hat was gemerkt. Das gibts doch gar nicht.«

»Nein, Herr Borsch, niemand hat etwas bemerkt. Johann Engels hat auch nicht gerufen. Jedenfalls nicht so laut, dass ihn jemand hätte hören können. Er ist so weit unverletzt. Nur ein bisschen unterkühlt.«

»Das gibts doch wirklich nicht. Was ist das bloß für ein Altenheim? Dass sie ihre vermissten Patienten einfach hinter dem Bett liegen lassen? Da muss doch jemand nachsehen, wenn einer verschwindet.« Frank war empört. »Schöne Zustände müssen das ja sein, in dem feinen Altenheim. Ich hoffe, die Angehörigen machen der Heimleitung gehörig Dampf.«

»Nun, Herr Borsch, sie werden sicher bis zu Ihrem Lebensende von liebenden Angehörigen gepflegt. Da bin ich mir sicher.« Der ironische Unterton in Viola Kaumanns Stimme war nicht zu überhören.

»Keine Sorge, ich komme schon zurecht. Außerdem hat das mit der Pflege noch Zeit. Viel Zeit, Frau Kollegin.«

»Wieso? Ecki hat mir erzählt, Sie gehen schon auf die fünfzig zu.«

Das saß. Frank wurde rot im Gesicht. Rot vor Ärger über diese rotzfreche Göre, die gerade erst als Beamtin übernommen worden war. Und rot, weil er wusste, dass sie recht hatte. Er stand sozusagen fast auf der Spitze des Hügels und konnte schon die andere Seite ahnen. »Keine Sorge, ich bin noch topfit. So schnell werden Sie mich nicht los.«

»Na ja, wenn Sie es sagen. Wie auch immer, Ecki, ich muss mal wieder los. Heute ist noch Seminar. Der richtige Ton, Deeskalierung im Umgang mit Verdächtigen. Sollte man auch mal für den Umgang zwischen Kollegen anbieten, finde ich. Schönen Tach noch. Ecki, man sieht sich.« Viola Kaumanns machte das Peacezeichen, als sie die Türe wieder zuzog.

»Was hat dir Viola eigentlich getan? Sie ist doch sehr nett. Ich sehe wirklich keinen Grund, sie so mies zu behandeln.« Ecki sah seinen Freund vorwurfsvoll an.

»Ich behandle sie doch gar nicht mies, Ecki. Ich kann es nur nicht leiden, wenn jemand so nassforsch daher kommt, ohne jemals wirkliche Polizeiarbeit geleistet zu haben. Diese Viola ist doch noch viel zu grün hinter ihren Ohren, als dass sie sich wie eine erfahrende Polizistin gebärden kann. Sie muss sich ihre Meriten erst noch verdienen.«

»Kann es sein, dass du Angst hast, sie könnte mal besser sein als du? Ist es das? Hast du Angst davor, als der Ältere einmal den Kürzeren zu ziehen, weil du nicht mehr so fit und belastbar bist, dir die Ideen ausgehen, die Erfolge ausbleiben, du dich engstirnig in fixe Ideen verrennst, du womöglich einsehen musst, dass deine Zeit vorbei ist?«

»Ecki, du spinnst, hör einfach auf. Nimm es einfach so: Viola Kaumanns ist einfach nicht mein Fall. Punkt, aus. Die Frau ist mir noch zu unerfahren. Das ist alles. So, und nun lass uns endlich wieder arbeiten.«

Ecki musste grinsen. »Wenn du so vehement alles abstreitest, muss ich doch den Nerv getroffen haben. Armer Frank, du wirst alt und willst dich nicht in dein Schicksal fügen. Der einsame Wolf, dem langsam das Fell ausfällt.«

»Mann, halt einfach das Maul. Hast du nicht noch irgendwo ein paar Hefeteilchen, die du dir reindrücken kannst? Vielleicht habe ich dann ein bisschen Ruhe vor dir.«

»Stimmt. Die hätte ich fast vergessen.« Ecki zog die unterste Schublade in seinem Schreibtisch auf. »Hm, Rollkuchen. Ich liebe Rollkuchen. Hoffentlich bleibt Köhler noch so lange weg, bis ich ihn aufgegessen habe.«

»Denk dran, Zucker ist schlecht fürs Gehirn. Der weicht sämtliche Windungen auf.«

»Schwätzer.« Ecki kaute schon. Er sah fast andächtig auf den riesigen Rollkuchen in seiner Hand. »Aber, mal im Ernst, ist das nicht schrecklich? Da liegt ein alter Mann fast eine ganze Nacht und einen ganzen Tag hilflos hinter seinem Bett, und keiner merkt was.«

»Sag ich doch. Und das kann mir keiner mit Pflegenotstand erklären. Das ist eine Sauerei, so was. Da müsste die Heimaufsicht mal ran.«

XIX.

»Ich muss vorsichtig sein! Der Kommissar ist gefährlich nahe! Er ist ganz nahe! Ich muss einen Ausweg finden! Ich habe eine Aufgabe zu erfüllen, ich muss sie zu Ende führen. Unter allen Umständen!« Die eiserne Klammer um seinen Kopf wurde immer enger und ließ sein Blut pochen. Verzweifelt presste er seine Hände an die Schläfen, aber der Druck ließ nicht nach. Es hämmerte unablässig in seinem Kopf. Den Schrei konnte er nur mühsam unterdrücken. »Lasst mich! Bitte, bitte, lasst mich doch endlich in Ruhe!« Warum mussten ihn die Gedanken so quälen? Er wand sich unter ihnen wie unter Schmerzen.

Seit Stunden lag er wach und starrte in den dunklen, engen Raum hinein. Zuerst hatte er sich konzentrieren müssen, um sie zu sehen. Aber dann. Je länger er sie beobachtete, umso mehr neigten die Wände sich ihm entgegen. Einmal schoben sie sich zusammen, ließen den Raum zu einem schmalen Spalt schrumpfen. Ein anderes Mal neigten sie sich ihm gefährlich nahe entgegen. »Sie stürzen auf mich! Sie begraben mich!« Seine Gedanken rasten. Wieder und wieder rang er nach Luft. Er schwitzte. Der Raum war so eng wie eine schlecht sitzende Krawatte. Er bekam keine Luft. Er musste hier raus. »Ich kann hier nicht mehr atmen!« Er griff sich mit beiden Händen an den Hals und versuchte den Hemdkragen zu weiten. Er keuchte und röchelte. »Ich ersticke!«

Er hatte einen Fehler gemacht, und dafür würde er bezahlen müssen. Einen hohen Preis. Aber er war selbst schuld. Unvorsichtig und leichtfertig war er bei Hecker gewesen. Dabei hätte er es besser wissen müssen. Arroganz und Oberflächlichkeit werden bestraft. Wie oft war ihm diese Weisheit in seinem Leben schon begegnet? Und trotzdem war er unvorsichtig geworden. Er wusste, das konnte er sich nicht noch einmal leisten.

Aber Feldges, Verhoeven und Breuer hatten es ihm auch leicht gemacht. Zu leicht. Endlich Luft, ein bisschen Luft. Er kicherte leise. Sie waren vielleicht nur zu überrascht gewesen, um sich wehren zu können. Es war alles so einfach und leicht gewesen. So einfach. Ein schneller Schnitt, ein Schuss, ein Streichholz. Gut, haderte er mit sich, er hätte noch mehr Spuren legen können. Aber es musste genug sein, mit diesem Gedicht von Rilke. Er kannte es längst auswendig. Er hatte es sich seit jenem Tag vorgesagt, jeden Tag. Wie eine Gebetsmühle hatte er die Zeilen wiederholt. Um sie ja nicht zu vergessen. Um seine Aufgabe nicht zu vergessen. Auch nur eine einzige Zeile des Gedichts nicht zu jeder Gelegenheit und zu jeder Tageszeit präsent zu haben, hätte geheißen, seine Mission verraten zu haben. Seine Aufgabe, die ihn am Leben gehalten hatte, all die Jahre. Mühsam genug war es gewesen, seiner Zukunft ein Gerüst zu geben. Ein klein bisschen Stabilität, ein klein bisschen Ruhe.

Er musste sich über sich selbst wundern. Es hatte funktioniert! Nein. Er zögerte und überlegte. Nein, er hatte funktioniert, wie es ihm möglich war zu funktionieren im Rahmen dieser ungewollten und lebensfeindlichen Brüchigkeit. Der Mensch kann viel erdulden. Das menschliche Leid ist nur eine der unendlich vielen Daseinsformen im Überlebenskampf der Kreaturen mit- und gegeneinander. Das Schicksal hatte ihn zum Leidenden gemacht. Er hatte zuviel ansehen müssen, was über seine Kräfte gegangen war.

Der Gefühlsbruch kam erschreckend plötzlich. Er kicherte wieder. Dieses Gesicht von Feldges! Ungläubiges Staunen, Schrecken, Angst, kindliche Neugier, Abwehr, Wiedererkennen, Todesahnung und Willenlosigkeit: Alles steckte in diesem Gesicht, dass er sich auf Fotopapier hatte kopieren lassen. Stundenlang konnte er vor den Bildern von Feldges, Verhoeven, Breuer und Hecker sitzen, und entdeckte doch jedes mal eine neue Facette, eine neue Nuance ihres Leidens. Es tat ihm gut, so unendlich gut.

Hecker! Dieser Hecker! Er schreckte auf. »Ich muss mich besser in der Gewalt haben. Nur noch eine kleine Weile! Dann ist es geschafft. Ich bin frei und die Blätter können endlich fallen, auch für mich!« Er ermahnte sich. »Keine Fehler mehr! Nicht noch kurz vor dem Ziel die Konzentration verlieren!«

Zu lange hatte er auf diesen Augenblick der größten Erleichterung und Befreiung seiner Seele hingearbeitet. Zuviel Zeit war vergangen, zu viel Kraft verbraucht. Zuviel hatte er aufs Spiel gesetzt. So gut war seine Tarnung gewesen, dass selbst seine Frau nie etwas gemerkt hatte. Seine Frau. Was hatte sie schon wissen können? Sie hatte ihn nie verstanden, nie verstehen können. Kein Mensch konnte ihn verstehen. Friedrich hätte ihn verstanden. Aber Friedrich war längst tot.

...

»Nun stell dich nicht so an! Komm doch mit. Es wird bestimmt nett. Denk an die netten Kolleginnen. Die halbe Dienststelle ist da.« Schon seit gut einer Stunde versuchte Ecki immer wieder, Frank zum Mitkommen zu bewegen.

»Eben, ich habe keine Lust, auch noch in meiner Freizeit mit meinen Kollegen auskommen zu müssen.« Frank blieb stur. »Dann könnte ich ebenso gut Altweiber hier im Saal bleiben.«

»Aber es ist doch Karneval. Früher bist du immer mitgekommen. Mensch, Frank.« Ecki versuchte es mit seinem »sei-ein-guter-Junge-Ton«. »Komm, lass uns ein paar Bier trinken. Ein bisschen Abwechslung wird uns guttun.«

»Heute ist nicht früher. Die Zeiten haben sich geändert. Ich habe einfach keine Lust. Wir, das heißt, Lisa hat Besuch, und ich bin einfach nicht in Stimmung für Karneval. Außerdem, solltest du es schon vergessen haben, wir haben zwei Morde und einen Mordversuch aufzuklären. Da steht mir nicht der Sinn nach Karneval. Nee, lass man.« Im Keller der Staatsanwaltschaft war es bisher Altweiber immer nett und feucht-fröhlich gewesen, das schon, aber schon seit Längerem gingen Frank ausgelassene Feiern einfach auf die Nerven.

»Spaßbremse.«

»Von wegen, Spaßbremse. Hör zu, Ecki, ich habe jetzt Verantwortung. Stell dir nur mal vor, Lisa geht es nicht gut und muss zum Arzt. Und ich bin nicht da. Nein, das will ich ihr nicht zumuten.«

»Ich glaubs nicht, der Borsch wird auf seine alten Tage noch solide.« Ecki lachte meckernd. »der edle Ritter, der seiner Angebeteten nicht von der Seite weichen mag.« Ecki versuchte es ein letztes Mal. »Mensch, Frank, es ist Karnevalszeit, lass mal Dampf ab, lass deine Seele baumeln. Du verkrampfst ja völlig. Du wirst sehen, ein bisschen Abwechslung bringt dich auf andere Gedanken, danach hast du den Kopf wieder frei!«

»Is gut, jetzt.«

Ecki hatte es geahnt. Er tat beleidigt. »Dann geh ich halt alleine.«

»Tu das. Und hör auf, so beleidigt zu gucken.«

»Du wirst alt, Frank.«

»Hör auf damit. Nicht schon wieder dieses Anti-Aging-Gesülze. Das kann ich nun schon gar nicht ab.« Statt sich weiter mit Ecki zu streiten, wählte Frank Heinz-Jürgen Schrievers Durchwahl. »Hi, Heinz-Jürgen, ich bins, Frank. Sag mal, kannst du mir aus deinen Unterlagen Listen zusammenstellen mit den in Mönchengladbach und im Kreis Viersen registrierten Todesfällen der vergangenen fünf Jahre?« Frank horchte einen Augenblick in den Hörer. »Na ja, dann nimm Krefeld dazu. Ja, das reicht vorerst. Ciao.« Frank legte zufrieden den Hörer zurück auf den Apparat.

»Kannst du mir bitte mal verraten, was du vorhast?«

»Das ist ganz einfach, ich bin darauf gekommen, als ich in unserer Ausschnittsammlung einen Artikel über den Fall in Dresden gefunden habe.« Frank schlug einen dünnen Schnellhefter auf und schob ihn Ecki zu.

Patienten-Mord: Weitere Obduktionen
Dresden (dpa). Nach der Festnahme einer Krankenschwester aus Dresden in Sachsen sind die Leichen von vier ehemaligen Patienten obduziert worden. Die 48-Jährige sitzt seit Anfang Februar wegen Totschlagverdachts in Untersuchungshaft. Sie hatte zugegeben, mehreren Schwerkranken eine Überdosis gegeben zu haben. Die Obduktionsergebnisse lägen den Ermittlern aber noch nicht vor, sagte ein Sprecher der Staatsanwaltschaft Dresden gestern.

»Ja, und? Was soll das mit unserem Fall zu tun haben?« Ecki sah Frank verständnislos an.

»Kann doch sein, dass Verhoeven, Breuer und vielleicht auch Hecker nicht die einzigen Opfer sind, die noch bis kurz vor ihrem Tod Patienten der Hardterwald-Klinik waren. Was ist, wenn es noch weitere Todesfälle gibt? Du kannst auch morden, ohne dass es nachzuweisen ist. Zumindest nicht so einfach.«

»Und wie willst du das anstellen, die möglichen Opfer zu suchen?«

»Das ist doch einfach, wir vergleichen die Liste der Toten mit den Listen der Klinik und suchen nach Übereinstimmungen. Und im Zweifelsfall werden wir die Leichen ausgraben lassen. So einfach geht das. Die Gerichtsmediziner müssen dann halt ganz genau hingucken. Mir fällt es immer schwerer, an Köhlers Unschuld zu glauben. Wer weiß, was alles in diesem Medizinerhirn vorgeht.«

»Und wer soll die ganzen Listen vergleichen? Weißt du überhaupt, was das für eine Arbeit ist? Sag jetzt bloß nicht, dass das genau das Richtige für mich ist.« Ecki winkte ab. »Nicht mit mir, Frank, keine Chance. Das ist was für einen Anfänger, nicht für mich.«

»Gute Idee, dann setz doch deine Viola auf die Recherche an. Dann kann sie mal beweisen, was sie drauf hat.«

Ecki schüttelte den Kopf. »Ich weiß wirklich nicht, was du gegen sie hast.«

»Nix. Sie soll nur nicht immer so pseudocoole Sprüche ablassen. Entweder sie kann was, oder sie ist eine Niete. Mehr will ich nicht wissen.«

...

Hecker darf nicht überleben. Er wird meinen ganzen Plan zunichtemachen. Ich muss ihn finden und endgültig ausschalten. Er schlief schon seit Tagen schlecht. Immer wieder hatte er nur diesen einen Gedanken: Hecker ausschalten. Ausknipsen wie eine Glühbirne. Verlöschen lassen, abkühlen lassen, den Glühfaden brechen. Aus Heckers Dunkelheit würde dann sein Licht geboren werden. Seine Zukunft aufleuchten, sein Glück wachsen. Wenigstens ein bisschen. Aber für dieses wenige Bisschen lohnte es sich, den weiten Weg zu gehen. Der Weg hatte sich bisher immer gelohnt. Auch dieses letzte Mal würde er sich lohnen. Keine Frage. Er musste es nur geschickt genug anstellen. Die Klinik finden, die Station suchen. Der Rest würde ein Kinderspiel werden. Angst vor Entdeckung hatte er nun nicht mehr.

Eigentlich hatte er sich nie großartig Gedanken darüber gemacht, was nach der Erfüllung seiner Aufgabe sein würde. Je länger er nun in den kalten Nächten wach gelegen hatte, umso klarer war es ihm aber geworden. Auf Freiheit hatte er nicht gehofft. Nicht auf diese kleine bürgerliche flüchtige Freiheit, ohne Mauern. Diese Sehnsucht hatte er schon vor langer Zeit begraben. Die Hoffnung auf die Freiheit seiner Seele war es, die ihn antrieb.

Er war eingesperrt, er konnte sich nicht frei bewegen. Er hatte das Gefühl ständig unter Beobachtung zu stehen. Er drehte sich auf seinem Bett und starrte unablässig Richtung Tür. Dabei könnte es so einfach sein: Hinaus marschieren und seinen Auftrag erledigen. Aber im Moment war das Glück nicht auf seiner Seite. Nur gut, dass seine Messer gut versteckt waren.

...

Lisa fuhr mit beiden Händen durch sein Haar. »Du kannst ruhig mit Ecki Karneval feiern. Ich komme schon alleine zurecht. Ach ja, Herr Krüger wollte heute Abend unbedingt alleine los. Er will eine alte Bekannte besuchen. Er hat sich schon ein Taxi bestellt.«

Frank hatte seine Freundin in den Arm genommen und genoss ihre Berührungen. Er hatte mittlerweile Mühe, Lisa ganz zu umfassen, so dick war ihr Bauch schon. Außerdem wollte er ihr nicht unnötig wehtun. Er freute sich auf ihr Kind und hatte gleichzeitig doch Angst vor der Zukunft. Alles in seinem Leben würde sich ändern. »Nee, lass nur, ich habe wirklich keine Lust. Ich trinke lieber hier ein Bier mit dir und gehe früh ins Bett. Nach Karneval ist mir nun wirklich nicht. Wir kommen bei der Aufklärung nicht weiter, ich will mir in Ruhe Gedanken über diesen Köhler machen. Der Oberarzt wird mir immer undurchsichtiger. Angeblich will er den ganzen Weg von der Küste nach Gladbach gefahren sein, um Unterlagen aus der Klinik zu holen. Dort hat ihn aber niemand gesehen. Er muss sich also unbemerkt in seinem Büro aufgehalten haben. Tut das jemand, der nichts zu verbergen hat? Sich wie ein Eindringling in seine eigene Klinik einschleichen?«

»Hast du mir nicht erzählt, dass er von dort weg ist, ohne vorher Urlaub beantragt zu haben? Er wird wohl ein schlechtes Gewissen gehabt haben und hat deshalb nicht jedem über den Weg laufen wollen.«

»Ist das nicht merkwürdig: Er hat angegeben, dass er auf dem Rückweg zur Küste noch nach seiner Frau und seinem Kind sehen wollte. Ecki hat eben noch einmal bei Köhlers Frau angerufen. Die wusste von nichts.«

Lisa legte ihren Kopf an seine Schulter. »Komm, vergiss mal Köhler, wenigstens für ein paar Stunden.« Sie fuhr mit ihrem Zeigefinger sanft an seinem Hals entlang. »Du arbeitest sowieso zu viel. Fahr in deine Wohnung, leg dich in die Badewanne und hör dich durch ein paar CDs. Dann geht es dir bestimmt gleich besser. Und denk an euren Auftritt in Niederkrüchten. Der ist ja auch bald. Das bringt dich auf andere Gedanken.«

Wieder fuhr der Finger an seinem Hals entlang. Frank bekam Gänsehaut. Gleichzeitig war er ein bisschen irritiert, Lisa klang schon ganz wie eine sorgende Mutter. »Jawohl, Mama, ich bin ein artiger Junge. Obwohl, eigentlich möchte ich lieber bei dir bleiben und mit dir kuscheln, meine kleine dicke werdende Mama.«

Lisa schlug Frank leicht auf den Unterarm und lachte. »Von wegen dick. Sieh dich mal an, ich weiß gar nicht, wer von uns schwangerer ist.«

Frank versuchte Lisa hoch zu heben, aber die machte sich absichtlich schwer. »Jaja, hast ja recht. Ich muss wirklich dringend was gegen meine Pfunde tun. Ecki ärgert mich auch schon mit seinen Sprüchen.«

»Frank, bitte, lass mich runter. Ich fühle mich heute wirklich nicht gut. Außerdem, was soll Herr Krüger von uns denken?«

»Was soll er schon denken? Dass wir uns lieben. Schließlich war er auch einmal jung. Das Gefühl dürfte ihm ja nicht unbekannt sein.«

An diesem Abend blieb Frank doch bei Lisa. Heinrich Krüger kam erst spät in Nacht von seinem Besuch zurück.

XX.

»Na, ausgeschlafen?« Ecki hatte gute Laune. Mit Schwung warf er seine Jacke auf den Kleiderhaken neben der Tür. »Dein Teddy liegt ja immer noch hier.«

»Das ist nicht mein Teddy. Das ist, ach, was rede ich überhaupt über das Ding.« Frank schenkte dem Stofftier einen abfälligen Seitenblick. »Heini kann das Ding wieder mitnehmen. Ist doch viel zu groß. Das Baby kriegt doch einen Schaden fürs Leben, wenn wir den Teddy ins Kinderzimmer stellen.« Frank schlug die erste Lokalseite der Westdeutschen

Zeitung auf und fuhr mit dem Zeigefinger die Überschrift entlang. »Hier, hast du das gelesen? Polizei tritt auf der Stelle. Was geht in der Hardterwald-Klinik vor?« Frank sah Ecki an. »Möchte mal wissen, woher dieser Laumann seine Infos hat. Irgendwen im Präsidium muss er angezapft haben. Oder hast du mit ihm gesprochen?«

»Nee, kein Wort. Er hat gestern zwar angerufen, aber ich habe ihn an die Pressestelle verwiesen.«

»Wirtz hat ihm auch nichts gesagt. Ich habe ihn eben angerufen.«

»Dann habe ich keine Ahnung. Hat unser Freund Becks denn was in der RP geschrieben?«

»Ausnahmsweise mal nicht.«

»Und? Was steht denn nun in der WZ?« Ecki hatte sich an seinen Schreibtisch gesetzt und damit begonnen, seine Kugelschreiber, Bleistifte und einen Stapel Mappen zu ordnen. Als er mit dem Ergebnis zufrieden war, sah er Frank erwartungsvoll an.

»Nichts wirklich Dramatisches, viel Spekulation. Eigentlich steht überhaupt nichts Neues in dem Artikel.«

»Dann vergiss ihn.«

»Witzbold, du weißt doch selbst, dass spätestens heute Mittag wieder sämtliche Redaktionen anrufen und alles genau wissen wollen. Mich ärgert einfach, dass wir nicht weiterkommen.«

»Zuviel Ärger macht hässliche Falten.« Viola Kaumanns hatte beim Hereinkommen offenbar die letzten Worte mitgehört.

»Nur keine vorschnelle Freude, auch Sie werden alt.« Frank sah seine Kollegin provokativ grinsend an. Viola Kaumanns hatte an diesem Morgen auf ihr rotes Che-Guevara-T-Shirt verzichtet. Stattdessen trug sie ein dunkelgrünes Shirt mit dem Aufdruck »Lästerschwester«.

»Passt zu Ihnen: ›Lästerschwester‹. Sind Sie nicht ein bisschen alt für diese Art Wäsche?« *Wäsche*, er hatte wirklich *Wäsche* gesagt, dachte Frank und ärgerte sich über sein eigenes dummes Geschwätz.

Viola Kaumanns sah ihn abschätzend an. »Lieber Herr Borsch, wir können über alles reden. Aber meine Kleidung geht Sie nichts an. Ich mache mich ja auch nicht lustig über Ihre viel zu enge Jeans und die ausgelatschten Turnschuhe. So werden Sie Ihre Jugend bestimmt nicht konservieren können. Sie wirken eher wie ein ewig verklemmter Spießer, der sein Alter nicht akzeptieren will.« Viola Kaumanns strahlte Frank jetzt an.

Nicht schlecht, musste Frank sich eingestehen, die Frau hat wirklich ein lockeres Mundwerk. Aber er würde diese freche Göre schon noch kleinkriegen. Irgendwann würde sich dazu noch die passende Gelegenheit bieten. Er musste an Lisas Zettel denken, den Frank am Morgen auf dem Küchentisch gefunden hatte.

Wann werde ich alt? Oder bin ich es schon? Ich weiß es nicht. Ich fühle mich jung. Das Gefühl der Jugend kommt von innen. – Brigitte Mira

Diese Kaumanns hatte wirklich keine Ahnung.

Ecki war die Situation sichtbar peinlich. Zumal Frank ihn Hilfe suchend ansah. »Also, hm, Viola, hast du dich schon um die Listen gekümmert?«

Seine Kollegin wedelte mit einem Schnellhefter. »Klar, war kein allzu großes Problem. Die Listen habe ich von der Stadt und von der Klinik auf CD bekommen. Danach war der Rest nur eine Kleinigkeit.« Zufrieden drückte Viola Kaumanns den Bericht vor ihre Brust.

»Und?«, knurrte Frank, »was ist nun? Haben Sie etwas gefunden? Stehen Sie doch nicht da wie ein Denkmal.«

Viola Kaumanns blickte Ecki vielsagend an und warf den dünnen Hefter auf Franks Schreibtisch. »Bitteschön, wer lesen kann, ist klar im Vorteil. Sie finden meine Zusammenfassung auf der letzten Seite. Ich muss los. Tschüss, Ecki! Bevor ich es vergesse, ich habe da Interessantes über Schüsslersalze gelesen. Nächstes Mal mehr.« Sie sah auf ihre Armbanduhr. »Oh, es ist wirklich schon spät.« Im Hinausgehen drehte sie sich noch einmal zu Frank um. »Schüsslersalze sind gut für Haut, Haare und Nägel. Besonders geeignet für Männer in ihrem Alter.«

Ecki wartete, bis Viola Kaumanns das Büro verlassen hatte. »He, kannst du mir mal sagen, was das soll? Ihr seid ja wie Feuer und Wasser. Mann, Mann, Mann.« Er schüttelte den Kopf.

»Was weiß ich? Frag doch mal deine Freundin. Vielleicht ist sie ja eine militante Lesbe.«

»He, he, nun mal langsam, lieber Kollege. Frank Borsch und seine Vorurteile. Schon klar.«

Frank hatte schon nicht mehr zugehört, sondern las konzentriert den vor ihm liegenden Bericht.

»Und?« Ecki hatte verstanden, Frank wollte sich auf das Dienstliche konzentrieren.

»Also, in den vergangenen fünf Jahren sind mehr Menschen über 65 Jahren in Mönchengladbach gestorben, als ich gedacht habe. Die Namen von 85 von ihnen finden sich auch auf der Liste der Klinik. Da steckt noch eine Menge Arbeit drin. Vor allem, weil wir die anderen Todesfälle aus dem Einzugsgebiet der Hardterwald-Klinik noch gar nicht erfasst haben. Deine Viola kann sich freuen.«

Ecki überhörte das »deine« geflissentlich. Frank konnte manchmal ein echter Kotzbrocken sein. Aber er kannte seinen Freund schon zu lange, um ihm wirklich böse sein zu können. Im Gegenteil, es gab keinen zuverlässigeren Kollegen und aufopferungsvolleren Freund als Frank. Komme was wolle, sie beide würde nichts auseinander bringen können. So gesehen war ihr völlig verschiedener Musikgeschmack nicht mehr als nur ein klitzekleiner Schönheitsfehler in ihrer Beziehung.

Für einen kurzen Augenblick musste Ecki an den Fall »van den Hövel« denken und welche Angst er damals im Wald bei Kaldenkirchen um seinen Freund gehabt hatte. Ecki schüttelte sich. »Okay, ich sage ihr Bescheid. Vielleicht können ein, zwei Kollegen sie bei der Recherche unterstützen. Alleine ist das wirklich nicht zu schaffen.«

»Meinetwegen, aber sie sollen sich beeilen. Ich möchte nicht, dass unser Unbekannter oder unsere Unbekannte noch ein Opfer findet. Apropos, ich muss die Klinik anrufen, ich möchte wissen, wie es diesem Hecker geht. Hoffentlich überlebt er den Anschlag.«

»Ist schon erledigt. Die Leitstelle hat heute morgen schon nachgefragt. Ich hatte die Kollegen gestern Abend darum gebeten. Der Zustand von Johannes Paul Hecker ist zwar stabil, aber nach wie vor ernst. Die Ärzte können nicht sagen, ob er durchkommt. Dazu sind die Verletzungen doch zu gravierend. Seine Haut ist wirklich großflächig verbrannt.«

»Hecker muss durchkommen. Er kennt den Täter. Und vielleicht auch den Mörder der beiden anderen.« Frank schlug den Schnellhefter zu.

»Du bist also wirklich davon überzeugt, dass es einen Zusammenhang zwischen den Taten gibt? Das macht doch keinen Sinn, es gibt kein Tatmuster. Der eine wurde erschossen, der andere aufgeschlitzt wie ein totes Reh, und Hecker wurde mit einer brennbaren Flüssigkeit übergossen und, äh, flambiert. Das passt doch nicht zusammen, Frank. Außerdem haben wir keine Rilkezeilen bei Hecker gefunden. Und bei Breuer sind wir ja auch nicht unbedingt sicher. Also die Theorie von einem Serientäter möchte ich so nicht unterschreiben. Überlass die Spekulationen lieber der Bildzeitung. Selbst wenn es einen sogenannten Serientäter gibt – welches Motiv soll er haben?« Ecki zog seine Schreibtischschublade auf und schob sie wieder zu. »Und was wir gegen Köhler in der Hand haben, ist immer noch ziemlich dünn. Er ist sicher eine undurchsichtige Figur. Aber ich bin mir mittlerweile gar nicht mehr so sicher, dass er wirklich hinter den Taten stecken könnte.«

»Ecki, lass uns erst einmal die Theorie ›Köhler‹ zu Ende denken. Allein schon, weil wir doch sonst noch keinen Faden haben, den wir aufnehmen können. Nein, ich bin jetzt mehr als bisher davon überzeugt, dass Köhler ganz ordentlich tief in der Sache drinsteckt. Zwei der Opfer waren seine Patienten. Wenn das kein Hinweis ist.«

»Und das anonyme Schreiben?«

»Richtig, das anonyme Schreiben. Ich glaube, da wollte sich ein ganz besonders lustiger Witzbold einen Scherz auf unsere Kosten machen.

Vergiss den Wisch. Nein, nein. Die KTU hat sowieso nichts verwertbares gefunden. Allerweltstinte, gedruckt auf billigem Allerweltspapier.«

»Lass uns wenigstens mit Verhoevens Tochter sprechen. Wer weiß, was sie uns zu erzählen hat.« Ecki suchte schon in dem Stapel auf seinem Schreibtisch nach der Telefonnummer.

»Okay, mach du einen Termin mit der Frau. Ich nehme mir noch einmal Köhler vor.«

Oberarzt Dr. Helmut Köhler sah noch übernächtigter aus als bei ihrem ersten Verhör. Tiefe Falten hatten sich in sein Gesicht gegraben, seine Augen wurden von dunklen Ringen verschattet. Die Kollegen der Wache hatten berichtet, dass Köhler sämtliche Nahrung verweigert hatte und auch keinen Anwalt hatte benachrichtigen wollen. Ganz zu schweigen davon, dass er seine Frau hatte verständigen wollen. Frank hatte den Mediziner in ein freies Büro auf ihrer Etage bringen lassen. Offenbar hatte der Mann durch seine jahrelangen Nacht- und Doppelschichten eine eisenharte Kondition. Er war sicher müde und angespannt, aber trotzdem hochkonzentriert und auf der Hut. Mit hängenden Schultern saß Köhler auf dem einfachen Stuhl an dem abgestoßenen schmalen Besprechungstisch, aber Frank wollte sich nicht täuschen lassen.

Im Blick des Arztes lag etwas Lauerndes, das dem Leiter der Mönchengladbacher Mordkommission nicht entgangen war. Dr. Helmut Köhler war ein harter Brocken, der nicht so leicht zu knacken sein würde. Frank wollte kein Risiko eingehen und mit der Vernehmung noch einmal von vorne beginnen.

»Herr Köhler, wie fühlen Sie sich heute Morgen?«

»Gut.« Köhler sah aus dem Fenster auf den Hof des Präsidiums.

»Möchten Sie nicht doch einen Anwalt oder Ihre Frau anrufen?«

»Nein.«

»Herr Köhler, Sie wissen, was wir Ihnen vorwerfen. Hat sich ihre Einstellung dazu geändert?«

»Nein.« Köhler starrte weiter aus dem Fenster. Draußen fuhren mehrere Streifenwagen vorbei.

»Herr Köhler, um es noch einmal ganz deutlich zu formulieren: Wir haben den starken Verdacht, dass Sie in die Morde an Hans-Georg Verhoeven und Edgard Breuer verwickelt sind. Und wir haben den Verdacht, dass auch Johannes Paul Hecker in diese Reihe passt.«

»Wie geht es ihm?« Die Routinefrage eines Mediziners.

»Hecker liegt noch im künstlichen Koma. Die Ärzte, Ihre Kollegen, wissen nicht, ob er durchkommt. So gesehen haben Sie noch Glück. Wenn Hecker ansprechbar ist, wird er seinen Peiniger verraten können.«

»Bemühen Sie sich nicht, Herr Kommissar, Sie werden mich nicht aus der Reserve locken. So nicht. Ich habe mit dem Anschlag auf Herrn Hecker absolut nichts zu tun.« Köhler beobachtete scheinbar interessiert den regen Verkehr vor dem Fenster.

Frank spürte, dass ihn Köhlers gleichgültige Körperhaltung und tonlose Antworten provozierten. Aber er hatte sich im Griff. Köhler würde ihn nicht aus der Reserve locken. Zur Not würde er eine Pause einlegen, um sich zu sammeln. »Lassen Sie es mich anders formulieren: Sie haben einen Fehler gemacht, Sie hätten Hecker nicht einfach nur anzünden dürfen. Sie mussten doch damit rechnen, dass man ihn findet.«

»Ich habe weder etwas mit den ersten beiden Morden zu tun, noch mit dem Anschlag auf Hecker. Wenn Sie wollen, wiederhole ich mich gerne immer wieder.« Köhler sah jetzt zur Decke.

»Aber Sie geben zu, dass Verhoeven und Breuer Ihre Patienten waren?«

»Natürlich, aber was hat das mit den Morden zu tun? Sie konstruieren einen Zusammenhang, der gar nicht existiert.«

»Das wird sich noch zeigen.« Frank tippte mit seinem Bleistift auf seinen Schreibblock.

»Sie sind nervös, Herr Kommissar, das ist schlecht für Ihre Konzentration. Wenn Sie sich nicht besser im Griff haben, werden Sie den wahren Mörder nie finden.«

Frank überhörte den Angriff. »Meine Kollegen überprüfen gerade sämtliche Todesfälle der vergangenen fünf Jahre auf Hinweise, die zu Ihrer Klinik führen könnten. Ich kann Ihnen jetzt schon verraten, dass es noch eine Menge Fragen an Sie gibt, Herr Doktor.«

Köhler zuckte nur mit den Schultern.

»Erzählen Sie mir von Ihren Studien.« Frank versuchte eine andere Taktik.

»Sie dürfen sich nicht aufregen, das ist ganz schlecht. Nervosität und Gereiztheit, keine gute Kombination beim Kombinieren.«

Frank versuchte, den ironischen Zug um Köhlers Mund zu übersehen. »Seit wann betreiben Sie diese Studien und zu welchem Zweck?«

Köhler drehte sich unvermittelt zu Frank um. »Seit fünf Jahren beschäftige ich mich mit dem Thema. Aber da gibt es nicht viel zu erklären. Erstens werden Sie es nicht verstehen, und zum anderen unterliege ich der Schweigepflicht. Wenn das Ergebnis meiner Arbeit vorzeitig bekannt wird, bin ich meine Forschungsgelder los.« Köhler reckte sich auf seinem Stuhl und drückte den Rücken durch. »So ist das nun mal, wenn man mit der Industrie zusammenarbeitet und auf die finanzielle Unterstützung aus der Wirtschaft angewiesen ist. Die Zeiten ändern sich. Das Wohl der Forschung ist heutzutage gekoppelt an Umsatz und Rendite, mit der Freiheit des Geistes hat das nur noch wenig gemein. Kann ich jetzt gehen? Ich habe Ihnen alles erzählt.«

Köhlers lässige Art brachte Frank fast zur Weißglut. Er musste sich beherrschen, um nicht loszubrüllen und zwang sich, freundlich zu bleiben. »Sie erforschen den Zusammenhang von Klinikaufenthalt und Veränderung der Selbstwahrnehmung der Patienten. Welche Medikamente setzen Sie dabei ein? Und gibt es Nebenwirkungen dieser Präparate? Haben diese Medikamente womöglich unkalkulierbare Nebenwirkungen?«

»Herr Kommissar«, Köhler klang jetzt fast väterlich, »wie kommen Sie auf solche Vermutungen? Sie zitieren doch nur irgendwelche Klischees, statt mich mit harten Fakten zu konfrontieren.« Köhler wollte sich wieder zum Fenster drehen, hielt aber inne. »Nein, Herr Borsch. Meine Medikamente haben keine Nebenwirkungen, und ich musste auch keine unliebsamen Zeugen irgendwelcher gemeiner krimineller Machenschaften oder teuflischer Menschenexperimenten beseitigen. Verhoeven und Breuer waren meine Patienten und sind umgebracht worden. Das sind Fakten. Aber ich habe sie nicht getötet und auch nicht versucht, Hecker umzubringen. Auch das ist Fakt. Und nun lassen Sie mich bitte gehen, ich möchte mich wieder um meine Arbeit kümmern, Herr Kommissar. Suchen Sie Ihren Mörder anderswo.«

Frank wusste, dass er ihn würde gehen lassen müssen. Einen wirklichen Beweis für Köhlers Schuld hatte er nicht. Aber er wollte auch nicht vorschnell aufgeben. »Sagen Sie, warum haben Sie angegeben, dass Sie auf dem Weg an die Küste nach Ihrer Familie sehen wollten, dort aber gar nicht aufgetaucht sind?«

»Auch wenn es Sie nichts angeht, ich habe mich einfach kurzfristig anders entschieden. Reicht das?«

»Nein.«

»Sie sind wütend, Herr Kommissar. Wut ist ein schlechter Ratgeber. Glauben Sie mir, schlechte Gefühle bringen Sie nicht weiter. Sie müssen ruhiger werden, Herr Borsch. Wenn ich Ihnen einen Rat geben darf, Herr Kommissar, dann sollten Sie etwas für Ihr Wohlbefinden und Ihr inneres Gleichgewicht tun. Sonst werden Sie nicht alt. Sie müssen lernen, mit Ihren Gefühlen umzugehen. Haben Sie Familie, Herr Kommissar?« Köhler beugte sich vertrauensvoll vor und war jetzt ganz behandelnder Arzt.

»Warum haben Sie Ihre Frau nicht angerufen? Sie macht sich Sorgen um Sie. Und wollen Sie Ihren Sohn nicht sehen? Er braucht Sie. Was ist passiert, dass Sie sie doch nicht sehen wollten? Wo waren Sie stattdessen? Köhler, wo haben Sie sich in den vergangenen Tagen versteckt? Und warum? Sie müssen doch zugeben, dass Ihr Verhalten höchst merkwürdig, wenn nicht sogar äußerst verdächtig ist.«

»Wie gesagt, ich wollte meine Familie nicht beunruhigen. Und, um es ganz deutlich zu sagen, wie ich mit meiner Familie umgehe und wie das Verhältnis zu meinem Sohn ist, das geht Sie überhaupt nichts an. Ich bin es satt, von Ihnen weiter so drangsaliert zu werden.«

»Jetzt reichts, Köhler. Ich werde dafür sorgen, dass Sie in Untersuchungshaft gehen. Ich spreche gleich mit dem Staatsanwalt, und dann sehen wir uns vor der Untersuchungsrichterin wieder. Und ich kann Ihnen versprechen, sie hat den Ruf einer ganz harten Juristin. Ihr können Sie keinen Sand in die Augen streuen.«

»Tun Sie, was Sie nicht lassen können. Ich freue mich schon jetzt auf die Dame, denn sie wird ganz schnell erkennen, dass ich das Opfer eines bedauerlichen Irrtums bin. Aber ich nehme Ihnen das nicht übel. Wir machen alle unsere Fehler. Die einen mehr und die anderen weniger.«

Frank stand auf. »Wem sagen Sie das. Und alle müssen für ihre Fehler zahlen. Die einen mehr, die anderen weniger.«

Bean kam Frank pfeifend auf dem Gang entgegen. Frank hätte trotzdem seinen emsigen Kollegen fast übersehen, so sehr war er in Gedanken versunken. Der Fall Köhler wurde immer undurchsichtiger. Er fand einfach keinen Hebel, den er bei dem Arzt ansetzen konnte. Ihm war klar, dass er sich noch gehörig Gedanken machen musste, damit er den Oberarzt wirklich in Untersuchungshaft schicken konnte. Frank musste sich eingestehen, dass Köhler das Gericht vermutlich als freier Mann verlassen würde. Dabei klang die Geschichte des Geriaters dubios und unglaubwürdig. Wer schleicht sich schon in sein eigenes Büro, um ungesehen Unterlagen zu holen? Wer informiert seine Familie nicht, wenn er für ein paar Tage alleine sein will? Andererseits hatte Frank keine wirklichen Indizien oder Beweise für Köhlers Täterschaft. Es gab an den Tatorten keine verwertbaren Fingerabdrücke. Die Untersuchung von Köhlers Wagen und Kleidung hatte in einem ersten Ansatz auch kein Ergebnis gebracht. Keine DNA-Spuren, nichts. Köhlers Aufenthalt in den vergangenen Tagen hatten sie nicht lückenlos dokumentieren können. So sehr Frank auch versuchte, eine Beweiskette zu knüpfen, spätestens nach drei Argumenten riss der Faden. Köhler schien immun gegen ihre Ermittlungsarbeit.

»Na, was siehst du so grimmig aus, Kollege?«

Erst jetzt bemerkte Frank, dass Bean vor ihm stand. »Du kommst mir gerade recht. Ich habe gerade Köhler vernommen. Ich komme mit ihm nicht weiter. Ich fürchte, dass wir ihn entlassen müssen. Was gibt es Neues in Sachen CombinoMed?«

»Nicht wirklich viel. Oder vielleicht doch. Es ist in der Tat so, dass Köhler an der Hardterwald-Klinik an exponierter Stelle geforscht hat. Ich habe mit jemandem vom Deutschen Forschungsrat gesprochen, Köhler steht kurz vor bahnbrechenden Forschungsergebnissen, die die Geriatrie in Deutschland weiterbringen wird. Ich habe zwar nicht genau verstanden, worum es geht, aber offenbar wartet die Medizinwelt auf die Veröffentlichung der Ergebnisse. Köhler könnte sich mit seiner Arbeit in der Fachwelt ein Denkmal setzen. Der Mann genießt einen unzweifelhaft guten Ruf.« Bean griff in die Innentasche seines Jacketts und hielt Frank einen Zettel hin.

»Und er würde alles tun, um diesen Ruf nicht zu gefährden. Er wäre nicht der Erste, der über Leichen gehen würde, um seine Forschung nicht zu gefährden.« Frank drehte den Zettel hin und her. »Was ist damit?«

»Das ist die Telefonnummer des Deutschen Forschungsrats. Abteilungsleiter ist ein gewisser Dr. Büttgenbach. Er gibt dir gerne weitere Auskünfte. Büttgenbach kennt Köhler und die Hardterwald-Klinik, denn zufällig kommt er aus Korschenbroich.« Bean kratzte sich am Kopf. »Soviel habe ich von dem Fachchinesisch der Ärzte dann doch verstanden, dass ich nicht glaube, dass Köhler für seine Forschungen über Leichen gehen würde.«

»Warum nicht?«

»Dein Oberarzt hat lediglich die Zusammenwirkung von Physiotherapie, Wahrnehmungs-, Konzentrations- und Koordinationsübungen in, äh, wie heißt das noch einmal ... ja, psychosozialen Gesprächskreisen mit bestimmten homöopathischen Präparaten untersucht, bzw. die Auswirkungen dieser Therapiekombination auf die Selbstwahrnehmung und damit das Wohlbefinden der Patienten.« Bean kratzte sich jetzt selbstvergessen an seinem Bauch, der sich deutlich über den Gürtel seiner Jeans wölbte. »Mann, ich hoffe, ich habe das alles richtig hintereinander gebracht. Um die Medizinmänner zu verstehen, muss man selbst auf Arzt studiert haben.« Bean gähnte. »War aber ganz interessant. Man lernt immer was Neues in unserem Job. Wie gesagt: Die von Köhler eingesetzten Präparate sind weitgehend erforscht und auch frei von Nebenwirkungen. Köhler wird wohl nicht gezwungen gewesen sein, irgendwelche Behandlungsfehler zu vertuschen. Das kann kein Mordmotiv gewesen sein. Ich glaube, Köhler passt eher in die Kategorie ›verrückter Professor‹.«

»Aber was kann es dann sein? Habgier scheidet, denke ich, auch aus. Wir haben bisher keine Erkenntnisse, dass die Rentner über große Vermögen verfügt haben.« Frank trat von einem Bein auf das andere. Er musste dringend mit Böllmann sprechen. »Ich bin mittlerweile fest davon überzeugt, dass es einen Zusammenhang gibt zwischen den Morden. Ich hoffe inständig, dass Hecker bald vernehmungsfähig ist. Er kann uns den Schlüssel zur Lösung der Fälle liefern.«

»Na ja, es gäbe da noch die Variante, dass der geniale Forscher doch eine dunkle Seite hat und mit den Morden seine sadistische Ader ausgelebt hat.« Als er Franks skeptischen Blick sah, fügte Bean ein »Wäre doch möglich« hinzu.

»Wäre möglich. Aber auch dafür haben wir keinen Anhaltspunkt. Ich bin gespannt, was Böllmann sagt. Vielleicht können wir Köhler doch noch eine Weile aus dem Verkehr ziehen. Zumindest, bis wir die Listen ausgewertet haben.«

»Welche Listen?«

»Wir wollen herausbekommen, ob die Verblichenen der vergangenen fünf Jahre kurz vor ihrem Tod Patienten der Hardterwald-Klinik waren.«

»Und was wollt ihr damit beweisen? Ich finde es gewagt, da einen Zusammenhang zu sehen.«

»Ehrlich gesagt, das wissen wir auch noch nicht so recht.« Frank und Bean traten einen Schritt zur Seite, weil drei Angehörige der Hundertschaft an ihnen vorbei hetzten.

»Auf jeden Fall klingt das nach viel Arbeit, nach sehr viel Arbeit.«

»Stimmt, und wir können jeden gebrauchen. Was ist, Bean, ist das nicht genau die richtige Arbeit für dich?«

Bean sah aus, als habe er nicht richtig verstanden. »Die Todesfälle der vergangenen fünf Jahre? Habt ihr sie nicht mehr alle? Das kann ich unmöglich alleine schaffen.«

»Danke Bean, ich werte deine Antwort als ›Ja‹. Ich wusste, dass ich mich auf dich verlassen kann. Und keine Angst, du musst das nicht allein machen. Du hast eine attraktive Hilfe. Viola Kaumanns brennt drauf, sich ihre Sporen für höhere Aufgaben zu verdienen. Sie wird dir helfen.«

»Kaumanns? Das ist doch die mit den roten Haaren und den abgedrehten T-Shirts, oder?«

»Du hasts erfasst. Genau die ist es. Viola Kaumanns, die Frau mit den coolen Sprüchen.«

Bean grinste. »Na, schön, wenigstens eine attraktive Kollegin an meiner Seite. Besser als den dicken Schrievers. Das entschädigt mich glatt für meinen Verzicht auf Altweiber im Keller der Staatsanwaltschaft.«

»Hattest du den Termin schon fest im Kalender?«

»Klar, wie jedes Jahr. Aber diesmal werden die Mädels aus den Kanzleien und Strafkammern ohne mich feiern müssen. Schließlich: Mord ist Mord, da geht die Ermittlungsarbeit vor.« Zufrieden schob Bean seine Hände in die Hosentasche. »Da wird schon nix anbrennen, in der Staatsanwaltschaft. Da wird auch nächstes Jahr die Post abgehen. Und vielleicht geht ja auch Frau Kaumanns mit mir nach Dienstschluss einen kleinen Absacker trinken. Das hat doch auch was.«

Frank hatte den Eindruck, dass Bean sich selbst Mut machen wollte. Aber er konnte ihn auch verstehen. Die staubtrockene Arbeit mit ellenlangen Listen war auch nicht sein Fall. Und schon gar nicht zusammen mit Viola Kaumanns. Aber das sagte er seinem Kollegen besser nicht. Frank musste an Lisa denken.

Ecki und Frank waren nahezu schweigend nach Boisheim gefahren. Jeder der beiden Ermittler hing seinen eigenen Gedanken nach. Auch der CD-Player war diesmal, ungewöhnlich genug für ihre Dienstfahrten, stumm geblieben.

Schweigend stiegen die beiden aus ihrem Ford Mondeo und gingen die wenigen Schritte bis zur Haustür von Hiltrud Claassen. Wie bei ihrem ersten Besuch wurde ihnen schon beim zweiten Klingeln geöffnet.

»Bitte, kommen Sie doch herein. Ich habe Sie schon erwartet. Möchten Sie einen Kaffee?« Verhoevens Tochter ging voraus ins Wohnzimmer.

Der Raum war dunkel. Hiltrud Claassen hatte trotz des trüben Wintertags die Jalousien halb heruntergelassen.

Sie bemerkte den fragenden Blick der Polizeibeamten und schaltete eine kleine Lampe an, die auf einem Sideboard stand. »Wissen Sie, ich bin nicht so oft im Wohnzimmer. Wenn mein Mann unterwegs ist, sitze ich lieber in der Küche oder in meinem Nähzimmer. Wenn Sie wollen, kann ich aber auch die Jalousien wieder hoch ziehen, oder wir können uns in die Küche setzen.«

Frank winkte ab. »Nein, ist schon okay. Nur keine Umstände.«

»Wie Sie möchten. Bitte, entschuldigen Sie mich einen Augenblick. Ich bin gleich wieder da.« Hiltrud Claassen verschwand Richtung Küche.

Ecki setzte sich in einen Sessel am Fenster und schüttelte sich. »Das sieht ja hier aus wie eine Gruft. Schrecklich. Da kriege ich ja Beklemmungen. Kein Wunder, dass die Claassen lieber in der Küche sitzt. Nur gut, dass wenigstens die Heizung an ist.«

»Das erinnert mich an früher. Zu Hause durften wir Kinder nur am Wochenende ins Wohnzimmer. Während der Woche war der Raum tabu und immer dunkel. Geheizt wurde er auch nicht jeden Tag. Dort durfte nur mein Vater rein und sein Mittagsschläfchen halten.«

Ecki sah sich aufmerksam um. Es gab nichts, was sein Interesse geweckt hätte. »Die gute Stube. Das kenne ich nur von meinen Tanten aus Amern, die das Wohnzimmer auch nur für den Besuch geöffnet haben.« Er sah Frank an.

Frank ging zu der Schrankwand aus dunklem Holz, die sich über die gesamte Wand zog. In einigen Fächern standen ein paar Bücher, deren Rücken er neugierig betrachtete.

»Wir haben nicht so viele Bücher hier unten. Oben, in meinem Nähzimmer, haben ich die meisten stehen.« Hiltrud Claassen hatte ein Tablett in der Hand, das sie auf dem Couchtisch absetzte. »Warten Sie, ich habe auch noch ein paar Hefeteilchen besorgt. Ich hoffe, Sie mögen Teilchen?« Ohne eine Antwort abzuwarten, war sie schon fast wieder zur Wohnzimmertür hinaus.

Frank zwinkerte Ecki zu. »Sie hätten meinem Kollegen keine größere Freude machen können.«

Hiltrud Claassen kam mit einem Teller zurück, auf dem Nussschleifen und Rollkuchen lagen. »Bitte, bedienen Sie sich.« Sie goss den Kaffee ein. »Nun, was kann ich für Sie tun?«

Frank legte seine Hände zusammen, um sich zu sammeln. »Ich weiß nicht recht, wie ich beginnen soll, Frau Claassen.« Frank sah sie unvermittelt an. »Wann haben Sie Ihren Bruder das letzte Mal gesehen? War er bei der Beerdigung Ihres Vaters?«

»Herbert?« Hiltrud Claassens Augen verdunkelten sich. Ihre bislang zuvorkommende Haltung änderte sich mit einem Wimpernschlag. Sie zögerte mit ihrer Antwort. »Nein, Herbert war nicht da. Ich habe versucht, mit ihm zu telefonieren, aber er ist nicht an den Apparat gegangen. Ich habe ihm ein Telegramm und einen Brief geschickt, aber er hat nicht geantwortet. Dann habe ich bei seinem Nachbarn angerufen, der eine kleine Farm betreibt. Herbert hatte mir die Nummer vor ein paar Jahren gegeben. Falls mal ein Notfall sein sollte, hat er damals gesagt. Ich habe mich mit Herberts Nachbarn nur schlecht verständigen können, habe aber verstanden, dass Herbert nicht in England sein soll. Aber dieser Mr. Digby konnte nicht sagen, wo er ist. Zumindest habe ich das so verstanden.«

»Was ist Ihr Bruder Herbert für ein Mensch? Sie haben damals gesagt, er sei eigenbrötlerisch. Was heißt das?« Ecki sah von seinen Aufzeichnungen auf. Noch hatte er sich nicht an den Teilchen bedient.

»Eigenbrötlerisch, eben. Und auf eine ganz eigene Art unberechenbar. Als Kind wusste ich nie, woran ich bei ihm war. Er ist immer seinen eigenen Weg gegangen. Als Junge ist er einmal eine ganze Nacht weggeblieben. Meine Eltern sind fast umgekommen vor Sorgen. Am anderen Tag haben sie Herbert im Garten vom Nachbarn gefunden. Dort hatte er sich im Hühnerstall versteckt. Er hasst Erwachsene, hat er auf die Frage geantwortet, warum er weggelaufen ist.«

»Und was war der wahre Grund?« Frank sah, wie Ecki nach einem Rollkuchen griff und sich dabei gleichzeitig Notizen machte.

»Keine Ahnung, ich weiß es nicht. Ich habe meine Eltern auch nie gefragt. Und sie haben auch nichts erzählt. Ich war ja auch noch ein Kind, damals. In den Jahren danach ist Herbert immer wieder mal von zu Hause weggelaufen. Aber er ist immer zurückgekommen. Er hat nie viel draußen gespielt. Ich kann mich erinnern, dass er die meiste Zeit in seinem Zimmer gehockt hat. Freunde hatte er auch nur wenige. Von Freundinnen ganz zu schweigen. Wenn ich jetzt so darüber nachdenke, ist in Herberts Leben sicher so einiges schief gegangen.« Hiltrud Claassen rührte gedankenverloren in ihrer Kaffeetasse.

»Wie ist das Verhältnis Ihres Bruders zu Ihren Eltern gewesen, Frau Claassen?« Ecki hatte sein Teilchen schon fast aufgegessen. »Ist übrigens lecker, der Rollkuchen.«

»Ja, wie ist das Verhältnis gewesen?«, griff sie Eckis Frage auf. »Wie schon gesagt. Er hat schon ganz früh ein eigenes Leben geführt. Quasi neben der Familie her. Und meine Eltern haben es offenbar nicht geschafft, ihn aus dieser Abseitsposition herauszuholen. Ich glaube, Herbert fühlte sich nur dann einigermaßen wohl, wenn er in Ruhe gelassen wurde.«

»Wie waren Ihre Eltern?«

»Eigentlich ganz normal, würde ich sagen. Ich habe als Kind nicht viel gefragt, woher sollte ich auch wissen, wie Eltern sind oder sein sollen? Meine Mutter hat früher viel geweint. Ich denke heute, das hängt mit Herbert zusammen. Er konnte oft so aggressiv sein. Aus heiterem Himmel. Dann war ihm nichts heilig. Stundenlang konnte er dann in seinem Zimmer toben und Sachen gegen die Wand werfen. In diesen Augenblicken ließ er niemanden an sich heran. Mein Vater war im Grunde ein schweigsamer Mann. Er hat nie viel erzählt oder sich mit uns beschäftigt. Nur wenn er Besuch von seinen Freunden hatte, konnte er auch lachen. Ich habe abends in meinem Bett gelegen und den Stimmen zugehört, die aus der Küche kamen. Ich habe nicht verstehen können, was sie erzählt haben, nur ihr Lachen habe ich gehört und den Klang der Bierflaschen, wenn sie angestoßen haben. Aber ich wusste, dass sie vom Krieg erzählt haben. Das haben sie immer getan, wenn sie sich getroffen haben. Und immer dann haben sie von den alten Geschichten angefangen, wenn sie schon getrunken hatten. Ich glaube, sie waren froh, dass sie den Krieg heil überstanden hatten.« Hiltrud Claassen nahm die Kaffeekanne in die Hand. »Ich bin eine unaufmerksame Gastgeberin; darf ich Ihnen noch nachschütten? Bitte, greifen Sie doch zu.«

Frank und Ecki nickten.

»Und wie war Ihr Verhältnis zu Ihrem Bruder?« Frank konnte nicht länger widerstehen und nahm ebenfalls einen Rollkuchen vom Teller. Erst jetzt stellte er fest, dass er außer einer schnellen Tasse Kaffee und einem halben Brötchen den ganzen Tag noch nichts gegessen hatte.

Hiltrud Claassen sah Frank müde an. »Ehrlich gesagt, wir haben wenig gemeinsam, außer unseren Eltern. Wir haben nicht viel miteinander gesprochen. Eigentlich gar nicht, wenn ich genau überlege. Ich war halt seine Schwester. Er hat mich zur Kenntnis genommen, mehr aber auch nicht.«

»Bedauern Sie das heute, haben Sie das früher schon bedauert?« Franks Magen knurrte.

»Wie würden Sie sich fühlen, wenn Sie von Ihrem eigenen Bruder schlichtweg übersehen werden? Er hat mir nicht die geringste Chance gegeben, damals.«

»Und später?«

»Nach dem Wehrdienst und dem Studium ist er dann sehr schnell nach England gegangen. Seither haben wir nur sporadisch Kontakt. Wenn ich mich nicht ab und an melden würde, wäre selbst das nicht mehr.« Hiltrud Claassen trank einen Schluck Kaffee. »Sagen Sie mir bitte, warum fragen Sie mich das alles?«

Frank legte den angebissenen Rollkuchen zurück auf den kleinen Teller neben seiner Tasse. »Frau Claassen, halten Sie es für möglich, dass Ihr Bruder Ihren Vater umgebracht hat.«

Hiltrud Claassen hatte gerade ihre Tasse gehoben, um zu trinken. Mit einer abrupten Bewegung stellte sie sie auf den Unterteller zurück. Das dünne Porzellan schepperte unter dem heftigen Stoß. Ihre Hände zitterten. »Sagen Sie das bitte noch einmal!« Hiltrud Claassen hatte ihre Hände vor das Gesicht gelegt. Nur langsam ließ sie sie wieder in ihren Schoß gleiten. Sie schüttelte stumm ihren Kopf.

Ecki sah Frank vielsagend an, bevor er Verhoevens Tochter ansprach. »Sind Sie jetzt so fassungslos, weil Sie Ihrem Bruder so eine Tat zutrauen, Frau Claassen?«

»Ich verstehe nicht?«

»Trauen Sie Ihrem Bruder so etwas zu?«

»Ja, nein, natürlich nicht.« Hiltrud Claassen griff sichtlich verwirrt nach ihrer Kaffeetasse stellte sie wieder hin, wollte ein Teilchen vom Teller nehmen, hielt inne und presste stattdessen eine Faust gegen ihren Mund, so als hätte sie schon zuviel gesagt.

Frank sprach behutsam weiter. »Frau Claassen, was meinen Sie mit ›ja, nein‹?«

Hiltrud Claassen hatte Tränen in den Augen. »Ich weiß nicht, was ich denken soll, Herr Kommissar. Kann ein Sohn seinen Vater umbringen? Könnte Herbert so etwas tun? Ich weiß es nicht, um ehrlich zu sein.« Sie atmete tief durch. »Ich weiß es wirklich nicht. Ich traue meinem Bruder eigentlich keinen Mord zu. Aber was heißt das schon? Ich kenne ihn doch nicht wirklich. Und ich habe ihn doch so lange nicht mehr gesehen. Die Zeit und die Umstände verändern einen Menschen.« Eine einzelne Träne rann über ihre Wange. Sie bemerkte sie nicht. »Ich weiß nur, dass Herbert oft so aggressiv sein konnte. Ohne erkennbaren Grund, wie gesagt. Ich weiß nicht, wie weit er gehen würde, und ob er seinen Vater wirklich so hassen könnte, um so eine Tat begehen zu können. Ich weiß es nicht, ich weiß es nicht.«

Frank bemühte sich, beruhigend zu klingen. »Wir können Ihnen diese Frage sicher auch nicht beantworten. Ich weiß aus meiner Erfahrung allerdings, dass Kinder, dass Menschen überhaupt in bestimmten Situationen zu allem fähig sind. Das gehört zu uns einfach dazu, auch wenn wir im Alltag davon nichts wissen wollen. Es mag platt klingen, aber wir alle haben unsere Urerfahrungen, Urängste, Urinstinkte, aber auch unsere Uraggressionen in uns stecken. Aber das beantwortet nicht Ihre und nicht unsere Frage. Aber eine Antwort zu finden, deshalb sind wir hier.«

Ecki versuchte den einfachen Weg. »Ausschließen möchten Sie es aber nicht, dass Ihr Bruder in einer bestimmten Situation und unter bestimmten Bedingungen alle Hemmungen fallen lassen könnte?«

Hiltrud Claassen sah ihn stumm an und zuckte kaum merklich mit den Schultern. Nur unter großen Mühen brachte sie schließlich kaum hörbar die wenigen Worte heraus. »Sagen Sie es mir, Herr Kommissar.«

»Und es gibt keinen Anhaltspunkt, wo Ihr Bruder sich aufhalten könnte?« Ecki schlug eine neue Seite in seinem Notizbuch auf.

»Ich würde es Ihnen sagen.«

»Hat er hier in der Gegend noch Freunde und Bekannte, bei denen er sich aufhalten könnte?«

»Nein. Ich sagte ja schon, dass Herbert sehr zurückgezogen gelebt hat. Und auch während des Studiums hat er kaum Kontakt zu Kommilitonen gehabt, soviel ich weiß.«

»Was ist mit Frauen?« Ecki sah sie erwartungsvoll an.

»Ich weiß es doch nicht, Herr Eckers. Mein Bruder war und ist immer noch ein Buch mit sieben Siegeln für mich. Ich weiß nichts über ihn. Und ich kenne niemanden, mit dem ich darüber sprechen könnte.« Hiltrud Claassen begann zu schluchzen. »Ich vermisse meinen Vater so. Ich muss immerzu an ihn denken und daran, wie er gestorben ist. Das hatte er nicht verdient. Ich wünschte, mein Mann wäre hier und nicht schon wieder auf Geschäftsreise. Ich bin so einsam ohne meinen Vater.« Hiltrud Claassen zog aus ihrer Hosentasche ein Papiertaschentuch und wischte damit ihre Tränen ab. »Entschuldigen Sie bitte. Aber Sie können sich gar nicht vorstellen, wie das ist, ohne Eltern sein zu müssen und niemanden im Haus zu haben, mit dem Sie reden können. Ich bin so schrecklich allein!« Sie straffte sich, aber ihre Schultern konnten ihre Position nicht halten. Sie versuchte es ein zweites Mal, aber auch das gelang ihr nicht.

»Wir lassen Sie jetzt allein. Wir werden heute noch eine Suchmeldung nach Ihrem Bruder veranlassen. Wir haben eine Menge Fragen an ihn.« Frank erhob sich. »Vielen Dank für das Gespräch und natürlich für Kaffee und Kuchen. Ich wünsche Ihnen von Herzen, dass der Fall bald gelöst werden kann und Sie etwas zur Ruhe kommen können.«

»Vielen Dank, Sie sind sehr freundlich.« Hiltrud Claassen begleitete die beiden Polizeibeamten zur Tür. »Es tut gut, dass einmal jemand zuhört. Ich wünsche Ihnen viel Glück, meine Herren. Wenn ich Ihnen helfen kann, lassen sie es mich wissen.«

Bis zum Autobahnbahnkreuz Mönchengladbach sprach keiner der beiden ein Wort. Der Tag war offenbar nicht geschaffen für große Gespräche. Aber Ecki wusste auch so, wie es in seinem Freund aussah.

»Soll ich ein bisschen Musik machen?« Ecki nahm eine Hülle vom Armaturenbrett.

»Nee, bitte nicht. Lass uns lieber mal überlegen, wie wir weiter vorgehen sollen.« Frank überholte kurz nach dem Abbiegen auf die A 52 mehrere große Lastwagen mit niederländischem Kennzeichen, die gefährlich nah beieinander Stoßstange an Stoßstange in Richtung Ruhrgebiet unterwegs waren.

»Ich denke, dass Herbert Verhoeven tatsächlich ein potenzieller Täter sein könnte. Zumindest klingt es sehr abstrus und merkwürdig, was uns seine Schwester gerade erzählt hat. Ich denke, dass wir tatsächlich eine Fahndung rausgeben sollten.«

»Andererseits, nur weil jemand als junger Mensch, ich sage mal vorsichtig, schwierig war, wird er im Alter nicht zum Mörder. Wir sollten nach ihm suchen lassen, keine Frage, aber ob er wirklich der Täter ist, da setze ich doch mehrere Fragezeichen hinter. Zumal ja nicht ausgeschlossen ist, dass wir es mit einem Serientäter zu tun haben. Vor diesem Hintergrund will mir Herbert Verhoeven erst recht nicht so ganz ins Bild passen. Wenn er der Täter ist, muss er seine anderen Opfer gekannt haben.«

»Wieso? Er kann sie sich auch zufällig ausgesucht haben.«

Frank bog an der Ausfahrt Nord von der Autobahn ab. »Dann hätten wir im Grunde zwei mögliche Täter: Köhler und Verhoevens Sohn. Es wird höchste Zeit, das wir ins Präsidium kommen. Herbert Verhoeven muss her. Und zwar dringend.«

»Meine Herren, lieber Herr Borsch und lieber Herr Eckers, ich bin Ihnen sehr gewogen. Das wissen Sie. Aber das geht nun wirklich nicht. Sie können Dr. Köhler nicht länger festhalten. Sie, das heißt wir, haben nichts wirklich Belastendes in der Hand. Soweit ich das überblicken kann, ist seine Forschungsarbeit über jeden Zweifel erhaben, auf die Gerüchte in der Klinik können wir nichts geben, denn sie haben sich bisher nicht erhärten lassen. Und dass Köhler ein paar Tage von der Bildfläche verschwindet? Nun, ja, bei der Arbeitsbelastung der Ärzte heutzutage kann ich verstehen, wenn einer für eine Zeit aussteigen will. Dass er das ohne Wissen und Erlaubnis seiner Kollegen und seines Chefarztes tut, ist sicher nicht die feine englische Art. Aber das ist mit der Trendkrankheit ›Burn-out-Syndrom‹ sicherlich zu erklären. Und so gesehen kann Köhler tun, was er will. Auch wenn ich starke ethische und moralische Bedenken habe, strafbar ist das Schwänzen des Dienstes so gesehen nicht.« Staatsanwalt Ralf Böllmann sah die beiden Ermittler über den dünnen Goldrand seiner Brille an. »Ich möchte auch zu gerne mal raus aus meiner Mühle hier. Aber sehen Sie sich doch mal bei uns um. In den Büros türmen sich die Akten. In manchen sind es sogar so dermaßen viele, dass sie nach einem bestimmten Plan gestapelt werden müssen, damit die Statik der Böden das mitmacht.«

Frank und Ecki mussten grinsen.

»Das ist wirklich kein Witz. Wir ersticken förmlich in Arbeit. Und wenn wir nicht bald dieses neue Computersystem bekommen, sehe ich für die Effektivität unserer Arbeit wirklich schwarz.«

»Computersystem?«, fragte Ecki neugierig. Alles, was nur im Entferntesten dazu geeignet war, seine Arbeit zu erleichtern, interessierte ihn brennend.

»Nur ganz kurz: *Acusta* soll bei uns als Pilotprojekt eingeführt werden. Es geht um die allgemeine Computerunterstützung für Staatsanwaltschaften.«

»Ich liebe solche Abkürzungen. Sie sind das Salz in der Suppe eines jeden Behördenapparats«, warf Frank ein, dem das schiefe Bild seines Vergleichs im Moment des Sprechens peinlich bewusst wurde.

Böllmann nickte nur. »Zum Beispiel sollen künftig schriftliche Verfügungen über die Einstellung eines Verfahrens vom jeweils zuständigen Staatsanwalt per Knopfdruck ausgedruckt werden können. Die zeitaufwendige Schreiberei fällt damit weitgehend weg.«

»Cool.« Ecki nickte wissend.

»Ob das wirklich so cool ist, weiß ich nicht. Denn die Kollegen Staatsanwälte werden künftig jede Menge Schreibkram selbst erledigen müssen. Trotz der fertigen Textbausteine. Und ob die Kollegen das so toll finden werden, wage ich schon jetzt zu bezweifeln.« Staatsanwalt Ralf Böllmann rückte seine Brille gerade. »Aber das ist nicht unser Thema. Wir brauchen gar nicht erst zur Untersuchungsrichterin zu gehen. Mit einem Antrag auf Haftbefehl kommen wir nicht durch. Ich sehe da keine Chance.«

Frank wollte sich nicht geschlagen geben, obwohl er wusste, dass Böllmann Recht hatte. »Was ist, wenn wir ihn gehen lassen und er versucht, Hecker endgültig aus dem Weg zu räumen?«

»Das wird ihm nicht gelingen, Hecker wird bewacht. Die Kollegen in Duisburg werden Köhler beim Versuch, ins Zimmer zu kommen, sofort festnehmen.«

»Dann haben wir wohl keine andere Wahl.« Frank hob bedauernd die Hände und sah Ecki an. »Wir werden uns auch um diesen Verhoeven kümmern. Die Beschreibung, die seine Schwester von ihm und seinem Verhalten gibt, passt auf den ersten Blick schon zu dem Tatmuster. Kein normaler Mensch und Täter bringt die beiden Rentner auf diese brutale und widerwärtige Weise um. Ich gehe ganz schwer von einem Psychopathen als Täter aus.«

Staatsanwalt Ralf Böllman kramte in seinen Papieren, für Frank und Ecki ein deutliches Zeichen dafür, dass er die Besprechung für beendet hielt. Die beiden Ermittler standen schon an der Tür zum Flur, als Böllmann ihnen noch ein freundliches »Viel Spaß auf unserer Karnevalsfete« mit auf den Weg gab.

»Nee, keine Zeit«, kam es wie aus einem Mund zurück.

»Ich habe auch keinen Spaß an solchen Veranstaltungen, vor allem nicht dann, wenn ich nur auf Mitarbeiter treffe.«

Auf dem Weg zum Auto musste Frank dann doch noch einmal nachfragen. »Du gehst auch nicht zur Staatsanwaltschaft? Warum nicht? Ich denke, du bist ganz scharf darauf?«

»Ich kann dich doch nicht die ganze Arbeit alleine machen lassen. Außerdem macht es mir ohne dich keinen Spaß.«

Frank freute sich.

Dr. Helmut Köhler hatte ohne viel Aufhebens das Präsidium verlassen. So viel Kaltschnäuzigkeit hatten die beiden Kriminalhauptkommissare ihm dann doch nicht zugetraut. Frank hatte wenigstens erwartet, dass der Mediziner mit Anwalt und Beschwerden drohen würde. Aber Köhler verlor keinen Ton über die für ihn sicher mehr als unangenehme Festnahme. Stattdessen hatte er grußlos das Büro der beiden Ermittler verlassen.

Frank hatte schon den ganzen Tag über gefroren. Deshalb war er froh, dass Ecki ihm einen »Gute-Laune-Tee« angeboten hatte. Der Winter war nicht wirklich seine Jahreszeit. Das nasskalte Wetter ging ihm ziemlich auf die Nerven. Er freute sich schon auf das Ende der Karnevalsession und den nahenden Frühling.

Eher missmutig hatte Frank kurz durch die aufgelaufene Post und die hereingereichten Akten geblättert. Das konnte alles noch warten. Frank hatte es sich, soweit das in einem beengten und eher schlicht eingerichteten Büro der Mönchengladbacher Polizei überhaupt möglich war – und in dem zu allem Übel immer noch der Laufstall mit Heinis Plüschteddy parkte – gerade auf seinem Stuhl gemütlich gemacht, als die Tür aufging. Vor ihnen stand Astrid Köhler. Auf ihrem Arm drückte sich ihr kleiner Sohn fest an seine Mutter. Die junge Frau wirkte verstört. Ihre Augen waren rot und verquollen. Ihre dunkle Winterjacke stand offen. Ihr sichtlich teurer Cashmerepullover und ihre ausgewaschenen Bluejeans sahen aus, als ob Astrid Köhler seit Tagen ihre Kleidung nicht gewechselt hatte.

Köhlers Frau sah Frank an. »Guten Tag. Darf ich reinkommen? Ich möchte eine Aussage machen.«

Frank deutete auf den Stuhl an seinem Schreibtisch. »Bitte.«

Ohne lange Vorrede kam Astrid Köhler zur Sache. Sie machte dabei einen leicht gehetzten Eindruck. Beruhigend strich sie ihrem Sohn immer wieder über den Kopf. »Sie dürfen meinen Mann nicht länger festhalten. Er ist unschuldig. Ich weiß das. Bitte lassen Sie ihn frei.«

Frank lächelte den kleinen Jungen an, der nicht vom Schoß seiner Mutter wich. »Frau Köhler, Sie kommen zu spät. Ihr Mann ist nicht mehr bei uns. Wir haben ihn vor knapp einer halben Stunde entlassen.«

Astrid Köhler schüttelte stumm ihren Kopf und drückte ihren Sohn fest an sich. In ihren Augen sammelten sich Tränen.

»Vielleicht haben Sie sich auch nur knapp verpasst, und Ihr Mann ist schon zu Hause.« Frank sah sie aufmunternd an, merkte an ihrer Reaktion aber, dass seine Worte Astrid Köhler keinen Trost gaben.

»Helmut kommt nicht mehr nach Hause«, sagte sie mit fast tonloser Stimme. Dabei zuckten ihre Schultern unter ihrem unterdrückten Schluchzen. Ihr Sohn sah sie ängstlich an. Er verzog dabei sein Gesicht, als würde er im nächsten Augenblick ebenfalls in Tränen ausbrechen.

»Was meinen Sie damit – er kommt nicht mehr?« Ecki hielt ihr ein Papiertaschentuch hin.

»Mein Mann und ich haben uns getrennt.« Sie schluchzte heftig.

»Ihr Mann hat eine Freundin?«

Astrid Köhler ließ für einen Augenblick ihren Sohn los und schnäuzte laut in das Tempo. »Nein, ich habe mich von meinem Mann getrennt. Helmut ist ausgezogen.« Ihr Sohn fing laut an zu weinen, rutschte auf dem Schoß seiner Mutter hin und her und klammerte sich noch mehr an sie. Astrid Köhler machte einen hilflosen Versuch, ihn zu trösten. »Vor Tagen schon. Deshalb ist er in Holland gewesen.«

»Warum haben Sie uns das nicht schon früher erzählt – und warum haben Sie sich von Ihrem Mann getrennt?« Frank bemühte sich, nicht vorwurfsvoll zu klingen.

»Als Sie bei mir waren, war ich noch völlig fertig. Ich hatte gerade erst versucht, meinem Mann das Ende unserer Ehe klarzumachen. Ich war noch völlig durcheinander. Warum ich mich von Helmut getrennt habe?« Astrid Köhler atmete tief durch, bevor sie antwortete. »Ich konnte einfach nicht mehr. Das Haus, der Kleine, und nie war Helmut zu Hause. Immer, wenn ich ihn gebraucht hätte, war er in seiner Klinik und mit seiner verdammten Forschung beschäftigt. Ich habe sein Projekt gehasst, es hat zuerst meinen Mann und dann mich aufgefressen. Ich habe meinen Mann vermisst, und unser Sohn hat seinen Vater gebraucht, aber er war nie für uns da. Immer waren ihm die Termine und Besprechungen in der Hardterwald-Klinik wichtiger. Und wenn er dann einmal am Wochenende zu Hause war, hat er sich immer in sein Arbeitszimmer zurückgezogen. Glauben Sie mir, ich habe so nicht mehr weiterleben können und auch nicht mehr weiterleben wollen. Die Medizin hat unser Eheleben zerstört.« Astrid Köhler machte eine kleine Pause, bevor sie fortfuhr. »Ja, und dann war da mit einem Mal Christian.« Sie schwieg.

»Christian?«

»Chris, ich meine, Christian Faber. Er ist, ich meine, er war unser Innenarchitekt, bis, ja, bis ...« Astrid Köhler verstummte erneut.

»Wie können wir Herrn Faber erreichen? Wir würden gerne selbst mit ihm sprechen.« Ecki sah Astrid Köhler erwartungsvoll an.

»Muss das sein?«

Ecki nickte nur.

Astrid Köhler nannte widerstrebend die Adresse. »Wissen Sie, Sassenfeld ist ein Dorf im Dorf. Da kennt wirklich jeder jeden. Ich möchte nicht, dass Chris Schwierigkeiten bekommt. Vor allem, weil, weil, seine Frau weiß nichts von mir.« Wieder liefen Tränen über ihre Wangen.

Ecki sah Frank fragend an.

»Sassenfeld ist ein Ortsteil von Lobberich, ziemlich grüne Gegend und viel Wasser.« Frank wandte sich wieder an Köhlers Frau. »Liebe Frau Köhler, wir sind keine Sittenwächter, Ihr Privatleben interessiert uns nur dann, wenn es etwas mit den Morden zu tun hat. Und in diesem Fall müssen wir auf jeden Fall mit Herrn Faber Kontakt aufnehmen. Dazu sind wir auch verpflichtet. Weiß Ihr Mann von Christian Faber? Oder haben Sie Ihr Verhältnis verschwiegen?«

»Helmut weiß davon. Und es scheint ihm offenbar noch nicht einmal etwas auszumachen.« Sie schnäuzte wieder in das Papiertaschentuch. Dann strich sie ihrem Sohn beruhigend über den Kopf und trocknete seine Tränen. Übergangslos hörte er auf zu weinen und rutschte von ihrem Schoß. Seine Neugier auf den großen Plüschteddy war mittlerweile stärker als die Trauer über seine weinende Mutter.

Astrid Köhler wollte ihren Sohn zurückhalten, aber Frank winkte ab. »Lassen Sie ihn nur. Mein ...«, Frank suchte nach den richtigen Worten und lächelte. »Mein Kollege war etwas sehr vorschnell. Mein Kind wird erst noch geboren. Lassen Sie Ihren Sohn ruhig mit dem Teddy spielen.«

»Eddy«, echote der Junge.

»Ich will ganz offen fragen, Frau Köhler, halten Sie Ihren Mann für fähig«, er senkte seine Stimme, »einen Mord zu begehen? In extremen Situationen verhalten sich Menschen manchmal völlig unerklärlich.« Er sah Köhlers Frau aufmerksam an.

»Ich habe Ihnen doch schon versucht zu erklären, mein Mann könnte nie einem anderen Menschen weh tun. Dazu ist er viel zu sehr Mediziner. Und zu beherrscht. Helmut ist ein sanfter Mensch. Ich glaube nicht, dass er jemals ausrasten und in seinem Zorn seine Hemmungen vergessen könnte. Nein, nicht Helmut.« Sie schüttelte energisch den Kopf und sah dann zu ihrem Sohn, der mittlerweile zu dem großen Teddy in den Laufstall geklettert war und das braune Plüschtier aus seiner hilflosen, liegenden Position aufrecht hingesetzt hatte. Astrid Köhler hatte jetzt nur noch Augen für ihren Sohn. Sie hatte alles gesagt.

»Nun, wir werden sehen. Im Moment haben wir keine Fragen mehr an Sie. Können wir Ihnen sonst noch auf irgendeine Weise helfen?« Frank hatte das Bedürfnis, Astrid Köhler zu beschützen.

»Nein, lassen Sie mich einfach in Ruhe, und auch meinen Mann. Er hat sich nicht schuldig gemacht. Er hat sich nur auf seine Forschung konzentriert, und er will nicht mehr tun, als damit den Menschen helfen.« Sie zögerte einen Augenblick. »Und was er damit sich selbst, mir und dem Kleinen antut, geht Sie nichts an.«

Mit dieser schroffen Antwort hatte Frank nicht gerechnet. Die Frau war härter, als er vermutet hatte. »Eine letzte Frage kann ich Ihnen allerdings nicht ersparen, Frau Köhler. Warum hat Ihr Mann uns nichts davon erzählt, dass Sie sich getrennt haben? Das hätte uns und ihm die Situation sicherlich erheblich erleichtert. So hat er nichts getan, um den Verdacht gegen ihn zu entkräften. Im Gegenteil, er hat die Lage für sich nur noch schlimmer gemacht.«

»Helmut ist ein ehrlicher und stolzer Mensch. Er geht mit seinem Leben und seinen Problemen nicht bei anderen Leuten hausieren. Er macht sie lieber mit sich selbst aus. Das Private ist für ihn ein hohes Gut.«

»Die Frage ist nur, zu welchem Preis.« Ecki schlug sein Notizbuch wieder zu. Frank konnte sehen, dass er für Köhlers Verhalten nicht das geringste Verständnis aufbrachte.

Knapp eine Stunde später hatten sie Christian Faber auf seinem Handy erreicht. Zunächst hatte er keine Angaben am Telefon machen wollen, weil er bei einem Kunden war, und darum gebeten, zurückrufen zu können. Er hatte sich auch tatsächlich kurz darauf im Präsidium gemeldet und Astrid Köhlers Angaben bestätigt. Auch er hatte Sorge, dass sein Ruf auf dem Spiel stehen würde, wenn die Affäre bekannt würde. Schließlich, hatte er mehrfach betont, sei er im Vorstand des Lobbericher Tourismus- und Heimatvereins, und außerdem wollte er seine Aussichten auf ein Mandat im Nettetaler Stadtrat nicht unnötig gefährden.

Er habe zwar ein Verhältnis mit Astrid Köhler, aber das gehe niemanden etwas an, und mit Mord wollte er nun schon gar nicht in Verbindung gebracht werden. Ecki hatte dann doch unmissverständlich klar gemacht, dass Christian Faber für ein weiteres Gespräch zu ihnen in die Dienststelle kommen musste.

Frank hatte nach dem Telefonat mehrfach versucht, in Duisburg den diensthabenden Oberarzt zu erreichen, um sich nach dem Gesundheitszustand von Hecker zu erkundigen, wurde aber immer wieder auf später vertröstet. In der Klinik herrschte derzeit Hochbetrieb. Derweil hatte Ecki damit begonnen, die Unordnung auf seinem Schreibtisch zu beseitigen und auf seinem PC eine Notiz über die Aussage von Astrid Köhler zu schreiben.

Frank warf fluchend den Hörer auf den Apparat. »Das gibts doch gar nicht. Jetzt ist der Anschluss von diesem Doc dauernd besetzt. «

»Mann, entspann dich. Mach dir einen Tee, der Rest findet sich schon. Oder soll ich dir einen aufbrühen?«

»Bitte verschone mich mit deinem esoterischen Geschwafel. Sag mir lieber, wo die Kaumanns mit ihren weiteren Berichten bleibt. Oder ist sie schon mit Bean im Karneval unterwegs?«

»Bist wohl neidisch, was? Nee, soviel ich weiß, haben sie die Listen schon weitgehend durchgearbeitet und sind gerade dabei, die einzelnen Namen und Übereinstimmungen abzuarbeiten. Das kann aber noch eine ganze Weile dauern, bis ihr Abschlussbericht vorliegt.«

»Das dauert mir zu lange. Die Zeit haben wir nicht. Wir suchen schon viel zu lange nach dem Täter. Ich weiß nicht, vielleicht hätten wir Köhler unter Beobachtung halten sollen. Mir ist er immer noch nicht ganz geheuer. Ich wünschte, wir hätten auch schon mit Verhoevens Sohn sprechen können. Mir geht nicht aus dem Kopf, was seine Schwester uns über ihn erzählt hat. Das muss ein wahrhaft merkwürdiger Mensch sein. Aber kann er auch Täter sein?«

»Wer weiß schon, was zwischen ihm und seinem Vater passiert ist. Ich stimme dir zu, so ganz normal ist seine Jugend und seine Entwicklung nicht verlaufen. Du weißt doch auch, dass es manchmal nur einen kleinen, für sich gesehen unbedeutenden Anlass braucht, um Menschen ihre Grenzen und Hemmungen überschreiten zu lassen. Zumal bei einem Charakter, wie ihn Hiltrud Claassen uns beschrieben hat.«

XXI.

Ramona Erbskorn verlagerte ihr Gewicht von einer Gesäßhälfte auf die andere. Noch zwei Stunden bis zur Ablösung, und der schmale Stuhl mit der Sitzschale aus Hartplastik wurde zunehmend unbequemer. Gelangweilt blätterte die junge Kommissarin in einem zerlesenen *Spiegel*, den sie sich in der Wartezone der Station aus dem Stapel Zeitschriften gezogen hatte, der auf einem kleinen Ecktisch lag. Das Nachrichtenmagazin war schon die vierte Illustrierte in zwei Stunden.

Noch zwei Stunden, und ihre Ablösung würde endlich kommen. Und Arne. Er wollte sie vom Krankenhaus abholen, das hatte er ihr eben erst noch einmal mit vielen Liebesschwüren per SMS mitgeteilt.

Ramona Erbskorn, die während der ganzen Zeit vor dem Zimmer von Johannes Paul Hecker ihre Dienstmütze trug, schwitzte in ihrem dicken grünen Pullover. Das kannte sie sonst gar nicht, aber die Luft auf dem Krankenhausflur war stickig und roch nach Desinfektionsmittel. Sie konnte spüren, wie ein kleiner Schweißtropfen nach dem anderen ihren durchtrainierten Rücken entlang lief. Der Auftrag, den sie am Morgen nach der Dienstbesprechung entgegen genommen hatte, schien zunächst völlig easy zu ein: Ablösen und auf einen Rentner aus Nettetal aufpassen, der mit schweren Verbrennungen eingeliefert worden war. Aber das, was sie in den vergangenen Stunden an Langeweile und Krankenhausmief hatte ertragen müssen, war der berühmte »Griff ins Klo«.

Warum der bedauernswerte Alte bewacht werden musste, wusste Ramona Erbskorn nicht genau. Angeblich soll es ein Anschlag gewesen sein. Wie auch immer – Hauptsache, sie wurde bald abgelöst. Sie nahm sich vor, am Abend mit Arne noch eine Extraschicht im Fitnesscenter einzulegen. Nach diesem langweiligen Job musste sie sich einfach noch bewegen. Danach würden sie sich einen gemütlichen Abend vor dem Fernseher machen.

Es waren immer noch fast zwei Stunden bis zur Ablösung. Sie nahm ihr Handy aus der Hosentasche und schrieb Arne eine SMS. Dass sie sich langweilte, dass sie sich auf ihn freute, dass sie ihn vermisste und unendlich liebte. Sie schrieb ihrem Freund auch, dass sie froh war, dass sie das Wochenende in der Eifel gebucht hatten und dass er sein Snowboard ruhig im Keller lassen könne. Sie hätten sicher Besseres zu tun. An das Ende der SMS setzte sie noch ein Smiley.

Ramona Erbskorn, Kommissarin mit Aussicht auf eine ansehnliche Karriere bei der Duisburger Polizei, erschrak, als ihr Handy zu vibrieren begann. Sie meldete sich sofort. »Hi, Arne, ich vermisse dich so. Kannst du nicht was früher kommen? Dann können wir schon ein bisschen quatschen. Ich denke, dass mein Kollege pünktlich ist.« Sie lauschte in den Hörer. »Arne? Was hast du gesagt, ich verstehe dich ganz schlecht. Was?« Völlig selbstvergessen stand Ramona Erbskorn auf und wanderte mit dem Handy auf dem Gang ein paar Schritte hin und her. Hoffentlich kam jetzt keine Schwester, denn Handys waren im ganzen Krankenhaus streng verboten. »Arne? Ja, jetzt kann ich dich wieder verstehen. Ja, ich liebe dich auch.« Ihre Stimme wurde zärtlich. »Nein, ich will heute Abend ..., was?« Die Verbindung war wieder weg. Ramona Erbskorn sah auf das Display ihres Handys und beobachtete beim Gehen die Balken, die die Stärke der Verbindung anzeigten. Rechts in Richtung OP wurde das Signal schwächer, aber den Gang weiter runter, in Richtung Aufzug, wurde die Verbindung wieder besser. Ramona Erbskorn stand nun unmittelbar vor der Aufzugstür. »Na, endlich, jetzt bist du wieder ganz klar, Arne. Was ich sagen wollte? Lass uns heute Abend ins *Return* gehen und ein bisschen Squash spielen. Was?« Sie musste kichern. »Nein, du kannst da nicht mit mir zusammen duschen. Nein, das geht doch nicht. Arne! Nee, wenn da eine reinkommt! Lass den Unsinn, Arne. Wir können zu Hause noch einmal duschen, wenn du willst. Und ich schrubbe dir den Rücken. Was?« Sie musste wieder lachen. »Ach so, ja meinetwegen auch den Bauch. Arne, sei jetzt vernünftig, ich bin noch im Dienst. Was? Natürlich habe ich auch im Dienst erotische Gedanken. Was denkst du denn? Dass ich die morgens im Präsidium in den Spind hänge, oder wie? Ich bin doch keine Maschine. Arne, jetzt hör mir mal zu.« Ihr Freund hatte auch nur Unsinn im Kopf. Ein richtig großer Junge, den man einfach lieben musste. Ein Meister im Flirten. »Arne, ich bin im Dienst und muss jetzt zurück auf meinen Platz. Ich darf meinen Rentner nicht alleine lassen. Was das heißt? Erkläre ich dir nachher. Ich liebe dich. Bis gleich.« Ohne eine Reaktion abzuwarten, trennte Ramona Erbskorn die Verbindung. Sie hatte leicht rote Wangen, als sie lächelnd zu ihrem harten schmalen Stuhl vor dem Zimmer von Johannes Paul Hecker zurückkehrte. Sie hatte kaum die Ecke des langen Flurs erreicht, da wurde ihr Gesicht kreidebleich. Schwestern liefen durcheinander, Geräte piepsten laut, die Tür zu Heckers Zimmer stand sperrangelweit offen.

Keine Stunde später war auch im Polizeipräsidium in Mönchengladbach der Teufel los. Frank und Ecki tobten. Johannes Paul Hecker war tot! Eine Duisburger Kollegin, die den Auftrag hatte, Heckers Zimmer zu bewachen, hatte einfach ihren Platz verlassen. Der kurze Augenblick hatte dem Mörder gereicht, um in das Zimmer einzudringen und alle Versorgungsschläuche zu kappen. Außerdem hatte der Täter es auch noch geschafft, Hecker eine Spritze zu setzen und Luft in die Vene zu spritzen.

Frank brüllte immer noch ins Telefon. »Wie kommt diese dämliche Kommissarin dazu, sich wie eine Anfängerin zu verhalten!? Ich werde dafür sorgen, dass ihr ein Disziplinarverfahren an den Hals gehängt wird, das sie ihre Karriere kostet! Was denkt sich diese Tussi eigentlich!? Was hat sie!? Nur kurz mit ihrem Freund telefoniert!? Ihr Handy hatte vor dem Zimmer keinen Empfang!? Ich glaube, ich spinne!!« Frank knallte wütend den Hörer auf den Apparat. »Das darf doch nicht wahr sein. Wir waren so nah dran, und jetzt ist unser einziger und wichtigster Zeuge tot. Herzlichen Glückwunsch. Wir stehen wieder völlig am Anfang.«

Ecki hatte Franks Wutausbruch schweigend beobachtet. Ruhig fragte er: »Köhler?«

»Wer sonst. Ich weiß niemand anderen. Ich hatte es geahnt! Ich Idiot, hätte ich ihn doch nicht gehen lassen. Wir müssen sofort eine Großfahndung einleiten. Das Telefon seiner Frau muss überwacht werden. Das ganze Programm. Böllmann muss uns grünes Licht geben. Der Typ hat uns doch glatt verarscht mit seinem aufgeblasenen Medizinerethos. Die ganze Zeit! Und wir machen uns auch noch Gedanken, ob wir dem lieben Doktor nicht doch Unrecht tun. Köhler wollte nur hier raus, um seinen Fehler auszubügeln. Er wollte Hecker endgültig mundtot machen. Und seine Frau hat auch noch versucht, ihn zu decken. Hecker hätte ihn mit Sicherheit erkannt und überführt.«

»Wir werden ihn finden, und dann werden wir ihn schon noch knacken. Verlass dich drauf! Warten wir das Ergebnis der Spurensicherung und der Befragung des Klinikpersonals ab. Außerdem haben wir ja auch noch Verhoevens Sohn auf der Liste. Vergiss das nicht!«

»Über die Autobahn bist du von Duisburg aus doch ruckzuck in Holland. Der ist bestimmt schon nicht mehr in Deutschland.« Frank starrte wütend auf das Telefon. »Ich könnte diese feine ›Kollegin‹ würgen. Mann, ist die dämlich.« Frank versuchte, sich zu beruhigen. »Verhoevens Sohn? Den hätte ich jetzt glatt vergessen. Besorg uns ein Foto von ihm und gib es an die Zeitungen im Kreis Viersen. Nein, warte, lass uns erst noch einmal mit Böllmann sprechen, bevor wir uns in die Nesseln setzen. Ich will die absolute Rückendeckung der Staatsanwaltschaft, bevor ich mich hier vorschnell mit irgendwelchen Theorien aus dem Fenster lehne.«

Zwei Tage später war im Präsidium immer noch der Teufel los. Nicht nur im großen Lagezentrum neben der Leitstelle, in dem die Telefone der

Sonderkommission »Alte Männer« unablässig klingelten und Aktenordner, Vermerke und Kaffeebecher eilig hin und her getragen wurden, sondern auch auf den verschiedenen Fluren im Alt- und Neubau. Frank hatte sich schon über die merkwürdig aufgekratzte Stimmung gewundert, die ihm an jenem Morgen entgegenschlug, als er seinen MGB auf dem Parkplatz abgestellt hatte und zu seinem Büro unterwegs war. Erst als ihm Susanne Gruyters mit einer großen Schere und drei abgeschnittenen Krawattenresten entgegenkam, wusste er, was los war.

Die Sekretärin des Polizeipräsidenten blieb kurz stehen und musterte ihn mit einem seltsam irren Ausdruck im Blick, sodass ihm für einen Augenblick Angst und Bange wurde. Jetzt nur kein Überfall dieser Furie, dachte er. Aber Susanne Gruyters hatte erkannt, dass er wie immer ohne Schlips und damit kein Opfer für sie war. Sie rauschte an ihm vorbei, ohne ihn weiter zu beachten. Denn sie hatte längst ihr nächstes williges Opfer entdeckt. Frank drehte sich um. Hinter ihm war Horst Laumen aufgetaucht. Der anerkannte Experte für Behördenabläufe und Dienstanweisungen jeglicher Art, der extra zu Altweiber demonstrativ einen bunten »Binder«, wie er sich auszudrücken pflegte, umgelegt hatte, reckte seiner Kollegin bereitwillig das untere Ende der Krawatte entgegen. Dabei legte er eine Hand schützend auf seinen unvermeidlichen gelben Pullunder. Er lachte meckernd, als Susanne Gruyters mühsam ihre Schere durch den karierten Stoff schob.

Frank schüttelte den Kopf. Auch das noch: Altweiber, und er hatte drei Morde aufzuklären, ohne Aussicht auf einen schnellen Erfolg. Er jagte Köhler nach und versuchte gleichzeitig, den phantomhaften Sohn Verhoevens zu finden – und seine Kollegen hatten nichts besseres zu tun, als Karneval zu feiern. Obwohl es noch weit vor elf Uhr war, hörte Frank aus einigen Büros Karnevalsmusik. Das konnte ja heiter werden. Karneval im Präsidium und Fahndung, das passte nicht zusammen. Frank würde in der Dienststelle kaum jemanden finden, der bereit war, über die närrischen Tage zu arbeiten. Wer konnte, hatte frei oder schob möglichst nur Dienst nach Vorschrift. Allein die Fahndung lief weiter. Frank musste trotzdem ein klein wenig lachen, denn ihm kam der Spruch in den Sinn, den ihm Lisa neulich sinnigerweise an die Schlafzimmertür gepappt hatte:

Die Leute hier haben nichts anderes zu tun als den Verstand zu verlieren. – Jeffrey Lee Pierce

Frank schloss die Bürotür hinter sich. Ecki war noch nicht da. Er setzte sich und sah den Teddy an, der in seinem Laufstall saß und ihn aus großen Augen zu mustern schien. Frank musste das Plüschtier endlich mit nach

Hause nehmen, genauso wie den den Laufstall. Aber im Moment hatte er weder Zeit noch Muße und schon gar keinen Platz für das Teddymonstrum. Zumindest nicht in Lisas Wohnung und so lange Krüger da war.

Frank sah aus dem Fenster. Es würde ein nasses Karnevalswochenende werden. Im Wetterbericht des WDR war von Sturmböen und Regen die Rede gewesen und von einer Kaltfront mit gesunkenen Temperaturen. Kein Vergnügen für die vielen Karnevalisten, die die letzten Vorbereitungen für den Veilchendienstagszug trafen und ihre Wagen und sich selbst trotzdem nur ungenügend gegen das schlechte Wetter würden schützen können. Und sicher auch nicht das richtige Wetter für ländlich geprägte Konzertgänger, um am Karnevalssamstag zu einem noch nie erlebten Bluesкonzert zu gehen.

Überhaupt, das Bluesкonzert! Frank spürte, dass er nervös wurde. Eigentlich hatte er in den vergangenen Wochen wie immer zu wenig geübt, um mit gutem Gewissen in das Konzert zu gehen. Zumal es diesmal ein echtes Experiment zu werden schien, denn sie hatten ihren Auftritt in der Tat mitten auf dem platten Land und zu einer Zeit, in der die Niederkrüchtener sicher alles andere im Sinn hatten als Blues. Aus den Erzählungen von Ecki und Schrievers wusste er, dass die Niederkrüchtener ein ganz eigenes und vor allem stockkonservatives Völkchen sein mussten, das sich eher für die Schützenfeste der Umgebung begeistern konnte als für harten Rock und erdigen Blues. Sie würden sang- und klanglos untergehen mit ihrer Musik, das hatte Frank ganz deutlich im Gefühl. Wenn sie überhaupt Zuschauer hatten!

Je länger Frank über den Auftritt am Samstag nachdachte, umso mehr kam ihm das anstehende Konzert vor wie ein schlechter Scherz. Hätten sie sich doch besser nicht auf die Sache eingelassen! Frank war sich überhaupt nicht sicher, dass er bei dem Auftritt dabei sein würde. Denn ihre Ermittlungen steckten mitten in einer heißen Phase. Da würde er nicht so ohne weiteres seine Kollegen alleine lassen und zum Auftritt fahren können. Auch wenn Ecki ihn schon beruhigt hatte, sie kämen »für die paar Stunden« auch ohne ihn klar. Bevor er in Ruhe seine Harps auf der Bühne würde auspacken können, musste, viel wichtiger, erst noch Ruhe in die Ermittlungen kommen.

Frank drehte sich ein wenig vom Teddy weg, der nun ungerührt und stoisch an ihm vorbei die Wand anstarrte. »Na, alter Petz, was sagst du zu dem ganzen Chaos? So ein paar Tage im Büro von zwei Bullen ist sicher interessanter als den ganzen Tag über in einem Kinderzimmer Angst vor den nächsten Gemeinheiten der lieben Kleinen zu haben, oder?«

Aber der große Bär antwortete nicht. Jetzt fange ich schon an mit einem Spielzeug zu reden, dachte Frank und hatte unwillkürlich Laumen vor

Augen, der sich auf dem Flur bereitwillig die Krawatte hatte abschneiden lassen. Auch einer, der Fröhlichkeit mit Karneval verwechselte. Vermutlich hatte der fantasielose Bürohengst schon die ganze Zeit hinter seiner Bürotür auf Susanne Gruyters oder eine der anderen aufgedrehten Möhnen gelauert, die an diesem Tag alles andere im Sinn hatten als ihre Kaffeepause und diverse Aktenstapel.

Frank seufzte. Die Kollegen im Lagezentrum warteten sicher schon auf ihn, um mit ihm die aktuellen Ergebnisse der vergangenen Nacht aufzuarbeiten. Schwerfällig drückte er sich aus seinem Bürostuhl hoch und machte sich auf den Weg. Auf dem Flur zur Leitstelle kam ihm aus Richtung Kantine Gerhard »Patte« Willemsen entgegen. Der blonde Riese mit dem gutmütigen und sommersprossenübersäten Gesicht balancierte auf einem Tablett mehrere Gläser mit frisch gezapftem Altbier vor sich her.

»Alkohol im Dienst, Patte, Patte.« Frank schüttelte den Kopf.

»Na, Borsch, du alte Spaßbremse. Damit du beruhigt bist: Ich habe bis eben Nachtdienst gehabt und läute gerade das Wochenende ein. Wenn du nichts dagegen hast.«

»Du bist wohl auch schon im Karnevalswahn, was? War doch nur ein Scherz.«

»Mit frischem Altbier auf dem Tablett habe ich keine Zeit für dumme Scherze.« Gerhard Willemsen wollte an Frank vorbei.

»Apropos, Dienstschluss. Habt ihr in der Nacht etwas von Köhler gehört? Oder von diesem Verhoeven Junior?« Frank legte seine Hand auf Pattes mächtigen Oberarm.

»Negativ. Nichts. Dafür, dass Karneval vor der Türe steht, hatten wir nur eine Tote.« Patte zögerte, bevor er weiter sprach. »Eine Tote Nacht.«

»Deine Sprüche waren auch schon mal besser. Der Witz ist doch schon uralt.«

Patte Willemsen grinste. »Gestutzt hast du trotzdem für einen Augenblick. So, und nun lass mich durch, das Bier wird warm.«

Die Besprechung mit den Kollegen war entsprechend kurz und unergiebig. Bisher Fehlanzeige auf der ganzen Linie. Die niederländischen Kollegen waren zwar informiert, hatten aber wenig Hoffnung auf einen schnellen Erfolg angemeldet. Die Auswertung der Spuren in Heckers Zimmer hatte erwartungsgemäß auch kein verwertbares Ergebnis zutage gebracht. Der Täter hatte natürlich Handschuhe getragen, vermutlich aus Leder oder Latex. Vielleicht würden weitergehende Analysen durch die Experten des BKA doch noch einige Fingerabdrücke ergeben, die sich durch das dünne Latex gedrückt haben könnten.

Aber die Ergebnisse würden mit Sicherheit mehr als eine Woche auf sich warten lassen. Heckers Mörder musste ein Profi sein. Keiner hatte etwas Verdächtiges in der Klinik oder auf der Station bemerkt. Den Pflegern und Schwestern war jedenfalls niemand begegnet, der vor Ort nichts zu suchen hatte. Das schloss selbstverständlich aber nicht aus, dass sich nicht doch jemand im Arzt- oder Pflegerkittel unbemerkt im Haus bewegen konnte. Denn besonders auf der Station für Verbrennungsopfer war das Tragen von Mundschutz Pflicht, und damit bestand natürlich auch die Möglichkeit, die Masken als willkommene und unauffällige Tarnung zu nutzen. Frank wurde erneut wütend bei dem Gedanken an seine Kollegin, die einfach ihren Platz vor Heckers Zimmer verlassen hatte. Er hätte ihr gerne persönlich gesagt, was er von ihr hielt, aber ihr Dezernatsleiter hatte sich demonstrativ vor seine Kollegin gestellt und sie damit aus der Schusslinie genommen. Frank war auch deshalb so wütend, weil Heckers behandelnder Arzt hatte durchblicken lassen, dass der Rentner gute Chancen auf Gesundung gehabt hatte.

Verhoevens Sohn schien immer noch wie vom Erdboden verschluckt. Die Überprüfung der Passagierlisten der diversen Fähr- und Fluggesellschaften hatten nichts erbracht, ebenso wie die Buchungslisten der Eurotunnelgesellschaft. Entweder hatte Verhoeven England gar nicht verlassen und hielt sich stattdessen irgendwo im Vereinigten Königreich auf, oder er hatte sich unter falschem Namen durch die Kontrollen geschmuggelt. In seinem Haus an der englischen Küste war Verhoeven jedenfalls bisher nicht mehr aufgetaucht.

Frank hatte sich anschließend bei seinen Kollegen bedankt, dass sie trotz Karneval weiter am Ball bleiben und auch Zusatzdienst machen wollten. Frank wusste, dass er ihren freiwilligen Einsatz nicht hoch genug schätzen konnte. Andererseits kamen die Ermittler aus dem gleichen Stall wie er. Wenn sie einmal eine Spur aufgenommen und sich an einem Fall festgebissen hatten, waren sie erst wieder für den normalen Dienst tauglich, wenn sie ihre Arbeit erledigt und den Fall gelöst hatten. Frank nahm sich auf dem Weg in sein Büro vor, den Kollegen eine Extrarunde Pizza zu spendieren.

Eckis aufgekratzte Stimmung brachte Frank sofort zurück in die Wirklichkeit des »närrischen« Präsidiums. Sein Kollege hatte von irgendwoher einen alten Kassettenrekorder organisiert, aus dem laute Musik plärrte.

Frank erkannte den *Sultan* der Höhner. »Das meinst du doch jetzt nicht ernst, oder? Muss das Ding laufen?«

Statt zu antworten, drehte sich Ecki auf seinem Schreibtischstuhl hin und her und sang lauthals den Refrain mit. »Die Karawane zieht weiter, dä Sultan hätt Duursch.«

Erst jetzt bemerkte Frank, dass ihr Büro mit Luftschlangen dekoriert war. Von der Lampe hingen bunte Bänder, Luftschlangen baumelten vom

Aktenschrank, selbst der Teddy hatte welche um seinen Hals geschwungen. »Ecki, bist du von allen guten Geistern verlassen? Was sollen diese dämlichen Luftschlangen in unserem Büro?«

Ecki zuckte fröhlich mit den Schultern. »Die Karawane zieht weiter, dä Sultan hätt Duursch, dä Sultan hätt Duursch.«

Frank verdrehte betont angewidert die Augen. An Karneval war »sein« Ecki nicht mehr Ecki. Schlimm genug, dass er das ganze Jahr über ständig und überall WDR 4 hören musste. Karneval setzte bei ihm dann vollends der Verstand aus, fand Frank. Obwohl er Ecki schon so viele Jahre kannte, an Eckis Ausnahmezustand zur närrischen fünften Jahreszeit konnte und wollte Frank sich nicht gewöhnen.

Frank eilte zum Kassettenrekorder. »Mach das Ding aus, oder es passiert noch ein Unglück! Ich ertrage diese Musik nicht!«

Ecki hielt inne und zog ein beleidigtes Gesicht. Ecki war in seiner Kindheit einmal eine Session lang Kinderprinz gewesen. »Mann, entspann dich, es ist Karneval. K A R N E V A L. « Er buchstabierte das Wort langsam und deutlich, so als sei Frank nicht von dieser Welt und, freundlich gesagt, begriffsstutzig. Dabei grinste er weiter wie ein Honigkuchenpferd. »Komm, sei keine Spaßbremse. Auch in der Mordkommission wird doch ein bisschen Spaß zu Karneval erlaubt sein.«

»Hab ich nichts gegen. Aber nicht schon am frühen Morgen.«

»Früher Morgen?« Ecki schaute auf die Uhr. »Es ist immerhin schon nach 11. Es ist gerade 11.11 Uhr, um genau zu sein.« Eckis breiter muskulöser Oberkörper schwang nach vorne, als er den Rekorder wieder anschalten wollte, aber Franks Blick sprach Bände. Mitten in der Bewegung hielt er inne. »Ist ja schon gut. Ich bleibe dabei: Spaßbremse.« Ecki sank zurück und zog stattdessen aus einer Schreibtischschublade eine große Bäckertüte hervor und hielt sie sich unter die Nase. »Hm, wie die duften. Frische Berliner. Hm, mir läuft das Wasser im Mund zusammen.« Er sah zu Frank hinüber. »Du hast deine Chance leider verspielt, ich esse sie alleine.«

»Kein Problem. Werd du nur glücklich mit deinen Hefeteilchen.« Frank starrte auf die Tüte.

Ecki grinste, als er den Blick sah, und schob Frank mit Gönnermiene die Tüte zu. »Da, bedien dich, ich kann dich nicht leiden sehen.«

Frank zog einen Berliner hervor und biss hinein. Bei einem frischen Berliner konnte selbst er nicht Nein sagen.

»Was gibts in der Zwischenzeit Neues?« Frank leckte sich die gezukkerten Fingerspitzen ab. Dann biss er erneut in den Berliner. »Verdammt, Mist.« Aus dem restlichen Stück Berliner war ein kurzer roter Strahl auf sein helles Sweatshirt geschossen. »Scheißmarmelade.«

Ecki feixte, als er seinem Freund ein Papiertaschentuch hinhielt. »Tja, auch Berliner muss man essen können. Da kann man nicht nur einfach so reinbeißen. Man muss ihr Geheimnis ganz vorsichtig lüften, immer schön langsam. Denn auch bei Hefeteilchen gilt: Übung macht den Meister. Das sind ganz eigene Spezialitäten.« Ecki konnte sich ein schadenfrohes Grinsen nicht verkneifen. »Mann, wie siehst du denn aus? Hat der kleine Frank ›bah‹ gemacht?«

»Idiot.« Frank versuchte, die Marmelade mit dem Tempo aufzunehmen. Stattdessen verrieb er die klebrige Masse immer tiefer in das Gewebe. »Mann, das geht bestimmt nicht mehr raus. Guck mal, wie ich aussehe.«

»Lisa bekommt das schon wieder hin. Da kann sie schon mal üben. Möhrenflecken sind übrigens ganz schlecht.«

»Die wird sich bedanken«, knurrte Frank. Er gab auf und warf das Taschentuch in den Papierkorb. »Nun sag schon, was gibt es Neues?«

Ecki wurde dienstlich. »Nicht viel, die Rheinische Post und die WZ haben sich gemeldet. Angeblich häufen sich in den Redaktionen die Anrufe von besorgten Rentnern. Die alten Leutchen haben Angst, dass sie um die Ecke gebracht werden, nur weil sie alt sind. Die Herren Redakteure lassen fragen, was die Polizei dagegen zu tun gedenkt.«

»Das ist doch wohl ein Karnevalsscherz, oder? Meinen die wirklich Senioren oder die alten Möhnen, die heute überall auf den Straßen unterwegs sind?«

»Nee, nee, Senioren. Die scheinen echt Angst zu haben.« Ecki beobachtete, wie Frank mit seiner Zunge die Finger befeuchtete und einen letzten Versuch machte, die rote Marmelade aus dem Sweatshirt zu bekommen.

»Was wir zu tun gedenken? Wir werden vor sämtlichen Altenheimen Wachen aufziehen lassen und die HWK evakuieren. Ganz einfach.«

»Hä?«

»War 'n Witz. Ist doch Karneval. Oder? Nein, im Ernst. Es gibt doch diese Aktion des LKA. Moment, wo habe ich das Schreiben? Moment.« Frank hatte den Marmeladenfleck schon vergessen und kramte in seinem Aktenstapel. »Hier, ich wusste es doch.« Triumphierend hielt er das blaue Faltblatt des LKA hoch. »Hier steht es schwarz auf weiß: ›Durch herausgestellte Einzelfälle in den Medien entsteht jedoch oft ein Bild der Bedrohung, das nicht realistisch ist. Diese Berichterstattung kann bei älteren Mitbürgerinnen und Mitbürgern zu ausgeprägtem Angst- und Vermeidungsverhalten führen mit einem spürbaren Verlust von Lebensqualität als Folge.‹ Ende des Zitats.«

»Sehr prosaisch.«

Ecki hatte meist einen sarkastischen Unterton, wenn er über das LKA sprach.

»Jetzt sei man nicht so, die Kollegen haben ja recht. Wir sollten Wirtz bitten, einige Exemplare der Flyer den Zeitungen und dem Radio zu schicken. Dann können die die alten Leutchen mit ein paar netten Artikeln wieder beruhigen.«

»Und du meinst, das reicht?«

»Was soll ich denn tun? Ich kann mich doch nicht vor jede Altenwohnung stellen und aufpassen. Die Welt ist nun mal, wie sie ist. Und wenn unsere Statistiker ordentlich gearbeitet haben, sind Senioren nicht automatisch häufiger Opfer von Straftaten.«

»Und was ist mit dem Enkeltrick?« Ecki kramte nach der aktuellen Ausgabe der Rheinischen Post. »Hier. Lies.«

»Später.« Frank wollte gerade weiterreden, als die Türe aufging. Heinz-Jürgen Schrievers wedelte schnaufend mit einem Aktendeckel. »Ich glaube, ich habe etwas für euch.« Sein Hemdkragen stand offen. »Mann, die Treppenstufen werden auch immer steiler.«

»Oder bist du den Möhnen davongerannt?« Ecki musterte den mächtigen Körper seines Kollegen von den Schlappen bis zu seinen Haaren, die sich langsam zu einem Kranz verjüngten.

»Denk nicht einmal das, was du denken möchtest, Eckers. Gertrud meint, ich bin nicht zu dick. Ich bin vielleicht etwas füllig. Aber nicht dick.« Sein Gesicht sah nicht eben freundlich aus.

»Ich habe nichts gesagt, Obelix, ich meine, Heinz-Jürgen.« Ecki wollte seinen Kollegen keinesfalls unnötig reizen.

Heinz-Jürgen Schrievers schlug den Aktendeckel auf und zog ein Blatt Papier hervor. »Also, ich habe mal ein bisschen recherchiert. Der junge Verhoeven lebt schon ziemlich lange in England.«

Ecki verdrehte die Augen. »Mensch, Schrievers, das wissen wir schon längst!«

»Moment, Moment, das Wichtige kommt erst noch. Ihr habt doch erzählt, dass bei den Toten so komische Zettel gefunden wurden, mit Textzeilen aus einem Rilkegedicht, die Blätter fallen, oder so. Ja, und der Verhoeven ist doch Übersetzer.« Schrievers machte eine Kunstpause.

»Weiter.«

»Verhoeven übersetzt nicht nur Romane. Er übersetzt Gedichte. Klassiker. Das ist sein Spezialgebiet.«

Frank und Ecki sahen sich an. »Mensch, Schrievers, weißt du, was du da sagst?«

»Ich bin doch nicht blöd, oder?« Schrievers zog ein beleidigtes Gesicht und nahm seine Brille ab, an deren Bügel ein schwarzes Band befestigt war. Demonstrativ ließ er sie auf seinen mächtigen Brustkorb fallen, wo sie mit einem satten Ton liegen blieb.

»Nee, bist du nicht.« Frank und Ecki waren manchmal echte Synchronsprecher.

»Wollte ich auch meinen. Also, der Hammer ist, Verhoeven ist vor gut drei Wochen über Dover mit der Fähre nach Calais gereist. Als Fußgänger. Bisher ist er offiziell nicht wieder in das Vereinigte Königreich zurückgekehrt. Und er ist bisher an keiner anderen Landesgrenze registriert worden. Er könnte sich also in Deutschland aufhalten. Unerkannt und unauffällig.«

»Aber wo?«

»Das herauszufinden ist euer Job.« Schrievers legte das Blatt wieder in den Aktendeckel und blieb etwas unschlüssig im Raum stehen.

»Danke, Heinz-Jürgen. Das bringt uns sicher ein Stück weiter.« Frank sah seinen Kollegen fragend an. »Hast du noch etwas auf dem Herzen?«

Schrievers zögerte. Frank meinte, einen rosa Schimmer auf seinen ohnehin schon gut durchbluteten Wangen ausgemacht zu haben. »Also, ich, na ja, Gertrud lässt fragen, ob ihr uns nicht mal besuchen wollt, Lisa und du. Ganz unverbindlich. Äh, ich meine natürlich, so ganz zwanglos. Wir kochen was Leckeres und klönen ein bisschen. Das haben wir schon so lange nicht mehr gemacht.« Als er Franks fragenden Blick sah, beeilte er sich hinzufügen: »Natürlich bin ich auch dafür. Ich meine, ich fände es auch schön, wenn ihr kommen würdet. Und, äh, Ecki, ihr seid natürlich auch gerne eingeladen.« Schrievers hatte den Schweiß auf der Stirn stehen.

Frank schwante, was hinter der überraschenden Einladung stecken könnte, sagte aber nichts.

»Danke für die Einladung, wir kommen gerne. Ich muss das nur mit meinem ›Chef‹ zu Hause besprechen. Marion macht die Termine. Was gibts denn?« Ecki war Feuer und Flamme, da er wusste, dass Gertrud hervorragend kochte und es auch immer ein leckeres Tröpfchen gab.

»Weiß ich jetzt noch nicht. Aber unser Nachbar will demnächst schlachten. Dann sichere ich uns einen leckeren Braten.«

»Vorerst wird das aber leider nichts. Sei mir bitte nichts böse, Heinz-Jürgen. Wir, ich meine, ich muss erst diese Morde geklärt haben. Sonst habe ich keine Ruhe. Außerdem stehen in den nächsten Wochen noch einige Auftritte an. Da wird es schwierig mit einem Termin. Ja, und dann hat Lisa ja noch Besuch. Du weißt, dieser ältere Mann aus England, der in Breyell groß geworden ist. Er ist gerade zu dieser Projektwoche da, an Lisas Schule. Er hat gerade gefragt, ob er noch ein paar Tage dranhängen darf, bei Lisa. Er will noch ein paar alte Freunde besuchen, wo er mal hier ist. Also, wir kommen gerne. Aber wann, das weiß ich noch nicht.« Frank überlegte kurz. »Das soll jetzt nicht wie eine Absage klingen, aber ich muss auch ein bisschen Rücksicht auf Lisa nehmen. Sie kann ja jetzt nicht mehr so ohne weiteres irgendwo hin.«

Schrievers zog die Augenbrauen hoch. »Sie ist doch nur schwanger.«

»Eben.«

»Ja, aber das bedeutet doch nicht, dass sie krank ist, Frank!«

»Na, man kann nie wissen. Lisa muss sich schonen.«

»Man merkt, dass du zum ersten Mal Vater wirst. Früher sind die Frauen noch bis zum Tag der Geburt aufs Feld gegangen und haben hart gearbeitet. Und nach der Geburt waren sie dann wieder direkt draußen.«

»Jaja, früher. Da sind die Frauen auch noch im Wochenbett gestorben. Nee, lieber Heinz-Jürgen, besser kein Risiko eingehen.«

Schrievers sagte nichts und schüttelte nur den Kopf.

»Nimms nicht persönlich, Heinz-Jürgen. Der ist im Moment nicht ganz zurechnungsfähig.« Ecki drehte seinen Kopf ein Stück zur Seite und machte mit einer Hand Scheibenwischerbewegungen vor seinem Gesicht und grinste dabei.

Schrievers grüßte wortlos und verließ schlurfend das Büro. Eckis Solidaritätsbekundung hatte ihm nicht wirklich über seine Enttäuschung hinweghelfen können.

»Warum gibst du ihm so einen Korb, Frank? Schrievers ist doch ein netter Kerl. Und er hat doch recht. Wann haben wir das letzte Mal mit Gertrud und Heini zusammengesessen? Das ist doch schon eine Ewigkeit her. Außerdem kocht Gertrud hervorragend. Ich liebe ihre Eintöpfe.«

»Mag sein. Aber ich weiß genau, was dahinter steckt. «

»Und?«

»Gertrud und Heini wollen mit uns eine Senioren-WG aufmachen. Auf einem Bauernhof, am liebsten. Mit Rundumbetreuung.«

»Und, was ist daran so schlimm?« Ecki sah seinen Freund mit einer Mischung aus Spott und Unverständnis an.

»Hallo? Ich bin doch noch keine fünfzig und soll mir jetzt schon einen Platz zum Altwerden suchen? Ich glaubs nicht. Außerdem werde ich bald Vater. Da denke ich doch noch nicht übers Altersheim nach. Ecki, das musst du doch verstehen!«

»Es ist nie zu früh, Herr Borsch.«

Frank fuhr herum. Viola Kaumanns hatte das Büro betreten, ohne das Frank es bemerkt hatte.

»Na, wenn es um das Alter geht.« Ihre grünen Augen blitzten spitzbübisch, als sie ihm eine Broschüre hinhielt. »Da, habe ich extra für Sie mitgenommen, als ich in meiner Apotheke war.«

Ecki warf nur einen kurzen Blick auf das schmale Heft und brach dann in schallendes Gelächter aus. »Die Rentner-Bravo.«

»Was?«

»Na, die Apothekenumschau, die Rentner-Bravo.«

»Was soll das?« Frank drehte das Heft hin und her. »Seniorenratgeber« stand auf dem Titel, der eine fast weißhaarige Frau zeigte, die in sportlicher weißer Bluse und in Jeans auf einem Ledersofa saß, vor sich auf dem niedrigen Tisch ein aufgeklapptes Laptop.

»Ich dachte nur, da stecken ein paar gute Tipps drin.« Viola Kaumanns zeigte beim Lesen breit grinsend auf den Titel. »Lust auf Neues. Lebenslang lernen. Was ist Heimat? Vier Leser geben eine persönliche Antwort. Mit vielen Rätseln.«

»Hören Sie, Frau Kaumanns, ich weiß nicht, warum Sie meinen, Sie müssten mich ständig mit der Nase auf mein Alter stoßen. Finden Sie das lustig?«

Viola Kaumanns lief im Gesicht rot an. Aber sie ließ sich ihren Ärger über Franks schulmeisterliche Art nicht anmerken. »Mein Gott, Herr Borsch, ich wollte nur einen kleinen Scherz machen, nichts weiter. Und schließlich ist Karneval. Ich muss Ecki wohl falsch verstanden haben, als er Sie mir als lockeren und lustigen Typen beschrieben hat.« Sie straffte sich und streckte die Hand aus. »Kann ich bitte das Heft zurück haben? Ich will es meinen Eltern mitbringen.«

Frank gab ihr die Apothekenzeitschrift. »Na ja, Karneval. Ich verstehe. Haben Sie trotzdem an Ihren Listen arbeiten können?«

Ecki seufzte im Hintergrund. Er hatte die ganze Zeit die Luft angehalten. Frank konnte aber auch ätzend sein.

»Natürlich, Herr Borsch, ich sitze bis über beide Ohren in der Arbeit. Wenn Herr Paulert mir nicht helfen würde, wäre ich nächstes Jahr noch nicht fertig. Aber ein wirkliches Ergebnis kann ich Ihnen noch nicht präsentieren. Tut mir leid.« Sie sah zu Ecki hinüber, der ihr verständnisvoll zunickte.

»Na, dann lassen Sie sich nicht aufhalten.« Frank ärgerte sich, dass ihm sein Tonfall eine Spur zu väterlich geraten war. »Und viel Glück.«

Als Viola Kaumanns den Raum verlassen hatte, sah Ecki seinen Freund direkt an und wiederholte seine Scheibenwischerbewegung von vorhin. »Tickst du nicht sauber? Was sollte das? Das wievielte Mal ist das schon, dass du die Kollegin anmachst?«

»Entschuldige bitte, von ›anmachen‹ kann ja nun wirklich nicht die Rede sein. Ich finde es nur blöd, dass sie immerzu solche Sprüche ablässt. Das steht ihr nicht zu, so über mein Alter herzuziehen. Weder dienstgradmäßig, noch so. Dazu kennen wir uns überhaupt nicht gut genug.«

»Möchtest du sie denn näher kennenlernen?« Eckis Frage klang irgendwie listig.

»Quatsch, Ecki. Das junge Ding ist nun mal überhaupt nicht mein Fall. Wie kommst du überhaupt darauf?«

»Och, nur so.« Ecki sah Frank vielsagend an.

»Du spinnst. Konzentriere dich lieber auf deine Arbeit, statt solche dummen Theorien in die Welt zu setzen.«

»Jaja, schon gut. Welche Theorien meinst du eigentlich?«

Frank drückte seine Nase in Lisas Kissen und atmete tief ein. Der Baumwollbezug war warm und roch nach ihrer Haut. Wäre doch die ganze Welt ein einziger warmer Kissenbezug! Er war froh, endlich neben ihr liegen zu können. Er fühlte sich zufrieden und schwer. Zärtlich legte er seinen Arm über ihren Bauch. »Ich kann schon etwas fühlen. Es bewegt sich.«

Lisa drehte sich langsam zu ihm und küsste seine Nasenspitze. »Es ist dein Kind, das du da spürst, mein Kommissar.«

»Unser Kind, und es wird bestimmt das schönste Kind auf der Welt.«

»Mindestens, denn ich bin die Mutter.«

Frank lachte leise und streichelte sanft ihre Wange. »Gib bloß nicht so an. Erinnere dich an meine Babyfotos. Da kannst du sehen, dass ich für seine Schönheit verantwortlich bin.« Frank drückte ihren Kopf an seine Brust. »Ich bin so glücklich, Lisa. Ich liebe dich.«

Ihre Augen waren sanft und voller Zärtlichkeit. »Ich dich auch, Borsch. Ich dich auch.« Lisa drehte sich langsam auf den Rücken und ächzte leise. »Oh, Mann, so ist es besser.«

Frank sah seine Freundin besorgt an. »Ist alles okay?«

»Alles okay, es ist nur, ich werde langsam rund, und dann liegt es sich nicht mehr so leicht auf der Seite. Ich komme mir schon vor wie eine pralle Leberwurst.« Lisa kicherte leise.

»Auf jeden Fall bist du die schönste Leberwurst, ich meine, Schwangere, die ich kenne.«

»Borsch, du bist ein gemeiner Hund.« Sie stupste ihn.

»Aua.«

»Männer sind so wehleidig. Hoffentlich bekommen wir eine Tochter. Frauen sind einfach härter. Ich kenne da ein englisches Sprichwort: Frauen sind wie Teebeutel – erst wenn es heiß wird, merken sie, wie stark sie sind.«

»Du und deine Sprüche. Hauptsache, das Kind ist gesund.«

Lisa nahm seine Hand und drückte sie fest. »Natürlich. Erzähl mir lieber, wie dein Tag heute war.«

»Beschissen. Dieser Dr. Köhler ist weiter auf der Flucht. Verhoevens Sohn ist wie vom Erdboden verschwunden. Er ist auf der Insel nirgends aufzutreiben und sitzt sicher irgendwo ganz in der Nähe warm und trocken und reibt sich die Hände. Und dann ist zu allem Übel ja auch noch Karneval. Das ganze Präsidium dreht am Rad, einschließlich Ecki. Egal, wen du anrufen willst, niemand ist im Büro, entweder haben die Kollegen dienstfrei oder sind im Urlaub. Und Samstag haben wir den Auftritt in Niederkrüchten. Zu allem Übel sitzt mir auch noch die Presse im Nacken. Die Senioren in dieser Stadt sind angeblich in heller Aufregung. Die Angst vor dem Rentnerkiller geht um.«

»Gibts denn nichts Neues aus der Hardterwald-Klinik? Oder von Bean? Etwas muss doch schließlich bei eurer Arbeit herauskommen.«

»Lieb, dass du dir solche Gedanken machst.« Frank schnaubte ärgerlich. »Bean, von dem habe ich seit Tagen nichts mehr gehört. Der hockt angeblich mit seiner Viola Kaumanns über den Listen mit den Todesfällen der Leute über sechzig. Aber vermutlich verbringt er die halbe Zeit damit, seiner Kollegin schöne Augen zu machen.«

»Sei nicht so ungerecht mit ihm. Du weißt selbst, wie mühsam solch eine Arbeit sein kann. Sei doch froh, dass die beiden sich die Mühe machen.«

»Ja ja ja, schon gut. Es ist nur ...« Er zögerte.

»Was ist, nur?«

»Diese Kaumanns geht mir auf die Nerven.«

»Warum?«

Die Wendung des Gespräches war Frank peinlich. »Na ja, sie reitet ständig auf meinem Alter herum.«

»Was meinst du?«

»Sie hat mir heute einen Seniorenratgeber aus der Apotheke mitgebracht. Die spinnt doch. Was bildet die sich ein?«

»War doch bestimmt nur ein Scherz unter Kollegen.«

»Von wegen, Scherz. Und außerdem muss sich das Greenhorn die Bezeichnung ›Kollegin‹ erst noch verdienen.«

»Frank, was ist los mit dir? Du bist doch sonst so souverän. Da kann dir doch das bisschen und sicher völlig harmlose Gefoppe nichts anhaben. Mensch. Außerdem warst du auch einmal, ich meine, du hast auch mal neu auf einer Dienststelle angefangen. Erinnere dich.« Lisa lächelte ihn an. »Oder steckst du in deiner Mitleidskrise, ich meine natürlich, Midlife-Crisis? Mein armer Kommissar.«

»Jetzt fängst du auch noch an!« Frank wollte das Thema wechseln.

»Also doch. Du scheinst echt mit deinem Alter nicht klarzukommen, oder? Sei ehrlich.«

»Ich habe kein Problem damit. Die anderen haben ein Problem damit. Ecki macht auch ständig Andeutungen. Ständig kommt er mit seinem Anti-Aging-Scheiß. Und auch Schrievers. Er hat uns gefragt, ob wir sie nicht mal wieder besuchen wollen. Dabei will er uns nur überreden, mit in seine Senioren-WG zu ziehen.«

»Keine Sorge, Frank. Senioren-WG kommt für uns nicht in Frage. Wir haben uns um unser Kind zu kümmern. Das wird uns noch genug auf Trab halten. Da brauchen wir uns jetzt noch nicht um einen Platz im Seniorenheim zu kümmern. Andererseits,« Lisa wollte ihren Freund nicht so ohne weiteres davon kommen lassen, »andererseits, ein bisschen solltest du auf Ecki hören. Dieser Anti-Aging-Scheiß, wie du ihn nennst, steckt voller nützlicher Ideen für dein Wohlbefinden. Ein Mann in deinem Alter sollte auf seinen Körper hören. Dann hast noch lange Freude an deinem Leben, hihihi.«

»Du bist genauso schrecklich wie Heini und Ecki. Anti-Aging! Ich bin Musiker, und das hält mich fit. Außerdem ist es mit dem Blues wie mit dem Wein. Je älter er ist, umso gehaltvoller ist er.«

»Wenn er nicht vorher sauer wird.«

»Musst du immer noch eins obendrauf setzen?«

»Cool bleiben, schließlich sind die Stones auch schon Großväter. Ich weiß. Ich meine es ja nur gut mit dir.«

»Danke.« Frank war nicht ganz überzeugt.

»Übrigens, hast du dich schon um einen anderen Wagen gekümmert?«

Nun wurde ihm das Gespräch vollends unangenehm. Mussten Frauen immer und überall das Abarbeiten von »Arbeitsaufträgen« abfragen? »Nee, ich bin noch nicht dazu gekommen. Die Arbeit.« Er wusste, dass das bei Lisa nicht wirklich zog. »Aber ich kümmere mich darum.«

»Schatz, ich weiß, dass du dich nicht gerne von deinem MGB trennen willst. Aber wir brauchen wirklich ein größeres Auto. Denk daran, was ist, wenn unser Kleines sein erstes Rädchen mit an die Nordsee nehmen will, oder seinen Bollerwagen.«

»Ist ja schon gut, ich habe verstanden. Ich habe wirklich noch keine Zeit dazu gehabt.« Frank wollte Lisa zuvor kommen. »Auch in Sachen Wohnung bin ich noch nicht wirklich weiter. Auf meinen neuen Anschlag am Schwarzen Brett und auf meine Anfrage in unserem internen Zettelkasten hat sich noch niemand gemeldet. Wir werden wohl doch einen Makler beauftragen müssen. Ich weiß mir sonst keinen Rat mehr.«

»Und wenn wir aufs Land ziehen? Kinder brauchen viel frische Luft und Platz zum Spielen.«

»Aufs Land? Wohin denn?« Frank verstand die Welt nicht mehr. Bisher war es Lisa gewesen, die auf keinen Fall aus der Stadt weg wollte.

»Weiß nicht, vielleicht Breyell?«

»Nee, auf keinen Fall. Das habe ich abgehakt. Das ist mir zu weit zum

Präsidium. Außerdem müsste ich dann zum Proben immer auch noch nach Otzenrath fahren. Nee, nee, lass man. Ich fahre gerne hin und wieder nach Breyell oder ins Bauerncafé. Aber für immer auf dem Dorf wohnen? Ich frage Lemanski noch einmal. Dohr liegt doch gar nicht so schlecht. Bis nach Rheydt ist es nicht weit. Der Bresgespark liegt um die Ecke. Das Freibad ist nahe. Ist eigentlich doch eine schöne Ecke, wenn ich recht überlege.«

»Das muss ich mir noch gründlich überlegen. Ich werde nach der Schule mal einen Abstecher nach Dohr machen.«

Frank fiel etwas ein. Endlich konnte er das gefährliche Thema wechseln, ohne das Lisa ihm das würde übel nehmen können. »Du wolltest doch in deinem Kollegium noch einmal nach einer Deutung des Rilkegedichts fragen. Hast du etwas erreichen können?«

Lisa löste sich aus seiner Umarmung und setzte sich schwerfällig auf. »Das ist gar nicht so einfach. Einen wirklichen Rilkeexperten haben wir nicht. Viel habe ich nicht erfahren. Nur ein paar Daten aus Rilkes Biografie. Aber da hätte ich auch im Brockhaus nachsehen können.« Sie seufzte. »Kollege Hessel hatte einen Satz zitiert, aus dem einzigen Roman von Rilke. Ich hoffe, ich kriege den Sinn noch zusammen. Warte.« Lisa überlegte kurz. »Genau, ich habs. ›Verse sind nicht, wie die Leute meinen, Gefühle, es sind Erfahrungen.‹ Rilke hat wohl eine besondere Form des Symbolismus entwickelt. Dinggedichte. Es gehe dabei nicht um zufällige Wahrnehmungen, sondern um Dinge und Erscheinungen, die deutlich für sich selbst sprächen. Was immer das genau heißen mag. Mehr Informationen soll es in einer von Reich-Ranicki herausgegebenen Sammlung mit 33 Rilkegedichten samt Interpretationen geben. Bringt dich das weiter?«

»Ich weiß nicht. Auf den ersten Blick kann ich mir keinen Reim darauf machen.« Frank bemerkte das etwas schräge Bonmot nicht. »Hätte im Deutschunterricht besser aufpassen sollen. Zuerst habe ich gedacht, das mit den Versen hat nichts wirklich Gravierendes zu bedeuten. Dann war ich mir mit Ecki sicher, der Täter will uns mit dem Gedicht einen Hinweis auf sich oder sein Motiv geben. Und jetzt weiß ich, dass ich nichts weiß. Irgendeine Botschaft muss in den Zeilen stecken. Und ich werde die Bedeutung schon noch herausfinden.«

»Ein bisschen zusätzliche Bildung kann ja nicht schaden«, neckte Lisa.

»Bildung, das ist das Stichwort. Was macht eigentlich Krüger? Ich habe ihn den ganzen Tag noch nicht gesehen. Er macht sich rar. Ein netter Gast, der kaum auffällt. Wie lange will er eigentlich noch bleiben? Nicht, dass ich ihn verjagen möchte.«

»Herr Krüger ist wirklich ein netter Mann. So gebildet und so freundlich. Er hat bei meinen Schülern einen wirklich tiefen Eindruck hinterlassen. Und das hat nicht nur mit dem Thema Nazis zu tun. Allein seine Art hat die Schüler angesprochen. Du hättest mal die Mädels sehen sollen, wie zuvorkommend sie waren. Herr Krüger hier, Herr Krüger da. Noch einen Tee, Herr Krüger? Kann ich Ihnen helfen, Herr Krüger? Und selbst die Jungs waren wie ausgewechselt. Keine Spur von überheblichem Machoverhalten. Herr Krüger ist eine echte Bereicherung, auch für mich. Wir können prima miteinander reden. Er hat viel Verständnis für unsere Not, die wir mit unseren Schülern haben. Und er hat auch ein Gespür für private Themen. Er hat so eine Art, ich könnte ihm stundenlang von mir und meinem Leben erzählen.«

»Pass auf, dass ich nicht eifersüchtig werde.«

»Ja, du könntest dir ruhig eine Scheibe von ihm abschneiden. Er hat so eine angenehm antiquierte Art, mit Frauen umzugehen. Ein echter Gentleman. Ich frage mich, ob er auch so geworden wäre, wenn er nach dem Krieg nicht ausgewandert und in Breyell geblieben wäre.«

»Wo ist er denn nun heute? Ich habe noch nicht wirklich die Zeit gehabt, um mit ihm über ›sein‹ Breyell zu sprechen. Ich bin ganz neugierig, wie das Dorf zu seiner Zeit war. Ob er den gleichen Eindruck hat wie ich. Ich meine, so grundsätzlich, denn zwischen uns liegt altersmäßig ja doch eine ganze Generation.«

»Ach, ja?« Lisa gluckste und hielt sich die Hand vor den Mund. Ein kleines Mädchen, das ihren Schabernack trieb.

»Sehr witzig.« Frank konnte sich gerade noch bremsen, um ihr nicht einen Rippenstoß zu versetzen. »Nein, ich meine das wirklich ernst. Was kenne ich denn von Breyell? Nur das, was ich aus den Erzählungen meiner Eltern kenne, oder was ich meine, davon behalten zu haben. Ja, und was ich als Kind erlebt habe. Aber alles, was davor liegt, davon weiß ich nichts. Und davon ist auch nichts sichtbar übrig geblieben.«

»Aber das ist doch immer so, dass die einzelnen Generationen ihre eigene Geschichte erleben und die nachfolgenden Generationen sich nur ihr eigenes Bild von dieser Vergangenheit machen können. So genau und so ungenau es auch sein mag. Eins zu eins kannst du Geschichte nicht abbilden. Das würde doch auch nur Stillstand in der Entwicklung bedeuten.«

»Wieso? Dann hätten die Menschen doch endlich einmal die wirkliche Chance, aus den Fehlern der Vergangenheit zu lernen.«

Lisa streckte ihre Arme aus, reckte sich und gähnte. »Herr Philosoph, das Thema ist mir um diese Tageszeit einfach zu kompliziert. Lass uns ein anderes Mal darüber nachdenken, wie wir die Welt und die Menschheit retten können. Ich bin jetzt müde. Wir müssen schlafen. Wir drei.« Lisa gab Frank einen Kuss. »Und mach dich diese Nacht nicht wieder so breit.« Sie legte ihre Hand auf ihren Bauch. »Wir brauchen den Platz.«

»Na, gut, und wo ist Krüger nun?«

»Ich weiß es nicht. Ich glaube, er wollte sich noch mit einigen aus der Reisegruppe treffen. Es sind wohl noch nicht alle wieder abgereist.« Lisa gähnte wieder. »Ich finde, der alte Mann tut sich zu viel an. Er muss ein unglaublich zäher Bursche sein. Ich wäre bei den Strapazen der vergangenen Wochen völlig am Ende.« Sie löschte das Licht. »Ich liebe dich, Frank.« Das »du alter Sack« sagte sie nur ganz leise, sodass Frank es nicht hören konnte. Lisa lächelte noch, als sie schon schlief.

XXII.

Frank bahnte sich seinen Weg in Richtung Theke. Sein nasses STIXS-T-Shirt klebte an seinem Rücken. Eigentlich mochte er solche Momente nicht besonders, so kurz nach Ende des Auftritts. Einerseits war er in Gedanken noch auf der Bühne, andererseits kam er sich unter den Zuschauern seltsam fremd vor. Obwohl sich der Saal merklich geleert hatte, standen immer noch eine Menge Leute an ihren Tischen und tranken Bier oder Wein. Aus den Lautsprechern klang jetzt leise melancholischer Barjazz.

Frank sah kurz zu den Technikern hinüber. Auf der hell erleuchteten Bühne standen noch die Gitarren, ihre Verstärker, das Schlagzeug, und seine Congas mussten sie auch noch abbauen. Dazwischen rollten die Roadies Kabel auf, schoben ihre großen Cases hin und her, wuchteten erste Teile der PA über den Bühnenrand.

Frank entdeckte Juppi und seine Frau an einem Stehtisch neben dem Mischpult. Der Veranstalter redete eindringlich auf Juppi ein. Die Konzertbesucher, an denen Frank vorbei musste, meinten ihre freundlichen aufmunternden Blicke und Gesten sicher nett. Aber auf ihr überschwängliches Lob wusste er keine rechte Antwort, außer »Danke, das ist nett von euch«. Er hatte es auch nach all den Jahren, in denen er nun schon mit STIXS unterwegs war, nicht gelernt, mit der Begeisterung der Leute umzugehen. Anders als seine Bandkollegen verdrückte er sich nach den Auftritten lieber direkt in die Garderobe oder fing an, auf der Bühne seine Sachen zu packen. Fast schüchtern drückte er sich auch jetzt an den Bluesfans vorbei und war froh, endlich am Mischpult angekommen zu sein.

Marianne empfing ihn mit weit geöffneten Armen. »Frank, komm, lass dich knutschen.« Sie drückte Frank fest an sich.

Er befreite sich lachend aus ihrer Umarmung.

»War super, echt klasse.« Sie hielt ihm ein Pils hin.

Frank schüttelte den Kopf. »Ich muss noch fahren, danke.«

»Ich habe zu Klaudia schon gesagt, dass du auf der Bühne so traurig ausgesehen hast. Geht es dir nicht gut?«

Frank sah sie nur stumm an und machte eine hilflose Geste mit seinen Händen.

»Lisa?«

»Nee, mit Lisa ist alles okay. Es ist nur, der Job, weißt du.« Mehr wollte Frank nicht erzählen.

Norbert Reuver, der Veranstalter der »1. Niederkrüchtener Bluesnacht« schlug Frank auf die Schulter. »Echt geiles Konzert. Habe ich es nicht gesagt? Der Niederrhein ist genau das richtige Pflaster für eure Zwölf-Takte-Musik. Auch und vielleicht gerade zu Karneval. Wie machen wir das mit der Gage? Sollen wir gleich abrechnen?«

Frank nickte. »Ist mir recht. Dann haben wir das auch erledigt. Mir sind die Veranstalter am liebsten, die sofort ihre Kohle abgeben wollen.«

Reuver sah ihn schief von der Seite an. »Was meinst du damit?«

»Na, wir haben schon alles erlebt. Es gibt in Erkelenz einen Veranstalter, dem laufen wir schon seit Monaten wegen der Kohle hinterher.«

»Kenn ich den?«

»Ja, nee, lass man, das bringt jetzt eh nichts. Wir kriegen den schon noch, der wird auch noch schlau.«

Wolli kam hinter seinem Mischpult hervor und stieß Frank in die Seite. »Könnt ihr hier mal weggehen? Ihr stört. Ich muss meinen Kram zusammenpacken. Und du solltest deinen Jungs auch mal Beine machen. Euer Zeug muss von der Bühne. Ich will möglichst bald ins Bett. Nee, nee, Musiker, furchtbares Volk.« Dabei grinste Wolli von einem Ohr zum anderen und kratze sich am Kopf. »Ganz klar, Musiker.«

Frank mochte Wolli. Wolfgang Schmitz war nicht nur ein guter Techniker, sondern auch ein Kumpel, mit dem man auch mal ein ernstes Gespräch führen konnte. Wenn denn vor einem Gig überhaupt Zeit dazu war. Meist waren die Stunden vor dem Konzert hektisch: Einpacken im Probenraum, Anfahrt zum Konzert, Aufbau, Soundcheck. Bis zum Beginn des Auftritts blieb dann in aller Regel nicht mehr viel Raum für eine längere Unterhaltung.

Frank wollte Wolli nicht länger als nötig von seinem Feierabend abhalten, wenn man angesichts der fortgeschrittenen Zeit überhaupt von Feierabend sprechen konnte. Wolli hatte sicher noch gut zwei Stunden zu tun. Und wenn er dann endlich an seiner Firma in Dormagen angekommen war, blieb ihm und seinen Helfern sicher nicht mehr viel Schlaf bis zum nächsten Job.

An der Theke, die an der Wand rechts von der Bühne aufgebaut war, standen noch mehrere Konzertbesucher, die ihre letzten Biermarken einlösen wollten. Als er näher kam, sah Frank, dass sie angeregt auf den Mann hinter der Theke einsprachen.

»Gibt es schon etwas Neues?« Eine Rothaarige auf hochhackigen schwarzen Schuhen und mit schwarzem Top sah den dicken Mann, der mit weißer Schürze hinter dem Tresen stand und zwei leere Gläser in der Hand hielt, fragend an.

»Nee, Lene geht es immer noch schlecht. Sie kommt einfach nicht darüber hinweg.«

»Ist das nicht furchtbar?«, mischte sich eine kräftige Schwarzhaarige ein, die mit einem leeren Weinglas ungeduldig vor dem Gesicht des Zapfers herumfuchtelte. »Geht zum Karneval, kippt auf dem Klo um und ist tot. Kein Wunder, dass das für Lene und Hans furchtbar ist.«

Der Zapfer nickte stumm, nahm ihr das Glas ab und begann dann die beiden Pilsgläser zu füllen. Er sah nur kurz auf, als ein dünner Mann mit schon schütterem grauen Zopf ein Wasser und eine Cola verlangte. Sein kariertes Hemd hing lose über seiner braunen Lederhose. Als er Frank erkannte, nickte er ihm freundlich zu.

»Super! Geile Deep-Purple-Version. Das nenne ich echten Bluesrock.«

Frank bedankte sich artig mit einem stummen Lächeln.

»Ich kann nicht verstehen, dass man den Tod von Feldges nicht besser untersucht. Man kippt doch nicht einfach um, schon gar nicht beim Pinkeln.« Die Rothaarige ließ nicht locker.

Die Frau mit den dichten schwarzen Locken neben ihr nickte. »Stimmt. Ich finde das unmöglich. Ich hätte mich nicht mit der Diagnose des Notarztes zufriedengegeben. Man hätte ihn doch besser obduziert. So weiß Lene ja noch nicht einmal genau, wie ihr Vater gestorben ist. Ich möchte nicht in ihrer Haut stecken.«

»Nu mal man nicht den Teufel an die Wand. Die wird sich schon wieder fangen. Das ist doch nicht das erste Mal, dass ein alter Mensch stirbt. Sicher, für die Angehörigen ist das schlimm. Aber so ist das nun mal im Leben. Irgendwann geht uns allen mal die Lampe aus, und zwar für immer.« Der Zapfer reichte zwei Bier, die bestellte Cola und das Mineralwasser über den Tresen. Gleichzeitig nahm er die Biermarken entgegen, die er einriss und hinter sich in einen Karton warf.

Frank sah sie Rothaarige von der Seite an. Sie war bestimmt schon Ende vierzig und hatte sich vor dem Spiegel vermutlich nur mit Mühe in ihre enge Jeans gezwängt. Das knappe Oberteil saß unvorteilhaft über ihren breiten Hüften.

»Aber einfach so? Am Mittag war er noch ganz fit, sagt Lene. Sie hat doch regelmäßig nach ihm gesehen. Für ihn gekocht und die Wäsche gemacht. Und der Arzt hatte ihn doch kurz vorher noch untersucht. War doch alles in Ordnung gewesen, hat mir Lene erzählt. Man stirbt doch nicht einfach so. Das gibts doch nicht. Wochenlang hat Lene geheult, sie hat abgenommen ohne Ende. So fertig ist sie. Ich kann mich noch gut daran erinnern, wie ich sie damals, so um Allerheiligen rum muss das gewesen sein, auf dem Friedhof getroffen habe. Sie war damals so froh, dass sie ihren Vater noch hatte. Warum passiert so was?« Sie stieß ihre Freundin in die Rippen. »Agnes, sag du doch auch mal was. Warum nur?«

»Weil das Leben unberechenbar ist, und der Tod sowieso.« Frank signalisierte dem Dicken hinter der Theke, dass er für Reuver, Juppi und Marianne noch ein Bier wollte.

Die Rothaarige drehte sich zu ihm um und musterte ihn von oben bis unten. Sie erkannte ihn offenbar nicht als den Musiker, der eben noch mit seiner Harp und seinen Congas auf der Bühne gestanden hatte. »Ach nee, einen Klugscheißer haben wir da. Was weißt du denn schon? Hast du noch deine Eltern?«

Frank schüttelte den Kopf. »Ich ...« Weiter kam er nicht.

»Weißt du was? Misch dich einfach nicht hier ein, kapiert?«

»Ich bin Polizeibeamter. Frank Borsch.« Ihm fiel in diesem Moment keine bessere Antwort sein. Am liebsten hätte Frank sich auf die Lippen gebissen. Warum hatte er sich nur eingemischt?

»Ach nee, und ich bin die Königin von England.« Die Rothaarige lachte albern über ihren Witz und fummelte dabei umständlich eine schon ziemlich zerdrückte Schachtel Zigaretten aus ihrer Hosentasche. »So, so, ein Bulle. Und? Was machen deine Kollegen im Präsidium? Schaukeln sich die Eier, während hier bei uns die Einbrecher umgehen, die Mädchenmörder wohnen und die Betrüger die armen Leute abzocken. Die Polizei, dein Freund und Helfer. Dass ich nicht lache.«

Sie hatte offenbar ihr neues Thema gefunden. Die Rothaarige schnaubte verächtlich und zündete sich umständlich eine Zigarette an. Mehrfach musste sie ihr Einwegfeuerzeug schütteln, bis die Reibfläche endlich das spärlich ausströmende Gas entzündete. »Darauf muss ich einen trinken. Komm, Häbät, mach mir noch ein Pils.« Die robuste Rothaarige schien schon nicht mehr ganz nüchtern. »Erst ist die Musik Scheiße. Und jetzt auch noch ein Bulle. Das passt zu meinem Tag. Mann, ein Bulle. Guck an. Na, Kleiner, willste auch ein Bier?«

Frank versuchte, ruhig zu bleiben. Mit einem Mal war er nicht »unser Mann an der Bluesharp und den Congas«, wie Claus ihn auf der Bühne immer vorstellte, sondern ganz Hauptkommissar. »Wann und wo ist denn dieser Herr gestorben?«

»Ach nee, jetzt spielt sich der Bulle auch noch als verständnisvoller Samariter auf. Nee, nee, damit machste bei Rita keine Punkte. Nich mit mir. Wofür bist du denn eigentlich zuständig? Für geklaute Fahrräder, oder was?« Die Rothaarige sah Frank abschätzend an. Dabei verzog sie ihren großen Mund zu einem spöttischen Lächeln. Ihre grünen Augen blieben dabei seltsam leer.

»Mordkommission.« Frank sah ihr direkt in die Augen.

Die Frau drehte sich nun ganz zu ihm um. Dabei schwankte sie leicht. »Ups.« Mehr brachte sie nicht heraus.

Die kleine Dicke mischte sich ein. »Sie müssen entschuldigen, Rita hat schon ein bisschen was getrunken. Wenn sie nüchtern ist, ist sie ganz anders. Herbert, wo bleibt mein Wein?«

»Ist schon gut. Wann ist das denn mit diesem Herrn – ich meine gehört zu haben, Feldges – passiert? Wohnte er hier in der Gegend? Ich meine, es kann ja sein, dass er an einem Schlaganfall gestorben ist. Meist ist es auch so, dass der Körper einfach aufhört zu arbeiten.« Frank kam sich ziemlich blöd vor bei diesen abgedroschenen »Es-ist-wie-es-ist«-Sprüchen, von denen jeder wusste, dass sie sowieso nichts erklärten und im Grunde alles nur schlimmer machten. Aber so kurz nach dem Auftritt war er zu nichts anderem fähig. »Vielleicht ist das in diesem Fall auch so gewesen. Sie werden sehen. Glauben Sie mir. In den meisten Fällen gibt es eine ganz einfache Erklärung dafür.«

»Und wenn nicht?« Dabei hielt die Freundin der Rothaarigen dem Zapfer ihr Weinglas hin. Sie hatte das Glas in kaum zwei Zügen geleert. »Der Hausarzt hat gesagt, Feldges war für sein Alter gesund. Der Notarzt hat dann Herzversagen als Todesursache aufgeschrieben. Passt das?«

»Das weiß ich nicht. Da kann in der Tat nur eine Obduktion Klarheit bringen. Aber oft wollen die Angehörigen das ja nicht.«

»Das kann man doch verstehen, oder? Würden Sie wollen, dass man Ihren liebsten Angehörigen aufschnippelt? Ich habe das im vergangenen Jahr beim Nachbarbauern erlebt. Da war die Frau gestorben. Keiner wusste so richtig, woran. Aber aufschneiden lassen wollte sie keiner. Daran wollte sich niemand versündigen.«

Frank fragte noch einmal nach »Wo lebte dieser Feldges? Können Sie mir das bitte sagen?«

»Ich weiß zwar nicht, was dich das angeht, Bulle, aber bitte: Wilhelm Feldges wohnte in Lobberich. Er hatte dort einen Bauernhof.« Die Rothaarige begann leicht zu schwanken.

»Danke für die Auskunft.« Frank war nun längst nicht mehr in der Rolle des Bluesmusikers. Ein toter Rentner, einfach umgekippt bei einer Karnevalssitzung. Eine merkwürdige Geschichte. Andererseits versuchte er, sich zur Ordnung zu rufen, du hast frei, du hast bis gerade eben auf der Bühne gestanden, Frank Borsch, du übertreibst und siehst schon Gespenster. Einmal Bulle, immer Bulle, hatte seine Ex-Frau bei solchen Gelegenheiten gesagt. Immer dann, wenn sie sich über ihn geärgert hatte. Der plötzliche Gedanke an sie tat ihm weh.

»Sagen Sie, bei welcher Sitzung ist das passiert?« Frank musste sich konzentrieren, denn Wolli hatte inzwischen Musik von Marcio Parker laufen, und das mit einer ziemlichen Lautstärke.

»Na, beim dritten Abend der Wölese, am Quellensee in Breyell. Aber das sagt dir bestimmt nix. Sie sind doch nicht von hier, das sehe ich doch sofort.« Die Rothaarige war wieder beim Siezen gelandet.

»Ich weiß, dass die Wölese eine Karnevalsabteilung der Kolpingfamilie sind. Und der Quellensee ist mir auch bekannt. Wissen Sie, ob bei dem Toten etwas gefunden wurde? Ein Stück Papier vielleicht, ein Zettel, eine Seite aus einem Buch? Mit einem Gedicht drauf?«

»Was weiß denn ich? Bin ich vielleicht Sherlock Holmes oder Pater Brown? Ich jedenfalls möchte mit alldem nichts zu tun haben. Ich war auch nicht dabei als die ihn gefunden haben. Ich geh nicht aufs Männerklo, auch nicht zu Karneval. All diese pissenden Besoffenen, und dieser Gestank, widerlich, sage ich dir.« Sie war wieder beim Du und beugte sich ganz nahe zu Franks Gesicht.

Gleich kippt sie, dachte er und wich ein Stück zurück.

»Also, lass mich einfach in Ruhe, hörst du? «

Frank konnte seinen Ärger über die betrunkene Rothaarige und ihre dummen Sprüche nur mit Mühe unterdrücken. »Sie sollten nicht mehr trinken. Ich glaube, Sie gehen jetzt besser mit Ihrer Freundin heim. Das ist besser für Sie, glauben Sie mir.«

Die Rothaarige streckte sich und zog dabei mit einiger Anstrengung ihren Bauch ein. »Du hast mir gar nichts zu sagen, blöder Bulle.« Fast hätte sie mit ihrer ausladenden Handbewegung ihrer Freundin das Weinglas aus der Hand gefegt. Agnes kicherte nur blöd.

»Komm, Häbät, gib mir noch ein Pils und für meine Freundin hier noch einen Wein.« Sie überlegte kurz. »Hey, Bulle, ich will mal nicht so sein, trinkste noch einen mit?«

Frank schüttelte nur den Kopf und sah sich nach Juppi und Marianne um, die sich gerade ausgiebig küssten. Frank wollte nur noch weg.

Neben ihm fingerte die Rothaarige mit Zigarette im Mundwinkel in ihrer Jeans nach ihren Wertmarken. Schließlich warf sie ein paar zerknüllte Marken auf die Theke. »Nimm dir, was du brauchst, ist eh der Rest.«

Frank hatte genug und ließ die Rothaarige einfach stehen. Auf dem Weg zur Bühne suchte er mit seinen Augen den mittlerweile schon fast leeren Saal ab. Auf den Tischen drängten sich Batterien von leeren, noch halb vollen und umgekippten Biergläsern. Aber die hübsche Dunkelhaarige, die vorhin so entrückt zum Blues getanzt hatte, war nicht mehr da. Schade, dachte Frank. Er hätte sich gerne noch etwas mit ihr unterhalten.

Auf der Rückfahrt zum Probenraum musste er noch eine ganze Zeit lang an die abstruse Unterhaltung an der Theke denken. Die Sache mit diesem Feldges ließ ihm keine Ruhe. Immer wieder ging sie ihm durch den Kopf. Frank versuchte sich abzulenken. Müde wischte er über die beschlagenen Scheiben des Bandbusses und sah hinaus in die Dunkelheit. Er legte seinen Kopf an die vibrierende Seitenscheibe. Hätten sie nur schon die Verstärker und Instrumente ausgeladen. Sie mussten bald in Otzenrath sein. Vor ihnen war nicht weit von der dunklen Autobahn der Himmel hell erleuchtet. Wie auf einem riesigen Jahrmarkt waren die mehr als siebzig Meter hohen Stahlskelette der Bagger mit Scheinwerfern bestückt. Im Braunkohlentagebau Garzweiler gab es keine Pause. Unablässig drehten sich die mächtigen Schaufeln der langsam fahrenden Bagger und fraßen sich Meter um Meter durch den niederrheinischen Boden.

Rosenmontag: Das ganze Präsidium schien in Agonie verfallen zu sein. Auf den Fluren war es still wie sonst nur an den Wochenenden. Lediglich auf der Kriminalwache war ein bisschen Betrieb. Es hatte in den vergangenen Stunden kaum Einsätze wegen zu viel Alkohol gegeben. Abgesehen von ein paar Ehestreitigkeiten, die geschlichtet werden mussten. Die üblichen Eifersuchtsdramen, die mit dem allzu zügellosen Feiern einhergingen. Selbst die Sonderkommission »Alte Männer« arbeitete nur mit halber Kraft. Das öffentliche Leben in der Stadt stand seit Tagen still. Dabei stand der Höhepunkt des Mönchengladbacher Karnevals mit dem Veilchendienstagszug erst noch an.

»Weißt du was, Ecki? Ich fahre mal kurz raus und gucke mir bei VW und Opel mal die Gebrauchten an. Ich komme hier im Moment sowieso nicht weiter.« Frank versuchte schon seit über zwei Stunden, jemand Kompetentes beim LKA zu erreichen. Aber entweder ging in den einzelnen Abteilungen niemand ans Telefon, oder er bekam zur Antwort, dass die Kollegen in Sachen Rosenmontagszug unterwegs waren. Ob als Zuschauer oder im Einsatz, blieb bei den Telefongesprächen allerdings offen.

»Kein Problem. Fahr nur. Kannst du mir auf dem Rückweg ein paar Berliner mitbringen? Am besten von Hannen.« Ecki, der den ganzen Vormittag über mehr oder weniger schweigsam und missmutig vor seinem PC gehockt und ab und an einen frischen Grünen Tee aufgebrüht hatte, machte mit einem Mal ein fröhliches Gesicht. »Bitte!?«

»Klar doch, Ecki, andererseits, du solltest vielleicht mal was anderes essen als nur immer diese klebrigen und fettigen Hefeteilchen.« Frank hob die Hand, als wüsste er, dass Ecki protestieren würde. »Aber schon gut, schon gut, das musst du selbst wissen. Bei deinem Anti-Aging-Gesundheits-Syndrom wirst du schon wissen, wann du eine kleine Sünde begehen darfst. Und solange du zu Karneval nur auf diese Weise sündigst, sei dir das gegönnt.«

»Was soll das denn nun schon wieder heißen?«

»Nicht mehr, als das die deutschen Bäcker weit über 1.000 verschiedene Brotsorten im Angebot haben. Da wird doch bestimmt etwas Gesundes dabei sein, was dir statt Hefeteilchen schmecken wird.«

»Banause.«

»Ruhig, Brauner, ruhig, du bekommst ja dein Futter.«

Der umtriebige Verkäufer bei BMW Hammer reichte Frank die Plastiktüte über den Verkaufstresen. »Eine gute Wahl. Die neue GS geht wirklich ab. Dagegen ist alles andere, wenn ich das so sagen darf, Kernschrott.«

Der schnauzbärtige Motorradverkäufer passte eher in eine südfranzösische Renaultwerkstatt, dachte Frank, und nahm die Tüte lächelnd entgegen.

»Diese GS ist sicher ein hübsches Spielzeugmodell, keine Frage, aber wenn Sie wollen, können wir gerne eine Probefahrt mit einer echten GS vereinbaren. Sie werden sehen, das Fahrzeug wird Sie überzeugen.« Der Verkäufer nickte Frank aufmunternd zu.

Aber Frank winkte dankbar ab. »Das Modellmotorrad ist ein Geschenk für die Frau meines Kollegen. Sie möchte gerne den Motorradführerschein machen und hat bald Geburtstag. Ich will ihr mit der Mini-GS nur ein bisschen Appetit machen.«

»Eine hübsche Idee. Empfehlen Sie uns bitte weiter. Wer erst einmal auf einem Motorrad gesessen hat, will irgendwann mal eine eigene Maschine fahren. Ich, äh, kenne das von meiner Frau. Wie gesagt, man sollte nie Nie sagen. Vielleicht sehe ich Sie einmal wieder.«

»Stimmt, man sollte nie Nie sagen.«

Frank drehte sich neugierig um. Hinter ihm stand eine schlanke schmale Gestalt in einer hautengen dunklen Lederkombi. Eine Frau. Mit einer knackigen Figur, dachte er anerkennend.

»Was starren sie mich so an, Herr Borsch? Haben Sie noch nie eine Frau in Motorradkombi gesehen?«

Auch das noch. Diese kräftige helle Stimme. Ausgerechnet. Nun wusste Frank den schmalen Ausschnitt des Gesichtes, den der Helm frei gab, zuzuordnen. Vor ihm stand Viola Kaumanns, die nun lässig ihren Helm abnahm und sich mit einer Hand durch ihr kurzes Haar fuhr.

»Hallo, Herr vom Broich, alles im Griff?« Viola Kaumanns schüttelte dem lächelnden Verkäufer die Hand. »Bin gerade in der Nähe und wollte nur mal nachfragen, ob die Zubehörteile schon da sind. Ich habe mir gedacht, dass heute an Karneval nicht viel los sein dürfte.« Sie wandte sich Frank zu. »Wollen Sie sich eine Maschine zulegen? Ich dachte, Sie brauchen jetzt eher eine Familienkutsche, wo doch Ihre Frau bald entbindet?«

Frank war etwas verwirrt über die plötzliche und unerwartete Begegnung mit Viola Kaumanns. »Nein, ich, ich war eben noch bei mehreren Autohändlern. Und dann ist mir eingefallen, dass Marion Eckers ja bald Geburtstag hat und auf einen Motorradführerschein spart. Ich habe ihr gerade das Modell der neuen ..., wie heißt sie gleich ..., ja, GS gekauft.«

»Gute Idee, ich fahre übrigens das Vorgängermodell.«

»Sie fahren Motorrad?«

»Wonach sehe ich denn aus, was meinen Sie?« Viola Kaumanns sah an ihrer Lederkombi herunter.

»Na ja, klar.« Frank schlug sich mit der flachen Hand gegen die Stirn, als habe er erst jetzt den Zweck ihrer Kleidung erkannt. Am liebsten wäre er in den grauen Boden der BMW-Niederlassung versunken.

Der Verkäufer räusperte sich und zeigte auf den Kaffeeautomaten neben der Verkaufstheke. »Darf ich Ihnen einen Kaffee anbieten?«

Frank sah Viola Kaumanns an.

»Von mir aus, gerne.« Bevor Frank etwas erwidern konnte, steuerte Viola Kaumanns bereits auf die Hocker zu, die vor der Kaffeebar standen.

»Ja, gut, ein paar Minuten habe ich noch.« Frank kam sich nun vollends wie ein Idiot vor.

»Waren Sie schon einmal hier?« Viola Kaumanns sah Frank an, als Jörg vom Broich zwei Tassen mit dampfendem Kaffee auf den Tresen stellte und sich dann mit einem entschuldigenden Lächeln entfernte.

»Ich war noch nie in einem Motorradladen. Zweiradfahren war noch nie mein Ding.« ›Zweiradfahren‹, wie sich das anhörte. Grässlich. »Natürlich hatte ich früher ein Fahrrad. Aber, Motorrad, nein.«

»Sie verpassen was, echt.«

»Hm, fahren Sie schon lange?«

»Seit zehn Jahren?« Viola Kaumanns überlegte. »Sicher.«

»Hm.« Frank rührte in seinem Kaffee.

»Ja ja.« Auch Viola Kaumanns rührte jetzt in ihrem Kaffee.

»Also, das mit den Morden ist schon ein echtes Problem.« Frank wollte unbedingt verhindern, dass sie sich noch länger anschwiegen. Er kratzte sich am Hals.

»Ja. Soweit ich Ecki verstanden habe, fahnden wir jetzt nach zwei möglichen Tätern?«

Viola Kaumanns hatte das ›wir‹ vielleicht eine Spur zu stark betont, dachte Frank. »Ja.«

»Gibt es denn schon Hinweise aus der TÜ von Köhlers Ehefrau? Oder haben wir schon eine Spur von diesem Verhoeven?«

»Weder noch, Frau Köhler telefoniert derzeit entweder mit ihrer Mutter oder mit ihrem Freund. Köhler hat sich bei ihr noch nicht gemeldet. Aber das kann nicht mehr lange dauern.«

»Ich möchte mal wissen, was unsere niederländischen Kollegen alles anstellen, um Köhler zu finden. Ich habe den Eindruck, dass sie den Fall nicht unbedingt mit oberster Priorität behandeln.«

»Den Eindruck habe ich eigentlich nicht. Vermutlich ist Köhler auch gar nicht in Holland. Ich vermute eher, dass er sich irgendwo im Ruhrgebiet aufhält. Er ist nach dem Mord an Hecker bestimmt ganz in der Nähe abgetaucht. In der Hoffnung, dass wir ihn dort nicht vermuten.«

»Kann sein. Das ist ja wie Stochern im Nebel.«

»Das können Sie wohl laut sagen. Wo Sie gerade von Nebel sprechen: Was machen die Listen?«

Viola Kaumanns rutschte auf ihrem Hocker zur Seite, um Frank direkt ins Gesicht sehen zu können. »Das ist so eine Sache mit den Listen. Es gibt, so gesehen, eine unglaublich hohe Zahl von alten Leuten, die in den letzten Jahren verstorben sind. Das ist ja an und für sich nicht ungewöhnlich, sondern normal, quasi biologisch bedingt. Eine ganze Reihe von ihnen haben tatsächlich und naturgemäß in irgendeiner Form an altersspezifischen Krankheiten gelitten. Von daher haben sie, so oder so, Kontakt entweder zur Hardterwald-Klinik oder zu anderen Krankenhäusern mit einer geriatrischen Abteilung gehabt. Ich denke, dass ich in den nächsten Tagen noch einmal zur HWK fahre. Ich habe da ein paar Fragen, die ich mit dem Chefarzt klären will.«

»Geht das nicht schneller?« Franks Frage hatte wieder einen schneidenden Unterton. Deshalb beeilte er sich hinzuzufügen: »Ich meine, möglicherweise lassen sich bei Ihrer Recherche in der HWK ein paar Fragestellungen abarbeiten, die Ihre Arbeit ein bisschen erleichtern würden. Das muss Ihnen doch selbst mächtig auf den Wecker gehen, dass Sie nicht vorankommen.«

»Keine Sorge, Herr Borsch, ich bin nicht so zart besaitet, wie Sie vielleicht denken.«

Erwischt! »Sorry, ich wollte nicht ...«

Viola Kaumanns fiel ihm ins Wort. »Schon gut, Sie machen es sonst nur noch schlimmer.« Sie sah wieder auf ihre Kaffeetasse und nahm sie in die Hand. »Wissen Sie, was mich bei der ganzen Sache so fertig macht? Das sind nicht die Morde selbst. Das ist schon schlimm genug. Ich glaube, dass es kaum schlimmer kommen kann. Und ich bin froh, wenn wir den Täter möglichst bald schnappen. Nein, was mich als junger Mensch so fertig macht, ist, dass so viele alte Menschen Selbstmord begehen. Aus Verzweiflung.«

»Aus Verzweiflung? Aber die meisten Menschen haben doch in ihrem Leben jede Menge Verzweiflung erlebt und sicher auch damit Gründe gehabt, sich umzubringen. Warum dann im Alter? Das verstehe ich nicht. Im Alter, sagt man, wird man weise und abgeklärt. Warum dann der Natur vorgreifen? Man ist doch bestimmt froh um jeden Tag, den man noch erlebt.«

»Das habe ich anfangs auch nicht verstanden. Abgesehen davon, dass ich sowieso kein Verständnis für den Freitod habe. Dann habe ich einen Bekannten beim LKA angerufen. Er ist dort Psychologe. Für ihn ist das kein ungewöhnliches Phänomen. Er meint, dass sich in Deutschland jedes Jahr fast 5.000 Menschen umbringen, die älter sind als sechzig. Die sich erschießen, erhängen, vergiften. Das muss man sich mal vorstellen: 5.000 Menschen, jedes Jahr. Das fasse ich nicht.« Mit einer abrupten Bewegung setzte Viola Kaumanns ihre Tasse an und trank sie leer.

Die Frau hat ja ein weiches Herz und macht sich Gedanken, die weit über ihren Job hinaus gehen, dachte Frank. Das hätte er Viola Kaumanns nicht zugetraut, musste er sich eingestehen. »Das Leben ist hart.«

»Das klingt jetzt ein bisschen platt. Meinen Sie nicht?« Viola Kaumanns zeichnete mit einem Finger den Kreis nach, den die Tasse auf dem Tresen hinterlassen hatte. »Besonders lebensmüde, im wahrsten Sinne des Wortes, sind die Menschen ab 75. Und das hat damit zu tun, dass wir jüngere, und damit meine ich auch mich, dem ›alten‹ Leben nicht besonders viel Bedeutung beimessen. Mein Bekannter meint, wir, also die Gesellschaft, hat keinen Respekt mehr vor dem Alter.«

Frank atmete tief ein. »Wo Sie das so sagen, meine Großmutter hatte zuletzt immer davon gesprochen, dass sie doch nur eine Last für die Familie sei, und am liebsten sterben würde. Dann hätten wir nicht mehr so viel Arbeit. Das könnte doch auch etwas wie ein, ja, wie ein indirekter Selbstmord sein, oder?« Frank schüttelte sich. »Das sind schon merkwürdige Gespräche in einem Motorradladen. Eigentlich müssten wir uns doch eher über PS, Ausstattung und Komfort unterhalten, oder?«

»Aber genau das ist es doch, wir reden immer am eigentlichen Thema vorbei: Was wird aus uns, wenn wir zu alt sind, um Motorrad zu fahren? Wann und wie werden wir sterben? Wir tun doch immer nur so, als ob unser Leben nie enden wird. Dabei kann es jeden Moment so weit sein. Wer sagt denn, dass ich nicht gleich überfahren werde, wenn ich mit meinem Bock vom Hof fahre? Wir leben, um zu sterben. Aber wir tun so, als ob das nur die anderen betrifft. Es gibt keine Fluchttür vor dem Leben und dem Sterben.«

Frank sah in seine Tasse. »Sie machen mir Mut.«

»Ach, hören Sie doch auf mit Ihrem Selbstmitleid.« Viola Kaumanns sah ihn spöttisch von der Seite an. »Stellen Sie sich lieber diesen Fragen, und es wird Ihnen besser gehen.«

Frank sah sie irritiert an. »Wieso sollte es mir schlecht gehen? Wie kommen Sie eigentlich dazu, in meiner Psyche zu kramen?

Anstatt zu antworten, stand Viola Kaumanns einfach auf und winkte vom Broich. »Danke für den Kaffee. Ich komme in ein paar Tagen zurück, dann müssten die Teile doch da sein, oder?«

Jörg vom Broich nickte. »Aber klar.«

An der Tür zum Parkplatz drehte sich Viola Kaumanns noch einmal zu Frank um. »Denken Sie an meine Worte. Auch Sie kommen nicht davon. Schönen Tag und viel Spaß im Karneval noch.« Sie winkte ihm zu und setzte ihren Helm auf. »Ich finde, dass sich Eckis Frau über das Geschenk freuen kann. Sie wird bestimmt Spaß am Motorradfahren haben. So wie ich. Ich fahre fast das ganze Jahr durch. «

Diese Frau verwirrte ihn immer mehr. So etwas hatte Frank noch nicht erlebt. Woher nahm diese junge Frau die Sicherheit und das Selbstbewusstsein, mit der sie über das Leben und das Sterben philosophierte? Und sich damit massiv in Franks Leben mischte? Wenn man sie so reden hörte, könnte man glatt in Depressionen verfallen, dachte Frank und winkte dem Verkäufer zu, als er den Laden verließ. Draußen hatte es leicht zu schneien angefangen. Er hasste diese Tage, an denen es nicht richtig hell werden wollte. Für Veilchendienstag hatten sie Schneeregen angesagt.

XXIII.

Peter Shriver legte den Hörer zurück und sah seinen Kollegen ausdruckslos an. »Es gibt Arbeit. Lass uns gehen.«

Eine Viertelstunde später standen die beiden Ermittler vor einem schmalen alten Backsteinbau. Im Untergeschoss hatte eine Wohltätigkeitsorganisation ihr Ladenlokal. Das breite Schaufenster war nachlässig und spärlich mit einigen alten Büchern, von zuviel Sonnenlicht ausgeblichenen Pappschachteln mit Gesellschaftsspielen und einigen schon lange aus der Mode gekommenen Kleidungsstücken dekoriert. Shriver konnte nicht erkennen, ob Kundschaft im Laden war. Er sah an der Hausfassade hoch. In der ersten Etage sollte es sein. Auf den ersten Blick konnte er nichts Ungewöhnliches erkennen. Er sah sich um. Der Hausmeister war nirgends zu sehen. In der Seitenstraße, an der die Wohnung lag, war um diese Tageszeit nur wenig Betrieb. Am Bordstein parkten nur wenige Autos. Es war eine eher arme Gegend. Die Fahrzeuge hatten allesamt schon bessere Zeiten gesehen, dachte Shriver. Er nickte seinem Kollegen zu, der schweigsam einen Kaugummi kaute und die Hände wegen der Kälte tief in den Manteltaschen stecken hatte. »Vielleich wartet der Hausmeister oben. Schließlich ist es saukalt.«

Shrivers Kollege nickte nur und schob nachlässig mit einer Hand die nur angelehnte Tür zum Hausflur auf. Der schmale Gang roch penetrant nach altem Fett und dem undefinierbaren Inhalt einer Handvoll Müllsäcke, die in der Ecke zur Treppe zusammengestellt waren.

Seufzend stieg Peter Shriver hinter Hank Shoemaker die schmale Stiege empor. Auf dem zweiten Absatz wurden sie von dem Hausmeister empfangen, der seinen großen Schlüsselbund in der Hand unablässig hin und her drehte.

»Ich hätte Sie nicht gerufen, wenn es mir nicht so komisch vorgekommen wäre. Über zwei Wochen Tag und Nacht Licht in der Wohnung. Da stimmt doch was nicht. Ich habe angerufen, ich habe geklopft. Niemand hat sich gemeldet. Hoffentlich ist nichts Schlimmes passiert.« Eilfertig trat der Hausmeister des leicht schäbigen Mehrfamilienhauses am Rand der Innenstadt zur Seite.

»Schon gut.« Peter Shriver drängte sich an dem dünnen blassen Mann vorbei. »Bitte, öffnen Sie die Wohnungstür. Und dann gehen Sie bitte wieder an Ihre Arbeit. Es gibt für Sie hier vorläufig nichts mehr zu tun. Der Rest ist nun unsere Aufgabe. Danke, dass Sie uns gerufen haben. Wenn wir Fragen haben, werden wir Sie ansprechen.«

Peter Shriver war seit mehr als dreißig Jahren bei der Polizei. Deshalb war er auf alles vorbereitet. Was sie aber in dieser auf den ersten Blick sauber aufgeräumten Wohnung vorfanden, hatte nicht das Geringste mit dem zu tun, was er erwartet oder auch nur ansatzweise befürchtet hatte.

Konzentriert und langsam arbeiteten sich die beiden Kriminalbeamten vom schmalen Flur aus durch die Zimmer der Wohnung. Sie war großzügiger geschnitten, als sie von der Straße aus hätten vermuten können. Mit Erleichterung stellte Shriver fest, dass es nicht nach einem verwesenden Körper roch. Leichen, vielleicht noch mehrere Tage oder Wochen alt, waren ihm auch nach all den Jahren kein vertrauter Anblick. Jeder Tote hatte für Shriver etwas Bedrohliches. Vermutlich, hatte er einmal bei einem Bier mit seinen Kollegen philosophiert, erinnerten leblose Körper an die eigene Vergänglichkeit und hatten deshalb etwas Mahnendes.

Shriver atmete auf. Kein Toter in dieser Wohnung, der schon von Maden zerfressen war. Keine Fliegen, die ihm bereits an der Tür in Myriaden entgegen kamen, um sich dann durch den Hausflur in alle möglichen Richtungen zu verteilen. Und auch keine Larvenmassen, die sich ihm als einen lebenden Teppich aus ungezählten pulsierenden Körpern darboten.

Die Luft in den Zimmern roch abgestanden, es war lange nicht gelüftet worden. Shriver schaltete in jedem Raum die Beleuchtung aus. Der Mieter hatte in der Tat in jedem Zimmer das Licht brennen lassen. Offenbar war er abgereist, ohne sich beim Verlassen der Wohnung noch ein letztes Mal umzusehen: Entweder hatte er überstürzt das Haus verlassen, oder er hatte schlicht und einfach vergessen, die Lampen auszuschalten.

Shriver entspannte sich und nickte seinem Kollegen zu, was so viel bedeuten sollte wie »alles in Ordnung, kein Stress«. Die beiden arbeiteten schon seit mehr als 15 Jahren zusammen und kamen mittlerweile ohne viel Worte miteinander aus.

Die beiden Polizeibeamten gingen von Raum zu Raum, ohne eine wirkliche Spur ihres Bewohners zu entdecken. Der Mieter hatte nichts dem Zufall überlassen. Das Spülbecken in der Küche war sauber ausgewischt. Der Müll aus dem Ascheimer entsorgt. Die wenigen Blumen waren auf Hydrokultur umgestellt und hatten noch genügend Wasser. Der Brotkasten war leer und sauber ausgeputzt, sodass nichts schimmeln konnte. Das Gleiche galt für den Kühlschrank. Es sah so aus, als sei die Wohnung nur leere Kulisse für einen bereits abgedrehten Film. Und dass der Requisiteur sehr genau darauf geachtet hatte, dass nach den Dreharbeiten die Kulissenschieber nicht unnötig Arbeit hatten.

Oder aber der Nutzer der Wohnung hatte einen krankhaften Sauberkeitsfimmel, der ihm jegliche persönlichen Spuren in den eigenen vier Wänden verbot. Shriver mochte auch nicht ausschließen, dass der Mieter ein reinlicher und ordentlicher Mensch war, dazu ausgestattet mit einer gehörigen Portion Verantwortungsgefühl, der auf den Fall, dass er nicht zurückkehren würde, vorbereitet sein wollte und alle dazu nötigen Vorkehrungen getroffen hatte.

Aus dem kurzen Telefongespräch mit dem Hausmeister wusste Shriver, dass der Wohnungsnutzer männlich, schon älter und Deutscher war. Die penible Sauberkeit, die Shriver in allen Räumen vorfand, hielt der Kriminalbeamte für eine typisch deutsche Tugend. Wobei er es in seinem bisherigen Leben mit nicht allzu vielen Deutschen zu tun gehabt hatte. Sah man einmal von den Urlaubern ab, die regelmäßig ihre Stadt heimsuchten.

Peter Shriver war der Anblick der fast klinisch sauberen Zimmer keine besondere Notiz in seiner Kladde wert, die er bei sich trug, so sehr fühlte er sich in seinem Bild von »den sauberen Deutschen« bestätigt. Im Gegenteil, er nahm seine Beobachtungen mit einer gewissen Genugtuung auf.

Es war so: Der Deutsche hatte seine Wohnung ordentlich und in einem sauberen Zustand verlassen. Ein Zustand, der so gar nicht zu der Gegend passen wollte, in der die Wohnung lag. Der Mieter war in der Tat sehr umsichtig gewesen, mit der kleinen Ausnahme, dass er vergessen hatte, im Wohnzimmer und in der Küche das Deckenlicht zu löschen. Keine einfache Unachtsamkeit, sondern ein fataler und kapitaler Fehler, wie Shriver im nächsten Augenblick feststellen musste. In dem kleinen Raum hinter der Küche machten die Ermittler eine Entdeckung, die ihnen die Gänsehaut in den Nacken trieb.

Kaum hatte sein Kollege in dem abgedunkelten Raum das Licht eingeschaltet, fuhr Shriver beim Anblick der Bilder unwillkürlich einen Schritt zurück. »Mein Gott, Hank, was ist das, um Himmels willen?«

Über die ganze Wand, die der Tür gegenüberlag, waren in Kopfhöhe Fotos mit Reißzwecken befestigt. Shriver konnte erst nicht einordnen, was er da sah. Dafür brachte ihn der zweite Blick fast um den Verstand. Die Schwarz-Weiß-Aufnahmen zeigten alte Männer, die ihre Augen vor Entsetzen, vor Schmerzen und in panischer Todesangst weit aufgerissen hatten. Und das Weiß ihrer Augen war vom Blitzlicht der Kamera unnatürlich deutlich verstärkt.

Nachdem sich Peter Shriver von seinem ersten Schrecken erholt hatte, trat er einen Schritt näher, um besser sehen zu können. Er konnte auf den Nahaufnahmen verschiedene Köpfe unterscheiden. Die Münder der Männer waren jedes Mal wie zu einem stummen Schrei weit aufgerissen.

»Was, zum Teufel, ist das?« Hank Shoemaker trat neben Shriver. Er ging wie ein Kunstkenner ganz nah an die Abzüge heran und schob dabei seine Brille auf den Kopf. »Soll das Kunst sein? Ist dieser Deutsche vielleicht ein Fotokünstler? So etwas habe ich noch nie gesehen. Horror. Aber gut gemacht.«

»Ich glaube, der Horror ist echt, Hank.« Peter Shriver deutete auf eine Ansammlung von Fotos, die auf dem kleinen Tischchen lagen, das an die Wand unterhalb der bizarren Fotogalerie gerückt worden war. Neben dem Stapel mit den Abzügen stand noch eine offene Schachtel mit schwarzen und weißen Reißzwecken.

Die Fotos zeigten aufgeschlitzte Kehlen, aus denen dick das Blut schoss. Der unbekannte Fotograf musste im Augenblick nach dem Schnitt auf den Auslöser gedrückt haben. Die Aufnahmen wirkten so echt, dass Shriver meinte, den Geschmack frischen und körperwarmen Blutes auf seinen Lippen zu spüren. Die Umgebung, in der die Fotos gemacht worden waren, musste voller Blut gewesen sein.

Vorsichtig zerteilte Hank Shoemaker den Stapel Fotos mit seinem Kugelschreiber. Auf mehreren Bildern war so etwas wie ein menschlicher

Brustkorb zu sehen, in dem eine Säge oder etwas ähnliches steckte. Überall war Blut. Ein Bild zeigte den geöffneten Brustkorb von oben. Es war nicht mehr als eine blutige Masse zu sehen, aus der der Griff eines Fuchsschwanzes ragte. Einzelne Knochenfragmente ragten spitz und weiß hervor. Eine Operation war das nicht, auch keine Hinrichtung, nur das Zeugnis von Blutrausch und Ekstase. Ein offener Brustkorb, brutal aufgerissen und im Akt der Zerstörung allem Menschlichen beraubt.

Hank Shoemaker und Peter Shriver hatten das blutgetränkte Archiv einer menschlichen Bestie entdeckt. Ein unerwartetes und gespenstisches Zeugnis roher Gewalt und unmenschlicher Gier nach Zerstörung, inmitten einer sauber aufgeräumten heilen Welt, in der sogar die sorgsam gepflegten Topfblumen auf den schmalen Fensterbrettern auf weißen Deckchen standen.

»Was ist das? Und, vor allem, wo ist das? Wer sind die bedauernswerten Geschöpfe, die im Augenblick ihres Todes für die Bestie Modell gestanden haben?« Hank Shoemaker stocherte mit der Spitze seines Kugelschreibers zwischen den Fotos herum, als wolle er die Antwort auf seine Fragen in den Gesichtern der Opfer finden.

Peter Shriver hatte seinem Kollegen nicht zugehört, weil er in die Hocke gegangen war und vorsichtig den altmodischen Kasten hervorgezogen hatte, der auf der Zwischenablage des Tischchens gestanden hatte. Er setzte den hölzernen Behälter auf die Tischplatte und ließ die Verschlüsse aufschnappen. Mit den Fingerspitzen öffnete Shriver den Deckel. Der kleine Behälter war innen mit rotem Samt ausgeschlagen und enthielt nur weitere Fotos. Aber es waren nicht nur Fotos mit den Motiven, die die beiden Polizeibeamten schon gesehen hatten, sondern auch alte Fotos mit gezacktem weißen Rand, Schnappschüsse aus einer längst vergangenen Zeit. Aufnahmen von Ausflügen im Sommer an einen großen Fluss mit lachenden Männern und Frauen. Shriver meinte, den Rhein zu erkennen. Zumindest dachte er, dass es der Rhein sein müsste, denn er konnte im Hintergrund eine Burg erkennen. Auf anderen Fotos waren deutsche Soldaten in Ausgehuniformen der deutschen Wehrmacht zu sehen, Frauenporträts, Gruppenbilder von Familien, Schnappschüsse aus einem Garten, mit Männern, die hemdsärmelig um einen Tisch herumsaßen und sich mit geöffneten Bierflaschen zu prosteten. Zuunterst in dem Kasten lagen ein paar Briefe in alter Handschrift. Shriver konnte weder die Anschrift noch den Absender entziffern, es mussten Briefe sein, die in deutscher Schrift verfasst waren.

»Shriver, hörst du nicht? Ich habe gesagt, da sind auch Adressen hinten auf den Fotots. Ich denke, deutsche Anschriften, ich kann sie jedenfalls nicht lesen.« Shoemaker klang ungeduldig.

»Tut mir leid, ich habe nicht zugehört. Was hast du gesagt?« Peter Shriver kam aus der Hocke wieder hoch.

»Ich glaube, die Aufnahmen sind irgendwo in Deutschland gemacht worden. Weil, da sind Adressen hinten auf den Fotos.« Shoemaker hatte eines der Fotos von der Wand genommen und betrachtete nun die Rückseite. Er bemühte sich, den Text zu entziffern. »Bruggen. Wo, zum Teufel, ist Bruggen?«

»Das werden uns die Kollegen schon noch sagen. Komm, ich habe erst einmal genug gesehen. In diesem Bruggen, oder wie das verdammte Kaff heißt, haben die Kollegen ein echtes Problem. Dort geht ein Killer um, und zwar von der ganz üblen Sorte.« Shriver wandte sich zum Gehen. »Gut, dass wir damit nichts zu tun haben. Ich habe keine Lust auf Psychopathen. Los, Hank.«

»Kannst du mir mal sagen, was in einem Menschen vorgeht, der sich solche Bilder an die Wand hängt?«

»Vielleicht geilt er sich daran auf? Was weiß ich? Ich fand es eben allein schon so krank, in solch eine klinisch saubere Wohnung zu kommen. Wie soll ich denn jetzt wissen, warum Frankenstein sich so eine Ausstellung zusammengestellt hat? Ich glaube, je länger ich diesen Polizeijob mache, umso weniger habe ich eine Antwort auf die Frage, warum Menschen sind, wie sie sind.« Peter Shriver war schon fast an der Tür. »Sag dem Hausmeister, er soll hier bloß nichts anfassen und am besten in seiner eigenen Wohnung auf die Spurensicherung warten. Ich möchte nicht, dass er uns hier alles platt trampelt.«

»Geht klar, Chef.« Hank Shoemaker kratzte sich am Hinterkopf. »Bruggen, Bruggen, das habe ich irgendwo schon einmal gehört. «

Peter Shriver zog nur die Schultern hoch und sagte nichts. Bevor sie die Wohnung verließen, löschten sie in den beiden Zimmern die Beleuchtung. Sie hatte ihren Zweck erfüllt.

Ecki sah Frank mit großen Augen an und deutete dabei mit einer Hand hilflos auf den Hörer. »Sorry, ich kann Sie nur sehr schwer verstehen. Können Sie mir das bitte noch einmal erklären? Auf Deutsch? Bitte!«

Frank nahm die Hände von der Tastatur und hörte dem Versuch seines Kollegen zu, dem Redeschwall am anderen Ende der Leitung zu folgen.

Ecki schien nur die Hälfte zu verstehen, denn er schrieb hastig mit und strich das gerade zu Papier Gebrachte meist sofort wieder durch. Das musste ja ein merkwürdiger Kollege sein, den Ecki da in der Leitung hatte. Da er seinem Freund doch nicht würde helfen können, wandte er sich wieder seinen Mails zu, die er noch abarbeiten wollte. Gerade hatte er den Hinweis von Viola Kaumanns gelesen, dass pro Jahr etwa 600.000 alte

Menschen in Deutschland Opfer physischer Gewalt werden. Meist, weil die pflegenden Angehörigen mit ihrer Arbeit überfordert waren und ihren Frust an ihren Angehörigen ausließen, die sie eigentlich schützen sollten.

Die Kollegin mochte in der Recherche ja sehr fleißig sein, dachte Frank, aber das Ergebnis brachte sie nicht wirklich weiter. Bisher hatte sich auch nicht der geringste Hinweis darauf ergeben, dass ihre Opfer unter der Gewalt ihrer Angehörige hatten leiden müssen. Mit Ausnahme vielleicht von Verhoeven, aber das war ja nun auch längst noch nicht bewiesen. Bisher war der Sohn nicht mehr als ein dringend gesuchter Angehöriger, der einige Fragen beantworten sollte.

Mittlerweile hatte Ecki das Gespräch beendet. Er sah Frank irritiert an. »Das war ein Peter Shriver. Aus England. Alles habe ich nicht verstanden. Nur soviel, dass er lange mit deutschen Behörden hat telefonieren müssen, bis er endlich einen von uns erreicht hat. Er interessiert sich für den Mord in Brüggen. Oder Bruggen, wie er sagt.«

»Aus England? Wo denn da? Und was will er wissen?«

Ecki runzelte die Stirn. »Na ja, so ganz hab ich es nicht verstanden. Da war ich dann doch zu perplex über den Anruf. Soweit ich das kapiert habe, muss das irgendwo an der Küste sein. Dieser Shriver meint, dass sie zu einer Wohnung gerufen worden sind, weil dort seit Tagen oder Wochen ständig Licht brannte. Und das diese Wohnung praktisch leer war, leer bis auf eine Art, wenn ich nichts Falsches gehört habe, Fototapete.«

»Fototapete? Was hat das mit Brüggen zu tun?«

»Offenbar muss das eine ganz besondere Fototapete sein. Zu sehen sind nur entsetzte Gesichter alter Männer und eine Szene wie aus dem Schlachthaus, mit dem Unterschied, dass es sich bei dem Opfer wohl nicht um ein Tier handelt, sondern um einen Menschen. Soweit man das erkennen konnte.«

»Fotografien? Die Morde sind fotografiert worden? Ich verstehe das noch immer nicht ganz.« Frank versuchte sich zu konzentrieren.

»Mann, Frank, soweit ich das verstanden habe, müssen dort die Gesichter alter Männer zu sehen sein. Im Zustand höchster Lebensgefahr. Und, ja, dieser Tote. Aufgeschlitzt wie ein Stück Wild. Das klingt in der Tat nach unserem Fall in Brüggen.«

»Hat dieser Inspektor, oder welchen Dienstgrad er auch immer hat, irgendetwas über den Wohnungsinhaber gesagt? Wo er ist, wie er heißt?«

»Nee, hat er nicht, nur, dass er einen schriftlichen Bericht schickt. Er hat wohl gemerkt, dass ich nicht so fit in Englisch bin.«

Frank schob ihm die Tüte mit frischen Berlinern zu. »Nun beruhige dich mal und iss einen deiner Berliner.« Frank lächelte seinen Freund auffordend an.

»Ich brauche keine Nervennahrung. So schlimm war das nun auch wieder nicht. Ich bin es nur nicht gewohnt, mich mit einem englischen Kollegen zu unterhalten.«

Frank sah Ecki an. »England? Hm. Fotos von den Gesichtern alter Männer? Eine aufgebrochene Leiche? England. England. Voerhoevens Sohn Herbert? Und nicht dieser Dr. Köhler?«

»Eine leere Wohnung, gemietet von einem Deutschen, der verschwunden ist. Die Fotos aus Brüggen. Und wir suchen Herbert Verhoeven, weil sein Vater ermordet wurde. Und, weil seine Schwester uns ihren Bruder als, vorsichtig gesagt, als Sonderling geschildert hat. Passt das zusammen?« Ecki biss in den Berliner und wischte routiniert mit einem Finger über die Marmelade, die aus dem Hefeteig hervorquoll, und steckte dann den Finger genussvoll in den Mund. »Siehste, so schlabbert nix.«

Frank überging die Bemerkung. »Wo hat Herbert Verhoeven seine Wohnung oder sein Haus?«

»Muss ich nachsehen. Das war doch so ein kleiner Ort irgendwo an der Küste. Wenn du mich so direkt fragst, ich habe die Fahndungsunterlagen im Moment nicht wirklich parat. War das nicht in der Gegend, in der auch diese alte Serie spielt: ›Der Doktor und das liebe Vieh‹?«

»Ja, ja, Yorkshire. Das weiß ich selbst. Der Ort, Ecki, der Ort.«

Ecki legte den Rest Berliner auf seinen Schreibtisch. »Nun warte doch. Hab ich gleich.« Ecki zog eine Kladde aus seiner Schreibtischschublade hervor und schlug den Deckel auf. »Robin Hood's Bay. Sag ich doch.«

Frank gab den Ortsnamen als Suchbegriff bei *google* ein. Gleich darauf zog er die Augenbrauen hoch. »Ich habe den Ort gefunden. Robin Hood's Bay. Warum ist mir der nicht eingefallen? So lange suchen wir nach Verhoeven nun auch wieder nicht. Robin Hood's Bay, das ist ein kleines Nest an der Ostküste. Schon fast an der Grenze zu Schottland. So sieht es zumindest auf dieser Karte aus.«

»Robin Hood's Bay, typisch Engländer. Ich dachte immer, Robin Hood hat im Sherwood Forest gelebt.«

Frank blätterte in den Internetseiten. »Robin Hood's Bay, ein Stück neben Whitby. Whitby, lustiger Name.«

»Ja, und?« Ecki kaute wieder.

»Nur so. Mensch, Ecki, so langsam kommt Fahrt in die Sache. Es braut sich da was zusammen, das so aussieht wie eine konkrete Spur. Ich will hier nicht noch länger untätig herumsitzen.«

»Dann ist Köhler sauber? Sollen wir die Suche nach ihm abblasen? Soweit ich weiß, hat er nun mal definitiv keine Wohnung in England, in diesem Robin Hood's Bay. Obwohl, seine Frau tut ja alles, um ihn uns als Robin Hood der Geriatrie zu verkaufen.«

»Keine voreiligen Schlüsse! Wenn er einen Helfer gehabt hat? Nee, das ist mir noch zu früh. Lass die Kollegen ruhig noch nach ihm suchen. Wer weiß, wer weiß.«

»Nun mach mich nicht ganz verrückt. Herbert Verhoeven als Komplize von Dr. Helmut Köhler?«

»Wäre nicht das erste Mal, dass ein intelligenter Kopf sich einen Helfer für die Drecksarbeit hält. Die Geschichte ist voll von solchen Zweckgemeinschaften.«

»Und, was soll das Verhoeven oder Köhler gebracht haben? Wo ist der Nutzen? Das gemeinsame Anliegen und Ziel? Und wo sollen sich die beiden kennengelernt haben?« Ecki schüttelte den Kopf.

»Beide haben studiert. Beide sind etwa gleich alt. Außerdem war Verhoeven senior bei Köhler in Behandlung. Wenn es stimmt, dass Köhler so ein genialer Arzt für Alterskrankheiten ist, kann es doch sein, dass er einen Übersetzer gesucht hat und dabei auf Verhoeven getroffen ist. Auf einen Mann, der seinen Vater hasst. Ein Mann, wie geschaffen für Köhlers Plan, sich unliebsame Zeugen seiner Experimente vom Hals zu schaffen.« Frank sah Ecki an. »Ich weiß, alles Spekulationen, aber auch mögliche Zusammenhänge und Motive. Komm, lass uns endlich Licht in dieses Dunkel bringen.« Frank platzte fast vor neuem Tatendrang. Alle Müdigkeit war aus seinem Gesicht gewichen.

»Du blühst ja förmlich auf!«

»Wenn nur der Bericht schon da wäre! Das geht mir alles zu langsam. Ich rufe Schrievers an. Der kennt doch Gott und die Welt. Vielleicht hat er einen Kanal, den man anzapfen kann. Den kleinen Dienstweg muss es doch auch mit englischen Dienststellen geben. Schließlich werden seit über fünfzog Jahren Generationen von Briten durch das HQ geschleust. Kann mir keiner sagen, dass in dieser Zeit nicht irgendwelche Verbindungen entstanden sind. So dauert das bestimmt ewig.«

»Aber wenn es denn so ist? Da müssen wir halt durch. Die Kollegen werden sich schon beeilen. Die haben schließlich mitbekommen, dass sie da auf eine ganz heiße Kiste gestoßen sind.

Ecki war schon weg. Frank wollte gerade seinen PC herunterfahren, als ihm einfiel, dass er noch Hiltrud Claassen anrufen wollte. Schon nach dem ersten Klingeln hob sie ab, so als habe sie auf einen Anruf gewartet. Das Gespräch dauerte nicht lange. Die Tochter von Hans-Georg Verhoeven hatte noch nichts von ihrem Bruder gehört. Sie war ganz erstaunt, dass die Polizei nun dringend nach Herbert suchte. Argwöhnisch fragte sie mehrfach nach dem Grund, aber Frank ließ sie mit einigen allgemeinen Äußerungen im Unklaren. Frank verabredete sich mit ihr für den frühen Nachmittag des nächsten Tages, um noch, wie er sich ausdrückte, »ein paar Details nachzufragen, die schlecht am Telefon zu besprechen sind«. Nur zögernd hatte Hiltrud Claassen dem Treffen zugestimmt, da sie sich für den Tag schon mit einer Freundin verabredet hatte, um gemeinsam nach Kevelaer zu fahren. Auf die Frage nach ihrem Mann hatte sie zunächst ausweichend geantwortet. Erst am Ende des Gesprächs kam heraus, dass Hiltrud Claassens Ehemann mit Arbeitskollegen beim Veilchendienstagszug sein würde.

Langsam entwickelt sich auch Claassens Ehemann zu einem Phantom, dachte Frank. Soweit er sich erinnern konnte, hatte er bei den Besuchen in Claassens Haus kein Bild von ihm gesehen, an der Garderobe hatte weder ein Herrenmantel noch Anorak gehangen, auch sonst hatten Ecki und er keinen Hinweis auf ihn registriert. Ganz so, als existiere dieser Mann nicht.

Als Frank seinen Autoschlüssel aus der Schreibtischschublade nahm, klingelte das Telefon. Bert Becks war am anderen Ende der Leitung. Auch das noch! »Was willst du, Becks? Ich habe Feierabend. Mach schnell. Ich will nach Hause und in die Badewanne.«

»Kein Problem. Ich bin schon fast durch, lieber Frank.« Bert Becks hatte eine noch rauere Stimme als ohnehin schon.

»Wie klingst du denn, bist du erkältet?«

»Scheißwetter. Aber das überlebe ich auch noch.« Becks hustete in den Hörer.

»Du hast auch schon mal besser gehustet, Bert. Was willst du überhaupt von mir?« Frank wollte das Gespräch möglichst schnell beenden.

»Ich habe gehört, dass ihr immer noch an diesem Dr. Köhler dran seid. Er soll für ein paar Stunden, nun, euer Gast gewesen sein. Gibt es etwas, was du uns mitteilen möchtest?«

Frank hörte, wie Bert Becks sich eine seiner unvermeidlichen Zigaretten anzündete. »Bei aller Freundschaft unter Musikerkollegen, aber du weißt ganz genau, dass ich nichts sagen kann. Ruf unseren Pressesprecher an, aber der wird dir auch nicht viel mehr sagen. Ich kann dir nichts aus laufenden Ermittlungen erzählen. Das weißt du doch.«

»Aber du kannst wenigstens bestätigen, dass Köhler zur Vernehmung bei euch war, oder? Frank Borsch, alte Blueslegende, das kann doch nicht so schwer sein.«

Frank überlegte kurz. »Mit Dr. Helmut Köhler haben wir im Rahmen unserer ganz normalen Ermittlungsarbeit gesprochen. Als anerkannter Experte für Geriatrie ist er ein wichtiger Informant für unsere Arbeit.«

»Aber er ist doch eure einzige heiße Spur.«

»Kein Kommentar. Woher hast du deine Vermutungen eigentlich?«

»Du, es ist Karneval. Da trifft man so den ein oder anderen interessanten Gesprächspartner.« Bert Becks klang jetzt ganz wie der süffisante Polizeireporter. »Es ist wirklich viel los in den Sälen und auf den Straßen dieser Großstadt.«

»Komm, lass die Spielchen.«

»Lass du die Spielchen, Frank.«

»Dann muss ich wohl dienstlich werden?«

Bert Becks lenkte ein. »Schon gut. Aber weißt du eigentlich, was draußen in der Stadt los ist? Die alten Leute sind echt in Panik. Wir kriegen ständig Anrufe. Die Alten sehen in jedem Zeitungsboten oder Vertreter schon ihren Mörder. Die Stimmung ist wirklich schlecht. Ihr müsst was tun.«

»Und? Tun wir denn nichts? Ich habe eine komplette MK im Einsatz. Selbst über Karneval schieben die Kolleginnen und Kollegen Dienst. Mehr geht wirklich nicht. Die Sache braucht Zeit. Wir haben es offenbar mit einem ganz komplizierten Charakter zu tun.«

»Na, geht doch.« Bert Becks zog hörbar zufrieden an seiner Zigarette. »Du meinst also, dass ihr einen Psychopathen jagt? Einen Mörder, der unberechenbar ist und überraschend zuschlägt? Ist ja hochinteressant.«

Frank ärgerte sich. Nun fing Becks Gehirn an zu sprudeln. Hätte er doch den Mund gehalten. »Nun mal langsam, Bert. Das habe ich so nicht gesagt. Ich möchte morgen in der Rheinischen Post nichts von einem Psychopathen lesen. Haben wir uns verstanden?«

»Morgen sowieso nicht. Keine Sorge. Wir haben immer noch genug mit den ganzen Stadtteilumzügen zu tun. Die Geschichte geht uns schon nicht verloren. Ich sehe meine Recherche eher mittelfristig. Es sei denn, ihr präsentiert uns Aschermittwoch den Mörder, quasi nach dem Aschenkreuz.«

»Mit Sicherheit nicht. Das kann ich sagen. Leider. Lieber Bert, tu mir einen Gefallen, schür die Angst deiner Leser nicht durch unbedachte oder reißerische Formulierungen. Die alten Menschen in der Stadt und auch im Kreis Viersen brauchen sich wirklich keine Sorgen zu machen. Der oder die Täter, ...« Frank brach ab. Er wusste selbst nicht weiter. Was wollte er sagen? »Also, der oder die Täter werden nicht zwangsläufig noch einmal zuschlagen.«

»Warum bist du dir da so sicher?«

»Ich bin mir überhaupt nicht sicher. Aber was soll ich sonst sagen? Die meisten Morde sind Beziehungstaten. Die Mörder kommen meist aus dem Umfeld der Opfer.«

»Auch in diesem Fall? Du hast von einem komplizierten Charakter gesprochen. Das passt doch nicht zusammen. Werden nun wahllos alte Menschen von einem durchgeknallten Irren umgebracht, ist Köhler der Mörder, oder gibt es noch einen anderen Zusammenhang zwischen den Taten? Nun sag schon, Frank.«

»Genau diese Fragen treiben uns um. Und auf genau diese Fragen haben wir derzeit noch keine schlüssigen Antworten. Ich wäre auch gerne schon weiter. Das kannst du mir glauben.«

»Aber Frank, du kennst und machst das Geschäft lange genug. Seit dem ersten Mord ist schon viel zu viel Zeit vergangen, um jetzt noch zu einem schnellen Fahndungserfolg zu kommen.«

»Du sagst es, Bert. Noch was?«

»Nee, schon gut. Ich bin durch mit meinen Fragen.«

»Ich will jetzt nicht mit dir über Pressefreiheit streiten, Bert. Ich bitte dich nur, warte mit deiner Berichterstattung. Sonst haben wir ruckzuck wieder die Geier von den Boulevardblättern am Hals. Und dann stecken wir wirklich in der Scheiße. Und mit uns die alten Leutchen.«

»Okay. Das habe ich jetzt nicht gehört. Aber ich halte mich dran. Ach, bevor ich auflege: Wie geht es Lisa?«

Frank seufzte. »Na ja, ganz gut. Sie wird immer runder.«

»Klingt doch gut.«

»Schon, aber bis zur Geburt ist noch so viel zu erledigen. Wir brauchen eine neue Wohnung, ein neues Auto muss auch her.«

»Jaja, ein MGB ist kein Kombi. Wenn du den verkaufen willst, ich kann mich mal umhören.«

»Ich weiß, dass du gute Kontakte hast. Aber vorerst will ich die Karre noch ein bisschen fahren. Ich kann mich einfach nicht von ihr trennen.«

»Ist ja auch ein schönes Exemplar.«

»Lass uns lieber davon aufhören.« Frank seufzte erneut. »Und wenn du etwas von einer großen Wohnung hörst in guter Lage, ruf mich an. Das ist im Moment wichtiger als der Verkauf des MGB.«

»Frank Borsch, du betrügst dich gerade selbst. Und das weißt du.«

»Sei nicht so gnadenlos zu mir. Du hast gut reden. Du kaufst dir alle halbe Jahre ein neues Auto und brauchst nicht auf die Größe zu achten. Aber ich, ich bin bald Familienvater.« Frank blieb bei dem Gedanken hängen. »Familienvater, wie das klingt.«

»Nicht schlecht, jedenfalls, wenn du mich fragst.«

»Sei mir nicht böse, Bert. Ich will jetzt wirklich los. Lisa wartet bestimmt schon auf mich. Und, Bert, danke für dein Verständnis.«

»Schon gut, Familienvater.«

»Setzen Sie sich doch.« Hiltrud Claassen war ihm vorangegangen und stellte das Tablett mit dem Kaffeegeschirr auf den Wohnzimmertisch. Dabei schob sie beim Absetzen mit dem Tablett einige Dokumente und Fotos zur Seite, die auf der Tischplatte ausgebreitet lagen. »Sie müssen bitte entschuldigen – ich bin gerade dabei, den Nachlass meines Vaters zu ordnen. Ich habe viele Fotos und Briefe gefunden, die ich sortieren möchte. Ich weiß gar nicht, wohin mit den ganzen Sachen. Ich kann doch nicht alles behalten. Andererseits habe ich auch nicht genügend Platz.

»Machen Sie sich keine Umstände. Ich kenne das Problem. Damals, als meine Eltern gestorben sind, hatte ich das gleiche Problem. Es ist schon ein hartes Stück Arbeit, die Vergangenheit eines Menschen zu sortieren und auf die wichtigen Erinnerungen und Andenken zu reduzieren.« Frank setzte sich.

Hiltrud Claassen setzte sich in den Sessel neben dem Sofa und strich sich etwas verlegen den Rock glatt. »Sie haben recht. Und je mehr Fotos und Dokumente ich finde, umso weniger kenne ich meinen Vater. Ich meine, natürlich kenne ich meinen Vater, aber auf den Fotos, gerade auf den ganz frühen Aufnahmen, sieht mich ein fremder Mann an. In Wirklichkeit weiß ich gar nichts von meinem Vater. Außer seinem Geburtsdatum, den Tag seiner Heirat und dem Wenigen, was er von sich erzählt hat. Aber seine Träume, zum Beispiel als junger Mann, seine Sorgen und Ängste als Soldat, sein Leben in der, ja, Zeit des Wiederaufbaus, sein Leben bis zu unserer Geburt, das kenne ich nicht, und ich kann es mir nicht vorstellen. Und ich habe niemanden, den ich danach fragen kann.« Sie hatte Tränen in den Augen. »Das ist das Schlimmste an seinem Tod: Niemanden mehr fragen zu können.«

Frank schwieg.

Hiltrud Claassen tupfte sich mit einem Papiertaschentuch die Tränen von der Wange. »Entschuldigen Sie bitte, aber ich kann es immer noch nicht begreifen, dass mein Vater ermordet wurde. Was kann ich für Sie tun, Herr Borsch? Sie wollten noch einige Dinge nachfragen, haben Sie am Telefon gesagt. Bitte, fragen Sie.«

Frank sah Hiltrud Claassen an. »Ich will ehrlich zu Ihnen sein, Frau Claassen. Im Moment haben wir noch nicht den Hinweis, der unsere Ermittlungen einen entscheidenden Schritt weiterbringt. Wir, na ja, ›stochern‹ wäre jetzt nicht der richtige Ausdruck, aber der Nebel liegt noch ziemlich dick auf unseren Spuren und Hinweisen. Und deshalb möchte ich Sie bitten, dass Sie sich noch mal an den Aufenthalt Ihres Vaters in der Hardterwald-Klinik erinnern. Hat er irgendetwas erwähnt? Dass die Behandlung schlecht sei, dass er mit den Ärzten Streit hatte, dass er sich vernachlässigt gefühlt hat. Irgendetwas.«

»Aber das habe ich Ihnen doch schon alles erzählt, Herr Borsch. Ich meine, warum wollen Sie das alles wissen?« Hiltrud Claassen schwieg einen Augenblick und sah vor sich auf den Wohnzimmertisch. Sie nahm eines der alten Fotos in die Hand, betrachtete es kurz und legte es dann zu den anderen zurück. »Also, mein Vater hat nicht erzählt, dass es in der Klinik Streit gegeben hat. Er hat im Gegenteil von der freundlichen Betreuung geschwärmt. Von seinem behandelnden Arzt hat er viel gehalten. Er ist in der Zeit seines Aufenthalts richtig aufgeblüht. Und mit den anderen Patienten ist er auch zurechtgekommen. Nein, Herr Borsch, ich kann Ihnen nicht helfen. Es gibt nichts, was mir negativ aufgefallen ist.«

»Sagen Sie mir bitte, wie ich Ihren Bruder erreichen kann.«

Hiltrud Claassen sah den Kriminalbeamten aus Mönchengladbach irritiert an. »Was meinen Sie? Ich habe Ihnen doch schon gesagt, dass ich meinen Bruder schon lange nicht mehr gesehen habe. Ich weiß ja noch nicht einmal mehr genau, wo er in England wohnt. Er ist doch immer mal wieder umgezogen. Ich weiß nur, dass er irgendwo an der Ostküste lebt. Was anderes kann ich dazu nicht sagen.«

Frank erzählte ihr von den Entdeckungen der englischen Kollegen, ohne zu sehr ins Detail zu gehen. Hiltrud Claassen hörte seinen Schilderungen mit unbewegtem Gesicht zu. Nur an einigen Stellen hatte Frank den Eindruck, dass Verhoevens Schwester spontan widersprechen oder eine Anmerkung machen wollte, aber Hiltrud Claassen behielt die Kontrolle und unterbrach sich schon im Ansatz. Als Frank fertig war, sah Hiltrud Claassen lange vor sich auf den Boden.

Auch Frank sagte zunächst kein Wort und ließ ihr Zeit, zu reagieren. Im Hintergrund tickte leise eine Wohnzimmeruhr. Schließlich unterbrach er die Stille. »Was ich Ihnen erzählt habe, muss nichts bedeuten, noch nicht. So lange, bis uns der Bericht der englischen Kollegen vorliegt. Der Name des Mieters ist uns auch noch nicht übermittelt worden.«

Hiltrud Claassen sah ihn an. In ihren Augen standen wieder Tränen. »Was bedeutet das?«

»Wir haben erst den vorläufigen Bericht vorliegen. Dieser Hausmeister oder Hausverwalter wusste offenbar den Namen des Deutschen nicht. Meine britischen Kollegen hatten in der Kürze der Zeit noch nicht die Gelegenheit, seine Angaben zu überprüfen. Der Eigentümer des Wohnblocks hält sich derzeit in London auf und ist bisher auch für die Ermittler vor Ort nicht zu erreichen. Ich rechne stündlich mit dem ausführlichen Bericht aus Whitby.«

»Whitby?«

»Die Polizei in Whitby kümmert sich auch um Robin Hood's Bay.«

Die Schwester von Herbert Verhoeven nickte abwesend. »Mein Bruder soll diese Morde begangen haben? Glauben Sie das, Herr Borsch?«

Frank sah Hiltrud Claassen fragend an. »Was glauben Sie, Frau Claassen? Ist Ihr Bruder dazu fähig?«

Hiltrud Claassen sah Frank an. In ihren Augen war Trauer zu erkennen, aber auch so etwas wie Widerstand und Ablehnung. »Was fällt Ihnen ein, Herr Kommissar? Bloß weil mein Bruder als Kind anders war als die anderen Kinder, heißt das noch lange nicht, dass er seinen Vater umbringt und dann auch noch auf diese abscheuliche Weise.«

Frank blieb unbeeindruckt. »Liebe Frau Claassen, Sie haben mir bei unseren Gesprächen bisher schon den Eindruck vermittelt, dass Sie das Verhalten Ihres Bruders nicht verstehen und auch früher nicht verstanden haben. Ich hatte im Gegenteil das Gefühl, dass Sie Ihrem Bruder alles zutrauen – bis hin zum Mord an seinem Vater.« Frank wartete Hiltrud Claassens Reaktion ab. Die Trauer war aus ihrem Gesicht gewichen. Sie sah ihn feindselig an, blieb aber stumm. Frank setzte nach. »Wollen Sie Ihren Bruder schützen, Frau Claassen? Geschwisterliebe geht manchmal über Leichen. Ich habe den Eindruck, dass Sie nicht ganz die Wahrheit sagen. Frau Claassen, wo ist Ihr Bruder? Ist er hier in Deutschland? Vielleicht ganz in der Nähe? Frau Claassen, hören Sie mir überhaupt zu?«

»Gehen Sie, Herr Kommissar, lassen Sie mir meine Ruhe. Ich weiß nicht, wo mein Bruder ist. Ich habe ihn schon lange nicht mehr gesehen. Das habe ich Ihnen schon gesagt, und mehr habe ich auch nicht zu sagen.«

»So einfach ist das nicht, Frau Claassen. Ich habe mehrere Morde aufzuklären. Da kann ich auf persönliche Befindlichkeiten keine Rücksicht nehmen. Ich frage Sie daher noch einmal: Wo ist Ihr Bruder?« Frank sah sie eindringlich an. »Wenn Sie Ihren Bruder schützen, machen Sie sich mitschuldig. Sie werden sich dann vor Gericht verantworten müssen. Wollen Sie das?«

Hiltrud Claassen stand abrupt auf und hätte dabei fast den Wohnzimmertisch umgestoßen. Das Kaffeegeschirr schepperte heftig. »Hören Sie, Herr Borsch, mein Bruder ist kein Mörder. Mag sein, dass er in seiner Kindheit Schlimmes erlebt hat. Okay. Das habe ich Ihnen ja gesagt. Vielleicht Schlimmeres, als ich weiß. Und er hat sicher auch Dinge getan, die normal aufgewachsene Kinder nicht tun. Aber er ist bestimmt kein Mörder. Herbert nicht. Das weiß ich. Herbert ist ein sensibler Mensch, er liebt die Literatur, vor allem Gedichte. Er hat schon früh selbst Gedichte geschrieben. So ein Mensch kann keinen Mord begehen, schon gar nicht an seinem Vater. Glauben Sie mir doch endlich.« Sie sah Frank flehend an. »Wenn er es getan hätte, würde ich Ihnen meinen Bruder eigenhändig bringen. Das können Sie mir glauben. Herbert hat eine zerbrechliche Seele. Deshalb ist er damals auch von hier weggegangen. Er wollte möglichst viel Raum und Abstand zwischen sich und seine Familie bringen. Wenn er gekonnt hätte, wäre er noch weiter weggegangen. Aber er hat Flugangst. Deshalb ist er nur bis England gekommen. Er liebt dieses Land. Das habe ich Ihnen doch auch schon gesagt. Er hat sich dort ganz auf seine Arbeit konzentrieren können. Das hat ihn abgelenkt. Von seinen Schmerzen, von seinen Gedanken.« Hiltrud Claassen sah erschöpft aus. Ihre Stimme war zum Schluss immer leiser geworden.

»Woher wissen Sie das alles?«

»Ich habe ihn einmal in England besucht, damals. Vor vielen Jahren. Als er noch in Great Yarmouth wohnte. Ganz zu Anfang. Ich war für ein verlängertes Wochenende bei ihm. Ohne meinen Mann. Herbert war damals die ganze Zeit über sehr still gewesen. Wenn er gesprochen hat, haben wir über seine neue Heimat geredet, über seine Arbeit. Und wie schwer er es gehabt hat, Fuß zu fassen in England. Er hat direkt am Meer gewohnt, in einem kleinen Häuschen, nicht weit vom Strand. Herbert liebt das raue Klima, den Wind und die aufgewühlte See. Und er mag die Engländer, die nicht nach seiner Geschichte gefragt haben. Stunden haben wir in seinem Lieblings-Tea-Room verbracht, lange geschwiegen und doch auch erzählt. Es war eine merkwürdige, gleichzeitig entspannte und doch sehr angespannte Situation, soweit ich mich erinnern kann. Herbert hat mir dann erst am Tag meiner Abreise sein Herz ausgeschüttet. Danach habe ich dann nur noch ganz selten etwas von ihm gehört. Ich glaube, dass er mittlerweile ganz erfolgreich mit seinen Übersetzungen ist. Die englischen Verleger reißen sich um seine sensiblen Gedichtübersetzungen.«

»Und was genau macht er? Welche Autoren übersetzt Ihr Bruder?«

»Ich weiß nicht genau, ich glaube vor allem Lyriker des 19. und beginnenden 20. Jahrhunderts, soviel ich weiß. Ich habe von Literatur nicht wirklich Ahnung, müssen Sie wissen.« Hiltrud Claassen hatte die Arme vor der Brust verschränkt, als würde sie frieren.

»Auch Rilke?« Frank konnte den lauernden Unterton in seiner Stimme nicht ganz unterdrücken.

»Rilke? Wieso Rilke?«, fragte Hiltrud Claassen vorsichtig.

»Beantworten Sie mir einfach meine Frage. Auch Rilke?«

»Wenn das ein Dichter aus dieser Zeit ist, dann bestimmt auch Rilke. Wie gesagt, mit Literatur kenne ich mich nicht so gut aus. Warum fragen Sie ausgerechnet nach diesem Rilke?«

»Sagt Ihnen das Gedicht *Herbst* etwas?« Frank versuchte, aus dem Gedächtnis die ersten Zeilen zu rezitieren. »Die Blätter fallen, fallen wie von weit, als welkten in den Himmeln ferne Gärten; sie fallen mit verneinender Gebärde.« Frank stockte. »So ungefähr geht die erste Strophe. Haben Sie das Gedicht schon einmal irgendwo gehört? Oder mal ein Buch bei Ihrem Bruder gesehen? *Das Buch der Bilder* vielleicht?«

Hiltrud Claassen schüttelte den Kopf. »Nein, nie gehört. Und mit den Büchern meines Bruders kenne ich mich nicht aus. Warum fragen Sie mich das alles?«

Frank erzählte ihr mit wenigen Worten davon, dass sie bei ihren Ermittlungen immer wieder auf dieses Gedicht gestoßen waren. »Leider haben wir bisher nicht die geringste Ahnung, was es mit den Zeilen auf sich hat. Ich bin mittlerweile davon überzeugt, dass uns der Mörder mit dem Herbstgedicht einen Hinweis geben will.

Hiltrud Claassen kam wieder zum Sofa, blieb davor aber unschlüssig stehen. »Wie gesagt, ich kann Ihnen nicht helfen. Ich weiß nichts von meinem Bruder. Ich weiß nur, dass er irgendwann von Great Yarmouth aus ein Stück weiter die Küste hochgezogen ist.« Sie setzte sich. »Ich weiß gar nichts mehr. Bitte, Herr Kommissar, können Sie nicht gehen und mich in Ruhe lassen?« Sie deutete mit einer Kopfbewegung auf die Fotos. »Ich muss mich jetzt wirklich um den Nachlass meines Vaters kümmern. Einer muss das doch tun. Und sonst habe ich ja nichts mehr von meinem Vater.« Sie suchte wieder nach ihrem Taschentuch.

Frank beugte sich zu ihr und sah ihr direkt in die Augen. »Frau Claassen, für den Augenblick habe ich genug gehört und gesehen. Aber ich komme wieder, das kann ich Ihnen schon jetzt versprechen. Denn ich glaube ihnen kein Wort. Sie schützen einen Mörder, Frau Claassen.«

Veilchendienstag. Frank hatte den Höhepunkt der Mönchengladbacher Karnevalssession völlig vergessen. Umso mehr hatte er sich geärgert, als er spät am Vormittag von Eicken aus zum Präsidium fahren wollte und wegen der Vorbereitungen und Absperrungen einen Umweg fahren musste. Er hatte an mehreren Ampeln kopfschüttelnd die großen Scharen bunt kostümierter Zugbesucher an sich vorbei Richtung Innenstadt ziehen lassen. Als er noch Uniform getragen hatte und Dienst im Streifenwagen hatte tun müssen, war er stets froh gewesen, wenn der Tag endlich vorbei und ohne größeren Einsatz abgelaufen war. Für ihn war nichts schlimmer als völlig hemmungslose Karnevalisten, für die die Polizeibeamten während der närrischen Tage Freiwild waren. Mehr als einmal war ihm während einer dieser ungeliebten Schichten seine Dienstmütze gestohlen worden. Nichts hatte ihn mehr angewidert als die Leutseligkeit angetrunkener Frauen, die unbedingt einmal in ihrem Leben einen Polizisten küssen wollen. Ecki war in dieser Beziehung ganz anders. Er genoss das Bad in der schunkelnden Menge und ließ sich nur zu gern von den fröhlichen und unbeschwerten Karnevalsjecken mitreißen.

Frank war auf dem Weg in sein Büro kaum einem Kollegen begegnet. Alle waren unterwegs, um den fast fünf Kilometer langen Zug und die mehr als 250.000 Besucher sicher durch die Straßen der Stadt zu bringen. Frank überlegte kurz, aber ihm fiel das Motto des diesjähriges Zugs nicht ein. Er meinte, irgendetwas mit Sternen und Galaxien. Aber sicher war er sich nicht. Egal, dachte er, Hauptsache Aschermittwoch war nicht mehr weit.

Auf der Theodor-Heuss-Straße war so gut wie kein Verkehr. Denn der Hauptzubringer zur Innenstadt war ab Kreiswehrersatzamt wie immer gesperrt und nur für Einsatzfahrzeuge frei. Einige wenige Jecken waren noch unterwegs zum Zug. Sie zogen eilig Bollerwagen hinter sich her, in denen entweder geschminkte und warm eingepackte, verkleidete Kinder saßen oder sich Bierkästen stapelten. Der Himmel war bedeckt und trocken, aber es war kalt. Die meisten Karnevalisten hatten über ihre Kostüme dicke Jacken gezogen.

Als hinter ihm die Tür aufging, drehte Frank sich um. Bean war gekommen.

»Ich bin durch mit der Recherche.« Kurt Paulert wedelte mit einem Schnellhefter.

»Prima, setz dich.« Frank bot Bean einen Stuhl an und blätterte durch Paulerts Bericht. »Ich dachte, das ist der Abschlussbericht über die Listenauswertung?«

»Gemach, gemach, der kommt auch noch. Keine Sorge. Aber dazu brauchen Viola und ich wirklich noch Zeit.«

»Das höre ich nun schon seit Tagen. Mensch, Bean, wir brauchen endlich Ergebnisse und einen Fahndungserfolg.«

»Den kann ich dir auch nicht schnitzen. Das musst du schon selbst erledigen. Du und Ecki, ihr werdet das schon schaffen. Ich habe hoffentlich ein Stück dazu beitragen können.« Kurt Paulert zeigte zufrieden auf den Bericht. »Köhler ist sauber. Er hat zumindest kein Motiv für die Morde. Da steht alles drin. Köhlers Frau hat ein Verhältnis, das haben wir überprüft. Zum Zeitpunkt des Mordes an Verhoeven ist Köhler in eine kleine Pension in Renesse eingezogen. Auch das haben wir zusammen mit den niederländischen Kollegen überprüft. Für den Mord an Breuer werden wir ihn auch nicht verantwortlich machen können. Es gibt die Zeugenaussage eines chinesischen Kochs.«

»Ein chinesischer Koch?«

»Du hast richtig gehört. Ein chinesischer Koch. Köhler hat bei einem Chinesen in Renesse zu Abend essen wollen. Dazu ist es aber nur zur Hälfte gekommen, denn Köhler hat sich massiv über das Essen beschwert. Die Ente soll angeblich nicht mehr frisch gewesen sein. Oder so ähnlich. Auf jeden Fall hat sich der chinesische Koch deutlich an seinen unzufriedenen Gast aus Deutschland erinnern können. Köhler hat sich nämlich nicht mit einer Entschuldigung zufriedengegeben, sondern das Lokal verlassen.«

»Und wenn Köhler das nur inszeniert hat, um ein Alibi zu haben?«

»Du meinst, um den Verdacht von sich abzulenken?« Kurt Paulert überlegte kurz. »Das würde bedeuten, Köhler hat einen oder mehrere Komplizen gehabt.«

Frank nickte.

»Dafür gibt es aber keine Indizien. Wir haben jedenfalls nichts gefunden. Warum sollte Köhler mit einem Mitwisser zusammenarbeiten? Das macht einen Mann in seiner Position nur erpressbar. Nein, daran glaube ich nicht.« Bean räusperte sich hörbar. Es klang wie ein abgebrochenes Husten. Seit er nicht mehr rauchte, musste er sich oft räuspern. »Nein, nein, Köhler ist zu Unrecht unter Verdacht, wenn du mich fragst. Wir haben mehrere Wissenschaftler befragt, uns im Ministerium erkundigt, bei der EU nachgehakt. Dr. Helmut Köhler ist über jeden Zweifel erhaben. Seine Forschungen, die er zusammen mit der EU und CombinoMed durchführt, sind sehr erfolgversprechend und sollen die Geriatrie in Europa entscheidend voranbringen.« Er räusperte sich erneut. »Auch wenn wir das nicht so ganz verstanden haben: Köhler steht kurz vor seinem wissenschaftlichen Durchbruch. Er gehört zur Forschungselite in Europa. Ein Mann mit internationaler Zukunft, wenn man den Experten glauben darf. Ein Mann mit überdurchschnittlich gutem Leumund.«

Frank schlug den Schnellhefter zu. »Du meinst also, Köhler ist eine medizinische Koryphäe, jemand, der beruflich höchst erfolgreich arbeitet, dafür privat aber tragisch gescheitert ist?«

»Du sagst es. Wir meinen das. Viola und ich.«

»Dann haben wir die ganze Zeit den Falschen gehetzt.«

»Soll vorkommen in unserem Job.« Kurt Paulert sah Frank abschätzend an. »Was wirst du nun tun, Frank Borsch?«

Frank antwortete nicht. Er musste erst einmal die Ergebnisse von Kaumanns und Paulerts Recherche verdauen. Alles in seinem Inneren sträubte sich dagegen, den Bericht seiner Kollegen als Tatsache zu akzeptieren. Sollte er sich mit Ecki so sehr getäuscht haben? Konnten Kaumanns und Paulert nicht doch etwas übersehen haben? Schließlich hatte Viola Kaumanns noch nie in einer Mordkommission gearbeitet. Vielleicht war sie überfordert mit ihren Aufgaben. Frank hatte bisher gedacht, dass die beiden nur die Listen mit den Todesfällen der vergangenen Jahre zusammen durchgegangen waren. Nun musste er erfahren, dass Viola Kaumanns schon länger in den Ermittlungen steckte. Andererseits, dachte Frank, hatte Kurt Paulert sicher ein waches Auge auf sie gehabt. Und Paulert war dafür bekannt, dass er sich in einen Fall regelrecht verbeißen konnte.

Frank würde sich wohl der Gewissheit beugen müssen, dass Köhler nicht ihr Täter war.

»Was wirst du tun?« Kurt Paulert hatte seine Frage wiederholt.

»Wenn ich das nur wüsste, Bean, dann wäre mir wohler. Angenommen, ihr habt recht, Köhler ist wirklich das verkannte Genie mit kaputter Beziehung, dann bleibt uns derzeit nur noch der Sohn von Hans-Georg Verhoeven, Herbert Verhoeven. Der lebt in England und ist spurlos verschwunden. Und in einer Wohnung in England sind Fotos aufgetaucht, die unter anderem bei dem Mord in Brüggen gemacht wurden.«

»In Verhoevens Wohnung?«

»Wir warten auf die Bestätigung der Kollegen aus Whitby. Das ist ein Ort an der englischen Ostküste.«

»Nie gehört.«

»Ist auch kein Verlust, denke ich.«

»Wie auch immer, Verhoeven ist flüchtig?«

»Zumindest ist er nicht auffindbar. Weder für die englischen Behörden, noch für uns. Verhoeven hat noch eine Schwester. Die lebt in Boisheim. Und sie weiß mehr über ihren Bruder, als sie zugeben will.«

Kurt Paulert war nicht im Mindesten darüber erstaunt, dass Frank einen neuen Verdächtigen aus dem Hut gezaubert hatte. Er war nur etwas sauer. »Soso, ihr verdächtigt neben Köhler also noch einen zweiten möglichen Täter. Warum habt ihr mir das nicht gesagt? Seit wann wisst ihr, dass Köhler nicht unbedingt eure Nummer Eins ist? Dann hätten wir uns einiges ersparen können.«

»Schon gut, Paulert. Ich, das heißt, wir haben uns erst gerade darauf verständigt, dass wir Verhoeven Junior zur Fahndung ausschreiben lassen. Bisher sind auch wir davon ausgegangen, dass Köhler als Täter in Frage kommt. Immerhin haben wir aus seinem Umfeld und auch aus dem Umfeld der Klinik eine Menge gehört, das uns stutzig gemacht hat. Danach kam Köhler als Täter mehr als deutlich in Frage.«

»Fast wäre er auch dem Neid seiner Kollegen zum Opfer gefallen.«

»Wie meinst du das?«

»Köhler hat in der Klinik jede Menge Neider. Einige seiner Kollegen würden alles dafür tun, damit Köhler mit seinen Forschungen scheitert. Das haben wir in unserer Recherche mehr als einmal erfahren. Selbst der Chef der Klinik ist neidisch auf Köhlers Erfolge.«

»Ich habe bisher immer gedacht, dass Mediziner nur ihrem Beruf verpflichtet sind und ihre Arbeit aus Nächstenliebe tun.«

Bean musste lachen. Es klang bitter. »In welcher Welt lebst du, Borsch? Die Götter in Weiß, eh? Unter den weißen Kitteln steckt jede Menge Schmutz, das kannst du mir glauben.«

Frank zog lediglich die Augenbrauen hoch. »Was weiß denn ich, wie Ärzte ticken? Aber, egal, wir haben jetzt ganz andere Sorgen.«

»Verhoeven?«

»Wir müssen ihn schnellstens finden. Bevor noch ein Mord passiert. Ich werde bei Böllmann eine TÜ beantragen.«

»Wessen Telefon willst du abhören lassen? Das von seiner Schwester?«

»Wessen sonst?« Frank klang schroffer, als er wollte.

»Wenn er sich denn bei ihr meldet.«

»Verhoeven muss ein cleverer Bursche sein. Sensibel, aber clever. Seine Schwester hat einiges über ihn erzählt. Sie behauptet, schon lange nichts mehr von ihm gehört zu haben, aber ich glaube ihr nicht.«

»Wird das reichen, um Böllmann zu überzeugen?« Beans Finger langten in seine Hemdtasche, griffen aber ins Leere.

Nun musste Frank grinsen. »Paulert, du rauchst doch nicht wieder, oder?«

Kurt Paulert bemerkte erst jetzt, dass er unbewusst nach Zigaretten gekramt hatte. »Quatsch, reine Gewohnheit. Ich kann mich immer noch nicht daran gewöhnen.« Er hustete wie zur Bestätigung kurz auf.

»Jaja, die Qualmer. Das Laster wirst du nie los. Nein, ich denke, dass ich Böllmann überzeugen kann. Er muss der Überwachung zustimmen. Denn mehr haben wir im Moment nicht. Ich hoffe, ich erreiche ihn heute. Nicht, dass er zum Veilchendienstagszug ist. Aber soviel ich weiß, gehört Karneval nicht zu seinen bevorzugten Freizeitvergnügungen.«

»Wäre auch egal, wenn er nicht im Büro ist. Dann wird doch sicher der diensthabende Staatsanwalt zu erreichen sein.«

»Den will ich nicht nach einer TÜ fragen. Der wird bestimmt keine Entscheidung fällen, ohne den Fall genau zu kennen.«

Kurt Paulert wusste sofort, wen Frank meinte. »Soviel ich weiß, hat Staatsanwalt Göttlich heute keinen Dienst. Ich habe ihn Altweiber im Keller der Staatsanwaltschaft kurz gesprochen. Der Unsympath war wieder hinter den Weibern her. Hat sich nicht unter Kontrolle, wenn er blau ist. Hält sich dann für den Größten und für unwiderstehlich. Von einer der Sekretärinnen weiß ich, dass Göttlich an diesem Wochenende mit seiner Frau unterwegs ist, irgendwo im Hessischen. Die Eltern seiner Frau besuchen, soweit ich weiß.«

»Was du nicht alles weißt. Hast wohl mächtig gefeiert mit den Damen, was?«

»Nee, war nur in Sachen ›Alte Männer‹ unterwegs. Karneval ist dieses Jahr für mich fast komplett ausgefallen.«

»Wer weiß, wofür es gut war.« Frank lächelte Kurt Paulert an. »Auf jeden Fall vielen Dank für deine Hilfe. Hast gute Arbeit geleistet.«

»Vergiss Viola Kaumanns nicht. Wir haben gute Arbeit geleistet. Die Betonung liegt auf ›wir‹.«

»Ist schon recht, Bean, ich habe schon verstanden.«

Kurt Paulert räkelte sich auf seinem Stuhl. »Mann, bin ich müde. Was machst du denn heute noch so? Früh Feierabend?«

»Wie gesagt, Böllmann muss ich noch anrufen und die TÜ beantragen. Dann werde ich noch mal meinen Schreibtisch aufräumen. Und dann werde ich zu Lisa fahren. Mehr kann ich heute im Büro doch nicht tun. Ganz Gladbach ist noch im Karnevalsfieber. Da ist Stillstand angesagt.«

»Wie gehts Lisa? Wie weit ist sie?« Kurt Paulert linste dabei auf den Teddy, der traurig in seinem Stall saß.

»Och, der gehts gut. Sie scheucht mich seit Wochen durch die Gegend, dass ich endlich eine größere Wohnung für uns finde. Und endlich meinen MGB verkaufe. Noch ist sie ja an der Schule. Bis zum Mutterschutz hat sie noch etwas Zeit. Nee, Lisa gehts wirklich gut. Sie freut sich riesig auf das Baby.« Frank verbesserte sich, »wir freuen uns auf das Baby.«

»Und, werdet ihr heiraten? Ecki hat gesagt ...«, Kurt unterbrach sich.

»Was hat Ecki gesagt?« Frank wurde hellhörig.

»Nicht viel, nur, dass er sich nicht vorstellen kann, dass du und Lisa heiratet. Dafür seiest du viel zu ...«

Frank unterbrach ihn. »Ja?«

Kurt Paulert hatte das Gefühl, das falsche Thema angeschnitten zu haben. »Na ja, nicht, dass du das falsch verstehst. Ich meine, er hat gemeint, du seiest für die Ehe nicht geschaffen.«

»Das hat Ecki gesagt?«

Paulert blieb stumm.

»Und, was hat er noch gesagt?«

»Nichts weiter, nur, dass du, na, dass du ...« Bean rutschte auf dem Stuhl hin und her und vollendete den Satz nicht.

»Soso.« Mehr sagte Frank nicht. Einerseits, was ging es die Kollegen an, dass er nicht so recht wusste, wohin die Reise für ihn gehen würde? Andererseits hatte Ecki mal wieder den Nagel auf den Kopf getroffen. Auch wenn er Lisa liebte und sich unbändig auf ihr Kind freute – so sehr war ihm auch angst und bange bei dem Gedanken, heiraten zu sollen.

»Wie auch immer, ich mache mich jetzt auf den Weg. Ich habe für heute genug getan. Morgen ist auch wieder ein Tag. Ich denke, ich werde ein paar Überstunden abfeiern. Oder liegt noch etwas Dringendes an für heute? Dann bleibe ich natürlich noch.«

»Nein, ist schon okay, Kurt. Mach dich ruhig vom Acker.« Frank machte eine kleine Pause, bevor er weitersprach. »Und bestell bitte der Kaumanns einen schönen Gruß von mir, falls du sie noch siehst.« Frank wunderte sich über sich selbst. Warum er das eben gesagt hatte, wusste er nicht.

»Geht klar«. Kurt Paulert ließ nicht erkennen, ob auch er sich über den Gruß an Viola wunderte. »Heute sehe ich sie nicht mehr, aber morgen.«

Drei Stunden später saß Frank an Lisas Küchentisch vor einem Glas Wein. Lisa hatte für ihn gekocht. Heinrich Krüger war nicht da. Er hatte sich den Veilchendienstagszug ansehen wollen.

»Ich bin froh, dass Karneval vorbei ist. Diese ganzen Verrückten in der Stadt, das ist doch nicht normal.« Frank drehte den Stiel seines Weinglases in der Hand. Er hob das Glas gegen das Licht der Küchenlampe und sah in die rote Flüssigkeit, die in dem großen Kelch auf und ab schwappte. Er nahm einen großen Schluck. Der Alkohol stieg ihm schon zu Kopf. Er hatte bis auf eben wieder mal den ganzen Tag über nichts gegessen. »Ich bin müde, Lisa.«

»Das klingt nach ›Der große alte Krieger sammelt seine Kräfte für den letzten und alles entscheidenden Kampf‹. Bist du am Ende, Borsch?«

»Ich bin nicht am Ende, ich bin einfach nur müde. Und ratlos. Denn ich weiß nicht mehr, was ich tun soll, damit der Mörder dieser armen bedauernswerten Rentner endlich gefunden wird. Ich werde wieder ganz von vorne anfangen müssen. Du weißt, wie sehr ich das hasse, nicht von der Stelle zu kommen.« Frank nahm erneut einen großen Schluck. »Der Wein schmeckt gut.«

»Alkohol bringt dich nicht weiter.«

»Ich habe nicht vor, mich zu betrinken. Keine Sorge. Es ist nur, ich bräuchte mal eine Auszeit von meinem Job.«

»Eine Auszeit? Von deinem Job? Bist du sicher, dass das nur mit deinem Beruf zu tun hat?«

»Was meinst du damit?«

»Ich meine damit, dass ich das Gefühl habe, der Gedanke, bald eine Familie ernähren zu müssen, bringt dich fast um den Verstand.«

Frank fühlte sich ertappt. Er merkte, dass er rot wurde. »Quatsch, Lisa, ich freue mich auf unseren Schatz, das weißt du doch. Ich freue mich wirklich.« Frank hob erneut das Glas gegen das Licht. Die Geste sollte souverän wirken, machte ihn aber nur noch hilfloser. »Du, das Kind und ich, wir werden die glücklichste Familie der Welt werden.«

»Bist du sicher, Frank? Ich habe eher den Eindruck, dass du dich überfordert fühlst.« Lisa sah ihn mit einem Blick an, der sein Innerstes bis in den letzten Winkel zu sezieren schien. »Ich glaube, dass es falsch war, ein Kind in die Welt zu setzen, mit dir als Vater.«

Frank war sprachlos.

»Du bist nicht reif für eine Familie. Wenn ich dich so erlebe, habe ich eher den Eindruck, dass du nicht nur keine dreißig mehr bist, sondern eher umgekehrt, dass du eher ein unreifes Bürschchen von Anfang zwanzig bist, und vielleicht auch sein willst.«

Frank hatte plötzlich das Gefühl, dass sein Blut in den Adern raste. Der Pulsschlag hämmerte hart in seinem Kopf. Es war nicht so, wie Lisa behauptete.

»Frank, du kannst nicht länger so unverbindlich wie bisher tun. Du musst jetzt Verantwortung übernehmen. Werde endlich erwachsen, Frank.«

Lisa saß vor ihm wie das Jüngste Gericht. Das konnte er sich nun gar nicht erklären. »Lisa, ich liebe dich doch.«

»Frank Borsch, darum geht es doch überhaupt nicht, ob du mich liebst oder nicht. Natürlich liebst du mich. Meinst du, das wüsste ich nicht? Aber das ist, verdammt noch mal, nicht die Frage. Frank, du bist nicht bereit für unser Kind. Das spüre ich ganz deutlich. Und das tut mir weh.«

»Was soll ich jetzt sagen? Was erwartest du von mir?« Mit einer verzweifelten Geste setzte Frank das Weinglas auf den Tisch zurück. Ihm war nach Heulen zumute.

»Hör auf mit dem Jammern. Akzeptiere endlich, dass du dich entscheiden musst. Für uns oder gegen uns.«

»Wie kommst du nur auf all diese Dinge? Wer hat dir nur diese Sachen in den Kopf gesetzt. Ecki? Oder hast du mit Krüger über uns gesprochen?«

Lisa sah wütend aus. »Was denkst du dir eigentlich? Dass ich mit meinen Sorgen hausieren gehe? Bei Ecki?«

Frank blieb stumm.

»Ich habe auch mit Heinrich Krüger nicht über uns gesprochen. Wie käme ich dazu? Krüger ist ein netter alter Herr, und ich mag ihn sehr. Aber er ist doch ein Fremder für mich.« Lisa hatte mittlerweile rote Wangen. »Ich habe nur aus der Art, wie er über sich und sein Leben erzählt hat, die Art und Weise, wie er bedauert, keine Kinder zu haben, meine Schlüsse gezogen. Krüger ist ein Mensch, der schon früh in seinem Leben Verantwortung hat übernehmen müssen und der, glaube ich, darunter leidet, dass er ohne Nachkommen bleibt.«

Frank fühlte sich ungerecht behandelt. »Ich habe doch nun wirklich nichts mit Heinrich Krüger gemeinsam, Lisa. Im Gegenteil, ich weiß, dass du ein Kind von mir bekommst, und das macht mich stolz und glücklich, ehrlich, Lisa. Das kannst du mir glauben. Es ist nur ...«, Frank zögerte, »es ist nur so, dass ich ja schon eine Ehe hinter mir habe, also ein bisschen Erfahrung habe. Ich habe erlebt, was es bedeutet, wenn man aneinander gekettet ist und nicht ausbrechen kann. Ich will ja Verantwortung übernehmen.«

»Da klingt ein ›aber‹ mit, das ich nicht verstehe, Frank.«

»Es gibt kein ›aber‹, kein großes jedenfalls.« Frank fühlte sich elend und wollte am liebsten das Thema beenden.

»Es gibt keine kleinen oder großen ›aber‹, Frank. Ein ›aber‹ ist immer eine Hürde, die kaum zu nehmen ist.« Lisa klang nicht mehr kämpferisch, sondern traurig.

»Ich habe ein bisschen Angst vor der Zukunft. Aber nur ein kleines bisschen, Lisa. Das werde ich auch noch überwinden, du wirst sehen.« Frank suchte ihre Hand, die ihm Lisa aber bei seiner Berührung entzog.

»Das ist mir zu wenig, Frank. Du musst dich schon von ganzem Herzen für uns und unser Kind entscheiden, sonst lass es lieber bleiben. Wir werden schon ohne dich zurechtkommen.«

Frank sah seine Freundin entsetzt an. »Wie kannst du nur so etwas denken? Natürlich stehe ich zu euch.«

»Beweise es, Frank, beweise es. Einen Teddy anzuschleppen genügt da nicht.«

»Vergiss das Monster, Lisa. Ich habe ihn nur hergebracht, weil er mich im Büro stört und mich alle Welt damit aufzieht. Schrievers hätte sich wahrlich etwas Besseres einfallen lassen können.«

»Lass nur, er hat es ja nur gut gemeint. Und für Willi werden wir schon noch einen Platz finden.«

»Willi?«

»Ich finde, der Teddy sieht aus, als ob er Willi heißt.«

Frank war viel zu überrascht über ihren plötzlichenund Stimmungswechsel, als dass er sich in der Lage fühlte, widersprechen zu können. »Natürlich, Lisa. Er sieht aus wie Willi. Habe ich auch schon gedacht.«

»Du machst dich gerade einer Falschaussage schuldig, Bulle. Das kommt nicht nur vor Gericht nicht gut an. Das müsstest du eigentlich wissen, Kriminalhauptkommissar Borsch.«

»Okay, ertappt.« Frank klang wirklich zerknirscht.

»Lass uns von etwas anderem reden, Frank. Sonst werde ich noch trauriger. Du weißt jedenfalls jetzt, worum es mir geht.« Lisa drückte eine Hand in ihren Rücken und stöhnte leicht auf.

»Was ist?«, fragte Frank besorgt.

»Das lange Sitzen macht mir immer mehr Probleme.«

»Soll ich dir ein Kissen holen?«

»Nein. Lass nur. Ich bleibe ohnehin nicht mehr lange auf.« Lisa fiel etwas ein. »Ich habe mir heute übrigens diese lange Stoffwurst gekauft, die mir der Frauenarzt empfohlen hat. Die kann ich mir unterschieben, wenn ich auf der Seite liege. Die hilft bestimmt beim Einschlafen.« Lisa grinste leicht. »Der Arzt meinte, diese Teile sind bei Ehemännern nicht sehr beliebt. Sie sehen die Einschlafhilfen eher als lästige Konkurrenz.«

»Keine Sorge, ich meckere bestimmt nicht.«

»Warte mal ab, wenn mein Bauch so dick ist, dass im Bett kein Platz mehr für dich ist.«

Frank musste mit Lisa lachen. Er griff wieder nach ihrer Hand. Diesmal konnte er sie festhalten. »Ich liebe dich, Lisa.«

»Das sagst du jetzt noch.« Lisa wollte nicht aufhören, ihn zu ärgern.

»Na, warte, du Biest. Wenn ich dich zu fassen kriege.«

»Oh, Bulle, ich habe jetzt schon Angst vor dir.«

»Das kannst du auch.« Frank machte ein grimmiges Gesicht. Aber Lisa lachte nur. »Wenn du dich so sehen könntest. Man müsste ein Foto von deinem Gesicht machen und im Präsidium aufhängen. Deine Ganoven würden sich krank lachen und freiwillig in den Knast gehen, um nur ja nicht mehr deine Visage sehen zu müssen.« Lisa biss sich auf die Lippen. »Sorry, war nicht so gemeint. Entschuldige, Schatz.«

»Seit wann entschuldigt sich eine Lisa?« Jetzt hatte Frank Oberwasser.

»Gemeiner Hund, Frank Borsch.« Lisa hielt einen Moment inne. »Apropos Fotos. Als ich heute Krügers Bett gemacht habe, lagen ein paar alte Schwarz-Weiß-Aufnahmen auf seinem Nachttisch. Wenn ich es recht erkennen konnte, sind einige von ihnen in Breyell aufgenommen worden. Zumindest habe ich den alten Kirchturm wiedererkannt. Du musst Krüger danach fragen. Vielleicht kann er dir ein bisschen davon erzählen, wie es früher in Breyell war. Das wäre bestimmt interessant für dich. Du wolltest dich doch eh noch mal mit ihm unterhalten. Das musst du bald tun, sonst ist Krüger weg. Er will noch diese Woche zurück nach England.«

»Bilder aus Breyell? Von früher, sagst du? Das klingt wirklich interessant. Ich würde wirklich zu gerne wissen, wie es in Breyell war, damals, als auch meine Eltern noch jung waren.«

»Auf einigen Fotos sind junge Soldaten zu sehen. Vielleicht waren sie auf Heimaturlaub von der Front.« Lisa griff nach ihrem Wasserglas und trank einen Schluck. »Ich finde, dass die alten Aufnahmen schöner sind als die Schnappschüsse, die wir heute mit den Digitalkameras machen. Erstens haben die Bilder noch diesen schönen gezackten weißen Rand, und außerdem guckt man sich Fotos eher an, wenn sie in ein Album geklebt werden, statt sie auf CD oder der Festplatte eines Computers zu speichern. Aber Papierbilder sieht man sich doch immer wieder an. Ich will für die Aufnahmen unseres Kindes auf jeden Fall keine Digitalkamera. Ich werde meine alte Spiegelreflex herauskramen und im Fotoladen überholen lassen.«

»Das kannst du gerne tun. Für Privataufnahmen finde ich die alten Kameras auch besser. Für den Job, finde ich, sind die Digi-Kameras schon eine echte Erleichterung.«

»Mag sein, weiß ich nicht.« Lisa trank wieder an ihrem Glas. »Willst du die alten Bilder sehen?«

»Krügers Fotos?«

»Klar. Ist kein Problem. Sie liegen noch auf seinem Nachttisch. Vermutlich braucht er sie als Gedankenstütze, um sich an seine alten Kumpel und die Zeit in Breyell erinnern zu können.«

»Nee, lass man, wir können doch nicht in den Sachen des alten Mannes kramen. Das gehört sich doch nicht.«

»Papperlapapp. Ist doch nichts dabei. Die Fotos liegen doch offen herum. Und ihr beiden kommt aus Breyell. Da ist es doch verständlich, dass du neugierig bist. Und außerdem ist Krüger nicht da. Er wird es gar nicht merken.« Lisa war schon aufgestanden. »Ich bin ganz neugierig, ob du auf den Bildern etwas entdeckst.«

Bevor Frank etwas erwidern konnte, war Lisa schon auf dem Weg in Krügers Zimmer. Frank sah ihr nach. Sie hat schon einen ganz schön dicken Bauch bekommen, fand Frank. Fast schon der Ansatz zu einer kleinen Melone. Sie trug ihr Kind regelrecht vor sich her. Denn von hinten sah Lisa noch richtig schlank aus.

»Hier sind die Fotos.« Lisa hielt ihm ein kleines Päckchen mit schon leicht angegilbten Fotos und Postkarten hin.

Frank nahm sie neugierig in die Hand und betrachtete sie. Es waren insgesamt ein gutes Dutzend Bilder. Die meisten waren in der Tat alte Postkarten mit Dorfansichten. Zu sehen war der alte Kirchturm, noch mit spitzer Turmhaube. Eine Karte zeigte verschiedene alte Gebäude des Dorfs, die um die verschnörkelte Überschrift drapiert waren: »Gruß aus Breyell«. Frank drehte die Karte um. Sie war nicht nur vorne, sondern auch hinten eng mit Bleistift beschrieben. Die Briefmarke fehlte.

Frank hatte große Mühe, die Handschrift zu entziffern. Viel mehr als das Datum konnte er auf Anhieb nicht erkennen. Die Ansichtskarte war jedenfalls noch vor dem Krieg verschickt worden, zumindest soviel war klar. Warum sie ausgerechnet bei Krüger gelandet war, der zu dem Zeitpunkt mit seiner Familie in Breyell gewohnt hatte, konnte Frank sich nicht erklären. Wer verschickte schon innerhalb eines Ortes eine Ansichtskarte? Vielleicht hatte Krüger die Karte ja auch erst Jahre später irgendwo gefunden, auf einem Trödelmarkt vielleicht. Er mochte sie mitgenommen haben, weil sie ihn an seine Heimat erinnert hatte.

Frank konnte erkennen, dass einige der abgebildeten Häuser nicht mehr existierten. Unter anderem stand heute an ihrer Stelle das Gebäude der

Sparkasse. Auch die Kirchturmspitze war ja längst einem fast flachen Dach gewichen. Und die Dorfpumpe war ebenso verschwunden wie das helle Gebäude, das direkt an den alten Kirchturm gebaut war.

Die Postkarten zeigten eine Idylle, die es so längst nicht mehr gab, dachte Frank. Ob es früher besser war als heute, vermochte er nicht zu sagen. Dazu hatte er nie die Zeit seiner Eltern erlebt, noch war er heute oft genug in Breyell, um ein halbwegs gesichertes Urteil abgeben zu können. Er hatte sich vorgenommen, wenn das Kind geboren war, öfter mit Lisa und dem Kleinen in und um Breyell spazieren zu gehen. Dort gab es, das wusste er noch aus Kindertagen, jede Menge Wald- und Feldwege. Zum Kaffeetrinken könnten sie dann den Naturschutzhof ansteuern, oder eines der Bauerncafés in der weiteren Umgebung.

Auf einem der Fotos war eine fröhliche Fahrradpartie zu sehen. Die Aufnahme war vermutlich Anfang der 50er Jahre gemacht worden, dachte Frank. Die geblümten Röcke der Frauen waren weit geschnitten. Die weißen Blusen waren kurzärmelig, die dunklen Sonnenbrillen dagegen groß. Die Frauen trugen doch tatsächlich weiße Spitzenhandschuhe. Die Männer hatten die Jacketts abgelegt und die Ärmel der weißen Hemden aufgekrempelt. Die hellen weiten Hosenbeine hatten sie mit in der Sonne blinkenden Fahrradklammern gegen den öligen Schmutz der Ketten gesichert. Die Gruppe hatte sich vor einem Fluss aufgebaut, lässig auf ihre Räder gelehnt. Frank konnte nicht erkennen, wo das Foto gemacht worden war. Es musste ein schöner Ausflug für die porträtierte Gruppe gewesen sein, denn die Gesichter sahen zufrieden aus.

Auf den anderen Fotos waren junge Soldaten zu sehen. Auf einem Bild hatte sich ein junger Rekrut neben einen feldgrauen Wagen postiert, an dessen Lenkrad ebenfalls ein Soldat zu erkennen war. Sein Gesicht war durch die blendende Windschutzscheibe kaum auszumachen. Der Soldat neben dem Auto lachte und hatte das offene Fenster des Militärautos dazu benutzt, um sich mit seiner rechten Hand abzustützen. Frank drehte das Foto um, aber er war weder ein Datum noch ein Ort vermerkt. Vielleicht lag die Allee an der Zufahrt zur Kaserne des Soldaten, mutmaßte Frank, oder das Bild war sonst wo entstanden.

Von Krieg und Vernichtung war auf dem Schwarz-Weiß-Bild nichts zu erkennen. Wenn es nicht feldgraue Gestalten und ein feldgraues Auto zeigen würde, könnte man über den Augenblick, in dem von dem Unbekannten der Auslöser des Fotoapparates betätigt worden war, von einer friedlichen Stimmung der abgelichteten Szene sprechen.

Frank betrachtete die letzte Fotografie, die er noch in der Hand hielt. Sieben junge Wehrmachtssoldaten hatten sich vor einem Wirtshaus in bierseliger Stimmung in einer Reihe postiert und sich dabei die Hände auf die Schultern gelegt, so als wollten sie Sirtaki tanzen. Andererseits hatte es eher den Anschein, als müsste der eine oder andere Rekrut schon gestützt werden. Dem Schild mit der Bierreklame nach zu urteilen war das Foto am Niederrhein, möglicherweise sogar in Breyell entstanden. Sieben junge Menschen in Uniform, mitten im Krieg vielleicht, auf einem ihrer viel zu kurzen Heimaturlaube und am Vorabend ihres nächsten Einsatzes. Ein Aufbruch in eine ungewisse, für einige tödliche Zukunft.

Frank nahm einen letzten Schluck Rotwein. Er betrachtete die Gesichter der jungen Männer, die eigentlich noch wie Kinder aussahen, dachte man sich ihre grauen Schiffchen mit den Hoheitszeichen weg, die sie keck schräg auf ihre Köpfe gestülpt hatten. Sie lachten scheinbar unbekümmert und bierselig dem Fotografen entgegen, aber es war kein befreites und lebensbejahendes Lachen wie nach einem schlüpfrigen Witz oder nach einem gelungenen Ausflug, nach einer verdienten Belohnung für Wohlverhalten im Dienst, oder für das versteckte Lächeln eines schüchternen jungen Mädchens, das zum Zeitpunkt der Aufnahme an dem Trupp Soldaten vorbei musste. Es war eher das verkrampfte Lachen angesichts ihrer Erlebnisse in den Schützengräben. Auf ihren Schultern lastete etwas Bleiernes, dass Frank ahnen, aber nicht benennen konnte.

Frank fragte sich, was wohl den Menschen auf dem Schnappschuss in den Tagen, Wochen und Monaten nach der ausgelassenen Feier in dem niedrigen niederrheinischen Wirtshaus widerfahren sein musste.

»Was ist, Frank? Du siehst traurig aus. Ist dir nicht gut?« Lisa hatte sich zu ihm gesetzt und ihre Hand auf seinen Arm gelegt.

Frank schluckte und legte das Foto zu den anderen. »Nein, ist schon alles in Ordnung. Ich habe nur etwas viel Wein getrunken und zu wenig gegessen. Der Alkohol ist mir in den Kopf gestiegen. Ich gehe jetzt besser ins Bett.« Frank nahm Lisas Hand und streichelte sie. »Versprich mir, Lisa, lass mich nie alleine.«

»Was redest du da für wirres Zeug, Frank. Natürlich lasse ich dich nicht alleine. Schließlich bist du der Vater meines Kindes.« Sie lächelte ihm aufmunternd zu. »Und außerdem bist du der schärfste Bulle, den ich kenne. Ich lass dich nicht mehr los. Das kannst du mir glauben. Ich liebe dich nämlich, Frank Borsch.«

Mitten in der Nacht schreckte Frank aus seinen Träumen auf. Sein T-Shirt war durchgeschwitzt und sein Herz stach. Frank setzte sich auf und versuchte, einen klaren Gedanken zu fassen. Er wusste nicht mehr genau, was er geträumt hatte. Er hatte sich irgendwie in der Reihe der Soldaten auf dem Foto wiedergefunden. Wie er dahin gekommen war, wusste er nicht mehr. Dann wieder konnte er sich nur noch an Szenen erinnern, in denen er in irgendwelchen Erdlöchern hockte und sein Gewehr nicht entsichern konnte. So sehr er sich auch bemühte, er bekam keinen Schuss frei. Das verdammte Ding klemmte im Verschluss oder sonst wo. So sehr er sich in seinem Traum auch konzentrierte auf das, was ihm sein Ausbilder beigebracht hatte, um so weniger konnte er es in diesem Drecksloch umsetzen. Dabei kam der Feind immer näher. Aber wer war der Feind? Frank konnte im Nebel vor seinem Schützenloch nichts erkennen.

Ein harter Schnitt verband die einzelnen Traumsequenzen. Er hatte mit einem Mal direkt in den aufgebrochenen Körper von Breuer sehen können. Als er den Fuchsschwanz aus dem Brustkorb des Toten ziehen wollte, hatte er ein lautes Stöhnen gehört. Sofort hatte er den Griff der Säge losgelassen. Gleichzeitig war er aufgewacht.

Erst mit der Zeit begriff Frank, dass er es selbst gewesen war, der gestöhnt hatte. Neben ihm wurde Lisa wach, die sich ebenfalls im Schlaf hin und her gewälzt hatte, ihre Arme fest um die wurstige Einschlafhilfe geklammert. Auch Lisa setzte sich auf.

»Kannst du nicht schlafen, Frank? Was ist?«

»Ich weiß nicht, Lisa. Ich habe schlecht geträumt.«

»Was war es denn?«

»Ich weiß nicht recht, irgendetwas mit Krieg und Angst.«

»Du hast doch zu viel Wein getrunken, wie?«

»Weiß nicht.«

»Leg dich wieder hin und schlaf weiter. Du musst nicht in den Krieg.« Lisa rückte sich wieder in ihre Schlafposition und stöhnte dabei leise.

»Lisa?«

»Hm?« Seine Freundin war schon fast wieder eingeschlafen.

»Ich habe eins der Fotos schon einmal gesehen.«

Lisa antwortete nicht mehr, sie schlief schon.

XXIV.

Frank klingelte an der Haustür von Hiltrud Claassen. Er hatte sich alleine auf den Weg nach Boisheim gemacht. Ecki war am Morgen nicht zum Dienst erschienen. Stattdessen hatte Marion angerufen und ihren Mann erst für den Mittag angekündigt. »Der charmante Herr liegt noch dunkel«, hatte sie halb entschuldigend und halb schadenfroh gesagt. »Ecki ist erst spät aus der Stadt zurückgekommen. Für ihn ging der Veilchendienstagszug mal wieder bis Aschermittwoch. Mein Kommissar braucht jetzt noch eine heiße Dusche und vor allem ein kräftiges Frühstück. Wie ich Ecki kenne, schläft er dir sonst am Schreibtisch gleich wieder ein oder jammert bloß rum, wie verdammt schlecht ihm ist.«

Frank hatte nichts dagegen gehabt, alleine Hiltrud Claassen aufzusuchen. So konnte er in aller Ruhe über seine Entdeckung nachdenken. Außerdem musste er weder Eckis Karnevalsgeschichten noch seine WDR-4-Musik ertragen. Nach einem geballten Wochenende Karnevalsmusik war Ecki erfahrungsgemäß vollends im Volksmusikwahn versunken. Zum Frühstück hatte Frank nur kurz einen schnellen Kaffee im Stehen getrunken und war dann direkt ins Büro gefahren. Krüger hatte er nicht gesehen.

Seit dem Aufwachen war ihm ständig das eine Foto durch den Kopf gegangen: Sieben junge Soldaten, auf Heimaturlaub oder kurz vor ihrem ersten Einsatz an der Front. Frank war sich sicher, dass er die Fotografie das erste Mal auf dem Wohnzimmertisch von Hiltrud Claassen gesehen hatte. Was hatten Verhoeven und Heinrich Krüger gemeinsam, außer der Fotografie? Das konnte kein Zufall sein. Was hatte Krüger mit Verhoeven zu schaffen gehabt? Waren sie zur gleichen Zeit eingezogen worden? Die beiden mussten sich kennen!

Waren Krüger und Verhoeven gar zusammen auf dem Foto? Und wer waren die anderen Gesichter? Nun gut, vielleicht hatte Krüger das Foto auch nur von einem Freund oder Bekannten geschenkt bekommen, damals im Krieg oder kurz nach dem Ende. Als Erinnerung an gemeinsame Freunde, die im Krieg gefallen waren. Vielleicht hatte das auch alles nichts weiter zu bedeuten. Frank fühlte eine innere Unruhe, die er sich nicht erklären konnte.

Er klingelte erneut, aber niemand öffnete. Frank trat von einem Fuß auf den anderen. Er ging an der Hausfassade entlang und versuchte, durch eines der Fenster zu sehen. Er wartete darauf, dass sich eine der Gardinen im Obergeschoss bewegte. Aber nichts geschah. Er überlegte, bei den Nachbarn zu klingeln, aber er verwarf den Gedanken sofort wieder. Was sollten sie ihm schon über das Foto sagen können? Und solange er ihnen kein Foto von Herbert Verhoeven zeigen konnte, würden sie auch nichts darüber wissen, ob Hiltrud Claassens Bruder schon mal in Boisheim zu Besuch gewesen war.

Ärgerlich setzte sich Frank in den Mondeo und wendete. Er war schon fast am Ende der Straße angekommen, als er sie kommen sah. Hiltrud Claassen trug in jeder Hand eine große Einkaufstasche. Sie mussten schwer sein, denn Hiltrud Claassen ging langsam und gebeugt. Von Weitem sah sie aus wie eine jener schwarz gekleideten Witwen, die mit ihrem Mann auch ihren ganzen Lebensmut und jegliche Aufgabe und Perspektive auf die Zukunft verloren hatten. Als er sich ihr näherte, meinte er zu sehen, dass ihre Haare noch grauer geworden waren.

Frank hielt neben ihr und stieg aus.

Als Hiltrud Claassen ihn sah, erschrak sie. Mit einer matten Bewegung setzte sie die Taschen auf den Bürgersteig. »Was wollen Sie von mir? Ich habe immer noch nichts von meinem Bruder gehört. Warum können Sie mich nicht einfach in Ruhe lassen?« Sie sah unstet an Frank vorbei Richtung Hauseingang.

»Ich kann Sie beruhigen. Ich bin diesmal nicht wegen Ihres Bruders gekommen. Oder haben Sie mir nicht vielleicht doch etwas mitzuteilen?« Frank konnte sich die Bemerkung nicht verkneifen.

»Was wollen Sie dann von mir?« Ihre Unruhe schien größer zu werden.

»Ich würde mir gerne mit Ihnen die Fotos ansehen, die gestern bei Ihnen auf dem Tisch gelegen haben.«

»Welche Fotos?« Hiltrud Claassen schien nicht zu verstehen.

»Die Fotografien Ihres Vaters, die auf dem Wohnzimmertisch.«

»Wozu soll das gut sein? Was haben die Bilder mit meinem Bruder zu tun? Ihn werden Sie dort nicht entdecken.«

Frank überhörte ihren Sarkasmus. »Es geht mir im Augenblick wirklich nicht um Ihren Bruder, Frau Claassen. Können Sie sie mir bitte zeigen?«

»Hier auf der Straße? Ich habe sie nicht bei mir.«

»Wenn ich noch einmal zu Ihnen ins Haus dürfte? Soll ich Ihnen tragen helfen?« Frank wollte nach den Einkaufstaschen greifen.

»Lassen Sie mich. Ich komme auch ohne Ihre Hilfe zurecht. Fahren Sie nur schon vor, wenn es denn unbedingt sein muss. Aber ich sage es Ihnen gleich, ich habe nur wenig Zeit.«

»Ist schon recht, Frau Claassen. Es ist auch nur für ein paar Minuten.«

»Dann fahren Sie vor, in Gottes Namen. Ich komme schon nach.«

Fünf Minuten später saß Frank wieder dort, wo er nur wenige Stunden zuvor schon einmal gesessen hatte. Nur bekam er diesmal keinen Kaffee und kein Gebäck angeboten. Hiltrud Claassen war mehrere Minuten im Obergeschoss verschwunden. Um die Fotos zu holen, wie sie sagte.

Frank horchte auf Geräusche, aber im Haus war es still. Wenn ihr Bruder bei ihr war, hielt er sich gut versteckt.

»Hier,« Hiltrud Claassen hielt ihm einen Packen Fotos hin. »das sind die, die hier lagen. Was wollen Sie damit? Viel kann ich Ihnen nicht dazu sagen. Ich habe sie selbst erst vor ein paar Tagen gefunden.«

Frank blätterte durch die Fotos, bis er das Bild gefunden hatte. Ja, es war die gleiche Fotografie, mit den gleichen Personen, vor dem gleichen Hintergrund. Nur, dass die Aufnahme etwas vergilbter war als Krügers Aufnahme. Außerdem war sie an den Ecken schon deutlich abgestoßen. Ein Knick ging zudem quer über das ganze Foto.

»Kennen Sie diese Aufnahme?« Frank hielt Hiltrud Claassen das Foto hin.

Langsam nahm sie ihm das Bild aus der Hand, betrachtete es kurz und gab es ihm wieder zurück. »Ich sagte Ihnen ja bereits, ja, nein, ich kenne die Aufnahme nicht. Die habe ich erst vor ein paar Tagen im Schrank meines Vaters gefunden.«

»Sehen Sie sich das Bild noch einmal genau an. Erkennen Sie jemanden auf der Fotografie?«

Hiltrud Claassen stand mit verschränkten Armen vor ihm. »Meinen Vater erkenne ich, natürlich. Hier rechts. Da war er noch ein junger Soldat.«

Frank sah in das offene Gesicht des jungen blonden Soldaten, der zu einer Heeresabteilung gehört hatte, soweit Frank das beurteilen konnte. Hans-Georg Verhoeven hatte einen aufgenähten Winkel auf seinem Oberarm. Er war damals Gefreiter gewesen. »Wen erkennen Sie noch auf dem Foto?«

»Niemanden. Ich kenne mich nicht aus mit solchen Sachen. Die anderen Gesichter sagen mir nichts.«

»Hat Ihr Vater nie etwas oder jemanden erwähnt?« Frank hielt ihr wieder das Foto hin.

»Er hat fast nie über den Krieg gesprochen. Nur das Übliche. Dass er froh war, heil aus der Sache, wie er sagte, herausgekommen zu sein.« Hiltrud Claassen machte keine Anstalten, das Bild wieder in die Hand zu nehmen. »Ich weiß nicht viel über sein Leben als Soldat. Über die Nazizeit überhaupt. Es war damals hier ja auch ruhig, soweit ich das gehört habe. Hier in Boisheim ist mal ein englischer Bomber abgestürzt, tote englische Soldaten sollen nicht weit von hier gelegen haben. Mehr weiß ich nicht.« Sie überlegte kurz. »Vor ein paar Jahren waren die Engländer hier und haben auf einem Feld mit ein paar Deutschen zusammen Eichen gepflanzt, nahe der Absturzstelle.« Hiltrud Claassen wirkte nun noch mürrischer und sah demonstrativ auf die Wohnzimmeruhr. »Das muss genügen, mehr weiß ich nun wirklich nicht.«

Frank versuchte es ein letztes Mal. »Ihr Vater muss doch mal einen oder mehrere Namen erwähnt haben. Der Krieg hat doch auch im Leben Ihres Vaters Spuren hinterlassen. Es wird bestimmt Gelegenheiten und Situationen gegeben haben, an die er sich erinnert hat. Schlimme, sogar schreckliche Erlebnisse, Lustiges. Erlebnisse, die ihm über die ganzen Jahre immer wieder ins Gedächtnis gekommen sein müssen. Bitte, Frau Claassen, denken Sie nach. Es ist sehr wichtig für uns.«

Frank konnte Hiltrud Claassen ansehen, dass er ihr lästig war. »Mein Gott, wenn Sie mich so fragen – kurz vor seinem Tod hat er mal einen Namen erwähnt. Er hat nur gesagt, dass der alte Wilhelm nun auch endlich seinen Frieden gefunden hat. Er hatte den Namen seines Kameraden in einer Todesanzeige der Rheinischen Post gelesen.«

»Hat er wirklich ›Kamerad‹ gesagt? Bitte, Frau Claassen. Ich brauche den Nachnamen des toten Kriegskameraden.«

»Ich weiß ihn nicht mehr. Tut mir leid.« Hiltrud Claassen ging zur Wohnzimmertür und blieb dort auffordernd stehen.

Frank stand auf und folgte ihr widerstrebend. »Bitte, wenn Sie sich erinnern, rufen Sie mich an. Ich bin jederzeit für Sie erreichbar. Ich lasse Ihnen zur Sicherheit noch mal mein Kärtchen da.«

Sie nahm die Visitenkarte wortlos entgegen und öffnete die Haustür.

»Auf einem Feld hier in der Nähe, sagen Sie, stehen die Eichen?« Frank versuchte, trotz ihrer deutlichen Ablehnung, nett zu bleiben.

Hiltrud Claassen deutete mit dem Kopf die Straße hinauf. »Soweit ich weiß, ist das von hier aus hinter der Bahn. Wo genau, weiß ich nicht. Hat mich auch noch nie interessiert. Ich weiß nur, es war ein großes Feld, nicht weit von einem Bauernhof.« Ihr Gesicht hellte sich für einen Augenblick auf. »Feld. Ja, Feld. Mein Vater hat von einem Feldges gesprochen, Wilhelm Feldges. Hilft Ihnen das?«

»Na, sicher, vermutlich mehr, als Sie denken. Haben Sie die beiden schon mal zusammen gesehen?«

»Nicht, dass ich wüsste. Mein Vater hatte nicht wirklich viel Kontakt zu anderen Menschen. Ich kann mich nicht erinnern, dass er mal erwähnt hat, Feldges getroffen zu haben. Ich habe den Mann jedenfalls noch nie gesehen. Weder in Vaters Wohnung noch anderswo.«

Frank wollte sich verabschieden und hielt Hiltrud Claassen seine Hand hin. Sie ließ ihn einfach stehen und schloss die Tür.

Auf dem Weg zum Auto hatte Frank das Gefühl, dass er von einem Fenster im ersten Stock aus beobachtet wurde. Aber er zwang sich, nicht hinzusehen. Sollte Herbert Verhoeven in seiner Nähe sein, wollte er ihn nicht wissen lassen, dass er seine Anwesenheit spürte. Er würde ihn noch früh genug zu fassen kriegen. Ohne Eckis Unterstützung würde er ohnehin nichts ausrichten können. Außerdem fehlte ihm ein Durchsuchungsbeschluss.

Wilhelm Feldges, Wilhelm Feldges: Frank hatte das Gefühl, dass er den Namen schon einmal gehört hatte. Feldges, Feldges, der Klang des Namens versetzte sein Gehirn in Schwingungen, aber noch konnte er mit den Ausschlägen nicht viel anfangen. Wo nur hatte er den Namen schon einmal gehört? Er würde schon noch darauf kommen. Fürs Erste war Frank zufrieden. Endlich hatte er einen Namen, eine vage Verbindung zu Verhoevens Vergangenheit. Und vielleicht auch zu Krügers und Verhoevens Beziehung, wenn es denn jemals eine gegeben hatte. Frank hoffte, dass sie so einen Schritt weiter kommen würden. Bean und Viola Kaumanns müssten auf jeden Fall Feldges auf ihrer Liste haben, und damit auch die Adresse seiner Angehörigen.

Von Boisheim fuhr Frank zum Breyeller Marktplatz. Wenn Feldges irgendwo in Nettetal gewohnt hatte, dann war der Standort am alten Lambertiturm der richtige Ausgangspunkt für seine weiteren Recherchen. Auf dem Parkplatz vor dem Café Terporten hielt er an und ließ sich über Funk mit Viola Kaumanns verbinden. »Frau Kaumanns, sehen Sie bitte mal in Ihren Listen nach, ob Sie einen Wilhelm Feldges finden. Der Mann muss erst Anfang dieses Jahres verstorben sein. Ja, ich bin unterwegs. Rufen Sie mich an, so schnell wie möglich. Ja, und rufen Sie Ecki an. Er soll sich auf den Weg ins Präsidium machen. Ich brauche ihn dort.« Frank wollte schon auflegen, als ihm noch etwas einfiel. »Sagen Sie bitte Heini Bescheid, er soll mich anrufen. Was? Nein, sagen Sie ihm natürlich nicht, dass ich ›Heini‹ gesagt habe. Er soll in seinen Unterlagen kramen, ob er etwas zu der Zeit zwischen '39 und '45 findet. Nein, natürlich nicht allgemein, sondern bezogen auf die Orte, die heute die Stadt Nettetal sind. Etwas über Einquartierungen, Kampfhandlungen, durchziehende Einheiten, alles.«

Frank stieg aus. Die Zeit bis zum Rückruf wollte er sich mit einem Besuch auf dem Friedhof verkürzen. Breyell war zu dieser Tageszeit wie ausgestorben. Er sah sich um. Breyell wirkte bei seinen Besuchen eigentlich immer wie ausgestorben, dachte Frank. Eigenartig, eigentlich mag ich das Dorf sehr, andererseits, und ehrlich eingestanden, ist es ja schon lange nicht mehr mein Dorf.

Frank hatte den Eingang neben der Feuerwehreinfahrt und der ehemaligen Post schnell erreicht. Er hielt kurz inne. In dem Gebäude wurden schon lange keine Briefmarken mehr verkauft und Päckchen entgegengenommen. Dabei wird wohl kaum einer der jüngeren Breyeller wissen, dachte Frank, dass an der Stelle vorher die Dorfschule gestanden hatte, in der noch sein Vater Schüler gewesen war.

Frank seufzte still und ging weiter. Auf den Straßen Breyells sah er immer seltener ein bekanntes Gesicht, dafür mehrten sich die vertrauten Namen auf dem Friedhof. Das ist wohl so, dachte Frank und ging den Weg vorbei an den mächtigen Kastanienbäumen, an deren Ästen noch keine Knospen zu erkennen waren. Als Kind war er im Herbst oft auf den Friedhof gelaufen, natürlich nur tagsüber, um Kastanien zum Basteln zu sammeln oder bunte große Blätter für den Naturkundeunterricht aufzulesen. Der Herbst war für ihn die schönste aller Jahreszeiten. Die bunte Vielfalt der Bäume, Parks und Wälder ließ ihn jedes Mal melancholisch und glücklich zugleich werden. Der bunte Herbst war wie ein zu früh endendes Leben, das er nicht loslassen wollte. Und doch war das fallende Laub wie ein Versprechen auf die Zukunft und so etwas wie ein erster Vorbote des neuen Lebens, das noch so weit jenseits des Winters lag.

Bei dem Gedanken blieb Frank unvermittelt stehen. War das die Wahrheit hinter den Gedichtzeilen, die sie bei den Toten gefunden hatten? Das Leben geht zu Ende, aber es kann etwas Neues wachsen. Frank war sich nicht sicher. Was sollte dieses Neue sein? Warum war es verbunden mit Tod und Zerstörung? Das konnte nicht die zutreffende Interpretation des Rilkegedichts sein. Nie und nimmer. War es der Hinweis, den der oder die Täter mit den Blättern geben wollten? Hatten etwa die Morde für ihn oder sie eine reinigende Kraft?

Frank schüttelte unwillkürlich den Kopf, diese Logik konnte nur für eine gestörte Persönlichkeit gelten. Anders konnte es nicht sein. Sie suchten einen Psychopathen, der morden musste, um sich zu reinigen. Gereinigt sein – wofür? Mit Morden Schuld abwaschen? Welche Schuld? Wann und durch wen oder durch was aufgeladen? Und was hatte das mit diesem Foto der sieben Soldaten zu tun? Frank wusste keine Antwort. Er spürte zwar ganz deutlich, er war hier auf dem Kirchhof in Breyell der Lösung seiner Fälle nahe, gleichzeitig fühlte er sich hilflos und auf eine unbestimmte Art fremdbestimmt. Der Täter spielte ein Spiel mit ihm, das er bisher weder verstanden noch durchschaut hatte.

Frank sah durch das Gewirr der nackten Äste gegen das dunkle Grau der dichten Wolkendecke. Herr im Himmel, hilf mir! Frank schüttelte sich und ging weiter. Eine Lösung musste her, und zwar schnell. Warum, zum Teufel, riefen Schrievers und Kaumanns nicht zurück?

Auf dem alten Friedhof lagen nicht nur seine Eltern, sondern auch seine Großeltern. Er würde der erste Borsch sein, der nicht in Breyell zu Grabe getragen werden würde. Da war er sich sicher. Er glaubte nicht, dass er sich mit Lisa über eine Grabstätte in Breyell würde einigen können.

Als er sich vom Grab seiner Eltern abwandte, suchten seine Augen die alten Grabstätten der Breyeller, die um die vorvergangene Jahrhundertwende angelegt worden waren. Die teilweise großen, herrschaftlichen Grabanlagen waren noch nicht abgeräumt worden. Auch das Grab mit dem großen Engel war noch da. So makaber es auch für einen Außenstehenden klingen mochte, der Anblick dieser seit vielen Jahren vertrauten Figur gab ihm ein Gefühl von Nähe und Zuhause. Schon als kleiner Junge hatte er die gütig anmutende Figur mit kindlicher Ehrfurcht geliebt. Auch jetzt hörte er förmlich die gemurmelten Gebete der Prozessionen und Trauerzüge, die sich damals, in den Augen eines Kindes, in schier endloser Schlange über den Friedhof bewegt hatten.

Heute gab die geflügelte Skulptur diesem Teil des Friedhofs das Gepräge einer Parkanlage. Als Frank an dem alten Grab vorbei Richtung Ausgang ging, hoffte er, dass diese Figur ihm und den Breyellern noch lange erhalten bleiben würde.

Frank blieb einen Augenblick unschlüssig vor dem Café stehen und trat dann ein. Ein Kaffee würde ihm jetzt guttun. Und telefonieren konnte er auch von dort aus. Er suchte sich einen Platz nahe der Theke am Fenster. Noch war ein Teil der Karnevalsdekoration nicht abgehängt worden, gleichzeitig standen die ersten Frühlingsblumen in kleinen Töpfen auf den schmalen Tischen. Frank zog seine Jeansjacke aus und hängte sie über die Stuhllehne. Er war der einzige Gast.

Während er auf seinen Milchkaffee wartete, sah er durch die bodentiefen Fenster auf den Marktplatz. Er musste an Heike van den Hövel denken, die im vergangenen November tot am Fuß des Kirchturms gelegen hatte. Der Mordfall war der erste Anlass gewesen, der ihn nicht als Frank Borsch, sondern als Kriminalhauptkommissar in seinen Heimatort zurückgeführt hatte. Und nun saß er schon wieder hier am Turm, um diese Morde an den Rentnern aufzuklären. Drei Mordfälle in so kurzer Zeit, das war schon ein merkwürdiger Zufall, nach den Gesetzen der Wahrscheinlichkeitsrechnung eigentlich unmöglich. Aber was war bei Morden schon berechenbar?

»Die beiden Herren arbeiten viel zusammen.«

Frank sah die junge Kellnerin irritiert an und verstand kein Wort.

Die dunkelhaarige Bedienung stellte den Milchkaffee ab und zeigte durch die Scheibe nach draußen. »Na, ich meine den Leiter der Stadtbücherei und den Besitzer der Buchhandlung in Lobberich. Ich dachte, Sie haben sich gewundert, wer die beiden sind.«

Erst jetzt nahm Frank die beiden Gestalten wahr, die gemeinsam langsam über den Marktplatz Richtung Bücherei schlenderten. Während der kräftigere und größere der beiden mit ausholenden Gesten angeregt auf seinen Begleiter einsprach, hörte der Schmalere mit gesenktem Kopf aufmerksam zu.

»Ach so, die, nein, die sind mir nicht aufgefallen. Ich habe nur über etwas nachgedacht.«

»Ja, da haben Sie sich heute den richtigen Platz dafür ausgesucht. Heute Vormittag ist es sehr ruhig. Einen Tag nach Karneval haben die Breyeller nichts anderes als ihr Aschenkreuz im Sinn und den Beginn der Fastenzeit. Da fängt die Demut schon mit dem Verzicht auf den Kaffee im Café an.« Die Kellnerin hatte ihr Tablett auf Franks Tisch abgestellt und sah philosophierend auf den nun wieder leeren Platz. »Wissen Sie, man sagt den Breyellern nach, dass sie stur sein können und Fremde nicht mögen.

Aber das ist nur ein Vorurteil, das können Sie mir glauben. Sind Sie heute das erste Mal in Breyell?«

Frank wollte schon antworten und ihr sagen, dass er von Geburt an zu diesen ›sturen‹ Einwohnern zählte, blieb aber stumm.

Die Dunkelhaarige hatte sein Schweigen für ein Nein gehalten. »Na ja, ist eigentlich echt nett hier. Wenn man mal davon absieht, dass es für junge Leute hier nicht so viel gibt. Man muss schon nach Mönchengladbach oder Düsseldorf fahren, wenn man etwas erleben will.«

Frank nickte nur. Er wollte jetzt in Ruhe seinen Kaffee trinken.

»Ich bin ja in Bieth aufgewachsen. Das ist noch ein bisschen ländlicher als das Dorf selbst. Na ja, lange bleibe ich nicht mehr hier.«

Obwohl sie offenkundig auf Franks Anteilnahme wartete, trank Frank kommentarlos einen Schluck von seinem Milchkaffee. Etwas enttäuscht verließ die Kellnerin den Tisch, um dann hinter der Theke Gläser und Tassen von einer Ecke in die andere zu räumen und Frank dabei abschätzend zu beobachten.

Frank hatte sich fast den Mund an dem heißen Kaffee verbrannt. Er bekam beim Geruch des Kaffees ein heftiges Hungergefühl, aber ein Frühstück oder ein Stück Kuchen wollte er auch nicht. Dafür war er viel zu ungeduldig. Warum nur riefen seine Kollegen nicht an? Nervös trommelte Frank mit seinen Fingern auf die Tischplatte. Dann sah er auf seine Armbanduhr. Er saß erst kaum fünf Minuten im Café.

Um sich abzulenken, sah Frank wieder auf den Platz hinaus. Auf dem Dach der Häuserzeile gegenüber saßen Tauben. In einer der Wohnungen hatte Verhoeven gelebt. Was mochte er über den Platz und dieses, sein Dorf gedacht haben? Hatte er gerne in Breyell gelebt? Mit wem war er in seiner Kindheit befreundet gewesen? Verhoeven musste auch seinen Vater gekannt haben. Sie mussten ungefähr ein Jahrgang gewesen sein. Ob sie in die gleiche Klasse gegangen waren, dort in der Schule neben dem Friedhof? Ob sie auch Kastanien gesammelt hatten für den Unterricht? Und was war mit Krüger? Auch er könnte ein Schulfreund seines Vaters gewesen sein. Frank beschlich das beklemmende Gefühl, dass die Geschichte der alten Männer enger an seine eigene Familiengeschichte gebunden war, als Frank das bislang klar gewesen war. Was hatte den Jungen damals Freundschaft bedeutet? Gemeinsam Streiche aushecken? Den Lehrer ärgern? Zusammen im Heu liegen und gemeinsam von der hübschen Tochter des Zollbeamten träumen, die regelmäßig bei ihrer Tante zu Besuch war?

Frank trank einen Schluck Milchkaffee. Hirngespinste. Wie sollte er wissen können, wie es damals zugegangen ist, in diesem kleinen verschlafenen Dorf? Er musste Zeitzeugen finden, die ihm erzählen konnten, was er wissen wollte. Er musste sich dringend mit Krüger unterhalten. Aber erst musste er die Angehörigen von Feldges finden.

Ihm ging Herbert Verhoeven nicht aus dem Sinn. Frank war sich sicher, dass er beim Verlassen des Hauses beobachtet worden war. Er musste dringend Ecki sprechen. Die Auswertung der ersten TÜ-Bänder durfte er nicht lange vor sich herschieben. Wenn Verhoeven tatsächlich am Fenster gestanden hatte, dann würde es nicht mehr lange dauern, bis sie ihn im Präsidium hatten. Er war schon gespannt darauf, was Herbert Verhoeven zu sagen hatte. Er würde erklären müssen, warum er sich ganz offensichtlich vor der Polizei versteckte. Er musste schon verdammt gute Argumente haben, um nicht weiter als ihr Verdächtiger Nummer Eins zu gelten. Der Sohn, der sich an seinem Vater rächt, und an allen, die mit ihm zu tun hatten.

Aber, warum? Was war in Verhoevens Vergangenheit passiert, damit ein Sohn zum Mörder wird? Oder waren die Opfer nur durch einen tragischen Zufall zum Opfer geworden? Weil Verhoeven sie in der Hardterwald-Klinik kennengelernt hatte. Ein Psychopath, dem die hilflosen Opfer quasi auf dem Krankenbett serviert worden waren. Andererseits, Morde waren selten Zufallsprodukte.

Frank orderte gerade einen zweiten Milchkaffee, als sein Mobiltelefon klingelte. Am anderen Ende der Leitung war Viola Kaumanns.

»Bingo, wir haben Wilhelm Feldges Namen gefunden, auf einer der aktuellen Listen. Er ist im Januar gestorben. Herzversagen, auf einer Karnevalssitzung.«

»Auf einer Karnevalssitzung?«

»Ja, an einem ›Quellensee‹ in Breyell, wo immer das auch ist. In einem Zelt der Wölese, was immer das auch bedeuten mag.«

Natürlich, die Rothaarige an der Theke, bei der Bluesnacht in Niederkrüchten! Mensch, Borsch, darauf hättest du schon eher kommen können! Frank war sauer auf sich selbst. Er verschwieg seine Dusseligkeit und erklärte stattdessen, »die Wölese, das ist ein überaus erfolgreicher Karnevalsverein, eigentlich eine Kolpinggemeinschaft.«

»Sie kennen sich aus, Herr Kommissar.« Ihre Stimme klang trotz der schlechten Verbindung leicht spöttisch.

»Kunststück, meine halbe Verwandtschaft ist dort aktiv.«

»Jedenfalls hat wohl kein Fremdverschulden vorgelegen. Feldges ist nicht in diesem Zelt gestorben, sondern auf dem Männerpissoir des Restaurants ›Quellensee‹. Ich habe schon mit dem Notarzt telefoniert, der damals vor Ort war. Feldges hat halb in der Kloschüssel gelegen.« Viola Kaumanns Stimme klang, als würde sich die Polizeibeamtin allein bei dem Gedanken an die ungewöhnliche Auffindesituation ekeln.

»Und, wo hat Feldges gelebt?«

»Auf einem Bauernhof, irgendwo da in der Gegend, an einem See. Kann das sein: Breyeller See? Muss am Ortsausgang von Lobberich sein.«

»Vielen Dank für die schnelle Arbeit. Hat sich Schrievers schon gerührt?«

»Ich habe nur kurz mit ihm gesprochen. Alles, was er auf die Schnelle auftreiben konnte, waren ein paar kurze Notizen darüber, dass Breyell und Umgebung ab Herbst '44 eigentlich von der Zivilbevölkerung weitgehend geräumt war.«

»Irgendetwas über Truppenbewegungen, Zahlen und Daten über eingezogene Breyeller, Einheiten, Stellungen?«

»Nein, dazu war bisher die Zeit zu kurz. Schrievers läuft gerade zur Hochform auf. Sie sollten ihn mal sehen. Wie ein Schlachtross wirbelt er in seinem Büro hin und her, reißt Aktenschränke auf und stößt sie wieder zu, blättert in Aktenordnern, telefoniert wie wild. Dabei hat er einen hochroten Kopf, seine Strickjacke hängt schief auf seinem Bauch, und seine Brille hat er auf seinen breiten Schädel geschoben. Es braucht nur noch ein bisschen, und die Bügel brechen durch.« Viola Kaumanns kicherte.

»Was gibts noch?«

»Haben Sie schon mal ein Schlachtross in Pantoffeln gesehen?«

Auch Frank musste bei dem Gedanken grinsen. »Nochmals, danke. Ich fahre jetzt nach Lobberich.«

Frank ließ sich Feldges Anschrift geben und legte auf. Hastig zahlte er bei der völlig verdatterten Kellnerin seinen Milchkaffee und verließ ohne weitere Umstände das Café. Ihr »Einen schönen Tag noch, und bis bald« hörte er schon nicht mehr.

Der Hof von Wilhelm Feldges lag abseits der Hauptstraße. Frank näherte sich dem Anwesen über eine lang gezogene baumbestandene Zufahrt, die für die Besitzer des Bauernhofs den Vorteil hatte, dass Besucher, gebetene oder ungebetene, schon von Weitem zu sehen waren.

Als Frank den Wagen abschloss, hörte er in der Ferne einen Hund anschlagen. Zu sehen war niemand. Er ging durch das große offene Tor auf den gepflasterten Innenhof. Die Wände der Wirtschaftsgebäude waren einmal weiß gewesen. Durch die Jahre und die Arbeit auf dem Hof war die Farbe grau geworden. Die Blumenkästen auf den Fensterbrettern waren so leer wie die Scheune, in die Frank einen Blick werfen konnte. An einer Hauswand lehnte ein altes Damenfahrrad. Die Tür zum Wohnhaus stand offen. Es musste also jemand zu Hause sein.

»Hallo?« Frank ging langsam auf die offene Tür zu.

Eine grau melierte Katze hetzte plötzlich wie aus dem Nichts aus der Scheune an ihm vorbei die rostige Eisentreppe hinauf, die neben dem grünen Tor in die offene erste Etage des Torhauses führte.

»Hallo, ist jemand zu Hause?« Frank blieb vor der Tür stehen.

»Was wollen Sie auf meinem Hof?«

Die laute, schneidende Frage ließ Frank auf dem Absatz herumfahren. Eine Frau in blauer Latzhose, dickem Pullover und Gummistiefeln stand vor ihm. Sie musste aus dem kleinen Stall hinter ihm gekommen sein. Die Frau sah aus wie eine Bäuerin, die gerade vom Melken kam. Ihre Haare hatte sie unter ein geblümtes Tuch gesteckt, das eng an ihrem Kopf anlag. Frank schätzte die Frau auf Mitte vierzig. Sie hatte ein hübsches Gesicht, mit hoch stehenden Wangenknochen, dunklen Augen und ebenmäßig geschwungenen Lippen. Neben ihren Mundwinkeln hatte sie kleine Grübchen. Eine selbstbewusste Frau, fand Frank.

»Wenn Sie ein Vertreter sind, können Sie gleich wieder gehen. Ich brauche nichts.« Angriffslustig stemmte sie einen Arm in ihre schmalen Hüften.

»Nein, nein, ich bin kein Vertreter, ich bin Polizeibeamter.« Er hielt ihr seinen Ausweis entgegen.

Sie achtete nicht auf den Ausweis, sondern hatte Frank weiter fest im Blick. »Und, was wollen Sie von mir? Habe ich irgendwo falsch geparkt?« In ihren Augen steckte trotz ihres schroffen Auftretens ein sympathisches Lächeln. »Ich dachte, die Knöllchen werden automatisch verschickt. Kommen die Sachbearbeiter doch lieber selbst?«

Frank sah sie etwas verlegen an. Auf Humor war er nach dieser heftigen Ansprache nicht gefasst gewesen. »Nein. Von einem Strafzettel weiß ich nichts. Ich bin aus einem anderen Grund hier. Es ..., es geht um Ihren Vater. Ich habe ein paar Fragen an Sie. Sie sind doch die Tochter von Wilhelm Feldges, oder?«

Ohne ein äußeres Zeichen der Regung zu zeigen, ging die Frau voran. »Kommen Sie, ich mach uns einen Kaffee.« Sie wartete nicht auf Frank.

»Sie kommen auch nicht oft an die frische Luft, oder?« Marlene Thürlings, geborene Feldges, hatte die beiden dampfenden Kaffeebecher auf den Küchentisch gestellt und dabei einen der einfachen Stühle zu sich gezogen. »Wenn Sie nichts dagegen haben, bleiben wir in der Küche. Hier bin ich meinem Vater am nächsten. Wir haben früher viel in der Küche gesessen. Unser ganzes Leben hat sich praktisch hier abgespielt. Wir haben hier gegessen, ich habe hier Schulaufgaben gemacht, unter dem Tisch gespielt oder meiner Mutter beim Bügeln zugesehen. Dieser Raum war einmal so etwas wie der Mittelpunkt meines Lebens.«

»Sie müssen sich hier sehr wohl gefühlt haben, als Kind.« Frank rührte bedächtig in seinem Kaffee und sah Marlene Thürlings lächelnd an.

»Na ja, mit dem zeitlichen Abstand mag das ja durchaus so erscheinen. Mein Vater war sehr streng, müssen Sie wissen. Er konnte manchmal auch sehr ungerecht sein. Aber er hatte auch seine netten Seiten. Ich habe als Kind nicht viel von ihm gehabt, er war ja meist auf dem Feld oder in den Ställen. Wenn er abends ins Haus kam, war ich meist schon auf dem Weg ins Bett.«

»Sie haben den Hof nach dem Tod Ihres Vaters übernommen?« Frank sah sich in der Küche um. Sie sah abgewohnt aus. Die billigen Küchenmöbel hatten ihre beste Zeit längst hinter sich.

»Nicht wirklich. Der Hof wird ja nicht mehr bewirtschaftet. Die Felder sind verpachtet. Ich wohne mit meinem Mann im Sassenfeld. Ich habe in der letzten Zeit meinem Vater das Essen gebracht und die Wäsche gemacht.«

»Was werden Sie jetzt tun? Werden Sie auf den Hof ziehen?«

Marlene Thürlings zuckte mit den Schultern. »Keine Ahnung. Was soll ich hier? Mein Mann will nicht aus unserem Haus raus. Und«, sie deutete vage in den Raum, »das ist hier doch alles viel zu groß für uns. Mein Vater hätte längst verkaufen sollen. Nun verfallen die Gebäude zusehends, und ich habe nicht das Geld, um das Anwesen zu erhalten. Die Kosten laufen mir davon. Wozu das Ganze also?«

»Die Wohnlage ist doch genial. Niemand kann Ihnen den Ausblick verbauen. Sie wohnen direkt im Grünen, niemand stört Sie. Also, ich könnte ganz neidisch werden.«

»Wenn Sie wollen, dann können Sie das Ganze haben.«

»Wollen würde ich schon, aber das Gehalt eines Kriminalhauptkommissars reicht nicht ganz, fürchte ich.«

»Weiß ich nicht.«

»Machen Sie doch ein Bauerncafé auf, auf so was stehen die Städter im Moment doch total.«

»Ja, ich weiß. Das Bauerncafé in Kaldenkirchen, meinen Sie? Da ist am Wochenende in der Tat jede Menge Betrieb. Zu viel für mich, wenn Sie mich fragen. Aber Sie sagen es, die Städter mögen das.«

»Das Anwesen würde sich doch gut dazu eignen.«

»Nee, danke. Ich habe kein Händchen für den Umgang mit hungrigen Ausflüglern.« Marlene Thürlings sah ihm direkt in die Augen. »Sie sind aber nicht gekommen, um mit mir über Bauerncafés zu reden, oder? Sie sagten, es geht um meinen Vater? Warum?«

»Ihr Vater ist auf einer Karnevalssitzung gestorben. An Herzversagen. Hatte Ihr Vater denn ein schwaches Herz?«

Marlene Thürlings seufzte und blickte in ihren Kaffeebecher. »Nein, ein wirklich schwaches Herz hatte er nicht. Sein Tod kam doch überraschend für uns. Er war ein alter Mann, ja, und hatte sich sicher kaputt gearbeitet, aber er hatte eine vergleichsweise kräftige Natur. Grantig war er oft, und auch ungerecht, wenn ihm etwas nicht passte. Aber er war nicht ernsthaft krank, nein.«

»Hat das den Notarzt nicht stutzig gemacht?«

»Wieso sollte ihn das stutzig gemacht haben? Nein, Vater hatte das Alter erreicht, in dem der Tod jederzeit kommen kann. Er hat sein Leben gelebt, wie die Leute hier so sagen. Nein, es gab für uns keinen Anlass, uns Gedanken zu machen.«

»War Ihr Vater in den vergangenen Jahren vielleicht einmal als Patient in der Hardterwald-Klinik?«

Marlene Thürlings sah ihn verwundert an. »Hardterwald-Klinik? Wo soll das sein?«

»Das ist eine Fachklinik für Geriatrie in Mönchengladbach.«

»Wie gesagt, mein Vater war nicht krank. Er hatte seine Wehwehchen, aber das ist in so einem Alter wohl normal.«

Frank überlegte kurz. »Also nichts Auffälliges?«

»Eigentlich nichts, nein, bis auf ..., ich weiß nicht ...« Marlene Thürlings sah Frank unsicher an. »Mein Vater hat in den letzten Tagen vor seinem Tod von regelrechten Angstzuständen und Albträumen berichtet. Aber das muss ja nichts bedeuten.«

»Angstzustände?«

»So ganz habe ich nicht zugehört, ehrlich gesagt. Ich habe das als Spinnerei und Übertreibung abgehakt. Dass mein Vater nun doch langsam etwas merkwürdig wird. Wenn Sie verstehen, was ich meine.«

Frank hakte nach. »Was hat er Ihnen genau erzählt? Können Sie sich erinnern?«

»Wie gesagt, ich habe nur mit einem Ohr zugehört.« Sie überlegte kurz. »Er hat mir von einem merkwürdigen Klopfen erzählt. Immer abends und immer an das Wohnzimmerfenster. Und wenn er nachgesehen hatte, habe es geblitzt.«

»Geblitzt?«

»Ja, als hätte jemand durch das Fenster ein Foto von ihm gemacht.«

»Eine seltsame Geschichte. Kann man sich so etwas ausdenken?«

»Fragen Sie mich nicht. Mein Vater hat jedenfalls Angst gehabt. Und er war wirklich kein ängstlicher Mensch.«

»Was ist weiter passiert?«

»Nichts. Nur, mein Vater war zum Schluss so verängstigt, dass er nachts nicht mehr alleine bleiben wollte.«

»Und, sind Sie bei ihm geblieben?«

»Nein. Ich mache mir heute deswegen große Vorwürfe. Ich hätte ihn ernst nehmen sollen. Als ich mich dazu entschlossen hatte, ein paar Nächte in seiner Nähe zu verbringen, war es schon zu spät.«

»Warum hat Ihr Vater nicht die Polizei verständigt?«

»Hätte sie ihm geglaubt, wenn schon seine Tochter nichts auf sein ›Geschwätz‹ gegeben hat?«

»Vermutlich haben Sie recht.«

»Außerdem war sein Vertrauen in die Polizei nicht sehr groß.«

»Warum?«

»Ach, das hat wohl noch mit seinen Erfahrungen in der Nachkriegszeit zu tun. Damals hat er sich gegen die Diebe wehren wollen, die nachts unsere Felder geplündert haben. Aber die Polizei hat nie ernsthaft etwas unternommen. Und als er selbst für Ordnung sorgen wollte, hat er Ärger mit den Behörden bekommen.«

»Ich verstehe.«

»Zu allem Übel ist er Jahre später dann dabei erwischt worden, wie er mit zu viel Alkohol im Blut nach einer Hochzeit mit seinem Auto unterwegs war. Dabei war es wohl nur ein kurzes Stück, das er gefahren ist. Aber der ›Dorfsheriff‹, wie er immer gesagt hat, war wohl gnadenlos, damals. Obwohl in den 50er Jahren der Verkehr längst nicht so dicht und so schnell war wie heute. Jedenfalls, mein Vater hat sich ungerecht behandelt gefühlt. Und das hat er der Polizei als Ganzes immer nachgetragen.«

»Hm.« Frank wusste nicht so recht darauf zu antworten.

»Wer kann dieser Unbekannte gewesen sein, der meinen Vater so in Angst und Schrecken versetzt hat?« Marlene Thürlings sah nachdenklich durch das Küchenfenster auf den Hof.

»Das kann ich Ihnen auch nicht sagen. Aber was mich aufhorchen lässt, ist das Blitzen, wie von einer Kamera.«

»Warum?«

Frank erzählte ihr von seinen Ermittlungen und von den Entdeckungen der englischen Kollegen. Er erzählte mehr, als er eigentlich wollte.

»Um Gottes willen!« Marlene Thürlings lehnte sich entsetzt in ihrem Stuhl zurück. »Und Sie meinen, dass mein Vater auch ein Mordopfer hätte werden können?«

»Durchaus möglich. Und, wer weiß, möglicherweise hat der Mörder sein Ziel erreicht, ohne selbst Hand anlegen zu müssen.«

»Was meinen Sie damit?«

»Ihr Vater kann regelrecht vor Angst und Stress gestorben sein.«

»Sie meinen, der plötzliche Herzstillstand hat etwas mit diesem unheimlichen Klopfen zu tun?«

»Ausschließen will ich das nicht. Aber dazu müsste ich erst einen unserer Psychologen befragen.«

»Das wäre ja fürchterlich. Sie machen mir Angst, Herr Kommissar.«

»Ich glaube nicht, dass Sie etwas zu befürchten haben, Frau Thürlings. Ich denke eher, dass der Mörder es ganz gezielt auf Ihren Vater abgesehen hatte. Sie sind nicht interessant für ihn.«

»Dann erklären Sie mir das Ganze, bitte.« Marlene Thürlings wollte noch einen Schluck aus ihrem Becher nehmen, aber er war leer. »Möchten Sie noch einen Kaffee?«

Frank schüttelte den Kopf. »Danke, nein. Sagen Sie, Frau Thürlings, hat Ihr Vater Ihnen einmal von seinen Kriegserlebnissen erzählt? Hat er Ihnen vielleicht auch einmal Fotos von früher gezeigt, von Kameraden, von Freunden, oder von Einsätzen?«

»Das ist interessant, dass Sie das erwähnen. Mein Vater hat oft von damals erzählt. Er hat seine Erlebnisse nie richtig verarbeiten können, glaube ich. Er hat als junger Mensch wohl schlimme Dinge erlebt.«

»Und Fotos?«

»Fotos? Ja, Fotos müssten auch noch da sein. Er hat sie alle in einer alten verbeulten Blechdose verwahrt. Sie steht im Wohnzimmerschrank. Zumindest stand sie mal da. Ich habe sie länger schon nicht mehr gesehen.«

In Frank stieg die Anspannung. »Könnten Sie bitte einmal nachsehen?«

»Bin gleich zurück. Einen Augenblick.« Marlene Thürlings schob ihren Stuhl mit einem schabenden Geräusch zurück und verschwand im Nebenraum. »Wollen Sie wirklich keinen Kaffee mehr?« Ihre Stimme aus dem Wohnzimmer klang unnatürlich laut, so als habe sie Angst, durch die kurze räumliche Trennung den Kontakt zu der einzigen Person zu verlieren, die mit ihr auf dem großen leeren Hof war.

»Wenn Sie mich so fragen, nehme ich doch noch eine Tasse, ja.« Frank wollte sie nicht alleine lassen.

Keine halbe Minute später kam Marlene Thürlings in die Küche zurück. Sie sah erleichtert aus. »Die Kiste stand an ihrer alten Stelle. Ich habe sie sofort gefunden.« Mit einem leichten Scheppern stellte sie sie vor Frank hin und nahm in der gleichen Bewegung den Kaffeebecher an sich und stellte ihn auf die Spüle.

Während Feldges Tochter Kaffee kochte, öffnete Frank die alte rechteckige Blechdose. Sie war kaum größer als ein Briefumschlag. Wozu sie einmal gedient hatte, konnte Frank nicht mehr erkennen.

Im Inneren sah die Dose messingfarben aus. Neben einigen Feldpostbriefen und Postkarten fand Frank einen Stapel Fotos in unterschiedlichen Größen. Die meisten waren ohne Datum, nur auf einigen waren Ort und

Zeit in altdeutscher Handschrift vermerkt. Demnach waren die Aufnahmen meist in den 40er Jahren gemacht worden. Die Briefe und Postkarten legte Frank achtlos zur Seite. Dagegen ging er die Fotografien Stück für Stück langsam durch. Im unteren Drittel fand er schließlich, wonach er gesucht hatte.

»Frau Thürlings? Sind das alle Fotos Ihres Vaters?«

Marlene Thürlings ließ noch einmal Wasser durch den Kaffeefilter laufen. »Nein, es gibt noch ein paar Alben. Aber da sind nur neuere Bilder drin, und alte Familien- und Kinderfotos von mir.«

Frank hielt ihr das Foto mit den sieben jungen Soldaten entgegen, die sich in fröhlicher Linie vor dem unbekannten Fotografen aufgereiht hatten. »Sagt Ihnen diese Aufnahme etwas?«

Marlene Thürlings nickte. »Seltsam, das ist genau das Foto, das mein Vater, übrigens der ganz links auf dem Foto, oft hervorgekramt und angesehen hat. Es hat mit einer tragischen Geschichte zu tun, die in den letzten Kriegstagen passiert ist. Mein Vater hat viel darüber gesprochen. Das ist ihm sehr nahe gegangen, damals. Und in all den Jahren danach.«

»Kennen Sie zufällig die Namen der Männer auf diesem Foto?« Frank wünschte, dass Ecki jetzt bei ihm wäre.

»Aber sicher, ich habe die Geschichte ja oft genug anhören müssen. Warten Sie, also, links außen, das ist mein Vater, Wilhelm Feldges. Der kleine dicke neben ihm ist Friedrich Flusen. Dann kommt der Schlacks, Das ist Hans Lehnert. Dann: Edgard Breuer, Heinrich Krüger, Johannes Paul Hecker, und der Blonde hier, das ist, soweit ich weiß, Hans-Georg Verhoeven.«

Frank war wie gelähmt. Wilhelm Feldges, Friedrich Flusen, Hans Lehnert, Edgard Breuer, Heinrich Krüger, Johannes Paul Hecker und Hans-Georg Verhoeven: Sieben Namen, sieben Freunde, vier davon ermordet. Das Foto war das erste Indiz, dass die Morde an den alten Männern einem bestimmten Muster folgten. Aber was war der Schlüssel zu ihrer Aufklärung? Frank spürte, er war in ihren Ermittlungen ein großes Stück weiter gekommen. Ein altes zerknittertes Foto von sieben Wehrmachtssoldaten, aufbewahrt in einer alten Blechkiste: Frank hatte das Gefühl, einen Schatz gehoben zu haben. »Sagen Sie, Frau Thürlings, was wissen Sie über die Männer?«

»Nicht viel, fürchte ich. Lassen Sie mal sehen. Also, mein Vater hat mir erzählt, dass Hans Lehnert noch kurz vor Kriegsende gefallen ist. In Mönchengladbach an der Landwehr, bei der Explosion eines Munitionsdepots, nahe einer Lungenheilstätte.«

»Die Hardterwald-Klinik. Sie war ursprünglich gebaut worden als Lungenheilstätte. Weiter, Frau Thürlings, bitte.«

»Sind das die Opfer dieses Mörders?«

»Bis auf Lehnert, Friedrich Flusen und Heinrich Krüger.«

»Über Heinrich Krüger weiß ich nichts. Ich weiß nur, dass Friedrich Flusen tot ist. Schon lange tot ist.«

»Sie sagen das mit so einem Unterton.« Frank war froh, diese Frau getroffen zu haben.

»Das ist es ja, was meinen Vater so belastet hat. Er hat sich immer mitschuldig gefühlt am Tod von Friedrich Flusen.« Marlene Thürlings wirkte angestrengt. »Ich weiß nicht, ob ich Ihnen das erzählen soll. Das hat bestimmt nichts mit den Morden zu tun, die Sie aufklären müssen. Ich halte Sie gewiss nur unnötig auf.«

»Nein, nein, jedes Detail kann wichtig sein. Erzählen Sie ruhig. Ich weiß dann schon, ob es für mich wichtig ist oder nicht.«

Marlene Thürlings stand auf. »Lassen Sie mich erst den Kaffee fertig machen.«

»Lassen Sie sich ruhig Zeit. Es drängt Sie niemand.«

Marlene Thürlings setzte den Filter ab, füllte beide Kaffeebecher und verschloss dann sorgfältig die Kanne. Mit beiden Bechern kam sie zum Tisch zurück und setzte sich wieder. »Ich will eines vorwegschicken: Ich habe meinen Vater nie für das verurteilt, was er mir erzählt hat. Schließlich war Krieg. Damals sind Dinge passiert, die nicht mehr in der Macht des Einzelnen standen. Verstehen Sie, was ich meine?«

»Ich kann es mir in etwa vorstellen. Aber ich sitze nicht als Richter vor Ihnen, Frau Thürlings, auch nicht als Richter über Ihren Vater. Ich habe drei Morde aufzuklären und einen weiteren zu verhindern. Mir geht es nur darum, den Mörder von Verhoeven, Breuer und Hecker zu fassen, und den Täter, der auf seine Weise verantwortlich ist für den Tod Ihres Vaters. Und ich möchte einen weiteren Mord verhindern.«

»Sie meinen, es könnte noch ein Mord passieren?«

»Denken Sie an Heinrich Krüger. Er ist der letzte Überlebende, der noch auf der Liste steht.« Dass er Herbert Verhoeven für den Mörder hielt, wollte Frank lieber verschweigen.

»Nun, also. Es muss so gegen Ende des Krieges gewesen sein. Gar nicht weit weg von hier. Ich meine, an der Bahnstrecke nach Venlo. Mein Vater und die anderen hatten Dienst dort. Sie sollten die Bahnübergänge gegen die anrückenden alliierten Verbände verteidigen. Dabei waren sie ja fast noch Kinder. Wie kann man solch junge Menschen in den Krieg schicken, wo doch sowieso alles schon verloren war?«

Frank sagte nichts.

»Jedenfalls waren die Sieben zu der Zeit eine verschworene Gemeinschaft, durch die Not zusammengeschweißt. Sie haben in ihren Schützenlöchern gesessen, hatten Angst, erzählte mein Vater, und konnten nicht nach Hause. Obwohl sie doch alle in der Nähe wohnten. Aber das wäre Fahnenflucht gewesen, einfach die Einheit verlassen und zu den Eltern zurückzugehen. Ich weiß, dass meine Oma, obwohl das streng verboten war, ›ihre Jungs‹, wie sie immer gesagt hat, ein paar Mal besucht hat in ihrer Stellung und ihnen bei den Gelegenheiten immer etwas zu Essen zugesteckt hat. Die Verpflegung war wohl nicht die beste, damals.« Marlene Thürlings hielt inne, um einen Schluck zu trinken.

Frank hatte den Eindruck, dass es ihr Mühe bereitete, zum eigentlichen Thema zu kommen. Er wollte ihr Mut machen. »Lassen Sie sich Zeit.«

»Nein, es geht schon. Ich schäme mich für das, was ich Ihnen jetzt erzähle.« Marlene Thürlings holte tief Luft. »Die Sieben haben sich in den ersten Tagen wie richtige Soldaten verhalten. Nachdem sie von ihrem Einheitsführer eingewiesen worden waren, haben sie ihre Stellungen ausgehoben und bezogen. Regelmäßig wurden sie abgelöst und in ein Quartier bei Süchteln gebracht. Aber mit dem immer gleichen Tagesablauf und der wachsenden Ungewissheit kamen zunehmend Spannungen auf zwischen den sieben Kameraden. Soweit ich das behalten habe. Die Angst vor den heranrückenden Truppen der Engländer und Amerikaner wurde immer größer, damit auch die Sorge um das eigene Schicksal. Bald wurden sie zu den unterschiedlichsten Zeiten abgelöst. Die Verpflegung, wie gesagt, war oft schlecht. Sie haben sich verlassen und verloren gefühlt. Sie müssen sich das vorstellen, ihr Zuhause war greifbar nah, sie konnten die Kirchtürme sehen, und doch waren ihre Familien unendlich weit weg. Einige der Sieben hatten den Glauben an eine Wendung des Krieges längst verloren, die anderen wurden umso fanatischer, je länger ihr Einsatz dauerte. Besonders einer von ihnen entwickelte sich mehr und mehr zum Anführer. Hans Lehnert. Er wiegelte seine Kameraden vor allem gegen Friedrich Flusen auf. Er war der Kleinste und Ängstlichste von allen und hatte wohl schon mehrfach angedeutet, er wolle am liebsten zurück zu seinen Eltern. Sie wohnten nicht weit weg, in Born. Von Lehnert wurde er daraufhin ständig gehänselt, als Memme bezeichnet, als Schande für den Führer und das deutsche Volk. Mein Vater hat erzählt, dass Lehnert Friedrich Flusen immer härter drangsaliert hat.«

Marlene Thürlings drehte beim Erzählen ihren Kaffeebecher nervös hin und her. Sie schien weit weg mit ihren Gedanken. Frank hatte den Eindruck, sie war wieder das kleine Mädchen, das den Erzählungen ihres Vaters halb neugierig und halb entsetzt zuhörte.

»Der arme Kerl musste sämtliche niederen Arbeiten erledigen. Soweit ist alles gut gegangen, hat mein Vater erzählt. Bis dann, eines Tages, Friedrich Flusen schreiend aus seinem Schützenloch aufgesprungen und weggelaufen sei. Lehnert hatte ihm gerade befohlen, die Nacht alleine in der Stellung Wache zu halten. Er ist ihm sofort hinterher und hat ihn zurückgebracht, mit vorgehaltener Pistole. Mein Vater ist sich sicher gewesen, dass Lehnert nur auf so eine Situation gewartet hatte, in der Friedrich Flusen ausrastet. Fahnenflucht hat er Flusens Stressreaktion genannt und ihn als ›festgenommen‹ bezeichnet.« Marlene Thürlings hatte jetzt Tränen in den Augen. »Das Schlimmste für meinen Vater war, auch nach all der langen Zeit, dass er damals nichts unternommen hat, damals, an dieser verdammten Bahnlinie. Dabei hatte er gewusst, dass das Verhalten von Lehnert boshaft, gemein, gefährlich, und vor allem ungerecht Flusen gegenüber war. Er hat sich immer wieder Vorwürfe gemacht, dass er nicht eingegriffen hat, er nicht und die anderen auch nicht. Sie haben zugesehen, wie ihr Kamerad vor ihren Augen fertig gemacht wurde, wie Flusen zum Schluss auch noch als Fahnenflüchtiger dargestellt wurde. Mein Vater ist oft nachts wach geworden, wegen seiner Albträume. Sie alle haben damals gewusst, was das Wort ›Fahnenflucht‹ für Friedrich Flusen bedeutet hat.« Sie stockte.

»Was ist damals passiert?« Frank flüsterte mehr, als dass er sprach.

»Hans Lehnert hat sofort ein Standgericht einberufen. Seine Kameraden sollten sofort ihr Urteil fällen. Er fühlte sich als Ältester der Gruppe dazu berechtigt. Sie haben versucht, diese lächerliche ›Gerichtsverhandlung‹ hinauszuzögern, bis ihre Ablösung kam. Aber sie kam nicht, an diesem Nachmittag nicht und am Tag danach auch nicht. Wie sich später herausstellte, war die Kompanie abgerückt und hatte die Sieben einfach vergessen. So konnte dann passieren, was passiert ist. In dieser grotesken Verhandlung wurde Flusen natürlich der Fahnenflucht schuldig gesprochen, ihm wurden sämtliche Rechte aberkannt. Das Urteil des Standgerichts lautete dann auch ›Tod durch Erschießen‹. Das Urteil sollte sofort vollstreckt werden.«

»Ist es vermutlich auch?«

»Lehnert hat Flusen fesseln lassen. Gemeinsam haben sie ihn in ein nahes Wäldchen gebracht und an einen Baum gebunden. Als Flusen von Lehnert aufgefordert wurde, sein letztes Gebet zu sprechen, hat Flusen zu weinen aufgehört, Lehnert angesehen und um eine Augenbinde gebeten. Lehnert hat ihm dann einen alten Kartoffelsack über den Kopf gestülpt. Friedrich Flusen hat dann ein Gedicht aufgesagt, ein Gedicht, dessen Zeilen ich mein Leben lang nicht vergessen werde: ›Die Blätter fallen, fallen wie von weit, als welkten in den Himmeln ferne Gärten; sie fallen mit verneinender Gebärde.‹ So hat mein Vater es mir erzählt.«

»›Und in den Nächten fällt die schwere Erde aus allen Sternen in die Einsamkeit.‹«

Marlene Thürlings sah ihn erschrocken und irritiert an. »Sie kennen das Gedicht?«
»Wir haben diese Zeilen bei den Toten gefunden.« Franks Stimme klang kratzig. »Hat Ihr Vater sonst noch etwas gesagt?«
»Friedrich Flusen ist mit diesem Gedicht auf den Lippen gestorben. Als sich mein Vater und die anderen geweigert hatten, auf ihren Kameraden zu schießen, hat Lehnert sie ebenfalls verächtlich als ›Mamasöhnchen‹ bezeichnet und weggeschickt. Sie haben dann beim Verlassen des Wäldchens einen Schuss gehört. Lehnert hat Friedrich Flusen mit seinem Bajonett erst die Kehle durchgeschnitten und dann noch mit seiner Pistole aus nächster Nähe in den Kopf geschossen. Umgebracht wegen nichts. Wegen noch weniger als nichts. Der Krieg war da doch schon fast vorbei. Mir fehlen auch heute noch die Worte.«
»Was ist dann passiert?«
»Mehr weiß ich nicht. Nur so viel, dass Lehnert später bei der Explosion in diesem Munitionsdepot von einer Mine zerrissen wurde, kurz bevor die Engländer ihn gefangen nehmen konnten.« Marlene Thürlings lachte kurz auf. Ihr Lachen klang bitter. »Ist das Gerechtigkeit? Sein Tod? Ich weiß es nicht. Die Leiche von Friedrich Flusen ist dann auf dem Friedhof in Breyell bestattet worden. In einem Reihengrab am Ehrenmal. Seine Eltern haben später versucht, von der Bundesregierung eine Entschädigung zu bekommen. Sie sind aber, soweit ich das weiß, mit ihrem Antrag gescheitert.«
Frank schob seinen Becher ein Stück von sich weg und legte die Hände zusammen. Er musste das Ganze erst einmal verdauen.
»Warten Sie, Herr Kommissar, bevor Sie gehen, muss ich Ihnen noch etwas zeigen.« Marlene Thürlings ging ins Wohnzimmer und kam mit einem Zettel zurück. »Den Zettel habe ich bei den Sachen meines Vaters gefunden. Versteckt zwischen seinen Hemden.«
Frank erkannte ihn sofort. Er war aus dem gleichen Papier wie die anderen auch und trug die gleichen Worte. Auf ihm stand das Rilkegedicht, aus dem er gerade noch zitiert hatte.

XXV.

»Ich begreife das nicht.« Ecki saß an seinem Schreibtisch, vor sich eine Kanne Tee und eine offene Schachtel Aspirin. Er hatte dunkle Ringe unter seinen Augen und sah blass aus. Sein stoppelig kurzes Haar war mit Gel notdürftig in Form gebracht. Frank konnte seinem Freund ansehen, dass ihm noch schlecht war. »Mann, ich brauche jetzt frische Luft.« Er stand auf und öffnete ein Fenster. »Oh, mein Kopf. Mann, ist das kalt.« Ecki schloss das Fenster wieder.

»Tja, lieber Freund und Kollege Eckers, wer saufen kann, der kann auch arbeiten gehen – hat mein Vater immer gesagt. Und der wusste bestimmt, wovon er sprach.«

»Spar dir deine Küchenweisheiten«, brummte Ecki missmutig und fuhr sich müde über seine Haare. »Mann, oh Mann, nie mehr. Nie mehr Bier.«

»Statt zu jammern, konzentrier dich lieber.« Frank hatte keine Zeit für Eckis Katerstimmung.

»Also, wir haben ein Foto mit sieben Freunden, oder besser gesagt, Kameraden, oder zumindest Schicksalsgenossen.« Ecki nahm seine Finger zu Hilfe. »sechs von ihnen sind tot, nur Krüger lebt noch. Habe ich das richtig mitgezählt? Flusen im Krieg ermordet, Lehnert ist tot, Feldges stirbt beim Karneval, vielleicht aus Stress, Verhoeven, Breuer und Hecker, auch tot. Bleibt nur Krüger.«

»Und?«

»Er ist unser Mann. Er hat bis auf Flusen und Lehnert die anderen auf dem Gewissen. Ganz klar. Worauf warten wir noch. Wo ist er jetzt? Bei euch? Oder ist er unterwegs? Oh, Mann, der Mörder wohnt mit seinem Häscher unter einem Dach.«

»Du hast wohl noch zu viel Alkohol im Blut, was? Benutz doch ausnahmsweise einfach mal deinen Verstand. Ich habe zuerst auch gedacht, dass Krüger der Täter sein könnte. Aber, warum sollte er das tun? Was könnte der Grund dafür sein? Ich sehe kein Motiv. Bisher habe ich keinen Anhaltspunkt für Krügers Täterschaft.«

»Und, wen hast du dann im Auge?« Ecki griff sich an die Stirn und stöhnte leise. »Also, mir fällt niemand ein.«

»Kein Wunder, in deinem Zustand. Aber überlege doch einmal, einer muss doch das Foto gemacht haben.«

»Du meinst?« Ecki sah seinen Freund mit müden Augen an.

»Ja, ich meine, dass es noch jemanden gibt. Jemanden, den wir noch nicht kennen. Entweder ist er der Mörder, oder Verhoeven Junior, den dürfen wir auch nicht vergessen.«

»Moment, das geht mir zu schnell. Du meinst, es könnten acht und nicht sieben sein? Der große Unbekannte? Der Mann im Hintergrund? Nee, mein Lieber, so besoffen kann ich gar nicht sein, dass ich das als Spur sehe, oder auch nur als vage Möglichkeit. Nee, nee. Denn es bleibt die Frage nach dem Warum. Warum bringt jemand in seinem hohen Alter – der Täter muss ja auch schon hochbetagt sein – alte Kameraden um? Du willst mir jetzt doch nicht weismachen, dass es vielleicht um einen geheimnisvollen Schatz der Nazis geht, auf den die Kameraden damals gestoßen sind, und um den es heute, sechzig Jahre nach Kriegsende, Streit gegeben hat?«

»Dafür, dass du die Nacht durchgesoffen hast, funktioniert deine Fantasie ja noch ganz ordentlich. Respekt. Warum nicht? Solche Geschichten gibt es doch auch heute noch jede Menge. Feldges muss seiner Tochter ja auch nicht die Wahrheit gesagt haben. Vielleicht hat es damals ja schon Streit gegeben. Und die Truppe hat den Tod von Flusen einfach nur als Standgerichtsurteil aussehen lassen.«

»Ja, ja, das sagenumwobene Bernsteinzimmer.« Ecki winkte ab. Frank war wohl endgültig im Schwangerschaftsstress. »Nazischatz. So, so.« Ecki tippte sich mit dem Zeigefinger an die Stirn. »Und das in Nettetal?«

»Nehmen wir doch nur mal für einen Augenblick an, dass das eine Möglichkeit ist.« Frank sah Ecki aufmunternd an. »So abwegig ist die Sache nicht. Es muss ja nicht gleich das Bernsteinzimmer sein. Es kann auch etwas anderes Wertvolles eine Rolle gespielt haben. Denk doch einfach nur daran, dass nicht weit von der Bahnlinie damals der größte Feldflughafen der Nazis war, hinten in Kaldenkirchen. Darüber kann vieles weggeschafft worden sein. Gold, Schmuck, Bilder, was weiß ich. Bei dem Durcheinander damals ist sicher vieles verschwunden.«

»Und ausgerechnet solche Halbwüchsigen sind über den Schatz ihres Lebens gestolpert?« Ecki klang jetzt nicht mehr ganz so abweisend.

»Eben.«

»Na ja, hm, vielleicht. Und was heißt das jetzt für uns?«

»Wir müssen den achten Mann ausfindig machen. Und wir müssen Krüger beschützen. Er schwebt in Lebensgefahr. Außerdem kennt er die Wahrheit der Geschichte. Wir müssen Krüger befragen.«

»Und was ist mit dem jungen Verhoeven?«

»Gut. Der ist natürlich auch noch im Rennen. Wenn wir ihn haben, werden wir wissen, ob er als Psychopath taugt und als Serientäter in Frage kommt. Wir brauchen unbedingt einen Durchsuchungsbeschluss. Es kann doch sein, dass auch Verhoeven von dem Mord an Flusen erfahren hat, und dass sein Vater an der Sache damals beteiligt war. Möglicherweise wollte Verhoeven das Opfer aus übersteigertem Gerechtigkeitssinn rächen. Wer weiß, er könnte doch in Flusen einen Seelenverwandten zu erkennen geglaubt haben. Es kann ja auch sein, dass Verhoevens Sohn von dem, ich sage mal, Schatz, erfahren hat.«

»Weiß ich, was in dem Kopf eines Psychopathen vorgeht? Welche frühkindlichen Erfahrungen zu einer Zeitbombe werden und schließlich einen Serientäter in Gang setzen? Okay, wie auch immer, dann versuche ich Böllmann aufzutreiben. Und du sprichst am besten mit Lisa. Sie soll Krüger vorwarnen.«

Frank sah Ecki erstaunt an. So viel Tatendrang hätte er an einem Tag wie diesem von seinem Freund nicht erwartet. »Was machen deine Kopfschmerzen?«

»Kopfschmerzen? Welche Kopfschmerzen? Ich könnte schon wieder ein bisschen Musik vertragen. Sollen wir uns nicht einen CD-Player ins Büro stellen?«

»Nee, davon kriege ich dann Kopfschmerzen. Roy Black im Auto reicht mir völlig.«

Krüger war nicht da.

»Er ist in die Stadt gegangen. Er will in Rheydt ein paar Besorgungen machen, noch irgendetwas für die Rückreise. Keine Ahnung, am Abend will er wieder zurück sein.« Lisa klang besorgt.

»Reg dich bitte nicht auf, wir haben die Sache im Griff. Krüger wird schon nichts passieren. Wir haben heute wieder genug Kollegen auf der Straße. Sie werden ein waches Auge auf die Innenstadt haben.«

»Ist es so schlimm? Ich fürchte mich.«

»Nein, es ist nicht schlimm. Ich glaube nicht, das Krüger auf der Straße etwas passiert. Bisher hat der Täter immer aus dem Verborgenen heraus gehandelt. Ich kann mir nicht vorstellen, dass er ohne Not seine Deckung aufgibt. Außerdem bleibe ich die nächste Zeit besser bei dir. Dann kann ich direkt auf Krüger aufpassen. Und ich werde die englischen Kollegen bitten, auf Krüger Acht zu geben.«

»Bitte, Frank, pass auf den alten Mann auf. Es wäre schrecklich, wenn ihm etwas passieren würde.«

»Keine Sorge, Schatz, wir passen auf ihn auf. Schließlich ist er jetzt einer unserer wichtigsten Zeugen.« Frank lächelte in den Telefonhörer hinein. »Außerdem mag ich den alten Breyeller selbst viel zu sehr.«

»Frank? Ich habe Angst.«

»Das ist wirklich nicht nötig. Ich bin doch bei dir.«

»Na gut.«

»Bitte, Frau Claassen, machen Sie uns und Ihnen nicht unnötig Schwierigkeiten.« Frank hielt ihr das rote Schreiben hin. Gleichzeitig drängte sich Ecki mit zwei Kollegen an ihnen vorbei.

Während die Ermittler das Reihenhaus durchsuchten, wartete Frank mit Hiltrud Claassen in der Küche. Verhoevens Tochter sah Frank abweisend an und dann aus dem Fenster hinaus zu einem imaginären Punkt auf der gegenüberliegenden Hauswand.

Frank versuchte, ein Gespräch in Gang zu bringen. Er hörte, wie oben Türen und Schränke geöffnet wurden. »Wir sind davon überzeugt, dass

Ihr Bruder in Deutschland ist. Dass er bei Ihnen wohnt. Wir müssen ihn dringend sprechen, Frau Claassen. Wir haben einen furchtbaren Verdacht.«

»Sie sind doch krank, mein Bruder ist nicht hier. Und er hat auch niemanden umgebracht. Schon gar nicht seinen Vater.« Hiltrud Claassen machte nicht den Eindruck, als würde ihr etwas an der Unterhaltung liegen. Stattdessen schien sie den Geräuschen in der Etage über ihr zu lauschen.

Frank schwieg. Er hatte den Eindruck, dass er in den vergangenen Stunden der Lösung der Fälle ein großes Stück näher gekommen war. Die Dinge entwickelten sich. So oder so. Er stand vor den Abgründen einer kranken Psyche, und er wartete auf neue, überraschende und entsetzliche Einblicke in das Wesen eines Menschen. Was würde Herbert Verhoeven liefern? Frank war davon überzeugt, dass er Verhoeven ganz nahe war, und dass er endlich Gewissheit haben würde.

»Wir können die Prozedur abkürzen, Frau Claassen. Sagen Sie uns, wo Ihr Bruder sich aufhält, und wir sind sofort wieder weg.« Er versuchte, sie aus der Reserve locken. »Ihre Nachbarn sind sicher neugierig, warum vor Ihrer Haustür Polizeifahrzeuge stehen.«

Sie schwieg.

»Wo ist eigentlich Ihr Mann? Ich würde gerne wissen, wie er zu seinem Schwager steht.«

Schweigen.

»Wir werden uns auch mit ihm unterhalten. Wenn es sein muss, auch an seinem Arbeitsplatz. Das wird er sicher nicht gerne mögen.«

Keine Reaktion. Hiltrud Claassen starrte weiter regungslos aus dem Küchenfenster. Ihre Arme hatte sie unter der Brust fest verschränkt.

»Wie Sie wollen.« Frank sah Ecki erwartungsvoll an, als er in die Küche kam. »Und?«

»Nichts, jedenfalls ist Herbert Verhoeven nicht hier.« Er sah Hiltrud Claassen von der Seite an. »Aber wir haben einen Koffer, eine Reisetasche und einige Kleidungsstücke gefunden, die darauf schließen lassen, dass sich Ihr Bruder hier aufhält. Wir haben ein Foto Ihres Bruders gefunden. Zumindest gehen wir davon aus, dass es sich bei dem Mann um Ihren Bruder handelt.« Er wandte sich an Frank. »Das Bild könnte auf einer Fähre im Hafen von Dover aufgenommen worden sein. Jedenfalls sind im Hintergrund Felsen zu sehen, die wie die Kreidefelsen aussehen. Außerdem haben wir ein paar englischsprachige Bücher gefunden. Und einige gebrannte CDs. Ich bin gespannt, was unsere KTU darauf findet.«

Frank hatte genug. »Frau Claassen, Sie haben keine Chance. Wir werden wiederkommen, und wir werden Ihren Bruder finden. Darauf können

Sie sich verlassen. Und wenn wir Recht behalten, machen Sie sich strafbar. Wegen Beihilfe. Das sollten Sie nicht vergessen. Damit müssen Sie sich nicht nur vor Ihrem Gewissen verantworten, sondern auch vor einem Richter.«

Hiltrud Claassen sagte immer noch nichts.

Als die Ermittler wieder im Auto saßen, informierte Frank über Funk die Kollegen, dass Herbert Verhoeven vermutlich bei seiner Schwester Unterschlupf gefunden hatte und auf der Flucht war. Ab sofort solle mit einer Großfahndung nach ihm gesucht werden.

Ecki rückte sich im Autositz zurecht. »Hast du etwas gegen ein bisschen Musik? Damit kann ich besser denken.«

»No way, ich kann das Gedudel im Augenblick wirklich nicht vertragen.«

Ecki guckte beleidigt, sagte aber nichts.

Frank schlug einen versöhnlicheren Ton an. »Das gilt auch für meinen Blues. Ich brauche jetzt Ruhe. Wirklich.«

»Was sollen wir tun?«

»Abwarten und Tee trinken. Wir fahren jetzt erst einmal ins Büro zurück. Hier können wir doch nichts mehr tun. Solange wir hier vor dem Haus stehen, wird Verhoeven nicht auftauchen.« Frank startete den Motor, um ihn sofort wieder auszuschalten. »Apropos Tee. Wir sollten das Foto an die Kollegen in Whitby schicken. Vielleicht erkennt dieser Hausverwalter darauf Verhoeven. Ein Versuch ist es auf jeden Fall wert.«

»Ich denke auch. Der Bericht aus England lässt eh auf sich warten.«

»Schick doch bitte das Foto sofort ab, wenn wir wieder im Büro sind.«

»Si, Cheffe.«

»Was macht eigentlich die Kaumanns?«

»Warum?« Ecki sah Frank argwöhnisch an.

»Ich frage doch nur so.«

»Ich kenn dich doch, Borsch, du fragst nie etwas einfach nur so. Was interessiert dich Viola?«

»Einfach nur so.« Frank räusperte sich. »Ich meine, sie hat mit Bean zusammen doch gute Arbeit gemacht, findest du nicht?«

Ecki zuckte mit den Schultern. »Das ist doch schließlich auch ihr Job. Außerdem ist sie ehrgeizig. Sie will schließlich noch etwas werden bei der Polizei.«

»Ja, ja.«

»Was soll das heißen?« Ecki klang nicht gerade freundlich.

»Wirklich nichts. Ich wollte mich nur nett erkundigen.«

»Wenn du das meinst: Ich war gestern Abend nicht mit ihr zusammen. Ich habe sie schon ein paar Tage nicht gesehen. Außerdem, was geht dich das an? Ich bin dir doch keine Rechenschaft darüber schuldig, wen ich wann wo treffe, oder?«

»Jetzt sei doch nicht gleich so sickig. Ich habe doch nur gefragt. Ist ja auch egal.« Frank zögerte einen Augenblick. »Ähm, hast du ihr Piercing gesehen?«

»Ihr Piercing? Ach, du meinst das Piercing in ihrem Oberkiefer? Ja, das ist mir auch schon aufgefallen. Warum fragst du?«

»Das muss doch weh tun.«

»Weh tun?«

»Ja, beim Essen – und beim Knutschen.«

»Ja, und? Woher soll ich das wissen?«

»Ich mein ja nur.«

Im Präsidium wartete schon Heinz-Jürgen Schrievers in ihrem Büro.

»Gut, dass ihr kommt.«

»Was gibts, Hein ..., öhm, Heinz-Jürgen? Wo brennts?« Frank warf den Autoschlüssel auf den Schreibtisch und setzte sich.

Heinz-Jürgen Schrievers hatte es sich auf einem Stuhl an Franks Schreibtisch bequem gemacht. »Ich habe zusammen mit meinen Kontaktleuten im Hauptquartier über die Möglichkeiten gesprochen, unerkannt über den Kanal zu kommen und quasi illegal nach Deutschland, sprich an den Niederrhein, zu kommen. Das ist ziemlich leicht.« Schrievers zog sich seine Strickjacke über seinem mächtigen Bauch zurecht.

»Und?«

»Du brauchst nur einen falschen Pass.«

»Ach was, das hätte ich nicht gedacht. Um uns das zu sagen, kommst du extra den langen Weg aus deinem Archiv zu uns?« Frank klang sarkastischer, als er eigentlich wollte. Er merkte sofort, dass er besser den Mund gehalten hätte, denn Schrievers stand unvermittelt und plötzlich auf.

»Ich habe es nur gut gemeint. Ich gehe jetzt besser. Die Herren Kommissare haben bestimmt Wichtiges zu erledigen.«

»Nun sei nicht gleich beleidigt. Setz dich wieder.« Frank überlegte fieberhaft, wie er die Scharte wieder auswetzen konnte. Heute war nicht sein Tag. Er öffnete seine Schreibtischschublade und zog einen Müsliriegel heraus, den Ecki vor einiger Zeit mit ins Büro gebracht hatte. »Da, für dich, Heinz-Jürgen. Frieden?«

»Bemüh dich nicht. Ich bin auf Diät.« Heinz-Jürgen Schrievers setzte sich und ließ dabei die Süßigkeit nicht aus den Augen, die Frank vor ihm auf den Schreibtisch legte.

»Diät? Du?« Ecki musste sich ein Lachen verkneifen.

»He, es ist Fastenzeit. Noch nie davon gehört?« Schrievers verschränkte die Hände auf seinem Bauch. Aber zufrieden sah er nicht aus.

»Ich weiß, nun quälst du deinen Körper bis Ostern mit gesundem Essen: Obst, Gemüse, keine Genüsse wie Süßigkeiten oder Alkohol.«

»Du brauchst gar nicht so ironisch werden, Ecki. Ich nehme meinen Glauben ernst.«

»Schon gut, Heinz-Jürgen, ich wollte dir nicht zu nahe treten. Jeder nach seiner Fasson.« Ecki hob beschwichtigend die Hände.

»Andererseits«, Heinz-Jürgen Schrievers Augen funkelten listig, »so ein Müsliriegel hat ja auch etwas Reinigendes. Ein fleischlicher Genuss ist das ja nicht gerade. Ich tue schließlich etwas für meine Gesundheit, wenn ich ihn essen würde. Also, wenn ich ihn äße. So gesehen.«

»Nun nimm schon, wir werden dich schon nicht verpetzen.« Frank grinste und schob Schrievers den Riegel bis fast vor dessen mächtigen Bauch. »Außerdem kann man ja überall nachlesen und sehen, dass Müsli wirklich gesund ist und die Ballaststoffe helfen, den Körper zu entschlacken. Und das ist doch auch ein Sinn des Fastens. Körper und Geist werden gereinigt für die kommenden Aufgaben.«

»Du hättest Pastor werden sollen, Frank Borsch.« Mit einer für Ecki und Frank unerwarteten Geschwindigkeit seiner nicht eben schlanken Finger hatte Heinz-Jürgen Schrievers das Papier von dem schlanken Müsliriegel geschoben und die gepresste Körnerportion in seinen Mund befördert.

»Guten Appetit, Heinz-Jürgen.« Frank und Ecki konnten ihr Lachen nicht länger unterdrücken.

»Jetzt geht es mir schon viel besser.« Schrievers schmatzte zufrieden. »Hm, so ein Fastenbrot schmeckt gar nicht mal so übel.«

»Sag mal, Heinz-Jürgen, um ehrlich zu sein, wir hatten gehofft, dass du mehr auf der Pfanne hättest als den Hinweis auf den falschen Pass. Das bringt uns nicht wirklich weiter. Gefälschte Ausweispapiere bekommst du heute schon fast an jeder Ecke.«

»Hm, mehr ist aber wirklich nicht. Wenn wir ein Foto von diesem Verhoeven hätten.«

»Ist eigentlich schon so gut wie in England.« Ecki hatte Herbert Verhoevens Konterfei bereits auf den Scanner gelegt und war dabei, die Datei zu speichern. »Kann sich nur noch um wenige Minuten handeln.«

»Gut, dann werde ich mal wieder zwischen meinen Aktenbergen verschwinden und von Ostern träumen.« Heinz-Jürgen Schrievers wuchtete sich von seinem Stuhl und verabschiedete sich. Leicht schnaufend schloss der Archivar die Tür hinter sich.

»Was war das denn?« Ecki sah Frank an.

»Denkst du, was ich denke?«
»Hm, ich glaube, Heini war nur auf der Suche nach etwas Essbarem.« Frank musste grinsen.
Das Telefon klingelte. Frank nahm ab. »Borsch? Ah, ja, du bist es, Schatz. Was gibt es?«
Lisa erzählte ihm, dass Krüger sich aus der Stadt gemeldet hatte und abgeholt werden wollte. »Er sitzt mit ein paar Einkaufstüten bei Heinemann.. Ich habe ihm erzählt, dass wir ihn unbedingt sprechen müssen und er auf jeden Fall im Café auf uns warten und auf sich aufpassen soll. Ich habe gedacht, vielleicht fährst du direkt hin und holst ihn ab.«
»Das ist nicht so einfach, Lisa. Ich habe noch einiges zu erledigen. Er wird noch warten müssen. Nein, rufe im Café an und lasse ihm ausrichten, er soll mit einem Taxi kommen. Wer weiß, wann ich hier wegkomme. Das kann noch dauern.«
»Lieber wäre mir, wenn du fahren würdest. Seit ich weiß, dass er in Gefahr ist, habe ich keine ruhige Minute mehr. Wenn Mareike sich nicht meinen Wagen ausgeliehen hätte, wäre ich schon längst unterwegs, um ihn abzuholen. Er klang ziemlich erschöpft.«
»Ich hoffe, du hast Krüger nicht zuviel erzählt und ihn unnötig aufgeregt? Es ist besser, dass er nicht allzu viel weiß, wir werden ihm die ganze Geschichte schon in aller Ruhe erklären.«
»Ich habe ihm nur gesagt, dass du ihn für einen ganz wichtigen Zeugen in deinen Ermittlungen hältst. Habe ich einen Fehler gemacht?«
»Nein, ist schon in Ordnung. Lass uns heute Abend weiter reden. Ich muss noch mit den Kollegen in England telefonieren.« Frank verabschiedete sich von Lisa und legte auf.
Ecki hatte mittlerweile Verhoevens Foto mit einem kleinen Anschreiben losgeschickt. »Hoffentlich lassen sich die Herren *Chief Detectives* nicht Zeit bis zum Geburtstag der Queen.«
»Du magst die Briten wohl nicht?« Frank wählte beim Sprechen Schrievers Anschluss.
»Ja?« Heinz-Jürgen Schrievers klang, als habe er den Telefonhörer zwischen Schulter und Kopf geklemmt.
»Ich habe eben noch etwas vergessen. Auf dem Foto, das ich bei Hiltrud Claassen gesehen habe, und auch bei Krüger, sind ja sieben Soldaten abgebildet. Aber es muss einen achten Mann geben, denn einer muss schließlich auf den Auslöser gedrückt haben. Versuche doch bitte herauszubekommen, wer dieser achte ist. Der könnte der Täter sein.«
»Wenn er noch lebt.« Schrievers klang völlig unbeeindruckt.
»Klar, wenn er noch lebt. Am besten, du beginnst sofort mit deiner Recherche.«

»In Ordnung, großer Meister.« Schrievers legte auf.
»Dieser Heini ist der reinste Pessimist.«
»Wieso?«
»Klar, der achte Mann könnte schon tot sein. Das biologische Alter müsste er schon erreicht haben. Er muss ein alter Mann sein. Andererseits kann man auch im hohen Alter einen Mord begehen.«
Frank stand auf. »Ich denke, du hast den Laden hier im Griff. Ich fahre doch ins Café. Vielleicht erwische ich Krüger dort noch. Ruf doch bitte an und sage ihm, dass ich unterwegs bin, um ihn abzuholen.«
Ecki nickte und griff zum Telefonbuch.

Das Café am ehemaligen Schauspielhaus war um diese Tageszeit gut gefüllt. Von Fastenstimmung konnte zumindest hier und heute keine Rede sein. Die Bedienungen in ihren weißen Schürzen eilten mit den Bestellungen hin und her. In dem cafétypischen Ambiente herrschte eine geschwätzige Atmosphäre. Die meisten Tische waren mit Gästen besetzt, die schon deutlich über die fünfzig waren, dachte Frank. »Vornehm« und »gediegen« waren die Worte, die ihm einfielen. Er selbst war erst ein-, zweimal in dem Café gewesen. Ihm gefiel die Betriebsamkeit nicht. Er saß mit Lisa lieber in Eicken im Café Bertrand. Dort waren der Kuchen und das Gebäck mindestens genau so gut wie in der Konditorei, dafür schmeckten Frank und Lisa die heiße Schokolade mit Sahne unschlagbar gut. Außerdem war das Café zu klein, um wirklich laut und voll sein zu können.
Und man traf hin und wieder auf ältere Damen, die zum Kaffee ihren Seidenschal und manchmal sogar ihren Hut nicht abnehmen mochten. Eine Angewohnheit, die Frank an die Cafébesuche seiner Kindheit erinnerten. Warum taten Frauen das? Mit Hut im Café sitzen? Hatten sie Angst, dass möglicherweise ihre Frisur nicht saß und so Anlass für Getuschel geben könnte?
»Kann ich Ihnen helfen?« Eine freundliche ältere Dame in schwarzem Rock und mit weißer Bluse und Schürze sah ihn fragend an. Mit beiden Händen hielt sie ein Tablett, auf dem sich benutzte Kuchenteller und Kaffeetassen stapelten. »Heute ist ziemlich viel Betrieb, aber wir finden sicher noch ein Plätzchen für den Herren. Sind Sie alleine, oder erwarten Sie noch jemanden?«
»Nein, vielen Dank. Ich bin nur gekommen, um jemanden abzuholen.« Frank sah sich suchend um.
»Ach so, ja, bitte, dann vielleicht ein anderes Mal. Einen schönen Tag noch, der Herr«, flötete die stämmige Kellnerin freundlich und entschwand mit einem für ihr Alter und ihre Figur erstaunlichen Hüftschwung.

Frank sah sich um. Offenbar war an diesem Tag Rentnertreffen im Kaufhof gewesen. Eine ganze Reihe älterer Herren saß an Einzeltischen und hatte neben sich am Stuhlbein gefüllte Einkaufstüten Mönchengladbacher Kaufhäuser abgestellt. Die Senioren schienen auf irgendetwas oder irgendjemanden zu warten. Denn wann immer jemand an ihrem Tisch vorbei ging, hoben sie erwartungsvoll den Kopf. Vielleicht suchten sie auch nur Kontakt und waren froh über jede Abwechslung, dachte Frank. Heinrich Krüger konnte er nirgends sehen.

Frank suchte sich eine Kellnerin und fragte nach Krüger. Trotz seiner Beschreibung konnte sie sich nicht an Heinrich Krüger erinnern. Sie wusste nur, dass in den vergangenen zehn Minuten ein Taxifahrer nach einem Gast gefragt hatte. Kurz danach hätte wohl jemand angerufen, von der Polizei, und nach einem alten Mann gefragt. Aber auch dem Anrufer habe sie nicht helfen können. Ob denn etwas passiert sei, fragte sie Frank besorgt. Als er verneinte, fragte die Kellnerin noch eine Kollegin, aber auch die konnte nicht helfen.

Unschlüssig stand Frank vor dem Café. Auf der weiten freien Fläche ging ein kräftiger Wind, der Bierfilze und Reste von Konfetti vor sich her trieb. Ein toter Platz, der erst wieder im Sommer belebt sein würde, durch die Außenbewirtung des Cafés und durch die vielen Punks, die die Stufen zur Hindenburgstraße dann wieder in ihren Besitz nehmen und zu ihrem Treffpunkt machen würden. Wo nur konnte Krüger abgeblieben sein? Er hätte doch besser noch Lisa angerufen und ihr gesagt, dass er quasi schon unterwegs war, ärgerte sich Frank. Er konnte nur hoffen, dass Krüger schon auf dem Weg zu Lisa war. Frank wurde unruhig. Lisa hatte ihn doch verunsichert. Wenn Krüger nun unter einem Vorwand aus dem Café weggelockt worden war? Und er schon in Lebensgefahr schwebte? Frank rief Lisa an, um sich nach Krüger zu erkundigen. Aber er war noch nicht angekommen.

Okay, dachte Frank, das kam durchaus hin. Denn quer durch die Stadt um diese Uhrzeit, das konnte schon mal etwas länger dauern. Er unterdrückte den Impuls, die Leitstelle anzurufen und die Kollegen zu bitten, bei der Taxizentrale nachzufragen, ob Krüger auf dem Weg zu Lisas Wohnung war. Mach dich bloß nicht verrückt, dachte er. Es wird schon nichts passiert sein. Warum sollte der Mörder ausgerechnet hier und heute zuschlagen? Frank war froh, dass Krüger schon am Wochenende wieder in England sein würde.

Frank überlegte, was er tun konnte. Das Foto von Verhoeven war längst bei den Kollegen in Whitby, Schrievers turnte durch sein Archiv, um den Fotografen ausfindig zu machen, die Kollegen der Mordkommission waren bei der Spurenauswertung. Eigentlich die beste Gelegenheit, um zu

Saturn zu gehen und einmal kurz durch die CD-Abteilung zu schlendern. Aber Frank war innerlich zu unruhig. Die Gedanken um Krüger ließen ihn nicht los. Also doch besser zurück zum Präsidium. Auf seinem Schreibtisch stapelten sich ohnehin die Akten.

Auf dem Weg zum Parkhaus blieb Frank unvermittelt vor dem Juwelierladen im Untergeschoss der Theatergalerie stehen. Ringe! Wenn sie heirateten, brauchten sie auch Ringe. Frank sah in die Auslage und wusste im nächsten Augenblick, dass er sich die Preise nie würde leisten können. Die Summen, die er sah, überstiegen bei weitem seine finanziellen Möglichkeiten. Außerdem mochte er keine Ringe an seinen Händen, auch keinen Ehering.

Frank überkam ein schlechtes Gewissen. Die Frage nach der größeren Wohnung war noch nicht geklärt, geschweige denn nach einem neuen »Gebrauchten«. Wenn der Mörder der Senioren gefasst war, würde er sich sofort um diese Dinge kümmern, versprach er sich.

Sein Handy klingelte. Es war Viola Kaumanns. Sie wollte wissen, ob sie in Sachen Soko »Alte Männer« weiterhelfen könne. Frank bat sie, sich mit Bean um eine Überprüfung der bisherigen Ermittlungsergebnisse zu kümmern und einen vorläufigen Bericht für Staatsanwalt Böllmann zu schreiben. An ihrer Reaktion merkte er, dass sie nicht besonders glücklich über die neue Aufgabe war. Sie wäre sicher lieber unmittelbar an den laufenden Ermittlungen beteiligt. Aber Polizeiarbeit bestand nun mal aus viel Schreibkram, auch bei den Ermittlungen in Mordfällen, das musste er ihr nicht erzählen. Sie würde sich schon noch daran gewöhnen.

Im Büro erwartete ihn Ecki, der sichtlich nervös wirkte. »Lisa hat gerade angerufen. Krüger ist nicht bei ihr angekommen. Ich habe schon mit der Taxizentrale gesprochen. Er ist wohl überhaupt nicht mit einem Taxi gefahren. Keiner der Fahrer kann sich an einen Gast erinnern, auf den Krügers Beschreibung passt. Es hat sich wohl ein Fahrer gemeldet, der bei Heinemann einen Fahrgast abholen sollte, ihn aber nicht angetroffen hat.«

»Scheiße!« Frank riss den Telefonhörer an sich und gab der Leitstelle Krügers Beschreibung durch. »Ich will, dass ihr die Kollegen verstärkt durch die Innenstadt schickt. Vielleicht ist Krüger eingefallen, dass er doch noch mal in den einen oder anderen Laden wollte. Vermutlich wird er wieder auftauchen. Ich gehe mal davon aus. Aber man kann nie wissen. Also, habt ein Auge auf Krüger.« Frank legte auf. »Scheiße!«

»Krüger wird schon wieder auftauchen. Kann ja auch sein, dass sich bei ihm die Anstrengungen der vergangenen Wochen bemerkbar machen.«

»Was meinst du damit?« Frank verstand kein Wort.

»Wer weiß, er läuft unter Umständen etwas verwirrt durch die Stadt. Alte Menschen neigen dazu.«

»Demenz? Quatsch, Krüger macht einen insgesamt fitten Eindruck.«

»Kann aber sein, dass es ein kleiner Schub ist. Ich glaube nicht, dass wir uns ernsthaft Sorgen machen müssen. Der taucht schon wieder auf.«

»Ich weiß nicht, Ecki, ich weiß nicht. Irgendetwas ist da faul. Das spüre ich.«

»Wir werden sehen.«

»Die Sache ist mir nicht geheuer. Wir hatten ein paar Tage Ruhe. Nicht, dass der Täter doch noch zugeschlagen hat. Ich mache mir Vorwürfe, dass ich nicht direkt los bin, als Lisa angerufen hat. Was ist, wenn Heinrich Krüger in Lebensgefahr schwebt?«

Ecki wusste keine Antwort.

»Ich denke, ich fahre jetzt besser zu Lisa.« Frank sah auf seinen Aktenstapel. »Dann bin ich schon mal zu Hause. Und die da nehme ich mit.«

»Dann mach dich davon.« Ecki nickte Frank aufmunternd zu. »Grüße Lisa von mir.«

Frank stand vor Lisas Wohnung und versuchte vergeblich, mit seinem Schlüssel die Tür zu öffnen. Lisas Schlüssel steckte von innen. Frank drückte den Klingelknopf. Hinter der Tür regte sich nichts. Frank klingelte erneut, diesmal rhythmisch mehrmals hintereinander. Er lauschte, aber er konnte nichts hören. Voller Panik klingelte er jetzt Sturm. In Bruchteilen von Sekunden spielten sich unbeschreibliche Szenen in Franks Kopf ab. Er hatte Angst, Angst um Lisa, Angst um Krüger und Angst vor dem, was ihn hinter dieser Tür erwartete. Frank wollte gerade erneut klingeln, als er hörte, wie sich endlich von innen der Schlüssel bewegte. Mit einem Ruck wurde die schwere Tür aufgerissen.

»Was ist denn los?« Lisa sah aus, als habe man sie gerade aus dem Tiefschlaf geholt. Fahrig schob sie sich ihre Haare aus der Stirn. Angestrengt blinzelte sie Frank an.

»Mein Gott, Lisa, ich habe mir Sorgen um dich gemacht.« Er zog Lisa an sich und drückte sie.

»Aua, Frank, pass auf, mein Bauch.« Lisa stemmte sich leicht gegen seine Umarmung.

Er atmete schwer und sagte nichts. Er klammerte sich an sie wie ein Ertrinkender.

»Was ist mit dir?« Lisa beugte sich in seinem Arm ein wenig zurück, um ihm in die Augen sehen zu können. »Frank? He? Du zitterst ja!«

»Ich dachte ...«, Frank sprach nicht weiter.

»He, ich habe doch nur auf der Couch gelegen und ein bisschen geschlafen. Mir geht es gut. Und dem Baby auch.« Lisa lächelte Frank aufmunternd an und gab ihm einen Kuss auf die Nasenspitze. »Großer, dummer Junge. Eine Schwangerschaft ist das Normalste von der Welt. Komm, setz dich erst einmal, ich mach dir einen Kaffee, ja? Das bringt dich wieder nach vorne. Du bist ja ganz blass.«

»Ich habe mir Sorgen um dich gemacht, und um Krüger. Er ist verschwunden.«

Lisa hielt inne und stellte die Kaffeedose und den Filter auf die Arbeitsplatte der Küchenzeile zurück. Erschreckt sah sie ihn an. »Was heißt das? Krüger ist verschwunden?«

»Er ist verschwunden. Hast du dich nicht gewundert, dass er noch nicht aus der Stadt zurück ist? Niemand weiß, wohin er gegangen ist. Im Café nicht und auch nicht in der Taxizentrale. Er hat zwar einen Wagen bestellt, aber nicht benutzt. Krüger ist spurlos verschwunden. Lisa, ich habe den Verdacht, dass er in Gefahr ist. In Lebensgefahr. Die Kollegen fahren verstärkt Streife und suchen ihn.« Er zögerte einen Augenblick. »Ich hoffe, sie finden ihn auch. Und das schnell.«

Lisa lehnte sich an die Arbeitsplatte, als suche sie Halt. »Das verstehe ich nicht. Meinst du, ich habe ihm zu viel erzählt? Ich wollte ihn doch nicht aufregen. Warum sollte Krüger verschwinden? Wer soll ihn bedrohen? Wer weiß denn, dass er bei uns wohnt?« Sie stieß sich von der Arbeitsplatte ab. »Es kann doch auch sein, dass er nun Angst hat und sich irgendwo versteckt.«

Frank erzählte ihr von den Entwicklungen der vergangenen Tage und Stunden. »Wir können nicht ausschließen, dass er beobachtet wurde und man ihn gezielt entführt hat.« Frank merkte, dass Lisas Blick immer ängstlicher wurde. »Auch wenn er sich verstecken sollte, ist er in Gefahr. Wir müssen ihn finden. Nur so können wir ihm helfen.«

»Aber wer soll denn dieser geheimnisvolle achte Mann sein, den ihr jetzt sucht? Habt ihr schon eine Ahnung?«

»Leider noch nicht. Ich denke, es wird ein Kamerad von den anderen gewesen sein und kein offiziell bestellter Fotograf. Dafür sieht das Bild dann doch zu sehr nach einem Schnappschuss aus. Schrievers arbeitet jedenfalls daran. Er muss die alten Unterlagen durchforsten. Wir hoffen, dass wir über die Namen der Sieben im Bundesarchiv in Koblenz auf die einzelnen Truppenteile stoßen und damit auch auf die anderen Soldaten in den Einheiten. Es ist ein Versuch, mit einer, zugegeben, nur vagen Hoffnung auf Erfolg. Aber das ist im Moment alles, was wir haben. Außerdem suchen wir weiter nach dem Sohn von Verhoeven. Ich glaube, er ist ganz in unserer Nähe, er liebt Gedichte, hat Probleme mit seinem Vater gehabt. Die könnte er heute auf alte Menschen insgesamt projizieren, er lebt in England, ist vor Jahren weiter die Ostküste hochgezogen. Er könnte der Mann sein, auf dessen Spuren die Kollegen aus Whitby gestoßen sind. Jedenfalls besteht eine Verbindung zwischen dieser englischen Küstenstadt und der Gegend hier. Besser gesagt, nach Brüggen.« Frank fuhr sich mit beiden Händen durchs Gesicht. »Mann, Mann, ich weiß, wir sind nahe dran, aber ich bekomme das richtige Ende noch nicht zu fassen.«

»Was sagt Staatsanwalt Böllmann?«

»Der ist schon seit einiger Zeit abgetaucht. Ich denke, dass er der Presse kein Angriffsziel bieten will. Ich fürchte nur, dass die nicht mehr lange stillhalten wird. Ich kenne die Typen doch.«

»Sprich doch mal mit deinem Freund Becks. Vielleicht kann er dafür sorgen, dass die Medien noch ein bisschen warten.«

Frank schüttelte den Kopf. »Nee, das mache ich nicht. Das soll besser Wirtz machen. Wofür haben wir schließlich einen Pressesprecher?«

»Ich habe Wirtz, gestern glaube ich, bei 90,1 gehört. Da klang er ganz zuversichtlich, dass ihr bald einen Täter präsentieren könnt. Er sprach sogar davon, dass bald Fahndungsfotos erscheinen sollen.«

»Was soll er auch der Öffentlichkeit anderes verkaufen? Er muss positiv wirken, sonst kommen die Senioren in der Stadt noch um vor Angst.«

»Dann habt ihr ja wenigstens den Rücken frei für eure Arbeit.« Lisa begann wieder, mit den Kaffeeutensilien zu hantieren. »Der Kaffee wird dir guttun. Mach es dir bequem. Du kannst jetzt sowieso nichts tun, außer dich ein bisschen zu entspannen.«

Frank sah Lisa zärtlich an. Er liebte ihren Pragmatismus und ihre Gelassenheit. Wenn eine Situation heikel zu werden drohte, goss sie erst einmal eine Kanne Kaffee auf.

Schon bald zog der Duft frisch aufgebrühter Bohnen durch Lisas Wohnung. Der Kommissar des KK 11 wurde von einem Moment auf den anderen müde. Wenn er nicht einen Mörder zu jagen hätte, würde er am liebsten keinen Schritt mehr aus dieser Küche tun, dachte er. Er stellte sich vor, wie sich ihr Leben schon bald ändern würde, wie das Schreien eines Neugeborenen durch die Wohnung wehen würde, es nach warmer Milch und nassen Windeln riechen würde, und wie sie beide müde, aber zufrieden Arm in Arm am Kinderbettchen ständen und glücklich wären.

»Frank? Frank? Hörst du mir überhaupt zu?«

»Was? Ja, natürlich. Klar, ich höre dir zu.« Frank hatte das Gefühl, dass er die vergangene Viertelstunde am Küchentisch geschlafen hatte.

»Was sagst du denn dazu?«

Frank überlegte krampfhaft, was Lisa gesagt haben könnte. Aber ihm fiel nichts ein.

Lisa lachte. »Du hast geschlafen, stimmts? Mit offenen Augen. Mensch, Bulle, du brauchst mal ein bisschen Ruhe. Ich hatte gesagt, dass ich die Idee mit der Alters-WG gar nicht so schlecht finde. Ich meine, man kann sich wirklich nicht früh genug um seine Zukunft kümmern. Ich habe mich gestern noch mit Kollegen darüber unterhalten. Ich weiß, dass mindestens drei von ihnen schon jetzt mit Freunden und Bekannten eine WG für später planen. Sie kriegen sogar Zuschüsse für solche Wohnformen. Und ich denke auch, das hat doch was, oder?«

»Ich hatte gedacht, dass du so etwas nur für Spinnereien von durchgeknallten 68ern hältst. Willst du wirklich später in einer WG wohnen? Soweit ich weiß, hast du doch auch während deines Studiums nicht mit anderen zusammengelebt.«

»Da war ich ja auch noch jung.« Lisa musste grinsen. »Aber heute lebe ich mit einem schon fast alten Mann zusammen, da muss man sich doch über Pflege im Alter Gedanken machen.«

»Biest, na warte. Wenn ich dich kriege.« Trotz seiner Drohung blieb Frank sitzen.

Lisa tat erschreckt.

»Ja, ja, pass nur auf.« Er seufzte. »Was denkst du? Was wird sein, wenn wir älter sind? Werden wir uns dann noch lieben?«

»Oh, Mann, Borsch, hast du kein anderes Thema? Hast du Angst, dass du vergreist? Keine Sorge, da passe ich schon auf!«

»Ach was, es ist nur, wenn ich Krüger so erlebe, dann denke ich, was wird sein, wenn ich mal so alt bin wie er?«

»Aber das weißt du doch nicht erst seit heute, Frank. Auf Fragezeichen stößt du in deinem Job doch jeden Tag aufs Neue. Wer sonst sollte die Unwägbarkeiten des Lebens besser kennen, wenn nicht du als Kriminalbeamter. Es gibt doch kaum einen Beruf, in dem die Menschen mehr auf sich selbst zurückgeworfen werden wie in deinem Beruf. Bisher hattest du doch keine Probleme damit. Warum jetzt?«

»Na ja, eigentlich erst, seit Ecki mit diesem Anti-Aging-Kram angefangen hat. Ständig hängt er im Büro an seinem PC und sucht nach neuen Methoden und Wegen, heil und gesund durchs Alter zu kommen. Du solltest mal seine Batterien Wasserflaschen sehen, die er neuerdings mit ins Büro schleppt. Stilles Wasser muss es sein. Und dann kommt da noch so eine Pille aus Tibet rein. Sieht aus wie Yak-Dung. Die macht aus dem hundsnormalen Wasser angeblich tibetanisches Heilwasser. Das soll für alles Mögliche gut sein. Ecki schwört jedenfalls auf das Zeug, obwohl es nicht besonders schmeckt. Nun hat er auch noch eine Verbündete. Diese neue Kollegin, Viola Kaumanns. Die beiden tauschen jeden Tag die neuesten Erkenntnisse der Anti-Aging-Forschung aus. Echt albern, wenn du mich fragst.«

»Neue Kollegin? Von der hast du mir ja noch gar nichts erzählt. Ist sie nett?«

Frank merkte, dass er sich jetzt auf einem Terrain bewegte, das ihm nicht sonderlich behagte. »Nee, eigentlich nicht. Sie ist noch total unerfahren, hat dafür aber eine ziemlich große Klappe.«

»Eigentlich?« Lisa hob die Augenbrauen.

»Habe ich das gesagt? Ja, nee, sie ist ’ne Zicke, wenn du mich fragst. Die muss noch viel lernen.«

»Na, da bin ich mal gespannt.«

Frank überhörte die spitze Bemerkung. Genau das hatte er vermeiden wollen: Über Viola Kaumanns reden. Denn es gab nichts über Viola Kaumanns zu reden, fand er.

Lisa verschwand ins Wohnzimmer und kam gleich darauf mit einem gelben Post-it-Zettel zurück. »Da.« Mit einem leichten Klaps drückte sie den Zettel auf Franks Stirn.

Halb belustigt und halb ärgerlich zog er den Zettel ab und las ihn. Es war natürlich einer aus Lisas Zitatensammlung:

Wann werde ich alt? Oder bin ich es schon? Ich weiß es nicht. Ich fühle mich jung. Das Gefühl der Jugend kommt von innen. – Brigitte Mira

»Wie witzig. Kenne ich schon«

»Eben. Ich finde, sie hat recht. Denk mal drüber nach.«

Frank und Lisa verbrachten den ganzen Abend in der geräumigen Küche, aßen Nudeln mit Pesto und unterhielten sich über dies und das. Zwischendurch telefonierte Frank mehrmals mit der Leitstelle, aber es gab nichts Neues. Krüger blieb spurlos verschwunden. Frank hatte ursprünglich noch mal zurück ins Büro gewollt, aber er ließ sich dann doch von Lisa überreden, bei ihr in Rheydt zu bleiben. Sie hatte Angst, alleine zu sein. Und Frank wollte am Ende nur noch in die Wärme ihrer Umarmung.

XXVI.

»Ich glaubs nicht.« Ecki schüttelte ungläubig den Kopf. Er hatte wie Frank gehofft, dass die Ermittler in Whitby Verhoevens Foto mit einer Erfolgsmeldung quittieren würden. Den ganzen Vormittag über hatten sie vergeblich versucht, ihre Kollegen jenseits des Kanals zu erreichen, um sie zu ihrem von Frank und Ecki erwarteten Fahndungserfolg zu befragen. So sehr hatten sie damit gerechnet, der Vermieter und auch die Nachbarn des mysteriösen Deutschen würden ihre Vermutung bestätigen, dass die Enttäuschung schließlich um so größer war. »Ich glaubs einfach nicht.«

Ecki wiederholte sich.

»Was ist?« Frank sah Ecki fragend an.

»Ich habe gerade eine Mail aus England bekommen. Wenn ich das richtig lese, dann ist Verhoeven Junior in Whitby völlig unbekannt. Der Mieter der Wohnung ist älter. Ein alter Mann, quasi. Und der Name ist auch endlich ermittelt. Du wirst es nicht glauben: Gemeldet ist in Robin Hood's Bay ein Mann mit dem Namen Friedrich Flusen.«

»Was?!« Frank saß mit offenem Mund da. Das konnte nicht sein. Friedrich Flusen war doch schon lange tot! Ende '44, kurz vor Kriegsende, bestialisch hingerichtet von einem angeblichen Kameraden, umgebracht von einem Sadisten, der seine kranken Triebe ausleben konnte auf dem Hintergrund von Befehl und Gehorsam. Friedrich Flusen, einer der Sieben auf dem ominösen Foto. Frank war völlig verwirrt. Wie kam der Name von Friedrich Flusen in eine Mail der britischen Polizei? Und, wer war der alte Mann? Der Fotograf des Soldatenfotos? Frank wurde es heiß. Sein Herz raste. Flusen, Flusen, Flusen. Wer kannte den Namen des Toten, wer lebte unter seinem Namen in England? Und warum? Was hatte das zu bedeuten? Was war die Rolle von Herbert Verhoeven? Offenbar war der Sohn des Toten aus der Hardterwald-Klinik unschuldig. Franks und Eckis Theoriegebäude war mit dieser einen Mail in sich zusammengestürzt. Einfach so. Dr. Helmut Köhler unschuldig, augenscheinlich auch Herbert Verhoeven. Wer war dann der Täter? Wer war der Fotograf? Und warum lebte er in England?

»Was ist los mit dir? Du siehst aus, als sei dir gerade der Unaussprechliche erschienen.« Ecki hatte den Bildschirm seines PCs so zur Seite gedreht, dass er Frank ansehen konnte. »Ich bin auch völlig platt. Frank, was bedeutet das alles? Wir jagen seit Wochen wie die Blöden einem Phantom hinterher, und je näher wir ihm zu sein glauben, umso weiter sind wir in Wirklichkeit von ihm entfernt. Es scheint, als sei er uns immer einen Schritt voraus. Wer ist der Unbekannte?«

»Sag du es mir.«

»Stehen wir wieder am Anfang?«

»Scheint so. Wir müssen den Fotografen finden, dann haben wir die Lösung. Ecki, ich mache mir Sorgen um Krüger. Er schwebt in Lebensgefahr, und wir können ihm nicht helfen. Denn wir kennen die Richtung nicht, aus der die Bedrohung kommt.«

»Lass uns die Kollegen zusammentrommeln. Wir müssen alle Berichte noch einmal durcharbeiten. Wir haben vielleicht eine winzige Kleinigkeit übersehen. Eine Kleinigkeit nur. Aber eine entscheidende.«

»Ich rufe Lisa an, dass sie heute nicht auf mich warten muss. Ich werde die Leitstelle bitten, regelmäßig einen Wagen bei ihr vorbeizuschicken.

Falls Krüger auftaucht und die beiden Hilfe brauchen. Und du, du kannst schon mal Marion anrufen. Ich fürchte, das wird heute noch ein langer Tag für uns alle werden.«

Zwei Stunden später war Staatsanwalt Böllmann informiert. Er versprach, seine Kontakte auf »europäischer Ebene« zu nutzen. Mehr war ihm allerdings auch nicht eingefallen. Frank hatte eher das Gefühl, dass Böllmann mit seiner Geduld am Ende war und von der Mordkommission endlich sichtbare Erfolge verlangte. Böllmann hatte das zwar nicht ausdrücklich formuliert, aber Frank kannte die rücksichtsvolle Art des Staatsanwalts nur zu gut, um nicht die feinen Nuancen wahrzunehmen und zu verstehen, die sich zwischen den Worten Böllmanns verbargen.

Lisa war nicht gerade glücklich über Franks Anruf gewesen. Sie hatte mittlerweile richtige Panikgefühle. Franks Vorschlag, doch eine Freundin anzurufen, mochte sie aber dann auch nicht hören. Lisa wollte nur Frank an ihrer Seite haben. Er konnte seine Freundin nur mit Mühe davon überzeugen, dass garantiert regelmäßig Kollegen nach ihr sehen würden.

Ecki hatte seine Frau nur kurz informiert. Auf Marion konnte er sich verlassen. Sie hatte es in den langen Jahren ihrer Ehe aufgegeben, Fragen nach seiner Arbeit zu stellen, denn sie wusste, dass Ecki nicht zu halten war, wenn er mitten in einer Ermittlung steckte. Sie hatte ihm nur wie stets viel Glück gewünscht und ihm mit einem »Pass auf dich auf« einen Kuss durch die Telefonleitung geschickt.

Die Kollegen der Soko »Alte Männer«, die neben der Leitstelle im großen Lageraum noch an den Telefonapparaten und über ihren Akten saßen, hatten konzentriert zugehört, als ihnen Frank die neue Entwicklung schilderte. Auf ihr Nachfragen, wer denn nun als Täter in Frage komme, hatte Frank vieldeutig und wortlos die Arme gehoben. Seine Kollegen wussten Bescheid. Sie wussten, auch in den kommenden Tagen und möglicherweise auch Wochen würden sie kaum aus ihren Kleidern kommen, lange Dienste schieben und ermüdende Kleinarbeit leisten müssen. Wie stets hatten sich ganze Aktenberge aufgetürmt, die nun erneut gesichtet werden mussten, ebenso mussten Spuren wieder aufgenommen, Hinweise wieder und wieder überprüft werden. Keiner der Beamten glaubte ernsthaft, schon bald wieder seinen normalen Dienst machen zu können.

Frank saß alleine im Büro. Ecki war im Lageraum geblieben, um noch ein paar Einzelheiten mit der Kommission abzuklären. Auch Bean und Viola Kaumanns waren noch im Dienst.

Unschlüssig sah Frank über seinen Schreibtisch. Jetzt noch Rundläufe zu sichten, darauf hatte er wahrlich keine Lust. Ohnehin nicht und schon gar nicht jetzt. Die Papiere konnten warten. Sollte doch der alte Laumen in seinem gelben Pullunder heulen und auf Antwort warten. Der ewige

Bürokrat würde nie verstehen, dass Frank und Ecki Wichtigeres zu tun hatten, als unnütze Dienstanweisungen und Anfragen der Verwaltung zu beantworten. Zumal das meiste Papier sowieso auf ewig zwischen Aktendeckeln verschwinden und verstauben würde.

Friedrich Flusen. Frank wusste nichts über den Toten. Bislang hatten sie sich um das Leben und Sterben des Soldaten und Brachter Jungen noch nicht gekümmert. Warum auch? Schließlich lag der Mord Jahrzehnte zurück, war in den Kriegswirren kurz vor Ende geschehen und der Mörder längst tot. Andererseits mussten sie unbedingt mehr über das Opfer und seinen Mörder erfahren. Vielleicht gab es noch eine ihnen bislang unbekannt gebliebene Verbindung zwischen Flusen und seinem Mörder Lehnert. Klar war, dass Friedrich Flusen ein sensibler Mensch gewesen sein musste. Ein junger Mann, der Lyrik liebte, und offenbar besonders die Gedichte von Rilke. Die Zeilen des Herbstgedichts mussten ihm in den letzten Sekunden seines jungen Lebens Trost und Kraft gegeben haben, anders war kaum zu erklären, dass er Rilke zitierend gestorben war.

Hans Lehnert musste ein Rohling gewesen sein, ein dumpfer Charakter, dessen dunkle Seite Auftrieb durch die Umstände erhalten hatte. Nicht, dass Frank Verständnis für Lehnert hätte aufbringen können oder wollen, schließlich blieb Mord Mord, vor allem diese heimtückische und mit normalen Maßstäben nicht zu erklärende Tat. Andererseits konnte Frank sich sehr wohl vorstellen, dass das Regime der braunen Schlächter manchem ein Freibrief war für die eigenen perversen Fantasien. Lehnert hatte gemordet aus eigener Lust, daran bestand kein Zweifel. Aber auch Lehnert war ein Opfer seiner Zeit. Unter anderen Umständen, wer weiß, dachte Frank, wäre nichts passiert, wäre Lehnert möglicherweise ein unbescholtener Mann geblieben.

Friedrich Flusen und Hans Lehnert. Wo war die Verbindung, abgesehen von dem Opfer-Täter-Verhältnis? Gab es etwas in ihrer Vergangenheit, das möglicherweise bis heute nachwirkte? Etwas von Belang? Oder musste Frank den Ansatz zur Klärung der Morde anderswo suchen? Frank wählte die Nummer von Schrievers Dienstanschluss. Heini könnte möglicherweise Licht ins Dunkel bringen. Frank war gespannt, ob sein Kollege schon im Koblenzer Archiv fündig geworden war. Aber Heini hob nicht ab. Frank erinnerte sich, Schrievers hatte sich freigenommen, weil er heute mit Gertrud ihren Hochzeitstag feiern wollte und sie zu der Gelegenheit einen Einkaufsbummel im CentrO in Oberhausen machen wollten. Mist. Frank mochte es gar nicht, wenn er während seiner Ermittlungen Kollegen nicht erreichen konnte. Zu Franks Ärger hatte Schrievers auch kein Handy. Frank würde sich wohl oder übel bis zum nächsten Tag gedulden müssen.

Ohne Schrievers Hilfe würden sie keinen Schritt vorankommen, davon war Frank überzeugt. Denn nur der Archivar würde ihnen sagen können, wo und wie Flusen und Lehnert gelebt hatten und welche Verbindung es zwischen den beiden gegeben haben könnte. Und Heini war der Einzige, der sie auf die Spur des Fotografen würde bringen können, der das verflixte Foto der sieben vermeintlichen Kameraden aufgenommen hatte.

Frank fiel Ferdi Reugels ein. Er kannte den Heimatdichter aus Breyell seit seiner Kindheit, als er noch regelmäßig mit seinen Töchtern gespielt hatte. Ferdi Reugels hatte nicht nur in zahlreichen publizierten Anekdoten die Breyeller Dorfgeschichte vor dem Vergessen bewahrt, sondern er war auch ein Kenner der Geschichte seiner Region. Vielleicht kannte er ja auch zufällig Ort und Zeit der Fotografie. Und konnte ihnen auch etwas zu den abgebildeten jungen Männern sagen. Reugels musste in etwa ihr Jahrgang sein. Vielleicht könnte der Heimatdichter ihm bei der Aufklärung der Zusammenhänge helfen. Frank griff nach dem Telefonbuch und suchte nach der Telefonnummer. Aber auch bei den Reugels nahm niemand ab. Frank nahm sich vor, es später noch einmal zu versuchen.

Er zog aus dem Aktenstapel auf seinem Schreibtisch die Unterlagen über Herbert Verhoeven hervor. Fast war Frank ein bisschen enttäuscht, dass dessen Sohn als Mörder ausschied. Es wäre auch zu einfach gewesen: Der Sohn richtet seinen Vater hin. Aus Hass auf seine Eltern oder weil er die wie auch immer vermutete Schuld seines Vaters tilgen wollte. Oder sich hatte bereichern wollen. Obwohl aus dem Fokus der Ermittlungen heraus, nahm Frank sich vor, auf jeden Fall Verhoeven vorzuladen. Denn immerhin hatte Herbert Verhoeven mit ihnen Versteck gespielt. Auch wenn er ein Sonderling war, wollte Frank Erklärungen für dessen Verhalten.

Frank seufzte. Krüger kam ihm wieder in den Sinn. Wo mochte der alte Mann nur abgeblieben sein? Ihn wunderte es, dass sich noch keine Streifenwagenbesatzung gemeldet hatte.

Was mochte in Krüger vorgehen? Der alte Mann musste in Panik sein. Anders konnte sich Frank das Verhalten des Rentners nicht erklären. Ob Heinrich Krüger eine Vermutung hatte? Ob er den Mörder kannte oder zumindest seine Identität ahnte? Krüger musste einen Schock erlitten haben, als er von Lisa angesprochen worden war. Frank hatte Krüger bisher so wenig wie möglich über seine aktuellen Mordermittlungen erzählt. Das hatten ihm allein sein Beruf und seine Verschwiegenheitspflicht geboten, aber er hatte den alten Mann auch nicht unnötig aufregen wollen.

Nach allem, was Frank über Krüger in der doch kurzen Zeit seines Aufenthalts bei Lisa erfahren hatte, musste Heinrich Krüger im Krieg Schlimmes erlebt haben. Mehr als ein junger Mensch je würde verkraften können. Krüger hatte ihnen von schlaflosen Nächten und grausamen Albträumen erzählt, die ihn all die Jahrzehnte nach dem Krieg nicht losgelassen hatten. Auch sein Leben in England, das so ganz anders verlaufen war, als es am Niederrhein verlaufen wäre, hatte ihn davor nicht schützen können. Trotz der anderen Sprache und der anderen Kultur habe er den Dämon in ihm nicht bändigen können, hatte er ihm an einem der wenigen Abende erzählt, die sie gemeinsam in Lisas Wohnung zugebracht hatten. Frank hatte sich an jenem Abend umso mehr gewundert, dass Krüger den Weg zurück an den Niederrhein zu den Wurzeln seiner eigenen Geschichte gewagt hatte.

Aber Krüger hatte nur gelächelt und erklärt, dass er der jungen Generation gegenüber eine Verpflichtung habe, der er gerne nachgekommen sei. Und die Zuneigung und Wärme der Schülerinnen und Schüler habe ihm schließlich recht gegeben. Er habe jedenfalls den Weg über den Kanal nicht bereut. Und mit einem charmanten Seitenblick auf Lisa und ganz britischer Gentleman hatte er betont, dass er sonst auch nicht die Bekanntschaft seiner bezaubernden Gastgeberin gemacht hätte. Ein Fehler und ein Versäumnis, das er sich sicher nie verziehen hätte. Lisa hatte dann verlegen gelacht und war förmlich neben Krüger auf der Couch weggeschmolzen vor Rührung. Frank freute sich, dass Krüger und Lisa sich so gut verstanden. Das hatte dem alten Mann die Begegnung mit der Vergangenheit sicher ein gutes Stück leichter gemacht.

Lisa. Frank wählte ihre Nummer und vergewisserte sich, dass bei ihr alles in Ordnung war. Leider konnte er ihr nicht sagen, dass Krüger schon in Sicherheit war. Anschließend fragte er bei den Kollegen auf der Leitstelle nach, ob es Neuigkeiten gab. Aber es gab keine, hatte der diensthabende Dienstgruppenleiter bedauert. Lisas Sicherheit stehe bei ihnen ganz oben auf der Liste. Von der Wache am Bahnhof sei es schließlich nur ein Katzensprung bis zu Lisas Wohnung.

»Darf ich kurz stören?«

Frank fuhr herum. Er sah Viola Kaumanns fragenden Blick. Er hatte das Klopfen nicht gehört. »Klar, kommen Sie herein und setzen Sie sich.« Frank deutete auf Eckis Platz. »Oder kommt Ecki auch? Dann müssen Sie sich mit dem Besucherstuhl zufriedengeben.«

Viola Kaumanns schüttelte den Kopf. Ihre kurz geschnittenen Haare leuchteten noch roter als sonst.

»Nee, Ecki ist noch beschäftigt. Er wird so schnell nicht zurück sein.« Viola Kaumanns setzte sich auf den Besucherstuhl und sah Frank abwartend an.

»Und? Was gibts?« Viola Kaumanns hatte die seltsame Gabe, ihn immer wieder zu verwirren, dachte Frank.

»Ich habe mir so meine Gedanken gemacht.«

»Aha.«

»Über unseren Fall.«

»Aha. Unser Fall, soso«, dachte Frank.

»Ja, ich meine, nachdem nun klar ist, dass weder Köhler noch der Sohn von Verhoeven als Täter in Frage kommen.«

»Und?«

»Ja, ich meine, dass ...«

»Was meinen sie, Frau Kollegin.« Das »Kollegin« geriet Frank eine Spur zu ironisch.

»Also, ich ...«

»Immer raus mit der Sprache, keine Hemmungen. Sie sind doch sonst nicht auf den Mund gefallen.«

»Jetzt reichts.« Viola Kaumanns Gesicht lief rot an. Sie holte tief Luft. »Können Sie mir mal sagen, warum Sie mich immer wie ein dummes Mädchen behandeln? Habe ich Ihnen etwas getan? Macht Ihnen das Spaß, eine Kollegin vorzuführen, Herr Borsch? Ich bin kein kleines Kind mehr, Herr Kollege, ich habe meine Ausbildung genauso absolviert wie Sie. Ich brauche mir Ihr Verhalten nicht bieten zu lassen.«

Frank war sprachlos. Darauf war er nicht gefasst gewesen. »Also, liebe Frau Kaumanns ...« Jetzt klang Frank hilflos. Das ärgerte ihn ungemein.

»Sparen Sie sich das ›liebe Frau Kaumanns‹. Ich will keine Sonderbehandlung. Ich will nur, dass Sie mich ernst nehmen. Nicht mehr und nicht weniger. Denn ich fühle mich wohl bei der Polizei. Und ich bin davon überzeugt, dass ich im KK 11 genau richtig bin.« Viola Kaumanns klang wieder gewohnt kämpferisch.

»Na gut.« Mehr fiel Frank dazu nicht ein. Wie gesagt, Viola Kaumanns hatte das Talent, ihn zu irritieren. »Dann sagen Sie mal, was Sie bewegt.«

»Also«, Viola Kaumanns holte wieder tief Luft. »Ich habe mir über diesen Friedrich Flusen Gedanken gemacht. Er hat ja ein schreckliches Ende gefunden. Damals im Krieg. Ermordet von einem perversen Schlächter.«

»Ja?« Frank lehnte sich erwartungsvoll zurück.

»Ich habe versucht, im Internet nach Friedrich Flusen und diesem Hans Lehnert zu forschen. Ich bin allerdings nicht weit gekommen. Ich kann nichts finden, was auf die beiden hindeutet.«

»Soweit waren wir auch schon.« Als Frank merkte, dass Viola Kaumanns ihn missverstehen könnte, schob er ein »Wir setzen unsere Hoffnung ganz auf den Kollegen Schrievers« hinterher.

»Sie haben ja berichtet, dass der Mann, der in Whitby die Wohnung auf den Namen Flusen gemietet hat, alt sein muss.«

»Korrekt.«

»Um an dieser Stelle weiter zu kommen, habe ich mir gedacht, wir schicken einfach mal das Foto, dieses Soldatenbild, an die Kollegen in England.«

»Und? Was soll das bringen?« Frank war skeptisch.

»Immerhin ist es das einzige Dokument, das wir mit dem Namen von Flusen in Verbindung bringen können. Vielleicht fällt den Kollegen ja was auf. Irgendetwas, was wir übersehen haben.«

Frank wollte sich nach dem Gefühlsausbruch der Kollegin auf keinen Fall erneut ihren Zorn zuziehen. Und was hatten sie schon zu verlieren? »Ich weiß zwar nicht, was uns das helfen könnte, schaden kann es jedenfalls nicht. Wenn Sie meinen, dann schicken Sie eine Mail nach Whitby. Besser, wir tun überhaupt etwas, als hier einfach nur abzuwarten.« Frank sah Viola Kaumanns auffordernd an.

»Mach ich gleich. Auf jeden Fall. Vielleicht finden sie in den Sachen, die noch in der Wohnung sind, einen Hinweis. Es kann doch sein, dass der ominöse Fotograf noch andere Fotos gemacht hat, die vielleicht auch bei den Sachen gefunden wurden. Und daraus ergibt sich vielleicht ein Querverweis, der uns auf die Spur des Fotografen bringt. Wärc doch möglich.« Viola Kaumanns Wangen glühten. Aber diesmal nicht aus Zorn, sondern vor Tatendrang. Viola Kaumanns hatte endlich das Gefühl, zur Mordkommission zu gehören.

»Dann verlieren Sie nur keine Zeit. Ich hoffe, Sie haben Erfolg.«

Viola Kaumanns nickte. »Wäre doch möglich.«

»Wer weiß? Ich bin gespannt. Können Sie Englisch?«

»Es wird sicher reichen. Ich war schon ein paar Mal auf der Insel. Als Schülerin in London und dann später in Cornwall.«

»Na, dann ist die Sache ja in guten Händen.« Frank sah, wie seine Kollegin die Stirn runzelte. Dabei hatte Frank den letzten Satz nun wirklich nicht ironisch gemeint. »Viel Glück.«

»Vielen Dank.« Viola Kaumanns machte keine Anstalten, das Büro zu verlassen.

»Haben Sie noch etwas auf dem Herzen?« Franks Stimme klang diesmal aufmerksam.

Viola Kaumanns sah ihm direkt in die Augen. »Ich weiß, dass Ecki verheiratet ist. Und dass er glücklich mit seiner Marion ist. Ich habe da gar keine Ambitionen. Das weiß Ecki auch.«

Frank war völlig baff. »Warum erzählen Sie das ausgerechnet mir?«

»Sie sind doch sein Freund. Und Sie sollten es wissen. Sie haben sich bestimmt schon Gedanken gemacht.«

Bevor Frank antworten konnte, war Viola Kaumanns schon zur Tür hinaus.

XXVII.

Frank öffnete die Tür zum Büro von Heinz-Jürgen Schrievers.

»Morgen, Heinz-Jürgen. Wie isset?« Frank blieb im Türrahmen stehen.

Heinz-Jürgen Schrievers stand mitten im Getümmel. Um ihn herum waren sämtliche Schubladen der grauen Aktenschränke ganz oder halb geöffnet. Auf seinem Schreibtisch türmten sich Aktenordner und Schnellhefter bunt durcheinander. Die meisten von ihnen waren aufgeschlagen. So hatte Frank Schrievers Büro noch nie gesehen.

»Siehste doch.« Schrievers sah nicht von seinen Akten auf, die er gerade in Händen hielt und beim Durchblättern angestrengt musterte. »Pass auf, ich habe keine Zeit. Wenn es nicht ganz eilig ist, solltest du später wiederkommen. Oder morgen, nein, besser übermorgen.«

»Ich wollte nur kurz fragen, ob du schon was gefunden hast in Sachen ›Alte Männer‹.«

Heinz-Jürgen Schrievers sah ihn über seine Goldrandbrille an, die er auf seiner Nase ganz nach vorne geschoben hatte. »Sieht das hier so aus?«

Ups. Der sonst so unerschütterliche Schrievers war augenscheinlich im Stress. Frank konnte sich nicht erinnern, dass er seinen Kollegen je so in Fahrt gesehen hatte. Dabei ging im Präsidium, besonders unter den jungen Beamten, das Gerücht, dass Heinz-Jürgen Schrievers die personifizierte Endlospause war. 120 Kilo absolut stressfreie Zone im Keller des Präsidiums an der Theodor-Heuss-Straße.

»Sorry. Wollte wirklich nicht nerven.« Frank war bereits auf dem Rückzug. Ärger mit Heinz-Jürgen Schrievers wollte er auf keinen Fall.

»Du nervst nicht, Frank. Du nicht. Aber ich bin mitten in der Arbeit.« Schrievers deutete mit der Akte auf seinen Schreibtisch.

»Aber bevor du gehst, Frank: Ich glaube nicht, dass ich euch diesmal helfen kann. Im Moment kann ich jedenfalls nix Brauchbares finden über diesen Flusen, und auch nicht über Lehnert. Das Bundesarchiv arbeitet auch nicht sonderlich schnell. Bis die mit Ergebnissen kommen, können noch Tage vergehen, fürchte ich.«

»Ich bin da ganz zuversichtlich, Heinz-Jürgen. Bleib dran und melde dich sofort, wenn du etwas für uns hast. Ich weiß mir sonst wirklich keinen Rat mehr.«

Einen Tag später überschlugen sich schon kurz nach Dienstbeginn die Ereignisse.

Frank und Ecki waren kaum im Büro eingetroffen, als sie zum Behördenleiter zitiert worden waren. Ihnen war noch nicht einmal die Zeit geblieben, ihre E-Mails und ihre Post zu sichten. Susanne Gruyters hatte reichlich angesäuert geklungen, als sie die beiden Ermittler in ihrer barschen Art unverzüglich zum »Chef« befohlen hatte. Mit deutlichem Unmut hatte sie ihnen mitgeteilt, dass sie schon »seit Stunden« versucht hatte, sie zu erreichen und noch einmal eindringlich darauf hingewiesen, dass sie »gefälligst stets erreichbar« zu sein hätten. Der Gemütszustand der Chefsekretärin hatte die beiden Kommissare nichts Gutes erwarten lassen, als sie sich auf den Weg zu ihrem obersten Dienstherrn gemacht hatten.

Wie befürchtet, mussten sich Frank und Ecki von ihrem Chef anhören, dass sie offenbar »schon geraume Zeit im Nebel stocherten«, ohne wirkliche Erfolge aufweisen zu können. Auf der anderen Seite wollte ihr Chef »kein Unmensch sein und seine Mitarbeiter mit Vorwürfen überschütten«. Allerdings werde er von den unterschiedlichsten Seiten, wie er sich vage ausdrückte, auf die offenkundig schleppenden Ermittlungen angesprochen, »unter anderem auch vom Polizeibeirat«. Dies missfalle ihm ebenso wie die Telefonate, die er wegen der beiden Ermittler schon mit dem Ministerium hatte führen müssen, und die »wahrlich nicht angenehm gewesen« seien. Mit einem Appell an die Berufsehre als Polizeibeamte hatte er dann schließlich seine »bewährten Mitarbeiter« wieder entlassen.

Als sie beim Abschied erneut an Susanne Gruyters vorbei mussten und die Sekretärin dabei freundlich gegrüßt hatten, hatte sie sie mit deutlicher Nichtachtung gestraft. Auf dem Flur hatten dann Ecki und Frank nur ein erstauntes Kopfschütteln für diese merkwürdige »Audienz« übrig.

Keine zwei Stunden später platzte die Bombe. Nachdem Frank und Ecki mit den Kollegen die Ereignisse der vergangenen Nacht besprochen hatten und sie vergeblich versucht hatten, den richtigen Ansprechpartner beim Bundesarchiv in Koblenz zu finden, saßen die beiden Kriminalhauptkommissare nun bei einer Tasse Tee in ihrem Büro. Dabei hatte Frank sich eher widerwillig auf einen *Grünen* eingelassen.

»Seit ich mich anders ernähre, geht es mir wirklich viel besser. Ich fühle mich total fit. Du kannst sagen, was du willst, ich finde, dass das ganze ›Anti-aging-Gesülze‹, wie du sagst, schon seine Berechtigung hat. Sich bewusst zu ernähren, in Verbindung mit Sport, das ist die richtige Mischung, um auch noch in 20 Jahren fit zu sein. Glaube mir. Auch Marion meint, dass ich auf dem richtigen Weg bin. Zum Wohl.« Ecki hob seine Teetasse.

»Ja ja, ich weiß schon: Weniger Stress, ein entschlackter Körper, bringt Ruhe in die Seele und ein langes Leben. Aber ich habe nun mal keine Ruhe. Vor allem nicht, wenn ich bis über den Kopf in Ermittlungen stecke. Aber das kennst du doch auch. Du kannst mir nicht weismachen, dass du keinen Stress mehr hast, seit du grünen Tee trinkst.

Ecki winkte bloß ab und ließ seinen PC hochfahren. »Mann, verschone mich mit dem Quatsch. Die Vorstellung eben beim Alten hat mir gereicht.«

»Na ja, immerhin merkt er noch, dass wir arbeiten.«

»Ich glaubs ja nicht!« Ecki schlug vor Überraschung mit der flachen Hand auf den Schreibtisch. »Hier ist die Kopie einer Mail der englischen Kollegen. Das haut mich glatt um.«

»Was ist los?«

»Bist du schon im Mail-Programm?«

»Mache es gerade auf. Moment.« Frank erkannte sofort die Mail aus Whitby und klickte sie an. Was er las, verschlug ihm die Sprache. Stumm und ungläubig las er die wenigen Zeilen wieder und wieder. Schließlich öffnete er den Anhang. »Das gibts doch nicht.«

»Sag, dass das nicht sein kann.« Ecki schob seinen Becher weg. Jetzt war keine Zeit mehr für Grünen Tee.

»Kein Zweifel, die Kollegen haben den Mörder von Verhoeven, Hecker und Breuer gefunden. Ich fasse es nicht. Ecki, wir haben es geschafft. Wir werden ihn festnehmen. Wir sind am Ziel. Ruf die Kaumanns. Ruf alle zusammen, wir müssen uns beeilen.«

Mit einem schnellen Griff zog Ecki seine Dienstwaffe aus der Schreibtischschublade und riss seine Jacke vom Haken.

XXVIII.

Ich muss zurück. Ich muss ihm sagen, dass er nicht schuldig ist. Das kann er von mir erwarten. Ich muss mich entschuldigen. Ich habe nur noch wenig Zeit. Er wartet bestimmt schon auf mich. Ganz bestimmt. Gott, hilf mir! Endlich Sühne für das eine Unrecht! Jetzt nur nicht ein neues Unheil anrichten. Nicht nach der langen Zeit. Sonst war meine Mission vergeblich. All die Jahre der Vorbereitung unnütz verschleudert. Ich muss ihn sprechen, sonst kommt meine Seele nie zur Ruhe.

Wo finde ich ihn nur? Langsam, langsam, ich muss mich konzentrieren. Ich habe Schmerzen, mein Herz. Mein Herz. Bitte, halte durch. Du darfst nicht versagen! Es ist deine Pflicht, mir zu gehorchen. Nur noch eine kleine Weile. Bitte! Dann fallen auch für mich die Blätter. Endlich. Endlich.

Mit seinen Händen fuhr er über die Rinde der alten Buche. Wie glatt und kalt sie sich anfühlte. Er würde endlich Ruhe finden. Ruhe und die Gelassenheit, die er für sein Ende brauchte. Er wollte nicht unverrichteter Dinge gehen. Er konnte es nicht und er durfte es nicht! Immer wieder hatte er im Traum Friedrich befragt, den kleinen unschuldigen Friedrich. Der doch nur Angst gehabt hatte, Angst wie sie alle. Angst vor dem Krieg, vor Schmerzen, vor dem plötzlichen Tod, vor der Zukunft.

Friedrich hatte nicht in den Krieg gewollt, so wenig wie Hans, Edgard, Wilhelm und die anderen. Diese verfluchte Zeit, in der sie leben mussten. Warum ausgerechnet sie? Diese Frage hatte ihn niemals losgelassen. Was wäre geworden, wenn sie nicht der braunen Brut ausgeliefert gewesen wären? Aber hätten sie sich nicht auch so wehren können, ja, wehren müssen? Es wäre ihre Pflicht gewesen. Wo war ihre Courage geblieben, der Mut zum Widerstand, der Mut zum Nein? Er kannte die Antwort nicht. Als ob je jemand darauf eine Antwort würde geben können.

Nein, sie waren Gefangene ihrer Zeit gewesen. Kein Entrinnen, kein Ausscheren, aus welcher Zeit auch immer. Das war das Drama: Jede Zeit hielt ihre Menschen fest, mit eiserner Kraft fest umkrallt, und gab nur die Toten frei. Es gab keinen Ausweg aus den Zwängen der Geschichte. Jede Generation war verdammt zu ihrem eigenen Schicksal.

Nur, diese Erkenntnis half ihm nicht ein Jota. Dieses Wissen um die Endlichkeit menschlichen Vermögens brachte ihn eher um den Verstand denn zum inneren Frieden. Er hatte immer nur eine Chance gehabt, diese eine Hoffnung auf ein wenig Gerechtigkeit, auf den Versuch, den Lauf der Geschichte wenigstens einen Hauch verändern zu können. Zum eigenen Seelenfrieden.

Er hatte tun müssen, was er getan hatte. Er hatte es nicht gerne getan, weiß Gott nicht, aber er hatte seine Aufgabe schon früh erkannt und sich seiner Verantwortung schließlich dann doch gestellt. Es war ein weiter Weg bis zu dieser Erkenntnis gewesen. Und sie war grausam und schmerzhaft. Aber er hatte gleichzeitig gewusst, dass ihm keine Wahl gelassen wurde. Jetzt fühlte er auch so etwas wie Genugtuung und Stolz.

Jede Zeit hatte ihre Opfer, jede Zeit hatte ihre Täter. Und jede Zeit hatte ihre vorbestimmten Sühner. Er atmete tief ein und nahm den feuchten modrigen und doch so kraftvollen Geruch des Waldes in sich auf. So hatte es auch damals gerochen. So hat es gerochen, bevor der Schuss fiel. Aber nun war es vorbei, endlich vorbei. Er spürte so etwas wie eine Spur Müdigkeit. Es war die Erschöpfung seiner Seele, die ihn stehen bleiben ließ. Angst vor der Zukunft hatte er nun keine mehr. Dieses Gefühl von nahender Freiheit machte ihn fast trunken vor Glück. Er hatte der Geschichte, seiner Geschichte und der Geschichte seiner Freunde, die Würde zurückgegeben. Seine eigene Würde war in der zurückliegenden Zeit zur wiedererlangten Würde einer ganzen Generation geworden.

Er tastete vorsichtig über die Tasche in seinem Mantel. Er fühlte die Konturen des Fotoapparats. Mit der rechten Hand fuhr er über die Tasche auf der anderen Mantelseite. Er spürte deutlich die Umrisse des kleinen

Kästchens, das seine scharf geschliffenen Klingen barg. Sie hatten ihre Mission erfüllt, die er an so vielen langen Abenden und unter fast unerträglichen Qualen vorbereitet hatte. Sie würden gut hierhin passen. Sie mussten hier zurückbleiben. Auch die schwere Pistole, die er in einem unscheinbaren Leinenbeutel schon die ganze Zeit bei sich trug, hatte ihren Dienst getan. Er musste an den Anfang denken. Fast wäre er dabei entdeckt worden, als er seine Schätze aus ihrem Versteck geholt hatte. Fast wäre seine Mission schon zu Beginn gescheitert. Aber er hatte die Werkzeuge seiner Sühne rechtzeitig bergen können, bevor der Abrissbagger den alten Einmannbunker im dichten Gestrüpp aufgespürt hatte. Welch ein Zufall der Geschichte! Das Roden von Unterholz, das Freiräumen von wertvollen Flächen, hatte etwas Reinigendes. Etwas Neues sollte geschaffen werden. Auch er hatte Neues geschaffen. Neues, ja, Neues. Indem er das alte Gestrüpp aus Ängsten und seiner Not, das tief in seiner Seele verborgen gewuchert war, mit seiner Mission gereinigt, gerodet hatte. Wäre er damals nur einen Tag später in »seinen« Unterstand gekrochen, der die Jahrzehnte unentdeckt und vergessen tief im waldigen Gelände überdauert hatte, sein ganzes Streben, seine ganze Arbeit wäre auf einen Schlag zunichte gewesen.

Langsam tastete er sich vor. Immer im Schutz der noch kahlen Bäume, die viel zu weit auseinanderstanden, um ihm wirklich als Versteck zu dienen. Er sah sich um. Um diese Jahreszeit waren nur wenige Menschen unterwegs. Es war zu kalt für Spaziergänge, zumal die meisten nur langsam vorankommen würden. Der Park lag wie ausgestorben vor ihm. Immer noch langsamen Schrittes ging er nun aber aufrecht in Richtung der verlassenen Station, die im hinteren Bereich der Klinik lag. Dort war der einzig richtige Ort für seine Werkzeuge. Er musste sie erst vergraben, bevor er den Arzt aufsuchen konnte. Erst dann würde er Ruhe haben.

Er blieb neben dem über und über mit grünen Moosen und Flechten überzogenen alten Klinikgebäude stehen. Der Weg bis hierhin war lang und beschwerlich gewesen. Er spürte nun doch die Müdigkeit seiner durchwachten Nacht. Er sah an der verwitterten Fassade empor. Einige der Rollläden waren hochgezogen und hingen schief in ihren Führungen. Die meisten der an einer Stelle eingebauten Glasbausteine waren blind. Die Türen waren verschlossen. Es hatte offenbar keinen Sinn gemacht, das Haus zu erhalten. Die alte Station würde der steinerne Wächter seiner vergrabenen Schätze sein.

Ächzend ließ er sich auf seine Knie nieder. Dabei achtete er nicht darauf, dass der feuchte Waldboden seinen Mantel beschmutzte. Er hatte keine Angst mehr. Und auch keinen Bedarf mehr für einen schützenden sauberen Mantel. Mit bloßen Händen schob er die oberste Schicht des Waldbodens zur Seite. Dann hielt er inne. Er zog die Kamera hervor und das Kästchen und legte beides neben den Beutel mit der Pistole. Er musste wissen, wie viel Platz er schaffen und wie tief er graben musste.

Der Boden war an dieser Stelle unerwartet locker und ließ sich mit den Händen leicht aufgraben. Er kam gut voran. Nach wenigen Minuten hatte er bereits ein ansehnliches Loch geschaffen. Nur noch wenige Zentimeter, und er würde in einer heiligen Zeremonie seine Schätze der Erde übergeben, so wie Friedrich und die anderen der Erde übergeben worden waren.

Seine Hände schmerzten nun vor Kälte. Er rieb sie lange gegeneinander und blies immer wieder warmen Atem in die kleine Höhle, die er mit seinen Händen geformt hatte. Aber es half nichts. Der Boden war zu kalt, und seine Hände längst bis auf ihr Innerstes klamm. Er sah sie an. Sie waren schmutzig. Nie mehr hatte er seit damals, beim Schanzen, nie mehr hatte er seither seine Hände schmutzig machen müssen. Erst heute spürte er zum ersten Mal wieder das eigenartige Gefühl, dass die klumpige Erde an seinen Fingern erzeugte. Das Gefühl mit der Erde verwachsen zu sein. Eins mit dem Grundelement des Daseins.

Vorsichtig nahm er das metallene Kästchen in seine schmutzigen Hände und drehte es nach allen Seiten. Er konnte spüren, wie die Messer in seinem Inneren hin und her rutschten. Ohne es zu öffnen, legte er das Kästchen als Erstes in das Loch. Die Kamera legte er ohne zu zögern dazu.

Er schrak auf. Hinter ihm hatte er ein deutliches Knacken vernommen. War er nicht allein? Er drehte sich um. Nichts und niemand war zu sehen. Abwartend und wachsam verharrte er in seiner Position und lauschte angestrengt. Nichts. Was, wenn er beobachtet würde? Was, wenn er sich doch noch so kurz vor dem Ende würde verteidigen müssen? Wo stand der Feind? Wo war Friedrich? Lehnert durfte sie nicht finden. Von Lehnert drohte Gefahr. Da war sie wieder, seine schäbige Angst zu versagen. Wütend auf sich selbst scharrte er mit schnellen Bewegungen das frisch gegrabene Loch zu. Die Zeremonie würde warten müssen. Dann doch erst zum Arzt. Hastig griff er nach dem Leinenbeutel. Er musste wachsam sein. Er würde wachsam sein. Schwerfällig stand er auf und fasste den Beutel fester. Die Pistole gab ihm Sicherheit. Er wusste, dass das Magazin noch nicht leer wàr. Wer auch immer in seiner Nähe lauerte, musste auf der Hut sein.

Langsam zog er sich von der aufgelassenen Station zurück und bewegte sich auf das Hauptgebäude zu. Nach allen Seiten lauernd und sichernd, wählte er den Weg durch das Unterholz. Er blieb allein. Erst am Rand des Parks trat er auf den Weg und sah an sich herunter. So würde er dem Arzt nicht entgegen treten können. Er sah doch aus wie ein Landstreicher. Warum nur hatte er vorhin nicht mehr Acht auf seinen Mantel und seine

Hose gegeben? Er legte den Beutel vorsichtig neben sich auf den Weg und strich mit beiden Händen über die verschmutzten Stellen. Er musste warten, bis der Stoff trocken war. Dann würde er sicher Hose und Mantel ausklopfen können. Er suchte eine Bank in der Nähe und setzte sich. Er hatte nun keine Eile mehr. Den Beutel mit seiner Pistole hielt er aber weiter fest an seinen Körper gedrückt.

Er wusste nicht zu sagen, wie lange er so gesessen hatte, als er einen Streifenwagen vor das Hauptgebäude fahren sah. Aus dem Wagen stieg eine junge Frau in Zivil. Selbst auf die Entfernung konnte er ihr leuchtend rotes Haar erkennen. Er musste nun vorsichtig sein. Die Lage hatte sich geändert. Er musste auf der Hut sein. So kurz vor dem Ziel und so nahe am Scheitern. Er wollte es nicht glauben.

XXIX.

»Großfahndung, was sonst.« Frank hatte den ersten Schock überwunden. Während er sich die Mail und das angehängte Foto ausdrucken ließ, versuchte er, Lisa zu erreichen. Aber sie meldete sich nicht. »Wir geben sein Foto sofort an die Presse. Ich ruf Wirtz an, er soll 90,1 und den WDR heiß machen und auch die anderen Lokalsender. Sie müssen bei der Fahndung helfen.« Frank wählte wieder Lisas Nummer. Aber es nahm niemand ab. »Scheiße.«

Ecki hatte ihm nicht zugehört. Er war damit beschäftigt, die Leitstelle und die Kollegen der MK per Mail über die neue Lage zu informieren. »Ich werde auch Viola bitten, noch einmal mit den Kollegen in Whitby zu telefonieren. Wir brauchen unbedingt noch mehr Details.«

Frank war in Gedanken mit Lisa beschäftigt und hatte seinerseits nur mit einem halben Ohr hingehört. »Details? Ja, klar, meinetwegen. Mach das ruhig.«

Lisa war vielleicht in höchster Lebensgefahr. Wo mochte sie nur sein? Er konnte sich nicht daran erinnern, dass sie ihm etwas von einer Verabredung oder einem Termin erzählt hatte. Frank versuchte, sich zu beruhigen. Es mochte auch sein, dass sie beim Frauenarzt oder noch zum Einkaufen unterwegs war. Er fluchte leise. Hatte sie ihm nun etwas erzählt oder nicht? Verdammt noch mal, er wusste es nicht. Lisa hatte auch kein Handy. Bisher hatte sie sich vehement gegen den »unnötigen Kram« gewehrt. Frank mochte es überhaupt nicht, wenn Lisa nicht erreichbar war. Sie hingegen argumentierte, wer sie sprechen wollte, würde auch später noch einmal anrufen, oder ihr eine Nachricht auf dem Anrufbeantworter hinterlassen. Dabei wusste Frank, wie lebenswichtig so ein Handy sein konnte. Frank schwor sich, bei nächster Gelegenheit Lisa einfach ein Handy mitzubringen. Frank geriet immer mehr in Panik. Er sah Ecki an.

»Du bist ja ganz blass.«

»Lisa ist nicht in ihrer Wohnung.«

»Mach dich nicht verrückt. Sie wird einkaufen sein. Oder noch bei einer Konferenz in der Schule. Sie ist bestimmt bald zurück.« Aber auch Ecki klang nicht sonderlich überzeugend.

»Ich habe Angst um sie.«

»Lisa ist eine starke Frau. So schnell passiert ihr nichts.«

»Das klingt nicht beruhigend. Gegen eine Waffe hat auch Lisa keine Chance.«

»Nun mal den Teufel nicht an die Wand.«

»Trotzdem.« Frank wählte wieder Lisas Anschluss. Vergeblich. Frank sah seinen Freund an.

Viola Kaumanns stieg aus dem Streifenwagen, den sie direkt vor dem Haupteingang der Hardterwald-Klinik geparkt hatte. Sie sah durch die Scheiben der Cafeteria die neugierigen Blicke der dort sitzenden Patienten und Pfleger. Sie ärgerte sich, dass sie mit dem Streifenwagen gekommen war, denn sie hatte kein unnötiges Aufsehen erregen wollen. Allerdings hatte der Schirrmeister nur wortlos auf die Einsatzliste der Zivilwagen gedeutet und ihr die Papiere und den Schlüssel für den Streifenwagen in die Hand gedrückt.

Die junge Kommissarin nahm die Papiere von der Rückbank und zog den Reißverschluss ihrer Winterjacke hoch bis zum Kinn. Sie hatte wenig Zeit. Die Nachricht von Ecki hatte sie kurz vor der Einfahrt zum Klinikgelände erreicht. Es hätte keinen Sinn gemacht, umzukehren. Sie würde es kurz machen. Viel gab es ohnehin nicht mit Köhler zu besprechen. Ohne weiter auf ihre Zuschauer zu achten, ging sie die wenigen Schritte bis zur Pforte der Klinik. Viola Kaumanns hielt der Frau hinter der Glasscheibe ihren Dienstausweis hin und fragte nach Köhlers Büro.

Auf ihrem Weg betrachtete sie kurz die Bilder, die wie in einer Galerie an der Wand des langen Flurs hingen. Ihre leuchtend bunten Farben waren ein wohltuender Kontrast zu dem tristen Klinikboden. Auf jedem Rahmen war eine Nummer geklebt. Sie waren vermutlich zu verkaufen, dachte Viola Kaumanns. Aber wer kam schon in ein Krankenhaus, um ein Bild zu kaufen? Der Geruch nach Desinfektionsmitteln und abgestandener Luft traf sie unerwartet. Viola Kaumanns fühlte sich nicht wohl.

Die Kommissarin fand den Oberarzt an seinem Schreibtisch in der ersten Etage. Dr. Helmut Köhler sah übernächtigt aus. Er hatte tiefe Ringe unter den Augen und war unrasiert. Sein weißer Kittel stand offen. Darunter konnte Viola Kaumanns ein kariertes Oberhemd und Blue Jeans erkennen. Köhler schien nicht sonderlich erfreut über ihren Besuch zu sein.

»Was wollen Sie denn noch von mir? Können Sie mich nicht einfach in Ruhe lassen?« Dr. Helmut Köhler blickte Viola Kaumanns abweisend an.

»Seien Sie unbesorgt. Ich wollte Ihnen nur die Unterlagen zurückbringen, die wir damals vorläufig sichergestellt haben. Das ist der Rest.« Viola Kaumanns hielt dem Oberarzt den kleinen Stapel mit Tabellenlisten und kurzen medizinischen Kommentaren entgegen. »Ich wollte Sie nicht stören.« Sie wandte sich zum Gehen.

Dr. Helmut Köhler nahm die Papiere entgegen und warf sie achtlos auf seinen Schreibtisch. »Ist nicht so wichtig.«

Viola Kaumanns sah sich im Raum um. Er sah völlig chaotisch aus. Sie fragte sich, wie Köhler in so einer Umgebung arbeiten konnte. »Na, dann ist es ja gut. Ich habe es nur gut gemeint. Außerdem wollte ich meinen Schreibtisch von überflüssigem Papier befreien.«

Dr. Helmut Köhler sah sie eine Spur freundlicher an. »Danke. Ich meine, ich wollte wirklich nicht unhöflich auf Sie wirken. Möchten Sie nicht Platz nehmen. Einen Kaffee?«

»Nein, danke. So viel Zeit habe ich nun doch nicht. Wir stecken mitten in der Fahndung. Ich werde dringend im Präsidium zurückerwartet. Es hat sich offenbar etwas Entscheidendes in unserem Fall getan.«

»Darf ich fragen, ob Sie endlich den wahren Täter gefunden haben?«

Viola Kaumanns überlegte, was sie erzählen wollte und durfte. Kurz entschlossen weihte sie Köhler ein. Schließlich war er zumindest für eine gewisse Zeit die Hauptperson der Ermittlungen gewesen. »Wir sind sicher, dass wir den Täter jetzt kennen. Es ist nur noch eine Frage der Zeit, wann wir ihn festnehmen können.«

»Darf ich fragen, wer es ist?«

»Nun, diese Frage darf ich Ihnen nicht beantworten.« Viola Kaumanns wollte nun doch nicht ins Detail gehen. »Es ist jemand, der vom Alter her in ihr Arbeitsfeld passen würde.«

»Ein alter Mensch? Er soll drei Morde begangen haben?« Dr. Helmut Köhler war erstaunt.

»Mord ist keine Frage des Alters.«

»Da haben Sie vermutlich Recht. Es ist nur so ungewöhnlich. Die meisten alten Menschen, die ich zu Gesicht bekomme, könnten allein von ihrem Krankheitsbild und Zustand her niemandem mehr schaden.«

»Unser mutmaßlicher Täter ist für sein Alter noch sehr fit, wie wir leider erfahren mussten.« Viola Kaumanns wollte sich verabschieden. Die Mordkommission konnte jetzt jeden brauchen, und sie wollte sich nicht unnötig verspäten. »Wie gesagt, ich muss mich leider verabschieden.« Sie zögerte einen Augenblick. »Es wird Ihnen nicht helfen, aber ..., es tut mir leid, dass Sie Unannehmlichkeiten hatten.«

Dr. Helmut Köhler hatte sich erhoben, um die Kommissarin zu verabschieden. »Ach, wissen Sie, mein Leben verläuft seit ein paar Wochen in völlig anderen Bahnen. Da macht das ganze Theater und die ganze Hysterie um mich als Mordverdächtigen auch nichts mehr.« Er hielt ihr die Hand hin. »Ich werde schon über die Sache hinwegkommen. Guten Tag, Frau Kaumanns.«

Viola Kaumanns war seltsam berührt von Köhlers Worten. Das hätte sie nicht erwartet. Sie schauderte ein bisschen. Was würde noch auf sie warten? Besser, man wusste es nicht im Voraus.

Dr. Helmut Köhler stand an seinem Bürofenster und beobachtete, wie die Kommissarin zu ihrem Dienstwagen ging. Als er sich wieder an seinen Schreibtisch setzen wollte, bemerkte er einen Mann, der eilig auf die Kommissarin zuging. Und er konnte sehen, dass Viola Kaumanns überrascht reagierte. Die beiden mussten sich kennen. Der Unbekannte war sicher schon weit älter als siebzig Jahre. Er trug einen dunklen, schmutzigen Mantel. Der Mann musste gefallen sein. Dr. Helmut Köhler konnte einen hellen Leinenbeutel erkennen, den der Rentner bei sich trug. Der Oberarzt sah, wie der Mann die Tasche öffnete und der jungen Frau etwas zeigte. Köhler konnte nicht verstehen, dass die Polizeibeamtin zurückwich und dabei die Arme hob. Erst beim zweiten Blick sah er, dass der Unbekannte die junge Kommissarin mit einer Pistole bedrohte. Hastig nahm Köhler den Telefonhörer in die Hand.

Frank legte langsam den Hörer zurück und seine Hände flach auf den Schreibtisch. Seine Stimme klang leise. »Das war die Leitstelle. Er hat Viola in seiner Gewalt. Drei Streifenwagen sind schon unterwegs.«

»Nein! Wo?«

»Er hat sich mit ihr in den Haupttrakt der Hardterwald-Klinik zurückgezogen. Köhler hat von seinem Fenster aus beobachtet, wie Krüger sie mit einer Pistole bedroht hat.«

»Scheiße. Was macht Krüger in der Klinik?« Ecki war schockiert.

»Wir müssen das SEK informieren.«

»Was sagen die Kollegen von der Leitstelle?«

»Klaus Schiffer hat Dienst. Er lässt sich gerade vom Computersystem die entsprechenden Daten liefern. Wir müssen vorsichtig sein, Krüger wird zu allem entschlossen sein. Er hat nichts zu verlieren. Oh Gott, ich darf gar nicht daran denken, dass er genauso gut Lisa in seiner Gewalt haben könnte.«

Ecki konnte sich nicht beruhigen. »Das muss man sich mal vorstellen: Wir suchen seit Wochen einen Killer, und der sitzt ausgerechnet bei der Freundin des Hauptermittlers am Frühstückstisch. Unglaublich. Was hat Krüger von unseren Ermittlungen gewusst?«

»Jedenfalls nichts Konkretes. Ich habe nur allgemein von meiner Arbeit erzählt. So oft habe ich ihn auch gar nicht gesehen. Er war ja meist unterwegs. Ich habe mich zwar über seine Unruhe gewundert, aber jetzt weiß ich auch, warum. Mann, oh, Mann.«

»Er hat immer gewusst, was wir tun. Da bin ich mir sicher. Er hat uns ausspioniert, und wir haben es nicht gemerkt.« Ecki schlug sich mit der flachen Hand gegen die Stirn. »Ich fasse es nicht. Die Lösung lag so nahe, und wir haben sie nicht gesehen. Wir hatten den Täter die ganze Zeit vor der Nase. Er muss Spaß an diesem Katz-und-Maus-Spiel gehabt haben.«

»Egal, das werden wir später klären. Informiere du schon mal das SEK. Ich will erst noch zur Leitstelle, bevor wir losfahren. Wir treffen uns dort.« Ohne auf eine Antwort zu warten, sprang Frank auf und verließ das Büro.

Im Hauptraum der abgedunkelten Leitstelle waren alle vier Arbeitspulte besetzt. Jeder Beamte betreute drei PC-Bildschirme gleichzeitig. Dienstgruppenleiter Klaus Schiffer nickte Frank zu.

»Willst du einen Kaffee?« Schiffer deutete auf die Küchenzeile an der gegenüberliegenden Wand.

Frank winkte ab. »Was habt ihr bis jetzt?«

Der Dienstgruppenleiter deutete auf den mittleren seiner Bildschirme. »Wir haben die Zufahrt zum Klinikgelände schon abgesperrt. Hier, hier und hier stehen unsere Fahrzeuge. Die Situation im Haus ist unübersichtlich. Wir haben ständigen Kontakt zu den meisten Stationen. Ich habe die Schwestern und Pfleger angewiesen, ihre Patienten in die Zimmer zu bringen und die Türen ansonsten geschlossen zu halten. Wir wissen derzeit nicht, wo Krüger sich mit der Kollegin aufhält. Leider. Auf den Stationen ist er im Moment noch nicht aufgetaucht. Jedenfalls hat ihn niemand gesehen.« Schiffer sah Frank an. »Das Klinikgebäude hat mehrere Ausgänge. Das kann ein Problem werden. Hat aber auch den Vorteil, dass wir möglicherweise unerkannt ins Haus kommen. Ich habe mir schon erste Pläne der Klinik besorgt. Die Schwierigkeit ist, dass das Ganze doch ziemlich verwinkelt ist. Krüger könnte überall ein Versteck finden. Und die Geschäftsführerin der Städtischen Kliniken ist mit ihrem technischen Leiter schon auf dem Weg hierhin. Wenn ich sie richtig verstanden habe, will sie auch noch den ehemaligen Direktor der HWK mitbringen. Ich habe sie ausdrücklich davor gewarnt, auf eigene Faust etwas zu unternehmen. Die beiden müssten in der nächsten halben Stunde hier sein.«

»Solange kann ich nicht warten. Ich fahre jetzt los. Ich denke, dass das SEK auch schon unterwegs ist. Ecki hat sie schon informiert.« Frank hatte genug gesehen.

»Gegenüber vom Haupthaus ist ein Neubau. Wenn ich mich recht erinnere, ist das ein Flachbau. Ich kenne das Gelände. Ich war mit meiner Schwiegermutter vor einem Jahr mehrmals zur ambulanten Reha dort. Auf dem Dach könnten die Scharfschützen Position beziehen. Sie haben von da aus einen prima Überblick über die gesamte Klinikfront.«

»Wir werden sehen. Auf jeden Fall erst mal danke, Klaus.«

»Dafür nicht, Frank.« Klaus Schiffer drehte sich zu seinen Kollegen um. »Sind die Notrufleitungen offen?«

Allgemeines Nicken.

Frank fuhr langsam an den Kollegen vorbei, die sich am Eingang des Klinikgeländes postiert hatten. Auf den ersten Blick wirkte das Gelände wie ausgestorben, ja geradezu erstarrt in der Kälte der ersten Märztage. Nichts deutete darauf hin, dass es schon bald Frühling werden könnte.

Auf der Fahrt hatten Frank und Ecki die Lage beraten. Sie waren einer Meinung, dass die Geiselnahme schnell beendet sein würde. Die Konstellation war nicht ungünstig. Denn immerhin war der Täter ein alter Mann und alles andere als fit und durchtrainiert. Er würde schon bald Schwierigkeiten mit seiner Gesundheit bekommen, schnell erschöpft und müde sein. Darin lag aber auch die größte Gefahr. Denn auch Krüger würde wissen, dass ihm nicht viel Zeit bleiben würde. Sie konnten nur hoffen, dass Krüger nicht noch in einer Kurzschlusshandlung Viola Kaumanns Gewalt antun, sie gar erschießen könnte. Bisher war Krüger ihnen im Laufe der Ermittlungen allerdings als kalt planender Täter erschienen, sodass ihnen letztlich die Wahrscheinlichkeit gering erschien, dass die Situation außer Kontrolle geraten könnte. Aber sicher waren sich die beiden Beamten nicht. Beileibe nicht.

»Was denkst du?« Ecki sah Frank fragend an.

»Wie kommen wir nur in diese Scheißklinik, ohne dass Krüger uns bemerkt?«

»Hat Schiffer nicht was von mehreren Eingängen erzählt? Ich denke, dass wir durch einen Hintereingang rein können. Und dann das ganze Programm. Stockwerk um Stockwerk durchkämmen.« Ecki sah sich um. »Wo bleibt nur das SEK?«

»Ich habe Schiffer gebeten, er soll sie nicht durch den Haupteingang schicken. Sie werden sich sicher im Schutz der Bäume bewegen. Sie können nicht mehr lange unterwegs sein. Keine Sorge, Ecki.«

»Wenn das Schwein Viola etwas tut, mache ich ihn fertig!«

»Krüger ist ein alter Mann. Ich glaube nicht, dass er Viola umbringen wird. Das passt nicht ins Bild. Er hat bisher nur die Menschen umgebracht, die damals, '44, bei dem Mord an Flusen dabei waren. Wenn es denn Mord war. Denn bisher haben wir noch keine wirklichen Beweise dafür.«

»Warum hat er dann Viola als Geisel genommen? Das verstehe ich nicht.«

»Keine Ahnung, Ecki, wir werden ihn fragen. Vielleicht fühlte er sich in die Enge getrieben.«

»Aber Viola war doch nur zufällig in der Klinik.«

»Aber das weiß Krüger nicht. Er muss davon ausgehen, dass wir ihm auf die Spur gekommen sind und nach ihm gefahndet haben. Dass wir uns bisher nur Sorgen um ihn gemacht haben, kann er doch nicht ahnen. Andererseits, wer weiß wirklich, was in ihm vorgeht.«

»Was er wohl in der Klinik wollte?«

»Wie gesagt, wir werden ihn fragen.«

...

Viola Kaumanns tastete sich nur langsam Stück für Stück voran. Die Mündung der alten Pistole drückte hart gegen ihren Rücken. In diesem Teil der Klinik war es still. Keine Patienten, kein Pflegepersonal, nur das Grau der verlassenen Flure, leere Rollstühle, ein zurückgelassener Essenswagen. Viola Kaumanns versuchte sich zu orientieren, aber in ihrer Angst hatte sie jeden Sinn für Richtungen verloren. Sie war dem alten Mann ausgeliefert.

»Wo gehen wir hin?«

»Bleiben Sie ganz ruhig, mein Kind, dann wird Ihnen nichts geschehen. Ganz ruhig. Bitte, gehen Sie weiter. Am Ende dieses Ganges gehen rechts ein paar Stufen ab. Wir sind gleich da.« Heinrich Krüger stieß die Pistole erneut hart in den Rücken der Beamtin. Seine Stimme klang freundlich. »Sagen Sie mir bitte, mein Kind, wie haben Sie mich gefunden? Woher wussten Sie, dass ich hierher kommen würde? Sie sind ein schlaues Köpfchen. Ich war mir sicher, dass man mich hier nicht vermuten würde. Ich wäre in dieser Umgebung niemals aufgefallen. Ein alter Mann, der sich in einer geriatrischen Klinik aufhält, das ist doch völlig normal.«

Viola Kaumanns antwortete nicht. Ihre Gedanken rasten. Er konnte sie erschießen. Krüger würde das zweifelsohne tun, ohne zu zögern. Denn er hatte nichts zu verlieren. Viola Kaumanns versuchte, nicht an die entsetzlichen Bilder der Toten zu denken, die Krüger hingerichtet hatte. Aber es gelang ihr nicht. Sie musste immer wieder schlucken. Ihr Hals war trocken. Sie war eine Geisel. Menschen, die sie bisher nur auf Fernsehbildern gesehen hatte. Nun war sie selbst in der Gewalt eines Entführers.

Sie musste versuchen, Zeit zu gewinnen. Sie musste mit Krüger ins Gespräch kommen. Verständnis zeigen. Bloß keine eindeutige Opferhaltung. Viola Kaumanns versuchte, sich auf das zu konzentrieren, was sie auf der Polizeischule gelernt hatte. Verdammt, sie hatte alles vergessen. Ihr Kopf war leer. Jede Erinnerung an die Rollenspiele und Übungen wie ausgelöscht. Sie konzentrierte sich auf ihr Atmen. Jetzt nur nicht den Kopf verlieren. Es gelang ihr nicht. Jeder Atemzug tat ihr weh. Sie musste an ihre Eltern denken. Was sie wohl gerade machten?

Sie kamen an einem Schild mit einem Pfeil vorbei: Operationssaal. Wozu, um alles in der Welt, braucht eine geriatrische Klinik einen OP? Diese Frage brannte sich in die Gedanken der jungen Beamtin. Wie lächerlich, ein OP. Das gibt es doch gar nicht. Was wollte Krüger dort mit ihr?

»Ich hatte Sie doch etwas gefragt? Da, jetzt hier entlang.« Heinrich Krüger hustete leicht, als er die Polizistin die Treppenstufen hinunter drängte. »Ich warte auf Ihre Antwort, mein Kind.«

Was hatte Krüger gefragt? Viola Kaumanns konnte sich nicht erinnern. »Ich weiß nicht.« Das ist absurd, dachte sie, er hatte sie als Geisel genommen und sprach mit ihr, als säßen sie bei Tee und Gebäck.

»›Ich weiß nicht‹ gibts nicht. Na, auch egal. So, wir sind da.« Heinrich Krüger nahm einen Schlüssel aus seiner Manteltasche und öffnete die schwere Holztür. Er schob Viola vor sich her in den stockdunklen Raum. Dann zog er hinter ihnen die Tür wieder zu.

»Woher haben Sie den Schlüssel? Wo sind wir?«, flüsterte Viola Kaumanns. Sie konnte nichts sehen, nur den Atem Krügers und seine Pistole spürte sie. Sie traute sich nicht, sich zu bewegen.

»Das haben Sie doch gelesen, nicht wahr? Und Sie glauben gar nicht, wie leichtsinnig das Personal in so einer Klinik ist, meine Liebe. Die Schlüssel liegen überall nur so herum. Sehr unachtsam, sehr unachtsam.« Krügers Stimme klang in der Dunkelheit noch liebenswürdiger. »Gut, mein Kind, schön stehen bleiben. Wenn Sie wollen, können Sie sich auch auf den Boden setzen. Das ist bequemer. Wir werden ein bisschen hierbleiben. Ja ja ja, hierbleiben.« Seine Stimme klang nach einem Lächeln.

Viola tastete mit einer Hand hinter sich. Sie konnte die kühle Wand des Raums spüren. Sie hätte zu gerne Licht gemacht. »Wollen wir nicht das Deckenlicht einschalten?«

»Halten Sie mich bitte nicht für dumm, mein Kind. Sie können sicher sein, das gefällt einem alten Menschen gar nicht, wenn man seine Intelligenz unterschätzt. Nur weil der Körper alt ist, heißt das nicht, dass auch sein Geist verbraucht ist. Wir werden von den Jungen oft unterschätzt. Wir sind keine kleinen Kinder, die man an die Hand nehmen muss. Nein, das Licht bleibt aus. Wir wollen doch niemanden anlocken, oder? Schon gar nicht ihre Kollegen. Ich brauche jetzt Zeit, ich muss mich ein bisschen ausruhen, und ich muss nachdenken. Die Situation hat sich völlig verändert. Mein Plan kann jetzt nicht mehr funktionieren. Ich muss mich neu aufstellen. So sagt man doch heute in der Wirtschaft? Nachdenken. Das kann ich am besten in der Dunkelheit. Sie brauchen keine Angst vor dem Schwarz zu haben. Schwarz ist die Farbe, die uns einen Vorgeschmack auf unser Ende gibt. Es wird uns schwarz vor Augen, wenn wir gehen müssen. Es wird das Letzte sein, was wir wahrnehmen: Tiefschwarze Dunkelheit. Sie wird uns aufnehmen, und wir werden fallen, hinein in das Unbekannte. Wie Blätter. Schwarz ist die Farbe unserer Bestimmung. Schwarz ist die Farbe der Intelligenz, die Farbe der Künstler. Sie sind sensibel. Sie haben erkannt, worauf alle Farbigkeit letztlich endet. Wenn alle Blätter gefallen sind. Ich liebe jetzt die Dunkelheit. Sie hat mir einmal Angst gemacht, aber das ist lange her. Ich habe meine Mission erfüllt. Ich kann mich endlich fallen lassen.«

Viola Kaumanns hatte beide Hände hinter sich auf die Wand gelegt. Sie spürte die Pistole jetzt an ihrem Kopf. Sie roch das Metall und das Öl in der Mechanik. Langsam ließ sie sich an der Wand hinabgleiten. Der Lauf der Pistole folgte ihrer Bewegung.

»Ja, setzen Sie sich nur. Machen Sie es sich doch bitte bequem, meine Liebe. So ist es für uns beide angenehmer.«

Viola Kaumanns war verzweifelt. Was sollte sie tun? Was konnte sie überhaupt tun? Sie war in der Gewalt eines Mannes, der nichts mehr zu verlieren hatte, der nur noch an sein Ende dachte, gefangen in seiner eigenen Welt. Heinrich Krüger war ein kranker Mann. Aber sie musste versuchen, in diese seine Welt hineinzufinden. Das war ihre einzige Chance, dann konnte sie ihn vielleicht dazu bewegen, die Pistole abzulegen.

»Sitzen Sie bequem?« Krüger drückte den Lauf der Pistole gegen die Schläfe der Beamtin.

Obwohl er es nicht sehen konnte, nickte sie stumm.

»Fein, mein Kind. Ich freue mich, dass es Ihnen gut geht. Wir wollen jetzt gemeinsam überlegen, wie es weitergeht. Was meinen Sie? Wollen Sie nicht mitkommen auf meine Reise? Sie können sich eine Menge ersparen. Denn wer weiß, was Ihnen in Ihrem Leben noch alles droht.« Krüger klang liebenswürdig, so als habe er ihr ein unerwartet großzügiges Angebot gemacht. Ein Angebot, das sie nicht würde abschlagen können.

»Ich soll mich hier mit Ihnen umbringen? Sie sind doch wahnsinnig. Nein, ich will leben. Und ich werde leben.«

Krüger blieb völlig unbeeindruckt. »Bitte bedenken Sie, was Sie da sagen! Sie haben jetzt die Möglichkeit, auf dem Höhepunkt Ihrer Jugend abzutreten. Gesund und gut aussehend. Voller Energie und in bester geistiger Verfassung. Sie brauchen nicht weiter zu leben, bis Sie qualvoll Ihren eigenen Zerfall erleiden müssen. Sie leben auf Ihr Ende hin, jeder Tag bringt Sie näher an die Dunkelheit, die Sie sowieso nicht abwenden können. So viel Licht Sie auch machen. Und je weiter Sie fortschreiten, umso schwacher, hässlicher und kränker werden Sie. Sie werden hilflos und ohne Würde sterben. Aber so, heute, ist es besser. Von Ihnen wird es heißen, sie war so schön, als sie starb und sie ist gerne gegangen. Überlegen Sie es sich. Oder soll ich die Entscheidung für Sie treffen, meine Liebe?«

Viola Kaumanns hörte nahe an ihrem Ohr ein metallisches Klicken. Krüger hatte die alte Wehrmachtswaffe durchgeladen. Nur mit Mühe konnte sie einen Schrei unterdrücken. Ihr Herz pochte wild. Sie musste sich erst beruhigen, bevor sie etwas sagen konnte. Sie spürte es deutlich, Heinrich Krügers Gesicht war ganz nah. Der alte Mann war unberechenbar und gefährlich. Nur einen Herzschlag noch war sie von der tödlichen Kugel entfernt. Sie musste wieder an die grausamen Fotos denken. Wie Breuer da gelegen hatte, mit offenem Brustkorb, ausgeweidet wie ein Hähnchen. Was wollte Krüger mit ihr in diesem Operationssaal?

»Hören Sie, warum lassen Sie mich nicht einfach gehen? Sie haben ohnehin keine Chance. Meine Kollegen werden bald nach mir suchen, und sie werden mich finden. Geben Sie auf. Sie kommen hier nicht mehr raus, Krüger.« Viola Kaumanns hatte allen Mut zusammen genommen und versuchte, entschlossen zu klingen.

»Sie haben mich offensichtlich nicht verstanden, Liebchen. Ich brauche keine Chance. Die Aussicht auf ein mildes Urteil macht mir keinen Mut. Ich habe das Ende meines Wegs erreicht. So oder so. Hier ist Endstation. Hier in dieser Dunkelheit. Und Sie werden mich auf meiner Reise begleiten. Begleiten wie ein braves Mädchen. Ja, begleiten.«

Krügers Stimme klang leise und ganz nah an ihrem Ohr. Schauer liefen ihr über den Rücken. Ihr war kalt. Sie spürte seinen Atem. Er roch alt und verbraucht. Sie wand sich unter seiner fühlbaren Nähe, aber sie vermochte keinen Zentimeter auszuweichen. Der harte Pistolenlauf schmerzte an ihrer Schläfe.

»Bitte, Herr Krüger, lassen Sie mich gehen. Bitte. Meine Eltern ...« Viola Kaumanns stockte. Was sollte sie ihm von ihren Eltern erzählen?

»Ihre Eltern, Ihre Eltern? Was gehen mich Ihre Eltern an? Das Los und die Bestimmung von Eltern ist es, unter bestimmten Umständen um ihr Kind trauern zu müssen. Das ist ihre Aufgabe und ihr Schicksal. Wissen Sie, wie die Eltern von Friedrich gelitten haben? Können Sie sich vorstellen, was Lehnert ihnen angetan hat? Sie hatten keine Wahl, ihnen blieb nur die Trauer.«

Dieser Mann gehörte in die Psychiatrie, dachte Viola Kaumanns. Er war eine tickende Zeitbombe. »Was war mit Flusen? Warum haben Sie die anderen umgebracht?«

Krüger antwortete nicht auf ihre Frage. »Wissen Sie, ich habe schon alles vorbereitet. Sogar die Inschrift auf meinem Grabstein habe ich schon bestimmt. Es ist ein gutes Gefühl, sein Feld bestellt zurückzulassen. Wollen Sie den Spruch hören? Er würde auch zu Ihren Eltern passen. So wie er zu den Eltern von Friedrich Flusen gepasst hat.« Ohne eine Antwort abzuwarten, fuhr er fort: »›Wenn etwas uns fortgenommen wird, womit wir tief und wunderbar zusammenhängen, so ist viel von uns selbst mit fortgenommen.‹ So lautet der Text. Wissen Sie, wer ihn geschrieben hat? Vermutlich nicht. Ich sage es Ihnen, Rainer Maria Rilke. Ja, genau dieser Dichter, der auch das Herbstgedicht geschrieben hat. Ein großartiger Lyriker, finden Sie nicht auch? Diese elementare Sicht auf die wichtigen Dinge im Leben. Einfach, aber tief gehend, bis ins Herz. Der rechte Dichter für den Abschied. Das hat sicher auch Friedrich gedacht.«

Viola Kaumanns hörte, wie Krüger bei dem Gedanken an seinen Jugendfreund schlucken musste. Er klang, als habe er Tränen in den Augen. Der richtige Augenblick für einen Überraschungsangriff, dachte sie. Aber sie konnte sich nicht bewegen. Um sie herum blieb alles still. Wo Borsch und Ecki wohl waren? Vielleichtschon auf dem Gelände? Hatten sie schon das SEK eingewiesen, oder wurde sie noch gar nicht vermisst?

Sie kam fast um vor Angst. Sie hatte nichts mehr zu verlieren. Sie musste jetzt handeln, aber der kühle Stahl an ihrem Kopf ließ sie erstarren. Ihre Beine waren ihr längst weggerutscht. Sie hätte nicht aufstehen können. Sie fühlte ihre Muskeln nicht mehr. Sie überkam eine bleierne Müdigkeit, die sie sich nicht erklären konnte. Sie war wie gelähmt.

»Sie haben drei Menschen auf dem Gewissen. Kaltblütig umgebracht. Grausam verstümmelt. Sie sind ein Mörder. Ein brutaler Killer.« Viola Kaumanns hatte kaum noch die Kraft, weiterzusprechen. Sie spürte, dass der Druck gegen ihre Schläfe größer wurde. Na, wenn schon? Sollte er doch abdrücken. Sie würde sich nicht die Blöße geben, vor ihm Angst zu zeigen. Diese Genugtuung wollte sie ihm nicht gönnen. Lieber wollte sie stumm sterben.

»Schluss jetzt, was wissen Sie schon? Sie sind jung und unerfahren. Sie haben keine Ahnung vom Krieg und seinen eigenen blutigen Gesetzen. Ich habe nur meine Schuld abgearbeitet. Das war ich Friedrich schuldig. Und all den anderen, die so leiden mussten wie er. Ich habe sein Vermächtnis erfüllt. Seine Anklage im Augenblick des Todes zu meinem Lebenszweck gemacht. Die Blätter sind gefallen. Friedrich soll nicht umsonst gestorben sein. Ich habe die Gerechtigkeit zurückgebracht in diese Welt.« Krügers Stimme klang fest und überzeugt. »Was erzähle ich Ihnen das alles, mein Kind. Sie wissen nichts.«

»Nein, Sie haben keine Gerechtigkeit in die Welt gebracht. Sie suchen nur nach einer Ausrede für Ihre Mordlust. Sie haben aus Mordlust getötet, so wie Lehnert getötet hat – aus Gier nach der Lust an der völligen Zerstörung. Der Krieg hat Ihnen beiden dabei nur als willkommene Maske für ihr grausames Handwerk gedient.«

Viola Kaumanns hielt den Atem an. Ich rede mich noch um Kopf und Kragen, schoss es ihr durch den Kopf. Sie war kein Richter. Sie wusste, jede weitere Anklage konnte in diesem Augenblick tödlich sein. Sie durfte ihren Peiniger nicht länger reizen. Wenn doch nur schon Frank und Ecki da wären! Sie mussten sie hier herausholen. Dieser Raum, dieser verdammte Operationssaal! Was wollte Krüger hier mit ihr? Wie sah der Raum aus? Standen Schränke an den Wänden, standen vielleicht ein Tisch und Stühle im Weg? Wo lag das Operationsbesteck? War alles für eine OP vorbereitet? Oder war der Raum seit Jahren nicht mehr benutzt worden? Musste Krüger nicht einfach seine Hand ausstrecken, um an ein scharfes Skalpell zu kommen? Viola Kaumanns wollte schreien, aber ihr Mund war trocken. Ruhe bewahren, dachte sie angestrengt. Es gibt immer eine Lösung, ich muss sie nur finden.

Wenn sie doch nur besser sehen könnte! Stattdessen hockte sie hilflos und wie gelähmt auf diesem kalten Fliesenboden und hatte vielleicht nur noch ein paar Minuten zu leben. Sie horchte in den Raum. Krüger war still. Auch sein Atmen hörte sie nicht mehr. Stattdessen drückte die Pistole ihren Kopf beiseite. Viola Kaumanns hielt den Atem an. Drück doch endlich ab, du Schwein. Sie schloss die Augen und wartete auf ihr Ende. Sie ballte ihre Fäuste, bis sich ihre Fingernägel schmerzhaft in das Fleisch ihrer Handflächen gruben. Schieß doch endlich!

Sie musste an einen Tag im Sommer denken, als sie noch ein kleines Mädchen war. Sie war hinter das Haus gelaufen und hatte sich auf die Mauer zum Feldweg gesetzt. Sie hatte sich über ihre Mutter geärgert, weil sie nicht ihr schönes Blümchenkleid hatte anziehen dürfen. Sie war dann aus dem Zimmer gelaufen und hatte die Türen hinter sich zugeknallt. Dann hatte sie sich auf die niedrige Mauer gesetzt und ihre nackten Beine baumeln lassen. Sie hatte dem Bauern auf dem Feld gegenüber bei der Arbeit zugesehen. Es war ein heißer Tag gewesen, daran konnte sie sich gut erinnern.

Warum sie ausgerechnet jetzt daran denken musste, wusste sie nicht. Es war auf jeden Fall sehr heiß gewesen. Und der Bauer hatte viele Pausen machen müssen. Er war alleine auf dem Feld gewesen. Er hatte eine Sense in der Hand gehabt. Er hatte gesenst und gesenst, dann hatte er die Sense abgelegt und sich mit einem großen Taschentuch den Schweiß von der Stirn gewischt. Ab und an hatte er ihr zugewunken. Aber sie hatte nur da gesessen und ihm stumm zugesehen.

Irgendwann hatte sie ihn schreien gehört. Seine Sense hatte er fallen gelassen. Sie konnte sehen, dass er winkte. Aber sie hatte sich nicht gerührt. Sie hatte wie gebannt zugesehen, wie sein Winken erst immer heftiger und dann immer schwächer geworden war. Dann hatte sie gesehen, wie ihre Mutter aus dem Haus gerannt und auf das Feld gelaufen war. Am Abend hatte sie dann gehört, dass der Bauer über und über mit Blut bespritzt gewesen war. Er hatte sich beim Sensen eine Arterie verletzt. Er war damals fast verblutet. Viola Kaumanns hatte das alles nicht verstanden. Sie hatte nur interessiert zugesehen.

Warum schoss Krüger nicht endlich? Sie konnte ihn in der Dunkelheit spüren.

»Krüger? «

Keine Antwort.

Viola Kaumanns fingerte vorsichtig Zentimeter um Zentimeter nach ihrem Handy, das sie in der Innentasche ihrer Jacke trug. Dabei versuchte sie, möglichst ihre Position nicht zu verändern. Krüger durfte ihre Bewegungen nicht bemerken. Sie unterdrückte ein Keuchen.

»Halten Sie Ihre Finger ruhig. Sie werden nichts erreichen. Strengen Sie sich nicht unnötig an, mein Kind. Ich darf Sie doch ›mein Kind‹ nennen, oder?« Krüger musste Röntgenaugen haben. Obwohl sie schon eine ganze Zeit in diesem Raum hockten, konnte Viola Kaumanns immer noch nicht die Hand vor Augen sehen.

...

Keine hundert Meter weiter lehnten Ecki und Frank an der Wand neben dem breiten Hintereingang zum Hauptgebäude. Die Kollegen vom SEK hatten ihre Positionen bezogen und die Zu- und Ausgänge abgesichert. Noch hatte sich niemand in das Innere der Klinik getraut. Der Einsatzleiter des SEK saß zusammen mit zwei Kollegen in ihrer mobilen Kommandozentrale und war offenbar immer noch damit beschäftigt, den Status der einzelnen Stationen zu bewerten. Nach einer ersten Abschätzung, die Frank über Funk hatte mithören können, waren Krüger und Viola nicht auf den oberen Etagen gesehen worden. Wenn sie noch in dem Gebäude waren, mussten sie sich irgendwo im Erdgeschoss oder im Keller aufhalten.

»Verdammt, wann geht es endlich weiter?« Frank sah auf die Uhr. »So groß ist das Gelände nun auch wieder nicht. Es kann doch nicht ewig dauern, bis sie den Park und die anderen Häuser durchsucht haben.«

»Beruhige dich, Ecki. Er wird Viola schon nichts tun. Das passt nicht zu seinem Verhaltensmuster. Er hat bisher ›nur‹ die ehemaligen Kameraden getötet. Er hat kein Interesse an Viola.«

»Das glaube ich nicht. Krüger fühlt sich in die Enge getrieben. Er wird in Panik sein. Und er ist ein alter Mann, der nichts mehr zu verlieren hat. Er ist zu allem fähig.« Ecki sah wieder auf seine Armbanduhr.

»Wir müssen erst wissen, wie die Raumaufteilung im Erdgeschoss und im Keller ist. Vorher können wir nichts machen. Wir müssen einfach abwarten. Es wird nicht mehr ewig dauern.«

»So lange will ich nicht warten. Ich gehe jetzt da rein.« Ecki stieß sich von der Wand ab.

»Spinnst du? Du kannst doch nicht einfach auf eigene Faust handeln. Willst du den Helden spielen?« Frank sah ihn verständnislos an.

»Quatsch. Aber wir müssen etwas tun. Wir können doch Viola nicht einfach so alleine lassen. Was meinst du, wie sie sich jetzt fühlt? Wenn sie denn überhaupt noch lebt.«

»Jetzt bleib mal ruhig. Viola Kaumanns ist Polizeibeamtin. Sie hat in ihrer Ausbildung gelernt, dass sie in gefährliche Situationen geraten kann und wie sie sich in solchen Fällen verhalten muss. Sie wird schon nicht den Kopf verlieren. Viola ist eine starke Frau. Sie wird mit dem Stress schon umgehen können.«

Frank drehte sich um und sah die Zufahrt der Klinik entlang. Der asphaltierte Weg war leer. Bis auf eine Ausnahme. Frank traute seinen Augen nicht. In der Mitte der Zufahrt kam Heinz-Jürgen Schrievers angelaufen. Trotz seiner 120 Kilogramm war er verdammt schnell, dachte Frank. Er machte Ecki auf ihren Kollegen aufmerksam.

»Das gibts doch nicht.« Trotz der angespannten Situation musste Ecki grinsen. »Das habe ich ja noch nie gesehen. Heini außerhalb seines Archivs und dann noch in diesem Tempo unterwegs.«

Frank schüttelte den Kopf. Das brachte auch nur Heinz-Jürgen Schrievers zustande. Der Polizeihauptmeister kam mit wehender offener Strickjacke daher. Auf dem Kopf trug er seine Dienstmütze und an den Füßen die unvermeidlichen Pantoffeln. 120 Kilo Lebendgewicht auf dem Weg zum Einsatz. Mit Dienstmütze und Pantoffeln!

»Heinz-Jürgen, was machst du denn hier?« Frank musste trotz der Anspannung lachen.

Heinz-Jürgen Schrievers stoppte seinen Lauf erst kurz vor seinen Kollegen. Er rang nach Luft und stützte keuchend seine kurzen Arme auf seine Oberschenkel. »Die Spinner vom SEK wollten mich nicht durchlassen. Ärsche.«

»Du siehst ja auch nicht unbedingt aus wie das Überfallkommando.«

»Was soll das denn heißen?« Schrievers rieb sich mit einem übergroßen Taschentuch über sein puterrotes Gesicht und sah Frank aus blitzenden Augen an.

»Guck dir nur deine Mütze an. Die ist doch seit Jahren nicht mehr benutzt worden.«

Verdutzt nahm Heinz Jürgen Schrievers seine Dienstmütze ab und sah sie sich an. Und tatsächlich, um das Hoheitszeichen herum war die weiße Beschichtung verwittert und schon großflächig abgebröselt.

»Na und? Hast du ein Problem damit? Sie tut ihren Dienst. Ich brauche keine neue.« Wie zum Trotz setzte Schrievers seine Mütze wieder auf und sah sich suchend um. »Wo sind sie?«

»Wir gehen davon aus, dass Krüger sich in einem der Räume im Erdgeschoss oder im Keller verschanzt hat. Hausmann vom SEK checkt gerade die Bau- und Lagepläne. Es kann nicht mehr lange dauern, bis wir wissen, wo sich Krüger versteckt.« Ecki sah Heinz-Jürgen Schrievers prüfend an. »Warum bist du nicht in deinem Archiv geblieben?«

»Na, hör mal, eine Kollegin ist in Gefahr! Da kann ich doch nicht einfach im Büro sitzen und Däumchen drehen. Und außerdem weiß ich jetzt, wer das Foto gemacht hat.« Er zog umständlich einen Zettel aus der Brusttasche seines Diensthemdes. »Der Mann hieß Alfons Corsten. Obergefreiter. Er ist vergangenes Jahr gestorben. Er hat in Dülken gewohnt.«

»Danke, Heinz-Jürgen, aber das hat sich ja jetzt erledigt.« Frank sah Ecki an. »Du bleibst hier. Wir gehen erst rein, wenn wir das ›Okay‹ von Hausmann kriegen.«

Heinz-Jürgen Schrievers hatte die Situation sofort erkannt. »Ich kann Ecki verstehen. Wir müssen schnell sein.«

»Und wenn wir durch überstürztes Handeln das Leben der Geisel gefährden?« Frank schüttelte den Kopf. »Wir werden dann handeln, wenn es so weit ist. Solange werden wir warten.«

...

Viola Kaumanns hatte Kopfschmerzen. Krüger hielt ihr immer noch die Pistole an die Schläfe. Sie musste den Kopf schief halten, um den Druck ein bisschen zu mildern. Krüger hatte die vergangenen Minuten nicht gesprochen. Auch sie hatte geschwiegen. Aber Krüger war auf der Hut. Immer wenn sie versuchte, ein wenig von ihm wegzurutschen, drückte er die Pistole fester gegen ihren Kopf.

Die Polizeibeamtin fror. Der Operationssaal war ungeheizt, und die Kälte der Bodenfliesen war längst durch den Stoff ihrer Jeans gezogen. Sie musste dringend zur Toilette. Der Druck ihrer Blase nahm von Minute zu Minute zu. Ihr war schlecht. Sie konnte nur mit Mühe den Impuls unterdrücken, einfach aufzustehen.

»Sie sind so still, mein Kind. Denken Sie über Ihr Leben nach? Das ist gut. Das hilft, Abschied zu nehmen.« Krügers Stimme war wie immer freundlich und zuvorkommend.

»Lassen Sie mich doch einfach gehen.« Viola Kaumanns klang müde und erschöpft.

»Nein. Sie bleiben hier. Wir können nicht einfach unserem vorbestimmten Schicksal ausweichen. Niemand kann das. Auch Friedrich Flusen konnte das nicht. Selbst Lehnert hat sein Schicksal ereilt. Wussten Sie, dass er kurz vor Kriegsende von einer Miene zerfetzt wurde? Gar nicht weit von hier. Damals war hier in der Gegend ein großes Munitionsdepot. Das ist doch ein merkwürdiger Zufall, nicht? Lehnert kommt hier zu Tode, und wir sitzen in diesem Raum und können uns noch ein bisschen unterhalten. Das Schicksal geht manchmal wahrlich seltsame Pfade.«

»Hören Sie auf, Krüger, Ihr Geschwafel langweilt mich. Machen Sie endlich Schluss, oder lassen Sie mich gehen.« Sie versuchte, ihrer Stimme Kraft und Gelassenheit zu verleihen.

»Warum haben Sie es auf einmal so eilig, Kindchen? Oder ist es das Ungestüme der Jugend, das Sie auf eine schnelle Reaktion drängen lässt?« Heinrich Krüger lachte leise wie über einen guten Witz.

»Hören Sie endlich auf damit, Krüger. Sie machen mir keine Angst mehr. Jetzt nicht mehr. Kommen Sie, geben Sie doch endlich auf. Ich habe keine Zeit mehr. Und ich habe keine Angst mehr vor ihrer Pistole.« Viola Kaumanns wunderte sich über sich selbst. Sie klang cool, dabei zitterte sie innerlich vor Angst und Anspannung.

»Sie haben ganz recht. Wir haben keine Zeit mehr. Wir müssen handeln. Das Leiden hat ein Ende.«

Viola Kaumanns kniff instinktiv die Augen zusammen. Sie wollte das Mündungsfeuer nicht sehen. Sie begann, still zu beten. Sie war nie sonderlich religiös gewesen, deshalb fiel ihr nur ein Kindergebet ein: Lieber Gott, ich bin klein, mein Herz ist rein, soll niemand drin wohnen als du allein. Sie sah wieder den Bauern. Er lachte zu ihr herüber und winkte freundlich. Warum muss ich immer an diesen Mann denken – das war der letzte Gedanke, den Viola Kaumanns wahrnahm.

...

»Mein Gott, wie lange soll das noch dauern?« Nun wurde auch Frank ungeduldig. Das SEK brauchte ungewöhnlich lange, um die Lage unter Kontrolle zu bekommen. Frank ging die wenigen Schritte zum Durchgang zwischen dem Verwaltungstrakt und dem Haupthaus. Vorsichtig lugte er um die Ecke. Immer noch war niemand auf den Wegen oder der Rasenfläche vor der Klinik zu sehen. Das bedeutete, dass die Patienten und das Personal noch im Haus waren. Zusammen mit Krüger und Viola Kaumanns. Die Patienten, die Ärzte und das Pflegepersonal saßen in der Falle. Ohne Hausmanns Überlegungen im Einzelnen zu kennen, war Frank klar: Solange Krüger nicht ausfindig gemacht werden konnte, war an eine Evakuierung der Klinik nicht zu denken. Frank drehte sich zu Schrievers und Ecki um und zuckte mit den Schultern.

Frank wollte so lange nichts unternehmen, bis Jürgen Hausmann grünes Licht für ihre Aktion gab. Ungeduldig wartete er auf die Anweisung zum Handeln. Aber die Minuten dehnten sich elend lange. Mein Gott, dachte Frank, lass uns das Richtige tun. Er hatte kein Mitleid mit Krüger. Krüger hatte drei Menschen auf dem Gewissen. Er hatte Angst um Viola Kaumanns. Sie galt es zu befreien, unter allen Umständen. Sie musste weiterleben können. Dafür wollte er alles tun.

Er musste an Lisa denken. Und er musste an die Gespräche mit Krüger denken, in Lisas Wohnung, beim Essen, oder beim Kaffee. Sie hatten zusammen gelacht, sie hatten über England gesprochen, hatten Krügers Begegnungen mit den Schülern analysiert. Frank hatte Lisas helles Lachen im Ohr und erinnerte sich an ihre freundlichen, fast zärtlichen Blicke, die sie Heinrich Krüger geschenkt hatte. Der alte Mann hatte Lisa gut getan, das hatte er immer gedacht. Und Lisa hatte ihm einmal gestanden, dass sie Krüger gerne zu ihrem Großvater gehabt hätte, so viel Wärme und Zuneigung würde sie in seiner Gegenwart spüren.

Alles verweht, zerstoben in den vergangenen Stunden. Sie hatten den Biedermann, den angeblichen Wohltäter und selbsternannten Mahner vor dem Krieg und dem Bösen, sie hatten Heinrich Krüger endlich demaskiert und wollten seinem billigen wie grausamen Schmierentheater endlich das verdiente Ende setzen.

Was hätte passieren können, wenn Krüger Lisa als Geisel genommen hätte? Frank mochte den Gedanken nicht weiter denken. Er wusste nur, dass er Krüger gestellt und getötet hätte – und wäre es auch die letzte Handlung seiner Karriere gewesen. Mein Gott, mach, dass Lisa nichts passiert ist.

Schrievers und Ecki winkten Frank zu sich.

»Wir haben gerade die Meldung bekommen, dass Lisa wieder zu Hause ist. Sie war bei einem Arzt in Schwalmtal und hat von der ganzen Aufregung nichts mitbekommen. Sie war völlig perplex, dass wir sie gesucht haben. Dann hat sie nur noch ›typisch Frank‹ gesagt. Und dass du vorsichtig sein sollst. Und ich sage dir, als dein Freund und Kollege, das du dir das nächste Mal gefälligst merkst, was deine Lisa vorhat und zu welchen Ärzten oder wo sonst sie hingeht. Ich soll dir von Lisa bestellen, dass es ihr und dem Kind gut geht.« Ecki war sichtbar sauer. Auch Schrievers sah nicht sonderlich freundlich aus.

Ja, natürlich, der Arzt, den hatte Frank völlig verdrängt. »Okay, ihr habt ja recht.«

...

Viola Kaumanns spürte, wie sie hochgezogen wurde. Sie musste ohnmächtig gewesen sein. Krüger keuchte unter ihrer Last.

»Ich habe mich entschieden, wir gehen raus.« Heinrich Krüger drückte ihr nun die Pistole in die Seite. »Sie brauchen sich nur umzudrehen und sich zur Tür zu tasten. Sie ist offen. Und ganz vorsichtig. Machen Sie keine Dummheiten. Ich werde sofort schießen.«

Was hatte dieser Wahnsinnige vor? Viola Kaumanns schob sich vorsichtig an der Wand hoch. Ihr ganzer Körper schmerzte, ihre Blase brannte und stach. Sie fühlte sich wie betäubt. Sie tastete unsicher nach der Tür. Ihre Augen gewöhnten sich nur langsam an das trübe Tageslicht, obwohl es nur spärlich in den Flur fiel.

Heinrich Krüger schob seine Geisel mit harten Stößen der Pistole vor sich her. Aus den Augenwinkeln hatte Viola Kaumanns erkennen können, dass Krüger müde wirkte. Die Anstrengungen der Geiselnahme gingen offenbar über seine Kräfte. Seine Erschöpfung machte den alten Mann um so gefährlicher. Wenn er die Kontrolle über seine Waffe verlor, war sie verloren. Sie bat innerlich inständig darum, dass Krüger jetzt keinen Schwächeanfall bekam.

Sie war froh, dass Krüger mit ihr das Versteck verlassen hatte. So bot er wenigstens den Einsatzkräften ein Ziel, die mit Sicherheit schon in Stellung gegangen sein mussten. Zumindest hoffte sie darauf, dass ihre Kollegen nicht weit waren.

Auf dem Flur war niemand zu sehen. Im ganzen Haus war es merkwürdig still. Nirgendwo ging eine Tür oder waren Gespräche zu hören oder die quietschenden Gummiräder eines Rollstuhls. Für die Beamtin war die Ruhe das untrügliche Zeichen, dass das SEK vor Ort war.

»Was haben Sie vor, Krüger? Warum haben Sie Ihren Plan geändert?« Sachlich musste Viola Kaumanns jetzt sein, ganz sachlich. Nur keine Emotionen wecken, beschwor sie sich selbst.

»Ich habe noch etwas Dringendes zu erledigen, bevor ich abtrete. Und Sie müssen mir dabei helfen. Ich brauche Sie noch. Sie sind mein Faustpfand, dass es mir gelingen wird.« Er schob wieder die Pistole in ihren Rücken. »Da, den Gang entlang, zurück zur Pforte.«

Am Eingang neben dem verglasten Empfang blieben sie stehen. Heinrich Krüger wirkte unschlüssig.

»Sie können ruhig weitergehen. Meine Kollegen haben Sie sicher schon im Visier.«

»Ich habe keine Angst vor ihren Gewehren und Pistolen. Ich habe im Krieg genug davon gesehen. Nein, ich suche Frank Borsch. Frank Borsch, Ihren Vorgesetzten.«

»Er ist nicht mein Vorgesetzter. Ich gehöre eigentlich nur der Kommission an.« Viola Kaumanns vermied das Wort »Mordkommission«.

»Lassen Sie uns gehen.« Entschlossen schob er sie weiter.

Einen Schritt vor dem Eingang blieben die beiden stehen.

»Da ist er.« Die Polizeibeamtin hatte Frank Borsch gesehen, der aus dem Durchgang zwischen dem großen Haupthaus und dem kleineren Verwaltungstrakt getreten war.

»Kommen Sie näher und lassen Sie die Waffe fallen, Krüger. Es ist vorbei. Lassen Sie meine Kollegin gehen. Sie hat mit der ganzen Sache nichts zu tun.« Frank hatte die Hände gehoben, damit Heinrich Krüger sehen konnte, dass er unbewaffnet war.

»Frank, bleiben Sie stehen. Ich möchte nicht schießen müssen. Und – nehmen Sie die Hände runter. Ich muss mit Ihnen reden.«

Langsam ließ Frank seine Hände sinken.

»Sie werden verstehen, dass ich weiter auf Ihre Kollegin zielen muss. Ich möchte verhindern, dass Ihre Männer auf dumme Gedanken kommen. Noch bin ich nicht bereit zu sterben. Ich möchte, dass Sie mir zuhören.« Seine Stimme wurde leise. »Wie geht es Lisa?«

Frank antwortete nicht.

»Ich möchte nicht, dass sie sich in ihrem Zustand zu sehr aufregt. Sagen Sie ihr das. Sie muss vorsichtig sein. Sie wird Mutter. Da braucht sie Ruhe. Frank, Sie müssen sich mehr um Ihre Lisa kümmern. Sie braucht Sie jetzt.«

Frank wurde wütend. Er musste seine Stimme zügeln, um Krüger nicht anzubrüllen. »Lassen Sie Lisa aus dem Spiel. Sie geht Sie nichts mehr an. Sie haben ihr genug angetan. Sie haben sie betrogen und für Ihre Zwecke missbraucht. Sie haben sie belogen.«

»Das dürfen Sie so nicht sagen, Frank. Ich mag Lisa sehr. Sie ist so verständnisvoll und voller Liebe. Sie war für mich mehr als nur eine zuvorkommende Gastgeberin. Frank, ich hatte zum ersten Mal in meinem Leben das Gefühl, dass ich einem Menschen wirklich nahe sein konnte. Und für dieses Gefühl danke ich ihr. Sie hat mir ein Geschenk gemacht, mit dem ich in meinem Leben nicht mehr gerechnet habe. Das werde ich nicht vergessen.« Heinrich Krüger drückte die Waffe wieder fester in Violas Rücken. »Es wäre ein Leichtes für mich gewesen, Ihre Freundin und das ungeborene Kind zu töten.« Krüger deutete mit dem Kinn auf seine Waffe. »Aber ich wollte, dass sie lebt und dass das Kind lebt. Denn Kinder sind immer die Hoffnung auf eine bessere Zeit.«

»Krüger, was soll das? Das funktioniert nicht. Sie haben drei Menschen ermordet.«

»Sehen Sie, Frank, deshalb habe ich mich entschlossen, zu Ihnen hinaus zu kommen. Sie haben etwas missverstanden. Ich muss das aufklären.«

Frank spürte, dass Ecki und Schrievers näher gekommen waren und dicht hinter ihm standen. Er wusste, dass in dieser Situation das SEK nicht zugreifen würde.

»Was wollen Sie von mir?«

»Hören Sie zu, Frank. Ich werde es Ihnen erklären.«

Frank sagte nichts.

»Das war kein Mord. Ich musste meine Schuld sühnen. Ich habe damals eine Sünde begangen, schwere Schuld auf mich geladen. Ich hätte Friedrich Flusen retten müssen. Zusammen mit den anderen Kameraden. Stattdessen haben wir ihn im Stich gelassen. Einfach zugesehen, wie er hingerichtet wurde von Lehnert, unserem Freund und Kameraden Lehnert. Es wäre unsere Pflicht gewesen, das zu verhindern, als Christen und als Soldaten. Ich musste doch die arme Seele des kleinen Friedrich retten. Ich musste dafür sorgen, dass die anderen für ihr Stillhalten büßen. Ich musste Verantwortung übernehmen. Nichts anderes habe ich getan. Ja, ich habe Verantwortung übernommen und die gerechten Strafen verteilt.«

»Sie sind ein dreifacher Mörder, das sind Sie. Wollen Sie von mir die Absolution für Ihre Taten? Wollen Sie, dass ich Sie von Ihrer Schuld frei spreche? Das kann ich nicht, und das werde ich nicht. Das macht auch kein Richter dieser Welt.«

Krüger lächelte. »Die Blätter fallen, fallen wie von weit, als welkten in den Himmeln ferne Gärten.«

»Hören Sie endlich auf, Krüger, was soll das? Ich kenne die Zeilen. ›Herbst‹, von Rilke.«

»Wissen Sie, das war das Gedicht, dass Friedrich rezitiert hat, kurz bevor Lehnert ihn hingerichtet hat. Ich habe die Zeilen wieder und wieder gelesen. Jeden Tag seit damals habe ich das Gedicht rezitiert. Die Zeilen sind schön. Friedrich Flusen muss viel Trost in diesem Gedicht gefunden haben. Die Zeilen bedeuten mir sehr viel.«

»Warum haben Sie die Zeilen bei Ihren Opfern zurückgelassen?«

»Ich wollte, dass Sie sich erinnern. Und dass Sie sich vorbereiten auf ihren Abschied.«

»Warum haben Sie diese schrecklichen Fotos gemacht, warum wollten Sie ihr Entsetzen fotografieren? Und warum haben Sie Breuer abgeschlachtet wie ein Tier? Nein, das tut niemand, der nur Rache nehmen will oder, so unglaublich das ohnehin klingt, so etwas wie eine Sünde abwaschen will. Nein, Krüger, ich nehme Ihnen Ihre Motive nicht ab. Sie sind krank. Sie sind ein geisteskranker Mörder.«

Krüger lachte. »Nein, Frank, Sie können mich nicht treffen mit Ihren Behauptungen. Sie wissen, dass sie falsch sind. Ich habe nur getan, was ich tun musste. Ich habe gesühnt. Und dafür werde ich meinen Frieden finden. Das war es mir wert.« Er zögerte einen Augenblick und überlegte. Dann sprach er mit fester Stimme weiter. »Bei Breuer habe ich für einen Moment die Fassung verloren. Das gebe ich zu. Aber können Sie sich das Gefühl vorstellen? Wie es ist, wenn Sie voller Blut eines anderen Menschen sind? Das ist wie ein Rausch. Ein Rausch voller, ja, Erotik und, ja, Sinnlichkeit.« Er seufzte. »Ich gebe es zu, ich bin für einen Augenblick zu weit gegangen. Aber was macht das in Ihren Augen noch für einen Unterschied? Nach allem, was Sie gesehen haben. In Ihren Augen bin ich eine Bestie, die Ihre harte Bestrafung verdient. Aber wissen Sie was? Ich habe mich schon selbst bestraft. Mit meiner Untätigkeit. Vor vielen Jahren, damals im Herbst ’44. An dem völlig unbedeutenden und nutzlosen Frontabschnitt in Breyell.«

»Krüger, Sie werden für die Morde zur Rechenschaft gezogen.«

Heinrich Krüger lachte kurz auf. »Was heißt das schon? Wissen Sie, was wirklich wichtig ist? Die Geschichte. Immer wenn ich in die Gesichter meiner Generation sehe, diese alten und faltigen Gesichter, die längst ohne Freude und ohne Hoffnung sind, muss ich denken: Ich habe kein Mitleid mit ihnen, weil sie am Ende ihres Lebens stehen und bald sterben müssen. Denn sie hätten im Wäldchen damals dabei sein können! Wer weiß, welche Schuld sie auf sich geladen haben.«

»Aber Sie haben getötet, Sie haben sich schuldig gemacht. So schuldig wie Ihre Opfer. Wenn man bei ihnen überhaupt von Schuld sprechen kann. Schließlich war Krieg.«

»Aber ich habe nur Mörder zur Strecke gebracht. Ja, sie waren Mörder, weil sie den Tod von Friedrich nicht verhindert haben. Können Sie das denn nicht verstehen?«

»Aber es macht keinen Unterschied. Bei Mord gibt es keine Moral. Es gibt keinen Unterschied zwischen Ihnen und Lehnert.«

»Sehen Sie, Herr Kommissar, es ist Zeit zu gehen, die Blätter fallen.«

Heinrich Krüger hob die Waffe.

In diesem Augenblick wurde er von hinten geschubst und stolperte nach vorne. Durch die abrupte Bewegung ließ er die Pistole fallen, die auf den Steinplatten scheppernd zur Seite schlidderte.

Das war für Frank das Zeichen, einzugreifen. Er stürzte in Richtung Krüger und Viola. Aber mitten in der Bewegung hielt er inne.

»Oh, Entschuldigung. Ich wollte Sie nicht umlaufen. Dürfte ich bitte an Ihnen vorbei? Ich habe es sehr eilig. Guten Tag.« Die alte Dame fasste ihren Regenschirm fester und marschierte einfach an dem verdutzten Krüger vorbei, der nur mit viel Mühe seinen Sturz hatte abfangen können. Viola Kaumanns nutzte die Gelegenheit und bückte sich nach der Waffe.

»Es ist vorbei. Kommen Sie.« Verwirrt und erleichtert zugleich betrachtete die Kommissarin die alte Frau, die so plötzlich hinter ihnen aufgetaucht war. Die vergnügt dreinblickende Seniorin trug einen offenen und schon längst unmodernen Wintermantel und einen alten Hut, den sie keck schräg auf ihren Kopf gesetzt hatte. Unter dem Mantel trug sie nicht mehr als ein ausgeblichenes helles Nachthemd. Ihre dünnen, nackten und faltigen Beine steckten in ausgetretenen Hausschuhen.

»Hallo, Kindchen. Sind Sie das Taxi? Ich habe schon auf Sie gewartet. Können Sie mich bitte ins Theater fahren? Ich habe Karten für Fidelio. Wir müssen uns beeilen. Sie sind heute aber spät dran. Kommen Sie und bringen Sie mich zu Ihrem Wagen.« Ohne weiter auf Krüger oder die Pistole in der Hand der Polizeibeamtin zu achten, wollte die alte Frau sich bei Viola unterhaken.

»Das, das geht jetzt nicht, äh ..., einen Moment noch.« Viola Kaumanns wich einen Schritt zurück. Sie wusste nicht recht, was sie tun sollte. Etwas unschlüssig wechselte sie die Pistole von der einen in die andere Hand und hielt dabei Krüger weiter in Schach. Mit großen Augen sah sie hilflos von Ecki zu Frank und dann weiter zu Schrievers, die jetzt neben ihr standen. Unvermittelt änderte sich ihr Gesichtsausdruck. Mit gequältem Blick drückte sie Frank die Waffe in die Hand und verschwand wortlos und hastig im Klinikeingang.

Frank blickte erstaunt auf die alte Wehrmachtspistole in seiner Hand und sah Viola irritiert hinterher. Der Griff der Waffe war warm. Er hätte Viola jetzt gerne in den Arm genommen.

Bevor einer der drei irritierten Polizeibeamten etwas sagen konnte, tauchten zusammen mit drei bewaffneten Männern, die in dunklen Einsatzanzügen und schusssicheren Westen steckten, zwei Pfleger an der Eingangstür auf.

»Aber Frau Corsten. Sie wissen doch, dass heute keine Vorstellung ist. Sie können jetzt nicht einfach in die Stadt fahren.« Der größere der beiden

Pfleger nahm die Seniorin behutsam am Arm und führte sie zusammen mit seinem Kollegen ins Haus zurück.

Am Eingang drehte er sich noch einmal zu der Gruppe Polizeibeamter um. »Ich weiß nicht, wie sie das immer schafft, uns zu entwischen. Das Spiel spielt Frau Corsten jeden Tag mit uns. Sie versucht immer, uns ein Schnippchen zu schlagen. Meist können wir sie aber direkt wieder einfangen. Seit ihr Mann vor einem Jahr gestorben ist, geht es ihr nicht gut.« Er nickte ihnen lachend zu. »Was mich ein bisschen beruhigt, ist die Tatsache, dass selbst Ihre Kollegen sie nicht halten konnten. Sie ist halt ein munteres Persönchen, unsere Frau Corsten. Nicht wahr?«

Frau Corsten schien ihn nicht verstanden zu haben. »Ich bin immer munter und ich liebe Musik. Besonders Fidelio von Mozart. Das wissen Sie doch.« Sie kniff den SEK-Beamten kokett ein Auge. »Gehen vielleicht Sie morgen mit mir in die Oper? Sieben Uhr?«

Es war vorbei.

XXX.

Draußen regnete es in Strömen. Frank und Lisa saßen im Wohnzimmer nebeneinander auf der Couch. Lisa trank einen Tee, Frank hatte sich eine Flasche Bier geöffnet. Sie blätterten beide schon seit geraumer Zeit bei Kerzenschein durch diverse Autoprospekte.

»Was hältst du von diesem Kombi? In Rot? Sieht doch chic aus.« Lisa deutete auf den geräumigen Ford.

»Das ist ein Siebensitzer, Schatz. Ist der nicht doch ein bisschen groß für uns drei? Und auch nicht gerade billig, wenn du mich fragst.«

»Das ist doch gut, dass der Wagen viel Platz hat. Der Kinderwagen muss rein, später das Reisebett, das Fahrrädchen. Denk auch mal an die ganzen Einkäufe. Und wer weiß ...«

Frank hatte nicht verstanden. »Was meinst du?«

Lisa kicherte. »Komm her, du Lusch.«

Frank kehrte zum Sofa zurück. Erst jetzt hatte er es kapiert. »Lass uns erst mal dem ersten Kind auf die Welt helfen. Dann sehen wir weiter.«

»Warum müsst ihr Männer immer so nüchtern sein?« Lisa sah Frank gespielt vorwurfsvoll an und kuschelte sich in seinen Arm.

Frank hielt Lisa fest und sog den herben Duft ihres Haares ein. Wie er diesen Geruch liebte. Frank gab ihr einen Kuss auf den Scheitel und drückte sie ein bisschen fester.

»Frank?«

»Hm?«

»Ich bin ein bisschen traurig. Warum hat Krüger das getan?« Lisa kuschelte sich noch enger an Frank.

»Bestimmt nicht, weil er seinen Kameraden rächen wollte. Das ist doch absurd. Heinrich Krüger hat aus reiner Mordlust getötet. Er will sich das nur nicht eingestehen. Krüger ist eine höchst kranke Persönlichkeit. Vielleicht hat er sich all die Jahre mühsam unter Kontrolle halten können. Aber am Ende musste er seinem Trieb nachgeben und hätte auch jeden anderen Menschen töten können. Wenn ich an die Opfer denke und an die grässlichen Tatorte, dann sehe ich auf das Werk eines Geisteskranken. Krüger hat sich nicht zufällig seine alten Kameraden ausgesucht. Er wollte, dass wir eine Verbindung zu seiner Vergangenheit herstellen und er damit eine Legende aufbauen konnte. In seinen kranken Gedanken hatte er sich dann selbst belügen können. Er hatte die absurde Hoffnung auf Verständnis und Vergebung.« Frank streichelte Lisas Wange und dann ihren Oberarm. »Ich bin davon überzeugt, dass es so ist.«

»Du klingst aber anders. Hast du nicht doch Zweifel an seinen Motiven? Es kann doch sein, dass er in seinem Sinn für Gerechtigkeit zutiefst verletzt wurde, damals?«

Frank zögerte einen Augenblick, bevor er antwortete. »Du kennst mich wirklich gut, Lisa. Ich weiß es nicht, um ehrlich zu sein.« Er küsste wieder ihr Haar. »Aber das ist am Ende egal. Er hat getötet. Er hat alle seine Taten minutiös geplant, hat seine Opfer heimtückisch überfallen. Heinrich Krüger ist ein Mörder. Und Mörder müssen für ihre Taten büßen.«

Lisa richtete sich ein bisschen auf und sah Frank an. »Hat das Krüger nicht auch über Lehnert und die anderen gesagt?«

»Aber das ist doch eine völlig andere Sache. Das ist doch absurd, Lisa, den Krieg und die damaligen Umstände, den Befehlsnotstand oder wie immer du das ausdrücken willst, für sein eigenes Verhalten, für seine eigenen Verbrechen verantwortlich zu machen. Und dann daraus auch noch eine Entschuldigung, eine moralische Absolution abzuleiten.« Frank ereiferte sich. »Damit werden seine Taten nie zu einem Akt der Gerechtigkeit. Niemals. Krüger ist kein Racheengel. Er hatte zu keinem Zeitpunkt ein Recht auf sein Handeln. Krüger ist ein mieser kleiner Mörder mit schmutzigen Fantasien. Denk daran, wie er Viola Kaumanns behandelt hat. Er hatte vor, sie zu töten! Einen absolut wehrlosen Menschen.«

»Ich begreife das alles nicht. Krüger war so nett zu mir, so fürsorglich, fast zärtlich. Seine Gesten, seine Blicke. Wir haben über die gleichen Dinge gelacht. Ich habe so viele Gemeinsamkeiten bei ihm entdeckt. Du hättest erleben sollen, wie beeindruckt die Schüler waren von seiner stillen, ja, wirklich weichen Art zu erzählen. Ich glaube, sie haben aus diesen Begegnungen viel mitgenommen für ihr Leben.« Sie gab Frank einen fast unmerklichen Kuss auf den Mund. »Auch wenn das jetzt seltsam und nicht richtig klingt, ich werde Krüger vermissen. Trotz allem.« Sie überlegte kurz. »Warum seid ihr eigentlich nicht eher auf Krüger gekommen?«

»Weil er uns belogen hat. Er hat doch angegeben, westlich von London zu leben. Dabei steht in seinem Pass eindeutig Robin Hood's Bay. Wir haben ihn einfach nicht überprüft. Aber wir hatten ja auch gar keinen Anlass dazu.«

Frank mochte es sich nicht recht eingestehen, aber auch er vermisste Krüger. Und wer wollte schon über Moral, Schuld und Verantwortung urteilen? Er fühlte sich dazu nicht in der Lage. Aber das war ja auch nicht seine Aufgabe. Das würden schon Böllmann und die Richter am Landgericht übernehmen. Heinrich Krüger würde den Rest seiner Tage in einer Justizvollzugsanstalt verbringen. Letztlich ein beruhigender Gedanke, fand Frank. Er streichelte Lisas Arm und legte dann seine Hand auf ihren Bauch. Er mochte heute nicht länger in Autoprospekten blättern.

Es klingelte.

Frank und Lisa sahen sich erstaunt an. Sie erwarteten keinen Besuch mehr. Erst recht nicht um diese Uhrzeit. Frank sah auf die Uhr. Es war schon weit nach 20 Uhr. Schulterzuckend schob Frank Lisa vorsichtig von sich weg und ging zur Tür.

»Laumen? Du?« Frank war sprachlos. Pullunder-Laumen, und dazu noch um diese Uhrzeit.

Etwas verlegen stand Horst Laumen in einer dicken Winterjacke im Licht der Treppenbeleuchtung. Seine Brillengläser waren leicht beschlagen. In der Hand hielt er eine Plastiktüte von Aldi. Statt seinen Kollegen in die Wohnung zu bitten, starrte Frank Laumen an wie ein außerirdisches Wesen. Hätte E.T. vor ihm gestanden, er wäre nicht erstaunter gewesen.

»Was machst du denn hier, Mann? Um diese Uhrzeit?«

»Bitte entschuldigt die Störung. Aber meine Frau meinte, ich solle das kleine Päckchen privat abgeben und nicht auf der Dienststelle.« Der Verwaltungsfachangestellte kramte umständlich in seiner Tüte und zog schließlich ein kleines Päckchen hervor, das er Frank in die Hand drückte. »Ist nur eine Kleinigkeit. Aber selbst gemacht. Von Ute. Für das Kleine.«

Frank verstand nur Bahnhof.

Unschlüssig sah Horst Laumen Frank an. »Na, ich werde dann mal wieder. Ist ja schon spät. Und ich möchte morgen nicht zu spät zum Dienst kommen, weißt du.«

Frank konnte immer noch nichts sagen. Stumm sah er Laumen hinterher, der langsam die Treppen hinunter ging. Ohne, dass Laumen dies hätte sehen können, hob Frank leicht verstört eine rechte Hand zum Gruß. Dann war Laumen auch schon verschwunden. Frank betrachtete das kleine Geschenk, das in gelbes Papier gewickelt war. Das war wirklich keine Erscheinung gewesen. Das war echt. Es war tatsächlich Laumen gewesen. Laumen, der Bürokratenfurz.

»Wer war das denn? Sag schon. Du machst ein Gesicht, als hättest du einen Geist gesehen.«

»Das war gerade Laumen.«

»Laumen? Der Laumen?«

»Ja, ganz recht, der Laumen.«

»Gib schon her.«

»Was? Ach so, ja.«

Lisa riss die Verpackung auf. »Nein, das gibts doch nicht. Wie süß! Frank, guck doch mal.«

Nein, dachte Frank, das darf doch nicht wahr sein. Lisa hielt ihm einen Pullunder entgegen. Selbst gestrickt, winzig, und kanariengelb.

ENDE

Der Lambertimord

Der 1. Fall der beiden Mönchengladbacher
Kommissare Frank Borsch und Michael »Ecki« Eckers

Im Spätherbst fault der Kohl auf den Feldern. Dann riecht der Niederrhein nach Elend und Tod.

Der Mönchengladbacher Kriminalhauptkommissar Frank Borsch ist mit seinem Kollegen Michael »Ecki« Eckers in Nettetal unterwegs, denn er muß den Mord an einer jungen Frau aufklären. Die Ermittlungen in Breyell und Umgebung sind für den Polizisten auch ein Stück Begegnung mit der eigenen Vergangenheit. Und obwohl Frank Borsch in Breyell geboren und aufgewachsen ist, bleiben ihm die Menschen seiner Heimat seltsam fremd. Zu allem Übel hat er das seltsame Gefühl, ständig zu spät zu kommen. Dabei hat er eigentlich keine Ruhe für die Aufklärung des Mordes. Seine Freundin Lisa benimmt sich schon seit Wochen mehr als merkwürdig. Frank Borsch würde sich lieber um sein Leben kümmern als um die Ermittlungen in den ehrenwerten Kreisen der Nettetaler Schickeria. Und da ist noch die Musik. Der Blues. Kriminalhauptkommissar Borsch spielt die Bluesharp in der Band STIXS. Wenn er denn Zeit hat. Sein Kollege Ecki dagegen liebt es eher volkstümlich. Er hört gerne Stefanie Hertl und den »Holzmichl«, am liebsten im Dienstwagen.

So oder so: Frank Borsch hat es wirklich nicht leicht, im Moment nicht und überhaupt. Ja, und da ist noch der »alte Lambert«, der Breyeller Kirchturm aus dem 14. Jahrhundert, das Wahrzeichen Nettetals. Der Turm wird zum Schauplatz des Schreckens. Und trotzdem halten es die Breyeller lieber mit den drei Affen: Nichts sehen, nichts hören, nichts sagen.

Frank Borsch muß sich beeilen, denn Mörder warten nicht.

ISBN 13: 978-3-920743-61-5
ISBN 10: 3-920743-61-X

Verlag der Buchhandlung Matussek & Sohn, Nettetal